W0272368

Robert Merle

IN UNSEREN GRÜNEN JAHREN

„In unseren grünen Jahren“ ist der zweite Band einer Romanfolge über die Hugenottenkriege.
Bisher sind erschienen:
Band 1, Fortune de France
Band 3, Die gute Stadt Paris

ROBERT MERLE

IN UNSEREN GRÜNEN JAHREN

Roman

Aus dem Französischen
von Andreas Klotsch

Aufbau-Verlag

Titel der französischen Originalausgabe
EN NOS VERTES ANNÉES

ISBN 3-351-02348-0

1. Auflage 1996
© Aufbau-Verlag GmbH, Berlin 1996
En nos vertes années © Robert Merle
Die Originalausgabe ist 1979 bei der Librairie Plon in Paris erschienen
Einbandgestaltung Bert Hülpüsch
Clausen & Bosse, Leck
Printed in Germany

Professor Charles Mion zugeeignet

... dieser fortwährende glücklose Kampf gegen den Tod, der des Mediziners Los ist, aber auch, so meine ich, seine Würde ausmacht.

ERSTES KAPITEL

Ha gewiß! Wie begeistert ich auch sein mochte, in jenem Monat Juni, mit meinem lieben Bruder Samson und unserem Diener Miroul über Berge und Täler die großen Straßen Frankreichs hin zu galoppieren, war mir bisweilen doch das Herz gar schwer, weil ich die im Sarladais gelegene Baronie Mespech weit hinter mir ließ. Wenig fehlte, daß mir mitten im Reiten die Tränen ins Auge drängten, wenn ich an das zinnenbewehrte große Nest dachte, in dem ich aus dem Ei geschlüpft war und Federn angesetzt hatte, vor den Wirren der Zeiten durch seine Mauern geschützt und mehr noch durch die Tapferkeit meines Vaters, meines Onkels Sauveterre und unserer Soldaten; denn treffend sagt unser perigurdinisches Sprichwort: Die einzig wehrhaften Mauern sind mutige Männer.

Ja nun! Wir waren inzwischen fünfzehn Jahre alt, hatten das Latein gut eingetrichtert in unsere Köpfe (wo neben der Langue d'oc schon das Französische sich eingenistet), überdies unsere Tapferkeit trefflich bewiesen zu Lendrevie – war es da nicht an der Zeit, uns der Daunenwärme unserer Barberine zu entheben, die Kinderjäckchen abzustreifen und (da wir das Pech hatten, Zweitgeborene zu sein, mein lieber Samson gar noch Bastard) unsere Studien voranzutreiben? Und zwar, so hatte mein Vater entschieden, in Montpellier.

In dieser Stadt hatte auch er in seiner Jugend studiert. Er mochte sie sehr. Und ihre Medizinschule, an der einst Rabelais seine Thesen verteidigte, schätzte er mehr als jede andere, inbegriffen die von Paris; er schätzte ihren Wagemut, ihre Fächervielfalt und ihre neuen Lehren, weshalb sie denn in dieser zweiten Hälfte des Jahrhunderts, so seine Worte, lebhafter glänzte als im voraufgegangenen Jahrhundert die Schule von Salerno.

Doch sehr lang und gefahrvoll war der Weg von Sarlat nach Montpellier, besonders für drei Hugenotten, die insgesamt keine fünfzig Jahre alt waren, überdies wir in wirren Zeiten reisten, ausgangs der Kriege, in denen die Unseren und die Katholiken sich gegenseitig grausam abgeschlachtet hatten. Gewiß, jetzt regierte eine Art Frieden zwischen den zwei Parteien, jedoch ein grollender, zänkischer. Wieder aufgeflammt waren die Beunruhigungen der Unseren 1565, nach der Begegnung von Bayonne, denn da hatte sich Katharina von Medici, so das Gerücht, in Geheimverhandlungen mit dem Herzog von Alba bereitgefunden, zur Vermählung ihrer Tochter Margot mit Don Juan von Spanien das Blut der französischen Hugenotten beizusteuern. Aber Philipp II. hatte dann letztlich, und nicht ohne Überheblichkeit, davon Abstand genommen, sein eigen Blut abermals mit Frankreichs Thron zu verbinden. Und noch schlimmer: Im darauf folgenden Jahr hatte der sehr katholische König, erzürnt darüber, daß die Franzosen sich so nah seinen amerikanischen Besitzungen einnisteten, und jäh seine christlichen Glaubenssätze vergessend, in einem Überraschungsfeldzug unsere in Florida siedelnden Bretonen niedergemacht. Katharina von Medici war darob in einen so unmäßigen Zorn geraten, daß der Spanier an Frankreichs Hof Reputation verlor und, bei allem papistischen Eifer, nicht mehr so unverblümt die Ermordnung unserer protestantischen Führer, insgleichen Verbannung oder Scheiterhaufen für die Masse unserer Brüder zu fordern wagte.

Als diese blutigen Ansinnen ausgeräumt waren, zumindest für eine gewisse Zeit, durfte Fortuna dem Land wieder lächeln. Der Friede schien gut zu keimen, die papistischen Eiferer verloren an Dreistigkeit, die gemäßigten Katholiken schöpften Hoffnung auf einen Ausgleich mit den Unseren. Trotzdem mußte, wer durch das Königreich ritt, auf Diebsgesindel gefaßt sein, das seit den Bürgerkriegswirren die Wälder behauste, an den Kreuzungen lauerte, die Brücken besetzt hielt und Maut forderte und außer Raub unendlich viele Grausamkeiten beging.

Freilich waren wir seit dem zartesten Kindesalter – kaum daß wir Barberines schönen Brüsten entwöhnt – im Waffenhandwerk geübt worden und ritten hier, des Ernstfalls gewärtig, kriegsmäßig gerüstet: Helm auf dem Kopf, den leichten Küraß schützend vor der Brust, das Kurzschwert am Schenkel, den Dolch im Gürtel; auch lugten die Griffe unserer Pistolen aus den Satteltaschen und prangten unsere Arkebusen auf dem

Packpferd, das Miroul an der Leine mitführte. Und so meinten wir, Samson und ich, die Schurken wenig fürchten zu müssen. Miroul jedoch, mit den Tücken der Landstraßen vertraut, obzwar ein junger Bursche, mahnte uns, wie schon mein Vater es getan, daß unser Heil nicht im Kampfe liege, weil ein Sieg zu nichts nutze wäre, wenn einer von uns argen Schaden nähme; das Heil liege in der Flucht, unsere Reitpferde seien schneller, und dies brächte uns Vorteil. Ein Ratschlag von Gewicht, denn bei Miroul war Vorsicht nicht die Tochter der Feigheit. Er erklomm Mauern mühelos wie eine Fliege, sein Pikenstoß traf schnell wie nur ein Armbrustpfeil – er ganz allein wog drei Soldaten auf. Man nenne mich nicht einen Gascogner Prahlhans: es ist die reine Wahrheit. Im übrigen wird es sich noch beweisen.

Der frühe Zeitpunkt dieser Reise mag überraschen, weil die Vorlesungen in Montpellier ja erst zu Sankt Lukas beginnen, also am 18. Oktober; doch ich hatte sehr wohl verstanden, daß mein Vater mich mit der so zeitigen Entsendung vom unsäglichen Weh befreien wollte, das mir der Tod der kleinen Hélix, meiner Milchschwester, bescherte. Einen Monat zuvor hatte sie, nach großem Leiden, in der Blüte ihrer neunzehn Jahre Eingang in den Herrn gefunden. Und ich war ihr in freundschaftlicher Liebe zugetan gewesen, uneingedenk ihres niederen Standes und wider allen Dünkel meines älteren Bruders François, der jetzt im Schutze unserer Mauern zurückblieb, auf daß er Baron würde, sobald der Herrgott meinen Vater zu sich riefe. Allerdings wird François gewiß noch viele Jahre warten müssen, denn mein Vater, dem Himmel sei Dank, war mit knapp über fünfzig noch voll Leben und Kraft; ein Jahr zuvor, als Sarlat von der Pest heimgesucht ward, hatte er Franchou, die Kammerjungfer seiner verstorbenen Ehegemahlin, aus der Vorstadt Lendrevie entführt und mit dem Degen in der Hand, Samson und mich an seiner Seite, einer Bande blutrünstiger Kerle die Stirn geboten.

Hugenotte war ich, ei gewiß, aber in geringerem Maße als mein Bruder Samson, nicht (wie er) seit dem ersten Atemzug mit dem Glauben der Reformierten getränkt. Mich hatte meine Mutter katholisch erzogen; auf ihrem Totenbett schenkte sie mir – der ich mit zehn Jahren unter dem nicht geringen Druck meines Vaters konvertiert war – eine Marienmedaille und nahm mir den Schwur ab, daß ich sie bis zu meinem Lebensende tragen würde. Weshalb ich denn, obzwar ein Reformierter, am Halse treulich besagtes Bildnis trug, das Zeichen katholischen Glaubens.

Waren mir etwa deshalb die Intimitäten, zu denen mich die kleine Hélix verleitet hatte, weit weniger verdammungswürdig erschienen als meinem Halbbruder Samson, der nicht nur einzigartig schön war, sondern auch noch der reine Tugendbold dünkte? Er selbst war freilich, da außerehelich gezeugt, ein lebender Beweis, wie sehr mein Vater, der Hugenotte, vom rechten Pfad hatte abirren können, ohne daß der Herrgott die Frucht dieser Sünde mit seinem Zorn strafte – und ebensowenig den Sünder, denn trefflich gedieh unser Mespech, und groß war der Reichtum, den hugenottischer Sparsinn und die kluge Bewirtschaftung unserer Ländereien dort angehäuft hatten.

Mein Vater war sehr dagegen gewesen, daß wir unseren Ritt durch die mittelfranzösischen Berge nähmen, wo uns das Diebsgesindel leicht Hinterhalte legen konnte. Lieber sollten wir nach Cahors und Montauban reiten, dann den Weg über Toulouse, Carcassonne und Béziers wählen, wo die Straße in der Ebene hinführt, da freilich länger ist, aber auch sicherer, weil sehr belebt von Reitern und Fuhrwerken. Doch mitten auf der Reise, während wir in einer Vorstadt von Toulouse Einkehr hielten, in der Herberge *Zu den zwei Engeln*, erfuhren wir von der Wirtin, einer gewitzigten Wittib, daß vierzehn Tage zuvor ein Handelstroß, wiewohl gut verteidigt durch eine aus drei Männern bestehende Eskorte, zwischen Carcassonne und Narbonne ausgeraubt und massakriert worden sei von einer starken Bande, die ihre Schlupfwinkel in den Corbières-Bergen hatte.

Diese verdrießliche Nachricht gab uns zu denken, und auf dem Zimmer, das Samson und ich in den *Zwei Engeln* teilten – Mirouls Bett stand in einem Nebengelaß –, hielten wir Rat. Miroul saß etwas abseits und entlockte seiner Viole düstere Klänge, denn wir wußten nicht, welchem Heiligen, welchem teuflischen Kobold oder Nachtgespenst wir uns anempfehlen sollten, wir wagten nicht Fortsetzung unserer Reise bei so unmittelbarer Gefahr, aber noch weniger, unseren Vater hierüber zu verständigen, auf dessen Antwort es länger als zwei Wochen zu warten gälte.

„Zwei Wochen in der Herberge *Zu den zwei Engeln*!“ rief Samson aus und schüttelte sein schönes Haar. „Das wäre der Ruin unserer Börse, schädlicher Müßiggang und Versuchung durch den Bösling ...“

Miroul schaute mich an und zupfte dreimal seine Saite, die dreifache Gefahr zu unterstreichen, die unserer jungen Jahre an diesem Ort harrte. Und ich meinerseits war überrascht: selbst dem unschuldhaften Samson war nicht verborgen geblieben, daß die drallen Serviermädchen, die hier in Überzahl bedienten, beileibe nicht vom Anstrich der zwei Engel auf dem Firmenschild waren, die sich freilich, da in Blech geschnitten, für ihre Tugend kein Verdienst zuschanzen konnten.

Gerade wollte ich auf Samsons Bemerkung antworten, als in der Rue de la Mazelerie, in der die Herberge gelegen war, gewaltiger Lärm aufbrandete: Hufgetrappel, Fluchen, Schreie. Ich eilte ans Fenster (und ich mußte es aufstoßen, um etwas sehen zu können, war es doch nicht aus Glas, sondern mit ölgetränktem Papier bespannt). Samson folgte mir, ebenso Miroul mit seiner Viole in der Hand, und im hereinbrechenden Abend sahen wir gut ein halbes Hundert Reisende von ihren braunroten Pferden – stämmige Tiere mit prallen Kruppen und langen Schwänzen – herab auf das glänzende Pflaster springen; Männer und Frauen in staubiger Kleidung aus allerdings gutem Stoff und von lebhaften Farben, bewaffnet mit Arkebusen, Pistolen oder Degen; die Weibsbilder mit einem breiten Langdolch an ihrer vollen weichen Hüfte, auf dem Kopf gegen die Sonne der mittäglichen Provinzen einen Hut so groß wie ein Schild. Männer und Frauen unterschiedlichen Alters und Standes, aber hochgewachsen, mit breiten Schultern, das Haar strohfarben, die Augen blau; einige jedoch von ganz anderem Typ, klein, gedrungen, Haut und Haar dunkel. Aber alle zeigten sich sehr erfreut, daß die Unterkunft erreicht war, sie riefen, lachten, schwätzten ohrbetäubend, und in ihrer Freude, wieder Erdberührung zu haben, stießen, schubsten und umarmten sie einander, wechselten Zurufe über die ganze Straße hin und kreischten, was die Kehle hergab, unterdessen ihre großen Pferde dampften, mit den Hufen schlugen und, ihre blonden Mähnen schüttelnd, nach dem Hafer wieherten, daß einem das Trommelfell dröhnte. Kurz, Leute wie Tiere gebärdeten sich in der Rue de la Mazelerie so laut, daß man hätte meinen können, eine Armee aufrührerischer Taugenichtse belagere das Rathaus.

Die braven Toulouser der Vorstadt hingen allesamt in den Fenstern, starrten baß und stumm, mit Glubschaugen, und spitzten die Ohren ganz verdutzt, denn die Ankömmlinge redeten ein seltsames Kauderwelsch, darin sich französische Wörter (jedoch ohne den spitzen Akzent von Paris gesprochen) mit einer fremdartigen Sprache mengten, die keiner braven Mutter Sohn verstand.

Die Truppe drängte schließlich mit unendlichem Geschiebe und Tumult hinein in die Herberge, unterdessen die Hausknechte herbeieilten und die Pferde in die Ställe führten, dabei sie Laute der Bewunderung ausstießen über deren stattliche Brust und gewaltige Kruppe. Unter unseren Sohlen – wir logierten im zweiten Stock – setzte sich der Krach fort, so laut, daß man hätte meinen können, die Mauern brächen zusammen. Wir vernahmen ein Klopfen an unserer Tür, und da Samson und ich am Fenster noch eben die Pferde betrachteten, befahl ich Miroul zu öffnen. Was er auch tat, mit der Viole in der Hand, von der er sich selbst beim Schlafengehen nicht trennte.

Es erschien – ich erkannte sie aus dem Winkel meines linken Auges – die Wirtin persönlich: braun, lebhaft und rührig, gut gekleidet in gelbem Rock und einem Schnürmieder von gleicher Farbe, aus dem so schöne, so runde, so aufregende Brüste hervordrängten, daß ein böser Mensch hätte sein müssen, wer solches darbot und nicht auch wünschte, daß man es betastete.

„Mein hübscher Junge, bist du nicht der Diener der schönen Edelleute aus dem Périgord, die da am Fenster ihre Zeit vertrödeln?“ fragte die Wirtin in ihrem Toulousisch.

„Bin ich!“ rief Miroul und zupfte eine höfliche Saite seiner Viole. „In deren Diensten steh ich und bin Euch augenblicklich ebenso ergeben, meine gute Wirtin“, fuhr er fort, eine andere Saite zupfend, womit er ihr wunderviel sagte über seinen Blick hinaus.

„Bei allen Heiligen!“ rief die Wirtin lachend, „gut wetzt du deinen Schnabel, Diener, und spielst dein Instrument. Wie heißt du?“

„Miroul, zu Euren Diensten“, beschied der Brave, zupfte seine Viole und sang:

„Ein Auge blau, ein Auge braun,
das ist Miroul, ihr könnt es schaun ..."

Mir krampfte sich das Herz zusammen, denn mit diesen Worten hatte die kleine Hélix ihn während ihres langen Sterbens begrüßt, sooft ihr Fieber nachließ und er dann, auf meine Bitte, mit seiner Viole kam, sie die Flammen ihres Leidens vergessen zu machen. Doch ich drängte die Erinnerung in die tiefe Tasche des Vergessens zurück. Nach vorn wollte ich fortan schauen, nimmermehr in die Vergangenheit.

„Miroul", sagte die Wirtin mit Wimperflattern, „in ein so zwiefarbenes Augenpaar habe ich nicht das mindeste Vertrauen. Denn mag das blaue Auge brav und sittsam sein, das kastanienfarbene ist schurkisch."

Dies war so gut geschäkert, daß ich, von dem Prachtweib angezogen wie Feilspäne vom Magneten, meins dazutun wollte.

„Gevatterin", sprach ich, indessen ich mich gänzlich umwandte und mit raschem Schritt auf sie zuging, „wann immer Ihr unsere Hilfe oder unsere Dienste begehrt, sie sind Euch gewiß bei so hübschem Antlitz und so viel fleischlicher Anmut!"

„Das sind Worte, die man je öfter je lieber hört", erwiderte sie.

„Ich könnte sie Euch zu jeder Stunde wiederholen, sofern Ihr nur möchtet; bei Tag und bei Nacht."

Aber die Wirtin vermeinte wohl, daß wir vom ersten Wort an zu schnell und zu weit vorgeprescht waren, sie antwortete nur eben mit einer Verbeugung, die freilich ein strenger Geist hätte tadeln können. Denn sie mußte, als sie sich aufrichtete, mit flinken Fingern ihre liebreizenden Vorzüge ins weiche Miedernest zurückdrängen.

„Moussu", sprach sie und tat verwirrt, „kommen wir zur eigentlichen Sache: Uns sind da unversehens fünfzig normannische Pilger ins Haus gefallen, die sich allerfrommst nach Rom begeben, geführt von einem mächtigen Baron und einem halben Dutzend Mönche."

„Ich hörte sie wohl!" sagte ich mit einem Lachen.

„Leider muß ich, um sie unterzubringen, je vier in ein Bett stecken, und in diesem Bette da", sie wies auf unsere Lagerstatt, „seid Ihr nur zu zweit. Mein edler Herr, würdet Ihr für diese Nacht weitere zwei in Euer Bett aufnehmen wollen?"

„Männer oder Weiber?“ fragte ich grinsend.

„Männer!“ sagte Samson in ernstem Ton, vom Fenster herbeitretend.

Die Wirtin musterte ihn schweigend, während er sich in seiner ganzen mannhaften Schönheit vor ihr aufpflanzte. Sie seufzte tief, denn sehr wohl fühlte sie, was für ein Gottesengel da vor ihr stand, so gar nichts nütze für sie, die sonderlich die irdischen Engel liebte.

„Also Männer“, sagte die Wirtin, mit neuerlichem Seufzer und einem leichten Wogen ihres Busens, woraus ich schloß, daß sie das eigene Bett gern den Pilgern überlassen hätte, um in unserem zu nächtigen.

„Männer ja, aber nicht Mönche!“ sagte Samson mit seinem charmanten Lispeln, jedoch ein bißchen schroff.

Seine Worte schreckten die Wirtin auf, ihre Miene verfinsterte sich.

„Beim heiligen Joseph, bei der heiligen Jungfrau, bei allen Heiligen!“ rief sie, „gehört Ihr etwa zu diesen pestenden Ketzern und Spießgesellen des Teufels, die keinen Gottesmann an ihrer Seite dulden?“

„Keineswegs, Gevatterin!“ rief ich hastig, wußte ich doch, wie sehr die Hugenotten, seit dem Sieg von Montluc, in Toulouse verdächtigt und verfolgt wurden. „Mein Bruder meint das anders, er fürchtet, die Mönche könnten zu fett sein und zu viel Platz im Bett belegen.“

„Heiliger Jesus! Seid Ihr, Moussu, wie Euer Bruder auch, ein Feind der Wohlgenährtheit?“ fragte die Wirtin, nun wieder lächelnd.

„Keineswegs!“ Ich griff mit meinen Händen tapfer zu. „Es gibt Füllen, die sind dem Auge so gefällig, daß man ihren Besitzerinnen beim Tragen helfen möchte!“

„Aber, aber!“ Sie klopfte mir auf die Finger, ohne verärgert zu sein. „Dies ist zum Anschauen da, nicht zum gemeinen Gebrauch.“

Hier zupfte Miroul seine Saite zwei- oder dreimal, als ironisches Echo, und die Wirtin lachte hellauf, mit einverständigem Blick.

„Wenn das Gegacker vorbei ist, möchte ich mich dann endlich ausziehen und hinlegen“, sagte Samson, etwas ungeduldig.

„Nur zu, das geniert mich nicht!“ sagte die Wirtin, bar von Scham. „Wenn das Darunter dem Darüber entspricht, hätte ich Freude daran, Euch so zu sehen, wie Gott Euch geschaffen hat.“

„Pfui, Gevatterin!“ sagte Samson, errötend, und wandte sich ab.

„Aber, aber! was für merkwürdige Edelleute!“ rief die Wirtin. „Der eine zu heiß, und zu kalt der andere, und der Diener mit zwiefarbenen Augen. Ich habe aber noch eine weitere Bitte. Heute morgen hörte ich Euch mit Eurem Bruder in einem Kauderwelsch reden, das sich wie das Französisch anhörte, das man in Frankreich spricht.“

„Und Ihr versteht es nicht?“

„Wir sprechen hier nur Okzitanisch“, sagte die Wirtin, „wie Ihr auch, Moussu, nur eben mit anderen Worten und einem anderen Akzent. Wißt, kein Bursche und kein Mädchen in dieser Straße versteht das Französisch aus Frankreich, weiß es zu lesen, geschweige zu schreiben. Ich allerdings“, sie richtete sich stolz auf, „ich kenne meine Zahlen.“

„Na, welche Wirtin nicht!“ entgegnete ich lachend. „Aber Gevatterin, sagt mir doch freiheraus, daß Ihr mich als Dolmetsch für den normannischen Baron haben wollt.“

„Das ist es!“ rief die Wirtin.

„Ich folge Euch“, sagte ich, schob die Dralle zur Tür hinaus und schloß sie hinter mir, glücklich darüber, Samsons Blick zu entwischen.

„Der Baron“, flüsterte mir die Wirtin zu, „heißt Caudebec. Bei der heiligen Jungfrau, mein edler Moussu, hört auf, mich zu kneifen, ich bin nicht Brotteig, der so geknetet werden muß.“

„Ist es meine Schuld, wenn Eure Treppe so finster ist? Muß ich mich da nicht festhalten?“

„Aber, aber! beim heiligen Joseph! haltet Euch sonstwo fest! Ja doch, nun erkenne ich: Ihr seid ein braver Christ und keiner von den üblen Ketzern, die uns unsere Tänze, unsere Spiele und Heiligenfeste verbieten möchten. Die Pest soll diese Mukker holen!“

„Wie heißt dieser Normanne?“ fragte ich, nicht gewillt, ihr Erwiderung zu tun. Statt dessen gab ich ihr Küsse auf den Hals und den Brustansatz.

„Caudebec. Merkt Euch den Namen gut: Caudebec. Der Herr hält sich für so vornehm, daß er meint, alle Welt müsse ihn kennen."

„Caudebec!" sagte ich.

„Ihr seid auch ein Chaudebec, ein hitziger Schnäbler!" Sie lachte und wand sich. „Bei allen Heiligen, Eure Lippen und Hände sind überall! Ihr bringt mich um mit Euren Küssen! Gebt gütigst Einhalt! Mich erwartet, der frommen Pilger wegen, in der Küche viel Arbeit!"

Doch da ich nicht Anstalten machte, ihr zu gehorchen, weil ich spürte, wie sehr ihr Verdruß nur vorgetäuscht war, versetzte sie mir einen Rippenstoß, der mich zu Fall brachte, und sie mit, so fest hatte ich sie umarmt; wir stolperten die letzten Stufen hinab, purzelten hin mit lautem Krach, während im Saal unter den Pilgern Schweigen herrschte, weil gerade ein Mönch das *benedicite* beendete. Unsere Pilger, in nicht gar großer Sammlung, wiewohl andachtsvoll dreinblickend, schielten schon auf die Teller und harrten nur eben darauf, daß ein „Amen" sie von diesem Latein befreie; und wie ihnen nun die Wirtin und ich so plötzlich vor die Füße rollten, begannen alle zu lachen.

„Ruhe!" schrie mit Donnerstimme Baron Caudebec und schlug mit der flachen Hand auf die Tischplatte aus Eichenholz. „Schämt ihr euch nicht, mit eurem Gelächter das heilige Gebet zu stören, nur weil ein Weib vor euren Augen hinfällt? Potz Daus! benimmt sich so ein Pilger, der frommen Sinnes unterwegs nach Rom ist? Ihr zeigt euch ja verdorbener als die Pariser Gaukler. Ruhe! sag ich. Wer an dieser Tafel das Maul aufreißt, solange das Gebet gesprochen wird, dem hau ich den Kopf in Stücke!"

Da trat Stille ein, und der Baron befahl:

„Bring es zu Ende, Mönch!"

„Aber ... ich bin am Ende", sagte der Mönch.

„Amen!" schrie da Baron Caudebec, und alle anderen riefen gleichfalls „Amen", so laut, daß die Herberge bebte. Hierauf machten sie sich wie ausgehungerte Wölfe über die Fleischtöpfe her, schlangen tapfer Bayonner Schinken, gebratenes Perlhuhn, Trüffelomelette, Bigorrer Bratwurst, Wildbachforelle und eine Menge anderer Gerichte, für welche die Herberge *Zu den zwei Engeln* berühmt war. Und während die Pilger die Kinnladen eifrig betätigten, eilten ein Dutzend Serviermädchen von dem einen zum anderen und gossen lachend, dabei keck sich windend, aus ihren Krügen schwallweise von unseren guten Guyenne-Weinen in die gierigen Becher.

„Da seht", sagte die Wirtin, unterdessen sie sich vom Boden erhob und ihr Mieder ordnete, „da seht (und ihr Auge schweifte befriedigt über die Tafel), was das für scharfe Zähne und für ausgetrocknete Kehlen sind!"

„Und was für dicke Zahlen morgen auf Eurer Schiefertafel, Gevatterin", erwiderte ich lachend und klopfte mir den Staub ab.

„Scht, edler Moussu", sagte die Wirtin, den Mund nah meinem Ohr, obwohl das Okzitanische unseren Gästen nicht im mindesten geläufig war. „Diese braven Normannen dünken mir sehr betucht. Habt Ihr die goldenen Armreifen der stattlichen Damen da gesehen? Moussu, säumen wir nicht, mich ruft die Küche. Tut Ihr, wie besprochen. Und was mich betrifft (sie kniff mich funkelnden Auges in den Arm), ich werde Gelegenheit haben, Euch wiederzufinden, sei es Tag oder Nacht. Euch jedenfalls stets ergeben zu Diensten."

Sie machte eine tiefe Verbeugung, hielt aber die Hand über dem Mieder, damit die Brüste nicht wieder ihrer Behausung entschlüpften, hier vor so frommer Versammlung.

„Monsieur!" rief Baron Caudebec, mit der Keule eines Perlhuhns auf mich zielend. „Wer seid Ihr, daß Ihr es wagt, taktlos unsere heiligen Gebete zu stören? Wäret Ihr nicht ein so junger Spund, würde ich Euch auf der Stelle meinen Degen durch die Leber stoßen!"

„Herr Baron Caudebec", antwortete ich im Französisch der Pariser und verbeugte mich leicht, „habet die Güte, meine Leber zu schonen, auch wenn ich entschieden verneine, daß sie der Sitz des Denkens ist, wie Babylons Gelehrte fälschlicherweise behaupteten. Ich heiße Pierre de Siorac und bin der Zweitgeborene des Barons von Mespech aus dem Périgord. Ich reite nach Montpellier, die Medizin zu studieren, und hier bin ich, um mich Euch als Dolmetscher anzubieten, da ich des Okzitanischen kundig."

„Holla, Euch schickt mir das Paradies aller Heiligen!" rief Caudebec, die Keule himmelwärts richtend. „Page, einen Schemel für diesen Edelmann! Hierher, nahe zu mir! Ihr seid mir die Rettung, mein Freund! In diesen Provinzen wähne ich mich verlorener als ein Christ in Maurenland! Dieses Bauernvolk hier versteht meine Sprache nicht!“

Der Baron erhob sich und legte mir huldvoll seine schweren Pranken auf Schulter und Rücken. Alles an ihm war von stattlicher Größe: sein Stiernacken, die ausladenden Schultern, der mächtige Brustkorb. Er hatte blondes Haar, einen dichten Schnauzbart, blaue Augen in einem karminroten Rundgesicht. Sein prächtiges Wams war etwas in Mitleidenschaft gezogen, weil er aß wie ein Türke; er warf die abgenagten Knochen hinter sich und wischte seine Finger an den Röcken der Serviermädchen ab, die ihn nicht zu schelten wagten, denn beim geringsten Aufbegehren knurrte er, schaute zornig drein und drohte sogleich, dem Mädchen die Titten zu zersäbeln. Er sagte es auf französisch und wurde nicht verstanden, doch Blick und Ton waren beredt genug. Und hatte sich der Baron Finger und Schnauzbart von der Sauce gesäubert, befummelte er dem armen Ding noch ein bißchen den Hintern, war er doch ebenso lüstern wie fromm.

„Mein Freund“, rief er nach den Umarmungen, „Euer Wams ist noch ganz staubig vom Fallen vorhin. Holla, Page, nimm dem edlen Herrn das Wams ab und bürste es aus! Page, potz Daus! der Kerl schläft wohl! Herrgottspfingsten, ich hol ihm das Gedärme aus dem Leib!“

In Wahrheit gab er sich mit einer Backpfeife zufrieden. Der Schlingel wich ihr aus, schrie aber wie ein Schwein am Spieß. Dann entwendete er mir im Nu das Wams und eilte damit fort, denn der Spitzbube war mitnichten verschlafen, sondern ein Quecksilber und nicht minder ein Lügner und Frechling und hatte, fern den Ohren seines Herrn, ein arges Mundwerk. Ergötzlich übrigens zu sehen, wie er hinter dem Baron stand und die halb abgenagten Knochen auffing, was aber nicht des Pagen einzige Verpflegung war. Er plünderte auch die Schüsseln der Pilger, schnappte ihnen die besten Happen vor der Nase weg, sobald sie den Kopf abwandten. Rouen hieß dieser Page, nach der Stadt seiner Geburt, und das war schon eine recht merkwürdige Art, einen Christen zu benennen. Er hatte grüne Augen und auf dem Schädel einen wirren Busch roter Haare, so struppig und spießend, daß kein Kamm der Welt gegen sie ankam.

Doch zurück zu meinem Bericht. Nachdem mir das Wams abgenommen worden, setzte ich mich im Hemd auf den Schemel zwischen dem Baron und einem untersetzten, breitschultrigen Mönch, dem die dichten schwarzen Brauen das Antlitz in zwei Hälften spalteten. Der brave Apostel saß beim Speisen recht weit ab vom Tisch, weil sein Schmerbauch sich gewaltig vorwölbte.

„Monsieur de Siorac“, wandte sich der Baron an mich, eine lange Bigorrer Wurst schlingend, die er sich im ganzen Stück eingeführt hatte, „dieser Mönch ist Bruder Antoine“ – was sich, bei vollem Mund, so anhörte: „Müfer Mömpf ift Bruder Amtoam.“ Als die Wurst verdrückt war, trank er, um nachzuspülen, in einem einzigen Zug seinen Becher leer, dann fuhr er fort: „Bruder Antoine genießt mein volles Vertrauen. Er ist sehr gebildet. Er darf die Beichte abnehmen, und ich habe ihn meinen braven Pilgern zum geistigen Vater bestimmt.“

Bruder Antoine grüßte mit gütigem Kopfnicken, musterte mich indes aus seinen schwarzen Äuglein. Nur ja Vorsicht bei diesem Bruder! war mein Gedanke, vielleicht riecht er in mir den Hugenotten.

„Dieser Wein ist nicht von den schlechtesten!“ rief der Baron, den Becher absetzend, und grapschte sich mit ganzer Hand eine zweite Wurst.

Nachdem das Beutestück in den Mund geführt war, fuhr der Baron fort:

„Der Grund meiner Pilgerreise, Monsieur de Siorac, ist, daß meine arme Frau an einem fortwährenden Fieber langsam hinsiecht. Mein Freund, Ihr habt es erraten: ich begebe mich nach Rom, um unseren heiligen Vater, den Papst, zu bitten, er möge die Jungfrau Maria bitten, daß sie sich beim Göttlichen Sohn für die Gesundung meiner Gemahlin einsetzt.“

Welch eine Abgötterei! dachte ich, und wie viele Vermittler: der Papst! und Maria! Warum nicht einfach den Herrgott bitten? oder als Vermittler nur eben den Sohn, wie es in den Evangelien steht? Doch ich fühlte Bruder Antoines bohrenden Blick auf mir lasten, blieb fein still und setzte lieblichste Miene auf.

„Monsieur de Siorac“, fragte Bruder Antoine mit süßester Stimme, „Ihr begebt Euch ganz ohne Besorgnis zum Studium nach Montpellier, obwohl es dort von Ketzern wimmelt?“

„Ein braver Christ fürchtet den Teufel nicht“, entgegnete ich mit einem Lächeln.

„Das nenne ich gut geantwortet!“ rief der Baron. „Holla, Mädchen, Wein her!“

Doch das angerufene Serviermädchen stellte sich taub, und ich begriff warum.

„Mein Herr Dolmetscher“, sprach der Baron, „mehr als alle anderen Jungfern hier gefällt mir diese, und ich werde es sie die kommende Nacht spüren lassen. Sagt ihr, sie soll mir ihren Wein bringen, auf der Stelle, oder ich zersäbele ihr die Titten.“

„Ich gehe und sag es ihr“, antwortete ich und erhob mich, froh darüber, Bruder Antoines Auge zu entwischen und mich einer so hübschen Dirn zu nähern.

Ich strebte auf das junge Mädchen zu, und um es zu besänftigen, legte ich ihm beide Hände auf die Hüften und bedachte es mit einem freundlichen Lächeln.

„Mein Kind, erzürne den Baron nicht gar zu sehr. Er wünscht sich deinen Wein.“

„Es ist ... ich möchte nämlich nicht, daß dieser Esel mir den Rock vollschmiert, wie er es bei der Madeleine getan“, sagte sie.

„Und du, wie heißt du, Schätzchen?“ fragte ich. Und mein Lächeln kostete mich keine Mühe, da ihre schönen schwarzen Augen mich bezauberten.

„Franchou heiße ich, edler Herr.“ Sie machte eine Verbeugung und hielt den Weinkrug in die Höhe – ein sehr anmutiges Bild. Doch mich hatte vor allem der Name überrascht: Franchou! durchfuhr es mich, Franchou! Wie jenes Kammermädchen, das mein Vater vor der Pest aus der Vorstadt Lendrevie gerettet hatte!

„Franchou, wenn du dem Baron nicht gehorchst, will er dir die Brüste zersäbeln“, sagte ich.

„Jessas!“ rief Franchou mit einem Quentchen Entsetzen im Gesicht, das mich entzückte. „Dies also kauderwelscht er in seinem französischen Patois. Heilige Muttergottes, würde er das tun?“

„Weiß ich nicht. Er ist ein Mann von wenig Geduld. Geh hin, Franchou! Ich werde die Wirtin bitten, für den Schaden an deinem Rock aufzukommen.“

„Großen Dank, mein edler Moussu“, sagte sie und schaute mich sehr freundlich an.

Leider ließ es die Kleine dabei nicht bewenden. Kaum hatte sie dem Baron eingeschenkt, betatschte der sie und versaute ihr mit seinen fettigen Fingern den Rock.

„Ha!“ rief der Baron, „mir will scheinen, Herr Dolmetsch, Ihr habt nicht nur für meinen Heiligen gepredigt, sondern ebensosehr für den Euern, denn das Mädchen hat Augen nur für Euch!“

„Was sagt der Hornochs?“ fragte Franchou.

„Daß du eine kleine Schwäche für mich hast.“

„Was allerdings wahr ist“, gestand Franchou freimütig.

„Monsieur de Siorac, Ihr habt um den Hals ein schönes Kettchen. Darf man sehen, was daran hängt?“ fragte Bruder Antoine.

Ich holte die Medaille unter dem Hemd hervor.

„Die Jungfrau Maria!“ Er schlug das Kreuz. „Gebenedeit sei die Muttergottes! Und wer, mein Sohn, hat Euch diese schöne Reliquie geschenkt?“

„Meine Mutter“, sagte ich karg.

„Ganz gewiß ist Eure Mutter von vornehmer Geburt, da die Medaille aus Gold, edel gearbeitet und sehr alt ist.“

„Mitnichten“, erwiderte ich eilig. „Wir sind von jungem Adel. Mein Vater wurde auf dem Schlachtfeld von Ceresole zum Ritter geschlagen, und den Titel eines Barons erhielt er nach dem Sieg unserer Waffen vor Calais.“

Ich sagte die Wahrheit und täuschte dennoch, ganz wie mein Vater es zu Lendrevie im Gespräch mit dem Kapuziner gehalten. Denn mochte mein Vater, von niederer Geburt, erst jüngst geadelt worden sein, war meine Mutter doch, wie Bruder Antoine richtig geraten, vornehmen alten Geblüts: sie stammte von einem Castelnau ab, der in den Kreuzzügen gefochten hatte. Allerdings hätte ich Bruder Antoine diese Abkunft nicht dartun können, ohne einzugestehen, daß meine Mutter eine nahe Verwandte der Caumonts war, Herren von Les Milandes und Castelnau. Die Caumonts aber waren im ganzen Königreich dafür bekannt, daß sie im Périgord, im Quercy und im Agenais den reformierten Glauben unterstützten.

„Gewisserweise muß ich mich bei Euch entschuldigen,

mein Sohn“, sagte Bruder Antoine, dabei er sich mir zuneigte und mich mit gefälligerem Blick bedachte. „Euer schwarzes Wams – recht merkwürdig auf dem Leib eines jungen Edelmannes – ließ mich in Euch einen jener abscheulichen Ketzer argwöhnen, die sich, in Maskierung, unter uns drängen, um unseren Glauben zu verderben. Aber Euer wackeres Auftreten und diese heilige Medaille überzeugen mich, daß es nicht an dem ist.“

„Was! Mein Dolmetscher ein Ketzer?“ rief Caudebec. „Mönch, du träumst wohl!“

Er versetzte Franchou, um sie zu verabschieden, einen heftigen Klaps auf die Rundungen, schnappte sich eine Forelle und steckte sie sich mit Kopf, Schwanz und Gräten ins Maul. Franchou entfloh weinend und stöhnend, die Hand am Hinterteil, wo ihre Haut noch Stunden später arg gerötet war, das kann ich bezeugen.

„Mein Sohn“, fuhr Bruder Antoine fort, ein Auge auf die Serviermädchen geheftet, „wenig fruchtet es uns, dem Herrgott, der alles sieht, verhehlen zu wollen, daß wir aus einem gar zerbrechlichen Ton sind. So schwach ist unser Fleisch, daß der Teufel uns mit jedem Weiberrock in Versuchung führt (er hielt den Blick nicht gesenkt, im Gegenteil). Und dies ist ein sehr einladendes Haus (er seufzte), wo man gut ißt, vorzüglich trinkt und wo diese jungen Mädchen – gäbe Gott, ich täuschte mich! – es gewohnt sind, vor jedem Gast ihre Hüften zu wiegen. (Er tat einen weiteren Seufzer.) Morgen, mein Sohn, will ich Euch die Beichte abnehmen.“

Ha, so ein Schurke! Er versuchte es mit Überrumpelung! Der Argwohn dieses Betbruders war, entgegen seiner Behauptung, nicht verflogen. Er verdächtigte mich weiter, und weil er wußte, wie sehr die Hugenotten die Ohrenbeichte verabscheuen, legte er diese üble Fallschlinge aus!

Ich setzte redliche Miene auf: „Bruder Antoine, noch weiß ich nicht, ob ich meine Nacht in Unschuld verbringe. Sollte dies nicht der Fall sein, will ich morgen gern auf Eure guten Dienste zurückgreifen, um mich von meinen Sünden zu reinigen.“

Merkwürdige Sitte: es sündigt einer, er reinigt sich, sündigt wieder ... Weiter kam ich nicht in meinen Überlegungen, denn Baron Caudebec brüllte jäh auf, faßte sich an den Hals und schrie, er sei am Sterben, ihm stecke eine riesige Gräte im Schlund, wir sollten sofort einen Reiter nach dem Barbier schicken. Auf der Stelle, potz Daus! Sofort, Himmelpfingsten! Oder er würde in diesem teuflischen Haus alles niedermetzeln, den Koch, die Küchenjungen, die Saucenverderber, die Serviermädchen bis hin zur Herbergswirtin!

Ich bat ihn, sich zu beruhigen. Bis man den Barbier auftriebe, zumal dies ein Sonntag, litte er noch viele Stunden Pein. Lieber solle er sich brav hinsetzen, den Mund weit aufsperren und ein bißchen Geduld zeigen, ich selbst wolle mein mögliches tun. Er fügte sich. Ich ließ mir einen brennenden Kien bringen, um die Tiefe seines Schlunds auszuleuchten – es stank gewaltig aus diesem Abgrund –, und ich entdeckte die Gräte: sie steckte eine halbe Daumenbreite hinter dem Zäpfchen. Ich schnitt mir zwei lange Holzstäbchen zurecht, die Enden zu Spateln geformt, und benutzte sie als Pinzette. So gelang es mir, den winzigen Grund dieses großen Gezeters herauszuziehen.

Caudebec mochte seinen Sinnen nicht glauben, als er, zu seiner Erholung einen ganzen Weinkrug leerend, im Schlund keinerlei Schmerz mehr spürte.

„Potz Daus!" rief er und erhob sich auf die Beine. „Ein Wunder ist geschehen! Der Heiligen Jungfrau sei Dank! Und ... (er umarmte mich so ungestüm, daß ich fast selbst erstickte) auch dir danke ich, mein gelehrter junger Freund. Du bist heute mein wahrhaftiger Sohn, denn mein leiblicher Sohn ist, verglichen mit dir, nur ein Riesentölpel, der kaum rechts von links zu unterscheiden weiß, überm Lesen radebrecht, noch schlechter schreibt als ich und nichts im Sinn hat als Fuchsjagd, Völlerei, Saufen, die Bauern schinden, die Kammermädchen pfählen. Die Pest über diesen Ignoramus! Der hätte seinen so qualvoll leidenden Vater glatt sterben lassen! Monsieur de Siorac, Ihr seid mir von der Jungfrau Maria und allen Heiligen gesandt. Euch hat der Himmel auf diesen Schemel bestellt, um einen armen Sünder zu retten! Mein lieber Dolmetsch, mein liebreicher Vetter, mein ewiger, unwandelbarer Freund, was begehrst du zum Lohn für diesen Dienst, den du der Baronie Caudebec erwiesen? Verlange, was du willst! Alles sei dein!"

Und er bewies, wie sehr ein normannischer Baron nach Art der Gascogner zu übertreiben vermag, denn er fuhr fort:

„Sag an, was wünschst du? Meine Börse? Mein Pferd? Meine Tochter?“

„Aber, aber!“ wehrte ich ab, mit einem Lachen. „Eure Tochter im Tausch für eine Fischgräte?“

„Meine Tochter? Ich hab keine Tochter!“ rief Caudebec und lachte herzerfrischend über sich und mich, auf normannische Art, die so plump nicht war.

„Nun gut“, erwiderte ich, „wenn Ihr schon von einem jungen Mädchen redet ...“ Ich flüsterte ihm einige Worte ins Ohr.

„Ha, Mordskerl!“ rief er und lachte schallend. „Wüstling! Aber abgemacht! es kostet mich nicht viel. Obschon (er besann sich sofort wieder), ich hatte das Dämchen ins Auge gefaßt. Aber sei es (und er tat sehr großmütig), ich überlasse sie dir, mein Freund, da dies nun mal dein Begehr ist.“

Mir schien, er war recht erleichtert, so billig davongekommen zu sein – Schenken war, wie ich erraten hatte, seine Stärke nicht.

Unterdessen brachte der Page mein Wams zurück. Ich streifte es über, dann verabschiedete ich mich von Baron Caudebec, von Bruder Antoine und von dieser frommen Versammlung, die ihr Mahl noch nicht zur Hälfte eingenommen hatte, denn weiterhin sah man sie die aus der Küche herbeigetragenen Fleischmassen tapfer schlingen. Am Treppenabsatz rief ich den Pagen:

„Holla, Rouen, zu mir!“

Er eilte herbei und starrte mich mit seinen grünen Augen an, schien sich nicht ganz wohl in der Haut zu fühlen.

„Rouen, du hast mein Wams ausgebürstet und schuldest mir darum vier Sols“, sagte ich leise zu ihm.

„Vier Sols, wie das, Herr?“ Rouen sperrte das Maul auf.

„Aber genau. Die waren nämlich in meiner Tasche.“

„Vielleicht sind sie herausgefallen“, sagte Rouen, auf den Fußboden starrend, als suchte er sie.

„Glaube ich dir: aus meiner Tasche herausgefallen in deine hinein.“

„O nein, Herr!“ versicherte er, ohne die Stimme zu heben. „Ich schwör’s, ich bin eine ehrliche Haut!“

„Geh mir, Rouen! Schwören zu dieser Stunde! Was geschähe, wenn ich meine Rechnung deinem Herrn vorlegte?“

„Er würde mich grün und blau schlagen!“

„Um dir diese Pein zu ersparen, Rouen, verständigen wir

uns auf einen kleinen Handel. Falls du die vier Sols auf dem Fußboden findest, sollen sie nach gutem Finderrecht dir gehören. Und solltest du Bruder Antoine über mich reden hören mit dem Baron, erzählst du mir, was er gesagt hat."

„Topp, es gilt!" sagte Rouen, mit einem Grinsen von Ohr zu Ohr.

Ich kehrte zurück in mein Zimmer, sehr befriedigt darüber, auf welche Weise ich Bruder Antoine getäuscht. Ich hatte ganz nach meines Vaters Art gehandelt: die Wahrheit, so meinte er, schulde man nur Freunden, dem Feind sei mit List und Tücke zu begegnen, dabei er die Hugenotten oft mit den unterdrückten Hebräern der Bibel verglich.

Mein geliebter Samson hatte sich nicht entkleidet und nicht hingelegt, er fürchtete Heimsuchung unserer Bettstatt durch die von der Wirtin angekündigten Fremdlinge. Er hatte mit Unbedacht darauf beharrt, daß unsere Beischläfer Männer und nicht Weibsbilder sein sollten, war er doch selbst so schön und wohlgestalt, daß er einem Päderasten durchaus eine Versuchung hätte sein können.

Ich fand ihn grübelnd, grollend und schweigsam auf seinem Schemel, sehr betrübt ob meiner langen Abwesenheit. Ihm gegenüber saß Miroul, der den Mund nicht aufzutun wagte, nur hin und wieder an einer Saite seiner Viole zupfte, seinem Herrn zur Tröstung und weil es so schön klang.

Mein lieber Samson zeigte sich sehr erregt, nachdem ich ihm meine Erwägung nahegebracht, daß wir uns diesen normannischen Pilgern anschließen und in ihrer Begleitung bis Montpellier reisen sollten: der Trupp sei groß und gut bewaffnet, mit ihm würden sich die Straßendiebe der Corbières-Berge nicht anzulegen wagen.

„Was! die ganze Zeit mit diesen Papisten leben?" rief er. „Eine Maske tragen? ihre Messen hören? vielleicht gar beichten?"

Ich warf mich auf, stemmte die Hände in die Hüften.

„Mein Herr Bruder, ganz fehl ist Euer Murren", sagte ich etwas kühl.

Dieser Ton traf ihn in einem Maße, daß ihm die Tränen kamen, so groß war die Liebe, die uns verband. Ich selbst konnte es nicht ertragen, daß er, ob wenig oder viel, meinerhalben litt, und eilte, innerlich sehr bewegt, auf ihn zu, umarmte ihn, küßte ihn auf beide Wangen. Darauf Miroul seine Viole zupfte.

Ich setzte Samson auf das Bett neben mich und sagte: „Bruder, erinnert Euch, wie klug unser Vater handelte, als er Euch die Verwaltung unserer Börse anvertraute, mir aber die Führung unserer kleinen Schar, dabei er mir riet, allenfalls den Ratschlägen Mirouls zu folgen, der besser als wir die Räuber der großen Straßen kennt."

Hier senkte Miroul traurig das Haupt, denn seine ganze Familie war von einer solchen Schurkenbande niedergemetzelt worden, und ihm wäre Gleiches widerfahren, hätte er sich nicht geistesgegenwärtig im Heu versteckt.

„Aber das Brot brechen mit diesen blutrünstigen Papisten, die so viele der Unseren auf den Scheiterhaufen geschickt haben!" wandte Samson ein.

„Blutrünstig sind sie gewesen und könnten es wieder werden", sagte ich, „doch zur Stunde regiert irgenwie Frieden zwischen ihnen und uns. Ansonsten sind diese Normannen zwar Götzenanbeter, aber brave Leute. Laß mich nur machen, mein lieber Samson."

„Aber du weißt, ich kann nicht heucheln."

„Ich weiß es", sagte ich und legte ihm den Arm über die Schulter. „Darum werde ich für uns beide Verstellung üben. Du, Samson, hältst den Mund, sagst keinen Ton, ich aber werde erzählen, du littest an einem zehrenden Fieber, und Miroul pflegt dich und wird auf alle Fragen, die man ihm stellt, mit Akkorden seiner Viole antworten. Was meinst du, Miroul?"

„Mein Herr und Meister, ich denke, Ihr habt recht", erwiderte Miroul. „Weniger groß ist die Gefahr, mitten unter den Papisten zu reiten, denn allerwegen allein und auf unsere schwachen Kräfte angewiesen."

„Was aber werden sie tun, wenn sie uns auf die Schliche kommen?" fragte Samson.

„Nichts, möchte ich wetten. Der Baron ist zwar ein Rohling, aber nicht grausam."

Es klopfte an die Tür. Miroul öffnete, und es erschien, mit einem schweren Tablett in den Händen, Franchou.

„Meine Herrin sieht keinen Platz, Euch am Tisch unten im großen Saal unterzubringen, edle Herren, da dort die vielen Pilger aus dem Norden speisen", sagte Franchou und hatte nur Augen für mich.

„Aber das ist uns doch sehr angenehm!" erwiderte ich.

Samson den Rücken zuwendend, half ich Franchou, die Last zu einem Tischchen in Fensternähe zu tragen, wo wir ungestört Blicke tauschen konnten.

„Mädchen“, sprach ich zu ihr, da ich vor meinem Bruder ihren Namen nicht nennen wollte, „ich werde mich mit dem Essen beeilen. Sobald du von deinem Tagewerk frei bist, kommst du und sagst mir, ob Baron Caudebec meine Dolmetscherdienste benötigt.“

Sie verstand sofort, und ihre leuchtenden schwarzen Augen gaben es mir zu erkennen.

„Zu Diensten, edler Moussu“, sagte sie und verbeugte sich tief, doch ihr Blick war mitnichten so demütig.

Das saftige Fleisch war ein Genuß, doch so wonnig ich speiste, meine Aufmerksamkeit richtete sich anderwärts: ich lauschte den Geräuschen draußen im Gang; dort hallten schwere, schlurfende Schritte: die Pilger begaben sich zur Nachtruhe. Was auch mein lieber Samson tat, nachdem der letzte Becher Wein geleert war. Angekleidet lag er ganz am Rande der Bettstatt, damit unsere Gäste Platz fänden.

„Miroul“, flüsterte ich, „wenn die braven Leute kommen – und gebe Gott, daß ihre Schultern nicht zu breit und ihre Bäuche nicht zu dick sind –, dann sage ihnen, sie möchten sich leise gebärden, damit Samson nicht aufwacht.“

„Ich werde achthaben, Herr“, sagte Miroul. Und weiß der Teufel: wenn ihn etwas erheiterte und er es nicht zeigen wollte, blieb sein blaues Auge kalt, während das kastanienfarbene Feuer sprühte.

Irgendwer kratzte wie ein Mäuschen an der Tür, welche sich auftat, ohne daß jemand herein gesagt hätte.

„Mein edler Moussu, der Baron begehrt Eure Dolmetscherdienste“, sagte Franchou, die schönen vollen Wangen gebläht von so heiterer Lüge.

Ich sprang wie ein Ball in die Höhe.

„Sofort, ich eile! Miroul, hab gut acht auf meinen Bruder!“

„Ich wünsche Euch, Herr, gelungenes Dolmetschen in dieser Nacht“, antwortete Miroul, ernst wie ein Bischof auf der Kanzel, und zwackte seiner Viole zwei kleine Akkorde ab.

Ein ander Lied bekam ich am nächsten Morgen zu hören, als ich in aller Frühe auf dem Hof der *Zwei Engel* aus dem Brunnen Wasser schöpfte, um meine zeremoniöse Waschung zu betreiben – eine Gewohnheit oder Wunderlichkeit, die ich von meinem Vater habe, der in seinen Jugendjahren, damals noch nicht von Adel, zu Montpellier Medizin studierte und als eifriger Schüler des Hippokrates der Auffassung war, es gäbe eine natürliche Affinität zwischen dem Wasser und dem menschlichen Körper: das erste helfe dem zweiten, sich gesund zu erhalten. Möge es Gott gefallen – wenn ich mich hier zum Anwalt meines Vaters aufschwingen darf –, daß der Gebrauch des nassen Elements in unserem Jahrhundert und in diesem Königreich größere Verbreitung fände, auch unter den Standespersonen! Denn ich erlebte als Zwanzigjähriger, am Hofe Karls IX., vornehme hübsche Damen, die sich unendlich zierten und putzten, aber nie ein Bad nahmen. Und ist es nicht ein Jammer, daß diese zarten weiblichen Körper unter Seide und Zierat so schmutzig sind wie ein Landmann, der vom Morgengrauen bis zum Sonnenuntergang die Scholle bewegt? Wie bald erspürt ein Mensch von feinem Riechorgan den Dreck unter den Parfums, mit denen unsere Schönheiten sich bestäuben!

In Mespech verabscheute mein älterer Bruder François meine häuslichen Liebeshändel, ich aber ziehe es vor zu sagen: Es lebe Franchou, sofern Franchou sich in klarem Wasser wäscht. Und ein Pfui jener Prinzessin von Geblüt (ihren Namen werde ich nicht nennen), die sich bei Hofe zu rühmen wagte, sie habe den Schmutz von ihren Händen seit acht Tagen nicht entfernt! Und es ging nur um die Hände! Den Rest möge der Leser sich denken.

Ich war also dabei, mich zu besprengen, als in ihrem gelben Rock unsere schöne Wirtin daherkam, gar nicht liebenswürdig, sondern verdrossen und grimmig, mit mürrischer Braue, der Blick spitz wie ein Degen.

„Holla!“ sagte sie in verbiestertem Ton, „unser stattlicher Hengst ist dabei, sich nach seinem Ritt schmuck zu striegeln!“

Und da ich in meiner Verwirrung keinen Mucks von mir gab, fügte sie mit hämischem Lachen hinzu:

„In den Knien etwas weich, will mir scheinen!“

„Ganz und gar nicht!“ erwiderte ich, mich gereizt aufrichtend. „Und stets zu Euren Diensten, Gevatterin!“

„Ha, Schändlicher, das ist nicht wahr! Letzte Nacht habt Ihr meiner Speise die kalte Schulter gezeigt! Ihr habt nach anderem Hafer gewiehert!“

Da schon nicht zur Reue fähig, wagte ich es, ein klein bißchen unverschämt zu sein:

„Gevatterin, ich wollte eigentlich aus beiden Krippen futtern. Doch kaum hatte ich mich vor der einen eingerichtet, wurde mir der Halfter umgelegt.“

„Sofern dieser Halfter, wie ich vermute, aus zwei schwächlichen Armen bestand, hättet Ihr ihn abstreifen können. Ihr mögt Süßholz raspeln, soviel Ihr wollt, auf Euer Gerede gebe ich nichts mehr. Beginnt mit der einen und endet mit der anderen!“

„Aber Gevatterin, wenn ich zurückkehre ins Sarladische, liegt die Herberge *Zu den zwei Engeln* wieder an meinem Weg. Wir werden noch manche Gelegenheit haben, uns wiederzusehen.“

„Laßt die leeren Versprechungen! Räucherbraten mag ich nicht!“ Sie wandte sich erregt ab, und über die Schulter hin fügte sie hinzu: „Ein Laffe, wer da glaubt, ich würde auf ihn warten!“

Der „Laffe“ war mir ein arger Nadelstich, den ich mir freilich mit meinem dummen Geprahle von den zwei Krippen verdient hatte.

„Nun denn, da zwischen uns keine Freundschaft mehr ist“, entgegnete ich frostig, „macht mir die Rechnung, Gevatterin, ich werde abreisen.“

„Die Rechnung ist schon aufgesetzt!“ Mit einem Ausdruck von Triumph und Rache im Gesicht wandte sie sich wieder um. „Drei Essen zu je acht Sols: macht vierundzwanzig Sols. Ganze sechs Sols für das Zimmer, da Ihr es mit anderen geteilt habt. Zwölf Sols für die vier Pferde. Und dann, mein edler Herr, achtzehn Sols für das Mädchen, das Euch die Nacht so annehmlich gemacht hat.“

Mir verschlug es die Sprache. Schweiß rann mir plötzlich über den Rücken bei dem Gedanken, daß ich meinem lieben Samson – er gebot über unsere Börse – den Grund erklären müßte für eine so unmäßig große Zusatzausgabe.

„Was denn! Ich soll eine Gunst bezahlen, die man mir schenkt?“ fragte ich.

„Hängt davon ab, wer sie schenkt“, antwortete die Wirtin.

„Potz Daus! wie der Baron sagen würde. Ich soll zahlen für ein Mädchen, das in mich vernarrt ist?“

„Ihr versteht mich nicht, Moussu!“ sagte die Wirtin eiskalt. „Ihr zahlt nicht für besagtes Mädchen, sondern weil Ihr sie zu meinem Schaden eine ganze Nacht dem gemeinschaftlichen Gebrauch entzogen habt.“

„Ja wo bin ich denn hier?“ rief ich, die Fäuste in die Hüften stemmend. „In einem Bordell?“

„Nicht doch, mein Herr!“ gab die Wirtin zurück. „Ihr befindet Euch in einer ehrbaren christlichen Herberge, wo man sich um das Wohlbefinden der Reisenden sorgt.“

„Um das christliche Wohlbefinden!“ bemerkte ich spöttisch.

Doch dann schwieg ich, weil ich spürte, daß solche Anzüglichkeit mir gewaltig auf die Nase zurückfiel. Auch stand die Wirtin unverrückbar wie ein Fels vor mir, weshalb ich Ton und Miene änderte: ich lächelte, beschenkte sie mit einem Blick, schmeichelte ihr. Alles vergebens! Sie wankte nicht. Bis ich endlich begriff, daß ich mich, um sie zu besänftigen, mit ihr auf andere Weise einigen mußte.

Das Wie kann sich der Leser selbst ausmalen, doch möge er kein gar zu strenges Urteil über mich fällen, war ich doch eben erst meinem Nest in Mespech entflogen, ein junger Gimpel, der sich noch gern auf jedem Ast niederließ. Von Natur bin ich kein Bruder Leichtsinn. Zudem wollte ich meinen geliebten Bruder weder in seiner Seele noch in der Obwaltung unserer Börse kränken, und das wog schwer bei meiner Entscheidung.

Katzenjammer liegt mir hier freilich fern. Es war dies kein so großes Opfer, obwohl ich mich zunächst mürrisch dreinschickte. Aber die Wirtin war es wert, selbst nach den Ermüdungen der verstrichenen Nacht, den Hosenschlitz aufzutun. Tausend Teufel, welch feuriger Ofen! Und welch köstlicher Gedanke für mich, daß ich der Blasebalg war, der diese Schmiedeglut anfachte. Ach, welch ein Jammer, sann ich, erschöpft und zufrieden, während ich meinem Zimmer zustrebte (wo Samson noch schlummerte, im Verein mit zwei dicken Mönchen), welch ein Jammer, daß die dem Körper wie auch der Seele so zuträglichen Vergnügungen in des Herrgotts Augen als sündig gelten außerhalb der Ehe! So jedenfalls lehrt man es uns. Und es muß wohl auch wahr sein, wenn beide Glaubensrichtungen des Königreiches, die refomierte wie die katholische, sich darin einig sind.

ZWEITES KAPITEL

Ich wollte vermeiden, daß Samson aufwachte; also begab ich mich in den Raum nebenan, schlüpfte in das leere Bett Mirouls, der sicherlich schon beim Striegeln der Pferde war, und streckte meine Glieder auf dieser schmalen Pritsche aus, die Lenden wohlig matt, die Lider schwer.

Wie gar verwundert war Samson, als er mich am hellen Tag da ruhen sah, obwohl ich in Mespech immer der erste auf den Beinen war. Gegen Mittag endlich entschied er sich, mich zu wecken, und ich erzählte ihm, während ich mir die Augen rieb, wie sehr mich mein Dolmetschen ermüdet habe, schämte mich freilich ein bißchen meiner Lüge, da er mich gar sehr bedauerte. Was bist du doch für ein schöner Engel, mein Samson, dachte ich, aber ein guter Wächter – sehr zum Wohle meiner Sünden – bist du nicht!

Unterdessen tat Caudebec sich's gütlich in dieser Herberge. Am Abend hatte er mir gesagt, er wolle im Morgengrauen aufbrechen. Doch zu Mittag – er hatte keinen Samson an seiner Seite – schnarchte er noch, und als er um drei Uhr die Augen aufschlug, rekelte er sich und verlangte Braten und Wein. Nachdem er getrunken und gegessen, erklärte er, der Kluge wisse seine Reittiere zu schonen, er wolle den Pferden Erholung gönnen und bräche erst am folgenden Tage auf. Folgenden Tags aber schlief er um Mitternacht über den Brüsten eines Mädchens ein und öffnete die Augen erst am Mittag darauf. Vielleicht hätte er sich, die Abreise Tag um Tag hinausschiebend, reihum mit allen zwölf Zimmermädchen gütlich getan, wenn nicht Bruder Antoine ihn daran erinnert hätte, daß seine Ehegemahlin auf Schloß Caudebec am Fieber hinsiechte und der Baron, falls er weiter säumte, Rom erst erreichen würde, wenn die Kranke schon in Gottes Frieden eingegangen wäre.

So geschah es, daß die Brüder Siorac und ihr Diener Miroul, an einem Sonntag in der Herberge *Zu den zwei Engeln* eingetroffen, im Verein mit den normannischen Pilgern erst am Donnerstagmorgen wieder abreisten. Die vier Tage Wartens hatten auf Samson wie Blei gelastet, auf mir aber wie Kork, obwohl mein „Dolmetschen“ mich sehr in Anspruch nahm.

Die Wirtin wahrte mir allzeit gute Freundschaft, doch ohne in der Rechnung Rabatt zu gewähren, außer im Falle der Zusatzsumme, die sie aus Ärger gefordert hatte. Als ich sie aber bat, Franchou den Rock zu bezahlen, den der Baron ihr verdorben hatte, wehrte sie rundweg ab. Und ich spürte, daß ich, wenn ich zu sehr darauf beharrte, Franchou damit nicht dienen und daß die Wirtin sie vielleicht fortjagen würde, was mich dann wahrlich bekümmert hätte, da ich die Ärmste ein klein bißchen ins Herz geschlossen, denn sie war ein gar nettes, braves Mädchen. Im Jahr darauf ließ sie sich leider von einem Quidam schwängern und starb im Kindbett, wie so viele Frauen, denen die Natur eine rechte Stiefmutter ist, da sie ihnen nur um den Preis des eigenen Lebens Leben zu geben gestattet.

Um auf Franchous Rock zurückzukommen: ich wollte zu meinem Versprechen stehen und handelte mir von Samson zwanzig Sols (und eine harsche Strafpredigt) ein, indem ich behauptete, diese Summe beim Würfelspiel an Caudebec verloren zu haben. Samson glaubte mir die Geschichte, dagegen Miroul das kastanienfarbene Auge blitzen ließ.

Als meine Franchou sich so reich sah, hüpfte sie vor Freude, legte mir den Halfter ihrer Arme um den Kopf und preßte sich an mich, als wollte sie tief in mich eindringen. Doch ihr fiel ein, daß ich am folgenden Tag aufbräche; jäh wich da die Freude der Trauer, indes sie mir unter Tränen tausend kleine Küsse auf den Hals drückte.

Auch der Wirtin wollte ich zu Diensten sein, eingedenk daß ich ihr mehr denn nur einmal auf meinem Wege begegnen würde. Ich warnte sie, der Pilger Zeche ließe sich nicht ohne Mühe eintreiben, da der Baron viel eher gewillt sei, seinen Hosenlatz aufzutun als seine Börse. Sie verstand mich sehr gut, zumal im Laufe dieser vier Tage ihre Rechnung vielleicht größere Aufrundung erfahren hatte als statthaft.

Die Gevatterin, von mir sorglich gewarnt und die Gunst des Kriminalleutnants von Toulouse genießend, bat letzteren, sich zur Zahlstunde mit einigen Arkebusieren bei ihr einzufinden. Sein Erscheinen wirkte Wunder und besänftigte die Donnerwetter des Barons, der schon gedroht hatte, der Wirtin die Titten zu zersäbeln und das ganze Gesinde vom Sudelkoch bis zum Küchenjungen abzuschlachten.

Als er wieder bei Vernunft war, argumentierte er noch, redete so lange und so geschickt – der Kriminalleutnant wagte nicht sonderlich, auf den Zahlen der Wirtin zu beharren –, daß er die genannte Summe um etliches herunterhandelte. Und so trennte man sich zu aller Zufriedenheit.

Doch hatte dies viel länger gedauert als beabsichtigt, die Truppe ritt erst nach Sonnenaufgang los und konnte bis zum Einbruch der Dunkelheit nur eben sechs Meilen bewältigen.

Wir übernachteten in einem sehr schlecht befestigten kleinen Marktflecken, bei kleinem Mahl zu kleinem Preise. Die Zimmermädchen der Herberge waren unsäglich verlebt und alt, der Wirt voll Mißtrauen gegen diese Franzosen aus dem Norden.

„Himmel!“ sagte Caudebec, während er mit spitzem Mund einen Sud von Saubohnensuppe mit wenigen Stückchen Salzfleisch drin aß, „dies ist, nach dem Paradies, nun wahrlich die Hölle! Der Wein beißt wie Pisse! Herr Dolmetsch, sagt diesem Fastengesicht, er soll mir wenigstens ein knuspriges junges Ding beibringen, das meinen Schlaf bewacht.“

Ich übersetzte, und der Wirt machte ein sehr mürrisches Gesicht.

„Herr“, wehrte er rundweg ab, „dies ist kein Kramladen, und ich biete keine Schürzen feil.“

„Was sagt das Langgesicht?“ rief Caudebec.

„Man hat hier keine Mädchen.“

„Was! Keine Mädchen? Im ganzen Kaff nicht? Potz Daus! Macht sich hier einer lustig über Caudebec?“

„Mitnichten“, versuchte ich ihn zu besänftigen, „sie werden alle fort sein, dem Bauersmann bei der Ernte zu helfen.“

Doch Caudebec konnte sich nicht beruhigen, er fluchte, wollte alle massakrieren, zog seinen Langdolch aus der Scheide. Den Wirt ließ das kalt.

„Herr Baron, steckt das Ding wieder ein“, sagte ich, „dieser Ort ist uns nicht gewogen. Suchen wir nicht Streit. Eine Nacht ohne Mädchen ist rasch überwunden.“

„Keineswegs!“ sagte Caudebec, plötzlich ganz traurig. „Ohne Weib in meinem Bette denke ich nur an den Tod, ans Fegefeuer und an meine großen Sünden.“

„Herr Baron, schliefet Ihr einmal ohne Mädchen, wären Eure Sünden weniger groß“, sagte Bruder Antoine.

„Aber ich denk nicht an meine Sünden, wenn ich mit Mädchen sündige. Schlimm ist nicht die Sünde, sondern daß man dran denken muß.“

Und er begann zu weinen. Ja, dieser hohe, mächtige Baron weinte! Allerdings hatte er viel getrunken.

Ich wandte mich an den Wirt und versicherte ihm, er könne in Frieden gehen, er würde hinfort nicht mehr belästigt werden. Doch der Wirt erwiderte in seinem Dialekt:

„Ich fürchte mich nicht. Es wird dem Gerechten kein Leid geschehen.“

Bei diesem Bibelspruch erriet ich in ihm einen der Unseren, wie schon sein erster Blick es mir verraten hatte, die Art, wie er die Pilger, ihre Medaillen und die Mönche abschätzig musterte.

„Ach! im Fegefeuer bin ich schon“, sagte der Baron, und wie Herbstregen rannen ihm die Tränen. „Diesen Fraß löffeln! Diesen Essig trinken! Und von zahnlosen Weibern bedient werden! Ringsum nichts, was einem das Herz erfreut! Und nichts unter der Pfote! Himmelherrgott! Ich bin bereits tot und verdammt!“

Und so sehr bekümmerte ihn sein schlimmes Los, daß er von dem Trester soff, bis er unter den Tisch fiel. Am nächsten Tag war er dennoch nicht weniger knauserig, eine ganze Stunde feilschte er mit dem Wirt und drückte die Rechnung letztlich auf eine sehr ehrbare Summe herab. Die Sonne zeigte bereits Mittag an, als wir endlich auf der großen Straße von Toulouse nach Montpellier weiterzogen.

An diesem Tag bewältigten wir nur knapp mehr als fünf Meilen, und wir nächtigten in Castelnau d'Ary. Samson und ich und auch Miroul, wir waren sehr ungeduldig, weil es gar langsam voranging; unsere Pferde hätten täglich zehn Meilen geschafft, so schnell und ausdauernd waren sie, und sonderlich Samson bekümmerten unsere Ausgaben in den vielen Herbergen. Die von Castelnau d'Ary hatte als Schild einen goldenen Löwen, und dieser Löwe zeigte sich sowenig engelhaft wie die zwei Engel in Toulouse: er hatte einen großen Rachen, die Fleischstücke zu verschlingen, und gewaltige Krallen, jene zarte Beute zu packen, daran es diesem „Logis“, wie es sich bescheiden nannte, nicht fehlte.

Die Wirtin buk überdies so vorzüglich, daß es mir nicht gelänge, die ganze Kuchenvielfalt zu beschreiben, mit der sie uns zum Naschen verführte. Diese Köstlichkeiten wurden am Morgen auf dem Tisch im großen Saal ausgelegt, und jeder Logiergast konnte sich allzeit in solcher Menge bedienen, daß auch dem größten Appetit Genüge ward. Zudem setzte die Wirtin nichts davon auf die Rechnung. Noch heute läuft mir das Wasser im Munde zusammen, wenn ich an die Gaumenfeste denke, die uns die Wirtin des *Goldenen Löwen* gratis bescherte.

Die rundliche kleine Wirtin, die so geübt im Kuchenbacken und von so schenkfreudiger Seele, hieß im Ort die *Patota*, weil sie das runde Gesicht einer Puppe hatte. Ansonsten war sie vernarrt in den gewaltigen Schnurrbart ihres Ehemannes, war ihm treu wie Demant und darum nur mit dem Auge zu berühren.

Aber es gab in diesem Logis so viele leichter berührbare Mädchen, daß Caudebec sich wie der Fuchs in seinem Bau hier gemütlich einrichtete und fünf lange Tage verweilte, unter dem üblichen Vorwand, den Pferden Erholung zu gönnen. Dergestalt wir noch heute dem Löwen dort die Mähne kämmen würden, hätte nicht Bruder Antoine, der dem Baron beim Erwachen die Beichte abnahm, gebieterisch die dichten schwarzen Brauen gewölbt. Das reichte aus. Am folgenden Morgen lichteten wir Anker in diesem Hafen.

Vom Pagen Rouen erfuhr ich, daß Bruder Antoine dem Baron gedroht hatte, ihm einige Ablaßtage zu streichen, die Caudebec jüngst erst erworben. Denn der gute Mann, sonst so knauserig mit den Seinen, war es mitnichten im Falle des eigenen Heils; peinlich genau führte er Rechnung über Tausende von Ablaßtagen, die er sich mit seinen Opfergaben erkaufte, um sein Verweilen im Fegefeuer zu kürzen.

Bevor wir den *Goldenen Löwen* verließen, trat ich vor die Patota, ihr meinen herzlichen Dank abzustatten und ihr züchtig die Wangen zu küssen. Ich wußte fürwahr nicht, was ich an ihr zuvörderst bewundern sollte: ihre Schönheit oder ihre Backkunst oder ihre Tugend.

„Edler Herr“, sprach die Patota mit wogendem Busen, „Ihr wart hier zu allen so lieb und wart allen so dienstbar, daß ich nahe am Weinen bin, nun ich Euch fortziehen sehe auf der großen Straße, wo so große Gefahr auf Euch lauert. Gott schütze Euch, und möge er Euren Bruder von seinem schleichenden Fieber heilen! Wünschet Ihr noch ein Küßchen, mein junger Moussu?“

Begeistert und innig küßte ich sie abermals auf die Wangen.

„Beim heiligen Honorius! da weine ich nun doch!“ sagte die Patota gerührt. „Ich Törin, daß ich mich so an meine Kundschaft hänge! Edler Moussu, studieret fleißig in Montpellier! Meidet Streit und Spiel, und bei der heiligen Jungfrau! haltet Euch von den Mädchen fern: sie verderben den Körper und schaden der Seele, wie Ihr wohl wißt.“

„Aber hieße das nicht, Euer lieblich Geschlecht zu schmähen?“ wandte ich ein. „Trotzdem sei's versprochen, ich werde mich mäßig bedienen. So mäßig wie Eures leckeren Backwerks“, fügte ich lachend hinzu.

Auch die Patota lachte herzhaft.

„Noch ein Küßchen, gute Wirtin?“ fragte ich und küßte sie wieder.

„Holla, mein edler Herr!“ rief der Ehemann der Patota, an seinem langen Schnurrbart zupfend, „Ihr werdet meinem Weib noch die Wangen ruinieren!“

Der Wirt war ein kerniger Bursche mit wachem Blick, zupackend und von gewandter Zunge. Er schätzte sich glücklich, ein so rühriges Weib zu besitzen, so tugendsam und eine so vortreffliche Kuchenbäckerin. Ein wenig eifersüchtig war er trotzdem, verbarg es aber, aus Stolz, hinter kleinen Spötteleien.

Ich saß schon im Sattel und wollte meine Accla in Trab setzen, als ein hübsches Kammermädchen uns hinterdrein gelaufen kam.

„Ho, Accla, ho!“ Ich hielt meine Stute an. „Was möchtest du, mein Kind?“

„Die Herrin schickt Euch diesen kleinen Proviant an Kuchen, um Euch den Ritt angenehmer zu machen.“

Und sie überreichte mir das liebreizende Geschenk, in einem sehr sauberen, an den vier Zipfeln verknoteten Tuch. Ich steckte das Bündelchen in meinen Mantelsack, ließ der Patota ergebensten Dank ausrichten und gab dem Pferd die Sporen. Schamvoll gestehe ich, daß ich den Tränen nahe war, so sehr erinnerte mich die Aufmerksamkeit der Patota an meine Barberine und ihre kleinen Leckerbissen, die sie mir zusteckte, sooft ich Mespech verließ.

Ich holte unsere Schwadron wieder ein, doch da es bergauf ging, ließ ich mein Pferd, wie alle es taten, im Schritt gehen. Und nun war ich in Gedanken ganz bei Mespech mit seinem großen Weiher, seinen grünen Auen, seinen lachenden Hügeln: es schnürte mir die Kehle zu, so sehr vermißte ich mit einemmal die Wärme meines heimatlichen Nestes.

Seltsam, ich vermißte nicht nur meinen Vater (der in allem mein Vorbild und Held), meinen Onkel Sauveterre, mein Schwesterchen Catherine, meine beiden Vettern, sondern auch die Mauern, Türme und Pechnasen von Mespech, das Torhaus und die Wälle und dazu unser Gesinde, das immer so emsig bei der Arbeit war, in Sprüchen und Spötteleien nie knausrig. Doch ganz gewiß! sie würden mich ebenso vermissen. Denn fast alle dort hatten meine Geburt erlebt, und weit eher als mein Nichtsnutz von älterem Bruder, den sie für eingebildet und unnahbar hielten, war ich für sie der Prinz des Hauses, weil ich die Redegabe, das franke Lachen und die freundlichen Umgangsformen meines Vates hatte.

Man verzeihe mir, daß ich sie hier in derselben Reihenfolge nenne, wie ich es damals in meinem Herzen tat: Steinbrecher Jonas, Petremol und Escorgol, die später Gekommenen; mein Fechtmeister Cabusse, Faujanet, Coulondre Eisenarm, alle drei ehemals Soldaten unserer Legionen, sowie der arme Marsal Schielauge, der zu Lendrevie den Tod fand. Lauter brave, verläßliche Leute, inbegriffen ihre liebreizenden Frauen: die Cathau des Cabusse, die Sarrazine des Jonas, die Jacotte des Coulondre; und auf der Burg meine schöne Barberine, die geschwätzige Maligou und ihre hübsche Tochter Gavachette, unsere gestrenge Alazaïs (kräftig wie zwei Mannsbilder, ganz abgesehen von ihrer moralischen Stärke) und Franchou, die der Himmel dazu ausersehen hatte, meinen Vater in seinem vorgerückten Alter rüstig zu halten.

Ach! wie fühlte ich mich jetzt nackt und bloß ohne sie, allein und wehrlos, ich, dem die Führung unserer jungen Truppe auf diesem gefahrvollen Ritt anvertraut war.

Aus diesem melancholischen Sinnen riß mich der Page Rouen. Er ritt mir dicht zur Seite und bat leise, mit mir sprechen zu dürfen. Ich nickte und hielt Accla an, damit das Gros der Truppe vorausritte.

„Herr, gegen Euch wird ein schändliches Komplott geschmiedet“, sagte Rouen. „Bruder Antoine redet wider Euch vor dem Baron.“

„Was sagt er?“

„Daß er Eurem Bruder, der doch zu Pferde reitet und von frischer Gesichtsfarbe ist, das schleichende Fieber nicht abnimmt. Ebensowenig glaubt er, daß Ihr der wahren Religion angehört, denn seit Toulouse habt Ihr nicht gebeichtet, trotz allem, was Ihr in den Herbergen getan.“

„Und was antwortet der Baron?“

„Er versichert, daß er Euch recht sehr mag. Sollte sich aber beweisen, daß Ihr ein Ketzer seid, wird er Euch seinen Degen durch die Leber bohren in der Erwartung, daß er nach seinem Tode von Unserem Herrn Jesus Christus Vergebung erfährt.“

„Meine Leber soll ihm das Heil bescheren!“ spöttelte ich, innerlich sehr erregt. „Lieber Rouen, ist das alles?“

„Keineswegs. Bruder Antoine meint, anstatt Euch umzubringen – was nicht gefahrlos wäre –, sollte man Euch alle drei den Richtern von Carcassonne übergeben, zur Ermittlung Eures wahren Glaubens.“

„Ein braver Apostel!“ rief ich, immer noch Gelassenheit heuchelnd. „Rouen“, fuhr ich lächelnd fort, „nimm als Dank für deine Treue dieses Kuchenstück und diese zwei Sols entgegen. Aber ich bin kein Ketzer und werde es zur Genüge beweisen.“

„Und wärt Ihr es“, sagte Rouen, „würde ich Euch dennoch mehr mögen als den Bruder Antoine, der meine Streiche dem Baron hinterbringt, so daß kein Tag vergeht, an dem ich nicht ausgepeitscht werde. Ach! so übel setzt mir die Peitsche zu, daß mein Hintern schon arg lädiert ist, ich kann mich nur unter großer Pein im Sattel halten! Verdammt, die Pest wünsch ich dem berockten Schwein an den Hals! Und die Hunde sollen ihn beißen, an gleicher Stelle, die meine Wunde trägt!“

„Beim heiligen Antonius, da will ich dir helfen, so gut ich kann!“ versicherte ich, schenkte ihm ein weiteres Kuchenstück und schickte ihn an seinen Platz zurück, er solle weiter kräftig lauschen. Ich selbst blieb eine Weile hinten, sehr nachdenklich, den Blick auf die Ohren meiner Accla geheftet. Brave Accla! du würdest keine Stute mit den Hufen treten wegen eines Dogmenstreits! Aber die unangenehme Nachricht des Pagen – welch schlechtes Bild gab sie mir von meinesgleichen! Dieser wenig brüderliche Bruder, den ich in nichts beleidigt hatte! Dieser Baron, dem ich durch meine Dolmetscherei so viele gütliche Dienste erwiesen! Hatte ich ihm die Gräte aus dem Schlund gezogen, damit er Blut und Tod gegen mich erbrach? Himmlischer Herrgott! Kaum habe ich Mespech verlassen, zeigen sich mir die Menschen in ihrem wahren Wesen, ihrem Eigennutz nachgehend in dieser Welt, wo der Unschuldige nicht bessere Behandlung erfährt als der letzte Bösling!

Ich war niedergeschlagen und wie versteinert ob dieser Schicksalsdrohnung. Welchen Unwägbarkeiten hatten wir drei uns da ausgesetzt? Bei den Pilgern bleiben wäre gefährlich, die Pilger verlassen nicht weniger gefährlich, denn hinter Carcassonne kamen die Corbières-Berge, wo die Räuberbanden lauerten. Mir fielen Verse aus dem Alten Testament ein: „Herr, man hat mich denen zugezählt, die da ins Grab fahren! Herr, die Bösen gedeihen wie das Gras! Herr, wie lange noch werden sie triumphieren und dein Volk zertreten?"

Ich sprach ein kurzes Gebet und fühlte mich höchlich gestärkt, aber ratlos, war doch die Welt der Leiber, in der ich zu handeln hatte, nicht jene der Seelen. Gleichwohl hatte ich entschieden, Samson meine Befürchtungen zu verhehlen, weil ich im voraus wußte, daß der schöne Engel mir im Zeitlichen keine Hilfe sein würde. Miroul dagegen hatte den Kopf fest auf den Schultern und die Beine fest auf der Erde. Und wie mein Vater es mir angeraten, traf ich Vorkehr, ihn zu befragen. Ich zog ihn so weit abseits, daß Samson und die Pilger uns nicht hören konnten, und erzählte ihm alles.

Er lauschte, ohne auch nur mit der Wimper zu zucken.

„Moussu", hob er an, als ich geendet hatte, „Eure schöne Amme Barberine habe ich erzählen hören, daß Euer edler Vater und Monsieur de Sauveterre zu Zeiten, als sie den neuen Glauben noch nicht öffentlich bekunden mochten, eine List anwandten, um in Mespech die Messe zu hören, ohne es wirklich zu tun. Sie hatten in der Burgkapelle eine Luke aufgetan, welche die Stimme von Pfarrer Pincettes ins Obergeschoß leitete, hinauf in das Zimmer von Monsieur de Sauveterre. Weil Eurem lahmen Onkel der Treppenabstieg schwerfiel, hörten sie die Messe dort oben und fern dem Blick des Geistlichen. In Wahrheit sangen sie leise die Psalmen Davids ..."

„Ich habe die Öffnung gesehen, und mein Vater hat mir die Geschichte erzählt."

„Moussu, macht es wie Euer Vater, bedient Euch der List, beichtet", sagte Miroul.

„Ich diesem teuflischen Bruder beichten? Er wird schon beim ersten Wort merken, daß ich nicht Papist bin."

„Ihr braucht ja nicht bei ihm zu beichten, wendet Euch an Bruder Hyacinthe, der etwas schwer hört, im übrigen ist er ein Träumer und Tor und kein Freund von Bruder Antoine, denn er wird von ihm abfällig behandelt, weil er einem anderen Orden angehört."

„Wunderbar! Woher weißt du das alles, Miroul?"

„Ich unterhalte mich mit den Dienern. Diener wissen mehr als die Herrschaften, manchmal auch über die Herrschaften."

Sein kastanienfarbenes Auge blitzte auf, während das blaue Auge kalt blieb, ein Zeichen, daß er im Bilde war, wie ich meine Nächte in den Armen der zwei Engel und in den Krallen des Löwen verbracht hatte.

Bruder Hyacinthe ritt stets am Schluß unseres Zuges; nicht daß sein Klepper schwach gewesen wäre, er trieb ihn nur eben nicht, ließ die Zügel am Sattelknopf hängen, hielt die Hände allenfalls fromm gefaltet über einem dicken Wanst, um den seine Gedanken unablässig zu kreisen schienen unter der tief ins Gesicht gezogenen Kapuze. Dämmrig in sich gekehrt, ritt er den ganzen Tag so hin, friedvoll, bedächtig, schweigsam, dabei die Mähre ihren Herrn nachahmte und erst in Trab fiel, wenn sie die Artgenossen aus dem Blick verlor. Nie richtete Bruder Hyacinthe ein Wort an seinesgleichen und hatte für niemanden, der ihn ansprach, eine Erwiderung, stellte sich taub, brabbelte nur immerzu ein Vaterunser, damit er nicht gestört würde, und dünkte stets wie in innerer Sammlung. Bei den Pilgern stand er im Geruch der Heiligkeit, und Caudebec hielt ihn hoch in Ehren.

Kehrte man aber zur Nacht ein und gab es ein gutes Mahl, dann wachte unser Eremit auf, streifte die Kapuze ab, enthüllte seinen blanken Schädel, und man sah sein stattliches Vollmondgesicht und die karminrote Nase. Dann hatte er auch wieder sein Gehör und lauschte, was die Wirtin an Fleischspeisen anbot; desgleichen auch eine kräftige Stimme, um die Serviermädchen mit dem Wein zu rufen. Und er aß und trank mit wohliger Miene, wie manche Ordensbrüder, die sich weidlich den Magenfreuden hingeben, weil ihnen tiefer angesiedelte Wonnen verwehrt sind. (Allerdings erlebte ich Mönche, auch in diesem normannischen Trupp, die sich um Regel und Gelübde nicht scherten, sondern sich in der Sünde der Wollust wie in der Sünde der Gefräßigkeit sielten.)

Doch zurück zu meinem Bericht. Ich zügelte meine Accla, was so einfach nicht war, weil meine kleine schwarze Stute diesen großen normannischen Pferden stets voraus sein wollte, und ritt neben dem Mönch her.

„Bruder Hyacinthe", sprach ich ihn laut an, zu seiner Kapuze vorgebeugt, „würdet Ihr die Güte haben, mir die Beichte abzunehmen?"

„Eh? Eh? Eh?" sagte er nur, ohne den Kopf zu wenden.

Und er brabbelte ein Vaterunser und ein weiteres gleich hinterdrein. Da langte ich in meine Satteltasche, holte ein Kuchenstück der Patota hervor und hielt es ihm unter die Nase.

„Gott vergelt's, mein Sohn", sprach Bruder Hyacinthe, schnappte das Kuchenstück und steckte es in sein breites Maul.

Nachdem er es gekostet, auf der Zunge hin und her gewendet, gegen den Gaumen gedrückt, in köstliche Krümelchen zerkleinert und endlich hinabgeschlungen hatte, sagte er mit einem Seufzer:

„Das kann ich tun, gewiß. Unser heiliger Vater, der Papst, hat meinen Orden im Jahre 1256 ermächtigt, mit Erlaubnis des Herrn Bischofs in den Grenzen der Diözese die Beichte abzunehmen."

„Bruder Hyacinthe, könnt Ihr nicht auch außerhalb Eurer Diözese die Beichte abnehmen?"

„Gewiß kann ich das. Ich habe die Erlaubnis, diesen Pilgern hier allenorts die Beichte abzunehmen."

„Ich bin aber kein Pilger."

„Macht nichts, Ihr gehört zu unserer Truppe, als Dolmetscher des Barons."

Hierauf blieb er so lange stumm, daß ich schon meinte, er sei eingeschlafen. Doch dann fuhr er fort:

„Mein Sohn, ich gehöre dem ärmsten aller Bettelorden an und habe in meinem Mönchskleid keinen einzigen Sol. Fürwahr, ich trage nicht Lederstiefel an den Füßen, habe nicht goldene Schnüre an meiner Kapuze wie etliche Benediktiner, die ich zu nennen wüßte."

„Es stimmt, Bruder Antoine scheint recht betucht zu sein."

„Betucht!" rief Bruder Hyacinthe. „Seine Abtei hält im tiefsten Gewölbe einen gewaltigen Schatz verschlossen: siebzehntausendvierhundertdreiundvierzig Reliquien, darunter einige Splitter vom wahren Kreuz."

In meiner Naivität verstand ich gar nicht, wieso das für die Abtei des Bruders Antoine eine Bereicherung sein konnte, doch ich brauchte nur zuzuhören.

„Einmal im Jahr, zu Allerheiligen", fuhr Bruder Hyacinthe fort, „werden diese Reliquien den Gläubigen gezeigt, die dann wie die blökenden Lämmer auf allen Wegen herbeidrängen, um sie zu verehren. Denn diese Verehrung bringt ihnen großen Gewinn: jahraus, jahrein einhundertdreißigtausend Ablaßtage! Bei solcher Unsumme von Tagen, mein Sohn, mögt Ihr Euch die Höhe der Weihgaben ausmalen!"

Ich sagte keinen Ton, innerlich aufgebracht über diesen beschämenden Schacher.

„Was mich betrifft", sprach Bruder Hyacinthe, „der ich einem Bettelorden angehöre, so ist Armut mein Los. Wenn Ihr Wert darauf legt, daß ich mir Eure Sünden anhöre, mein Sohn, schuldet Ihr mir ein Beichtgeld."

„Da ist es", sagte ich, nachdem ich, nicht ohne Abscheu, in meiner Börse gekramt hatte.

„Drei Sols! das ist reichlich wenig vom Sprößling eines Barons." Bruder Hyacinthe nahm das Geld auf seiner breiten Handfläche in Augenschein. „Ihr solltet nicht knausern, mein Sohn. Wer Reue empfindet, gibt dem Beichtvater freudigen Herzens. Oder ist Eure Zerknirschung nur unvollkommen?"

„Hier sind noch zwei Sols", sagte ich, sehr verärgert darüber, daß ich mich schröpfen ließ.

„Das geht wohl", sagte Bruder Hyacinthe. „Mein Sohn, ich höre."

Und obwohl ich, wie jeder Hugenotte, die Ohrenbeichte ablehnte und zudem diesen Mönch, der mir kaum zuhörte, ob seiner Geldgier gründlich verachtete, bot ich ihm lebhaft meine Sünden dar, ohne auch nur eine zu unterschlagen, ohne irgend etwas zu mildern, vielmehr mit einer gewissen Herzensehrlichkeit und Furcht auch, daß ich Gott mißfallen haben könnte – als hätte ich vergessen, mit welch weltlicher Absicht und auf Nutz bedachter List ich mich diesem Mann öffnete. Ha! sann ich hernach, haben die Papisten darin wirklich recht, daß weniger der Beichtvater zählt und mehr die Beichte?

„Mein Sohn", sprach Bruder Hyacinthe, als ich endlich geendet hatte, „ehe ich Euch freispreche, muß ich Euch Buße auferlegen, denn Ihr habt fleischlich gesündigt zu Castelnau d'Ary und gesündigt auch durch Zunge und Gaumen. Für die Sünde der Unzucht werdet Ihr zehn Vaterunser und zehn Ave-Maria beten. Und für die Sünde der Naschhaftigkeit, die gleichfalls eine Kapitalsünde ist, übergebt Ihr mir sämtliche Kuchenstücke, die Ihr in Euren Beuteln verwahrt."

Eines nach dem anderen rückte ich ihm heraus, zu meinem Kummer! Und ich will nicht behaupten, daß es demutvoll, ohne inneren Grimm geschah. Sodann erteilte mir Bruder Hyacinthe die Absolution – jenen Schild, dessen ich mich zur Abwehr der uns drohenden Hiebe bedienen wollte.

Gewiß, die Kutte macht nicht den Mönch, aber wahr ist auch, daß sie ihm ebensowenig Abbruch tut. Ich habe in Sarlat, als die Pest so viele Menschen verschlang, Franziskaner erlebt, deren Habit ein biblisches Herz barg. Bischof, Priester, Seneschall, Richter, Edelleute, reiche Bürger und selbst einer der beiden Konsuln – alle waren beim ersten Anzeichen der Seuche aus der Stadt geflohen. Die Franziskaner aber blieben, und nimmermüd versahen sie die Pestkranken mit ihrem geistlichen Beistand. Alle kamen ums Leben bis auf zwei, die mein Vater vom Lumpenpack der Vorstadt Lendrevie befreite. Als mein Vater ihnen für ihre wundervolle Aufopferung während der Seuche Lob aussprach, antwortete der eine dieser Franziskaner mit einer Bemerkung, die das Lieblichste, Schönste und Barmherzigste ist, was je ein Papist zu einem Hugenotten sagte: „Ich will in Euch nicht einen Ketzer sehen, sondern einen Christen, der zwar von meinem Wege abgekommen ist, dem ich aber am Ende dieses Weges wieder begegnen werde."

Ich kehrte zu meinem lieben Samson zurück und vermeldete ihm, daß man sein schleichendes Fieber bezweifle: könnte er nicht einen jähen Schwächeanfall vortäuschen und sich mitten unter den Normannen von seiner Albière fallen lassen? Ich brauchte lange, ihn zu überzeugen, so sehr widerte ihn diese Komödie an. Doch er fügte sich, lenkte die Stute zur Rasenseite der großen Straße hin und fiel trefflich aus dem Sattel, ohne seinen Brustharnisch zu zerbeulen, nur eben daß ihm der Helm vom Kopf rutschte und mit Gepolter auf den steinigen Weg rollte. War das eine Aufregung! erst Lacher und Gewisper, dann ein einziges Mitfühlen und Bedauern, vor allem seitens der normannischen Damen, denen die Schönheit meines Samson nicht entgangen war.

„Gute Leute, reitet Eures Weges", rief ich, unterdessen ich abstieg und Miroul die Zügel meines Pferdes zuwarf. „Bitte, es ist weiter nichts. Mein Bruder leidet an Schwindelanfällen. Das schleichende Fieber hat ihm zugesetzt."

Doch eine große blonde Normannin, sehr christlich und barmherzig – Dame Gertrude du Luc geheißen, wie ich später erfuhr –, drängte es ebenfalls abzusitzen: sie kniete sich unter großen Seufzern ins Gras und wuchtete Samson in ihren Schoß, wo sich sein Kopf unversehens in der Kerbe ihrer stattlichen Brüste wiederfand. Samson, bei geschlossenen Lidern, lief puterrot an, und als ich mich umwandte, sah ich Mirouls kastanienbraunes Auge flackern, während das blaue Auge kalt blieb.

„Gute Dame, Ihr seht meinen Bruder vom Fieber gepeinigt. Könntet Ihr ihm Eure Feldflasche ansetzen?" fragte ich.

„Aber ja, von Herzen gern!" rief die Dame Gertrude du Luc.

Und seinen Kopf fest im Griff zwischen ihrem Arm und dem Busen, ließ sie ihn trinken wie ein Kleinkind. Samson wagte sich nicht zu rühren und schlug auch nicht die Augen auf.

„Er trinkt, doch scheint er noch ohnmächtig zu sein", sagte Gertrude. „Ist es nicht ein Jammer, daß ein so schmucker und wohlgestalter Edelmann vor Schwäche aus dem Sattel fällt? Bei Gott, er gleicht dem schönen Erzengel Michael im Fenster unserer Kirche. Der gleiche helle Teint, das gleiche kupferfarbene Haar, die gleichen breiten Schultern, und gar erst die Augen – vom schönsten Azur, sobald er sie aufschlägt. Wäre Euer Bruder bei Besinnung, ich schämte mich, so zu reden", fuhr sie errötend fort. „Doch er hört mich wohl nicht. Er ist gewiß noch ohnmächtig."

„Ist er, edle Dame“, bestätigte ich und krümmte die Nase, um nicht zu lachen. „Doch wenn ich ihm zwei kleine Ohrfeigen gebe, wird er plötzlich aufwachen und alles vergessen haben, was wir gesprochen.“

„Im übrigen spreche ich ganz ohne Arg“, sagte Gertrude mit einem Seufzer. „Ich bin noch nicht alt genug, daß ich seine Mutter sein könnte, und doch liebe ich ihn fast wie mein eigen Kind. Monsieur, darf ich ihn, ehe Ihr ihn weckt, auf die Wangen küssen?“

„Auf die Lippen, Madame! Auf die Lippen! So ist es Brauch in unserem Périgord.“

Mirouls kastanienfarbenes Auge flackerte lebhaft bei dieser heiteren Lüge, indes die Dame sich vorbeugte und Samson auf den Mund küßte. Mein lieber Bruder zeigte, zu meiner großen Verwunderung, nicht Widerstand noch Widerwillen, vielleicht fand er solch mütterliche Liebkosung, die er zum ersten Mal in seinem Leben genoß, nicht tadelnswert.

Ich reichte Dame Gertrude du Luc die Hand, um ihr auf die Beine zu helfen, doch sie war so drahtig und geschmeidig, daß sie der Stütze kaum bedurfte. Am Gürtel trug sie, außer der Flasche, einen stattlichen Dolch mit Damaszener Verzierung, und in den Reittaschen verwahrte sie zwei Pistolen. Ihr Pferd war eine kräftige braunrote Stute, auf die sie sich ohne jede Hilfe hinaufschwang. Ein wenig gerührt, verwirrt und beschämt, entbot sie mir einen Gruß, gab ihrem Tier die Sporen und jagte dem Gros unseres Trupps nach.

Als sie außer Hörweite war, stemmte ich die Hände in die Hüften und lachte schallend. Miroul ebenso.

„Vorwärts, Bruder, macht die Augen auf!“ sagte ich zu Samson. „Erhebt Euch! Habt Ihr Euch nicht lange genug an den süßen Busen geschmiegt? Waren das nicht wonnige Küsse?“ Und an Miroul gewandt: „Die List hat Wunder gewirkt! Jetzt muß diese Dame ihrer Tugend zuliebe erzählen, wie sehr unser Samson zu leiden hat. Oder hätte sie sich sonst diese Freiheiten erlaubt?“

„Was denn für Freiheiten?“ fragte Samson, den keine Frau je so geherzt hatte. „Hat sie mich nicht ihr Kind genannt? Und war es nicht rührend von ihr, mir ihren Wein einzuflößen? Und ihre liebevollen Worte erinnerten mich an Barberine.“

Als dies gesagt war – vielleicht nicht so unschuldhaft wie

sonst –, erhob sich Samson und stieg wieder in den Sattel; für den Rest des Tages ritt er hängenden Hauptes hin, träumerisch versunken.

Während wir den Pferden die Sporen gaben, um aufzuschließen, kam uns Page Rouen im Galopp entgegen.

„Der Herr Baron läßt fragen, ob Euer Bruder wirklich tot ist", rief er schon von weitem.

„Solchen Wandel erlebt die Wahrheit", sagte ich lachend, „wenn sie vom Ende unseres Trupps zur Spitze wandert. Eile zurück, guter Page, und gib dem Baron Versicherung: mein Bruder sitzt hier aufrecht im Sattel."

Aufrecht, in der Tat, saß er da, zuckte aber mit keiner Wimper und sagte keinen Mucks, in tiefes Sinnen versunken.

„Aber ist er wirklich noch am Leben?" fragte Rouen und fuhr sich mit den Fingern durch die Haare, dabei ihm die Augäpfel fast aus den Höhlen fielen.

„Siehst du doch!"

„Aber sehe ich nicht ein Gespenst?"

Ich sagte zu Miroul: „Was für ein Wunder! Hier erlebst du die Wirkung der Märchen: Sie bezweifelten Samsons Fieber. Nun werden sie bezweifeln, daß er am Leben ist."

An diesem Abend kehrten wir in Carcassonne ein, der prächtigen Stadt, die so wohl bewehrt ist und so gut geschützt von ihren Türmen und Wällen, daß sich unsere Hugenotten die Zähne ausbissen, als sie sich ihrer bemächtigten wollten. Doch konnten unsere Pilger nur eine einzige Nacht verweilen, weil das Lager, die Speisung und die Zimmermädchen nicht nach Caudebecs Geschmack waren.

Schon am nächsten Morgen nahm man den Weg nach Narbonne, nachdem ein Hufschmied einige Pferde neu beschlagen.

Der Baron mochte es nicht leiden, wenn ihm jemand vorausritt, weil er dann den aufgewirbelten Staub schlucken und, schlimmer noch, die Fürze der Pferde atmen müßte: er hatte eine sehr feine Nase für alle Gerüche, ausgenommen die seinen. Zudem wollte er freie Bahn haben, ohne daß ihm eine Kruppe oder ein Rücken den Horizont verdeckte. Zu seiner Rechten ritt, etwas zurück, Bruder Antoine; ich selbst als sein Dolmetsch ritt an seiner Linken, gleichauf mit ihm. Hinter ihm der Page Rouen, dauernd auf Trab gehalten, denn der Baron sandte ihn hierhin und dorthin mit Botschaften, Anfragen und Befehlen. Hinter Rouen trotteten des Barons Soldaten, in Helm und Brustharnisch, sechs an der Zahl, alle hünenhaft groß und breit, das narbige Antlitz gegerbt, das Auge wenig fromm. Wären sie nicht Bedienstete des Barons gewesen, hätten sie schauerliche Straßenräuber abgeben können.

Außer Bruder Hyacinthe, der unabänderlich am Ende der Kolonne blieb, ritten alle anderen nach ihrem Belieben, hin und wieder die Plätze tauschend, je nachdem, was wer wem zu sagen hatte. So gab es ein ständiges Hin und Her, denn diese Normannen waren große Schwätzer und Spaßmacher, sie lachten gern und stimmten immer Lieder an, von denen manch eines Bruder Antoine verdroß. Was Caudebec wenig scherte: wenn die Couplets ihm gefielen, ließ er sie wiederholen. Die Damen, in dieser Truppe ein Dutzend, verbargen ihre Gesichter unter den großen Hauben, nicht ohne insgeheim bei den kecksten Stellen zu lachen. Sie alle waren, außer einer, recht junge Witwen, die des Lebens Wonnen durchaus genossen hatten, zudem waren sie gut betuchte Bürgerdamen, die sowohl zum Vergnügen wie aus Frömmelei pilgerten. Sie trugen schöne und bequeme Kleidung, feine Stiefel, goldene Armbänder; keine indes war edler geschmückt als Dame Gertrude du Luc, die mir im übrigen von höherem Range schien als die anderen: ihr Verstorbener war, so erfuhr ich, Richter gewesen.

Als wir Carcassonne verließen, wurde in unserer Truppe nicht gelacht noch gesungen, die Stimmung war ernst, alle hatten am Abend zuvor ihre Waffen geprüft und poliert, denn nun erreichten wir jene Wegstrecke, wo das Diebsgesindel der Corbières-Berge die Toulouser Kaufleute schändlichst ermordert hatte.

Der Baron, der am Abend nur mäßig getrunken hatte, zeigte sich schweigsam und hatte den Horizont fest im Blick, ebenso die mindeste Geländewellung zur Rechten und Linken, als könnten die Räuber da jeden Augenblick auftauchen. Doch als er sich gefaßt hatte, musterte er mich mit einer Miene, die nicht ohne Bitternis war.

„Monsieur de Siorac“, sprach er, „falls ich heute sterben muß, wird bei dem über mich zu fällenden Gottesurteil auch die Gesellschaft zählen, in der ich mich befinde.“

Diese Worte erbosten mich, und ich erwiderte gereizt:
„Ich hoffe, Herr Baron, Ihr findet mich in hinreichend guter Verfassung, an Eurer Seite zu sterben."
„Es geht nicht um die gute Verfassung", antwortete der Baron, die Braue mürrisch hebend, „sondern um den Glauben. Monsieur de Siorac, ich muß Euch ganz unverblümt fragen: Seid Ihr ein guter Katholik?"
Ah, das ist es! war mein Gedanke.
„Ich bin es, so gut ich es zu sein vermag", sagte ich zweideutig. „Und befände ich mich denn hier an Eurer Seite, wenn ich's nicht wäre?"
„Gemach! Geht Ihr zur Beichte?"
„Einmal im Jahr."
„Einmal im Jahr! Potz Daus! Das ist aber wenig! Ich, der Baron Caudebec, beichte jeden Tag, den Gott werden läßt!"
„Ihr seid eben sehr fromm, Herr Baron", entgegnete ich höflich. „Doch das lateranische Konzil schreibt nur die jährliche Beichte vor."
Wie ich es gewärtigt hatte, sperrte der Baron das Maul auf und wandte sich fragenden Blicks an Bruder Antoine.
„Das ist nicht falsch", sagte Bruder Antoine, seine dichten Brauen runzelnd. „Doch wer ein guter Christ sein will, bleibt nicht ein ganzes Jahr sündenbefleckt, besonders wenn ihm Todesgefahr droht."
„Bruder Antoine, da gebe ich Euch recht!" rief ich mit einem Seufzer.
Bruder Antoine spießte mich mit seinen kleinen schwarzen Augen auf: „Ihr gebt mir recht, Monsieur de Siorac, aber Ihr beichtet nicht."
„O doch, hab ich getan!" rief ich. „Als ich mir gestern vor Augen führte, wie schrecklich ich in den *Zwei Engeln* und im *Goldenen Löwen* gesündigt habe, fühlte ich mich plötzlich so besudelt von meinen stinkenden Sünden, daß es mich auf der Stelle drängte, sie abzuwaschen."
„Ihr habt sie gebeichtet?"
„Aber gewiß."
„Ja wem?"
„Bruder Hyacinthe."
„Diesem Trottel!" tadelte Bruder Antoine.
„Trottel?" rief der Baron verärgert. „Potz Daus! Redet man

so über einen Christen? Bruder Hyacinthe ist kein Trottel, sondern ein Heiliger. Der Trottel bist du, Mönch, wenn deine Argwöhnungen nicht Begründung noch Anstand haben. Holla, Page! Herrgott, der Lümmel schläft! Ich schneid ihm den Schwanz ab!"

„Zu Euren Diensten, Herr und Gebieter", rief Rouen, Abstand wahrend.

„Taugenichts! Schaff den Bruder Hyacinthe herbei, sofort! Ich gerbe dir heute abend das Fell, wenn du nicht spurst!"

Bis Rouen den Bettelmönch herbeibrachte, verhielt sich Caudebec still, sichtlich verlegen ob seiner inquisitorischen Unritterlichkeit. Auch ich gab keinen Mucks von mir, saß aufrecht im Sattel, das Haupt hoch erhoben, mit der Miene eines Mannes, der sich als Sieger fühlte.

Bruder Hyacinthe erschien, mit dem Kopf wackelnd, der Schmerbauch arg geschüttelt auf seinem Klepper, der ärgerlich wieherte, daß er hatte galoppieren müssen, vom Ende der Kolonne an die Spitze. Nicht daß der Mönch ihm die Sporen gab, vielmehr schlug ihn Rouen mit der Peitsche fortwährend auf die Kruppe: lieber auf den Klepper eindreschen, als das solches ihm selbst widerführe.

„Bruder Hyacinthe, stimmt es, daß Monsieur de Siorac bei Euch gebeichtet hat?" fragte Caudebec.

Doch ich wollte Caudebec nicht Zügel noch Peitsche überlassen, ich fuhr dazwischen:

„Herr Baron, ich bitte Euch, stellt diese Frage nicht. Sie verletzt mich in meiner Ehre. Sie unterstellt, ich hätte Euch belügen können."

„Antworte, Bruder Hyacinthe!" rief Bruder Antoine in triumphierendem Ton.

„Halt deinen Schnabel, Mönch!" schrie Caudebec barsch. „Dies ist eine Angelegenheit unter Edelleuten, die dich nichts angeht."

Er wandte sich an mich, sehr ernst.

„Monsieur de Siorac, es geht um mein Seelenheil. Ich sagte bereits: ein Ketzer an meiner Seite, das wäre, wenn ich heute sterben müßte, für mich sehr abträglich. Wenn Ihr die Frage nicht mögt, werde ich sie nicht stellen. Doch dann müssen wir die Klingen kreuzen, auf daß Gott zwischen uns entscheide."

Ich blieb stumm, tief im Inneren allerdings herzlich belustigt über diese barbarische Frömmigkeit, ebenso über die Wut von Bruder Antoine, der sich in seinen Steigbügeln aufrichtete und verächtlich schrie:

„Nun, Hyacinthe, bist du so dämlich und verstockt, daß du eine so einfache Frage nicht beantworten kannst? Hat Monsieur de Siorac die Beichte abgelegt, ja oder nein?“

Caudebec befahl Bruder Antoine mit einer gebieterischen Geste, den Mund zu halten. Der Bettelmönch bedachte Antoine mit einem wenig liebevollen Blick, verharrte aber in seinem Schweigen und in seiner Reglosigkeit.

„Nun denn, Monsieur de Siorac, wir werden uns schlagen müssen“, sagte Caudebec sehr wider Willen, wie mir schien.

Das rührte mich durchaus, doch ich wollte zum Schaden meines Anklägers die Szene auf die Spitze treiben; ich blieb also still, saß mürrisch im Sattel, das Kinn hoch erhoben, die Augen auf den Horizont gerichtet.

„Herr Baron“, fragte Bruder Hyacinthe leise, „darf ich reden?“

„Deswegen habe ich dich ja holen lassen“, sagte Caudebec vorwurfsvoll.

„Gewiß, aber ich kann nicht auf eine Frage antworten, die Ihr mir nicht stellen wollt.“

„Warum willst du dann reden?“

„Um Euch, Herr Baron, zu sagen, daß es mich über die Maßen peinigen würde, wenn zwei brave Christen aus nichtigem Streit einander die Kehlen durchschnitten.“

Caudebec straffte den Oberkörper, wandte sich jäh dem Mönch zu.

„Nichtiger Streit? Monsieur de Siorac hat also gebeichtet?“

„Hab ich es nicht gesagt?“ rief ich mit beleidigter Miene. „Bruder Hyacinthe, so erzählt denn, was Ihr wißt, nun Ihr schon halbwegs geantwortet habt.“

„Herr Baron, darf ich?“ fragte Bruder Hyacinthe.

„In Herrgotts Namen, so sprich endlich!“ schrie der Baron.

„Monsieur de Siorac hat gestern vor mir die Beichte abgelegt, in vollkommener Reue und tiefer Demut.“

Der brave Mönch, das Auge insgeheim auf Bruder Antoine gerichtet, um von dessen Niederlage nichts zu verpassen, brachte die Worte ganz sanft vor, verkostete sie so genüßlich auf der Zunge, wie er es mit den Kuchenstücken der Patota getan.

„Monsieur de Siorac, ich schulde Euch, des schlimmen Verdachts wegen, Worte der Entschuldigung", sagte Caudebec, rot im Gesicht und zu Boden starrend.

Er schuldete sie mir, sprach sie aber noch nicht aus. Selbst bei Worten war dieser Caudebec ein Knauser.

„Mitnichten", sagte ich großmütig. „Nichts schuldet Ihr mir, der Verdacht kam nicht von Euch."

Das hieß ihn freisprechen und ihm zugleich andeuten, wen die Strafe treffen sollte. Und das Donnerwetter ging an der gebotenen Stelle nieder, harsch und vernichtend.

„Mönch!" rief er, Bruder Antoine zugewandt, „du reitest fortan am Ende der Kolonne, ganz allein, und denkst über deine Fehler nach! Bruder Hyacinthe aber, den du so schmähtest, reitet zu meiner Rechten und soll mein Beichtvater sein."

Ein Mönch hat es bequem: er muß sich, anders als der Edelmann, unter solchen Schlägen nicht aufbäumen. Im Gegenteil, Demut ist für ihn eine Tugend, er darf sich darin einhüllen wie in einen Mantel.

„Herr Baron", sprach Bruder Antoine, Haupt und Augen gesenkt zu ergebenem Gruß, „Euren Befehlen, wie auch immer sie lauten, werde ich untertänig und ehrerbietig folgen."

Er stieß einen so tiefen Seufzer aus, als hätte man ihn ans Kreuz geschlagen, blickte dann zum Himmel auf, wie um ihn als Zeugen für dieses ungerechte Martyrium zu nehmen, grüßte den Baron ein zweites Mal, hielt sein Pferd an und machte kehrt. Ich wette: sobald er allein war und die Kapuze ihm das Gesicht verbarg, sprühten seine schwarzen Augen Flammen, ein Flammenmeer, über dem man mich lebendigen Leibes hätte braten können.

Ich überlegte nun, daß ich Caudebec seine Gedanken nicht fortspinnen lassen sollte, darum lenkte ich seine Besorgnisse in eine andere Richtung:

„Herr Baron, mein Vater hat mir stets eingeschärft, daß ein Trupp, dem unterwegs ein Angriff droht, umsichtig sein muß. Da gilt es, Reiter als Vorhut und auf beiden Flanken der Kolonne einzusetzen. Wenn Ihr es für gut befindet, zwei Eurer Soldaten auf diese Hänge auszusenden, einen rechts und einen links, könnten mein Bruder, mein Diener Miroul und ich die Vorhut übernehmen."

„Himmel!" rief Caudebec, „das ist ein guter Gedanke! Für

Euer jugendliches Alter habt Ihr einen reifen Verstand! Ei ja, und es verwundert mich nicht: tapferes Blut läßt sich nicht verleugnen. Diese Vorkehrungen hätte ich selbst treffen sollen! Holla, Fromont, reite über diesen Hügel da, und du, Honfleur, über jenen dort, und Augen auf! Monsieur de Siorac, soll ich statt Eurer kleinen Gruppe zwei Soldaten als Vorhut ausschicken?“

„Keinesfalls, sonst hättet Ihr nicht genügend Männer zu Eurem eigenen Schutz.“

„Vorhut ist aber eine gefährliche Aufgabe.“

„Hätte ich Euch, wenn es anders wäre, darum ersucht?“ prahlte ich.

In Wahrheit wollte ich ihn nur ganz schnell allein lassen, denn ich spürte, er würde mir bald zürnen, daß ich seinen Beichtvater in Ungnade versetzt hatte.

„Aber darf ich unser Saumpferd in der Kolonne lassen und die Zügel Euerm Pagen anvertrauen? Es wäre uns hinderlich für den Fall, daß wir schnell herbeieilen müßten“, gab ich zu bedenken.

Er willigte ein. Erleichtert fand ich mich wieder mit Samson und Miroul auf der Straße nach Narbonne, den Pilgern eine Viertelmeile voraus. Miroul hätte sicher gern meinen Bericht vernommen, doch den mochte ich nicht darbieten vor Samson, der nicht im mindesten ahnte, daß ich tags zuvor gebeichtet hatte. Auch war es nicht der geeignete Moment zum Schwätzen, es galt wachsam zu sein, denn in der Tat waren wir in Gefahr, von einer großen Bande überrumpelt und vernichtet zu werden.

Miroul und Samson hieß ich, ihre Pistolen zu laden, den Degen zu ziehen und den Faustriemen um das Handgelenk zu binden. Ich tat ein Gleiches. Dann erinnerte ich Samson mit gestrenger Stimme, daß seine zögerliche Art, den Degen zu ziehen, und seine Abneigung, auf seinesgleichen zu schießen, selbst wenn der Gegner in Mordabsicht kam, mich zu Lendrevie um ein Haar das Leben gekostet hatten; darum auch habe mein Vater ihm die Verwaltung der Börse anvertraut, mir aber ausdrücklich das Kommando über unsere kleine Gruppe; er, Samson, sei jetzt also meinen Befehlen unterstellt und habe, wie ein Schweizer seinem Hauptmann, ohne Murren und Reden zu gehorchen, sonst brächte er sein Leben, meins und das von Miroul in Gefahr; und selbst wenn diese Gefahr keine gar zu schlimmen Folgen zeitigte, hätte er meine Freundschaft dann für immer verwirkt.

Bei diesen letzten Worten traten meinem schönen Engel die Tränen in die Augen. Es gereute mich, daß ich ihn so hart ins Gebet genommen hatte, und da wir gerade nebeneinander ritten, streckte ich ihm versöhnlich die Hand hin. Er drückte sie dankbar mit seinen beiden Händen und versicherte mir, leise und klar vernehmlich:

„Mein Pierre, ich werde dir gehorchen."

Nun ich mir bei meiner Streitmacht Geltung verschafft hatte, fühlte ich mich zuversichtlicher, doch blieb ich sehr auf der Hut, sandte meine Späherblicke in alle Richtungen. Denn in diesem Abschnitt war die Straße gewunden, die Flur nicht mehr so eben, die Hügel reichten dichter an den Weg heran. Wir brachten keine zweihundert Klaftern hinter uns, ohne daß nicht eine Krümmung oder Kuppe uns die Sicht nach vorn oder nach hinten nahm. Ich befahl meinen Begleitern, an der Seite im Gras zu reiten, damit das Getrappel unserer Pferde nicht zu hören sei und wir, umgekehrt, schon den leisesten Galopp fremder Pferde vernähmen. Ein nützlicher Gedanke, denn bald hörten wir eine Kavalkade, und mit raschem Blick über die Schulter sah ich, etwa hundert Klaftern hinter uns, ein halbes Dutzend Reiter auftauchen.

„Miroul, dreh dich nicht um, auch du nicht, Samson", sagte ich. „Hinter uns haben wir einen Trupp, der von den Hügeln gekommen sein muß. Was mögen das für Lumpenkerle sein, die uns von Caudebec abschneiden? Wir müssen es schleunigst herausfinden. Miroul, bei jener Biegung dort verbirgst du dich im Dickicht, du läßt sie nahe genug heran, um sie genau zu sehen, aber nicht so nahe, daß sie dich angreifen. Dann schließt du im Galopp zu uns auf und meldest mir ihre Mienen und den Zustand ihrer Waffen und Pferde."

Miroul sagte kein Wort, doch hinter der Biegung tauchte er so trefflich ins Gebüsch, daß ich ihn schon auf wenige Klaftern Entfernung nicht mehr sah, ebensowenig seine Stute. Solange ich mich von ihm entfernte und ihn dort allein ließ, klopfte mein Herz heftig, wie sehr ich auch Vertrauen haben mochte in seine Pfiffigkeit und Gewandtheit und in die Schnelligkeit seines Araberpferdes. Samsons wegen gab ich mich gelassen, konnte aber, als Miroul mit einem Lächeln plötzlich wieder neben uns ritt, den tiefen Seufzer der Erleichterung nicht unterdrücken.

„Fünf Mann sind's, schurkische, blutrünstige Gesichter", meldete er, „auf reichlich dürren Kleppern, aber bespickt mit Piken, leichten Lanzen, Hirschfängern und Degen."

„Haben sie Schießprügel?"

„Pistolen oder Arkebusen habe ich nicht entdeckt, aber von meinem Versteck aus waren ihre Satteltaschen nicht auszumachen."

„Ich schätze, diese Kerle haben vor uns etliche Komplizen", sagte ich nach kurzer Überlegung. „Wenn die uns angreifen, fallen die anderen von hinten über uns her, beide Trupps mit blanker Waffe, damit Caudebec nicht gewarnt wird. Und ist die Vorhut erst vernichtet, ist es ein Kinderspiel, die Pilger zu überrumpeln."

Samson und Miroul erwiderten nichts, sie harrten meiner Fortsetzung.

„Nun, wir jedenfalls wollen nicht zwischen zwei Mahlsteine geraten", sagte ich. „Hinter der nächsten Biegung, wenn uns die Schurken dann nicht sehen, machen wir kehrt und warten, bis sie auf etwa zehn Klaftern heran sind, dann werfen wir uns im Galopp auf sie, die Zügel zwischen den Zähnen und in jeder Faust eine Pistole ..."

„Aber vielleicht sind es nur friedfertige Bauersleute?" wandte Samson ein.

„Mein Herr Bruder, Ihr schwätzt, oder?" entgegnete ich grimmig.

„Nein, nein", sagte Samson errötend. „Ich schweige, und wie vesprochen: ich gehorche."

„Moussu", sprach Miroul zu Samson, „wenn das friedfertige Bauersleute sind und nicht Halsabschneider, dann will ich, so wahr ich sie gesehen habe, mein Teil Ewigkeit dem Teufel verkaufen."

„Miroul, führe nicht solche Rede, schon gar nicht unter den Krallen des Todes", sagte Samson, eher traurig als gestreng.

„Die Krallen gelten ihnen, nicht uns!" verkündete ich. „Und nun genug geredet, die Zeit drängt! Ich galoppiere mitten auf der Straße. Miroul, an meiner Linken, schießt auf die zwei Spitzbuben unmittelbar vor ihm; ich auf die zwei in der Mitte. Und du, Samson, tötest stracks den Schuft vor dir."

„Das werde ich tun", sagte Samson, den Blick senkend.

Doch er tat es nicht. Mochte es Zufall sein oder insgeheim beabsichtigt: obwohl er unser bester Schütze war, verfehlte seine Kugel ihr Ziel, und von den fünf Strauchdieben blieb als einziger sein Mann im Sattel, nachdem wir uns auf sie gestürzt und ihre Gäule mit Geballer und schauerlichem Gebrüll irre erschreckt hatten. Der Überlebende floh, doch ich setzte ihm nach und hatte reichlich Glück: ich stieß ihm meinen Degen in die Schulter, er ließ die Pike fallen und gab sich in unsere Gewalt. Miroul fesselte ihn auf sein Pferd, und selbiges mit Peitschenschlägen vor mir hertreibend, kehrte ich zu Caudebec zurück, mit loderndem Gesicht und hocherhobenem Haupt.

DRITTES KAPITEL

Wir fanden die Pilger – Männer wie Frauen – in großer Aufregung ob der Schüsse, sie erwarteten uns mit Arkebuse und Pistole im Anschlag und mit brennender Lunte in der Hand. Caudebec, ganz rot im Gesicht, wußte nicht was tun, denn er war eher ein Meister im Überlegen als im Kämpfen.

Sobald er aber meinen Gefangenen sah und bevor ich noch den Mund auftun konnte, befahl er zweien seiner Leute, den Mann vom Pferd zu holen und zu verhören, damit wir erführen, was er über die Banditen der Corbières-Berge wußte. Dem Unglückskerl, der blutend auf den Kieseln der Straße kniete, legten die Soldaten des Barons einen Hanfstrick um den Hals, den sie immer enger zusammenzogen.

„Herr Baron, dies ist mein Gefangener", wandte ich ein, „er verliert Blut, er ist sehr verstört. Eure Leute verstehen seine Sprache nicht, sie könnten ihn umbringen, bevor er redet. Bitte befehlt, daß man ihn von diesem Würgestrick befreit und ihn mir aushändigt. Ich werde ihn in aller Ruhe verhören, aber nicht jetzt in dieser für uns äußersten Gefahr. Ich meine, wir müssen die Straße schleunigst verlassen und sollten den Hügel zur Linken wählen, von wo aus wir guten Ausblick haben und aus beherrschender Lage jeden Angreifer gleich erspähen."

Da die Pilger hinter ihm schon kopflos wurden und wild durcheinanderhasteten, willigte der Baron in alles ein, so unentschieden war er und so sehr auch überzeugt, daß mein Vater mir seine Kampferfahrung vererbt habe; ein absurder Glaube, aber nicht selten anzutreffen unter unseren Edelleuten.

Nachdem der von mir gewiesene kleine Berg erklommen war, saßen wir ab; die Pferde wurden in eine Mulde geführt, und einige Späher legten sich auf die Lauer. Der Hügel war ein wenig angenehmer Fleck, um hier seine Tage zu beenden oder aber hier zu leben, es war steinig kahles Gelände, wo die Sonne gräßlich herniederbrannte auf ein schütteres, vergilbtes Gras, das wohl gar die Schafe verschmähten.

Ich nahm den Gefangenen beiseite, ebenso Miroul und Samson zu seiner Bewachung, löste ihm die Fesseln, wusch seine Wunde mit Weingeist aus, verband ihn, hieß ihn trinken. Er war ganz verwundert über die milde Behandlung, erwartete er doch Folter und Hinrichtung und fügte sich darein mit jenem wilden Mut, den mein Vater einst bei den Elenden in Sarlat erlebt hatte, welche die Pesttoten begruben.

Espoumel hieß der Spitzbube, er sprach ein von Provenzalisch durchmischtes Katalanisch und hatte, obwohl schmutzig und unrasiert, kein schurkisches Gesicht; seine Augen blickten eher dümmlich denn böse drein.

„Espoumel, wieviel Mann zählt deine Bande?“ fragte ich.

„Weiß ich nicht, Moussu, ich kann nicht zählen.“

„Du kennst ihre Namen?“

„Kenn ich.“

„Nenne sie mir außer von denen, die wir getötet haben.“

Er nannte sie, einen um den anderen, und an meinen Fingern zählte ich ihrer neunzehn. Das war nicht viel. Das Gerücht hatte auf dem Wege von Narbonne nach Toulouse die doppelte und gar dreifache Menge daraus gemacht.

„Espoumel, wer von denen hat ein Schießeisen?“

„Der Hauptmann und der Leutnant.“

Als ich dies hörte, war ich unendlich erleichtert. Ich ließ den Gefangenen unter Samsons Bewachung zurück und begab mich mit Miroul zum Baron, der am Fuße einer kleinen Eiche Schatten suchte.

„Herr Baron, Ihr führt in Euerm Gepäck ein Fäßchen Malvasier mit, auf das Ihr so sehr achthabt. Schenkt es mir bitte zum Lohn für meine guten Dienste.“

Noch heute lache ich, wenn ich an die Miene denke, die Caudebec bei diesem meinem Begehren aufsetzte. Und er rückte den Malvasier nur deshalb heraus, weil er nicht recht wußte, wie er mir die Bitte abschlagen sollte. Mit Miroul, der das Fäßchen auf der Schulter trug, kehrte ich zu dem Gefangenen zurück.

„Espoumel, wieviel Schießprügel hast du hier erspäht, seit du unter uns weilst?“ fragte ich ihn.

„Kann ich nicht sagen, Moussu, jedenfalls aber viele, und sogar in den Händen der Weiber.“

„Und wir, wieviel Leute sind wir?“

„Jedenfalls viel.“

„Mehr als die Leute deiner Bande?“

„O ja.“

„Recht hast du. Wir sind über hundert. (Samson, der mich nicht gern lügen hörte, legte die Stirn in Falten.) Nun denn, Espoumel, geh und berichte deinem Hauptmann, was du über uns weißt, und überbringe ihm dieses Tönnchen, das mein Diener deinem Pferd aufbindet. Sag ihm, der hochedle mächtige Baron von Caudebec schicke es ihm als Entschädigung für die vier Kameraden, die wir getötet haben.“

Hier riß Espoumel seine dümmlichen Äuglein weit auf und wußte nicht, was sagen und tun. Miroul brachte ihm den Klepper und half ihm in den Sattel, denn der Ärmste hatte so viel Blut verloren, daß er ganz schlapp war.

„Reite los, Espoumel“, befahl ich, als er zögerte, sein Pferd in Bewegung zu setzen.

„Moussu, wenn ich all das, was Ihr mir sagtet, meinem Hauptmann mitgeteilt habe, muß ich dann hierher zurückkommen, um gehenkt zu werden?“

Mir blieb einen Augenblick die Sprache weg, so verblüfft war ich über seine Gewissenhaftigkeit.

„Keineswegs!“ sagte ich, „du bleibst bei deinen Leuten und bittest den Herrgott, dir deine dicken Sünden zu vergeben.“

Espoumel bekreuzigte sich, und ohne mich noch einmal anzublicken – so sehr fürchtete er, ich könnte mich eines anderen besinnen –, trieb er seine Mähre an und entschwand hügelabwärts.

„Herrje! Monsieur de Siorac!“ schrie Caudebec und kam gestikulierend angerannt. „Euer Gefangener ist Euch entwischt! Samt meinem Fäßchen!“

„Keineswegs, Herr Baron. Ich habe ihn ziehen lassen. Der Mann kann nicht zählen, er wird seinem Hauptmann ausrichten, daß wir mehr als hundert sind, und alle mit Pistolen bewaffnet. Und Euer lieblicher Nektar wird den Bandenführer in weniger als einer Stunde eingeschläfert haben.“

Im Grunde hätte es bei einem so naiven Gefangenen genügt, die Zahl der Pilger zu verdoppeln, ohne den Baron seines Malvasiers zu berauben. Aber Caudebec war ich seit seiner inquisitorischen Frage gründlich leid, und so war es mir eine Wonne, ihn mit diesem Schabernack zu ärgern.

Ich begleitete Caudebec zu der krüppligen Eiche zurück, die ihm Schatten spendete. Sehr betroffen vom Verlust des Malvasiers und gezwackt von seinem Geiz, der in ihm so kräftige Wurzeln trieb, stattete er mir kühl einen mageren Dank ab für alles, was ich getan, und ich muß gestehen: wäre die Gefahr nicht gewesen, hätte ich ihn ob seiner Undankbarkeit unverzüglich verlassen.

Wir rüsteten zum Aufbruch, und als ich mich wieder bei Samson und Miroul einfand, waren auch unsere Pferde da. Miroul zog ihnen die Bauchgurte fest, während Samson gegen seine Albière lehnte und willig die barmherzigen Dienste der schönen Dame Gertrude du Luc duldete, die ihm mit einem feinen Taschentuch die Schläfen abtupfte.

„Monsieur de Siorac", sprach sie mich an, „ist es nicht ein Wunder, daß Euer Herr Bruder trotz des schleichenden Fiebers so tapfer gefochten hat gegen die Banditen? Jetzt ist er ganz in Schweiß gebadet, so sehr ist sein Fieber gestiegen. Ob er uns wieder in Ohnmacht fällt?"

„Durchaus möglich bei seiner augenscheinlichen Verfassung", erwiderte ich ernst. „Wollt Ihr so liebenswürdig sein, ihn zu stützen, unterdessen ich meiner Accla den Sattel festzurre?"

„Aber ja, aber gern. Denn ich liebe ihn wie mein eigen Kind, auch wenn ich altersmäßig nur seine große Schwester sein könnte."

Bei diesen Worten legte sie ihm den Arm um die Hüfte und drückte ihn fest an sich, damit er nur ja nicht umfiele, obwohl er sich mit dem Rücken gegen seine Stute Albière lehnte, eine Hand am Hinterpauschen, während die andere die am Sattelknopf hängenden Zügel hielt; allerdings hatte er die Lider halb geschlossen. Ha, Samson, mein schöner Engel, sann ich, gut tust du, die Augen zu schließen, und sei es nur vor deiner Tugend, die ich arg wanken sehe.

Mirouls beide Araberpferde, Albière und auch meine Stute hielten diese rührende Szene den Blicken der Pilger verborgen, was Dame Gertrude, wette ich, nur lieb war, denn die christlichen Barmherzigkeiten können der Zeugenschaft sehr wohl entbehren. Ich selbst war mit meiner Accla befaßt, nicht minder Miroul mit seinen Pferden, doch blitzte sein kastanienfarbenes Auge, sooft es sich mit meinem Blick kreuzte.

„Aber er wird ohnmächtig, scheint mir“, sagte Dame Gertrude.

„Madame, gebt ihm zwei Ohrfeigen, dann kommt er wieder zu sich“, riet ich.

„Mein Gott, nein! ich bin eine Frau“, sagte Dame Gertrude. „Es steht der Bescheidenheit meines Geschlechts nicht an, einen Edelmann zu schlagen.“

„Dann macht es wie unsere Amme Barberine, die ihm, damit er zu sich käme, nach perigurdinischer Sitte viele Küßchen gab.“

„Ha, das fügt sich besser zu meiner Anmut“, gestand sie mit einem Seufzer.

Was sie im ferneren tat, vermag ich nicht zu sagen, denn ihre Kopfbedeckung, riesig wie ein Schild, verbarg mir ihr Gesicht und das meines lieben Samson für die ganze Dauer der Wiedererweckung. Diese war noch nicht ganz zu Ende, als der Hügel gewaltig hallte von Caudebecs Stimme.

„Aufsitzen! Aufsitzen!“ schrie er gebieterisch, nachdem er sich vorher, in der Gefahr, seiner Befehlsgewalt nicht so sicher gewesen war.

„Monsieur de Siorac“, sprach Dame Gertrude, an mich gewandt, „leider muß ich meine Fürsorge beenden und mein Pferd besteigen. Darf ich mich wohl während des Rittes nach dem Befinden meines Kranken erkundigen?“

„Madame, mit dem lebhaftesten Vergnügen werde ich verfolgen, wie unablässig Ihr Euch um meinen Samson kümmert“, erwiderte ich und grüßte.

Das war von Herzen aufrichtig gesagt, denn soweit ich überhaupt eine Unvollkommenheit an meinem Bruder zu finden wagte, dann dies: bis zu unserer Reise hatte er sich ferngehalten jenem lieblichen und sanften Geschlecht, ohne welches die grünen Paradiesauen unseres Herrgotts ein öder Landstrich wären. Die Therapie, zu der Samson sich nun bereitfand, war beruhigende Genugtuung. Und nun ich Dame Gertrude so kraftvoll an seiner Genesung wirken sah und mein Bruder unter ihrem Atem so rasch wieder Leben gewann, begriff ich, daß er bisher nicht unempfindsam gewesen; nur hatte ihm vielleicht sein Los, ein Bastard zu sein, irgendwelchen heimlichen Groll gegen die Frauen eingegeben.

Ich musterte ihn nicht gar zu offen, spähte eher aus den Augenwinkeln. Er schwang sich verträumt in den Sattel, das Gesicht genugsam entflammt, um den Anschein der ihm von mir angedichteten Krankheit zu erwecken. Denn er war wirklich im Fieber, einem Fieber allerdings, das nie heilt, außer unter dem Schnee der Jahre. Solange unser Ritt währte, sah ich auf seinen Wangen dieses lebhafte schöne Rot. Er verhielt sich stumm, bei gesenkten Augen, und mit seinen breiten Schultern und dem sich um den robusten Hals lockenden kupferfarbenen Haar wirkte er wie ein Erzengel auf den Fensterscheiben einer Papistenkirche. Hatte nicht Dame Gertrude ihn mit dem heiligen Michael verglichen? Beim Anblick dieser unschuldhaften Miene dünkte mir, daß Samson, eben erst erblüht für die Sinnengenüsse, sich ihrer lieber nicht allzu lebhaft bewußt werden wollte, damit sein hugenottisches Gewissen weniger in Schwierigkeiten geriet. Ich tat seiner naiven Heuchelei tunlichst nicht Abbruch und unterließ die kleinen Frotzeleien, mit denen ich ihn gern gestachelt hätte.

So also – Samson träumend, ich heiter sinnend über die Zuträgnisse des Weges, und Dame Gertrude in beständigem Hin und Her, besorgt um den Kranken, aber auch um ihren Ruf, denn schon schwätzte man über sie – erreichten wir unbeschadet Lézignan, als es schon längst dunkel war und unsere Pferde endlich einmal erschöpft. In der Herberge *Zum Einhorn*, wo wir Unterkunft nahmen, füllte Baron Caudebec der Wirtin die Ohren mit epischen Berichten über die Vernichtung der Banditen. Ich kam darin kaum vor.

Die Wirtin vom *Einhorn* (weiß einer, warum die Frauen in diesem Gewerbe so oft Witwe sind, vielleicht weil so viele Mannsbilder durch ihre Hände gehen und sie darum weniger Sorgfalt auf den eigenen Mann verwenden) versicherte mir am folgenden Tag, die Straße ab Lézignan sei eine der sichersten, da herrsche großer Verkehr, weil die Kaufleute, ob sie nun nach Lyon oder nach Marseille strebten, gemeinsam bis Montpellier reisten, alle gut bewaffnet und sehr mutig. Dem Vernehmen nach sei seit zwei Jahren schon kein Konvoi mehr überfallen worden. Lachend fügte sie hinzu (denn ich hatte meine Hände auf ihre runden Hüften gelegt), daß sie mich, ei gewiß, gern noch länger in ihrer Herberge behalten würde, da ich sehr liebenswürdig sei, doch sie verstehe meine Ungeduld, mich von den Pilgern aus dem Norden abzusetzen, welche gar langsam ritten und es sich lange Tage gütlich täten in den Herbergen, wo sich, wie im *Einhorn* auch, gute Speise böte, guter Wein und sonstige dem Reisenden erholsame Bequemlichkeiten. Falls ich es wünschte, wolle sie mich gern etlichen Kaufleuten vorstellen, die am folgenden Tag abzureisen gedächten; damit erweise sie nicht nur mir, sondern auch ihnen einen Dienst, habe sie doch von meinem Diener Miroul erfahren, was wir für tapfere Edelleute seien. Mit tausend Dank nahm ich ihr Angebot an und durchmengte es mit Schmeicheleien meines Alters. Die Wirtin wies diese nur sanft zurück, machte eine tiefe Verbeugung und lächelte so verständnisinnig, daß ich augenblicklich Feuer fing. Ich sah sie sich entfernen, und meine Überlegung war: Es muß einer nur aus seinem Loch kriechen und zu reisen beginnen, gleich lacht ihm die Welt in unendlicher Vielfalt!

Der Gedanke, daß ich Caudebec bald los sein und daß ich in dieser Nacht mein Tun haben würde, stimmte mich fröhlich. Leicht war mein Gang und beschwingt mein Herz, als ich in unser Zimmer eilte, Samson den geplanten Aufbruch zu melden: endlich wäre Schluß mit dem Geldausgeben in den Herbergen! Ich war gewiß, er würde glücklich sein, daß wir die Pilger aus dem Norden hinter uns ließen und zügig mit Leuten unserer Provinzen reisten. Doch mein schöner Engel schien vergessen zu haben, daß er unsere Börse verwaltete, auf seinen Lippen war wenig Freude, er tat den Mund kaum auf, wandte sich traurig ab. Da begriff ich seinen Kummer und gedachte ihn zu beheben.

Ich hieß Miroul mitkommen, befahl ihm, sich mit anderen Dienern zu vergnügen und unserem Zimmer möglichst lange fern zu bleiben. Dann suchte ich Dame Gertrude du Luc in ihrem Quartier auf und nahm sie beiseite, da noch zwei Damen anwesend waren, die neugierig die Ohren spitzten. Bei ihrer Namenspatronin ließ ich Dame Gertrude schwören, daß sie ganz für sich behalten wolle, was ich ihr gleich zu sagen gedächte. Sie tat den Schwur, und ich eröffnete ihr, daß wir am kommenden Morgen in aller Frühe aufbrechen würden, ohne Abschied vom Baron, weil wir fürchteten, daß er – aus wildem Zorn, seinen Dolmetscher zu verlieren – uns vielleicht gewaltsam zurückhielte und wir dann, Samson und ich, den Degen ziehen müßten. Als Dame Gertrude dies hörte, erbleichte sie. Ich solle das Zimmer verlassen, flüsterte sie, und sie auf der Treppe erwarten. Ich tat wie geheißen. Der Ort war sehr dunkel und erinnerte mich an die Wendeltreppe in den *Zwei Engeln.*

Minuten später vernahm ich die Schritte der in Pantoffeln daherkommenden Dame.

„Monsieur de Siorac?"

„Hier bin ich."

„Ach, Monsieur!" seufzte sie mit wogendem Busen, den ich nicht sah, wohl aber spürte, denn in ihrem jähen Kummer umarmte sie mich so heftig, als wäre ich mein Bruder. „Ach, Monsieur!" wiederholte sie mit erstickter Stimme, dabei ihre Tränen meine Wangen näßten. „Welch beklagliche Nachricht! O Jammer! Er zieht fort! Schon morgen!"

„Vor Tau und Tag."

„Aber Monsieur, warum diese plötzliche Abreise? Läßt sie sich nicht aufschieben?"

„Leider nein, Madame! Wir sind Scholaren, unsere Börse erlaubt uns nicht so viele Herbergsaufenthalte."

„Könnte ich nicht das Fehlende vorschießen? Geniert Euch nicht, es anzunehmen. Gottlob bin ich nicht unvermögend."

„Aber Madame! Geld leihen in einem Fall, der es nicht erforderlich macht!"

„Ich bitte um Vergebung, Monsieur!" Sie preßte sich an mich, krallte mir ihre Finger in den Rücken. „Ich bin wie von Sinnen, so sehr betrübt es mich, meinen kleinen Kranken zu verlieren. Wie nimmt denn er es auf?"

„Er ist untröstlich, sagt aber kein Wort."

„Daran erkenne ich, wie tapfer er ist!" sprach sie mit Genugtuung in der Stimme. Ich war sehr bewegt, und fast beneidete ich meinen Bruder, daß er soviel Liebe hatte anfachen können.

„Madame, in Montpellier wohnen wir bei Meister Pierre Sanche, dem Apotheker an der Place des Cévenols. Wir bauen darauf, daß Ihr uns auf der Durchreise nach Rom – und dann genauso auf dem Rückweg – gütigst Besuch abstattet."

„O ja! O ja, Monsieur de Siorac! Aber darf ich Euern Bruder heute trotzdem sehen und ihm meine Pflege angedeihen lassen?"

„Madame, hierum wollte ich Euch sogar bitten. Mein Diener und ich, wir haben andernorts zu tun, wir werden eine gerüttelte Stunde fort sein. Mein Bruder bleibt allein im Zimmer und bedarf dann seiner liebevollen Ärztin."

Sosehr sie mein Anerbieten erhofft hatte, zögerte sie nun doch, gab mich jäh aus der Umarmung frei und fragte leise:

„Aber mein Herr, darf ich das wagen? Mit Euerm Bruder allein?"

„Dies vermag Eure Mildtätigkeit Euch besser zu beantworten."

Ich war ein bißchen ungehalten ob solchen Schamgebarens in letzter Minute, das nur Getue war. Im Dunkel tastete ich nach ihrer zitternden Hand, drückte ihr einen Kuß auf und enteilte, weiteren Redens nicht gelüstig.

Ich weiß: manch einer, der dies liest, wird mich der Venus ganz verfallen wähnen, nun ich, ein Schürzenjäger, auch Samson eine Schürze (gar eine der entflammtesten) ins Bett legte. Doch tat ich es aus Zuneigung zu ihm, ich war beinahe väterlich besorgt, daß Samson vollends seinem äußeren Erscheinungsbild entsprechen möge, denn er hatte nichts von einem Kastraten oder einem weibischen Kerl, er war nicht nur sehr schön, sondern auch kräftig von Statur, robust und in den Muskeln wohl geformt. Ein Jammer, wenn dieser schöne Hengst wie eine vertrocknete Nonne in der Zelle lebte.

Was die Sünden betrifft, die ich beging und wohl noch bis ins eisige Alter begehen werde, erinnere ich, auch wenn ich nicht Augsburgischen Bekenntnisses bin, an Luthers schönes Wort: *Esto peccator et pecca fortiter, sed fortius fide et gaude in Christo*, will heißen: Sündige kräftig, glaube aber um so heftiger an Christus und freue dich in ihm. Eine nicht unumstrittene Empfehlung, weil sie auch große Leichtfertigkeit zu erlauben scheint. Aber nicht darum gefällt sie mir, sondern weil die Liebe zu Gott nach meinem Verständnis die Liebe zu seinen Geschöpfen einschließt. Sowenig der Körper dem Prinzip, das ihn belebt, geopfert werden sollte, sowenig sollten Glaube und Freude je voneinander getrennt sein.

Für die dreißig Meilen von Lézignan nach Montpellier benötigten wir kaum fünf Tage; nicht daß die Pferde unserer Begleiter schneller gewesen wären als die von Caudebec, doch hätten sie gänzlich erschöpft sein müssen, nicht mehr imstande, einen Huf vor den anderen zu setzen, damit wir länger als eine Nacht in einer Herberge geblieben wären.

Diese Kaufleute, drei an der Zahl und Kompagnons, waren Graubärte, aber kernig, aufgeschlossen, von flinkem Lächeln und freundlichem Wort, was gewißlich die Kundschaft verlockte; doch ihre Seele war hart wie Stein. Ihr Blick, ihr Denken und Fühlen galt nur den Schafhäuten, die sie da karrten und die sie zählten und zählten aus Angst, von einem Diener bestohlen zu werden. Auch trauten sie einer dem andern nicht, belauerten sich von frühmorgens bis abends und taten wohl auch des Nachts nur ein Auge zu. Ihnen war zum Nächtigen jede Herberge recht, sofern sie ihnen nur Speise gab, sich den Bauch zu füllen, und ein Bett, neue Kräfte zu schöpfen, wobei sie die Häute im Zimmer lagerten, trotz des Gestanks. Um den Rest, der den Charme unserer Herbergen ausmacht (und ihren Ruf außerhalb Frankreichs): die Güte der Speisen, das Bukett der Weine, der Liebreiz unserer Kammermädchen – darum scherten sie sich nicht. Sie hatten nur ihre Zahlen im Kopf, ihre Gewinne und Risiken, nichts als das.

Wir waren so ungeduldig, endlich die Stadt Montpellier zu erreichen, von der unser Vater uns gar viel erzählt hatte, daß wir zwei Meilen vor ihren Toren unseren Pferden die Sporen gaben und die Truppe verließen. Über die Schulter schauend, sah ich die Händler hinter uns kleiner und kleiner werden, dann hinter der Wegbiegung verschwinden mit ihren Wagen, ihren Dienern und ihren Häuten, deren Gestank ich noch in der Nase hatte, wie kräftig ich auch die gute warme Luft atmete, die von Wohlgerüchen erfüllte trockene Brise dieser Landschaft; denn so karg und steinig das Land sein mag (im Gegensatz zu meinem grünen Périgord), es birgt eine wunderbare Vielfalt an aromatischen Gewächsen, deren Düfte das Atmen zur Wonne machen.

Eine Meile vor Montpellier jedoch schien sich das Antlitz der Flur zu wandeln, unverhofft sahen wir ein abgeerntetes Getreidefeld und inmitten einen riesigen Garbenhaufen, wo die Bauersleute beim Dreschen waren. Welcher Vorgang uns so verwunderte, daß wir die Pferde anhielten, denn in unserem Périgord, regnerisch selbst im Juni, wird das Korn unter den Schuppendächern gedroschen, mit Flegeln. Hier dagegen war der Boden im Juni so heiß und so hart, daß dies auf freiem Felde möglich war.

Ich ritt näher heran und sah einen peitschenbewehrten Mann auf dem Garbenhaufen, der am Ende einer langen Leine sechs Pferde führte, die mit verbundenen Augen immerzu im Kreis getrieben wurden. Andere Männer hatten Forken in der Hand und warfen die Bündel eins nach dem andern den Pferden unter die Hufe, bis Stroh und Korn voneinander getrennt waren.

Da die Männer in der Arbeit einhielten, um ihren Trester zu trinken und den Pferden etwas Erholung zu gönnen, wandte ich mich an einen Landmann, der seinem Gehabe und seiner Stimme nach wohl der Vorarbeiter war. Klein war er, hatte braunes Haar, wirkte sehr dunkelhäutig und sprach gewandt und leicht. Sie warteten, erklärte er, auf den Wind, der in diesem Landstrich gegen Abend aufkommt, um dann die Spreu von den Körnern zu trennen; die leichte Spreu würde nach der einen Seite fortgeweht, und auf dem Haufen blieben blank und sauber die Körner zurück. Ob sie nie auf den Gedanken kämen, das Getreide unterm Dach zu dreschen, fragte ich, er aber sagte, das habe er hier zeit seines Lebens nicht gesehen, hier falle im Sommer kein Regen.

Er musterte mich lebhaft, wünschte seinerseits Fragen zu stellen, gab mir zu verstehen, daß er meiner Neugierde entsprochen habe und es nur recht sei, wenn ich ein Gleiches täte. Also tat ich Bescheid, wer wir seien, wohin wir wollten und wozu.

Es schien ihm sehr zu schmeicheln, daß wir von so fern herkamen auf so gefährlichen Straßen, um in Montpellier zu studieren; es sei dies die schönste und größte Stadt im Languedoc, erklärte er, Toulouse sei dem Vernehmen nach zwar größer, aber wennschon! keine Stadt in unseren Provinzen halte dem Vergleich mit Montpellier stand, was seine Schönheiten betrifft, das angenehme Leben, das milde Klima. Montpellier, fuhr er fort, kenne die kalte Jahreszeit kaum, dagegen er habe erzählen hören, der König von Frankreich in seinem Louvre sehe manchen Winter unter seinen Fenstern im Seine-Fluß Eisschollen treiben. Bei solchen Berichten, fügte er hinzu, fühle er so gräßliche Kälteschauer über seinen Rücken gleiten, daß er lieber zeit seines Lebens Bauersmann zu Montpellier denn König in der Hauptstadt sein möchte.

All das sagte er mit einem Anflug von spöttischem Lächeln, das seine Prahlereien halb in Abrede stellte. Seine feine Art, sich über andere und über sich selbst lustig zu machen, behagte mir sehr, und als ich später die Menschen des Languedoc besser kannte, wußte ich denn auch, daß dieser Schalk ihrem Naturell sehr eigen ist.

„Tausend Dank, braver Bauersmann", rief ich, hierauf er lächelte, weiß der Herrgott warum.

Ich gab dem Pferd die Sporen, Samson ebenso, doch erst eine halbe Meile weiter holte Miroul uns ein, der mit den Leuten noch ein bißchen geschwatzt hatte.

„Herr und Meister", rief er, die Wangen wie gebläht von der Neuigkeit, die er brachte, „der Mann, den Ihr für einen Bauern hieltet, ist nichts dergleichen, wie sehr er sich aus Bequemlichkeit so kleidet. Pécoul heißt er und ist ein sehr betuchter Messerschmied, er besitzt zu Montpellier einen großen schönen Laden in der Rue de l'Espazerie und verkauft Hieb- und Stichwaffen. Dies ist sein Land, und er legt lieber selbst mit Hand an, das Korn einzubringen: beim Einsacken traut er keinem."

„Heiliger Antonius, Miroul!" rief ich. „Deinen zwiefarbenen Augen entgeht wahrhaftig wenig! Und noch weniger deinen gespitzten Ohren!"

„Sehr zu Euerm Vorteil, mein Herr und Meister", entgegnete Miroul mit gut gespielter Demut.

„Was hast du sonst noch erfahren?"

„Daß wir allernächst durch einen Olivenhain kommen, wo der Henker sein Wesen treibt; dann passieren wir eine hölzerne Palisade, die zum Schutz der Vorstädte dient; hernach gelangen wir vor die Gemeine Einfriedung."

„Gemeine Einfriedung?"

„So nennen die Leute von Montpellier ihre Stadtmauer."

„Wirklich sehr hübsch. Und wie du den Leuten die Würmer aus der Nase ziehst, ist wunderbar. Samson, hast du Mirouls Rede gehört?"

Ach, mein lieber Bruder hatte die Rede nicht gehört und nicht meine Frage. Er ritt bei hängenden Zügeln, starrte auf die Ohren seiner Albière, wurde abwechselnd bleich und rot im Gesicht, biß sich manchmal auf die Lippe, legte die Stirn in Falten, seufzte gelegentlich. Ich wette, ihm war kaum bewußt, daß er auf seinem Pferd saß. Wenn ich ihn von der Seite musterte, konnte ich deutlich sehen, was ihn da bewegte an Erinnerungen, an Träumen, an Reuegedanken, so sehr war der Ärmste innerlich hin und her gerissen, unterdessen seine Augen so beseligt dreinschauten oder aber so schauervoll entsetzt, als täte sich unter den Hufen seiner Stute grad eben die Hölle auf.

Wie viele Olivenhaine den Weg auch säumen mochten, jenen einen, in dem der Henker von Montpellier so viele arme Teufel in den Tod beförderte, erkannte ich auf Anhieb, denn schon von ferne sah man einen Galgen aufragen, kerzengerade zwischen den annehmlich geschwungenen Bäumen und sehr finster zwischen dem hellen Laub, darin man schon die Früchte zu erahnen meinte, die im September reifen würden.

Einen Menschen zu töten ist – außer mit Schwert und Arkebuse – eine Angelegenheit von wenig Phantasie. Die einfachste Maschine reicht dafür aus: drei Hölzer im Winkel gefügt, das längste in den Erdboden getrieben, am kürzesten der Strick befestigt, an dessen Ende alsdann der Gehenkte zappelt, während sein Richter sich den Wanst füllt, bis er seinerseits vor unser aller Richter tritt, in die Grube fährt und da verfault. Ein dürftiger Unterschied, der es nicht rechtfertigt, daß dem einen viel Ehre zuteil wird und so viel Unglück dem anderen.

Der Galgen war gottlob unbestückt, doch zu früh hatte ich aufgeatmet, denn meine Accla unter mir schnaubte, ich griff zum Zügel, hielt sie an, ein fader, süßlicher Geruch behelligte meine Nase! Ich schaute in die Höhe und war jäh entgeistert: da hingen im stattlichsten der Ölbäume die Teile eines weiblichen Körpers; der Kopf war mit den eigenen Haaren an einem der Äste befestigt, während die Beine, die Arme und der Rumpf mit Hanfschnüren an andere Äste gebunden waren. Obwohl die Leiche mindestens schon acht Tage da hing, war sie von den Vögeln noch nicht so zerpickt, daß man Bauch und Brüste nicht mehr erkannt hätte. Die arme Kleine, an deren zartem Leib sich hier die schändliche Neugier der Menschen und die gefräßigen Schnäbel der Raben weiden durften, war zunächst gehenkt worden. Dann hatte der Henker die Tote vom Galgen genommen, hatte ihr das Hemd ausgezogen, den Leichnam mit seinem großen Schwert in Stücke gehauen, wie der Schinder es mit den Tierkadavern tut, und hatte die Stücke warnend zur Schau ausgehängt an diesem schönen Baum, den solches nicht eben mehr belastete als ein toter Vogel.

Mein Samson, plötzlich aufgewacht, betrachtete mit trauriger Miene diese faulenden Stücke, während Miroul bei ihrem Anblick blaß wurde und seine gute Laune verlor, vielleicht fiel ihm ein, daß er dem Galgen in Mespech nur um Haaresbreite entkommen war. Ich sah nahebei einen Bauersmann, der mit langsamer, kraftloser Armbewegung die Brennesseln am Feldrain mähte, ohne je aufzuschauen zu diesen Menschengliedern.

„Freund, ist dies dein Feld?“ fragte ich ihn.

„Nein“, sagte der Mann. Er war lang und dürr, schien fast so schmal zu sein wie seine Sense. „In diesem schönen Languedoc gehört mir nichts als ein Mund zum Essen und meine Arme, ihn zu nähren. Das Feld gehört meinem Herrn, der es leider an die Konsuln von Montpellier verpachtet hat zum Aufstellen der Galgens, obwohl die Oliven sehr gut sind, auch die von jenem Baum da (er sagte es, ohne hinzuschauen). Ich jedenfalls arbeite nicht gern in diesem Gestank, den der Wind manchmal bis in mein Haus weht.“

„Freund, weißt du, wer dieses arme Mädchen war? Und was sie getan, um solche Strafe zu verdienen?“

„Den Namen weiß ich nicht, aber wie mir die Büttel erzählten, hat sie ihr Kindelein erstickt, weil sie ihm keine Milch mehr geben konnte. Der Taugenichts, der sie geschwängert, hat sie ohne einen Sol sitzenlassen.“

„Den Kerl hätte man hängen sollen, nicht das Mädchen“, preßte Miroul zwischen den Zähnen hervor.

„Ich weiß nicht, ich bin nicht klug genug, um urteilen zu können“, sagte der Mann. „Aber wäre der Taugenichts Graf oder Baron gewesen, dann wäre das Kind ein stolzer Bastard geworden, und weder ihm noch seiner Mutter hätte es je am guten Essen gemangelt.“

Bei dem Wort „stolzer Bastard“ wandte Samson stumm den Kopf ab, und die Tränen traten ihm in die Augen. Drei Jahre alt war er gewesen, als seine Mutter in Taniès der Pest erlag. Und ich bezweifle, daß er sich noch an das Gesicht des Hirtenmädchens erinnern konnte, doch wenigstens wußte er, daß er ihr Sohn war. Meine Mutter war zeit ihres Lebens zu stolz gewesen, Samson je anzusprechen, ihn eines Blickes zu würdigen oder seinen Namen zu nennen.

„Aber warum hat man sie in Stücke gehauen?" fragte ich traurig. „Hängen allein langte wohl nicht?"

„Pah, ist doch Jacke wie Hose", sagte der Mann. „Wenn einer tot ist, kann es ihm gleich sein, ob er wie Ochs auf der Fleischbank zerhackt wird oder ein Ganzes bleibt. Hier in Montpellier ist es Brauch, die Gehenkten in Stücke zu hauen."

„Wieviel Grausamkeit entschuldigt der Brauch!" sprach ich, an Miroul gewandt, um so zu tun, als sähe ich Samsons Tränen nicht. „Wenn ein Mensch tot ist, gehört seine sterbliche Hülle dem Herrgott, der sie am Tage des Jüngsten Gerichts nach seinem Willen auferwecken wird."

„Dieser Tag ist nicht schon morgen", sagte der Bauersmann mit einem tiefen Seufzer. „Bis es soweit ist, müssen wir uns plagen und Mangel leiden. Den kleinen Leuten der kleine Beutel. So schön die Sonne hier scheinen mag, wir können sie nicht essen."

„Freund, du bist so hager. Hast du nicht zur Genüge Nahrung?"

„Zur Genüge?" Der Bauersmann tat einen bitteren Lacher. „Großes Elend, Moussu, ist im Geäst dieses Ölbaums, und großes Elend von anderer Art auf dieser Erde unter meinen Füßen. Ich weiß nicht, welches das schlimmere ist."

„Miroul, gib ihm von unseren Kuchenstücken", sagte ich.

„Moussu", wehrte der Mann hochfahrend ab, „ich habe mein Lebtag nie gebettelt."

„Schlag es bitte nicht aus, es ist nicht Priestergabe, sondern Freundesgeschenk", sagte ich.

Miroul kramte in den Satteltaschen, reichte ihm ein Stück Weizenkuchen, danach der Mann mit seinen dürren Fingern gierig schnappte, aber ohne Dank und ohne einen Blick, wie in Scham, daß er unverdient Speisung empfing.

„Reiten wir weiter!" sagte ich mit einem Kloß im Hals. Wußte ich doch, daß ich mit dieser Gabe nur eben Balsam auf mein Gewissen gestrichen, aber nichts geheilt hatte.

Wir ritten eine Weile im gestreckten Galopp. Der Weg wurde schlechter und führte bergauf, unsere Pferde schnoben; ich ließ sie im Schritt gehen und versuchte, das Bild zu vergessen, das mich quälte: der als warnendes Beispiel zerstückelte Körper. Wovor warnte das Beispiel? Vor der Barbarei, deren Opfer er war? Und war es nur bitterer Zufall, daß sie eine mit so schönen Bäumen bestandene Flur als Hinrichtungsstätte gewählt? Hatte keiner bedacht, daß es Ölbäume waren, darunter Christus vor seiner Kreuzigung betend die Nacht verbracht?

Die Gemeine Einfriedung ist eine stattliche Ringmauer, auch wenn nicht so mächtig und gut bewehrt wie die Mauer von Carcassonne. Von Narbonne her kommend, passiert man sie durch das Salinen-Tor, vermutlich so benannt nach den hier in die Stadt einfahrenden Salzkarren.

Wir mußten an der Einlaßpforte weiße Pfote vorweisen, nämlich den uns vom Seneschall in Sarlat ausgestellten Geleitbrief, und hatten zu erklären, was wir in Montpellier zu tun gedächten und bei wem wir Herberge nehmen wollten. Meine Antworten befriedigten den Hauptmann der Stadtgarde, der uns freilich ermahnte:

„Meine Herren Scholaren, Ihr solltet Euch gut merken, daß innerhalb Eurer königlichen Kollegs und in den anliegenden Straßen das Tragen von Degen und Langdolch verboten ist. Streng untersagt sind auch jegliche Fehden, Beleidigungen, Prügeleien und zumal Duelle zwischen den Schülern, die wie jeder andere hier wegen Kapitalverbrechen gehängt oder, sofern sie Edelleute wir Ihr, enthauptet werden können; in beiden Fällen aber werden sie vom Henker noch in Stücke gehauen."

„Monsieur, wir sind studierwillige Leute und dürsten nicht nach Blut, wie sehr wir auch gegen die Gefahren der Landstraße kriegsmäßig bewaffnet sind."

„Ich tadle Euch dessen nicht in diesen wirren Zeiten. In Montpellier aber ist jetzt alles friedvoll ruhig. Die Katholiken und die Protestanten geben sich den Anschein von Versöhnlichkeit." Hier musterte er uns plötzlich scharf und fragte: „Und Ihr, meine Herren Scholaren, welcher Partei gehört Ihr denn an?"

Die unverhoffte Frage wunderte mich sehr, ich zögerte zu antworten. Doch nach genauerer Betrachtung des Mannes – er war von gemessen ernster Miene und kerniger Haltung – meinte ich, gefahrlos die Wahrheit sagen zu dürfen.

„Monsieur, wir gehören beide, ebenso mein Diener, dem reformierten Glauben an."

„Das wollte mir auch gleich so scheinen", sagte der Hauptmann, bedachte uns mit einem Lächeln und hieß uns in der Stadt willkommen, was er vorher nicht getan. „Meine Herren Scholaren, hattet Ihr Händel mit den Banditen der Corbières-Berge?"

„Und ob! Etliche Meilen vor Lézignan haben wir vier getötet."

„Erzählt jetzt nicht weiter. Morgen wird Monsieur de Joyeuse Euch zu sich bestellen, damit Ihr ihm die Geschichte erzählt."

Er grüßte uns mit einer Gemessenheit, hinter der sich auch Wärme verbarg, und befahl, uns das Tor weit aufzutun. Und also hielt meine kleine Truppe am 22sten Juni des Jahres 1566 Einzug in Montpellier.

Auch wenn freilich nicht so alt wie Sarlat, da erst fünfhundert Jahre, ist Montpellier eine sehr viel größere Stadt. Und sehr ansehnlich trotz der engen, verwinkelten Straßen, sind doch die Häuser, zumindest die der Edlen und der Bürger, aus behauenen Steinen, ohne jede Verwendung von Holz an sichtbarer Stelle.

Unser Weg führte über die Place de la Canourque, den schönsten Platz in Montpellier, auf dem des Abends die Jugend gern flaniert, hier Blicke wechselt, da ein galantes Wort tauscht. Als wir im Schritt über den Platz ritten, sah ich mit Staunen einen langen Zug stattlicher Kavaliere, an ihrer Spitze Musikanten mit Laute und Gitarre. Die jungen Burschen mit dem Gepräge von Edelleuten trugen über den Beinkleidern und Wämsern fußlange Hemdgewänder von makellosem Weiß. In der linken Hand hielten sie eine silberne Muschel und in der Rechten einen silbernen Löffel, mit dem sie gegen die Muschel schlugen im Takt zur Musik, was sehr lieblich klang. Sobald sie aber ein hübsches junges Mädchen auf dem Platz erspähten – und deren waren da so wundervoll viele, wie ich es noch nie erlebt, und schönere, als ich je in einer Stadt erblickt –, eilten sie auf die junge Dame zu, umringten sie, und jeder bot ihr im Hohl seines Löffels etwas Zuckerwerk, davon die Muscheln bis obenhin gefüllt. Es war eine Freude, mit anzusehen, wie sehr diese Offerten die jungen Mädchen verwirrten, wie anmutig sie lächelten, wie verschämt sie taten oder die Gabe zurückwiesen, und im Gegenzug all die Komplimente der Kavaliere, bis einer der hingehaltenen Löffel angenommen war: eine Wahl nicht ohne Bedeutung und Folgen, wollte mir scheinen, die mehr dem darbietenden Kavalier denn dem Zuckerwerk galt. Hatte das junge Mädchen den Inhalt des Löffels in ihre Hohlhand gekippt, wandte man sich – so wollte es das Spiel – von ihm ab (vielleicht nicht ohne ihm ein Stelldichein zugeraunt zu haben) und eilte auf ein anderes Mädchen zu, auch dieses mit Zuckerwerk zu versehen, und so fort. Im Schwarm summten die Kavaliere von Blüte zu Blüte rund im Kreis, geführt oder gefolgt von den Musikanten.

Dieses Schauspiel im goldenen Licht eines Juniabends ließ mich für Augenblicke das widerliche Spektakel vom Olivenhain vergessen. Reglos stand meine Accla da, und ich hatte mich in den Steigbügeln aufgerichtet, um diese Gottesgeschöpfe zu beobachten, wie sie schäkerten, lachten und voll Glücks waren.

„Mein Bruder, weshalb dieses lange Verweilen?“ fragte Samson. „Ich sehe hier nur frivole Narrheit und sündige Liederlichkeit. Was hält uns hier fest?“

Darauf ich, ein bißchen pikiert, antwortete:

„Unseren Balken vergessend, betrachten wir genüßlich den Splitter im Auge des Bruders.“

Mein armer Samson lief puterrot an, mich aber reute meine Anzüglichkeit auf der Stelle, wollte ich doch nicht noch Reisig in das ihn verzehrende Feuer werfen.

Wir hatten noch ein Stück zu reiten und mußten auch das Judenviertel durchqueren (wo wir aber, weil es schon Abend war, keine Menschenseele sahen), bis wir endlich die Rue de la Canebasserie erreichten. Zwischen dieser Straße und der Rue de la Barrelerie erstreckte sich die Place des Cévenols, so benannt, weil an den Sonntagen die stellungslosen Landbewohner der Cevennen sich dort einfinden, um ihre Arbeitskraft zu verdingen. Schon von weitem sah ich die große schöne Offizin von Meister Sanche, und zu meiner Verwunderung, denn ich hätte ihn nicht von so schlichter Lebensgepflogenheit gehalten, saß der große Apotheker vor der Tür und genoß zusammen mit seiner Familie die Abendkühle. Auf Anhieb hatte ich ihn nach meines Vaters Beschreibung erkannt. Ich stieg vom Pferd, warf Miroul die Zügel hin, zog meinen Hut, grüßte den Meister mit tiefer Verbeugung und sprach auf lateinisch (wußte ich doch, daß er sich gern der Gelehrtensprache bediente):

*„Magister illustrissime, sum Petrus Sioracus, filius tui amici, et hic est frater meus, Samsonus Sioracus.**“

Kaum hatte ich dies gesagt, sprang er so wendig auf, wie ich es bei seinem Alter nicht für möglich gehalten hätte: der Apothekermeister kam mir entgegen und umarmte mich stürmisch, dann Samson, dann wieder mich. Er hieß uns willkommen in einem Schwall von Worten, die ein Gemisch aus Latein, Okzitanisch, Katalanisch und gar auch Französisch war.

Was sein Äußeres betraf, hatte Meister Sanche wenig Grund, sich zu rühmen, da er von Angesicht recht häßlich war, die vorquellenden Augen standen nicht waagerecht und schielten auch etwas nach innen, die lange Nase war krumm, im Mund sah man die schlecht gereihten Zähne. Auch die Statur war eher kläglich: die eine Schulter höher als die andere, die Brust eingefallen, die Beine krumm, der Steiß auswölbend. Doch obwohl er einen ergrauten langen Bart trug und schon in den Fünfzigern war, wirkte er ungemein lebhaft, war immerzu in Bewegung, trat von einem Bein auf das andere, der Blick war scharf wie ein Dolch, die Zunge geübt, das Hirn von schneller Auffassung. Zweimal Witwer und die großen Kinder, ausgenommen die zwei jüngsten, bereits aus dem Hause, hatte er im Frühling des vergangenen Jahres ein drittes Mal geheiratet – so erklärte er sich gleich mit den ersten Worten und stellte mir seine Frau Rachel vor, die neben ihm saß und hochschwanger war. In Latein verkündete er, daß sie ihm noch an diesem Abend einen Sohn schenken werde, die Wehen hätten schon eingesetzt.

„Holla, Balsa!“ rief er einem seiner Bediensteten zu, „hilf dem Diener dieser edlen Herren die Pferde absatteln und führe sie in den Stall.“ Dann nahm er mich beim Arm. „Mein Neffe“, fuhr er fort, „dies ist meine Tochter Typhème, sie ist sehr schön, doch verliebt Euch ja nicht in sie, da sie dem ehrwürdigen Doktor Saporta zur Ehe versprochen ist, und der wird Euer Lehrer sein.“

Ich grüßte Typhème, die in der Tat bildschön war. Sie hatte glänzende Augen, einen warmen Teint und die üppige Haarpracht einer Sarazenin.

*(lat.) Hochrühmlicher Meister, ich bin Pierre de Siorac, der Sohn deines Freundes, und dies ist mein Bruder, Samson de Siorac.

„Und dies ist mein Sohn Luc. Er ist volljährig und ist aus eigenem Antrieb zum reformierten Glauben übergetreten. Ich selbst gehöre der verrotteten römischen Religion an, deren unendlich viele Mißbräuche ich wohl oder übel billige", sagte er haspelnd und leise auf Latein.

Mir blieb bei so seltsamem Glaubensgeständnis der Mund offen. Gleichwohl begrüßte ich Luc, der so häßlich war wie seine Schwester schön. Aber seine Augen waren so ausdrucksvoll wie die seines Vaters, und wenn er allein war, konnte er gewiß ebenso viel und ebenso schnell in ebenso vielen Sprachen reden.

„Luc ist fünfzehn Jahre alt", fuhr Meister Sanche fort, „und dies ist sein Lehrer, den ich bei mir beherberge, da er an Wissen so reich ist wie arm an Münze. *Hic est Johannus Fogacerus, in medicina baccalaureus et procurator studiosorum.**" Er wies auf den Genannten.

Ich grüßte die zwiefach große Person, groß von Wuchs und groß den Titeln nach. Denn in meinen Augen war es kein Geringes, sich Bakkalaureus der Medizin nennen zu können und überdies in den Versammlungen der königlichen Professoren und Doktoren Sachwalter der Studenten zu sein.

„Messieurs de Siorac, Euer ergebener Diener", sprach Jean Fogacer bei ausholender Geste, mit der er sich über sich und uns lustig zu machen schien.

Seine Kleidung war schwarz und ein bißchen verschlissen, doch hoher Wuchs und Schlankheit gaben ihm Eleganz, noch verstärkt durch die Anmut seiner Gebärden und eine außergewöhnliche Physiognomie: er hatte sehr schöne Zähne und fleischige rote Lippen, auf die eine Adlernase herabschoß; die Augen waren haselnußbraun, die Brauen schwarz, wie mit dem Pinsel nach den Schläfen hin gezogen, was ihm eine gewisse Ähnlichkeit mit jenem Bilde gab, das wir uns vom Satan machen. Doch wenn überhaupt, war er ein recht guter Teufel, denn er lächelte oft und lachte noch viel öfter, was er jetzt etliche Male tat, während Meister Sanche uns seine Familie vorstellte und uns kundtat, daß seine Frau ihm noch an diesem Abend einen Sohn gebären werde. Auch ich fand es freilich erstaunlich, daß Meister Sanche sich über das Geschlecht des

* (lat.) Dies ist Jean Fogacer, Bakkalaureus der Medizin und Prokurator der Studenten.

Kindes so im gewissen war, noch ehe es den Schoß der Mutter verlassen hatte.

„Meine Neffen", sprach Meister Sanche (und nie mehr sollte er uns anders nennen), „Ihr werdet hundemüde sein vom langen Ritt. Holla, Fontanette! neugierige Trine! zeig den edlen jungen Herren ihre Zimmer, anstatt sie anzugaffen!"

Mich bekümmerte es zunächst, daß der Herr Apotheker für Samson und mich getrennte Zimmer bereithielt, so sehr waren wir es gewohnt, im selben Bett zu schlafen; doch als ich dem liebreizenden Kammermädchen die Treppe hinauf folgte und gewahr wurde, wie ungern sich mein Auge von ihrem schönen Rücken löste, fand ich die Zimmerordnung nicht mehr so übel.

„Hier werdet Ihr logieren, Moussu", sagte Fontanette zu Samson mit einem charmanten Lächeln. „Wünschet Ihr meine Hilfe beim Stiefelausziehen?"

„Das besorgt mein Diener", sagte Samson schroff, ohne das Mädchen anzuschauen. Er hatte es eilig, allein zu sein, stieß jäh die Tür hinter sich zu, und ich hörte ihn schwer auf sein Bett sinken, die unterbrochenen Träume fortzuspinnen.

„Dies nun ist Euer Zimmer, Moussu", sagte Fontanette, sehr betrübt über Samsons barsche Worte, und wagte nicht, ihre Dienste auch mir anzubieten.

„Tritt ein", sagte ich zu ihr, setzte mich aufs Bett und bedachte sie mit einem Lächeln. „Ich würde deine Hilfe gern annehmen, sofern du ..."

„Von Herzen, Moussu", sagte das Mädchen und kniete anmutigst zu meinen Füßen nieder, was mir den Blick auf ihr Mieder eröffnete, das nur lose geschnürt war. „Ihr gefallt mir besser als Euer Herr Bruder, auch wenn er hübscher ist. Ihr seid nicht so eingebildet."

„Aber Samson ist nicht eingebildet", wehrte ich ab, den Blick auf ihrem Busen, der wogend auf und nieder ging, als sie an meinem Stiefel wuchtete. „Samson hat schlimmen Liebeskummer, einer Dame wegen. Das macht ihn so unleidlich."

„Die Dame weist ihn schnöde ab?" fragte Fontanette neugierig.

„Das nicht, aber sie ist weit fort und reitet durch die Welt."

„Das ist freilich ein Riesenjammer, wenn man nur den Wind umarmen kann! Und Ihr, Moussu, habt Ihr auch Liebeskummer um ein junges Mädchen von daheim?"

Ich musterte sie halb lachend, halb gerührt. Hübsch fand ich sie, so schmuck und unter meinem Blick wie Butter schmelzend.

„Das kann ich noch nicht sagen, Fontanette. Ich kenne dich zuwenig."

„Ha, Moussu, Ihr macht Euch über mich lustig!" sagte sie errötend. „Ihr werdet einst Baron sein und wollt Euch in ein Kammermädchen verlieben!"

„Ich werde nie Baron sein, Fontanette, denn ich bin Zweitgeborener. Ich muß studieren."

„Und werdet eines Tages ein großer Gelehrter sein, Moussu, wie Meister Sanche und Bakkalaureus Fogacer." Sie erhob sich. „Ich aber bin unwissender als die Ziege im Stall."

„Das schert mich nicht", sagte ich, legte ihr meine Hände auf die Hüften und küßte sie auf die frischen Wangen.

„Ha, Moussu, Ihr habt es eilig!" Sie machte sich frei. „Wenn Ihr mich heute küßt, was werdet Ihr dann morgen tun?"

Ich lachte herzlich über ihre naive Keßheit, sie aber sagte:

„Gestattet, Moussu, daß ich mich empfehle. Ich habe unten meinen Dienst zu tun."

Oje! das erste Mahl in Meister Sanches Haus! Eine magere Kost! Schmächtig wenig! Gewiß, in meinem heimatlichen Mespech regierte strenge hugenottische Sparsamkeit, da war kein Schlemmen wie auf den katholischen Adelssitzen, wo so viel gutes schönes Fleisch vergeudet ward, daß der Hausdiener, selbst bis obenhin satt, fast alles den Hunden zum Fraß vorwarf. Solch tadelnswerter Verschwendung wenig zugetan, waren mein Vater und Sauveterre freilich auch keine Knauser. Suppe und Braten, Brot und Wein, Milch und Butter, das gab es bei uns reichlich, für Herrschaft und Gesinde. Und wen zwischen den Mahlzeiten großer Hunger befiel, der konnte sich bei der dicken Maligou in ihrer Spülkammer eine Zwiebel, einen Kanten Brot, einen Napf Milch oder eine Handvoll Nüsse erbetteln. „Keine falsche Sparsamkeit!" pflegte mein Vater zu sagen. „Knickern wir nicht zu Panzens Last, hohler Bauch die Arbeit haßt. Selbst ein Gaul den Pflug nicht zieht, wenn man ihn nicht mit Hafer versieht."

Bei diesem ersten Essen an Meister Sanches Tafel (und wir so hungrig von der langen Reise!) wurde uns ein Salat vorgesetzt und ein ganz kleiner Braten, von dem jeder ein Scheibchen faßte. Kein Nachtisch. Von Butter nicht die Spur, weder auf dem Tisch noch am Braten, die Küche war ganz auf Öl gestellt. Listigerweise gab's einen recht sauren Wein, damit wenig getrunken würde: Fontanette kreiste um die Tafel mit zwei Krügen, im einen Wasser, davon sie zuerst einschenkte, und im anderen der Wein, die Becher aufzufüllen. Glücklicherweise war das Weizenbrot gut und nicht bemessen, davon füllte ich mir das merkliche Hohl nach bestem Vermögen. Ha, Fontanette! sann ich, während sie servierte, du bist knusprig zum Anbeißen, ei gewiß, aber wie unsere Leute in Mespech sagen: Schönheit kann man nicht essen. Mein Samson freilich wußte gar nicht, wo er war und was er verzehrte. Er nährte sich von seinen Träumen. Ich dagegen mußte immerfort an das *Einhorn* denken, an die *Zwei Engel*, an den *Goldenen Löwen* und erst recht an die Kuchenstücke der Patota, weshalb mir denn da an der Knausertafel von Meister Sanche das Wasser im Munde zusammenlief. Und wieder dachte ich an Mespech, an die perigurdinische Küche der Maligou, so schnucklig, lecker, saftig gar. Denn wie dumm diese Trine auch sein mochte, wie geschwätzig, götzendienerisch und abergläubisch, dazu ein lockeres Weib – die Braten gerieten der Maligou wundervoll, weshalb mein Vater ihr stets alles verziehen hatte, auch daß sie ihre Lenden am Pfarrer von Marcuays gerieben unter unserem Dach! in unserem hugenottischen Hort!

Unterdessen ich die mageren Happen des traurigen Mahls kaute, war die Ehefrau unseres Gastgebers im selben Raum am Entbinden, nur durch einen Baumwollvorhang von uns getrennt; in unsere Speisung mengten sich die Klagelaute, die Schreie und das Gestöhn der Gebärenden, dazu die anspornenden lauten Rufe der ihr beistehenden zwei Gevatterinnen. Meister Sanche schien davon wenig beeindruckt, redete aber recht laut, um sich verständlich zu machen, und dissertierte ausführlich über seine neue Mixtur gegen Bauchfluß, die von verläßlicher Wirkung sei. Als das Schreien noch lauter wurde, wandte er gleichwohl den Kopf nach dem Vorhang hin und sprach:

„Meine arme Rachel hat, scheint's, große Mühe und Pein, mir diesen Sohn zu gebären. Balsa, geh, hol mir Odermennig aus der Offizin."

Balsa enteilte mit vollem Mund und brachte einen Salbentopf. Der Meister rief eine der beiden Hebammen und befahl ihr gestreng:

„Gevatterin, reibt der Kreißenden damit die Innenseite der Schenkel ein und sprecht das Sonntagsgebet. Dies wird meiner Frau das Entbinden erleichtern."

Die Gevatterin, nachdem sie sich tief verbeugt und dreimal bekreuzigt hatte, griff den Topf mit großem Respekt und verschwand eilends hinter den Vorhang, den Auftrag zu befolgen.

„Meister Sanche, ich kenne Odermennig als vorzügliches Heilmittel bei Hautgeschwüren, wußte bloß nicht, daß es auch beim Entbinden hilft", sagte ich.

„Dem ist aber so!" sagte Meister Sanche. „Ich berufe mich auf eine große und würdige Autorität. Die Anwendung *in situ** wird von Bernard de Gordon in seinem gelehrten *Lilium Medicinae* ausdrücklich empfohlen, und ich habe es mehrfach erprobt – und nicht ohne Erfolg – bei den Entbindungen meiner verstorbenen Ehefrauen."

Fogacer lachte hellauf, und Meister Sanche rief ein bißchen pikiert:

*„Medice, visne castigare ridendo medicinam meam?"***

„Non decet, magister illustrissime", erwiderte Fogacer, dabei seine teuflischen Brauen sich gegen die Schläfen hin hoben. *„Felix est qui potuit rerum cognoscere causas."****

„Und warum lachst du dann?" fuhr Meister Sanche fort, von einem gellenden Schrei unterbrochen. „Gevatterin, reibt mit der Salbe!" rief er zum Vorhang hin. „Und knausert nicht mit den Vaterunsern!"

Da die Hebammen beide Mittel nun gewiß eifervoll anwandten, trat bald wieder Ruhe ein, nur noch gelegentlich war leises Stöhnen zu hören.

„Hochrühmlicher Meister", fuhr Fogacer fort, „erstens bezweifle ich nicht die Wirksamkeit Eurer Medizin. Zweitens bin ich ein braver Christ und stelle mitnichten die wohltätige Wirkung eines Vaterunsers in Abrede. Allerdings negiere ich das Ineinsgehen des ersten mit dem zweiten. Entweder ist es die Salbe, die der Gebärenden Linderung bringt, oder das Va-

* (lat.) an der bezeichneten Stelle.

** (lat.) Medicus, willst du meine Medizin lächerlich machen?

*** (lat.) Das wäre nicht zuträglich, hochrühmlicher Meister. Glücklich, wer es vermochte, in die tiefen Gründe der Dinge einzudringen.

terunser. Im ersten Fall ist das Vaterunser unnütz. Im zweiten Falle das Odermennig."

„*Medice, navita de ventis, de tauris narrat arator*"*, sprach Meister Sanche. „Winde und Ochsen aber sind nicht ein und dasselbe. Das Weib gebiert unter Schmerzen, doch der Schmerz eignet der Seele ebensosehr wie dem Leib. Ergo tut es gut, beide Heilmittel anzuwenden: Odermennig ist Balsam dem Leib, und das Vaterunser gibt Linderung der Seele ..."

Mitten in seine Rede hinein meldete sich mit gellendem Schreien die arme Rachel.

„Gevatterinnen!" rief Meister Sanche ärgerlich, „wir verstehen hier unser eigenes Wort nicht mehr! Reibt ordentlich und spart nicht am Odermennig! Es geht um mein Eheweib, da will ich nicht knausern!"

„Meister", fragte ich, als das Schreien nachließ, „worauf gründet Ihr Eure Gewißheit, daß Eure Ehegemahlin Euch einen Sohn schenken wird?"

Fogacer nutzte einen neuerlichen Klagelaut, der den Meister ablenkte, und flüsterte mir ins Ohr:

„*Bene, bene! Haec est vexata questio.*"**

Aber die Frage brachte Meister Sanche nicht in Verlegenheit.

„Da ist kein Zweifel, noch weniger ein Diskutieren. Bei Vollmond gebiert das Weib einen Knaben, bei Neumond ein Mädchen."

Nun aber wurden die Schreie der armen Rachel, trotz Odermennig und Vaterunser, von Minute zu Minute lauter. Meister Sanche drängte es, sich zu erheben und hinter den Vorhang zu treten, um der jungen Frau mit seinem segensreichen Wissen beizustehen.

Da die Abendspeisung längst beendet war, hatten sich Luc, seine Schwester Typhème, Balsa, Miroul und mein lieber Samson schon zur Nachtruhe begeben. Am Tisch saßen nur noch Fogacer und ich, als Fontanette einen Krug brachte und uns Kräutertee eingoß.

„Fontanette, der Meister wird dir zürnen!" flüsterte Fogacer. „Tee! Gar noch gezuckert! Und ohne zu fragen!"

* (lat.) Medicus, der Seemann spricht von den Winden, der Landmann von den Ochsen.

** (lat.) Gut, gut! Das ist eine treffliche Frage.

„Ich werde behaupten, ich hätte ihn bestellt", sagte ich.

„Tausend Dank, mein edler Moussu", sagte Fontanette lächelnd mit einer kleinen Verbeugung.

Sie drehte sich um die eigene Achse, dabei ihr weiter Rock rings um die Knöchel eine anmutige Korona beschrieb, und entschwand leichtfüßig in die Küche. Ihr hinterdrein mein Blick.

Hierauf Fogacer sich mir entgegenneigte und leise sprach: *„Nec nimium vobis formosa ancilla ministret.*"*

„Amen", sagte ich, da ich nichts anderes zu erwidern wußte, die Nase in meinem Becher, aber sehr glücklich über diese nette Aufmerksamkeit von Fontanette. Bedächtig trank ich meinen Tee und verzehrte eine dicke Scheibe Brot dazu, denn nach diesem mageren Mahl hatte ich wahrlich Appetit, die Speisung von vorn zu beginnen.

Fogacer wies mit langem Zeigefinger auf den Vorhang und flüsterte:

„Der Mann hat seine kleinen Schrullen, trotzdem ist er ein braver Mensch. Nun aber leert flugs Euern Becher, damit er nicht das arme Mädchen schilt."

Gerade hatte ich ausgetrunken, da tat sich der Vorhang auf, Meister Sanche pflanzte sich vor uns hin und verkündete mit triumphierender Miene:

„Bald ist es soweit. Ich habe den Haarschopf des kleinen Burschen schon gesehen!"

Und kaum war es gesagt, stieß die Gebärende so gewaltige Schreie aus, daß selbst einem Tauben die Ohren aufgegangen wären. Dann folgte jäh Stille, die uns verdutzt machte. Wieder hob sich der Vorhang, und eine Gevatterin kam hervor, mit hängendem Kopf und bekümmerter Miene.

„Meister Sanche", sprach sie, „Eure Frau Gemahlin bittet demütigst um Vergebung: es ist ein Mädchen."

„Was!" rief Fogacer empört. „Ein Mädchen! Bei Vollmond!"

„Da hat wohl ein von Gott gesandter anderer Planet seine Strahlen in die des vollen Mondes gemengt und seine Wirkungen verfälscht", sagte Meister Sanche und zuckte mit keiner Wimper. Würdevoll die Hand hebend, fügte er hinzu: *„Astra regunt homines, sed regit astra Deus.*"**

* (lat.) Laßt Euch nicht von einem gar zu schönen Mädchen Dienste tun.

** (lat.) Die Sterne leiten die Menschen, aber Gott regiert die Sterne.

VIERTES KAPITEL

War das ein schönes Erwachen, als am nächsten Morgen Fontanette in mein Zimmer trat und den Laden aus Eichenholz aufzog, der von innen mein Fenster verschloß. Letzteres hatte, wie in der Herberge *Zu den zwei Engeln*, eine Bespannung aus ölgetränktem Papier, für Blicke undurchlässig, nicht aber für die warmen Sonnenstrahlen des Languedoc.

„Beim heiligen Antonius, Fontanette, wie bist du hier hereingekommen?“ fragte ich, mir mit den Fingern die Haare kämmend. „Ich hatte doch den Riegel vorgeschoben.“

„Durch diese Tür da, die in meine Kammer führt.“

„Fontanette, du bringst mich auf Gedanken!“ rief ich.

Sie setzte ernste Miene auf wie eine Äbtissin zur Fastenzeit und kam mir mit einem ganzen Sermon.

„Moussu, wenn Ihr im Sinn habt, was ich vermute, solltet Ihr lieber davon abgehen. Ich bin nicht Herbergsmagd, die vor jedem Gast die Beine breit macht, ich bin Kammermädchen in einem ehrbaren christlichen Hause. Die Tür, durch die ich kam, ist auf meiner Seite verriegelt. Im übrigen“, hier senkte sie die Lider, „ich bin Jungfrau.“

„Also gleich zweimal verriegelt, braves Mädchen“, sagte ich lächelnd. „Aber ist dir der Zustand nicht zuwider? Und möchtest du, wie eine Nonne, ewig dabei bleiben?“

„Weiß ich nicht, Moussu, ich habe mich noch nicht entschieden.“

Ihre unschuldhafte Miene rührte mich. Zum ersten Mal blieb ich, sonst nicht auf den Mund gefallen, die Antwort schuldig, von sehr gegensätzlichen Gefühlen bewegt: meine begehrlichen Wünsche und mein süßes Mitgefühl zappelten wie Heringe im Netz. In Wahrheit fand ich und finde es noch heute sehr ungerecht, daß man den armen Mädchen eine Tugend abverlangt, die den Knaben niemand zumutet. Aber was täten letztere, wenn die Mädchen sich immer nur abhold zeigten?

Fontanette ging im Zimmer hin und her, sammelte meine überall verstreute Kleidung auf und legte sie ordentlich hin. Dann bewunderte sie meine Waffen.

„Moussu, wie nennt man diese kurze Arkebuse?"

„Pistole."

„Und dieses kurze Schwert?"

„Plempe."

Bei diesem Wort mußte sie lachen, errötete aber zugleich. Um sie von ihrer Verschämtheit zu befreien, fragte ich:

„Was, Fontanette, ißt man hier zum Frühstück?"

„Eine Suppe."

„Suppe, iiih!" Ich verzog das Gesicht zur Grimasse. „Milch gibt es keine?"

„Milch! Aber Monsieur, wir sind hier nicht in Euerm Périgord! Das Land um Montpellier ist Stein, Geröll und Sand. Hier wachsen Ölbaum und der Wein, aber kein Gras für Eure Kühe."

„Also keine Milch. Hat diese Suppe wenigstens ein paar saftige Happen Schweinefleisch?"

„Schwein? Derlei kennt man nicht in diesem Haus. Der Meister mag es nicht."

„Was! kein Speck, kein Schinken, keine Wurst? Und auch keine Pasteten?"

„Kein kleines bißchen. Aber da fällt mir ein, mein edler Moussu: der Herr Bakkalaureus hat mich geschickt, Euch zu wecken, er möchte sich mit Euch unterhalten."

„Und das sagst du erst jetzt? Fontanette, scher dich!"

„Moussu, darf ich bleiben, bis Ihr Euch angekleidet habt?"

„Aber Fontanette, dann siehst du mich ja nackt!"

„Den Moussu Luc sehe ich jeden Morgen nackt wie einen Wurm, und Ihr seid besser gebaut, strammer, kerniger ..."

In diesem Ton fuhr sie die ganze Zeit fort, unterdessen ich mich anzog. Es war sicher ihre Unschuld, die sie so plappern ließ. Ich mochte sie aber nicht verscheuchen, obwohl es mich arg verwirrte, daß sie mich so begaffte und mir soviel Lob spendete.

Ich fand den Bakkalaureus Fogacer beim Schlürfen seiner Suppe. Es war, leider, nur eine Gemüsesuppe, ohne ein Stückchen Fleisch. Doch so groß war mein Hunger seit dem Abend, daß ich mich mit an die Tafel setzte. Von Luc, der schönen Typhème, Balsa und dem Meister keine Spur, und Fogacer, der sich ordentlich den Bauch gefüllt hatte, sprach zu mir:

„Siorac, zwischen uns keine Förmlichkeiten, darum bitt ich Euch. Nennt mich nicht Bakkalaureus, und ich tituliere Euch nicht Monsieur. Bringt Eure Kraftbrühe zu Ende, dann führe ich Euch auf das Dach – dort redet es sich ungezwungener."

Ich wußte nicht, daß dieses Dach, über eine Wendeltreppe zu erreichen, eine schöne breite Terrasse war, wo sich dem Auge die ganze Stadt Montpellier darbot. In der Ferne entdeckte ich das Mittelmeer als dunkleres Blau vor dem Azur des Horizonts, in tausend Feuern schillernd unter der strahlenden Sonne. Mir, der ich zeit meines kurzen Lebens ein so großes Wasser nie gesehen hatte, blieb bei diesem Anblick der Mund offen.

„Fogacer", rief ich bewegt, „muß man dem Herrgott nicht danken, daß er dieses Wunder geschaffen und der Erde geschenkt hat?"

„Das will ich gern tun", sagte Fogacer, seine teuflischen Brauen hebend, „doch dabei darf man es nicht belassen. Zu danken hat man ihm auch für die Unwetter, die Orkane, die sintflutartigen Regen, die Dürren, den Blitz, die Vulkanausbrüche, die Erdbeben; zu danken auch für den Schierling, die Wolfskirsche, die Teufelswurz, das Bilsenkraut und unzählige andere Gewächse, daraus die Gifte bereitet werden; zu danken auch für Bär, Wolf, Wildschwein, Fuchs, für Afrikas Raubtiere, für Viper, Tarantel, Skorpion und jenes Gewimmel an Ungeziefer, Würmern und Pilzen, die unseren nützlichsten Pflanzen Schaden zufügen. Und ist das alles? Mitnichten! Ein großes Geschenk ist es auch, daß uns der Herrgott mit Keuchhusten gesegnet hat, mit Ziegenpeter, Pocken, Wassersucht, Sumpffieber, Lepra, Schwindsucht und sonderlich mit den Kleinodien des Menschseins: Lustseuche und Pest."

Ich war baß erstaunt über diese ketzerische Rede und den ernsten Spott, in dem Fogacer sie vorgetragen.

„Gewiß", räumte ich nach einer Pause ein, „das Böse existiert. Aber da Gott nur das Rechte und Gute tut, muß das Böse zu einem Plan gehören."

„Plan?" fragte Fogacer. „Was für ein Plan?"

„Das wissen wir nicht, Gottes Ratschlüsse sind unerforschlich."

„Ha, eine gute orthodoxe Erwiderung!“ rief er lachend. „Und sehr tauglich, wie Euer Calvin sagt, die nüchternen und braven Leute zu befriedigen. Indes beachtet nicht nur die Erwiderung an sich, sondern auch die kümmerliche Art Eurer Begründung: ohne deduzierte Schlüsse, ohne folgerichtige Argumente beendet Ihr kunstlos den Streit *ex abrupto* durch den neblichten Vorhang aus menschlichem Unwissen. Bei meiner Robe eines Bakkalaureus, da bedarf es ausführlicherer Worte, um zu sagen, daß man nichts weiß! Nach guter Regel hättet Ihr disputieren, Eure Rede in Syllogismen artikulieren, kraft Logik schlußfolgern müssen, gewappnet auch mit der Autorität der Altvorderen und mit schönen rundenden Zitaten! Teufel, so kurz schwätzen ist fernab aller gelehrten Erörterung!“

Ich errötete ob dieser Zurechtweisung, und Fogacer fing herzlich an zu lachen. Er lümmelte seinen großen Körper auf eine Ziegelbank neben dem von einem kleinen Wetterdach überspannten Treppenabgang.

„Siorac, setzt Euch her zu mir in den Schatten, die Sonne brennt schon merklich heiß“, sagte er, als er mich so träumerisch still und verdattert sah. „Ich wollte Euch nicht verletzen, sondern möchte Euch nur mal auf den Zahn fühlen, Eure Kenntnisse prüfen. Als Euer Sachwalter kann ich Euch ins Register der Medizinschule erst einschreiben lassen, wenn Ihr mir mit hinreichendem Wissen in Logik und Philosophie aufgewartet habt.“

„Und wie beurteilt Ihr in diesen Dingen mein Können?“ fragte ich, indessen ich mich mit hängendem Kopf neben ihn setzte.

„Leidlich schlecht, wie sehr Ihr durch Euern Herrn Vater im Fach Medizin vorgebildet sein mögt. Gelten doch Logik und Philosophie als die beiden Zitzen, die uns die Milch des Wissens einspeisen, und nimmer werdet Ihr in den Rang der Gelehrten aufsteigen, noch nicht einmal in unser Kolleg eingeschrieben, wenn Ihr es nicht lernt, an diesen untauglichen Zitzen besser zu saugen.“

„Untauglich? sagtet Ihr untauglich?“ rief ich. „Ihr verachtet sie also?“

„*Medicus sum et in medicinam solam credo.** Und was die

* (lat.) Ich bin Arzt und glaube nur an die Medizin.

erwähnten Zitzen betrifft: ich halte sie für welk, leer, nichtig und scholastisch. Was aber nicht heißt, daß ich mich ihrer nicht meisterlich bediene. Kein vorzüglicherer Disputator am königlichen Kolleg, *omnium consensu**, als Euer ergebener, jedoch keineswegs bescheidener Diener." Mit einem Lächeln fügte er hinzu: „Aus Höflichkeit und Vorsicht lasse ich darin gleichwohl den königlichen Professoren den Vortritt."

Ich war sprachlos, als ich den Bakkalaureus Fogacer mit so kräftigen Zähnen jenen ehrbaren Busen beißen hörte, an dem er sich, ehe er die Medizin studierte, genährt hatte. Ist es jetzt so weit mit dieser Philosophie, sann ich, daß sie von denen, die sich in der Öffentlichkeit mit ihr schmücken, insgeheim geschmäht wird? Und bin ich selbst schon mitten in den Kulissen dieses Theaters der Perücken und Schminken?

„Allerdings ist keine Gefahr im Verzug, sofern Ihr meinen Rat befolgt", fuhr Fogacer fort. „Heute haben wir den 27sten Juni, und die Vorlesungen beginnen erst zu Sankt Lukas, also am 18ten Oktober: ich habe, wenn es Euch gefällt, hinreichend Zeit, Euerm Bruder und Euch Schliff zu geben in den genannten Stoffen."

Nicht umsonst war ich in strenger hugenottischer Sparsamkeit erzogen worden, weshalb ich denn beim Klimpern der großen und kleinen Münzen in dieser Rede hellhörig ward.

„Fogacer", beschied ich kalt, „Samson und ich, wir sind Zweitgeborene, unsere Börse ist schmächtig. Reden wir ganz offen. Was kostet es uns während der kommenden drei Monate, aus Euern Lehrstunden in Logik und Philosophie Gewinn zu ziehen?"

„Ha, Hugenott!" rief Fogacer lachend, „sollte ich hier einen Knauser und Knicker vor mir haben? Und haltet Ihr mich für einen schamlosen Fuchser? Ihr irrt, Siorac, ich bin sehr bescheiden in meinen Preisen. Ich widme Euch beiden jeden zweiten Tag zwei Stunden von meiner Zeit, und es kostet Euch jedesmal zwei Sols, dazu noch zweimal die Woche ein gemeinsames Mahl mit Euerm Bruder und Euch in der Herberge *Zu den drei Königen*, wo Ihr acht Sols für den Schweinebraten zahlt, den ich mir dann genüßlich zuführe. Nun, was haltet Ihr davon? Weitaus mehr müßt Ihr für die Kurse aufbringen, die Doktor Saporta während des Sommers den neuen Schülern erteilt ..."

* (lat.) nach allgemeinem Urteil.

„Aber muß ich sie belegen, wenn sie so teuer sind? Werden sie mir überhaupt nutzen?"

„Ahnungsloses Bürschchen, die müßt Ihr belegen, auch wenn sie Euch nicht nutzen. Saporta ist – neben Rondelet, Feynes und Salomon (genannt d'Assas) – einer der vier königlichen Professoren, und sollte Rondelet, der alt ist und leidend, das Zeitliche segnen, wird Saporta zum Kanzler gewählt. Wollt Ihr da noch die Privatkurse Eures Kanzlers schmähen?"

„Und die meines Prokurators?" sagte ich lachend. „Topp, es gilt, Fogacer! Von heute an bin ich Euer Schüler in Logik und Philosophie. Und wie schal diese Nahrung auch sein mag, ich werde sie wie ein hungriger Wolf verschlingen."

„Das ist ein Wort!" sagte Fogacer, zufrieden mit sich und mit mir. „Euer herzhafter Appetit behagt mir. Gleich morgen beginnen wir."

Er musterte mich eine Weile, und ich musterte ihn. Sein strähniges schwarzes Haar war über der Stirn sehr schütter; das machte ihn älter (dabei war er erst zwanzig, wie ich bald erfuhr). Das Auge unter der teuflischen Braue war haselnußfarben, stechend, überaus glänzend, und die krumme Nase gleichsam ein Adlerschnabel, schmal und lang, mit beinahe schneidend scharfem Rücken. Das Ganze hätte streng gewirkt ohne den großen Mund mit den fleischigen roten Lippen, die sich bisweilen zu einem gewundenen Lächeln verzogen, sonderlich wenn er sich in Paradox, Spöttelei, anzüglicher Rede und verdeckter Lästerung hervortat, was allerdings nur im Privaten geschah, fern den empfindlichen Ohren der Notabeln; in der Öffentlichkeit hütete er seine Worte wie der Schäfer seine Lämmer, er hielt die räudigen verborgen und ließ nur die makellos weißen hervor.

„Also, Monsieur", sagte er schließlich mit gespielt ernster Miene, „Ihr seid dem Rock hinterher."

„Ich bin ihm hinterher", beschied ich im gleichen Ton.

„Und wie schnell der Rock auch läuft, Ihr kriegt ihn zu fassen. Denn Euer Haar ist blond, das Auge blau, frisch der Teint, die Hüfte schmal, die Statur kräftig."

„Allerdings bin ich nicht so schön wie mein Bruder."

„Das stimmt. Er aber ist ein stummer Bruder, hingegen Ihr eine geschliffene Zunge habt. Und überhaupt, Ihr seid so lebhaft, munter keck und wenig flink, wie es jungen Mädchen gefällt."

„Monsieur, ich beklage mich nicht.“

Fogacer hielt inne und sagte dann gemessen ernst:

„Siorac, eine Warnung, die ich Euch zu beherzigen bitte: Dieses Haus beherbergt zwei junge Mädchen unterschiedlichen Standes, und Ihr dürft, aus verschiedenen Gründen, keine von beiden anfassen. Die eine, Typhème, ist Doktor Saporta versprochen, der ein sehr braver Mann ist, doppelt so alt zwar, aber Marane wie Meister Sanche.“

„Marane?“ fragte ich.

„Wie! Euer Herr Vater bringt Euch bei Meister Sanche unter und hat Euch darüber nicht aufgeklärt?“

„Hat er nicht.“

„Die Maranen sind spanische Juden – doch es gibt auch Portugiesen unter ihnen –, die durch grausame Verfolgung gewaltsam bekehrt, dann durch die schändliche Intoleranz der Priester aus ihrem Land getrieben wurden. Unser König Ludwig XI. gewährte ihnen im Languedoc Aufnahme, was ein sehr kluger Entschluß war, denn die Maranen brachten die jüdische und die arabische Medizin zu uns, ohne die unser Kolleg heute nicht wäre, was es ist.“

„Aber Meister Sanche ist Katholik, wie er selbst sagt.“

„Gezwungenermaßen, so wie ich auch: aus kluger Vorsicht, nach außen und dem Namen nach.“

Das gab mir arg zu denken, doch ich wollte diesen gefährlichen Weg lieber nicht weitergehen, sondern fragte:

„Ist Typhème dem Doktor Saporta versprochen, weil Saporta Marane ist?“

„Dies ist einer der Gründe; der zweite Grund: Meister Sanche ist sehr betucht, und Saporta ist noch reicher. Er besitzt Land und Weinäcker in der Umgebung und in Montpellier etliche Häuser; vor allem unterhält er in der Rue du Bras-de-Fer – sie ist so abschüssig steil, daß man sie *la devalada* (Talsturz) nennt – mit allen Besitz- und Nutzungsrechten ein großes, viel Gewinn abwerfendes Ballspielhaus, das Ihr klüglich mit Euerm Besuch beehren solltet.“

„Aber ich habe nie einen Ball oder Schläger angefaßt.“

„Macht nichts. Das bringe ich Euch bei.“

Alle Wetter! dachte ich, so sind die Stadtmenschen! Alle langen nach deinem Geld.

„Aber enthebt mich noch eines Zweifels, Fogacer“, bat ich.

„Meister Sanche ist Katholik, sein Sohn Luc ein Reformierter. Vater und Sohn sind also Ketzer einer für den andern. Wie geht das?“

„Es ist schlicht eine Frage der Einkleidung“, sagte Fogacer mit vielsagendem Lächeln. „Der Vater trägt den Papistenmantel. Und der Sohn den Mantel Calvins. Und so deckt einer den andern. Was sehr klug ist in diesen ungewissen Zeiten. Siorac, nehmt Euch ein Beispiel daran. Gebt Euch in der Stadt nicht zu offen als reformiert zu erkennen. Die Euern sind zahlreich in Montpellier, gewiß, aber vergeßt nicht: der König und seine Mutter sind Papisten, am Ende muß man wollen, was *sie* wollen, und sei es gezwungenermaßen.“

Er lachte so, als wäre dies alles nur eine belanglose Komödie. Geschmeidig wie ein Windhund schnellte er hoch und sprach:

„Ich mach mich aus dem Staube, Siorac. Die Sonne steht schon hoch. Rondelet, der allernächst nach Toulouse reitet, hat mir seine Kranken anbefohlen.“

„Aber Ihr habt mir nichts über Fontanette gesagt.“

„Ha, das interessiert Euch! Darüber werden wir noch reden“, rief er über die Schulter hin, indessen er die Treppe fröhlich abwärts eilte.

Und wen sah ich unten am Fuße der Treppe, nachdem Fogacer enteilt war? Fontanette, die mir schöne Augen machte.

„Fontanette, ist mein Bruder schon auf?“ fragte ich.

„Nein, Moussu, er schläft wie ein Ratz. Ich habe laut an seine Tür geklopft, doch er hat nicht geantwortet.“

„Das will mir gar nicht gefallen“, sagte ich und wandte mich ab. Ohne anzuklopfen, trat ich in meines Samsons Zimmer.

Da lag er, seitlich ausgestreckt, hatte der Hitze wegen das Laken von sich geschoben und lag nackt da in seiner Natürlichkeit, sehr schön und muskulös, die Haut weiß wie Schnee, die rosige Wange auf die Hand gelegt, die Augen geschlossen und zudem verhangen von seinen kupferfarbenen Locken, die sich artig um das Ohr kringelten. Dieser Anblick nahm mir sofort den Zorn, ich legte ihm beide Hände auf die Schulter, rief ganz laut seinen Namen, rüttelte und schüttelte ihn so heftig, daß er seine Sinne endlich wiederfand.

„Mein Herr Bruder“, sagte ich mit gespielter Strenge, doch

schon wieder besänftigt, „seid Ihr nach Montpellier gekommen, um im Bett zu lungern? Die Sonne ist dem Mittag nahe, und Ihr faulenzt hier!“

„Mein lieber Pierre, nimm es mir bitte nicht übel“, sagte er mit kläglicher Stimme, dabei er sich erhob und mir hundert Küsse verabreichte, „ich habe die Nacht kein Auge zugetan, und nun, kaum erwacht, leide ich die zehntausend Flammen der Hölle, so sehr bekümmert mich der große Entschluß, den ich gefaßt habe.“

„Ein Entschluß?“ fragte ich. „Was hast du beschlossen?“

„Daß ich Dame Gertrude bei ihrem Aufenthalt in Montpellier nicht sehen will, auch nicht bei ihrer Rückkehr aus Rom.“

„Warum nicht?“

„Weil Beischlaf außerhalb der Ehe eine verdammenswerte Todsünde ist.“

„Bei allen Himmeln, wer hat mir diesen verliebten Dummkopf zum Bruder gegeben!“ rief ich. „Bindet Euch etwa ein Gelübde? Seid Ihr Nonne? Seid Ihr Mönch? Seid Ihr Eremit? Oder ein Eunuch im Harem? Wollt Ihr im Essig der Keuschheit hinsauern bis zur Heirat? Heiliger Antonius! seid Ihr wirklich so vermessen, daß Ihr tugendsamer sein wollt als Euer Vater?“

„Ich tugendsamer als mein Herr Vater?“ sprach er, ganz rot im Gesicht und die Hand vor der Brust. „Das soll mein Gedanke gewesen sein?“

„Na offenbar, zumal Ihr nicht vergessen haben könnt, daß Euer Vater Euch außerhalb der Ehe gezeugt hat, welche Sünde ich nicht genug preisen kann, da sie mir einen Bruder beschert hat, den ich inniger liebe als meinen rechtmäßigen Bruder.“

„O mein Pierre, ich liebe dich gleichfalls, von ganzem Herzen!“ rief er und warf sich mir in die Arme.

„Doch ich schwanke noch, ob ich meiner Liebe nicht abschwören soll: Ihr riecht mir zu sehr nach Ketzer“, sagte ich und stieß ihn sanft von mir.

„Ich?“ rief er, so entsetzt, daß ich Skrupel hatte, weiter mein Spiel mit seiner Herzenseinfalt zu treiben, mochte dies auch in seinem Interesse geschehen.

„Bildet Euch nicht ein, Samson, daß Ihr, wenn Ihr die Dame Gertrude Euren mönchischen Gedanken opfert, *Euer Heil durch die Werke gewinnt*, was, wie Ihr wißt, ganz wider die heilige Lehre Calvins ist.“

Bei dieser hohlen Sophisterei schaute er verlegen drein und wußte nicht, was er sagen und denken sollte.

„Aber macht weiter so, Ihr seid auf so gutem Weg!“ sagte ich und fühlte, daß er schwach wurde. „Fügt der Ketzerei noch die Grausamkeit hinzu! Laßt diese edle Dame barbarisch leiden und schlagt Euch selbst tiefe Wunden, auch wenn keine lebende Seele davon Nutzen hat. Wen eigentlich hintergeht Ihr, wenn Ihr sie liebt? Sie ist Witwe, ist Herrin ihrer selbst.“

„Aber Pierre, der Herrgott im Himmel sieht mein schändliches Tun.“

„Es ist weniger schändlich als andere Sünden, die ich aufzählen könnte. Und glaubt mir, wahrlich viel hätte der Herrgott zu schaffen, wenn er bis in jedes Staubkorn schauen wollte. In diesen Zeiten der Prozesse, der Scheiterhaufen, stinkenden Verrats und unzähliger Brudermorde, glaubt Ihr da ernstlich, er hätte sein Auge auf diesen läppisch kleinen Sünden und wöge sie auf nämlicher Waage?“

„Es ist keine läppische Sünde“, begehrte Samson auf. „Gesetz bleibt Gesetz!“

„Hat nicht auch Christus das Gesetz verletzt, als er den Pöbel hinderte, das ehebrecherische Weib zu steinigen? O Samson, Ihr wollt Dame Gertrude du Luc, diesen schönen Engel des Himmels, nicht wiedersehen? Könnte Euch je eine zärtlichere Schwester beschieden sein? Eine liebreichere Gefährtin? (Hier wurde er plötzlich weich, Tränen drängten ihm in die Augen.) Zeigt Euch zum mindesten dankbar, daß sie Euch gepflegt hat.“

„Aber ich habe auf Euer Geheiß geheuchelt, ich war ja gar nicht krank“, sagte er unschuldhaft.

„O doch! Ihr kranktet zwar nicht am Fieber, aber an einem großen Mangel. Sonst hättet Ihr die Pflege der Dame Gertrude nicht so wonnevoll genossen.“

Das stimmte ihn nachdenklich; er begann sich anzukleiden, mucksstill und immer noch Tränen vergießend. Und ich, an seiner Seite, war nun auch stumm, damit meine Worte höhlende Wirkung täten.

Als ich Samsons Zimmer verließ – mein Bruder folgte mir, nun schon ohne Tränen und nicht mehr so trübselig mürrisch wie beim Erwachen –, stieß ich auf Fontanette, die so tat, als wische sie die Treppe; aber sie hatte wohl an der Tür gelauscht, denn sie dünkte mir von einem ernsten Gedanken bewegt, der ihre Wangen glühen und ihren Busen wogen ließ. Für Samson hatte sie einen mitleidigen Blick, mich indes schaute sie freundlich an und sagte, ihr hochrühmlicher Meister (so nannte hier jedermann Meister Sanche) wünsche mich in der Offizin zu sprechen, dabei sie mir Führung anbot, als liefe ich Gefahr, mich im dicksten Wald zu verirren. Ich widersprach tunlichst nicht, sie warf den Scheuerlappen hin und eilte mir die Treppe voraus, anmutig beschwingt und so sehr aus den Hüften wiegend, daß meine Blicke sie warm umfingen.

Die Offizin war ein großer schöner Raum, erhellt von zwei Kreuzstockfenstern aus lauter kleinen Vierecken mit schön bemalten Glasscheiben darin. In ganzer Länge den Raum durchmessend, stand dort ein Tresen aus poliertem Eichenholz, bestückt mit unendlich vielen Waagen aus rötestem Kupfer, kleine und große und alle blitzblank, so daß sie strahlten wie Sonnen. Hinter dem Tresen sah ich zwei Gehilfen und den Obergesellen Balsa, der ob seiner Scheeläugigkeit einem Zyklopen ähnelte, das Kinn, die Schultern und die Hände hünenhaft, obwohl er im Grunde recht klein war und von kurzen Beinen. Bei meinem Eintreten grüßte er ehrerbietig, und ich tat höflich Erwiderung, indem ich ihn bei seinem Namen nannte, leutselig freundlich nach meines Vaters Art, wenn er zu seinen Soldaten sprach. Ob ihm dies behagte oder mißfiel, war seinem Gesicht nicht anzumerken, es blieb ausdruckslos wie Marmor, indes er mit seinem Stöckchen auf den Tresen schlug und die beiden Gehilfen mich grüßten – was ich mit einem Kopfnicken erwiderte, da ich nicht wußte, wie ich diese rituellen Artigkeiten zu nehmen hatte. Balsa, mit einer wundersam flötenden Stimme aus seinem gräßlichen Hünengesicht, bat mich und meinen Herrn Bruder, Platz zu nehmen, der hochrühmliche Meister werde sich sogleich einfinden.

Ich setzte mich. Hinter dem Tresen, über die ganze Länge der Wand hin und bis zu der hohen Decke hinauf, prangten in strenger Ordnung eine Unzahl von Töpfen in den Regalen, aus Fayence die einen, aus durchsichtigem Glas die anderen, und alle verzeichneten mit abgekürztem lateinischem Namen die inliegenden Drogen, Würzstoffe, Spezereien oder Medizinen:

ein Anblick, der in besonderer Weise Samsons Aufmerksamkeit zu erregen schien; erstmals nach der Begegnung mit Dame Gertrude tat er nun plötzlich die Augen auf und überflog, eines nach dem anderen, diese vielen Behältnisse so eifervoll und begierig, als wär's ein Schatz. Gewiß konnte keine der Apotheken, die wir in Sarlat gesehen, mit dem Reichtum und der Fülle hier wetteifern, aber Samson war so sehr des Staunens voll und seine Augen glänzten in einem Maße, daß ich mich höchlichst wunderte.

Mein Blick, gestehe ich, schweifte nach oben, wo ich eine Reihe randvoll mit Süßigkeiten gefüllter Gefäße entdeckte, Dragees in allen Farben, Nougats, kandierte Früchte und andere Köstlichkeiten, die mir so schön und genüßlich dünkten, daß mir das Wasser im Munde zusammenlief, zumal ich schon Hunger verspürte. Doch solange ich bei Meister Sanche wohnte, ist vom Inhalt dieser wundervollen Behältnisse leider nie etwas auf den Tisch gekommen.

„Da ist der hochrühmliche Meister“, sprach Balsa und klopfte mit seinem Stab auf den Tisch. Auf der Schwelle erschien Meister Sanche. Anders als am Vortag, trug er diesmal nicht schlichtes Wams und kam nicht barhäuptig, sondern in einem Gewand, in dem ich ihn hinfort täglich über seinen Geschäften sehen sollte, in einer Robe aus glänzender schwarzer Seide, die geziert war mit einem Silbergürtel, und eine Stoffmütze mit amarantfarbener Quaste auf dem Kopf.

In der Hand hielt er, wie Balsa auch, einen feinen Stab aus Rosenholz, doch war dieser, seinem Stande gemäß, länger, schöner, reicher verziert, er war gefirnißt und an den beiden Enden sowie in der Mitte mit silbernen Ringen versehen. Dieser Insignie von Macht bediente sich Meister Sanche, um seine Worte zu unterstreichen oder um einem Befehl Nachdruck zu verleihen, indem er auf den Tresen klopfte, oder aber – und das wohl war der ursprüngliche und eigentliche Gebrauch – um auf ein hoch oben eingereihtes Gefäß zu zeigen, das einer der Gehilfen mittels Leiter für ihn herunterholen sollte. Doch wie sehr er seinen Rosenholzstab auch schwang, wenn er im Zorn diesen oder jenen Gehilfen schalt, ich habe nie erlebt, daß er sich, nach Art der römischen Liktoren, der Rute bedient hätte, um irgendwen zu schlagen, sei es seinen schalkhaften, quirligen Laufburschen. Denn wie prahlerisch und ruhmgeschwellt Meister Sanche auch tun mochte, er hatte kein hartes Herz und war kein Berserker.

Der Herr Apotheker kam uns entgegengeeilt, und ich fand ihn auch bei Tageslicht so wenig ansehnlich, wie es bei Kerzenschein der Fall gewesen war; er schielte gräßlich, krumm und verbogen war seine lange Nase, vom Körper gar nicht zu reden, den hätte sich ein Bildhauer selbst im Suff nicht zum Modell erwählt. Aber war nicht auch Sokrates häßlich gewesen? Allerdings verblüffte mich das majestätische Gepräge, mit dem der Mann uns entgegenstolzierte, in der Rechten seinen silberberingten Stab, als wäre dieser ein Königszepter. Augenblicklich erhob ich mich.

*„Te saluto, illustrissime magister“**, sprach ich und machte eine tiefe Verbeugung. Auf meine laute Rede hin schreckte Samson aus der glückhaft träumerischen Betrachtung des Dosengewimmels an den Wänden, erhob sich gleichfalls und grüßte wortlos den Apotheker.

„Meine lieben Neffen!“ rief Meister Sanche, öffnete weit die Arme und rieb seinen langen Graubart an unseren Wangen.

Er legte so viel Wärme und so viel okzitanisches Gemüt darein, daß ich ganz gerührt war und nur bedauerte, daß der brave Mann bei den Fleischtöpfen so knauserte. Er selbst aß freilich wenig, und da mochte es schon verwundern, daß er trotzdem einen so runden Wanst und einen so fülligen Steiß hatte.

Nach tausend Begrüßungsworten in Latein, Französisch und Okzitanisch und weiteren tausend Willkommenswünschen, die er nicht abzukürzen vermochte, sprach Meister Sanche:

„Meine Neffen, ich habe Euch herbestellt, um Euch die geheimen Orte zu zeigen, an denen wir die Medizinen meiner Offizin aufbewahren und fertigen. Dies wird Euch lehren: *Adeo in teneris consuescere multum est.***“

Bei solchem Angebot leuchtete Samsons Auge wundersam auf, und auch ich war entflammt bei dem Gedanken, daß mir die vielen Seltenheiten und Seltsamkeiten, daraus jene Arzeneien gebraut wurden, von denen mein Vater mir erzählt hatte, so nah vors Auge gerückt würden. Ich sprach dem Meister also

* (lat.) Ich grüße dich, hochrühmlicher Meister.

** (lat.) In jungen Jahren den Geist anfachen ist gar wichtig.

meinen großen Dank aus für sein Anerbieten und versicherte, welch gewaltige Gunst mein Bruder und ich darin sähen, gleichwie bescheiden in die Geheimnisse seiner Wissenschaft Einblick zu gewinnen.

„Ihr werdet nur den Schein, die Oberfläche kennenlernen", sprach Meister Sanche mit bedeutungsvollem Lächeln. „Doch selbst das ist schon viel. Ausgenommen den königlichen Professor am Medizinkolleg, der mich unseren Regeln gemäß einmal im Jahr aufsuchen darf, *pauci sunt quos dignos intrare puto.**"

Er wechselte seinen Stab aus der Rechten in die Linke, holte einen großen glänzenden Schlüssel unter der Robe hervor und führte ihn zeremoniös in das Schlüsselloch einer Tür ein, deren Eichenplanken mir so alt und verhärtet schienen, daß sich da schwerlich ein Nagel hätte einschlagen lassen, geschweige daß jemand sie hätte aufbrechen können, da sich auch noch drei Eisenbänder über ihre ganze Breite spannten. Meister Sanche mußte Kraft aufwenden, um den gewaltigen Schlüssel im Schloß zu drehen. Dann aber bewegte sich die schwere Tür geräuschlos in den bestens geölten Scharnieren.

Es galt, etliche Stufen hinabzusteigen, in ein geräumiges Gewölbe, das mir beim Eintreten zunächst dunkel vorkam; doch als die Tür hinter uns wieder verriegelt war, fand ich den Raum hinlänglich gut erhellt durch einen mit dicken Eisenstangen gesicherten Lichtschacht.

„Hier lagern meine Schätze", sprach Meister Sanche, dabei seine Augen jäh aufleuchteten und die Brust ihm schwoll. „Ali Babas Höhle barg nie kostbarere Schätze. Darum auch muß ich sie schützen vor Dieben und sonstigen Galgenstricken durch diese unüberwindbare Tür, die Ihr durchschritten habt, und durch die Eisen dieser Luke da, die ebenerdig in meinen kleinen Hof mündet, der Tag und Nacht von zwei so gefräßigen wilden Doggen bewacht wird, daß nur Balsa und ich uns ihnen nähern dürfen, um sie zu füttern."

Und während er sprach, sah man wahrhaftig zwischen den Eisenstäben die grausigen Schnauzen und Reißzähne der beiden Köter, die noch den Zutritt zur Hölle hätten verwehren können.

„Dieser Raum beherbergt all die Stoffe und Substanzen, die

* (lat.) halte ich wenige hiesigen Eintritts für würdig.

Bestandteil meiner Medizinen werden und die – nehmt es zur Kenntnis, meine lieben Neffen – allesamt in der Natur vorkommen, so wahr der Herrgott in seiner erhabenen Weisheit Vorkehr traf und dem Bösen stets gleich auch das Heilmittel an die Seite setzte."

Mir gefiel diese Bemerkung gar sehr, und ich barg sie sogleich in meinem Gedächtnis, zu späterem rechten Gebrauch vor Fogacer, dessen ketzerische Auslassungen über das Böse mich verwirrt hatten.

„Die Substanzen, aus denen ich meine Heilmittel herstelle, haben dreierlei Ursprung", fuhr Meister Sanche fort, „sie sind tierischer, pflanzlicher oder mineralischer Herkunft."

Und nach einer Pause:

„Tierischer Herkunft sind nur wenig Substanzen, davon etliche aber sehr teuer, da auf gefahrvollen Pfaden aus dem Morgenlande beschafft." Er holte einen Schlüssel unter der Robe hervor und öffnete einen kleinen Schrein. „Gewiß, man braucht nicht immer so weit in die Ferne, findet bereits rings um Montpellier den Honig, den die blonden Immen aus dem Blütennektar saugen und in ihren Waben verstauen, welche uns auch noch das Wachs liefern. Honig und Wachs, wiewohl von medizinischem Nutzen, sind auch in häuslichem Gebrauch und Euch wohl vertraut. Was Euch eher verwundern wird, sind die in der Färberei viel verwendeten Scharlachkörner."

„Sind diese Körner pflanzlicher Herkunft?" fragte ich.

„Mitnichten, mein Neffe. Sie stammen von der Schildlaus, und diese gedeiht auf der Kermès-Eiche, die Ihr im Languedoc auf beliebiger Heideflur findet. Die Schildläuse gilt es nur von den Bäumen zu lesen."

Meister Sanche unterbrach sich jäh, um sich zu vergewissern, daß seine Rede uns wohl durchdrungen hatte, dann fuhr er fort:

„Meine Neffen, dieses Gefäß, das ich nun öffne – ganz wenig nur, um Euch nicht benommen zu machen –, enthält eine kostbare Substanz, stammt sie doch von einem asiatischen Hirsch, der sie zwischen den Beinen trägt, an seinen *pudenda**. Es ist Moschus. Sein Geruch ist wundersam stark, doch in kleinen Mengen findet er Verwendung bei der Parfümherstellung und bei einigen Mitteln, über die ich mich nicht näher auslassen will."

* (lat.) Geschlechtsteilen.

„Beleben diese Mittel die Venuslüste?“ fragte ich.

„Mitnichten“, sagte Meister Sanche, wobei sein Auge funkelte. „Und beherzigt, mein lieber Neffe, daß in Eurem Alter das Blut an sich hinlänglich Reizmittel ist. Hier nun in kleiner Menge eine sehr kostbare Substanz, die man für Gold ersteht, die *graue Ambra*. Man findet sie im Gedärm eines Säugetiers der Meere, im Pottfisch, der einen Menschen mit einmaligem Zuschnappen verschlingen kann.“

„Ist es derselbe, der in der Bibel den Jona schluckte?“ fragte Samson.

„Selbiger, und nicht sein Verwandter, der Wal; dem wäre das kaum möglich, da sein Schlund sehr eng ist.“

Meister Sanche schloß die kleine Dose mit der Ambra, verschloß auch den Schrein mit den tierischen Substanzen und trat vor einen viel höheren und breiteren Schrank, den er mit einem anderen Schlüssel öffnete.

„Hier nun die Nutzpflanzen, die ich zu meinen Arzneien verwende; ihre Zahl ist, Gott sei Dank, unermeßlich. Zunächst die einfachen, deretwegen man sich nur zu bücken braucht: sie wachsen auf den Feldern unseres Königreiches, ganz besonders im Languedoc. Dann jene Pflanzen, Körner, Säfte, Extrakte und Kristalle, die wir für teures Geld aus fernen Landstrichen beziehen: den Zucker aus Candia, Pfeffer von der Malabarküste, Rosenwasser aus Damaskus, das Indigo aus Bagdad, Safran aus Spanien, Henna aus der Levante, das Bilsenkraut aus Persien, den Mohn aus Thebais, Ingwer aus Indien, Zimt aus Ceylon. Und was die Sennesblätter betrifft, mein lieber Neffe (Meister Sanche legte mir hierbei die Hand auf die Schulter), deren purgierende Kraft Euch bekannt ist, sollt Ihr wissen: es gibt in Paris und selbst in Montpellier manchen knausergesichtigen, knickernden Apotheker, der sie zu billigem Preis aus Seyde bezieht; ich aber meine (und hier wurde er lauter), die Sennesblätter aus Seyde sind nur gemeines Zeug, von Schlamm und von sandigem Ton besudelt, sie taugen nicht, einem Esel verabreicht zu werden. Tausendmal eher bevorzuge ich die Sennesblätter aus Alexandria, die freilich teuer, doch dafür sauber, gesund, rein sind.“

Meister Sanche echauffierte sich bei diesen Worten, fuchtelte mit dem Stöckchen, zerzauste sich mit den Fingern den Bart. Ich wunderte mich sehr, daß er, der so knausrig in der

Speisung war, eine so lockere Hand hatte beim Erwerb der Substanzen für seine Medizinen. Und ich mußte die hohe Meinung, die dieser Apotheker von seiner Kunst und seiner Verpflichtung gegenüber den Kranken hatte, nur um so mehr bewundern.

„Zu guter Letzt", Meister Sanche führte uns vor einen kleinen Schrank aus Nußbaumholz, der an allen vier Ecken mittels starker Eisenbänder in der Mauer verankert war, „hier mein kostbarster Besitz: die Mineralien. Ich meine, kostbarer als alle Schätze Arabiens; an Zahl zwar gering, aber etliche Stücke sehr schön, und manch eines sehr wirksam bei der Heilung von Erkrankungen."

Unter der Robe hervor holte er zwei Schlüssel mit sehr kompliziert gezackten Bärten und führte sie in die beiden Schlösser der Tür ein, davon eines sich oben und das andere sich tief unten befand. Nachdem er mir vorübergehend sein Stöckchen anvertraut, drehte er mit beiden Händen gleichzeitig die Schlüssel, die Tür tat sich auf, doch zum Vorschein kamen nur etliche Schubfächer. Jedes indes hatte in seiner Mitte eine kleine Öffnung, in die Meister Sanche, unterdessen er weiter redete, jeweils einen metallenen Vierkant einführte, der ein Sesam-öffne-dich war, denn mit einer Druckbewegung kam ihm das Schubfach sofort entgegen.

„Hier ist der Grünling oder Grünspan, den Montpelliers Gevatterinnen aus Kupfer gewinnen, welches sie in Alkohol tauchen", sprach der hochrühmliche Meister. „Und hier auch Alaun, Bitumen, Borax, Zinnober, der Operment, Quecksilber, Koralle; und in diesem Gefach (er nahm es aus dem Gehäuse, drückte es an seine Brust und wies dann den Inhalt vor), seht: Perlen, Gemmen, Gold und Silber."

Wie gleißten und schillerten in unterschiedlichen Farben diese Schätze auf samtenem Grund! Welch prachtvollen Geschmeide einer Königin oder Geliebten zu gewinnen wären aus dieser lässigen Häufung, nicht zu fürstlicher Zierde bestimmt, sondern zu müßigem Glanz und Schein im Kot des Gedärms! Aber kaum vermochten sich unsere Augen an diesen Wundern zu laben, schon hatte Meister Sanche, mit eines Magiers Behendigkeit, das Gefach wieder eingeordnet, den Schrank mit den zackenbärtigen Schlüsseln verschlossen und letztere unter seiner Robe verschwinden lassen.

„Wie denn! Geht das an, so kostbare Steine als Medizin zu verwenden?“ fragte Samson.

„Aber gewiß“, sagte der Meister und nahm meinen Händen das Stöckchen ab. „Laßt Euch sagen, mein lieber Neffe: die Apothekerkunst kennt, unter den zahllosen Heilmitteln, die sie bereitet, vier sonderliche, grundlegende Präparate. Es sind dies, merkt Euch die Namen gut: der *Theriak*, der *Mithridat*, der *Alkermes* und der *Hyazinth*. In den Hyazinth, der selbst ein Edelstein, gehen neunundzwanzig Bestandteile ein, darunter Gold und Silber, der Saphir, der Topas, die Perle und der Smaragd.“

„Aber eine so teure Medizin kann sich doch allenfalls ein König leisten!“ rief Samson.

„Ein König, ein Prinz, ein Bischof, Seine Heiligkeit der Papst oder ein großer Finanzmann“, bemerkte Meister Sanche mit feinem Lächeln. „Jacques Cœur*, erzählt man, hat sie sich gern geleistet.“

„Hochrühmlicher Meister, Ihr habt den Alaun genannt“, sagte ich. „Mein Vater in Mespech bediente sich seiner, um den Bauchfluß zu stillen und zu beheben.“

„*Bene, bene!* Der Alaun ist ein verengendes Mittel und findet auch noch esoterischere Anwendung. (Hier kraulte er sich ein wenig anzüglich den Bart und musterte mich halb ernst, halb spöttisch.) Die werdet Ihr eines Tages vielleicht Euren schönen Patientinnen anempfehlen, wenn Ihr erst Arzt seid, mein lieber Neffe. Heißt es doch, Alaun könne Wunder vollbringen an verborgenen Körperteilen des Weibes; Kleopatra habe sich seiner bedient, um die Innenwand ihrer Muschel zu straffen, somit sie Caesar jedesmal das trügerische Gefühl von erneuerter Jungfräulichkeit gab.“

Ich brach in schallendes Lachen aus und sah Meister Sanche nun mit anderen Augen: gar sehr gefiel mir, daß sich hinter seinem Gehabe ein menschliches, heiteres Gemüt kundtat. Recht besehen, hätte mir das schon eher auffallen müssen, beim Anblick seiner schönen jungen Frau. Samson allerdings errötete bei diesen anzüglichen Worten; prompt fragte er:

„Hochrühmlicher Meister, um auf den Hyazinth zurückzukommen – wie kann ein Kranker so viele Steine, auch Edelsteine, auf einmal schlucken?“

* Jacques Cœur (1395-1456) erwarb sich von Montpellier aus durch geschickte Spekulationen im Levantehandel riesigen Reichtum.

„*Haec est bona questio!**“ rief Meister Sanche, dem nicht entgangen war, wie sehr Samson sich für seinen Beruf interessierte. Im übrigen zeigte er sich, vielleicht weil er selber so häßlich war, desto beeindruckter von der Schönheit meines Bruders, den er an den folgenden Tagen bei Tische nicht anschauen konnte, ohne in seinen Bart zu murmeln: *„Ha! Qué matador! Qué matador!“* Was, so Fogacers Auskunft, in seiner maranischen Rede hieß: Welch schöner Bursche!

„Vernehmt, mein Neffe“, sprach Meister Sanche, Samson am Arm fassend, „daß man die ganze Masse dieser Steine oder einen Teil, je nach den vorgeschriebenen Dosen, in einen Mörser gibt. Man zerstampft sie zu feinem Pulver, versieht dieses mit der gleichen Menge an Honig und verrührt das Ganze zu einem Brei, den wir *Elektuarium* nennen, und diese Latwerge von so kostbarem Inhalt überreichen wir dem Kranken in einem Schächtelchen aus Ebenholz.“

„Wie viele Reichtümer auf diese Weise verschlungen werden!“ rief Samson unschuldhaft.

„Gewiß! Gewiß!“ sprach Meister Sanche, „Gesundheit kommt die Großen teuer zu stehen!“

„Und welche Leiden heilt der Hyazinth?“ fragte ich.

„Das werdet Ihr von Euren Professoren am Medizinkolleg erfahren“, sagte Meister Sanche. „*Non medicus sum***, und den Regeln meines Berufes gemäß verfertige ich Heilmittel nur auf Bestellung eines Arztes oder mindestens eines Bakkalaureus. Allerdings habe ich durchaus einige Vorstellung, welche Leiden der Hyazinth zu heilen vermag, doch das behalte ich für mich, lieber Neffe, möchte ich mich doch nicht auf dem Gebiet und in den Domänen der königlichen Professoren ergehen.“

Eben das aber tat er anschließend, wandelte mit gelehrten Reden durch diese fremden Domänen.

„Hier nun der verborgene Ort, an dem wir arbeiten und unsere Heilmittel herstellen“, sprach Meister Sanche, während er auf eine kleine, sehr niedrige Tür zuschritt, nicht weniger bewehrt und eisenbeschlagen als die Eingangstür, durch die wir in seine Schatzkammer gelangt waren. Er riegelte auf, und wir betraten ein zweites Gewölbe, das geräumiger und besser er-

* (lat.) Das ist eine gute Frage!

** (lat.) Ich bin nicht Arzt.

hellt war durch zwei Luken, in deren Gitterstäbe die beiden Köter des kleinen Hofes sogleich knurrend ihre Schnauzen steckten. Doch dieser Raum nun barg menschliche Wesen, zwei Gehilfen arbeiteten da mit großem Fleiß, in Beinkleid und Hemd, aber ohne Wams und Kragen, denn hier loderten verschiedene Herdstellen, und die Hitze war unerträglich.

Die Burschen mochten etwa zwanzig Jahre sein und waren sehr mager, was mir nicht verwunderlich schien, schwitzten sie doch jämmerlich und verloren so vom Morgengrauen bis Sonnenuntergang an Substanz und Gewicht, ohne Hoffnung, je wieder zulegen zu können, solange sie nur das zwischen die Zähne bekamen, was Meister Sanches Kochtopf ihnen bot. Auch waren sie sehr bleich, ihre Haut schlaff und ohne Farbe, das Haar strähnig und glanzlos das Auge, vielleicht weil sie so unter Verschluß lebten, wie Gefangene in ihrem Verlies; vielleicht auch weil sie tagtäglich den Rauch, die Dünste und die betäubenden Gerüche ihrer Kocherei einatmeten.

„Hier nun", sprach Meister Sanche, „haben wir kostbare Gerätschaften, die alle, oder beinahe alle, von den Mauren erfunden wurden, unseren Lehrmeistern in allem, was die Alchimie betrifft, selbst das Wort Alchimie ist sarazenisch und alle Begriffe, welche die hier befindlichen Geräte bezeichnen. Dieser Ofen von mäßiger Verbrennungskraft heißt *athanor*, im Arabischen *al tannur*. Diese verspundenen Röhren aus gebranntem Ton, die wir zur Sublimation fester Körper verwenden, heißen *aludel*, im Arabischen *al udal*. Und diese Retorte heißt *alambic*, im Arabischen *al inbig*, sie wird zum Destillieren benutzt. Alles hier ist sarazenischen Ursprungs, vom Schmelztiegel und der Räucherpfanne bis zum Brennkolben."

„Aber, hochrühmlicher Meister, was hat es mit der Sublimation auf sich? Wozu dient sie?" fragte Samson, dessen Augen vor Begeisterung glänzten.

„Mittels Sublimation, und da nun gelangt der *aludel* zur Anwendung, läßt man einen festen Stoff in den gasförmigen Zustand übergehen. Und kühlt der Dampf dann ab, verfestigt er sich zu Kristallen, die viel sauberer, viel reiner sind als der Ausgangsstoff. So gewinnt man aus dem Quecksilber den sublimierten Ätzstoff, der zur Heilung der italienischen Seuche viel Anwendung findet."

Hier wandte sich Meister Sanche an mich und musterte mich mit ernstem Blick.

„Mein Neffe, nehmt Euch da sehr in acht. Die neapolitanische Seuche ist auf dem Lande, wo Ihr herkommt, kaum bekannt, wohl aber in einer so großen Stadt wie Montpellier. Bakkalaureus Fogacer wird Euch Aufklärung geben. In der Rue des Etuves, wo die Herren Scholaren Bäder zu nehmen pflegen, treiben sich die Flittchen herum, die nahebei ein Zimmerchen haben und für etliche Sols die Beine breit machen. Manche dieser Mädchen sind jung und reizend, von festem Fleisch, hübschem Gesicht, kernigen Brüsten. Allein die jungen Burschen, die wir Ihr, mein guter Neffe, nur auf Sinnenlust bedacht sind und diese äußerlich gar schönen, innerlich aber faulen Früchte genießen, erwachen eines Morgens mit eiterndem *nephliseth*, und mag sie das sublimierte Quecksilber auch von ihrem Übel heilen – ihnen fallen die Haare und die Zähne aus."

Teufel! durchfuhr es mich, dabei ich reuig den Kopf wiegte, was einem in dieser Apotheke so alles verwehrt wird! Typhème, weil sie dem Doktor Saporta zur Ehe versprochen ist! Fontanette aus mir noch nicht bekanntem Grunde! Nun gar auch die Freudenmädchen der Rue des Etuves! Gibt es in dieser schönen Stadt kein Weib, dem ein ehrbarer Jüngling sein tatendurstiges *nephliseth* anvertrauen darf, ohne Haare und Zähne zu verlieren? Soll etwa dies mein Leben hier sein: Hunger leiden am Tisch, im Bett kastriert sein wie ein Eremit und meinen soliden Körper sublimieren müssen in den sauren Dämpfen der Keuschheit? Wie soll einer das ertragen? Wenn der *aludel* zu fest verschlossen ist, wird er am Ende bersten.

Ich fühlte Meister Sanches gestrengen Blick auf mir, sah auch von Samson mich beäugt. Und um meine Verwirrung abzustreifen, wandte ich mich von den beiden fort, trat an einen der Gehilfen heran, dem der Schweiß über die Stirn rann.

„Guter Freund, was stampfst du da so gewaltig in diesem Mörser?" fragte ich ihn.

„Er kann Euch nicht antworten", sagte der hinzutretende Meister, „er hat, wie sein Zwillingsbruder, eine sehr träge Zunge. Freilich, die beiden geben Laute von sich, doch nur ich kann sie verstehen, was mir sehr lieb ist, denn so können sie keiner lebenden Seele die Geheimnisse meiner Präparate ausplaudern."

Er lächelte verschmitzt, wurde jedoch gleich darauf wieder sehr ernst.

„Meine lieben Neffen, was die Apotheker voneinander unterscheidet, ist weniger die Zusammensetzung der Heilmittel an sich, die gilt ja *grosso modo* als bekannt; vielmehr ist es das genaue Mischungsverhältnis der Ingredienzien und der Dreh, wie sie verbunden werden, sei es mittels Sublimation, Absieden oder Reduktion. Bei diesen Operationen, *crede mihi experto**, gibt es sehr viele geheime Rezepte, die mir mancher Innungsbruder neidet und mir am liebsten entreißen möchte. Aber ich werde mich hüten, mir solcherweise Geheimnisse stehlen zu lassen, die ich für wertvoller halte als des Königs Schatz, habe ich sie doch von meinem Vater, und mein Vater hatte sie von seinem, und der von meinem Urahn; zudem habe ich beträchtlich viel hinzugefügt durch unerhörten Fleiß zeit meines Lebens und bin dank den besagten Geheimnissen in dieser Stadt, im Languedoc, in Paris und im ganzen Königreich, *omnium consensu*, als der erste Mann meiner Kunst geschätzt ..."

Meister Sanche reckte sein Stöckchen himmelan und gefiel sich in seinem Ruhm, blähte die Brust, ließ seinen Kamm schwellen, spreizte wie ein Pfau das Gefieder. Samson in seiner engelhaften Einfalt war geblendet; ich dagegen, nach außen hin zwar lieb und fügsam, gab mich in meinem Innersten etwas widersetzlich und trotzig.

Doch zu Unrecht, denn wie prahlerisch Meister Sanche sich auch geben mochte, sein guter Ruf reichte wirklich bis zum König in seinem Louvre, wie ich noch selbigen Tags von Fogacer erfuhr. Zwei Jahre zuvor, 1564, hatten Katharina von Medici und Karl IX. auf ihrer Rundreise durch das Königreich bei ihrem kurzen Verweil in Montpellier die berühmte Apotheke aufgesucht und deren Kuriositäten besichtigt, so großes Vertrauen und so große Verehrung hegen die Menschen für die Medizinen, davon sie sich Heilung ihrer Leiden versprechen und vielleicht Abwehr des Todes.

„Ja, freilich, das Apothekenwesen war zu Zeiten meines Großvaters noch nicht so erfolgreich und nicht so ernst zu nehmen wie heute", fuhr der hochrühmliche Meister fort. „Viele Heilmittel damals beruhten eher auf Aberglauben und Quacksalberei denn auf gelehrtem Wissen. Um den Blutfluß einer

* (lat.) glaubt mir, ich habe in der Sache Erfahrung.

frischen Wunde zu stillen, war man geheißen, den kleinen Finger des Patienten mit einem roten Senkel abzuschnüren, der den Hosenschlitz eines Jungvermählten schloß. Eine Frau, wenn ihr Kind entwöhnt war, sollte, damit ihre Milch versiege, an drei aufeinanderfolgenden Morgen über die Salbei eines priesterlichen Gartens hüpfen. Um von der Gelbsucht zu genesen, mußte der Betroffene einen auf einem Haus sprießenden Wegerich suchen und ihn morgens wie abends bepissen, bis die Pflanze einging und mit ihr die Gelbsucht."

Die Hände auf seinem dicken Wanst, lachte Meister Sanche wonniglich über diese rituellen Heilvorschriften. Wir lachten ebenfalls, und gar auch die beiden geschäftig arbeitenden Gehilfen gestatteten sich ein Lächeln; mochten sie auch stumm sein, verstanden sie doch sehr gut, was gesagt wurde.

Nun wandte sich Meister Sanche an mich.

„Eure an meine Gehilfen gerichtete Frage, lieber Neffe, will ich gern beantworten. Hier in diesem Mörser wird das *arthanita* zubereitet. Es enthält als Grundsubstanz einen Saubrotsaft, dazu einundzwanzig pflanzliche Ingredienzien: Säfte, Fruchtfleisch, Harze, Rinden und Samen. Das ergibt eine wirksame Salbe zu vielfältigem Gebrauch."

Nun vergaß Meister Sanche, der nicht Arzt war, daß er uns eigentlich vorenthalten wollte, zu welchen Heilungen diese Mittel verschrieben wurden, er fuhrt fort:

„Das *arthanita* ist ein Einreibemittel, und je nachdem, an welche Stelle aufgebracht, ist die Wirkung unterschiedlich. Auf den Bauchnabel gestrichen, beseitigt es die Darmwürmer, auf dem Bauch purgiert es, auf dem Magen reizt es zum Erbrechen, auf der Blase fördert es den Harnfluß."

Als ich die Wunderwirkungen dieses Universalheilmittels vernahm, kam mir, gestehe ich, der Zweifel, ob das *arthanita* viel wirksamer sei als der Senkel eines Jungvermählten; doch so überwältigt war ich von der Aufschneiderei des großen Apothekers (wollte auch nicht einen so liebenswerten Gastgeber vor den Kopf stoßen), daß ich unschuldhaft sagte:

„Ist es denn nicht wundersam, hochrühmlicher Meister, daß ein und dieselbe Salbe so unterschiedliche Wirkungen zeigt?"

„Das verdankt sie dem Zusammenwirken der verschiedenen Säfte", erklärte der Meister ernst. „Getrennt verwertet, hätten sie nicht solche mannigfaltigen Folgen."

In diesem Moment schellte zweimal die Glocke, die zum Mahle rief, und Meister Sanche sprach:

„Gehen wir essen, meine lieben Neffen. Das muß sein, und gälte es nur die Venen und Arterien des Leibes zu füllen und sie dadurch gegen Ansteckung aus der Luft zu schirmen. Doch wollen wir sie nicht durch Völlerei vollends verstopfen, sonst wird das Gehirn träge und schwach. *Impletus venter non vult studere libenter.**"

Er nahm meinen lieben Samson beim Arm, in jäher Anwandlung von rührender Zuneigung, und zerrte ihn zur Tür, dabei ich ihm auf den Fersen folgte und ihn fragte:

„Wann, hochrühmlicher Meister, speisen Eure Gehilfen?"

„Wenn mein Bauch gefüllt ist, löse ich sie ab, *ego ipse magister Gabrielus Sanchus Dominus Montoliveti***, damit ich mein Auge auf den im Gange befindlichen Kochereien und Sublimationen habe. Und nachdem meine stummen Burschen sich den vielen Schweiß fortgewischt, das Hemd gewechselt und einen kurzen Überrock angezogen haben, essen sie ihre Suppe in dem kleinen Hof, wo Balsa die Doggen dann ankettet. Und da, in der Sonne, reinigen sie eine Stunde lang ihre Lungen. So habe ich es in meiner menschlichen und väterlichen Fürsorge angeordnet, will ich sie mir doch gesund und fröhlich bei Dienst halten."

Und allerdings, wenn man Meister Sanches Verhalten mit dem der Meister in Sarlat verglich, wie die ihre Arbeiter und sonstige Handwerksleute behandelten, durfte er sich gewiß „menschlich und väterlich" nennen. Aber die Mittagssuppe war ein Witz! Nicht die mindeste Gefahr, sich damit die Venen und Arterien des Leibes zu verstopfen! Und wie schon beim Aufstehen in der Früh, gab es nichts vorher und nichts hinterdrein! Eine blanke Suppe, bei der Lauch und Zwiebel den Speck ersetzten. Nur hier und da ein paar spärliche Häppchen zähen Rindfleischs drin, so winzig, daß sie mit einmaligem Schlucken verschwunden waren. Es galt, das dünne Zeug mit aufgeweichter Brotrinde zu strecken, damit sich der Magen füllte. (Ein schwacher Schild gegen die Ansteckung aus der Luft!) Und als Trank der tüchtig mit Wasser verdünnte saure Wein, in der schon berichteten Weise aufgetischt. Ach, Fonta-

* (lat.) Ein voller Bauch studiert nicht gern.

** (lat.) Ich, Meister Gabriel Sanche, Herr zu Montolivet.

nette! Fontanette! Wäre ich doch ein Kannibale aus den Ländern der Barbarie, was würde ich mir für saftige Scheiben aus deinem kernigen Fleisch schneiden! Zumal ich anderen Nutzen nicht daraus ziehen kann, weil mir der übliche Gebrauch verwehrt ist. Gewiß, hier legt der Mensch sich Bildung zu, schöpft gutes Mark, nahrhaftes Fett und schmackhaftes Wissen aus den Reden von Meister Sanche, doch für das Leben, für den Erhalt des Leibes und sein Wohlbefinden wird mit Fleisch gar sehr geknausert!

Doch ich bin den Dingen voraus. Die Glocke schellte ein drittes Mal. Typhème und Luc, letzterer von Fogacer gefolgt, fanden sich zur gleichen Zeit wie wir im Saal ein. Man grüßte einander, und Typhème, in ihrer maurischen Schönheit blendender als eine zu ihrem Scheich geführte Huri, beschied uns mit verschleierter Stimme, Dame Rachel entschuldige sich tausendmal, daß sie in ihrem Zimmer bleiben müsse. Dame Rachel hatte also ein Zimmer für sich (eines der schönsten, erfuhr ich hernach von Fontanette), weshalb es um so verwunderlicher war, daß sie im Saal, quasi vor unseren Augen, hatte entbinden müssen.

Mit einem gewissen Pompgehabe, das er nie abstreifte, entledigte sich Meister Sanche seines silbernen Gürtels. Er zog die Seidenrobe aus und hängte sie an die Waidsprosse eines Hirschgeweihs, das die Wand hinter seinem Rücken zierte. Auf das höchste Holz hängte er die mit amarantfarbener Quaste versehene Mütze, griff nach einem mit Goldseide umsäumten schwarzen Scheitelkäppchen und bedeckte damit die Kuppe seines frisierten dichten Schopfes, der völlig grau war bis auf eine weiße Strähne gegen Stirnmitte. Wir unterdessen standen reglos und stumm da, Augenzeugen dieser Umgewandung.

Wie sehr in diesem Hause Schmalhans Küchenmeister sein mochte, an Zeremonie fehlte es nicht, und diese königliche Umgewandung war nur der einleitende Akt.

Zum zweiten – und entgegen dem Abend davor, an dem wir nach Belieben die Plätze gewählt – wies Meister Sanche diesmal einem jeglichen seinen Schemel an, mit der Bitte, uns den Platz gut zu merken und ihn künftig beizubehalten. Er selbst hatte seinen Platz in der Mitte der Breitseite des Tisches, setzte Luc an seine Rechte und – eine hohe Ehre für ihn – meinen lieben Samson an seine Linke; ich kam auf den Mittelplatz ihm gegenüber, zu meiner Rechten saß Fogacer und zu meiner Linken Typhème. Dame Rachels Platz am oberen Ende des Tisches blieb leer, war aber anstandshalber gedeckt. Am unteren Ende des Tisches Balsa und Miroul, letzterer in diesen Rang nur auf meine inständige Bitte hin aufgenommen, sehr zu des Zyklopen Balsa Ärger und Verdruß, der sich, als er einen Diener an seiner Seite sah, in seinem Stolz verletzt fühlte. Allerdings saß Miroul auf der Seite des scheelen Auges.

Drittens: nach Verteilung der Plätze blieben wir stehen, bis Fontanette mit einer Kanne um den Tisch herum geschritten war und uns, freundlich lächelnd, Wasser angeboten hatte, zum Waschen der Finger. Da war ein jeder schweigend und gemessen am Werk, denn solange der Ritus dauerte, duldete Meister Sanche nicht das geringste Wort.

Viertens: nachdem die Hände in klarem Wasser gewaschen waren, stellte Meister Sanche sein Stöckchen gegen die Wand und sprach, ohne die Hände zu falten, eine Art *benedicite*, von dem ich kein Wort verstand, da in einer Sprache gesprochen, die nicht das Französische, nicht das Latein, nicht das Okzitanische, nicht das Spanische und auch nicht Griechisch war (von dem ich ein klein bißchen Ahnung habe). Und gar wundersam: indessen der Meister sprach, drehte er sich um die eigene Achse, wandte das Gesicht der Wand zu (hierin nachgeahmt von Typhème und Balsa, nicht aber von Luc) und begann den Kopf zu wiegen, nach vorn und hinten, das Gebet eher singend denn sprechend.

Dann wandte er sich wieder dem Tisch zu und sprach:

„Im Namen des Herrn Adonai, amen."

Hierauf Luc leise, aber vernehmlich hinzufügte:

„Und des Sohnes und des Heiligen Geistes, amen."

Worte, die der Meister anscheinend nicht zur Kenntnis nahm, sowenig wie das heimliche Kreuzeszeichen, das sein Sohn ihnen folgen ließ. Mit einigem Verzug tat ich es Luc nach, mir wiederum folgten Samson und Miroul, jedoch nicht Fogacer, der geschlossenen Auges still dastand.

„Setzen wir uns", sprach Meister Sanche, in die Hände klatschend. Und wir taten wie geheißen. Ich allerdings wunderte mich sehr über dieses seltsame *benedicite*, in der mir unbekannten Sprache so merkwürdig hergesagt, mit dem Gesicht zur Wand, dabei der Meister, ohne sich zu bekreuzigen, nur den Herrn Adonai angerufen hatte, nicht aber Sohn und Heiligen Geist.

Mitten unter so viel Verwunderung teilte Fontanette einem jeden die Suppe aus, in die ich mißtrauisch meinen Löffel tauchte.

„Hochrühmlicher Meister", sprach da Samson und schaute den Apotheker mit einer Verzückung an, die mich hätte eifersüchtig machen können, wäre ich von Natur einem so kleinlichen Gefühl zugetan, „was ist denn jenes Montolivet, dessen Besitzer Ihr seid?"

„Ein Landstück, das ich erworben habe", erwiderte Meister Sanche bescheiden. „Groß und schön genug, daß ich seinen Namen tragen und mich Monsieur de Montolivet nennen kann, so wie sich mein Freund, Doktor Salomon, Monsieur d'Assas titulieren läßt, nach dem Namen seines kleinen Landgutes. Ich tadle ihn nicht, bin selbst aber zu stolz auf meinen Namen und meine Herkunft, als daß ich sie mehr als nötig verhüllen möchte, nur um in diesem Königreich Frieden zu haben. Ein *anusim** zu sein genügt ja wohl", fügte er leise hinzu und erregte ob dieses Wortes bei mir Verwunderung. „Mein Land und mein Landhaus, lieber Neffe", fuhr er, an Samson gewandt, fort, „befinden sich westlich jenes traurigen Galgens, den Ihr gesehen, und nächst dem Landgut von Herrn Pécoul, der in der Rue de l'Espazerie ein blühendes Ladengeschäft unterhält, dort Degen, Langdolche und Messer verkauft, mit denen sich des Königs brave Untertanen in unseren Bürgerkriegen gegenseitig die Gurgeln durchschneiden."

„Herrn Pécoul habe ich unterwegs gesprochen", sagte ich.

„Weiß ich", sagte Meister Sanche, als hätte er schon vor dem Ereignis davon Kenntnis gehabt. „Mein Acker auf Montolivet bringt mir genügend Korn ein für eigenes Brot, Oliven für mein Öl und den Krätzer, den wir trinken. Doch da wächst auch ein schmackhafter Wein, der mir meine Tafeltraube liefert. Wenn es soweit ist, nehme ich Euren lieben Bruder und Euch zum Olivenpflücken und zur Weinlese mit."

Mich verzückte dieses Versprechen, so sehr fehlte mir bereits meine weite Feldflur; ich war es nicht gewohnt, in Mauern eingeschlossen zu leben, in den faden Gerüchen der

* (hebr.) Konvertierter.

Städte, beraubt des heiteren Anblicks der Hügel und Täler meiner Kindheit. Während Meister Sanche mit seinem Sohn sprach, raunte Fogacer mir zu:

„Eßt viel Brot. Die Suppe ist das einzige Gericht."

„Was! kein Fleisch?"

„Nur das, was da schwimmt, sonst nichts."

Verdammt! ich würde an diesem Ort zu einem Nichts schrumpfen, wenn ich mich nur vom Wissen nährte.

„Herr Bakkalaureus Fogacer, berichtet mir bitte von den Kranken, die Ihr heute morgen in Vertretung von Doktor Rondelet aufgesucht habt", sagte Meister Sanche.

Möge der Leser nicht glauben, daß in diesem Hause das Tischgespräch nach jedermanns Belieben vonstatten ging, o nein! Meister Sanche nutzte auch die Essenszeit zum Studieren und Dozieren. In seinem unersättlichen Wissenshunger hatte er noch für die geringste Neuigkeit ein Ohr und fügte das Vernommene dem Sammelgut seines Gedächtnisses bei zu späterer genüßlicher Wiederverwendung. Solcherweise leidenschaftsvoll beschäftigt, kümmerten ihn die Fleischhäppchen, die ihm der Löffel in den Schlund führte, herzlich wenig; ich glaube gar, er merkte nicht, was er da aß.

Er stellte Fogacer zu jedem Patienten und zu jeglichem Leiden ungezählte Fragen und verstieg sich bis in widerliche Einzelheiten, die mir, wäre ich nicht Medizinschüler gewesen, über der Suppe glatt den Magen umgedreht hätten.

„Und der Kot, Fogacer, der Kot, wie war er beschaffen?"

„Grünlich in der Farbe, breiig in der Konsistenz, und gestunken hat er zum Erbrechen."

„Haha! das hätt ich schwören können!" rief Meister Sanche und rieb sich zufrieden die Hände. „Und was habt Ihr verschrieben?"

„Diät."

„Bene! Bene!"

Obwohl ich seinen Worten, wie es meinem künftigen Beruf zukam, aufmerksam das Ohr lieh, schielte ich doch hin und wieder seitwärts, auf Typhème, von der ich nur das Profil sah, und auch dieses halb verdeckt von ihrem prachtvoll wallenden Haar, das so schwarz und so bläulich schillerte wie das Gefieder eines Raben. Doch was ich von den Gesichtszügen einfing, war höchster Liebreiz, war Verzücken, war edelste Rasse.

Und wie gesittet sie aß! Ihr Holzlöffel mit Kupferstiel schöpfte immer nur wenig Suppe, und so geübt führte sie ihn zum Mund, daß kein Tropfen auf den Tisch fiel oder auf ihr Mieder, das der Busen prall vorwölbte. Wollte sie trinken, wischte sie sich zuvor mit einem Spitzentüchlein artig die Lippen ab und hinterließ nicht die mindeste Fettspur auf dem Glasrand – sie benutzte ein farbig bemaltes Glas, keinen Becher wie wir. Schön anzusehen auch ihr Teller: er war aus Zinn gearbeitet und trug ihre Initialen. War die Suppe aufgelöffelt, wischte sie den Tellerboden gefühlvoll mit einem Happen Brot blank, aber bestimmt nicht, damit nichts verkäme, sondern um dem Metall Reinheit und Glanz wiederzugeben. Sie trug keine Halskrause, ihre schlichte Morgenrobe war von schmuckem Blaßblau. Sehr gerade saß sie auf ihrem Schemel; in der Taille war sie schlank, doch ab da weiteten sich ihre Fleischesformen zu köstlichen Rundungen.

So musterte ich sie insgeheim und lauschte gleichzeitig ihrem Vater und Fogacer, ein Beweis, daß Auge und Ohr ungemindert ihr jeweiliges Amt bestreiten können und das Hirn sich zu teilen vermag in zwei unterschiedliche Gedanken, die paarig einherlaufen, der eine mit der unsäglichen Schönheit des maranischen Fräuleins befaßt, der andere mit Furunkel, Diarrhöe, Entzündungen, Fieberanfällen, merkwürdigem Urin und gewaltigem Brechreiz.

Nachdem der hochrühmliche Meister den Bakkalaureus gehörig ausgepreßt hatte, wandte er sich wieder seinen „lieben Neffen“ zu und unternahm es, da wir reformierten Glaubens waren, unsere Bibelkenntnisse zu prüfen. Er stellte uns im Wechsel eigenartige und schwierige Fragen, auf die wir manchmal kaum Antwort wußten. Meinem lieben Bruder kam er mit der Frage:

„Samson, welche Farbe hatte Davids Haar?“

Samson schaute verdutzt; nach kurzer Pause antwortete er, vor Scham errötend:

„Ich wüßte es nicht zu sagen, hochrühmlicher Meister.“

„Und Ihr, Herr Medizinscholar, wißt Ihr es?“

„Ehrlich gesagt, nein.“

Meister Sanche musterte uns einen um den anderen, und nach einer Pause, in der er uns Muße ließ, seine Gelehrtenweisheit und unser beschämendes Unwissen zu ermessen, sprach er:

„Rötlich war es. Von David heißt es im ersten Buch Samuel, Kapitel 16, Vers 12: ‚Und er war rötlich, hatte schöne Augen und eine prächtige Gestalt.'" Er schaute Samson ganz ernst an. „Eine Beschreibung, die auf Euch zutrifft, mein lieber Neffe. Denn Ihr seid von guter Erscheinung, o ja, das Antlitz sehr schön, die Augen himmelblau, und Euer absalonisches Haar ist von gleicher Farbe wie die Kupferschalen meiner Waagen. David hättet Ihr heißen sollen, nicht Samson, denn Samson ließ sich betören von einem trügerischen Weib."

Hierauf Samson – vielleicht etwas verdrossen darüber, daß jemand den guten Sinn des Barons von Mespech in Zweifel zog, oder bei dem jähen Gedanken, daß Dame Gertrude du Luc eines Tages seine Dalila sein könnte (eine Rolle, die dieser guten und lieben Frau wohl wenig anstand) – puterrot anlief, den Tränen nahe. Er schaute Meister Sanche wie einen Vater an, aus seinem Blick laß man Achtung, Bewunderung, Liebe, doch andeutungsweise auch eine Frage, so als wollte er beim Meister erkunden, ob diesem gestattet sei, ihn umzutaufen und also von den Tücken der Weiber zu befreien. Samson betrachtend und abermals gerührt von seiner engelhaften Unschuld, beobachtete ich gleichzeitig Typhème aus dem Winkel meines linken Auges und gewahrte, wie sie unter ihren gesenkten Wimpern hervor – was ein junges Mädchen bei geschlossenen Lidern alles so sieht! – einen Blick auf meinen Samson warf, einen einzigen, jedoch so lebhaft, jäh und scharf, daß ich fast zweifelte, sie dabei überrascht zu haben. Ha, Doktor Saporta! Besinnt Euch, solange es nicht zu spät: *cave tibi a cane muto et aqua silenti**.

Der hochrühmliche Meister indessen fuhr in seinen Fragen fort, und als Samson und ich ihm einmal mehr die Antwort schuldig blieben, sprang Miroul für uns ein.

„Wie denn, Miroul!" rief Meister Sanche verwundert, „du weißt so etwas?"

„Hochrühmlicher Meister, ich lese in der heiligen Bibel jeden Tag, den Gott werden läßt", sagte Miroul.

„Ja, kannst du denn lesen?"

„Als der Herr Baron von Mespech mich bei sich aufnahm, hat er mich unterrichten lassen."

„Gleiches habe ich bei Balsa getan in seinen jungen Jahren,

* (lat.) nimm dich in acht vor stummem Hund und stillem Wasser.

damit er Zugang zur Heiligen Schrift hätte. Auch wenn er nur auf einem Auge sieht, er liest sehr gut", versicherte Meister Sanche.

Da nun glänzte das erwähnte Auge Balsas voll Dankbarkeit, was mich sehr rührte, ist doch dieses Gefühl dem Menschen nur selten eigen. Und weil ich mich erinnerte, daß der Apotheker meinem Diener nur widerstrebend an der Seite seines Gehilfen einen Tischplatz eingeräumt hatte, wünschte ich ihn beim Meister in ein noch besseres Licht zu stellen und sagte:

„Miroul hat noch andere Fähigkeiten. Er ist ein guter, tapferer Soldat, außerdem singt er sehr hübsch die Psalmen Davids, dabei er sich auf der Viole begleitet."

„Aber das ist ja wunderbar! Ihn schickt uns der Gott Davids!" rief Meister Sanche. Und seine Augen funkelten vor Glück. „Mein lieber Neffe, möchtet Ihr Eurem Diener befehlen, die Viole zu holen?"

Doch der flinke Miroul war schon auf den Beinen, mit fragendem Blick in seinen zwiefarbenen Augen.

„Geh, Miroul", sagte ich.

Geschwind wie ein Armbrustbolzen schwirrte er davon. Stille trat ein. Luc aber, der während der ganzen Mahlzeit geschwiegen hatte, hob nun das Haupt und schaute auf den Apotheker in einer Weise, als wollte er ihn vor einer Gefahr warnen, die er nicht laut aussprechen mochte. Auf diese stumme Bitte senkte Meister Sanche den Kopf und sagte:

„Balsa, wenn Miroul zu singen anhebt, stellst du dich vor die Tür und horchst, ob von der Straße die Worte zu verstehen sind; falls ja, gibst du Bescheid."

Kaum war Balsa verschwunden, kam der flinke Miroul quer durch den Raum geeilt, setzte seinen geflügelten Fuß auf den Schemel und die Viole auf das Knie.

„Hochrühmlicher Meister, welchen Psalm soll Miroul singen?"

„Den ihm der Herrgott gerade eingibt", sagte Meister Sanche tonlos.

Miroul neigte den Kopf, sein Gesicht war plötzlich ernst, er riß einige Akkorde an, so sanft und leicht, daß sie alle Engel des Himmels in den bescheidenen Raum eintreten ließen. Meister Sanche aber hob die Hand, gebot Stille.

„Fontanette, geh in die Küche, schließ die Tür hinter dir und bleibe dort, bis ich dich rufe", befahl er.

„Jawohl, hochrühmlicher Meister“, antwortete die Ärmste und machte ein Schmollgesicht, so verdrossen war sie, daß man sie aus dem Zimmer wies, in dem sogleich Gesang und Musik erklängen.

Unwilliger als eine buckelnde Katze zog sie ab, die Tür hinter sich zuschlagend. Aber den Grund für diese Verbannung, nämlich die Angst, daß sie als gute Katholikin schwätzen könnte, begriff ich erst später. Meister Sanche, der sehr bewegt schien, gab ein kleines Zeichen, Miroul fuhr in seinen Akkorden fort, schaute plötzlich auf mit seinem jungen Antlitz und hob an zu singen, mit einer so hellen, reinen Stimme, als plätschere da ein Bergbach über weiße Kiesel.

O Hirte Israels, vernimm!
Dein Volk auf Wegen zieht voran
als eine Herde, die du führst.
Entheb der Qualen es ...

Ich will nicht den ganzen Psalm zitieren. Jene meiner Leser, denen Bibellektüre nicht Sünde dünkt (entgegen dem, was die papistischen Priester uns leider einreden wollen, die es gar ein Verbrechen nennen, daß wir die Bibel in die Volkssprache übersetzt haben), jene Leser wissen, daß David in diesem Psalm das Volk Israel mit einem Weinstock vergleicht, den der Herrgott gepflanzt hat und den die Bösen ausreißen wollen.

Warum geborsten die Umfriedung?
Warum sieht man ihn preisgegeben
zur Beute jedem, der vorbeizieht?
Warum zerwühlt von schwarzen Ebern,
verwüstet von den wilden Tieren,
was Gott selbst hier hat angepflanzt?

Diese Klagen brachten die unsäglichen Verfolgungen Israels in Erinnerung, und Typhème, dann Luc und schließlich Meister Sanche begannen lautlos Tränen zu vergießen, obschon keiner am eigenen Leibe die Folterungen und Autodafés in Spanien und Portugal erlebt hatte, wo so viele der Ihren umgekommen waren, ehe man die anderen aus dem Land jagte. Die entsetzlichen Berichte ihrer Vorfahren, die blutgetränkten Erzählungen ebenjener, die Ludwig XI. in das Languedoc aufgenommen hatte, hafteten desto lebhafter im Gedächtnis, als die Nachkommen den judäischen Riten insgeheim bis auf diesen Tag treu geblieben waren und noch immer Gefahr liefen, von den Nachbarn angeschwärzt, von den Priestern beschnüffelt, von den Richtern verurteilt zu werden, dem blinden Wüten der gemeinen Masse ausgesetzt zu sein.

Und freilich wußte ich, daß der Glaube an die Göttlichkeit Christi uns Reformierte von diesen Maranen trennte. Rom aber hatte die Unseren, seit Franz I., so sehr mit Verlies und mit Scheiterhaufen gepeinigt, daß beider Verfolgung als auch der tägliche Umgang mit der Bibel uns einander näher brachten, wenn nicht vollends in den Glaubenssätzen, so zumindest in den Empfindungen. Denn das Volk Israel, für das dieser Psalm geschrieben worden war, bezeichnete in unserem Verständnis auch die Menschen unseres Glaubens. Ich brauchte mich nur daran zu erinnern, wie tief bewegt mein Vater und mein Onkel sich zeigten, wenn Miroul diese Verse sang; dann entsannen sie sich, wie 1562 das Parlament die Hugenotten für vogelfrei erklärt hatte und es in Stadt und Land den Katholiken erlaubt war, die Protestanten zu berauben und ungestraft zu töten: schrecklicher Auftakt zum ersten unserer Bürgerkriege. Doch der Psalm endete irgendwie in Zuversicht, die uns nach so viel Tränen und Würgen im Hals den Kopf wieder heben ließ und uns die Brust weitete.

O Herr, Erbarmen deinem Weinstock!
Und wenn dies Volk, das du dir gabst,
sich deiner wenig würdig zeigte,
sei ihm gewogen und vergib ihm.
Dein Arm sei heute eine Stütze
den Kindern, die du hast beschützet.
Ermunt're uns durch deine Gnade;
wir treten vor dein Angesicht.

Mit dem letzten Akkord setzte sich Miroul wieder nieder. Minutenlang herrschte Schweigen, keiner brachte den mindesten Ton hervor, wir blickten nur einander an mit geröteten Augen, bebenden Lippen und waren eins, getaufte Juden und Reformierte, in der Erinnerung an eine grausame Vergangenheit und in der Hoffnung auf eine sieghafte Zukunft.

FÜNFTES KAPITEL

Erst fünf Tage befanden wir uns in Montpellier, und gerade hatte ich mich des Morgens angekleidet, als Fontanette mir höchst aufgeregt Meldung brachte, ein Offizier der Stadtgarde wünsche mich unten zu sprechen. Gleich eilte ich die Treppe hinab, und im Vorraum erkannte ich jenen Hauptmann wieder, der uns bei unserer Ankunft Einlaß durch das Salinen-Tor gegeben hatte, nicht ohne uns nach unserem Glauben gefragt zu haben. Der Mann war stämmig untersetzt, kernig muskulös, ein gerader Rücken, das Haupt hoch erhoben und Auge, Haar und Haut sehr dunkel. Er trug Degen und Langdolch, nicht aber Helm und Kettenhemd, lediglich ein rotes Wams und ein Beinkleid von gleicher Farbe, die Ärmel indes schwarz und ebenso das Barett. Seine Miene war sehr ernst, jedoch weniger harsch und abweisend, als es zunächst hatte scheinen wollen, denn sein Blick barg ein freundliches Leuchten. Er grüßte höflich, stellte sich mit Namen vor: er heiße Cossolat und sei beauftragt, mich zu Monsieur de Joyeuse zu führen, der mit mir Unterredung wünsche.

„Wie!“ sagte ich, „will man mich verhaften, mich ins Gefängnis sperren, mich für das Verbrechen strafen, ein Hugenotte zu sein?“

„Nichts von alledem“, erwiderte Cossolat lächelnd. „Auch ich bin Anhänger der Religion. Monsieur de Joyeuse ist Katholik, aber fürwahr kein Eiferer, und ich diene treulich einem papistischen Gouverneur. Gäbe Gott, es vertrügen sich alle Papisten und Hugenotten in dieser Stadt so gut wie er und ich. Doch das ist nicht der Fall. Das Edikt von Amboise hat den Papisten hier ihre alte Macht zurückgegeben, seither gibt es Trubel, Intrigen, Schurkereien. Die Papisten sinnen auf Rache. Sie fürchten unsere Stärke. Sie stiften unwissende Bauern an, Steine gegen die Häuser der Unseren zu werfen. Und die Heißsporne unter den Reformierten reagieren sehr dumm: sie schicken ihre Kinder auf den Vorplatz der Sankt-Peters-Kathedrale, dort lauthals die Psalmen Davids zu singen, wenn die Papisten ihre Messe zelebrieren."

„Aber was habe denn ich mit diesem Hader zu tun?" fragte ich verwundert. „Ich bin gerade erst angekommen. Ich will hier Medizin studieren und mich nicht in Tumulte mengen."

„Eben das möchte Monsieur de Joyeuse aus Euerm Munde hören. Weil Ihr so mutig wart in den Corbières-Bergen, argwöhnt hier mancher Katholik, der Prinz von Condé habe Euch geschickt, damit Ihr Euch an die Spitze der Reformierten stellt und die Gewalt in der Stadt übernehmt."

„Ich?" rief ich verwundert. „Was ist das für eine Mär! Ich Anführer der Reformierten? Mit meinen fünfzehn Jahren? Wer soll das glauben?"

„Herr Scholar", sprach Cossolat, und sein schwarzes Auge leuchtete auf, „Monsieur de Joyeuse wird von Euch entzückt sein: Ihr habt eine geübte Zunge! Aber ist auch Euer hübscher Bruder darin talentiert?"

„Leider nein, der ist fast stumm, und wenn er redet, dann mit einer verheerenden Aufrichtigkeit, die ihn schlimmsten Gefahren aussetzt."

„Nun, dann lassen wir ihn hier und sagen, er müsse sich von dem schleichenden Fieber erholen, das ihn auf der Reise befallen."

Bei diesen Worten verschlug es mir jäh die Sprache.

„Ihr seht, ich weiß eine Menge Dinge", sagte der Hauptmann lächelnd. „Das verlangt mein Beruf." Er nahm mich beim Arm. „Kommt, Herr Scholar, säumen wir nicht. Mein Soldat überläßt Euch sein Pferd. Monsieur de Joyeuse wartet nicht gern."

Wir ritten weniger schnell, als Cossolat gern gewollt hätte, die engen, gewundenen Gassen waren voller Menschen, darunter viele Mädchen und Hausfrauen, die ihre Tagesbesorgungen machten. Wir ritten im Schritt, was mir nur lieb war, gab es doch viel zu sehen in den Straßen.

„Herr Scholar, mir will scheinen, Ihr schielt nach den Röcken", bemerkte Cossolat grinsend.

„Nein, so tief nicht", erwiderte ich, „doch mein Sitz zu Pferde gewährt mir erfreuliche Einsichten in die Mieder, die hierorts, gottlob, kein Busentuch tragen."

„Der Hitze wegen in unserem Languedoc! Und warum auch

geizen mit den naturgegebenen Reizen? Die jungen Mädchen hier sollen die hübschesten im Königreich sein, und manch einer behauptet, ihnen verdanke Montpellier seinen Namen: *Mons puellarum** habe unsere Stadt ursprünglich geheißen. Sie ist für mich die schönste Stadt in Frankreich. Um alle Schätze in der Welt würde ich Montpellier nicht verlassen, selbst wenn der König mir Paris und seinen Louvre schenkte."

Mir fiel der Messerschmied Pécoul ein, der genauso geprahlt hatte.

„Allerdings heißt es, Toulouse und Marseille seien größer", sagte ich, um meinen Begleiter ein bißchen zu stacheln.

„Die Größe ist Nebensache. Was schätzt Ihr mehr an einem jungen Mädchen: die Größe oder die Schönheit?"

„Seine Schönheit, Monsieur, keine Frage! Und fürwahr, Montpellier ist die prächtigste Stadt, die ich je gesehen. Aber ich kenne Paris nicht."

„Ihr wäret enttäuscht, wenn Ihr die Hauptstadt sähet!" sagte Cossolat. „Wir haben hier unterirdische Kanäle, die unser Schmutzwasser ableiten. Solche Bequemlichkeit kennt Paris nicht. Es ist ein Schweinekoben, Herr Scholar, ein stinkender Pfuhl! Spülwasser, Pisse und Kacke, alles wandert dort auf die Straße. Auch kommt man nicht vom Fleck in diesem Gewimmel von Karren. Und überall ein ohrenbetäubender Lärm! Und dann die Frechheit der Pariser, bis hin zu den Pagen, Lakaien und sonstigen Schurken – Ihr würdet hundertmal den Degen ziehen, wäret Ihr nicht ein Christ!"

Reden und Ereiferungen dieser Art sollte ich noch tausend und aber tausendmal von den Lippen der hiesigen Bürger hören, die ganz vernarrt waren in ihre schöne Stadt. Und auch ich war von ihrem Charme bald so überwältigt, daß ich nach etlichen Monaten die gleichen eifernden Lobreden im Munde führte und Paris nicht mehr gelten ließ – ich, der ich nordwärts nie einen Schritt über das Périgord hinaus getan hatte.

„Wir befinden uns hier in der Rue de l'Aiguillerie", sagte Cossolat, „und biegen nun rechts ab in die Rue Bocador, von manchen auch Bouques d'Or genannt. Monsieur de Joyeuse wohnt in der einstigen Residenz des Finanzmannes Jacques Cœur: ein sehr schöner Wohnsitz und eines Königs würdig. Deshalb hat 1564 unser König Karl IX. darin Quartier genom-

*(lat.) Berg der jungen Mädchen.

men, Gott schütze ihn! Aber Ihr werdet in Montpellier noch andere, nicht minder fürstliche Stadtpalais finden, weil hier viele reiche Adelsfamilien und betuchte Bürger leben.“

Ich war in der Tat beeindruckt von der monumentalen steinernen Treppe, die hinauf in die Gemächer von Monsieur de Joyeuse führte, desgleichen von der Fülle an Teppichen, Tapetenbehängen und kostbaren Möbeln. Ich folgte Cossolat durch zwei reich geschmückte Säle und blieb dann hinter ihm auf der Schwelle zu einem dritten Saal stehen, der noch prachtvoller war, erhellt von drei großen Fenstern, durch die das Sonnenlicht fiel.

Der Vicomte de Joyeuse nahm gerade einen Morgenimbiß zu sich, und da wir seitlich von ihm standen, gewahrte er uns nicht oder wollte uns nicht sehen. Cossolat bedeutete mir, keinen Mucks zu tun, und ich hatte gute Muße, mir des Königs Statthalter anzuschauen.

Er war wahrlich ein Edelmann von imponierendem Gepräge, trug ein Brokatwams und eine reich verzierte breite Krause. Er saß in einem Sessel mit hoher Rückenlehne an der Stirnseite eines großen Tischs aus poliertem Nußholz. Zu seiner Rechten stand ein Knabe, sehr hübsch und zweifelsohne sein Sohn, denn gar verblüffend war die Ähnlichkeit zwischen beiden: die gleichen himmelblauen Augen, das Haar vom gleichen Blond, lang und gebogen beider Nase, die ihr schönes Antlitz nicht entstellte.

Von dem mit Speisen beladenen Tisch wehte ein köstlicher Duft herbei, um so verlockender für mich, als ich die Apotheke nüchternen Magens verlassen hatte, ohne meine bescheidene Morgensuppe. Ich zählte nicht weniger als elf silberne Schüsseln, davon Monsieur de Joyeuse nach seinem Belieben die Deckel hob, um mal hier zu naschen, mal da, und jeden Happen begleitete er mit einem Schluck Wein.

Alles das tat er mit höchster Anmut, die mich verzückte, wie sehr mir auch das Wasser im Munde zusammenlief. Neben seinem Gedeck aus feuervergoldetem Silber lag eine kleine Gabel mit goldenem Stiel; der Bruder Karls IX., so hieß es, hatte dieses neue Raffinement bei Hofe eingeführt. Doch benutzte der Vicomte die Gabel noch nicht in gleicher Weise wie der Herzog von Orléans*, um die Fleischstücke aus den

* Der Bruder Kalrs IX. war zunächst Herzog von Orléans, dann Herzog von Anjou; nach dem Tode Karls IX. bestieg er als Heinrich III. den Thron.

Schüsseln zu heben. Er nahm sie noch nach alter Manier mit Daumen und Zeigefinger auf, so wie Barberine es mich gelehrt, und legte sie auf seinen Teller; nur wenn sie ihm zu groß schienen, griff er die kleine Gabel, spießte hinein und schnitt mit dem Messer kleinere Stücke, welche er dann wieder zwischen die Finger nahm, nicht ohne bald die Hände, bald den Mund an zwei reich bestickten Servietten abzuwischen, die ihm ein prächtig gekleideter Lakai zu seiner Linken entgegenhielt.

Der Knabe zur Rechten mochte fünf Jahre alt sein, wirkte munter und schalkhaft fröhlich, war von Kopf bis Fuß in blaue Seide gekleidet, trug indes keine Halskrause, sondern einen flächigen Kragen. Er betrachtete bald liebevoll seinen Vater, bald den Teller, auf den Monsieur de Joyeuse seine Happen legte. Und sagte ihm ein Bissen zu, wies er darauf mit seinem kleinen rosigen Finger.

„Darf ich, mein Herr Vater?" fragte er mit heller Stimme, melodiös wie Vogelzwitschern.

Hierauf Monsieur de Joyeuse antwortete:

„Ihr dürft, Anne."

Anne de Joyeuse nahm, so hübsch artig wie der Vater, den begehrten Happen auf und führte ihn zum Mund. O gewiß, wir waren hier meilenfern den flegelhaften Manieren eines Caudebec, der sich bei Tisch wie die Sau in der Suhle betrug.

„Wo Cossolat nur bleibt?" fragte Monsieur de Joyeuse und blickte ungeduldig zu dem Lakaien. „Ist er noch nicht zurück?"

„Hier bin ich, Herr Baron", rief Cossolat, ohne sich von der Schwelle zu rühren. „Monsieur de Siorac steht bei mir, wir mochten Euch nicht stören."

„Herein! Herein, mein lieber Cossolat. Nicht so förmlich!" sagte Joyeuse, der gleichwohl ein Mann zeremoniellen Gebarens zu sein schien. „Monsieur de Siorac, wollet bitte entschuldigen, daß ich mich nicht erhebe", wandte er sich an mich mit einem kleinen Kopfnicken, das sehr genau meinem Rang entsprach.

Hierauf ich vortrat und mit der tiefen Verbeugung antwortete, die ich dem Statthalter des Königs schuldete. Dann richtete ich mich auf und grüßte mit einem liebevollen Blick den kleinen Anne de Joyeuse, der mir so trefflich gefiel. Er erwiderte den Gruß mit einer Gemessenheit, die jäh in das hübscheste Lächeln der Welt umschlug.

„Monsieur de Siorac, es scheint, mein Sohn mag Euch“, sagte Monsieur de Joyeuse, „und da will auch ich Euch mögen, denn obzwar erst fünf Jahre alt, hat er ein sehr gutes Urteil, auch wenn er es noch nicht in die gebührenden Worte kleiden kann. Monsieur de Siorac, habet die Güte, Platz zu nehmen.“

„Herr Vicomte“, erwiderte ich auf französisch (Monsieur de Joyeuse hatte zu mir in der Sprache des Nordens gesprochen, und ohne den mindesten Akzent, dagegen er mit seinem Lakaien zuvor okzitanisch geredet hatte), „Herr Vicomte, ich kann sehr wohl stehen.“

Und abermals verbeugte ich mich.

„Aber nicht doch, Monsieur de Siorac! Bitte nehmt Platz. Couiza“, wandte er sich an seinen Lakaien, „rücke für Monsieur de Siorac einen Sessel heran.“

Da er dies nicht gleich befohlen hatte, begriff ich, wie recht mein Instinkt mich beraten hatte: durch meine Zurückhaltung blieb ein Vorrang gewahrt, den Monsieur de Joyeuse tunlich beachtet wissen wollte.

Ich nahm also Platz. Der Hauptmann machte eine steife Verbeugung nach Soldatenmanier und fragte:

„Herr Vicomte, soll ich mich zurückziehen?“

„Mitnichten, mein lieber Cossolat, bleibt. Vielleicht brauche ich Aufhellung von Euch. Setzt Euch.“

„Herr Baron“, beschied Cossolat mit einer weiteren Verbeugung, „zu gut kenne ich meine Pflicht, als daß ich mich in Eurer Gegenwart hinsetzen würde.“

„Schluß mit den Zeremonien, mein lieber Cossolat!“ befahl Monsieur de Joyeuse, dabei er eine seiner Schüsseln aufdeckte, aus der ein köstlicher Duft entwich. Doch keineswegs hieß er Couiza einen Sessel bringen, und Cossolat blieb stehen.

Ha! dachte ich, welch verfängliche Etikette, und wieviel Fußangeln der gute Anstand bereithält. Man bittet dich, Platz zu nehmen, und man wäre beleidigt, wenn du der Aufforderung folgtest!

„Monsieur de Siorac, entschuldigt vielmals, daß ich mir die Freiheit nahm, Euch am heutigen Morgen zu belästigen. Mein

Amt gebietet mir, über alles Kenntnis zu haben, was in diesem Landstrich geschieht, und wenn Ihr gestattet, möchte ich aus Euerm Munde hören, was sich in den Corbières-Bergen zugetragen." Und wie nebenbei setzte er hinzu: „Aber möchtet Ihr gütigst den kleinen Imbiß mit mir teilen?"

Bei allen siebenundsiebzig Teufeln der Hölle, meine Versuchung war riesig! Diese Fleischspeisen! Diese Weine! Die leckeren Düfte da unter meiner Nase, meinem Schnabel so nah! Schon wollte ich unterliegen, da wurde ich gewahr, daß mein grausamer Versucher mitnichten befohlen hatte, mir ein Gedeck aufzulegen. Ich senkte die Lider und lehnte mit großem Dank ab.

„Wohlan, ich lausche Euch", sagte Monsieur de Joyeuse und führte sich einen knusprig gebratenen Taubenflügel zum Munde, den meine Augen zwanghaft verfolgten.

Ich besann mich, welcherweise mein Vater vor der Familie und dem Gesinde von der Einnahme Calais erzählt hatte: frisch von der Leber weg und in lockerem Ton. Ich entschied, es ihm gleichzutun. Denn es dürfte dem Zuhörer rechte Pein bereiten, wenn der Erzähler den Mund gar zu voll nimmt beim Hervorkehren seiner Tapferkeiten; großen Dank weiß er hingegen, wenn ihm in einer Weise berichtet wird, daß er selbst sich an des Helden Stelle versetzen kann.

Monsieur de Joyeuse schien wundersam erheitert von meiner Geschichte, und als ich zum besten gab, wie ich Baron Caudebec sein Fäßchen Malvasier abnahm und wie Espoumel sich erkundigte, ob er nach vollführter Mission zurückkehren müßte, um sich hängen zu lassen, legte Monsieur de Joyeuse den Kopf gegen die Sessellehne und lachte herzhaft, bis ihm die Tränen rannen.

Anne de Joyeuse, der mir mit glänzenden Augen und offenem Mund zugehört, bat den Vater um Erlaubnis zum Sprechen, bekam sie sogleich und stellte mir mit seiner feinen, singenden Stimme eine Menge Fragen zu meinem Bericht. Alles beantwortete ich mit großer Geduld, dabei ich die schlichtesten Worte wählte und mit Gesten und Grimassen nachhalf.

„Ha, Monsieur de Siorac", sprach Monsieur de Joyeuse, als ich geendet hatte, „wäret Ihr nicht Scholar der Medizin, was gäbet Ihr für einen vorzüglichen Pädagogen ab an Stelle jenes schmutzigen Pedanten, der meinem Sohn die Geschichte unserer Könige beibringt. Aber darf ich fragen, Monsieur (hier änderte er jäh seinen Ton und die Miene), ob Euer Herr Vater am Bruderkrieg teilgenommen, darunter die Untertanen des Königs so arg leiden mußten?“

Diese Frage verwunderte mich, denn mir wollte scheinen, daß er die Antwort bereits kannte.

„Keineswegs, Monsieur le Vicomte“, gab ich prompt zurück. „Wie sehr meinem Vater auch das Herz blutete, daß die Reformierten für rechtlos erklärt wurden, er mochte dennoch nicht die Waffe gegen unseren Monarchen erheben, denn er hatte dem Vater des Königs vor Calais gedient, seinem Großvater bei Ceresole, und verdankte dem einen wie dem anderen seine Erhebung in den Adelsstand.“

„Recht getan hat Euer Vater ... Ich bin Baron zu Arques, Monsieur de Siorac, meine Baronie liegt in den Corbières-Bergen zwischen Mouthoumet und Couiza, dorther dieser mein Diener stammt. Ich bin Euch sehr dankbar, daß Ihr etlichen Strolchen den Garaus gemacht habt. Schade nur, daß ich mich nicht selbst hinbegeben kann, die Schurken zu bestrafen. Aber ich habe hier übergenug zu tun, den Streit zwischen Katholiken und Hugenotten zu schlichten, die sich katzbalgen, einander viel Böses antun und sich gar gegenseitig massakrieren würden, wenn ich sie nur gewähren ließe. Monsieur de Siorac, haltet Euch fern jenen Ereiferungen.“

Ha, nun wird es klar! war mein Gedanke. Cossolat hatte es angedeutet: man will mir auf den Zahn fühlen und mich warnen.

„Monsieur le Vicomte“, sagte ich ernst und blickte ihm offen ins Gesicht, „ich bin hier, um Medizin zu studieren, nicht zum Unruhestiften. Händel liegen mir fern. So wenig würdevoll es manchem scheinen mag, daß ein Edelmann Medizin studiert – als Zweitgeborener muß ich mein Lebensglück selbst bestreiten, und mein Vorsatz ist es, dies durch das Studium zu erreichen und nicht durch Rebellion.“

„Ich verstehe“, sagte Monsieur de Joyeuse, der mich die ganze Zeit durchdringend gemustert hatte. „Eines aber müßt Ihr mir näher erklären. Dieser Caudebec, von dem Ihr sprachet, ist gestern hier eingetroffen und hat in der Herberge *Zu den drei Königen* Quartier genommen. Er bezichtigt Euch in aller Öffentlichkeit, Ihr hättet Euch als Katholik ausgegeben, um ihn hinters Licht zu führen, und hättet sogar gebeichtet.“

Hier nun packte mich der Grimm, und nicht ohne Ereiferung beschied ich:

„Ich habe diesen Edelmann nicht hintergangen. Ich habe ihm vierzehn Tage lang als Dolmetsch gedient, ohne jeden Lohn. Ganz auf eigene Gefahr habe ich ihm einen Kampf erspart, der manchem aus seiner Truppe schlimme Verwundung oder gar den Tod gebracht hätte. Und daß ich die Beichte ablegte, war eine Kriegslist, um meine Haut zu retten, denn in seinem blinden Glaubenseifer hatte er mir angedroht, mich mit dem Degen zu durchbohren, falls ich ein Ketzer wäre."

„Herr Vicomte, darf ich sprechen?" fragte Cossolat.

„Ihr dürft, mein lieber Cossolat", sagte Monsieur de Joyeuse, der ihn stets „mein lieber" titulierte und ihn dennoch stehen ließ.

„Herr Vicomte, auf das Gerücht hin, daß sich Monsieur de Caudebec in Morddrohungen und ehrverletzenden Worten gegen Monsieur de Siorac ergangen habe, bin ich gestern in die Herberge geeilt und habe mir der Reihe nach diese normannischen Pilger vorgenommen; sie bestätigten die Geschichte, die wir eben gehört haben."

„Habt Ihr alle befragt?"

„Ausgenommen die Damen und die Mönche."

„Warum diese Ausnahmen?"

„Weil die Damen unseren Helden gar zu sehr und die Mönche ihn gar zu wenig mögen."

„Ha, mein lieber Cossolat, es ist Euch nicht Genüge, ein tüchtiger Hauptmann zu sein! Ihr beweist auch klugen Geist! Den werdet Ihr freilich brauchen, um diese Angelegenheit aus der Welt zu schaffen, sie im Ei zu ersticken, ehe da Geflügelvieh schlüpft und dann gackert und sich behackt, daß die Federn fliegen und das Blut fließt. Denn sollte dieser Caudebec, der mir in großem Zorn scheint, Monsieur de Siorac töten oder verwunden, werden die Hugenotten auf Rache an den Pilgern sinnen, denen dann die Katholiken zu Hilfe eilen, und über diesem Streit wird aus dem Nichts ein Aufruhr von ungewissem Ausgang." An mich gewandt, fügte er hinzu: „Wenn Ihr gütigst meinen Rat befolgen wollt, begebt Euch stracks zu den *Drei Königen* und sägt diesem normannischen Stier die Hörner ab."

„Aber ich bin nicht bewaffnet."

„Das ist nur gut so bei einem Brausekopf von Eurer Tapferkeit und Eurem jugendlichen Ungestüm. Aber Cossolat wird zur Stelle sein und keinen Fingerbreit von Eurer Seite weichen; ich hoffe, daß er Euch mit dem Baron in ein gütliches Einvernehmen bringt. Eben das will ich: Einvernehmen.“

Der Vicomte betonte dies nachdrücklich, als wollte er mir zu verstehen geben, daß er im Namen des Königs sprach. Ich verbeugte mich tief und versicherte, mich so fügsam zeigen zu wollen, wie er es wünsche.

Hierauf entließ mich Monsieur de Joyeuse anstandsvoll, ohne sich indes von seinem Platz zu erheben. Doch sofern man an einem zugenickten Gruß Grade messen kann, war die mir erwiesene Verbeugung um etliche Daumenbreiten tiefer als die meinem Begleiter entbotene.

„Nun, wie ist Eure Meinung?“ fragte mich Cossolat unterwegs.

„Man übt sich hier sehr in Zeremonie.“

„Die gleichwohl nicht pure Eitelkeit ist, sondern ein Mittel zum Regieren“, sagte Cossolat. „Und bedenkt, hier geht es nicht so grausam zu wie vor Montluc. Im Gegenteil.“

Cossolat irrte da nicht, wie es sich sechs Jahre später beweisen sollte, als der Statthalter von Montpellier am Tage nach der Bartholomäusnacht, die in Paris mit der Niedermetzelung so vieler Reformierter endete, von Karl IX. Order erhielt, in dieser Stadt den Unseren den Garaus zu machen. Sosehr Monsieur de Joyeuse ein Höfling war und wie bedacht auf sein Wohlergehen, er fand diesen ruchlosen Befehl wider seine Ehre, er weigerte sich, ihn zu befolgen, und erklärte öffentlich, er sei „Soldat, nicht Schlächter“.

Die *Drei Könige* waren eine große und schöne Herberge, in der Samson und ich zwei Tage zuvor Fogacer mit einem saftigen Schweinebraten seine dienlichen Unterweisungen gelohnt hatten. Deshalb wußte ich um die gute Küche und daß sie Caudebec eine Weile hier festhalten würde. Ich meinte, daß ich mich mit dem Baron ohne Schaden und Verzug einigen könnte, und freute mich schon über den langen Aufenthalt der Pilger in Montpellier, meines lieben Bruders halber, der nun mit seiner Dame in Muße kosen könnte, anstatt nur eben „den Wind zu umarmen“.

Kaum waren wir abgesessen, erschien die Wirtin auf der

Schwelle und begrüßte Cossolat, mit dem sie dicke Freundschaft zu pflegen schien. Die Römlinge, sagte sie, säßen im großen Saal und schlängen schon zu dieser frühen Stunde in Mengen Fleisch und Wein. Ich trat als erster in die Herberge ein, mir hinterdrein die Wirtin und Cossolat; und im Glauben, Cossolat folge mir auf den Fersen, ging ich im Saal stracks zu auf den Baron, um meinen Frieden mit ihm zu schließen. Er aber, kaum daß er mich erblickte, warf das Hühnerbein, an dem er kaute, hinter sich und sprang auf, puterrot im Gesicht. „Ha, Ketzer!“ schrie er, „Schurke! Wagst du es, deine verräterische Fratze hier zu zeigen? Himmelherrgott, deine Frechheit sollst du büßen!“

Er zückte seinen Langdolch und warf sich mir entgegen. Ich wandte mich um: Cossolat stand nicht hinter mir. Entsetzt darüber, allein zu sein und waffenlos diesem Berserker ausgeliefert, wich ich zurück und wäre dem Baron entkommen, hätte nicht einer der Mönche mir hinterrücks ein Bein gestellt. Ich haute lang hin. Caudebec schwang seinen Dolch, brüllte „Nieder mit ihm!“ und hätte mich unweigerlich abgestochen, wäre nicht der Page Rouen, den Tölpel spielend, ihm zwischen die Beine getaumelt, was dem Pagen einen gehörigen Tritt mit dem Stiefel eintrug und ihn zehn Schritte weiter purzeln ließ. Das verschaffte mir einen kleinen Aufschub, ich packte den Schemel des heimtückischen Mönchs und zog ihm diesen mit solcher Gewalt unter dem Hintern weg, daß der Kerl hinfiel samt Caudebec, der mich schnappen wollte. Hätten sich doch die beiden im Fallen gegenseitig totgestochen! Leider war die Vorsehung säumig.

Caudebec erhob sich wieder auf die Beine und verfolgte mich mit dem Dolch in der Hand rings um die Tafel, unterdessen einige Pilger „Töte! Töte!“ schrien, aber ohne ihm beizustehen. Andere riefen: „Pfui! Pfui! Gegen einen Wehrlosen!“ Und etliche der normannischen Damen, in ihrer Empörung, bewarfen den Baron gar mit ihren Bechern und Gedecken, um ihn in seinem Lauf zu hindern. Ich wurde gewahr, daß ich, wenn schon ohne Degen, zumindest über einen Schild verfügte, blieb jäh stehen, packte den Schemel an den Beinen, hielt ihn gezückt vor mich und harrte herausfordernd des Barons. Ebendies verwirrte Caudebec, mäßigte seinen Zorn ein bißchen, zumal er mir in seinem Aberglauben die Unbesiegbarkeit meines Vaters andichtete. Trotzdem stach er noch zwei- oder dreimal zu, und ich wehrte ab. Nicht zufrieden mit bloßer Verteidigung, die nicht meine Art ist, wollte ich ihm den Schemel unversehens an den Kopf werfen, als Cossolats kräftige Stimme durch den Saal hallte, den Lärm übertönend.

„Herr Baron von Caudebec, ich verhafte Euch im Namen des Königs!"

Die Pilgerschaft war jäh mucksstill. Caudebec drehte sich um, als hätte ihn eine Natter in die Ferse gebissen.

„Monsieur, was sagt Ihr da?" fragte er.

„Herr Baron von Caudebec", wiederholte Cossolat in die Stille hinein, „ich verhafte Euch wegen versuchten Mordes an dem hier anwesenden Edelmann Pierre de Siorac."

„Aber der ist doch nur ein Hugenotte!" schrie Caudebec, und etliche der Mönche und papistischen Eiferer brüllten: „Faßt ihn! Packt ihn!"

Da sprang Cossolat auf den leeren Schemel des Barons, zog seinen Degen aus der Scheide und rief mit markiger Stimme:

„Wer wagt es, sich dem Hauptmann der Stadtgarde entgegenzustellen? Muß ich meine Männer rufen, um euch einzusperren? Soll ich euch alle samt euren Pferden in die Stadtgräben werfen?"

Cossolats Degen, seine Vierschrötigkeit, sein blitzendes schwarzes Auge und gar auch sein Französisch (mit einem schauderhaften Akzent) wirkten Wunder unter den Pilgern. Die senkten die Köpfe, sehr verwirrt bei dem Gedanken, jählings die Köstlichkeiten der *Drei Könige* einzubüßen.

„Hauptmann", sagte Caudebec endlich, enttäuscht darüber, daß die Seinen ihn so im Stich ließen, jedoch noch aufbegehrend, „Hauptmann, Ihr könnt mich nicht verhaften, ich bin Baron."

„Möglich, daß ich dies in der Normandie nicht kann, hier kann ich es", entgegnete Cossolat kalt. „Und ich tue es, falls Monsieur de Siorac sich mit Euch nicht ins Einvernehmen setzt und Ihr Euch nicht mit ihm."

„Ich mich mit dem Baron aussöhnen!" rief ich, darauf bedacht, diesem Knäuel noch einige Knoten beizufügen, damit der Baron mehr Mühe hätte, es zu entwirren. „Ich, der ich ihm das Leben rettete! Ich, den er zum Lohn dafür umbringen wollte, obwohl ich unbewaffnet war! Im übrigen hat er meine

Ehre beschmutzt mit schändlichen, beleidigenden Worten. Nie und nimmer! Entweder Ihr nehmt den Baron fest, Hauptmann, oder ich stecke ihm die Beleidigungen in die Kehle zurück!"

Bei diesen Worten erbleichte der Baron, er sah sich schon blutüberströmt auf der Erde liegen oder gar bereits im Fegefeuer braten, gedreht und gewendet an des Teufels Spieß, bis er knusprige Bräune hätte, um so vor dem Herrgott seine Freßsucht und Geilheit zu büßen. Mit diesem bekümmerlichen Gedanken im Hirn stand der Baron wortlos da. Der Dame Gertrude du Luc allerdings war nicht entgangen, daß in meiner Ereiferung etwas Komödie mitschwang, und da sie im eigenen Interesse inständig meine Versöhnung mit dem Baron wünschte, so sehr wie die ihre mit ihm (denn sie hatte dem Berserker weiß einer wieviel Becher und Gedecke an den Kopf geworfen), eilte sie mir entgegen, faßte meine Rechte (ein Billettchen hineinschmuggelnd, das ich in mein Wams verschwinden ließ), sank anmutig vor mir nieder und sprach mit klagender Stimme:

„Oh, Monsieur de Siorac, seid Ihr ein Türke? Oder seid Ihr Christ? Falls ein Christ, wie ich annehme, bitte ich Euch auf meinen Knien in Christi Namen, Baron Caudebec zu schonen, der uns ein heißgeliebter Vater ist und ohne den für uns kein Weiterleben wäre."

Hierauf all diese schönen normannischen Damen keine bessere Antwort fanden, als daß sie sich rings um mich drängten mit Ächzen, Geseufze und Tränen (wahren oder erheuchelten) und mich anflehten, den Baron nicht zu töten. Hierauf der Baron, eine Träne im Augenwinkel, sagte:

„Die Pest über Euch Schelminnen! Bin ich so schwach? Möchte man da nicht meinen, ich sei schon tot?"

Jetzt erschien im Saal ein sehr schöner, majestätisch wirkender Edelmann, gefolgt von einem Lakaien, der vor sich ein Fäßchen trug, das ich mit kostbarem Wein gefüllt wähnte. Sofort sprang Cossolat vom Hocker, steckte den Degen in die Scheide, grüßte den Ankömmling mit einer tiefen Verbeugung.

„Was geht hier vor?" fragte der Edelmann etwas ungehalten. „Mein lieber Cossolat, Ihr mit blanker Waffe? Hat es hier Aufruhr gegeben?"

„Die Besänftigung ist grad im Gange, Monsieur de Lattes", sagte Cossolat.

Und schon hatte auch Caudebec heimlich die Klinge in ihre Behausung zurückgeführt und schaute Monsieur de Lattes ohne Mucks und Geräusper an, so überrascht war er von der überwältigenden Erscheinung.

„Seid Ihr Baron Caudebec?“ fragte der hohe Herr.

„Der bin ich“, erwiderte der Baron.

„Baron Caudebec, zum Dank für Eure gütlich beabsichtigte Versöhnung mit Monsieur de Siorac möchte Monsieur de Joyeuse Euch dieses Fäßchen Muskateller schenken, als Ersatz für jenes andere, das Ihr in feiner Kriegslist den Strolchen der Corbières-Berge zukommen ließet. Ist die Versöhnung geschehen?“

„Sie ist im Gange“, erwiderte ich, Monsieur de Lattes mit einer tiefen Verbeugung grüßend. „Noch aber fehlen die Entschuldigungen, welche der Herr Baron einiger harter Wörtchen wegen, die er im Zorn gesprochen, vorzutragen gedenkt.“

Caudebec musterte nacheinander Monsieur de Lattes, Cossolat, das Tönnchen und dann mich, im Gesicht noch kreidebleich.

„Monsieur de Siorac, ich entschuldige mich bei Euch.“

„Herr Baron, ich bin Euer Diener“, gab ich zurück.

Und auf ihn zueilend, umarmte ich ihn heftig und drückte ihm auf jede Wange einen Kuß, welche Küsse er leutselig erwiderte, war er doch sehr erleichtert, zu so wohlfeiler Buße quitt zu sein.

„Herr Baron, prügelt mir heut abend Euren Pagen nicht“, flüsterte ich ihm ins Ohr. „Ohne sein Zutun wäre ich jetzt tot, und Ihr säßet in einem stinkenden Verlies und harrtet Eurer Enthauptung.“

Er versprach es. Ich erspare dem Leser die Komplimente, die ausgetauscht wurden und auf beiden Seiten in schöne Reden und tönende Tiraden ausuferten. Monsieur de Lattes sprach vorzüglich das Pariser Französisch und hörte sich gern reden. Sobald der schöne Edelmann den Saal verlassen hatte und unterdessen Cossolat vom Baron einen Becher Muskateller annahm, grüßte ich und verließ die Drei Könige. Doch schon nahebei zog ich aus dem Wams das mir von Dame Gertrude zugesteckte Briefchen, und da las ich:

Mein liber Bruder,

findet mir bittschön ein diskretes Loschie, welches ich bezalen werde, damit ich da meinen kleinen Kranken treffe, was hir nich meglich ist, weil ich seit Lezinja sehr überwacht werd. Ich erwarte Euch jetzt gleich in der Saint-Firmin-Kirche. Habt die Gühte, liber Bruder, tut was ich sag, oder ich sterbe.

G.

Ha! dachte ich lächelnd, ist es nicht besser, die zwei leben Seite an Seite, denn daß ein jeglicher für sich allein hinstirbt? Indes ich mich noch an der Rechtschreibung der Dame ergötzte, erschien Cossolat auf der Schwelle der Herberge. Ich sofort hin, nahm ihn beim Arm und flüsterte ihm ins Ohr, ich suchte für etliche Tage ein „diskretes Loschie".

„Ha, Herr Scholar! Ihr seid mir ein Mannsbild! Eben erst den Krallen des Römlings entkommen, und schon in den Krallen einer Wölfin!"

„Nicht doch! Die Wölfin ist für meinen Bruder."

„Was hör ich? Kann er sich die Höhle nicht selbst suchen?"

„Das könnte er wahrlich nicht, der liebe Gottesengel ist auf Erden allzu verträumt, überdies seit dem ersten Kuß in schlimmen Gewissensnöten."

„Ihr seid wirklich ein Prachtstück von Bruder!" rief Cossolat und lachte herzhaft. „Jetzt tragt Ihr gar noch Sorge, daß er seine Rute gebraucht, die ohne Euer Zutun glatt verdorren würde. Kommt!"

Er nahm mich beim Arm und führte mich in die Rue du Bayle, eine seitlich der Saint-Firmin-Kirche gelegene Gasse; dort wies er auf einen kleinen Laden.

„Da wohnt die Thomassine. Sie unterhält ein Nadelgeschäft, aber im Obergeschoß vermietet sie Zimmer an betuchte Bürger, die, wie das Kamel im Evangelium, nur davon träumen, das Nadelöhr zu passieren. (Er lachte bei diesem Witz, den er sicher schon oft zum besten gegeben.) Die Thomassine ist vor zehn Jahren in diese Stadt gekommen, aus den Cevennen hierher vertrieben von einer schrecklichen Hungersnot, die ihre ganze Familie hinraffte. Die Ärmste war vollständig am Boden und so ohne alles, daß sie ihr Vorderteil verkaufen mußte, um sich einen *cache-cul* kaufen zu können."

„Cache-cul, was ist das?" fragte ich.

„Ein kurzer Frauenunterrock, in der Pariser Sprache. Doch von dem Tage an bot sie ihre Gefälligkeiten zu gehörigem Entgelt dem Feinsten vom Feinen (gar auch den Domherren von Notre-Dame-des-Tables) und prosperierte. Heute besitzt sie ein kleines Haus mit sehr bequemen Logis, vier Klaftern vom Seitenportal der Saint-Firmin-Kirche. Ein Schmuckkästchen von Liebesnest: der Kunde tritt in ihren Laden, wie um Nadel und Faden zu kaufen, und findet sich im Obergeschoß wieder, wo ihn seine Lustdirne erwartet. Verschwinden kann er durch einen Hinterausgang, der in ein schmales Gäßchen führt, wo keine Maus umherläuft."

„Aber ist das nicht ein Bordell? Die Dame ist empfindlich ..."

„Keine Sorge! da werden die Mädchen nicht feilgeboten. Wie in den spanischen Herbergen verzehrt ein jeder, was er selbst mitbringt. Herr Scholar, ich verlasse Euch nun. Der kleine rote Vorhang im Obergeschoß hat sich bewegt, will heißen, die Thomassine hat uns erspäht. Lebt wohl. Ihr werdet ihr gefallen. Denn obwohl sie so viele Männer gekannt hat, ist sie ihrer nicht überdrüssig."

Cossolat machte auf dem Absatz kehrt, und ich blieb, überrascht von seinem burschikosen Gehabe, allein zurück. Nun ja, sann ich, mag er auch Hugenotte sein, ein Hauptmann ist kein Kleinkind mehr, dem man das Brot in Häppchen schneidet. Der kennt bestimmt das Pflaster dieser Stadt, bei Tage und bei Nacht, und allen Handel und Wandel hinter jedweder Mauer.

Kaum hatte ich den Fuß in das Nadelhaus der Thomassine gesetzt, erschien vor mir ein kesses Kammermädchen, beschied mir mit einem frischen Lächeln: „Meine Herrin erwartet Euch", und führte mich beschwingten Schritts die Treppe hinauf.

Ha! das hätte ich ahnen sollen: die Thomassine saß zu Tische, und ihre Tafel prangte von köstlichen Speisen! Monsieur de Joyeuse in seinem Stadtpalais, die Römlinge in den *Drei Königen*, die Thomassine in ihrem Zimmer! Heiliger Antonius! alle schlemmerten in dieser Stadt, dabei ich seit dem Abend keinen Bissen mehr zu mir genommen hatte. Ich mache hier niemandem einen Vorwurf: aber der Herrgott möge die Thomassine schützen bis ans Ende ihrer irdischen Tage und vergeben ihr alsdann in ihren ewigen Tagen, denn auf den ersten Blick erriet sie meinen Hunger und sprach in ihrer so herzlichen Güte und mit cevennischer Gastlichkeit, kaum daß ich auf der Schwelle erschien:

„Mein edler Moussu, setzt Euch und eßt, Ihr seid mein Gast, es soll Euch nichts kosten. Nein, bitte ziert Euch nicht! Azaïs, ein Gedeck für den edlen Herrn! Hierher, mir gegenüber! Eßt, edler Moussu, eßt! Ohne Fleisch im Magen kein Leben! Ohne Leben keine Liebe! Ohne Liebe kein Leben! Azaïs, den Becher dieses edlen Herrn randvoll! Schluß mit der Knausrigkeit! Gib ihm noch mal von der vorzüglichen Bigorrer Wurst! Welch eine Freude, ihn so dreinhauen zu sehen! Azaïs, gib ihm noch etwas von dem Schinken! Er verschlingt eine ganze Scheibe auf einmal! Wundervoll! Mein edler Moussu, noch ein bißchen von dem Corbières-Wein gefällig? Es rutscht dann besser! Azaïs, löse dem edlen Herrn die Krause! Auch das Wams nimm ihm ab! Es ist heiß hier, zieh ihm die Stiefel aus, er soll es bequem haben! Mein edler Moussu, probiert von dem Kirschkuchen! Trinkt Euern Corbières-Wein aus, damit Azaïs Euch von dem Muskateller eingießen kann. Muskateller aus Frontignan, lieblich und süß, in der Kehle weich wie Lyoner Samt."

Ha gewiß! hier gab es keine Schüsseln mit silbernem Deckel, keine Gedecke aus feuervergoldetem Silber, keine Gäbelchen mit goldenem Griff und keinen Lakaien in prächtiger Livree, aber was fühlte man sich wohl hier, heiliger Antonius! Diese gesunden, einfachen Speisen schlingen, die guten Weine unserer Lande trinken im kühlen Halbdunkel des Zimmers, die Fensterläden halb geschlossen gegen die Sonne und gegen die Fliegen! Und die schöne Thomassine, die mich so hochherzig ansah, so lose im Umgang, aber eine Seele von Mensch, Gott soll sie schützen. Und das gefällige Kammermädchen, das mich von meiner Krause, meinem Wams, meinen Stiefeln befreite mit flinken, zärtlichen Fingern und lächelnder Miene!

Und während ich in mich hineinschlang, schon randvoll (doch dieser Abgrund weitete sich noch), ließ ich den Blick schweifen, und da fiel mir, außer den Wandbehängen und Teppichen, sonderlich eine Bettstatt auf, so geräumig, daß fünf Leute von meiner Statur bequem drin hätten schlafen können, die Bettdecke aus rotem Samt, und von rotem Samt auch die den Alkoven verschließenden Vorhänge. Sonst keine Möbel, nur eine Truhe, in der die Thomassine wohl ihre Kleidung aufbewahrte, und dieser Tisch, an dem ich speiste. Die Thomassine mochte noch nicht dreißig Jahre alt sein, sie war sehr schön, ihr Haar von glänzendem Schwarz, das Gesicht rund, der Mund breit und rot, der Hals stämmig, vor allem aber hatte sie den fülligsten, straffesten, milchigsten Busen, den ich je gesehen, und große Ähnlichkeit mit meiner allerliebsten Barberine, die nur den kessen Blick nicht hatte.

„Monsieur de Siorac, seid Ihr nun wohl gesättigt?“ fragte die Thomassine.

„Wundervoll, Madame! Ich schulde Euch meinen höchsten Dank, aber woher wißt Ihr meinen Namen?“

„Mein Bett ist mitteilsamer als zehn Beichtstühle, doch wie viele Geheimnisse mein kleines Ohr auch aufnimmt, meine Zunge plaudert nichts aus. Was hättet Ihr gern?“

„Ein Zimmer, Madame, für fünf oder sechs Tage.“

„Mein edler Moussu, Ihr seid ein Zweitgeborener aus dem Périgord, seid Medizinscholar, mit Geld nicht reich gesegnet: bei Euch macht das sechs Sols pro Tag.“

„Danke, Madame, doch ich möchte Eure Güte nicht mißbrauchen. Nicht ich muß zahlen, sondern die Dame, und die ist recht betucht.“

Die Thomassine lachte so herzhaft, daß ihr die Augen feucht wurden.

„Bei Gott, Moussu, Ihr gefallt mir! Ihr seid ehrlich wie ein blanker Dukaten! Und so hübsch! Und stolziert wie ein Hengst auf grüner Weide! So seien es also zehn Sols! Holt Eure Dame, ohne noch lange zu schmachten. Wo habt Ihr sie gelassen?“

„In der Kirche bei ihrer Andacht. Leider ist sie nicht die Meine, sie ist für meinen Bruder bestimmt. Wollte Gott, sie wäre die Meine, denn in den letzten zehn Tagen habe ich nur den Wind umarmt.“

„Wenn ich recht verstehe, seid Ihr auch da ganz ausgehungert“, rief die Thomassine lachend. „Aber ist die Dame Eures Bruders wirklich so schön, daß Ihr sie begehrt?“

„Oh, Madame, nicht halb so schön wie Ihr! Ganz fad wirkt ihr strohiges Blond, verglichen mit Eurem glänzenden Schwarz!“

Wieder lachte die Thomassine ihr helles, fröhliches Lachen.
„Azaïs, hör dir diesen Schmeichler an! Und wie geübt er seine Zunge wetzt. Und der Blick, flammenlodernd! Azaïs, was tun wir mit diesem Ärmsten und seinem schreienden Hunger?"

„Ihn sättigen, Madame. Die Mildtätigkeit gebietet es. Auf den Panzen das Tanzen."

„Das ist ein Wort!" Die Thomassine erhob sich, ihre Wangen loderten schon. „Monsieur, man rühmt Euch als tapfer. Hier steht Eure Zitadelle. Drauflos und gestürmt! Keine Gnade!"

„Aber Madame, ein Sturmangriff zu dieser Stunde? Und jene Dame, die da wartet?"

„Sie möge beten! zu Gott beten, denn sie wird ihm Beleidigung antun. Und je mehr sie betet, desto leichter wird ihre Seele sein, wenn das Vergnügen dann an der Reihe ist. Vorwärts, Moussu, ich will mir keinen Korb holen. Azaïs, schließ die Tür hinter uns. Und daß du mir nicht lauschst und nicht durch das Schlüsselloch spähst, sonst dresche ich dich heute abend wie grünen Roggen."

Ich weiß nicht, wer wen ins Bett trug, ob die Thomassine mich oder ich sie, doch dort fanden wir uns im Nu wieder. Die Kleidungsstücke lagen wild verstreut, die roten Vorhänge dann zugezogen, und wir geborgen wie das Kind im Schoß der Mutter. Das Gesicht zwischen den prallen Brüsten dieses schönen Weibes, faßte ich in den Tiefen Wurzel, schwang mich jäh auf, so hoch hinaus, daß ich meinen verzückten Sinnen kaum glauben mochte. Ha! durchfuhr es mich auf dem Gipfel des Schwelgens, bin ich es, der hier liegt, so wohl gebettet und so wohl empfangen?

Nach diesen Wonnen, die allemal zu früh enden, galt es zu hasten. Ich eilte hinunter in die Kirche, wo ich die Dame Gertrude vor einer Statue der Muttergottes knien sah, anmutig in ihre Gebete vertieft, ihr schönes strohfarbenes Haar, das ich zu lästern gewagt hatte, dicht verschleiert. Sie hatte sich Maria zur Mittlerin erwählt, vielleicht weil sie meinte, daß eine Frau die in ihr streitenden Skrupel und Wünsche besser verstünde. Ich tippte ihr behutsam auf die Schulter, und als sie sich umwandte, sah ich kleine Tränen ihr schönes Antlitz nässen, sei es, daß sie Gewissensbisse hatte, oder meiner Verspätung wegen – sie sei fast verzweifelt vor langem Warten, sagte sie leise mit einem kläglichen Seufzer. Ich mochte keine Zeit vergeuden über Entschuldigungen und Höflichkeiten, ich hieß sie, mir in zehn Schritten Abstand zu folgen zu einer Dame und Freundin, was sie auch tat, dabei ihr Gesicht hinter einer Maske verbergend. So querten wir die Gasse von der Papistenkirche hin in das Nadelhaus, wo täglich ein ganz anderer Götzenkult zelebriert ward, der Götzenkult unserer vergänglichen Leiber. Ach ja! ich stimme dem zu: der Mensch sollte nur den Herrgott lieben. Doch können wir das, so wie wir gebaut sind und wie ER uns geschaffen hat? „So ich aber tue, was ich nicht will", spricht der heilige Paulus, „so tue ich dasselbe nicht, sondern die Sünde, die in mir wohnt."

Als die Thomassine die Dame Gertrude du Luc puterrot und schamerfüllt vor sich sah, erkannte sie in ihr sogleich die Anfängerin und hatte Mitleid mit ihr, liebkoste sie, kredenzte ihr einen Becher Wein, befahl Azaïs, ihr das Blondhaar zu kämmen, parfümierte sie mit Moschusessenzen, die der Liebe bekanntlich förderlich. Um Gertrudes Sinne von den Höllenflammen abzuwenden, fragte sie glatt draufzu, was denn ihr Liebster für ein Mann sei. Hierauf in die Dame Gertrude (die stumm auf ihrem Sessel gesessen, gleichsam gelähmt von Furcht und Scham) plötzlich Leben kam und ihre blauen Augen hell aufleuchteten: „Oh, gute Wirtin, so schön, so strahlend und so sanft ist er, daß der Himmel an Engeln gewiß nicht seinesgleichen hat."

Befriedigt darüber, sie mit einemmal so genesen zu sehen, enteilte ich und rannte in die Apotheke, den schönen Engel zu holen, von dem man nun freilich nichts Engelhaftes erwartete. Wohlweislich hütete ich mich, ihm zu verraten, wohin ich ihn führte und was er zu sehen bekäme. Ich wollte nicht wieder streiten müssen und baute darauf, daß der Anblick der Dame seine heldischen Entschlüsse zunichte machen würde. Und in der Tat, die Wirkung war umwerfend: als Samson die Dame Gertrude im Nadelhaus vor sich stehen sah, wurde er kreidebleich und fiel glatt in Ohnmacht. Ich gab ihm kleine Klapse auf die Wangen, darauf Gertrude ihm dann kleine Küsse drückte, und beides wirkte Wunder: sein bleiches Antlitz nahm wieder Röte an, er schlug die Augen auf und starrte die Dame so beseligt an, daß ich gerührt war von so edlem, heftigem Gefühl. Hierauf ich mich zurückzog und sie die Riten ihrer großen Liebe zelebrieren ließ.

Im Laufschritt eilte ich zur Apotheke, denn es war fast schon Mittag; ich mochte Meister Sanche nicht kränken durch etwaige Verspätung. In jenem Juni herrschte so gewaltige Hitze in Montpellier, daß die Bewohner von Haus zu Haus Schnüre gespannt hatten, daran schattenspendende Zweige und Binsen hingen; auch hatte jeder das Pflaster vor seiner Tür mit Wasser besprengt, das aus Brunnen oder Zisternen kam (denn in Montpellier gibt es nur eine einzige Quelle, die von Saint-Gély). Aber sogar durch die Zweige brannte die Sonne gewaltig auf die Häupter und Schultern der Passanten nieder, die das freilich wenig zu scheren schien, sie schlenderten in den schattigen Gäßchen umher, lachten und schwätzten, Burschen und Mädchen wechselten Blicke. Hingegen ich ganz erschöpft und verschwitzt war, als ich die Behausung von Meister Sanche erreichte. Die Glocke tönte, im Saal standen schon alle um den Tisch und harrten des hochrühmlichen Meisters, den irgendein Tun in seiner Offizin zurückgehalten haben mochte.

„Wo steckt Euer hübscher Bruder?“ frage Fogacer.

„Ich habe ihn in den *Drei Königen* bei einem Römling gelassen, der ihn zum Essen einladen wollte.“

„Und Euch hat er nicht eingeladen?“

„Nein, hat er nicht“, sagte ich kurz angebunden. Ich wollte dieser Rede ein Ende machen, weil Typhème schon die Ohren spitzte.

Majestätisch erschien endlich der hochrühmliche Meister, und gleich fragte auch er nach Samson, ohne indes über meine hinkende Entschuldigung zu stolpern. Er entledigte sich schweigend seiner schwarzen Seidenrobe und tauschte die Quastenmütze gegen das Käppchen ein. Dann stimmte er sein befremdliches *benedicite* an.

„Mein lieber Neffe“, sprach er, als Fontanette die Mittagssuppe aufgetragen, „ist es etwa, weil Ihr einen so abenteuerlichen Morgen hattet, daß Ihr, obwohl nüchternen Magens, ohne jeden Appetit Eure Suppe löffelt?“

Er musterte mich mit durchdringendem Blick.

„Keineswegs, keineswegs, hochrühmlicher Meister“, sagte

ich, dabei meine Wangen rot anliefen und Typhème mich neugierig aus dem Augenwinkel betrachtete. Und noch mehr errötete ich, als Meister Sanche zu erzählen anfing und meine Unterredung mit Monsieur de Joyeuse als auch meinen Kampf mit Caudebec so getreulich wiedergab, als wäre er zugegen gewesen. Ich hegte keinen Zweifel, daß er auch den weiteren Fortgang kannte, und verhielt mich mucksstill; jäh ging mir auf, was Fogacer mir bestätigen sollte: bei den getauften Juden waren alle Neuigkeiten blitzschnell herum, denn diese braven Leute lebten in der Furcht, daß ein Volksauflauf oder Verhetzung durch die Priester, wie einst in Spanien, ihr Hab und Gut gefährden könnten.

„Wo immer Samson jetzt sein mag", sprach Meister Sanche nach kurzem Schweigen, „ich wünsche ihm, daß er dabei glücklich ist. Er darf sich nicht nur seines Fleisches rühmen, er hungert auch danach, Gutes zu tun, sein Herz ist lauter wie der blaue Himmel, und er empfindet große Liebe für das Menschengeschlecht. Ich bin von beidem sehr berührt: von seiner überwältigenden Schönheit wie auch von seiner einzigartigen Tugend. *Gratior et pulchro veniens in corpore virtus.**"

Dieses Loblied auf Samson bewegte mich so sehr, daß mir Tränen in die Augen drängten.

„Jedoch", fuhr der hochrühmliche Meister fort, dabei er mich ernst und zugleich spöttisch musterte, „Samson fehlt der wache Verstand und die geübte Zunge gar manch eines, den ich nennen könnte. Da er seine Behausung im Himmel hat, fällt es ihm schwer, in dieser morastigen Welt zu leben, die unser Zuhause ist, und dringlich benötigt er an seiner Seite einen eher irdischen Bruder, der ihm die Wege entwirrt, *frater qui erranti comiter monstrat viam.***"

Ich senkte den Blick und verhielt mich mucksstill über meiner Suppe, unschlüssig, ob dieses Lob vom eher irdischen Bruder lauteres Gold war oder bleierner Spott, oder ob der hochrühmliche Meister mir zu verstehen geben wollte, daß er über alles im Bilde sei. Vielleicht barg seine Rede von allem etwas, denn er war, trotz seiner Aufschneiderei und seines tönenden Lateins, ein feinerer Geist, als ich gedacht. Zudem ver-

*(lat.) Um so angenehmer die Tugend, wenn sie in einem schönen Körper sich zeigt. (Vergil, Aeneis V, 344)

**(lat.) einen Bruder, der dem Irrenden hilfreich den Weg weist.

wirrte mich, daß die sibyllinischen Worte des Apothekers aller Augen auf mich gelenkt hatten.

„Mein lieber Neffe", fuhr Meister Sanche fort, lappernd und happernd seine Suppe schlürfend, was Monsieur de Joyeuse gewiß nicht sehr schicklich gefunden hätte, „der Herr Bakkalaureus Fogacer wird Euch sagen, wie er es mir gestand, daß Euer liebenswerter Bruder eher schlecht als recht die Logik und die Philosophie meistert (wohingegen Ihr, meint unser Fogacer, eines Tages darin glänzen werdet, weil die vitalen Geister bei Euch wendiger vom Blut zu den Nerven, vom Nerv zur Idee und von der Idee zum Wort überwechseln). Samson ist leider langsam, von geringer Auffassungsgabe, wortkarg und wirr in seinen Schlüssen; er findet nur mäßig Geschmack an so hohler Speise und bevorzugt Dinge, die er sehen, ertasten, schlürfen kann. Wenn Samson allerdings so wenig Gefallen an den Spitzfindigkeiten der Logiker hat, wie soll er dann jemals klarkommen – er, der so lauter ist – mit der Rabulistik der Advokaten und mit der Kleinlichkeit der Richter. Das Recht ist, so hat Meister François Rabelais treffend gesagt, *nur eine aus Kacke gewebte schöne Goldrobe*. Zudem glänzt das Kolleg Saint-Benoît, wo es in Montpellier gelehrt wird, durch wenig Glanz: drei Grindköpfe und ein Kahlhaupt sind dort die Rechtsgelehrten, eifernde Papisten alle, zänkisch und närrisch, die keine Hugenotten als Schüler mögen und Samson die Einschreibung verwehren werden. Weshalb ich denn, weil Euer lieber Bruder den Apothekerberuf so sehr liebt, der Auffassung bin und vorschlage, er möge in ebendiese Bahn gelenkt werden, die auch die Eures Großvaters Charles in Rouen war. Gebe Gott, daß Euer Vater einwilligt und daß man von Samson eines Tages sagen kann wie dereinst von mir: *Scire potestates herbarum usumque medendi maluit, et mutas agitare inglorius artes.**"

Daß der hochrühmliche Meister nicht nach Ruhm gestrebt hätte *(inglorius)* bei der Ausübung seiner friedvollen Kunst *(mutas artes)*, das möchte ich nicht beschwören. Dennoch war ich ihm von Herzen dankbar für seine väterliche Fürsorge, zumal die Apothekerlehrlinge, auch wenn sie sich nicht Schola-

*(lat.) Er wollte lieber die Kräfte der Kräuter und ihre heilende Anwendung kennen und sich, mit Verzicht auf äußeren Ruhm, dieser friedvollen Kunst widmen. (Vergil, Aeneis XII, 396f.)

ren nennen durften, zu den Vorlesungen des Medizinkollegs zugelassen waren, ohne besondere Einschreibung und ohne in den freien Künsten so gut beschlagen zu sein wie die künftigen Mediziner. In dem Falle würde ich Samson öfter in meiner Nähe haben und könnte ihm bei Gelegenheit „die Wege entwirren“.

Ich ging also fröhlichen Herzens auf diesen Vorschlag ein und versicherte dem Apotheker, daß ich meinem Vater umgehend schreiben wolle. Hierauf der hochrühmliche Meister seinen langen grauen Bart zupfte, in dem noch einige Reste seiner Suppe hingen; er wandte sich zufrieden Fogacer zu und fragte ihn über Rondelets Patienten aus, die der Bakkalaureus an diesem Morgen aufgesucht hatte. Und wieder tauchten sie in Einzelheiten ab, die mich, wäre die Medizin nicht eben meine Kunst, arg angewidert hätten.

„Und der Eiter, Fogacer? Wie war der Eiter: flüssig? schmierig? gelb? blutdurchsetzt?“

Doch noch bevor Fogacer antworten konnte, wandte der Meister sich an mich und sagte:

„Mein lieber Neffe, ich sehe Euch in betreff dieser Dinge die Nase rümpfen. Aber der Urin, der Kot, der Eiter und die Ausschwitzungen sind das Los unseres Berufes. Und wenn die Rechtsverdreher darin verächtlich tun und die Stirn haben zu sagen: *Stercus et urina medici sunt prandia prima**, dann antworten wir mit Meister François Rabelais: *Nobis sunt signa. Vobis sunt prandia digna.***“

Hierauf Fogacer in reicher Fülle und in unverblümten Worten die Fragen des hochrühmlichen Meisters beantwortete. Selbst Typhème, die ihre Suppe mit spitzem Mund und großer Geziertheit eingenommen, zuckte bei diesen wenig geschmackvollen Ausführungen nicht die Wimper (sie war wohl daran gewöhnt), sondern saß artig auf ihrem Schemel in ihrer maurischen Schönheit, erhobenen Hauptes, die Hände nun im Schoß verschränkt, dabei sie ihren Vater so unendlich achtungsvoll anschaute, als wäre er der vom Berge Sinai steigende Mose. Auch Luc (wie alle an diesem Tische gewohnt, zu hören und nicht gehört zu werden) war mucksstill, lauschte mit begierigem Ohr und fuhr von allem, was gesagt wurde,

* (lat.) Kot und Urin sind die Lieblingsgerichte des Arztes.

** (lat.) Uns sind sie Zeichen. Euch sind sie würdige Speise.

seine Beute und Ernte ein. Er ähnelte in seiner Häßlichkeit auf merkwürdige Weise dem Vater, nur eben daß er nicht schielte und die Schultern gleichmäßig hoch trug. In seiner Fleischeshülle aber war das gleiche Loderfeuer und der gleiche unlöschbare Durst; sein junges Leben kannte nur ein einziges Streben und Ziel: das gelehrte Wissen.

Dies war ein Freitag, und da ich auf meinem Zimmer über dem *Organon* von Aristoteles saß, in welchem Traktat der Verfasser seine Logik darlegt, und diese Lektüre mich ebensosehr austrocknete wie die Hitze und Schwüle dieses Nachmittags, stieg ich wiederholt in die Spülkammer hinab, mir ein Glas frisches Wasser zu erbitten, das die Köchin Concepción mir so widerstrebend reichte, als koste es sie ihr eigenes Geld. Und sooft ich hinabstieg, überraschte mich der Trubel, der an diesem Tag im Hause herrschte; die Apothekergehilfen eilten hin und her, schleppten unter großem Geschepper Eimer, gossen Wasser über den Fliesenboden, schrubbten diesen mit großen Besen. Indessen Fontanette, die Wangen gerötet und das Mieder arg aufgeschnürt, atemlos Hemden bügelte für Mann und Weib, die sie dann von Stock zu Stock und von Zimmer zu Zimmer trug.

Wieder setzte ich mich an mein *Organon* und irrte durch die kargen und schründigen Gefilde des Syllogismus, der großen und kleineren Prämissen, der großen und mittleren Begriffe, da klopfte es an die Tür, herein trat meine Fontanette, noch ganz gerötet von ihrer großen Bügelei, und dünkte mir nachgerade eine Oase in der Wüste.

„Fontanette", rief ich, „welche Freude, dich zu sehen, so frisch und geschmeidig, die Wangen wie Kirschen, und im Auge einen kleinen Schalk!"

„Ha, Moussu, kein größerer Schalk als der Eure, wie vergeblich auch immer. Ich komme mir nackt vor, wenn Ihr mich so anschaut."

„Himmel, hätte mein Blick diese Gabe, ich würde dich den ganzen Tag lang anschauen. Aber tritt näher, Fontanette, laß dich begrüßen."

„Nein, mein edler Moussu, tu ich nicht. (Und indessen sie dies sagte, trat sie zwei Schritte zu mir heran.) Immer wollt Ihr mich küssen, und weil's mir so großes Vergnügen macht, kann es wohl nicht gut sein. Aber darf ich Euch helfen, Moussu, den

Tisch in Eures Bruders Zimmer zu tragen, damit Ihr dort morgen ungestört arbeiten könnt?“

Ich machte große Augen.

„Kann ich morgen nicht hier arbeiten?“

„Das geht nicht, Moussu. Da kocht Ihr hier wie Hummer im Siedewasser. Jeden Sonnabend heize ich in diesem Zimmer groß ein.“

„Heiliger Antonius! Feuer in meinem Zimmer! Im Juni! Bei dieser Hitze! Fontanette, was geht hier vor? Hat man hier den Verstand verloren?“

„Weiß ich nicht, mein edler Moussu“, sagte Fontanette unschuldhaft. „Jedenfalls wird auf Befehl des hochrühmlichen Meisters Samstag für Samstag ein Feuer in Euerm Zimmer angemacht, sommers wie winters. Ich zünde es und unterhalte es, niemand sonst.“

„Wie denn! den ganzen Tag?“

„Am Morgen, zu Mittag und abends.“

„Merkwürdig, aber sage mir auch: was ist der Grund für diese große Geschäftigkeit heute im Haus?“

„So ist das jeden Freitag“, sagte sie und trat weitere zwei Schritte auf mich zu. Und als sie mir so nahe war, die Hüfte gegen den Tisch gelehnt, an dem ich saß, und auf den Wangen ein Rot, das nicht vom Bügeln herrührte, und ihr Atem immer heftiger ging, legte ich ihr meine beiden Hände um die Taille und drückte meinen Mund mit großer Begierde auf ihre hübschen Brüste. Und so mager und trocken mir die Logik des Aristoteles erschienen war, so füllig und saftig wollte mir Fontanette scheinen, indessen sie lachte und sich in meine Arme schmiegte, wie Butter in der Sonne hinschmolz. Leider war dieses Glück nicht von Dauer, plötzlich machte sie sich steif, stieß mich von sich, entwand sich meinen Armen.

„Ha, mein edler Moussu!“ sagte sie erschauernd und schnürte, wie von spätem Skrupel erfaßt, ihr Mieder zu, „wenn ich ertappt würde bei dieser Schäkerei und man es Dame Rachel erzählte, sie würde mich aus dem Haus jagen!“

„Ist das der Grund, weshalb du mich nicht berühren darfst? Du würdest deine Stelle verlieren? Einiger Küßchen wegen? Fontanette, soll ich das glauben?“

„Aber gewiß, Moussu, glaubt mir, es ist die Wahrheit. Dame Rachel mag mich nicht. Ich bin, sagt sie, aufsässig und bockig, auch bin ich nicht Maranin, wie alle hier im Haus mit einer Ausnahme."

„Warum behält sie dich dann überhaupt?"

„Der hochrühmliche Meister hat eine Schwäche für mich."

„Eine Schwäche! und wie weit geht die?" fragte ich lachend.

„Nicht so weit, wie Ihr gehen möchtet, mein edler Moussu", sagte sie mit neckischem Lachen, machte eine Verbeugung und huschte davon, leicht wie ein Vogel; zurück blieb ein Zimmer, das ohne sie ganz traurig wirkte und ganz grau, trotz strahlender Sonne. Mit rechtem Widerstreben nahm ich mir die Logik vor. Heiliger Antonius! durchfuhr es mich, indessen ich von der „großen Prämisse" zur „kleineren Prämisse" schritt bis zur Schlußfolgerung: was bedarf es denn eines Syllogismus, um zu entdecken, daß Sokrates sterblich ist? War das nicht klar noch vor allem Räsonieren?

Die Glocke zum Abendessen erlöste mich vom *Organon*, und wenig genährt von dieser „hohlen Speise", eilte ich die Treppe hinab, um den noch nicht zurückgekehrten Samson wenig besorgt, weil ich wußte, wie leicht einer in solchen Wonnen die Zeit vergißt. Groß aber war meine Verwunderung, als ich unten das ganze Haus hell erleuchtet fand, mit neuen Kerzen überall, obwohl die alten tags zuvor gar nicht bis auf den Grund abgebrannt waren. Ich wollte meinen Wirt indes nicht fragen nach dem Wieso dieser verschwenderischen Illuminierung, auch nicht nach anderen Merkwürdigkeiten, die mir an diesem Tage aufgefallen waren, oder gar dem Feuer, das Fontanette am nächsten Morgen, im glutheißen Monat Juni, auf meinem Zimmer anfachen sollte. Als ich nach dem kargen Mahl mit Fogacer auf der Terrasse saß, dort die Kühle genoß und wir im zur Neige gehenden Tag die Stadt betrachteten, teilte ich dem Bakkalaureus meine Verwunderung mit.

„Ah, Siorac, es ist an der Zeit, daß Ihr es erfahrt, da Ihr nun mal, wie ich, hier Herberge habt", sagte Fogacer. „Die Maranen sind Schildkröten."

„Schildkröten?" rief ich.

„Ja, Schildkröten, deren Panzer die heilige katholische apostolische römische Kirche ist, eben jene, die einst in Portugal und Spanien die getauften Juden grausam verfolgte. Gezwungen, den Glauben ihrer Tyrannen anzunehmen, haben sie daraus einen Schild gemacht gegen neuerliche Unterdrückung. Unter diesem Panzer, der ihnen auf dem Buckel lastet, sie jedoch auch schirmt, schlägt ihr Schildkrötenherz, das hebräisch geblieben ist und treu ihrem alten Glauben. So erklären sich all diese Merkwürdigkeiten, die Euch heute verwundert haben. Der morgige Sonnabend ist für Meister Sanche der wahre Sabbat, und dies erklärt das große Treiben am heutigen Tag: die Säuberung des Hauses, den Wechsel der Weißwäsche und das hell erleuchtete Haus."

„Und das Feuer morgen in meinem Zimmer?"

„Tja, das ist noch feiner gesponnen!" sagte Fogacer mit einem Lachen. „Einen besseren Einfall hätte selbst Odysseus nicht haben können. Wie Ihr wißt, darf ein Jude am Sabbat keine Berührung mit dem Feuer haben. Concepcións Herd bleibt den ganzen Tag erloschen, es gibt nur kalte Speisen. Das birgt große Gefahr. Es könnte irgendein Nachbar, der unserem Meister Sanche sein Glück neidet, Verdacht schöpfen, wenn er am Sonnabend zu den Mahlzeiten von unserer Dachterrasse keinen Rauch aufsteigen sieht, und diesen Verdacht den Priestern mitteilen. Die würden dann gleich zu schnüffeln anfangen. Und das ist nun die List: Euer Kamin und der Küchenkamin haben denselben Abzug; Fontanette, die Christin ist und also mit dem Feuer umgehen darf, wird es zu den erforderlichen Zeiten in Eurem Zimmer anfachen und so genügend viel Rauch über unserem Dach erzeugen, daß unsere neutestamentlichen Nachbarn nicht aufmerken."

„Ah, die List gefällt mir, schon weil ich die papistische Unterdrückung verabscheue!"

„Möge es Gott gefallen, daß Ihr dort, wo die Euren in der Mehrzahl sind, ebenso entschieden die hugenottische Unterdrückung verabscheut", sagte Fogacer.

„Dessen seid gewiß. Ein Eiferer bin ich nicht."

„Hab ich gemerkt."

„Aber dieses Schweinefleisch, das die Juden verabscheuen, obwohl es so schmackhaft ist – was denken wohl die Nachbarn, wenn davon nie gekauft wird?"

„Eben darum kauft Gehilfe Jean, der sowenig wie Fontanette Neuchrist ist, jeden Donnerstag beim Metzger ein Stück Schweinefleisch."

„Was denn! Schweinefleisch in diesem Haus?"

„Es gelangt nicht auf den Tisch. Concepción weigert sich, es anzufassen, und da kocht Jean es ins Fressen der Hunde."

„Ein großer Jammer! Ihr wißt ja, wie begierig ich darauf bin. – Aber wie kann Meister Sanche den ganzen Sonnabend ruhen und die Apotheke für die Kundschaft trotzdem offenhalten?"

„Samstags in aller Früh reitet er mit seinen maranischen Gehilfen und dem Zyklopen Balsa auf sein Landgut Montolivet, unter dem Vorwand, dort im Weingarten zu arbeiten. Er kehrt erst spätabends zurück."

„Und die Apotheke unterdessen? Wer bedient da?"

„Der Gehilfe Jean und ich. Das sind schon zwei. Und ihrer drei werden es sein, wenn Samson unser Lehrling wird."

Ich lachte ohne Verdruß, denn ich war gewiß, daß Samsons Interesse sich mit dem von Meister Sanche treffen würde, das ich bisher nicht gesehen hatte.

„Ja und Sonntag?" fragte ich.

„Das ist ein trauriger und peinigender Tag, den gepanzerten Neuchristen ein wahres Opfer! Ausgenommen Luc, der sich in den Tempel begibt, verfügt sich Meister Sanche mit den Seinen in großem Pomp zur Kirche Notre-Dame des Tables, wo er eine ganze Bankreihe innehat. In der Hand das römische Meßbuch, dessen Greuel ihm die Finger verbrennen, und die Lider gesenkt, um die Statuen, das Kruzifix, die Gemälde, die bunten Glasfenster und sonstigen Götzenbilder nicht sehen zu müssen, bittet er in seinem Herzen den Gott des Mose um Vergebung für seine Anwesenheit dort."

Da ich stumm blieb, fragte Fogacer:

„Was sagt Ihr hierzu? Tadelt Ihr die Maranen wegen ihrer Verstellung?"

„Keinesfalls, das ist die Folge des Zwangs und der Tyrannei." Sehr wohl erinnerte ich mich, daß Barberine und die Maligou auf dem Dachboden in Mespech insgeheim dem Marienkult huldigten: ein erzwungener Glaubenswechsel ist eben niemandem dienlich. Ich fügte hinzu: „Drohte man mir mit dem Scheiterhaufen, ich würde es genauso machen."

„In meinem Falle", sprach Fogacer lächelnd, „ist der Konditional überflüssig: ich mache es genauso. Und es kostet mich herzlich wenig. Einmal im Jahr gehe ich zu Beichte und Kommunion. Die Messe besuche ich jeden Sonntag. Ich bekreuzige mich vor den Kruzifixen. Bei Prozessionen entblöße ich das Haupt. Kurz, auch ich habe meinen Panzer. Der Unterschied zu den Neuchristen ist ..."

Er ließ den Satz offen.

„Ja was?" forschte ich.

„Tja, unter meinem Panzer, da ist nichts."

So erfuhr ich, daß Fogacer in Theologie wie in Philosophie ein Skeptiker war. Er glaubte lediglich an die Medizin, von der er manches auch in Zweifel zog.

Mir fiel ein, daß ich Samson holen müßte; ich verabschiedete mich von Fogacer, und er sagte:

„Nehmt Miroul mit, bewaffnet Euch und marschiert mit blankem Degen in der Mitte der Straße, eine Pistole im Gürtel." Dann faßte er mich am Arm und flüsterte mir ins Ohr: „*Thomassina bona mulier est, et formosa et sana. Bene, bene!**"

Teufel! durchfuhr es mich, die ganze Stadt weiß Bescheid! Aber das soll mir einerlei sein! Und Miroul antreibend, eilte ich durch die Straßen und Gassen, um meine gute Gastgeberin wiederzufinden.

* (lat.) Die Thomassine ist ein braves Weib und ist schön und gesund. Gut, gut!

SECHSTES KAPITEL

Recht gehabt hatte Fontanette: ich konnte nicht den ganzen Samstag über dem *Organon* sitzen, die Hitze erstickte meine Geister, mochte mein Fenster auch sperrangelweit offenstehen. Glücklicherweise wurde Samson den ganzen Tag von zärtlich umschlingenden Armen festgehalten, und ich hatte sein Zimmerchen zur freien Verfügung, wo mich alle Stunde einmal Fontanette aufsuchte, mich umschwirrte wie der Schmetterling das Licht. Sie begehrte eifrig zu wissen, ob ich mich wohl fühlte und ob ich etwas brauchte. „Dich, Fontanette, dich brauche ich", sagte ich. – „Pfui, mein edler Moussu, führt nicht solche Reden!" erwiderte sie und wäre doch recht betrübt gewesen, wenn ich anders gesprochen hätte. Bald kam sie mir nahe und erlaubte mir einige Küßchen, bald entzog sie sich und verweigerte sich, ganz nach Laune und jähem Drang.

Samson fand sich erst am Abend ein, träumerisch und mit wankem Schritt, als fiele es ihm nach dem Verlassen seines Paradieses schwer, auf unserer traurigen Erde wieder Fuß zu fassen. Unsere kalte Speise – es war der Sabbat unserer getauften Juden – aß er mit spitzem Mund. Gewiß aber hatte die großherzige Thomassine seinem Hunger gut Rechnung getragen.

Mein unschuldhafter Samson wurde am Tisch von Typhème arg beäugt; freier gingen ihre Wimpern diesmal auf und nieder, da ihr Vater abwesend war, auf Montolivet der vom Gesetz Mose auferlegten Muße frönte. Die Schöne musterte meinen lieben Samson und wurde von mir gemustert: ihre Wangen waren von lebhafterer Farbe, der Busen in heftigerer Bewegung, der kurze Atem nah dem Seufzer. Doch wie offen erkennbar ihre Gemütsregung auch war, Samson sah nichts, er war tief versunken in seine Glückseligkeit. Kaum hatte er das Essen hintergebracht, gewann er schwankend und unter Mühen sein Zimmer, wo er sich grad noch entkleiden konnte, um zwischen seine Laken zu kriechen.

Am nächsten Morgen holte ich ihn mit Gewalt aus dem Bett,

um ihn zum vormaligen Bayle-Haus zu zerren, wo die Unseren in Montpellier ihren Gottesdienst abhielten. Luc und Miroul begleiteten uns, und die Sonne brannte so heiß, daß man auf den Steinen ein Ei hätte braten können. Während wir im Gleichmaß hinschritten, trug mein lieber Samson auf seinem schönen Antlitz lauter Kummerfalten. Das Psalmenbuch in der Hand, schritt er dem Tempel in einer Weise entgegen, als würde er für seine Unzucht zur ewigen Verdammnis verurteilt, denn er nahm die heiligen Gebote wortwörtlich. Da ich gegen seine hugenottische Strenge nicht ankam, wandte ich mich Luc zu und bat ihn, mir zu erklären, wieso er vom Papisten zum Reformierten geworden war. Himmel! was hatte ich da angerichtet! Er erbleichte, spähte entsetzt in die Runde, flehte mich mit bebender Stimme an, ihm solche Fragen nicht *coram populo** zu stellen. Woraus erkennbar, daß der Erbe von Meister Sanche trotz seiner jungen Jahre sehr umsichtig war.

Sehr zufrieden war ich's, im Tempel so großen Andrang zu finden und Volk von so unterschiedlichem Rang. Da waren Leineweber, Schuster, Krämer, auch Ärzte, Schulmeister, begüterte Bürger und gar auch Adlige (erkennbar an ihrem Degen, wie Samson und ich). Welch ein Unterschied zu Sarlat, wo sich die Hugenotten seit der mißglückten Belagerung nirgends mehr offen zu zeigen wagten und sich weniger noch zu ihren Gottesdiensten versammelten. Hier nun hatten die Unseren ziemlich das Heft in der Hand, tönten großspurig laut, bedachten die Papisten mit bedrohlichen Reden. Mein Bruder und ich waren schon vor unserem Erscheinen weidlich bekannt, wegen unseres Mutes in den Corbières-Bergen. Als wir nach dem Gottesdienst die Diakone, die Ältesten und den Prediger begrüßt hatten, stellte uns letzterer, Abraham de Gasc geheißen und Ladenbesitzer, der mit Talglichten aus Lyon handelte, dieser frommen Versammlung vor. Wir hörten freundliche Komplimente, die ich auf okzitanisch beantwortete, damit ich von jedermann verstanden würde; dabei sprach ich auch für meinen Bruder, der in seiner strahlenden Schönheit stumm verharrte, dennoch aber alle Frauenherzen betörte. Denn zugegen waren einige hübsche Mädchen, die, weil in Montpellier geboren, nur sehr schön sein konnten; doch an so würdevollem Ort begaffte ich sie tunlichst nicht, allenfalls heimlich.

* (lat.) vor versammelter Menge, öffentlich.

Luc, der uns die ganze Zeit freundschaftlich im Blick hatte, mit gewissem Stolz und Besitzergefühl, daß solche Berühmtheiten in seinem Hause wohnten, Luc nahm mich, als wir den Tempel verließen, beim Arm und bat, ich solle mich nach dem Mittagsmahl auf die Dachterrasse begeben, wo wir in Muße schwätzen könnten, ohne belauscht zu werden. Luc und ich wählten sogleich jene Steinbank, die das Dach des Treppenaufgangs in Schatten hüllte. Da musterten wir einander in kurzem Schweigen. Und nachdem ich Blicke bisher nur für Typhème gehabt, war ich nun überrascht, daß auch Luc sehr schöne, strahlende Augen hatte, deren geschwungene schwarze Wimpern mich an seine bezaubernde Schwester erinnerten.

Er wirkte sehr verwirrt. Da von schwächlicher Konstitution, weil er, anders als Samson und ich, nie den Umgang mit Waffen geübt hatte, ließ die Erregung seine zarten Glieder zittern, und er sprach mit leiser, wanker Stimme, jedoch in schöner, ausdrucksvoller Sprache, die das Französische mit dem Latein mengte.

„Monsieur de Siorac ...", hob er an, doch ich unterbrach ihn.

„Aber nicht doch!" sagte ich. „Wenn Euer hochrühmlicher Vater mich seinen Neffen nennt, bin ich Euer Vetter, und für Euch darum kurz und bündig Pierre."

Er errötete wie ein junges Mädchen.

„Pierre, tausend Dank für Eure liebreiche Huld", sprach er. „Niemanden meines Alters verehre ich so wie Euch, und um nichts zu verhehlen: ich möchte so sein wie Ihr."

„Luc, Eure Demut macht Euch blind! Ihr sprecht Spanisch und Portugiesisch, Ihr seid des Griechischen mächtig, wovon ich nur oberflächlich Kenntnis habe, und Ihr könnt Hebräisch, ich davon aber nicht ein einziges Wort."

„Ich meine es anders", sagte Luc. „Nicht nur daß Ihr über alle Geistesgaben verfügt, Ihr könnt Euch auch Eurer körperlichen Verfassung rühmen, seid wendig, kräftig, handhabt vorzüglich die Waffen, seid ein prächtiger Reiter und, Fogacer zufolge, schon sehr geübt im Paume-Spiel. Außerdem (er senkte seine langen schwarzen Wimpern auf die bleichen Wangen) sollen die jungen Mädchen glatt vernarrt in Euch sein."

Dies schmeichelhafte Reden rührte mich und machte mich zugleich verlegen, konnte es doch durchaus sein, daß Luc meine Schäkereien mit Fontanette längst ahnte.

„Ach, Luc, lassen wir das!“ wehrte ich ab. „Der Kopf macht den Wert eines Mannes aus, nicht der Leib, den er mit den anderen Säugern gemein hat. Bitte, kommen wir zu Sache.“

„Das will ich tun“, sagte Luc mit einem Seufzer. „Von Fogacer weiß ich, daß Ihr vorgestern über die Merkwürdigkeiten in diesem Hause recht verwundert wart.“

„Ich war verwundert, habe aber nicht Anstoß daran genommen. Gelegentlich muß man sich verstellen.“

„Wenn Euch das nicht fremd ist, wißt Ihr auch, daß sich das Geheimnis dieses Hauses in einen einzigen Satz fassen läßt: *Marrani nuevi Christiani appellantur, sed in facto judii occulti sunt.**“

„Das habe ich begriffen.“

„Aber Pierre, findet Ihr diese Doppelzüngigkeit vor dem Herrgott vertretbar?“

„Offen gesagt, ich weiß es nicht. Wenn ja, warum verehren wir dann die Märtyrer des Glaubens?“

„O Pierre!“ rief Luc erregt, „in der Heiligen Schrift steht, daß es in höchster Not erlaubt sei, der Tyrannei nachzugeben und sein Leben *mit allen Mitteln* zu retten, außer durch Mord, Inzest oder Götzendienerei.“

Hier überlegte ich, daß im Bekenntnis zum Katholizismus schon eine gewisse Art von Götzendienerei eingeschlossen war, doch ich zügelte mich, blieb stumm, denn ich wollte die Verwirrung meines Gefährten nicht noch verschlimmern. Im übrigen hing Luc dem reformierten Glauben an, und offenbar ehrlichsten Herzens (ich hatte ihn im Tempel aufmerksam beobachtet), also brauchte er selbst sich nicht mehr zu verstellen; ich merkte, daß er eigentlich für seinen Vater und seine neuchristlichen Brüder Rechtfertigung suchte.

„Pierre“, fuhr Luc erregt fort, „gestern erhielten wir von einem in Spanien verbliebenen Freund einen Brief. Darin berichtet er, was Doña Elvira del Campo, einer Maranin aus Toledo, widerfuhr. Die Dame, eine begüterte und sehr schöne Bürgersfrau, wurde von der Inquisition eingesperrt, weil ihre Nachbarn und die Metzger sie bezichtigt hatten, nie kaufe und äße sie Schweinefleisch. Sie kam vor den Großinquisitor. Dort zog man sie splitternackt aus, und unterdessen ihre Richter

* (lat.) Die Maranen werden Neuchristen genannt, sind aber in Wahrheit verkappte Juden.

sich hinter scheinheiliger Priesterkutte an ihrer Nacktheit weideten, fesselten ihr zwei Büttel die Hände auf dem Rücken und wanden ihr einen Knebel um die Arme, den sie auf ein Zeichen des Inquisitors zu drehen begannen ... bis der Strick riß. Ich habe den Brief bei mir. (Luc holte ihn aus seinem Wams hervor.) Er ist in Spanisch geschrieben, ich übersetze ihn Euch. Hier der Wortlaut des Verhörs, dem Doña Elvira unterzogen wurde:

‚Warum eßt Ihr kein Schweinefleisch?‘

‚Herr, Schweinefleisch bekommt mir nicht ... Gnade, Herr, Gnade! Ach! diese Männer töten mich!‘

‚Warum eßt Ihr kein Schweinefleisch?‘

‚Ich mag es nicht ... Ach, Señor! Befehlt diesen Männern Einhalt! Ich sage alles, was Ihr nur wollt!‘

‚Warum eßt Ihr kein Schweinefleisch?‘

‚Ich weiß nicht ... Ach! Ihr tötet mich! Ihr tötet mich!‘

‚Warum eßt Ihr kein Schweinefleisch?‘

‚Weil ich es nicht mag ... Herr! ich sterbe! Befreit mich von dem Strick! Herr, ich sagte bereits, ich mag Schweinefleisch nicht.‘

‚Warum wollt Ihr es nicht essen?‘

‚Den Grund habe ich Euch gesagt. Ach, Señor! Was soll ich denn gestehen? Verratet es mir, und ich werde gestehen ... Ach, Señor, ich sterbe! ich sterbe! Habt Ihr kein Erbarmen mit mir?‘ *“

Luc hielt inne, Tränen quollen ihm unter den Lidern hervor, hierauf ich die Arme um ihn legte und ihn heftig an mich drückte.

„Ach Pierre!“ fuhr er nach einer Weile fort, „Ihr ahnt nicht, welchen Beleidigungen unsere spanischen Brüder tagtäglich ausgesetzt sind ... Wißt Ihr, daß der Begriff *marrane*, den wir im Languedoc zu einem Ehrentitel gemacht haben, ursprünglich ein Schimpfwort war, sich von einem alten iberischen Wort herleitet und Schwein bedeutet? Und wißt Ihr, daß unsere Schinder uns manchmal höhnisch *Los Alboraycos* nennen, in Anspielung auf Mohammeds berühmtes Streitpferd *El Burak*, das weder männlich noch weiblich war, womit sie sagen wollen, daß wir nicht Fisch und nicht Fleisch seien, nicht

* Doña Elvira del Campo gestand nicht und wurde nach dreitägiger Folter freigelassen. (Anmerkung des Verfassers)

Christen und nicht Juden ... Pierre, unsere hebräischen Brüder, die in ihren Ghettos in Frankreich den Glauben bewahren konnten, nennen uns in unserer Sprache *anusim*: die Gezwungenen. Ach Pierre! Gibt es schlimmere Ungerechtigkeit als mit Gewalt genötigt zu werden, in der Lüge zu leben, und es sich dann vorhalten lassen zu müssen von jenen, die die Gewalt üben?"

„Diese Schandtaten rufen nach Rache", sagte ich, „und ich bin gewiß, daß die Übeltäter ihre Strafe erhalten werden, wenn nicht in dieser Welt, dann in der anderen. Aber Ihr habt mir nicht erzählt, Luc, wie und warum Ihr den Glauben gewechselt habt."

Luc sah mich lange an, dann sagte er:

„Ich zögere, es Euch zu erzählen, weil ich fürchte, Euch damit zu verletzen."

„Nein, Luc, Ihr könnt mich nicht verletzen, denn Ihr seid frei von böser Absicht. Sprecht bitte."

„Nun gut", sprach er mit trauriger Miene, „ich bitte Euch im voraus um Vergebung. Aber nicht genug damit, daß manche Neuchristen, die insgeheim den Glauben schmähen, zu dem sie sich öffentlich bekennen, die Göttlichkeit Christi in Abrede stellen – heimlich spotten sie seiner sogar, nennen ihn hohnvoll den *kleinen Gehenkten* oder malen ein Kreuz auf ihren Schemel, um dann sagen zu können, daß sie sich mit dem Hintern draufsetzen: schändliche Praktiken, die mein Vater verdammt. Doch auch er bekreuzigt sich nicht und läßt am Ende des *benedicite* den Namen des Sohnes fort."

„Ja, dieses Vergessen ist mir aufgefallen."

„Es ist kein Vergessen, Pierre, und ich erzähle Euch das, damit Ihr begreift, daß ich in dieser stillschweigenden Ablehnung Christi erzogen wurde. Im großen Saal dieses Hauses seht Ihr nur dann ein Kruzifix, wenn wir Papisten erwarten. Ansonsten ruht es in einer Truhe, unter dem Vorwand, daß nur Fontanette daran glaube und das kostbare Elfenbein an der Luft vergilbe. Als ich nun aber der Kindheit entwuchs und die Evangelien begriff, wahrlich begriff in ihrem Kern und Wesen, bei der Lektüre immer wieder frappiert von ihrem wundervollen Adel, da dünkte mir ihre Moral sehr schön und sehr neu, viel menschlicher, als ich sie im Alten Testament in so derben und primitiven Farben dargestellt fand. Ich hatte keinen Zweifel, daß letzteres im Neuen Testament Berichtigung erfahren hatte durch den Willen des Herrn, demnach nicht nur die Lehre des Heilands, sondern Christus in Person als göttlichen Ursprungs gelten muß."

„Aber wieso seid Ihr, wenn Ihr an Christus glaubt, nicht überzeugter Katholik geworden, was Ihr dem äußeren Schein nach schon wart?"

„Ich konnte es nicht! Ich konnte nicht billigen, daß die papistischen Priester den Gläubigen die Kenntnis der Heiligen Schrift vorenthalten, daß sie mit Götzenbildnissen das Wort Christi zudecken. Und noch weniger konnte ich ihnen verzeihen, daß sie meine Vorfahren so grausam verfolgt haben. Ich studierte den reformierten Glauben, und da ich dort keinen dieser argen Fehler fand, entschied ich mich für ihn."

Nachdem er so gesprochen, saß er stumm da und wischte sich die Tränen von den Wangen, deren er sich wohl ein bißchen schämte. Und während ich schweigend neben ihm saß und seine Rechte in meinen Händen hielt, um ihn zu trösten, fiel mir ein, wie ich einst gezwungen worden war, mich zu bekehren; fast wollte ich Luc darum beneiden, daß er die Freiheit der Wahl gehabt.

„Wie hat der hochrühmliche Meister Eure Konversion hingenommen?" fragte ich.

„Mein Vater ist der beste aller Väter!" rief Luc. „Könnte ich je genugsam preisen seine Güte und Milde und seine grenzenlose Toleranz? Er fragte nicht nach seinem eigenen Wohl, sondern nach dem meinen, beugte gütig seine Autorität meiner freien Entscheidung. ‚Mein Sohn', so sprach er, ‚ich respektiere Christus, halte ihn aber nicht für göttlich. Falls Ihr es tut und der Reformation zuneigt, dann geht Euern Weg. Er wird den unermeßlichen Vorteil haben, daß er Euer Scheinen mit Euerm Sein in Einklang bringt. Denn wahrlich, höchst seltsam ist ein Glaube, der nicht glaubt, was zu glauben er vorgibt. Allerdings bitte ich Euch, sehr achtsam zu sein. Die papistischen Eiferer sind gefährliche Leute. Mein Sohn, bedenkt es gut: ob als Jude oder als Reformierter verbrannt, es ist das gleiche Feuer und der gleiche Tod.'"

Eingedenk daß ich meinen lieben Samson noch sehen wollte, ehe er sich zu Dame Gertrude begäbe, verabschiedete ich mich von Luc in großer Eile, nicht ohne ihn zu umarmen und meiner Freundschaft zu versichern. Denn ich war nicht im Zweifel, daß er in seiner Schwäche Schutz bei mir suchte, wenn er mit mir in das Medizinkolleg einträte, wo die Schüler mit allen Neulingen brutale Scherze zu treiben pflegten.

Ich traf Samson ohne Wams an, seine kupferfarbenen Locken ganz wirr, die azurblauben Augen träumerisch vernebelt. Er saß auf einem Schemel und schaute finster drein, das Gesicht von Sorgen arg gefurcht.

„Mein Herr Bruder, warum seid Ihr nicht angekleidet?“ fragte ich. „Habt Ihr Euer Treffen mit Dame Gertrude vergessen?“

„Keineswegs, aber ich geh nicht hin“, sagte er. „Jedes Weib ist trügerisch und der Seele Verderbnis. Ein schlechter Händler, wer sein ewiges Heil gegen so kurze Freuden eintauscht.“

Diese dummen Worte ärgerten mich sehr, doch weil ich merkte, daß Samson sich beim Gottesdienstbesuch wider meine Argumente gewappnet hatte, hütete ich mich, meinem Zorn freie Bahn zu geben; ich sagte nur:

„Gut so. Geht nicht, wenn Ihr es so entschieden habt.“

Ich zog mich auf mein Zimmer zurück, in das er mir, ganz wie ich es erwartet, bald folgte. Als er eintrat, kämmte ich mich gerade vor einem Spiegelscherben und wandte mich nicht um.

„Wie denn! Ihr scheltet mich nicht?“ fragte er nach langem Schweigen.

Ich hätte ihn am liebsten umarmt, so sehr rührte mich einmal mehr seine engelhafte Einfalt.

„Euch schelten?“ fragte ich über die Schulter. „Warum?“

„Gebt Ihr mir etwa recht?“

„Aber ja! Von Herzen! Dame Gertrude du Luc bietet dem Auge einen himmlischen Anblick, so schön und rein, daß selbst der Teufel ihn nicht zu zerstören wagte. Ihre Stimme, ihre Augen, ihr Haar, ihre fraulichen Formen – alles so sanft und so zart! In ihrem kleinen Finger ist mehr Güte als in der längsten Predigt eines Papisten. Kurzum, eine Blume von Weib! Darum preise ich Euch, daß Ihr die Blütenblätter eins um das andere ausreißt, sie auf die Erde werft und zertrampelt.“

„Ihr spottet!“ sagte er mit gequälter Stimme. „Ihr spottet! Dabei geht es um mein Seelenheil!“

„Ha! Euer Seelenheil!“ Ich beobachtete ihn im Spiegel, sah ihn bleich und verstört. „Also geht es um Euch! Die Eigenliebe steht Euch näher als das Leiden Eurer Dame.“

Dies brachte ihn vollends aus der Fassung, er irrte seufzend im Zimmer hin und her.

„Ach, ich sehe, Ihr pflichtet mir nicht bei", sagte er.

„Teufel nochmal, da täuscht Ihr Euch! Ich bin bei dieser großen Mordtat ganz auf Eurer Seite. Ihr habt Euch an ihr gütlich getan, und nun erdrosselt Ihr sie. Bringt sie um, bei Gott! Bringt sie um!"

„Was tätet Ihr an meiner Stelle?"

„Bin ich ein Henker, daß ich mich an Eure Stelle setzte?"

„Gebt mir guten Rat."

„Soll ich einem Maulesel raten?"

„Mein Bruder, spottet nicht!" sagte er so trotzig ungebärdig, wie ich ihn noch nie erlebt. „Ich bin nicht Henker und nicht Maulesel, ein Christ bin ich, der an sein Heil denkt ..."

„Das tue ich auch. Aber ich bin nicht so vermessen, dem Urteil meines höchsten Richters vorzugreifen. Wenn es dem Herrgott gefällt, mich um der Liebe zu meiner Schönen willen in die Flammen zu werfen, nehme ich die Hölle ohne Zittern auf mich. Ich bin keine Memme."

Bei dem Wort „Memme" machte er beleidigte Miene, wußte aber keine Erwiderung, starrte mich herzzerreißend an, indessen ich mein Wams zuknöpfte.

„Wohin geht Ihr?" fragte er verwundert.

„Mich Dame Gertrude du Luc vor die Füße zu werfen und sie um Vergebung zu bitten für Eure schandbare Grausamkeit. Versichern will ich ihr, daß ich sie wie ein Bruder liebe, jedoch auch bereit wäre, sie in anderer Weise zu lieben."

„Was! Das brächtet Ihr fertig?" rief er wie von Sinnen.

„Aber gewiß! Wenn der unwissende Wilde die Perle, die er in einer Auster findet, verschmäht und in den Staub wirft, wer sollte mich hindern, sie aufzulesen?"

„Mein Bruder, Ihr brecht mir das Herz!" schrie er auf.

„Jenes Herz, das Ihr nicht habt!" entgegnete ich, lauter werdend. „O mein Bruder, wie könnt Ihr es ertragen, daß diese edle, liebreizende Dame jetzt blutige Tränen weint bei dem Gedanken, Euch verloren zu haben?"

Wie ein Irrer stürzte Samson in sein Zimmer, kam mit dem Wams zurück, das er sich im Nu überstreifte, und jagte die Treppe hinunter.

„Teufel! wohin so eilig?" rief ich. „Wartet, ich komme mit!"

„Nicht doch!" sagte Fogacer, der seine Tür aufgetan hatte und plötzlich vor mir stand. „Nicht doch, mein lieber Siorac! Ihr werdet Eurem hübschen Bruder auf diesem Gang, zu dem Ihr ihn mit soviel brüderlicher List gedrängt, nicht folgen. Ihr habt im Augenblick ganz andere Speisung zwischen die Zähne zu nehmen denn jene, der Ihr hinterdrein seid. Mein Sohn, heute wird nicht eingefädelt. Und was die Nadel betrifft, auf die Ihr so großen Appetit zu haben scheint – ein Prediger Eures Glaubens wünschte sie sich *aut formosa minus aut improba minus**."

„*Improba!*" sagte ich trotzig.

„So würde Euer Prediger sagen, nicht ich, der ich weniger streng bin und Euch in dieser Sache von aller Sünde freispreche. Doch heute will ich Euch einer Person männlichen Geschlechts zuführen, die bärtig ist, behaart, von platter Nase, buckliger Stirn, untersetzter Statur, dickem Bauch und kurzen Gliedmaßen, also mitnichten schön, gewiß, doch wer schon dürfte rechtens von sich sagen: *Ingenio formae damna rependo meae***. Es ist einer der berühmtesten Mediziner des Königreiches und einer der besten."

„Rondelet!" rief ich, vor Freude außer mir. „Rondelet ruft mich zu sich!"

„*Ipse*", sagte Fogacer. „*Gulielmus Rondeletius, venerandus doctor medicus et medicinae professor regis et cancellarius in schola Monspeliensi**** ."

„Aber ist er nicht Hugenotte? Wieso habe ich ihn heute morgen nicht im Gottesdienst gesehen?"

„Ihn peinigt seit drei Tagen ein anhaltender Bauchfluß, begleitet von großem Kopfweh. Doch hat er sich bis heute mittag ein klein bißchen erholt und möchte Euch, ehe er nach Toulouse aufbricht, noch eilig in Augenschein nehmen."

„Was! er verreist?" rief ich. „Kaum erst genesen, begibt er sich auf eine lange, anstrengende, gefährliche Reise?"

„Ei gewiß, ein Irrsinn! Aber Rondelet ist ein Mensch von unendlicher Güte, und seine beiden Schwäger drängen ihn seit

* (lat.) weniger schön oder weniger unrein.

** (lat.) Ich ersetze durch Geist, was mir an Schönheit gebricht. (Ovid, Heroides XV, 32)

*** (lat.) Selbiger. Guillaume Rondelet, ehrenwerter Doktor, Kanzler und königlicher Professor der Medizin an der Schule zu Montpellier.

Monaten, er möge nach Toulouse kommen und ihre Angelegenheiten richten; also hat er sich entschieden zu reisen."

Fogacer nahm mich beim Arm und zerrte mich hinaus auf das heiße Pflaster der Straße.

„Siorac", sagte er, „Ihr schreitet aus wie ein Landmann, viel zu rasch. In der Stadt muß man schlendern, schauen und alles genießen, was sich auf den Straßen tut, ein waches Auge für die Läden, Equipagen und Passanten haben. Ist es denn nicht ein vergnügliches Schauspiel, all die Leute hier zu beobachten, in Alter und Stand so verschieden und ein jeglicher ganz bei seinen Dingen? Wie schön und bunt die Menschheit dieser Welt, und als Mensch sollte man sie auch lieben und sorgfältig studieren, beginnend bei unserem vergänglichen Leib, der allein schon eine Welt ist, die wir grad erst zu erforschen beginnen. Wenn wir dem Menschen Erleichterung bringen wollen von seinen unzähligen Übeln, gilt es da nicht beim Leib anzufangen? Habt Ihr Rondelets denkwürdigen *Methodus ad curandorum omnium morborum corporis humani** gelesen, zu dem ich Euch die Notizen gab?"

„Ich habe das Buch *De morbo italico*** gelesen und studiert."

Fogacer brach in schallendes Lachen aus, und da sich die Leute nach uns umwandten, fuhr er in Latein fort:

„Junger Siorac, sogar in deinen Studien bist du ganz der Venus verfallen! Und beginnst da, wo der Packsattel dich zu scheuern droht. Aber das ist gut so. Vielleicht wünscht Rondelet, daß ich dich in seiner Gegenwart auslote."

„Mich ausloten?"

„Erschreckt nicht. Nur ein paar kleine Fragen. Keine Prüfung und keine Disputation."

Für den Rest des Weges blieb ich stumm, innerlich sehr bewegt, daß ich einem Manne gegenübertreten würde, den ich hoch über Monsieur de Joyeuse stellte, da er die Kunst zu heilen verstand, nicht seinesgleichen zu töten. In Gedanken war ich ganz bei den Fragen, die Fogacer mir vielleicht vor ihm stellen würde; so spähte ich nicht nach den jungen Mädchen, sondern hielt den Blick starr auf das Pflaster gerichtet und rief

* (lat.) Lehrbuch über die Heilung aller Krankheiten des menschlichen Körpers.

** (lat.) Über die italienische Krankheit.

mir in Erinnerung, was ich über die *italienische Krankheit* gelernt hatte. Wie zufrieden war ich da, daß ich *De morbo italico* Zeile für Zeile abgeschrieben hatte, Fogacers Aufzeichnungen folgend; ich wußte, daß diese berühmte Abhandlung noch keinen Verleger gefunden hatte, weil der Druck sehr teuer war, der künftige Verkauf aber schleppend und ungewiß.

Rondelet wohnte in der Rue du Bout-du-Monde („Straße am Ende der Welt"), ein seltsamer Name für eine inmitten der Stadt gelegene Straße. In bequemer Nähe ragte das Collège Royal auf, in dem der Kanzler lehrte. Und bei Gott, das von Kreuzstockfenstern gezierte Haus des berühmten Arztes dünkte mir schön. Es war flankiert von einem schmalen Turm, in dem eine Wendeltreppe in die Obergeschosse führte.

Fogacer blieb stehen, um an die Tür zu klopfen.

„Dem Aussehen seiner Behausung nach ist unser Kanzler wohl recht betucht ...", sagte ich.

„Das ist er", bestätigte Fogacer lächelnd. „Und er wäre noch reicher, wenn er nicht den Tick hätte, alles Eckige durch runde Dinge zu ersetzen, *quadrata rotundis*. So war denn dieser kleine runde Turm einst quadratisch. Unser Kanzler ließ ihn abreißen und für teures Geld neu errichten. Denn er hat eine Vorliebe für Rundungen, inbegriffen die Brüste der Weiber."

Dies gefiel mir an ihm, und nun wußte ich, daß ich den Mann mögen würde. Als ich ihn dann zu Gesicht bekam, war ich auch nicht enttäuscht. Fogacer hatte ihn sehr gut porträtiert, als er von „untersetzter Statur, dickem Bauch und kurzen Gliedmaßen" sprach. Mir war sogleich klar, daß Meister François Rabelais ihn in seinem *Dritten Buch* unter den Zügen des Arztes Rondibilis gezeichnet hatte. Denn rund war nicht nur sein Leib, sondern auch das Gesicht, davon ein langer grauer Bart die Hälfte verdeckte. Seine breite gewölbte Stirn wirkte sehr schön, und er hatte haselnußbraune flinke Augen, einen lippigen leckerhaften Mund, einen stämmigen Hals und eine warme Stimme.

„Fogacer", sprach er umgänglich freundlich, „lassen wir die Komplimente. Hier ist ein Hocker, und auch Ihr, Siorac, nehmt Platz. Reden wir. Siorac, ich hatte nicht das Glück, Euern Herrn Vater kennenzulernen; als er am hiesigen Collège Royal Medizin studierte, war ich nicht in Montpellier; ich kehrte erst zurück, als er leidiger Umstände halber bereits fort war. Wie

Euch bekannt, wurde er wegen Mordes verfolgt, dabei er sich in einem Duell gegen einen Junker, der ihn herausgefordert, nur eben verteidigt hatte. Nach alledem, was ich von Meister Sanche über Euern Herrn Vater erfuhr, lohte er vor Leben und Lernbegierde, was man auch Euch nachsagt, weshalb ich Euch zu sehen und Eure Kenntnisse auszuloten wünschte."

Hierauf sprach ich hundertfachen Dank, den der Kanzler mit einem Wink abkürzte, ehe er sich tief in einen großen Sessel lümmelte und mich gütig, jedoch auch durchdringend musterte.

„Siorac", sprach er, „Ihr habt das wache flinke Auge des Eichhörnchens, das hier und dort tausend Dinge erhascht, gute Ernte hält und sie in seinem Speicher sammelt. Weshalb ich denn nicht zweifle, daß Ihr eines Tages, wie François Rabelais es zu beherzigen gibt, ein ‚Abgrund an Wissen' sein werdet. Doch merke ich, daß Ihr den Mund voller Fragen habt, die zu stellen die Höflichkeit Euch verbietet. Scheut Euch nicht, Siorac, nur keine Scheu! Frönt nach Belieben Eurer Eichhörnchenneugierde. Aber trefft eine Auswahl, die mir einleuchtet: Von all den Fragen, die sich hinter Euren verschlossenen Zähnen drängen, mögt Ihr nur eine einzige stellen, und auf die werde ich antworten."

Worauf ich prompt sagte:

„Herr Kanzler Rondelet, hier meine Frage: Wart Ihr das Vorbild, nach dem François Rabelais seinen Rondibilis gestaltete?"

„Siorac, seid Ihr gut im Fechten?" fragte der Kanzler.

„Schlecht bin ich nicht, und vorzüglich würde ich sein, wäre ich in der Verteidigung so gut wie im Angriff."

„Eben das meine ich, wenn ich Euch höre", sagte Rondelet mit einem Lächeln. „Um mich zu entblößen, habt Ihr Euch selbst entblößt."

Fogacer tat einen kleinen Lacher und wölbte seine Braue.

„Eure Gemütsart habe ich bereits durchleuchtet", sagte Rondelet. „Primo, Ihr seid ein flinker Mensch und von edlem Wesen. Secundo, Ihr schreitet im Leben kühn voran, wißt Hiebe auszuteilen und auch einzustecken. Tertio, Ihr habt Selbstvertrauen, was gut ist, und habt großes Vertrauen auch in die anderen, was nicht klug ist. Quarto, Eure Neugierde ist mehr auf die Menschen denn auf die Dinge gerichtet."

„Haha!“ lachte Fogacer, „das trifft haargenau!“

„Herr Kanzler, ich bin nicht sicher, ob ich Euer *quarto* recht verstanden habe.“

„Nun, ich meine: Ihr hättet mich über einen heiklen Punkt in der Medizin befragen können, habt es aber vorgezogen, mich selbst näher kennenzulernen.“

Da errötete ich und blieb stumm, war im Zweifel, ob dies Lob oder Tadel bedeutete.

„Fogacer, steigt bitte auf diesen Schemel da und holt vom Regal zu Eurer Rechten das *Dritte Buch* des François Rabelais, den ich, mein lieber Siorac, in der Tat sehr gut kannte, denn in meinen jungen Jahren stand ich zu ihm im selben Verhältnis wie Fogacer zu Euch. Ich war Bakkalaureus und Prokurator der Studenten, als sich Rabelais, im zweiundvierzigsten Lebensjahr, in unserer Collège Royal einschrieb. Und obwohl ich zwei Jahrzehnte jünger, waren wir Gefährten beim Schlemmen, beim Zechen, in den gelehrten Disputationen und bei den Vergnügungen in der Taverne *Zum goldenen Kreuz*. Mehr Witz und Frohsinn habe ich bei keinem anderen Menschen je erlebt, zu Recht darf ich ihn ob seiner Liebe zu den Menschen göttlich nennen.“

„Herr und Meister, hier ist der Rabelais“, sagte Fogacer. Rondelet nahm das Buch auf die Knie, und es klappte wie von selbst an jener Stelle auf, die sein Besitzer in den letzten zwanzig Jahren so oft gelesen hatte.

„Siorac“, fuhr der Kanzler fort, „Ihr erinnert Euch gewiß, daß Panurge sich in der Runde erkundigt, ob er, falls er heiratete, Hahnrei würde. Worüber nach einer gelehrten Disputation Rondibilis zu dem Urteil gelangt: ja, dies sei gemeiniglich das Schicksal dessen, der sich ein Weib erwählt. Hier der Schluß des Kapitels, den ich Euch vorlese: *Da trat Panurge an Rondibilis heran und ließ wortlos vier Rosennobel* in seine Hand gleiten. Rondibilis steckte sie ein und sagte dann beinahe unwillig: ‚Ei, ei, Herr, das wäre nicht nötig gewesen. Nichtsdestoweniger schönen Dank! Von schlechten Leuten nehm ich nie was, schlag aber braven Leuten nie was aus. Immer zu Diensten!‘ – ‚Gegen Bezahlung‘, sagte Panurge. – ‚Natürlich‘, sagte Rondibilis.*“

Hierauf Rondelet das *Dritte Buch* zuklappte, es mit beiden

* vier Goldstücke.

Händen gegen den Wanst legte, mich mit einem kleinen Schalk in den Augen anschaute und etwas spöttisch fragte:

„Nun, Siorac, was sagt Ihr dazu? Bin ich dieser Rondibilis?"

Da war ich für den Augenblick arg verlegen, ich konnte nicht nein sagen und wollte nicht ja sagen, ich wünschte mich tausend Meilen weit fort von diesem Fleck. Als „flinker Mensch" brauchte ich freilich nicht lange zu überlegen. Ehe einer bis fünf gezählt, hatte ich den Degen aus der Scheide:

„Aber Monsieur, was ist das für eine Schummelei! Ihr vertauscht die Würfel! Auf meine Frage antwortet Ihr mit einer Frage!"

„Getroffen!" rief Rondelet. „Verflixt, Fogacer, der Grünschnabel ficht gut! Habt Ihr gemerkt, wie er meine Klinge parierte und mit seiner zugeschlagen hat?" Und lachend fuhr er fort: „Da Ihr diese Partie gewonnen habt, mein lieber Siorac, will ich Euch auf Eure Frage gute franke Antwort geben: dieser Rondibilis mit den vier Goldstücken bin nicht ich, sondern irgendein scheinheiliger Knicker von Arzt – es gibt deren viele –, der nur dem Gold hinterher ist, aber so tut, als schmähte er es. Ich bin anders, und um mich treffender zu zeichnen, müßten die Worte, die Rabelais dem Rondibilis in den Mund legt, in etwa lauten: ‚Von armen Leuten nehm ich nie was, schlag aber den Betuchten nie was aus.' Hab ich recht, Fogacer?"

„Recht habt Ihr, Herr und Meister", sagte Fogacer bewegt, „Ihr behandelt den Armen und den Mann aus dem Volke kostenlos, seid darin allen Männern unserer Kunst ein Vorbild."

Ich errötete schamvoll, daß ich das Gegenteil vermutet, und war Meister Rabelais ein klein bißchen gram, daß er seinen Studienkameraden so leichtfertig eingeschwärzt hatte.

„Aber hier eine andere Passage des göttlichen Rabelais", sprach der Kanzler und schlug das *Dritte Buch* noch einmal auf. „Eine Passage, wo der Meister dem Rondibilis in den Mund legt, was ich jetzt vorlese. Es geht um die Frauen und um ihre physische Beschaffenheit: *Denn die Natur hat ihnen an einer verborgenen inwendigen Stelle ein Tier eingesetzt, das sich beim Manne nicht findet und das gewisse salzige, salpetrige, boraxsaure, scharfe, beizende, juckende Säfte ausscheidet, durch deren Anstachelung ... ihr ganzer Körper erschüttert, ihr Sinn verwirrt, ihr Gefühl gespannt und ihre*

Denkkraft gelähmt wird. So daß, wenn nicht die Natur ihre Stirn mit etwas Scham benetzt hätte, Ihr sie würdet gierig jedem Senkel nachlaufen sehen ..."

„Ah, unser Herr und Meister!" rief ich lachend, „ich verstehe Euch! Hier sind Rondelet und Rondibilis eins: durch des letzteren Mund gibt Rabelais Eure Gedanken kund."

„Richtig verstanden!" bemerkte der Kanzler. „Wie aber ist Eure Meinung den Inhalt dessen betreffend, was die Person sagt?"

„Daß beide Geschlechter darin einander sehr ähneln: auch der Mann hat in seiner Mitte ein Tier, welches mit seinem gleicherweise sauren und juckenden Saft das von Euch genannte Tier sucht."

„*Crede illi experto**!" rief der Kanzler. „Ha, Siorac, Ihr gefallt mir! Solch einen frohgemuten, arbeitsamen Sohn hätte ich gern gehabt, um meinem greisen Alter Trost zu geben. Leider ist meine erste Frau gestorben, desgleichen die Tochter, die sie mir geschenkt und die ich dem braven Doktor Salomon d'Assas anvermählt hatte. Und auch die vier Söhne aus meiner zweiten Ehe hat der Herrgott einen nach dem anderen zu sich gerufen."

Er schlug traurig die Augen nieder und senkte sein rundes Haupt auf die Brust. Verwundert darüber, wie Kanzler Rondelet so jäh vom Lachen zum Schmerz wechselte, blieb ich stumm, schielte zu Fogacer hin, der mir mit einem verstohlenen Blick bedeutete, daß dieser Kummer nicht lange anhalten werde. Und in der Tat: ächzend, als würfe er sich das schwere Bündel des Lebens wieder auf die runden Schultern, reckte sich der Kanzler in seinem Sessel empor und tat die Augen plötzlich weit auf.

„Siorac", sprach er, „da Ihr hier vor mir ohne Pomp und Formen ein kleines Examen zu absolvieren habt, ehe Ihr in unser berühmtes Kolleg eingeschrieben werdet, will ich Euch eine schwierige Frage stellen: Vor zwanzig Jahren, Siorac, als mein zweiter Sohn derselben unbekannten Krankheit erlegen war wie der erste, schickte ich meine Frau, meine Töchter und den Diener in mein Landhaus und habe, allein geblieben, den kleinen Toten obduziert."

„Monsieur", rief ich sehr bewegt, dabei ich an meinen Vater

* (lat.) Glaubt ihm, er hat in der Sache Erfahrung!

dachte, der meiner kleinen Hélix den Schädel aufgesägt hatte, „Monsieur, welch großen Mut habt Ihr da aufbringen müssen!“

„Einen gar großen“, sagte Rondelet mit tränenfeuchten Augen. „Zumal ich auch noch kundgab, was ich getan. Siorac, ein gewaltiger Sturm erhob sich da *urbi et orbi* gegen mich, brach dichter als Hagelgewitter über mich herein, und Ihr erratet, von welcher Seite; ein Schwall von Anklagen und gehässigen Schmähschriften bis auf den heutigen Tag, darin ich gemeinhin als Heide, Türke und Frevler traktiert werde ... Nun, Siorac, wie denkt Ihr darüber? Habe ich schlecht gehandelt oder recht getan? Habt keine Furcht, mich zu beleidigen, sprecht in aller Herzensaufrichtigkeit. Aber bescheidet Euch nicht mit einem Ja oder Nein. Bringt Eure Gründe vor, in geordneter Folge.“

„Herr Kanzler, das ist längst erwogen!“ rief ich. „Ihr habt recht getan, und ich sehe hierfür zwei Gründe. Primo: Da Euer zweiter Sohn an demselben unbekannten Leiden gestorben war wie der erste, versuchtet Ihr mit Eurer Autopsie die Ursache der Infektion herauszufinden, um vielleicht Euern dritten Sohn davor zu bewahren.“

„Leider ist auch er gestorben.“

„Aber Ihr habt zumindest versucht, ihn zu retten. Secundo: Indem Ihr die Autopsie publik gemacht, habt Ihr beweisen wollen, daß sie, obgleich sehr schmerzlich für Euch, doch notwendig war. So habt Ihr denn bei erheblicher Gefahr und um den Preis Eurer Reputation gegen die unsinnigen Verbote der Papisten angekämpft.“

„Vorzüglich!“ rief Rondelet. „Vorzüglich gedacht, erwogen und argumentiert! Fogacer, wir werden aus diesem perigurdinischen Burschen einen ordentlichen Mediziner machen.“

„Das will ich gern glauben“, sagte Fogacer ernst.

„Doch fahren wir fort“, sagte Rondelet und rieb sich die Hände. „Siorac, einige Fragen noch: Wann und von wem wurde zu Montpellier das Anatomische Theater gegründet?“

„Anno 1556, Herr Kanzler, und zwar von Euch und den Doktoren Schyron, Saporta und Bocaud.“

„Wer von diesen Doktoren gehörte dem reformierten Glauben an?“

„Alle, Ihr inbegriffen.“

„Sehr Ihr einen Zusammenhang zwischen der Gründung dieses *theatrum anatomicum* und unserem neuen Bekenntnis?"

„Gewiß", sagte ich. „Weil die in Frage stehenden Doktoren freie Forschung betrieben, waren sie über die Vorurteile der Priester und der landläufigen weltlichen Meinung erhaben."

„Bene. Bene."

Wieder rieb er sich die Hände, beglückt über meine trefflichen Antworten, als wäre ich sein Sohn. Was meine Gefühle nicht unberührt ließ für diesen Mann von so großer Lauterkeit, Weisheit und Liebe zu den Menschen.

„Fogacer", sagte er, „ich selbst darf nicht trinken, weil meine Innereien gestört sind, doch schenkt bitte diesem jungen Leviten, ehe wir fortfahren, einen Muskateller ein. Und trinkt auch Ihr."

„Besten Dank, sehr heiß ist es, und ich habe großen Durst", sagte Fogacer.

Gleich einem schwarzen Insekt eilte er auf seinen langen Beinen zu einem Tisch, den er offenbar gut kannte, und füllte zwei Becher aus einer Flasche, die da stand; er brachte mir den meinen und leerte genießerisch den seinen.

„Nicht übel", sagte er, den Wein auf der Zunge nachkostend.

„Mein Schwiegersohn, Doktor d'Assas, der einen sehr hübschen Weinberg nahe Frontignan besitzt, schenkt mir davon jährlich zwei Mud. Aber füllt nach, Fogacer, füllt bitte nach, schmachtet nicht trockenen Gaumens ..."

Fogacer ließ sich nicht zweimal bitten. Auch mir wollte er neuerlich eingießen, doch ich wehrte ab, um für den Rest der Prüfung einen klaren Kopf zu haben.

Fogacer hob seinen Becher mit großer Geste in die Höhe und tönte:

„Ad maximam gloriam domini d'Assasi et venerandi cancellarii nostrae collegiae regis.*"*

„Amen", schloß Rondelet.

„Herr Kanzler", sprach Fogacer mit leuchtendem Auge, daran der Wein vielleicht nicht unbeteiligt war, „da ich in diesem Kreise der einzige, wenn auch unwürdige Vertreter der rö-

* (lat.) Zum höchsten Ruhme des Herrn d'Assas und des ehrenwerten Kanzlers unseres Königlichen Kollegs.

misch-katholischen Kirche bin, möchte ich die anwesenden Hugenotten daran erinnern, daß Papst Bonifazius VIII. schon anno 1300 einigen Medizinern Roms und Bolognas Autopsien gestattet hat."

„*Ab uno non disce omnes**", bemerkte Rondelet mit einer kleinen Gebärde, als wehrte seine Hand einen Fliegenschwarm ab. „Was zählt die Güte eines einzelnen Papstes, wenn noch zweieinhalb Jahrhunderte später eine Meute von Priestern uns hechelt ... Siorac, seid Ihr gut erfrischt? Wollen wir fortfahren?"

„Bin bereit, Herr Kanzler."

„Fogacer, habt Ihr unserem edlen Siorac Eure Niederschriften zu meinem *Methodus* gegeben?"

„Habe ich, und obwohl er erst kurze Zeit hier ist, hat er Euer *De morbo italico* fleißig studiert."

„Bei aller Güte!" sagte Rondelet lachend, „der Bursche ist vorsichtig und bedenkt, welche Gefahren ihm drohen, wenn er in alle Winde sät. Nur zu, Siorac, wacker drauflos! Doch ich will Euch nichts predigen. Dies war nur ein väterlicher Scherz."

„So verstehe ich es, Herr und Meister."

„Wollen wir also sehen, was Euch das Studium meines *De morbo italico* eingebracht hat. Siorac, ist die italienische Seuche ein kaltes und trocknes Leiden?"

„Eben nicht, Herr Kanzler, das ist der Grundirrtum des gelehrten Montan. Die italienische Seuche ist ein warmes und feuchtes Leiden."

„*Bene. Bene.* Und rührt es von der Konjunktion des Saturn mit Mars und Venus her, wie manche Doktoren behaupten?"

„Keineswegs, das sind absurde Astralgespinste."

„Erfolgt die Ansteckung durch die Atemluft?"

„Nein, durch venerische Berührung. Ein Infizierter steckt einen Gesunden nur durch Säfte an, die an einer gewissen Stelle aus seinem Leib in den anderen fließen. Doch ist die Seuche auch durch unsaubere Bettwäsche übertragbar."

„Wie macht sich die Erkrankung bemerkbar?"

„Nach dem Koitus treten am männlichen Glied, an der Stirn und auf dem Kopf Geschwüre, Pusteln und Knoten auf."

„Wie wappnet man sich gegen die Krankheit, wenn Verdacht besteht, daß man einer infizierten Person beigelegen hat?"

* (lat.) Von einem schließe nicht auf alle.

„Durch Abführmittel und Aderlaß."

„Auf welchem Prinzip beruht die Heilung?"

„Bei Repletion wird es primo durch Entleerung geheilt: Klistier, Purgation und Aderlaß."

Fogacer verzog den Mund, er schien sehr im Zweifel über die Wirksamkeit dieser Methode.

„Secundo?"

„Es empfiehlt sich, dem Geschwür Sublimat und Quecksilber aufzustreichen, außerdem Aloepillen einzunehmen, denn Aloe trocknet das Leiden aus."

„Empfiehlt es sich, Salben zu verwenden?"

„Ja, verehrter Meister. Dann kann das Übel durch die Poren der Haut austreten."

„Wie werden die Salben gefertigt?"

„Unter Verwendung von Schweinefett und Quecksilber."

„Meister Sanche allerdings", warf Fogacer ein, „ersetzt das Schweinefett durch Talg vom Huhn."

„Der eignet sich ebenso", sagte Rondelet lächelnd, „und ist unserem rühmlichen Apotheker sicherlich genehmer. Fahren wir fort. Zu welchem Mittel greift man bei Kopfschmerzen?"

„Man verabreicht einen Theriaktrank."

„Was tun, wenn die Geschwüre sehr groß sind und eitern?"

„Am besten Sublimat verwenden."

„Welches Heilmittel gilt für Patienten, die nicht das Bett hüten können, sondern geschäftehalber ausreiten müssen?"

„Ihnen verabreiche man Rotbartpillen."

„Wunderbar! Alles gewußt und binnen weniger Tage gelernt! Herr Bakkalaureus Fogacer, falls Euch Monsieur de Siorac bis Sankt Lukas zufriedenstellt mit seinen Kenntnissen in Logik und Philosophie, ist er in unser Kolleg einzuschreiben. *Dignus est intrare**."

„Herr Kanzler!" rief ich errötend, „ich schulde Euch unendlichen Dank!"

„Nicht im mindesten, Euer Verdienst allein hat gesprochen. Herr Scholar", fuhr er fort, erstmals diese Anrede verwendend, „habt Ihr Euch schon einen Studienvater erkoren unter den vier königlichen Professoren?"

„Darf ich Euch bitten, Herr Kanzler, mir Vater für die Dauer meines Studiums zu sein?" fragte ich.

* (lat.) Er ist würdig, aufgenommen zu werden.

„Das solltet Ihr nicht tun, Siorac“, erwiderte Rondelet. Er machte plötzlich ein trauriges Gesicht und musterte mich ernst. „Ich bin alt, bin nicht gesund, mein Leib ist durcheinander, in Abständen peinigt ihn das schleichende Fieber, ich bin fast am Ende des Fadens, den mir die Parzen spinnen.“

„Trotzdem reitet Ihr morgen nach Toulouse!“ rief Fogacer voll Unmut. „Meister, das ist Irrsinn! Hundertmal habe ich es Euch versichert.“

„Zürnt mir nicht, Fogacer. Meine Schwäger brauchen mich dringlich.“

„Und seid Ihr nicht selbst in arger Not?“

„Ach, Fogacer! Ob ich hier sterbe oder anderswo ... Wäre ich Herr meiner Geschicke, ich würde nicht den kleinen Finger rühren, um mein Leben zu verlängern. Ich habe schlimm gelitten, der Tod hat mir zu viele der Meinen geraubt. Jetzt träume ich nur noch, sie im Himmel wiederzufinden, wenn Gott mir gnädig ist. Auf Erden habe ich genugsam gelebt.“

Bei diesen wehmütigen Worten blieb Fogacer stumm und hat wohl, wie ich, einen Kloß im Halse gespürt. Rondelet, unserer Verwirrung ansichtig, lächelte gleich wieder und sprach, an mich gewandt:

„Siorac, wählt Euch zum Vater den Doktor Saporta. Saporta in seinen Launen ist nicht leicht zu ertragen, doch er ist ein guter, pflichtbewußter Arzt.“

„Herr Kanzler, ich werde Euern Rat befolgen“, sagte ich.

Hierauf erhob sich Rondelet, ein wenig erschöpft, und gestattete uns den Rückzug, nachdem er uns liebevoll umarmt hatte.

„Siorac“, sprach er, beide Hände auf meinen Schultern, „hört meinen Rat: Ihr dürft über der Praxis nie das Studieren vergessen. Studium ein Leben lang! Schreibt Euch das Wort *studieren* mit goldenem Stilett ins Hirn ein. Nur um den Preis nimmermüder Anstrengung werden wir die tödlichen Krankheiten besiegen, die uns so grausam unsere Liebsten rauben. Doch keine Übertreibung: arbeitet nicht in einem Maße, daß Ihr darüber benebelt und mürrisch werdet. Ihr seid ein Mann und werdet es bleiben, wenn Ihr all Eure Fähigkeiten gleichmäßig anwendet, die geistigen, die körperlichen und die erotischen. Aber was letztere betrifft (er lächelte ergötzlich), muß ich Euch deren Gebrauch erst empfehlen? *Vale, mi fili**.“

* (lat.) Leb wohl, mein Sohn.

Noch einmal umarmte er mich und ließ mich dann ziehen.

„Siorac“, sprach Fogacer zu mir, als wir wieder durch die Rue du Bout-du-Monde schritten, „Siorac, denkt gut über dieses Beispiel nach: wenn Ihr eine Frau liebt, heiratet sie nicht. Euretwegen wird sie im Kindbett sterben, und sterben werden Eure Kinder im frühen Alter. Meister Sanche, obzwar ein großer Apotheker, verlor trotz Odermennig zwei Ehefrauen, und von den zehn Kindern, die sie ihm gebaren, haben nur vier überlebt. Von Rondelets sieben Kindern sind fünf gestorben. Dies leider ist auf Erden das Los unserer bejammernswerten Spezies: wer heiratet, opfert dem Tod. Gehabt Euch wohl, Siorac! Ich sehe, sehr unnütz ist's, daß ich Euch predige. Allzusehr seid Ihr den jungen Mädchen zugetan, in gar zu zarter Liebe. Ihr werdet viel zu leiden haben.“

Jäh machte er kehrt und entschwand, mit seinen Langbeinen auf dem unebenen Pflaster ausgreifend, und ließ mich verwundert zurück. Ja, wie denn, soll einer mönchisch leben, nur weil die Frau zerbrechlich ist, und soll einer keine Söhne und Töchter haben, nur weil sie so oft in der Blüte ihrer Jahre sterben? Alle müssen wir sterben und sind vom Wickelalter an so sehr dem Tod geweiht, daß manch einer von solchen Trauerfällen kein Aufhebens mehr macht. Ich hörte Michel de Montaigne, lange nach meiner Studentenzeit, in seiner Bibliothek zu mir sagen: „Ich habe drei oder vier Kinder in zartem Alter verloren, nicht ohne Trauer, doch auch ohne allzu großes Aufbegehren gegen das Schicksal.“ Daß der Seigneur de Montaigne nicht einmal die genaue Zahl seiner verstorbenen Kinder wußte, das überraschte mich freilich. Und daß er „ohne allzu großes Aufbegehren“ ihren Aufbruch himmelwärts hinnahm, brachte mir die bitteren Tränen von Kanzler Rondelet über den Tod seiner Söhne in Erinnerung. Doch ich will hier keine Vergleiche ziehen. Montaigne war Philosoph und dadurch den irdischen Dingen mehr oder weniger entrückt. Wäre Rondelet von gleichem Holz gewesen, er hätte nicht diesen fortwährenden glücklosen Kampf gegen den Tod gewählt, der des Mediziners Los ist, aber auch, so meine ich, seine Würde ausmacht.

Ich hätte noch lange über Fogacers merkwürdige Sentenz nachgesonnen, wäre nicht plötzlich Miroul an meiner Seite aufgetaucht.

„Miroul, du hier? Was machst du zu dieser Stunde in der Rue de l'Espazerie?"

„Moussu, geht in den erstbesten Kaufladen: ich muß Euch, unauffällig für Augen und Ohren, sprechen."

Ich tat, wie geheißen, und fand mich in einem geräumigen Geschäft wieder, das Messer, Degen und Langdolche feilbot. Hinter der Theke zwei Verkäufer, beide von Kunden in Anspruch genommen, dahinter weitere Kunden drängten, so gut leider blühte in der Wirrnis der Zeiten dieses Gewerbe. Ich reihte mich ein, und hinter mir nahm Miroul Aufstellung.

„Moussu", flüsterte er, „ein Strolch von blutrünstigem Aussehen hat Euch von der Apotheke bis in die Rue du Bout-du-Monde verfolgt. Dort hat er die ganze Zeit auf Euch gewartet. Als Ihr aus dem Haus tratet, ist er Euch weiter gefolgt. Hier Euer Degen, Monsieur, eingehüllt in Eure Mantille. Nehmt ihn unauffällig."

„Wunderbar, ich fühle mich gleich weniger nackt", sagte ich, als ich den Degen durch den Stoff fühlte. „Miroul, was rätst du mir: soll ich den Mann sofort stellen?"

„Nein, Moussu, es sind zu viele Leute in dieser Straße, er könnte in dem Gewühl flüchten." Miroul sah mich an, dabei sein kastanienfarbenes Auge blitzte, das blaue aber kalt blieb. „Moussu, Ihr strebt dem Nadelhaus zu?"

„Das will ich nicht verschweigen."

„Dann stellt den Kerl im Gäßchen. Es ist unbelebt. Ich werde hinter ihm sein, den Dolch in der Hand, so daß er, wenn Ihr ihm entgegentretet, sich nicht absetzen kann und wir ihn schnappen, tot oder lebendig."

„Lebendig, Miroul, lebendig. Ich will wissen, wer ihn schickt."

Als Miroul fort war, verließ auch ich den Laden, äugte unauffällig nach allen Seiten, bis ich meinte, meinen Verfolger ausgemacht zu haben, ja gar ihn irgendwie zu kennen.

Ich wählte, Mirouls Vorschlag folgend, den Weg durch das Gäßchen, Rue du Bombe-Cul geheißen, in das der hintere Ausgang des Nadelhauses mündete. Je näher ich meinem Ziel kam, desto spärlicher die Passanten, bis ich mich endlich allein sah, die rechte Hand am Griff meines Degens, das Ohr gespitzt und nach hinten lauschend, dabei ich nur ein leichtes Rascheln vernahm, sicherlich trug mein Verfolger Bastschuhe. Ich erreichte die Rue du Bombe-Cul arg in Schweiß; der Krümmung des Gäßchens folgend, wandte ich den Kopf nach dieser Seite und konnte den Mann grad noch mit dem Augenwinkel fassen: er folgte mir in wenigen Klaftern Abstand. Ich spürte – oder meinte zu spüren –, daß er im Begriff war, sich über mich zu werfen. Jäh wandte ich mich um und fuhr ihn gellend laut und grimmig an:

„Halt, Schuft, warum verfolgst du mich?“

Der Kerl blieb stehen, musterte mich mit kleinen schwarzen Augen, die eher dumm denn böse dreinschauten. Artig lupfte er die schmutzige Kappe, die sein staubiges Haar bedeckte, und sagte:

„Moussu, wenn Ihr erlaubt: ich habe den Auftrag, Euch zu töten.“

„Teufel!“ rief ich, sehr überrascht, einen so höflichen Mörder vor mir zu haben. „Töten womit?“

„Mit dem hier, Moussu“, sagte der Kerl und zog aus seinen Lumpen einen Hirschfänger.

„Und was sagst du jetzt?“ rief ich und zog meinen Degen aus der Umhüllung. „Bin ich dir damit nicht überlegen?“

„O nein, mit Verlaub, der Degen nützt Euch nichts“, sagte der Mann. „Ich kämpfe aus größerer Distanz: ich werfe mein Messer. Ehe Ihr einen Schritt tut, habt Ihr es im Gekröse.“

Und er machte Anstalten, das Messer zu werfen. Ich verhehle nicht, daß ich mich augenblicklich in Schweiß gebadet fühlte, doch die Verwirrung raubte mir nicht die Sprache.

„Kerl, wenn du das Messer wirfst, ist es dir aus der Hand. Dann pflanzt dir mein Diener Miroul, der hinter dir steht, seinen Dolch in den Rücken.“

Was geflunkert war, denn von Miroul, so verzweifelt ich auch nach ihm Ausschau hielt, war nicht die Spur zu sehen! Doch der Mordbube stutzte, als er den Namen meines Dieners hörte; ohne den Kopf zu wenden und sich zu vergewissern, ob ich die Wahrheit sagte, rief er:

„Miroul, ist das der Bursche, der ein braunes und ein blaues Auge hat?“

„Derselbe ist mein Diener.“

„Ha, Moussu! ich dachte es mir schon: ich kenne ihn, und Euch ebenfalls. Ihr seid der Edelmann, der mich in den Corbières-Bergen gefangennahm, mir aber zu guter Letzt den Strang ersparte!“

„Espoumel!“ rief ich erleichtert. „Bist du es? Was treibst du hier?“

„Moussu, ich töte Euch nicht mehr, die Ehre verbietet es mir", sagte Espoumel ein bißchen prahlerisch. Er steckte das Messer in seine Lumpen zurück.

Inzwischen kam hinter seinem Rücken Miroul dahergerannt, verschwitzt und außer Atem, den Dolch in der Hand.

„Ha, Moussu! Ihr seid gottlob noch am Leben! Ich mußte einen elenden Lakaien zur Vernunft bringen, der Streit mit mir suchte, weil ich ihn in der Eile gerempelt hatte."

„Steck den Dolch weg, Miroul", sagte ich gutgelaunt und tat ein Gleiches mit meinem Degen. „Dieser Mörder hier ist ein Freund. Espoumel heißt er."

Miroul riß seine zwiefarbenen Augen auf. Doch ich ließ ihm nicht Zeit, sich weiter zu wundern. Den Strolch aus den Corbières-Bergen nahm ich beim Arm und führte ihn auf einen Erfrischungstrank in die Küche des Nadelhauses, wo Azaïs uns allen einen großen Becher Wein einschenkte, ehe sie die Thomassine holen ging, die ich bei unserer Unterredung zugegen wünschte. Und in der Tat hätte ich ohne sie nichts klären können.

Espoumel hatte Mund und Augenmerk nur für seinen Wein, den er in kleinen Schlucken trank, ohne sich zu wundern, daß sein Opfer ihn bewirtete. Ich indes ließ meine Blicke Azaïs folgen. Gar sehr gefiel mir, wie sich ihr Körper wand, der gertenschlank war, gebräunt, lebhaft und frisch. Doch mir fiel die Wirtin der *Zwei Engel* in Toulouse ein, samt den Schwierigkeiten, die ich Franchous wegen mit ihr gehabt, und ich zweifelte nicht, daß mir Gleiches mit der Thomassine widerführe, wenn meine Hände das Kammermädchen in derselben Weise umfingen wie mein Blick. Zudem gewahrte ich, daß auch Mirouls Blick dieser Richtung folgte und in begehrlicher Erwartung auf die Tür geheftet blieb, durch die Azaïs zurückkehren mußte: es stünde dem Herrn wohl schlecht an, seinem Diener den Anteil streitig zu machen, entschied ich.

Azaïs kehrte zurück, war aber gleich ausgestochen, als auch ihre schöne Herrin erschien: das üppige Haar gelöst über den Schultern, rosig das Antlitz von der Mittagsruhe, dabei ihr aufgeschnürtes Mieder ihre schönen Brüste mehr als zur Hälfte freigab. Ich erzählte ihr, was geschehen war, und mein Bericht verfinsterte ihr Gesicht. Dann fragte ich Espoumel:

„Wirst du mir nun verraten, wer dir aufgetragen hat, mich umzubringen, und warum?"

„Das Warum weiß ich nicht“, sagte Espoumel, „doch den Kerl, der mir den Auftrag gab, den kenn ich gut. Ich bin mit ihm aus den Corbières-Bergen geflohen, da wir den Zorn unseres Hauptmanns fürchten mußten, einiger kleiner Diebereien wegen!“

„Da schau, die Wölfe untereinander! Und was treibt ihr braven Kinder nun in Montpellier?“

„Mein Kumpan kennt hier eine Hure, von der er sich Unterstützung versprach. Aber die hat ihm die Tür gewiesen, und weil ohne einen gültigen Sol in der Hand, hat mein Kumpan vergangenen Freitag einen Hausierer getötet und ihm den Beutel abgenommen.“

„Schändlich!“

„Sehr schändlich und eine Sünde“, versicherte Espoumel, den Kopf von seinem Wein hebend. „Schon weil der Beutel schmächtig und gar bald vertrunken war. Ein Jammer, daß einer für so wenig tötet.“

„Mein Scholarensäckel ist ebenfalls nicht dick. Warum sollte auch ich dran glauben, Espoumel?“

„Moussu, das weiß ich nicht, mein Kumpan aber hat mir versichert, Euer Tod würde uns großen Vorteil bringen.“

„Welchen Vorteil?“

„Bei meiner Seele, ich weiß es nicht.“ Espoumel stierte gierig die Weinflasche an.

Mehr hätte ich nicht aus ihm herausbekommen, wäre nicht die Thomassine in die Streitbahn eingetreten.

„Espoumel, wie heißt dein Kumpan?“

„Herrin, das kann ich nicht sagen.“

„Aber ja, Espoumel, kannst du. Möchtest du noch von dem Wein?“

„Herrin, zu Euern Diensten.“

„Zu deinen, Espoumel.“

Sie füllte einen großen Becher, behielt ihn aber in der Hand.

„Der Name, Espoumel?“

„Herrin, kann ich nicht sagen.“

„Espoumel, hast du Hunger?“

„Hunger, Herrin? Ich denk schon, ich hab Hunger, und könnte den Becher verschlingen, wenn Ihr ihn mir nur gebt.“

„Das tu ich, glaub mir, und du bekommst einen schönen Kapaun dazu, gestern gebraten. Willst du ihn?“

„Und ob ich ihn will!“ sagte Espoumel, den Mund ganz wäßrig, die Augen starr auf den Becher gerichtet.

„Sein Name, Espoumel?“

„Scharfzahn.“

„Ha, der Scharfzahn!“ sagte die Thomassine. „Habe ich mir doch gedacht. Azaïs, hol den Kapaun und gib ihn unserem Mann. Also der Scharfzahn ...“

„Ist das sein wahrer Name?“ fragte ich.

„Den richtigen Namen kennt niemand, nicht einmal er. Doch der Schurke hat in der Tat kräftige Zähne, um alles zu knacken, was sich knacken läßt. Mein Pierre, ich kenne ihn. Als ich hierher kam, aus meinen Cevenner Bergen, so arm und fast verhungert, wurde Scharfzahn mein Zuhälter und hielt mich in meiner Sünde. Zwei Jahre war er bei mir, und ich liebte ihn. Doch er war ein Streithammel und Trinker, war brutal und nur auf mein Geld aus. Darum setzte ich ihn vor die Tür, als ich Cossolat kennenlernte, den er sehr fürchtete, weil er hier Diebereien und Morde begangen hatte. Er zog sich vor acht Jahren in die Corbières-Berge zurück, am vergangenen Donnerstag aber tauchte er ganz plötzlich wieder auf. Espoumel, ich bin die Hure, die diesen Kerl hinausgeworfen hat.“

„Herrin“, sagte Espoumel mit vollem Mund, „ich bin ein wohlerzogener Mensch und habe Euch nicht Hure genannt.“

„Ist mir egal“, sagte die Thomassine. „Ich bin, was ich bin. Und schäme mich dessen gar wenig. Im übrigen habe ich jetzt mein Auskommen und verkaufe mich nicht mehr. Ich verschenke mich. Und meine Liebe mit“, fügte sie hinzu, dabei ihr Blick mich zärtlich umfing.

„Besten Dank, liebe Thomassine“, erwiderte ich, erhob mich vom Schemel, trat zu ihr und küßte ihren roten Mund. „Tausend Dank für deine schöne Liebe. Ich mag dich sehr.“

„Ha, dieser Lügner!“ sagte sie und lohnte mir den Kuß mit zehn dicken Küssen, dabei ihre fleischigen Hände zärtlich durch mein Haar strichen. „Kein Wort glaub ich dir! Wenigstens aber gehörst du nicht zu jenen Treulosen, die in den Brunnen pissen, nachdem sie ihren Durst gestillt.“

„Madame“, bemerkte Azaïs, „das alles ist ja schön und gut, erklärt aber noch nicht, warum der Scharfzahn unseren Edelmann umbringen wollte.“

„O doch, ich kenne den Kerl!“ sagte die Thomassine. „Er

hat in Monsieur de Siorac einen Rivalen gesehen und meint, wenn er den Rivalen um die Ecke bringt, hätte er mich und mein Geld in der Hand."

Nun alles klar war, verstummten wir. Azaïs setzte sich auf den Tisch und ließ ihre Beine baumeln, was meine Augen fesselte, die ich indes gleich wieder auf den rechten Weg lenkte. Dagegen Miroul glatt in diese hübsche Falle ging, sehr zu meiner Freude, denn es kam mir zupaß, daß der Diener dortselbst Nahrung fand, wo seine Herren ihre Haferkästen hatten. Sofern ich von Hafer sprechen darf im Falle der Dame Gertrude du Luc, die über unseren Häuptern meinen geliebten Samson gerade mit himmlischer Ambrosia nährte. Ha, Bruderherz! dachte ich, ergib dich deinen Wonnen ohne Sorge! Wie kannst du glauben, daß der göttliche Meister, der in seiner Natur so überreich Körner und Blumen spendet, knausrig beschneiden möchte die knappen Freuden unseres gar kurzen Lebens?

Die Thomassine indessen, auf meinen Strauchdieb aus den Corbières-Bergen weisend, entriß mich den träumerischen Gedanken.

„Espoumel", sagte ich und fixierte den Mann, der gerade den letzten Happen vom Kapaun verschlang, dabei ihm das Fett aus den Mundwinkeln troff, „du hast mich draußen in den Bergen umbringen wollen und nun hier in der Stadt ... Zweimal, das ist wahrlich zuviel! Was fang ich jetzt mit dir an?"

„Hängt mich auf", sagte er, versunken an seinem Wein nippend. „Einmal geschieht es ja doch. Wer dem Galgenstrick spottet, hat ihn bald ums Genick. Möge Gott Erbarmen mit ihm haben. Armut hat mich in meinen Corbières-Bergen zu Dieberei und Meuchelmord getrieben. Wäre ich ein Mädchen, hätte ich meinen Körper verkauft. Als Bursche habe ich mich des Messers bedient. Der Herr Jesus möge mir vergeben, und ich sterbe zufrieden."

„Espoumel, noch zufriedener könntest du das Leben genießen. Verrate mir, wo ich den Scharfzahn finde, und ich erbitte für dich des Königs Gnade."

„Tätet Ihr das, Moussu?" fragte er, halb erhoben von seinem Schemel und die schwarzen Äuglein weit aufgerissen.

„Aber gewiß."

„Das ist eine Überlegung wert", sagte er und setzte sich wieder.

SIEBENTES KAPITEL

„Ah, Moussu“, versicherte mir Espoumel eine Woche später in seiner Gefängniszelle, „meine Ehre würde es mir mein Lebtag nie verzeihen, daß ich Hauptmann Cossolat den Aufenthalt des Scharfzahn verraten habe, wenn der mich nicht drei Tage davor hätte umbringen wollen.“

„Dich umbringen? Warum?“

„Um mich zu berauben.“

Und Espoumel erklärte mir, er habe damals in seinem Gürtel eine kleine Barschaft versteckt gehalten, vierzig Sols, welche er durch Unrecht, aber nicht ohne Mühe erworben, indem er eine *flassada* – so nennt man in Montpellier eine schöne Wolldecke – gestohlen und weiterverkauft hatte.

„Der Scharfzahn“, fuhr Espoumel fort, „anders als ich, wirft das Messer nicht, er sticht zu. Eines Morgens, als ich noch döste, gegen einen Strebepfeiler der Saint-Firmin-Kirche gelehnt, sah ich ihn im Dämmer des frühen Tages geduckt näher kommen, die Klinge in der Hand. ‚Kumpel, wohin des Wegs‘, rief ich ihm entgegen. – ‚Pissen will ich, weiter nichts‘, sagte er und richtete sich auf. – ‚Wer früh aufsteht, kann überall pissen‘, sagte ich, ‚schieb ab, Kumpel, schieb ab! Der Platz ist groß, und ich bin empfindlich im Schlaf.‘“

Nachdem Espoumel diese Geschichte geendet, musterte er mich aus seinen naiven Äuglein und sprach:

„Mein edler Moussu, vernehmt, was ich Euch sagen will: der Scharfzahn war ein arg gewissenloser Kerl.“

„Will ich gern glauben!“ sagte ich.

Um nun in meiner Geschichte fortzufahren: Scharfzahn saß in der Taverne *Zum goldenen Kreuz* vor einer Kanne Wein und harrte der guten Nachricht von meiner Ermordung, als Cossolat anstelle von Espoumel auf den Plan trat. Er wollte sich mit Klauen und Zähnen verteidigen, doch dies bekam ihm schlecht: Cossolat, sehr erzürnt über den Widerstand, spaltete ihm mit einem Säbelhieb den Schädel bis zum Kiefer.

Seine Glanztat erfuhr von Mund zu Mund Aufbauschung, am Ende hieß es in Montpellier, Cossolat habe den Schurken bis zu den Hoden gespalten. Eine schöne Legende! Fogacer lieh sich den Leichnam für den Seziersaal, ehe der Henker ihn dann in Stücke hackte.

Dieser Ausgang kam mir zupaß, denn mir blieb nun erspart, vor Gericht zu erscheinen; zufrieden war auch Cossolat, daß Espoumel dort nicht aufträte, den er so lange im Stadtgefängnis verwahrt wissen wollte, bis er die Verstecke des Diebsgesindels der Corbières-Berge aus ihm herausgepreßt hätte.

Was nicht durch Folter geschah, sondern durch Überredung: Cossolat versprach unserem Mann im Namen von Monsieur de Joyeuse des Königs Gnade. Ich indes, der ich diesen ehrbaren Schelm irgendwie ins Herz geschlossen hatte, ich besuchte ihn jede Woche zweimal in seinem Verlies und brachte ihm Speise und Wein, welche Besuche mir, wie ich noch darlegen werde, beträchtlich zum Vorteil gereichen sollten.

Monsieur de Joyeuse hatte guten Grund, mit unseren Diensten zufrieden zu sein, denn was Espoumel dem Hauptmann erzählte oder aber mir anvertraute, war hinlänglich genug, um mit Erfolg gegen das Gesindel in den Corbières-Bergen zu Felde zu ziehen. So konnte der Gouverneur, wenigstens für eine gewisse Zeit, die Straße von Carcassonne nach Narbonne sicher machen und seiner Baronie in Arques wieder Frieden und guten Gedeih bescheren.

Noch war man nicht bei diesem ersprießlichen Ergebnis, als sich Caudebec und seine Römlinge nach sechs Tagen tüchtiger Schlemmerei endlich anschickten, die *Drei Könige* zu verlassen und den Weg in die Papststadt zu nehmen, wobei Cossolat zwischen der Wirtin und dem Baron schlichten mußte, weil letzterer nicht gern seine Geldkatze auftat.

Ich willigte ein, als Dolmetsch zu dienen in diesem harschen Streit, und als endlich alles geschlichtet war, begab ich mich ins Nadelhaus zu Samson und Dame Gertrude, die vor Schmerz außer sich waren bei dem Gedanken, ihr Kämmerchen, wo sie sechs Tage und sechs Nächte ihr einzigartiges Glück genossen hatten, nun aufgeben zu müssen.

Ich fand sie schon jenseits der reichlich vergossenen Tränen, jeden Augenblick des Messers gewärtig, das ihre Leiber und Seelen voneinander schnitte. Ach! ich war es, der sie trennen mußte, da die Römlinge schon zum Aufbruch geläutet hatten. Nach einer verzweifelten Umarmung stürzte mein armer Samson wie irre aus dem Zimmer und rannte mit verstörtem Gesicht in die Apotheke.

Miroul folgte ihm auf mein Geheiß, bekam aber nicht Zutritt, mein armer Bruder hatte sich in sein Zimmer eingeschlossen und lag unter herzerweichendem Stöhnen auf seinem Lager. Hierauf Miroul in mein Zimmer wechselte, wo er, seine Viole zupfend, ein Wiegenlied unserer Barberine sang, um seinen Herrn zu trösten.

Ich selbst hätte mich der Verzweiflung der armen Dame Gertrude ebenfalls gern entzogen, doch nach Samsons Flucht stieß sie einen lauten Schrei aus, warf sich in meine Arme und sprach mit einer so beklagenswerten Stimme, daß es mir die Kehle zuschnürte:

„Ach, Monsieur! Mein Bruder! Ich flehe Euch an, verlaßt mich nicht, damit ich nicht alles von ihm gleich verliere! Bleibt eine Minute noch bei mir, Ihr, die Ihr ihm ebenso zugetan seid, wie ich ihm zu eigen bin, denn ich weiß, mit welch großer Liebe Ihr über meinen schönen Engel wacht und ihm die irdischen Wege entwirrt. Mein Samson (in seiner himmlischen Schlichtheit) hat mir alles gesagt, die Ängste nicht verhehlt, die ihn ob seiner großen Sünde quälen, und wie Ihr sie zerstreut habt. Möge der Himmel (soweit ich ihn hier zu nennen wage) es Euch danken. Und wenn der Himmel nicht, so will ich arme Sünderin es tun; aber kann sündigen, wer so innig liebt und alles hergeben möchte an Herz, an Leib und Gütern?“

„Madame, ich bitte Euch, eifern wir nicht hierüber. Geben wir uns in Gottes Hand. Er ist gütig. Und könnte seine Güte in eins gehen mit den grausamen Züchtigungen, denen wir hienieden in den kurzen Augenblicken unseres Glücks ausgesetzt sind?“

„Pierre, wie gern lasse ich mich von Euch überzeugen! Doch wenn ich erst fort bin aus Montpellier, werdet Ihr Samson dann nicht überzeugen, daß es seiner Gesundheit dienlich wäre, wenn er seine Seufzer einem Mädchen vor die Füße trägt, das jünger ist als ich (wiewohl ich freilich nicht so alt bin, daß ich die Mutter meines Samson sein könnte)? Ich habe sehr wohl die zärtlichen Blicke bemerkt, die diese kleine Viper Azaïs ihm zuwirft.“

„Azaïs, Madame! Alle Frauen, die Gott erschuf, lägen meinem Samson zu Füßen, wenn er nur wollte! Doch Euch allein liebt er und wird er immer lieben, das schwöre ich Euch feierlich."

„Ach, Monsieur!" rief sie, umarmte mich abermals und bedeckte mein Gesicht mit Küssen, die vielleicht nicht ganz harmlos waren, „Ihr nehmt mir eine schwere Last vom Herzen!" Mit einem Blick, der mein Herz durchbohrte, fügte sie hinzu: „Ich liebe Euch wie einen Bruder und noch viel mehr! Ich flehe Euch an, wacht mir gut über meinen lieben Samson und schreibt mir, wenn er es nicht selber tut – denn er hat, sagt er, eine träge Feder –, nach Rom, wie es um ihn steht und wie er sich führt, ich wäre Euch dafür unendlich dankbar."

Ich versprach es ihr, und sie küßte mich so zärtlich und glutvoll, daß ich, nachdem sie endlich gegangen war, auf einen Schemel niedersank und reichlich Tränen vergoß.

„Auch du in Tränen aufgelöst?" fragte die eintretende Thomassine. „Hat diese stämmige Normannenmaid meine hübschen Perigurdiner in Quellflüsse verwandelt? Mein Pierre, hast auch du dich in ihrem Netz verfangen?"

„Ich weiß nicht ..."

„Oder sie sich in deinem? Eine Woge, die gegen den Fels anbrandet, überspült leicht auch den Nachbarfels. Mein Pierre, die Frauen sind unberechenbar wie Wind und Sturm."

Und da ich nur stumm zu Boden blickte, sagte die Thomassine mit einem Lächeln:

„Da seh ich dich nun in großem Schmerz. Aber weißt du nicht, Pierre de Siorac, daß die Seele durch den Körper Heilung erfahren kann? Komm, Pierre, laß dir von mir Fürsorge angedeihen ..." Sie schnürte ihr Mieder auf, wie es mir von Barberine her in Erinnerung war. „Ich habe ein gutes Heilmittel gegen die Melancholie."

Und wirklich, von all den Arzneien, die unser Meister Rondelet in seinem *Methodus ad curandorum omnium morborum* außer acht ließ, ist jenes das wohlfeilste, verläßlichste und köstlichste. Denn aus Thomassines Armen erhob ich mich vollständig genesen, wie der Riese Antäus nach seiner Berührung mit der Göttin Erde, deren Sohn er war. So mag man mir denn glauben, daß ich ein Sohn der Erde bin und irdischer Weiber wie Barberine und Thomassine, deren Milch von göttlicher Güte mich zeit meines Lebens genährt hat.

Doch es verstrich ein Monat, ehe es mir gelang, meinen Samson ein wenig zu trösten, auf den mein spezielles Heilmittel nicht die mindeste Wirkung gehabt hätte. Woche für Woche schrieb ich der Dame Gertrude du Luc, nicht ohne heimliches Vergnügen, einen langen Brief, dem Samson etliche Worte beifügte, so schlicht, daß es einem das Herz marterte.

Da keine Woche verging, in der nicht französische Römlinge (aus Rom heimkehrend oder dorthin pilgernd) Aufenthalt in Montpellier nahmen, gelangten die ihnen anvertrauten Schreiben wunderbar schnell an ihre Adresse. Es kam gar auch vor, daß sie sich kreuzten, denn Dame Gertrude sandte ihrerseits an Samson und mich seitenlange Briefe, so voll zarter, inniger Gefühle, daß man zwischen den Zeilen gleichsam ihr gütiges Herz pochen hörte.

Ende August trafen in der Apotheke zwei andere Schreiben ein, die indes endlos lange unterwegs gewesen waren, durch Kaufleute von Stadt zu Stadt befördert: ein erfreulicher Brief von meinem Vater und ein unerfreulicher aus der Feder des Juristen Coras zu Réalmont im Albigenser Land, adressiert an den hochrühmlichen Meister Sanche.

Mein Vater schilderte in lebhaften Farben den Fortgang der Dinge im geliebten Mespech: Herrschaft und Gesinde wohlauf und frohen Mutes, die Kornernte gut, das Heu in der Scheuer, der Wein vielversprechend, die Bäume voller Früchte; lohnend im Verkauf auch die von Jonas behauenen Steine, Faujanets Fässer, Sarrazines Kiepen, die Schafe von Cabusse und nicht minder die Schweine aus unserer Mühle, welch letztere gewaltig prosperierte unter der geschickten Führung von Coulondre Eisenarm: die Leute aus unseren Dörfern brachten uns freiwillig (die Verpflichtung dazu war abgeschafft) ihr Getreide, weil sie der Ehrlichkeit des hugenottischen Landherrn vertrauten, was ehrbaren Gewinn für ihn nicht ausschloß; und nicht nur das Korn brachten sie, im Herbst dann kamen noch die Nüsse, um das Öl zu gewinnen, welches die winterlichen Abende erhellen sollte. Rotschopf Petremol schließlich fertigte unterdessen so schöne Sattel, daß die Herren Brüder keine Mühe hatten, sie zu einem hohen Preis an den prahlsüchtigen katholischen Adel zu verkaufen.

All das war in dem lebendigen Ton berichtet, der meinem Vater eigen und der ihn uns so bildhaft gegenwärtig machte, mit seinen hellen Augen, seiner aufrechten Haltung, seinem klangvollen Lachen, seinen kernigen Sprüchen und der warmherzigen Liebe, die er jedermann entgegenbrachte, auch dem Gesinde, davon er jeden einzelnen beim Namen nannte.

„Was Samson betrifft“, fuhr mein Vater fort, „verdrießt mich seine Begeisterung für das Apothekenwesen mitnichten, im Gegenteil, ich erlaube ihm gern, diesen Beruf zu erlernen. Zumal er sich gewiß erinnert, daß mein Vater, Charles Siorac, aus seinem Ältesten einen Apotheker machen wollte und aus mir, dem Zweitgeborenen, einen Arzt, damit wir beide in Rouen praktizierten und, den Patienten von zwei Seiten bedrängend, ein gutes Auskommen fänden. Wer weiß, vielleicht kann, was ihm nicht gelang, am Ende mir mit meinen Söhnen glücken.

Meine Herren Söhne, es wird Euch sicher freuen zu erfahren, daß Euer Bruder François und Eure anmutige Schwester Catherine wohlauf sind und daß mein lieber Bastard David (der Sohn, den er mit Franchou, dem vormaligen Kammermädchen meiner Mutter, gezeugt hatte) in blendender Schönheit heranwächst; wie es scheint, stehen die außerhalb der Ehe gezeugten Kinder beim Himmel in einer geheimnisvollen Gunst. (Dies hatte er bestimmt zu seinem eigenen wie auch zu Samsons Trost geschrieben.) Gleiches gilt für die Gavachette, so schmuck und niedlich wie selten ein Mädchen im Sarladais, auch wenn sie keine Zigeunertochter ist, wie die Maligou behauptet.

Dich, mein Pierre, lobe ich für deinen Mut in den Corbières-Bergen und daß du dich so wacker in Logik und Philosophie schlägst. Die Kunst ist so lang, und so kurz das Leben. Und wie du weißt, ist nichts zu vollenden ohne Schweiß und Mühen: *absque sudore et labore nullum opus perfectum est*. Was die Weiberröcke betrifft, so halte, wenn du ein braves Mädchen findest, an ihm fest. Doch hier baue ich auf deine Vernunft, darin du deinem Alter sehr voraus bist.“

Ei ja, dies waren die Blumen, die mein Vater stets bereithielt, weil er dem Grollen nicht sonderlich zugetan; die Rolle des Sittenrichters bei den Herren Brüdern oblag Sauveterre, aber Vorhaltung kam immer von beiden, da möge sich niemand täuschen. Nach den Rosen also die Dornen: der liebenswürdige Brief hatte ein beißendes, stechendes Postskriptum – *in cauda venenum** – von der Hand unseres Onkels Sauve-

* (lat.) im Schwanz das Gift.

terre, der uns mit scharfer Feder tadelte, daß wir in den *Drei Königen* zu viel ausgäben für Speise und Trank, und mein Ansinnen, in Montpellier für Samson und mich modische Wämser aus blauem Satin fertigen zu lassen (mit Beinkleidern von selber Farbe, die Ärmelschlitze dagegen rot), dazu als Kopfbedeckung federgeschmückte samtene Barette, als „nichtig und frivol" bezeichnete.

„Meine Neffen", schrieb Sauveterre, „kleidet Euch in Schwarz, wie es Eurem gelehrten Stand ziemt, nicht wie Lustknaben, die durch die Gassen stolzieren und in Unzucht leben."

Das sind unsere Hugenotten, so sann ich, schmähen Kleidung, jeglichen Pomp, gar auch die Bequemlichkeit, und knausern an allem, um ihre Truhen zu füllen. Nachdem ich den Brief gelesen, fragte ich Samson: „Erinnerst du dich, wie Onkel Sauveterre eines Tages im Hof von Mespech eine Nadel auflas, hinkend in das Zimmer meiner Mutter hinaufstieg und ihr vorhielt: ‚Die gehört, glaube ich, Euch. Schwägerin, achtet fürderhin besser auf Eure Nadeln, sie sind teuer.'" – „Recht hatte er", sagte Samson trotzig, „Vergeudung ist Sünde, und Prahlsucht ist die Mutter der Ausschweifung." Darauf ich nichts sagte, mir aber mein Teil dachte. Mein Samson in seiner engelhaften Unschuld hatte sich nämlich nie die Frage gestellt, wer wohl das Zimmer im Nadelhaus bezahlte und woher die guten, bekömmlichen Speisen kamen, die ihn sechs Tage bei Kräften gehalten.

Dame Rachel, deren wir bei unserer Ankunft in Montpellier nur kurz ansichtig geworden, als die Hochschwangere in der Abendkühle vor der Haustür saß, war nach ihrem Wochenbett zu uns zurückgekehrt, königlich strahlend in ihrer orientalischen Anmut. Meister Sanche habe, so Fogacer, stets Geschmack bewiesen bei der Wahl seiner Ehefrauen, aber die jetzige sei noch schöner und noch jünger als die Vorgängerin. Sie war vierzig Jahre jünger als der Meister und von einer Schönheit, daß selbst Typhème neben ihr verblaßte, die im übrigen nicht ihre Tochter war, sowenig wie Luc ihr Sohn. Den beiden Kindern aus erster Ehe war sie wenig gewogen, wie sie auch Fogacer und mir und Samson keine Freundschaft bezeigte. Sie war kalt wie ein Diamant und wurde vom gesamten Hausgesinde wie die Pest gefürchtet, von der Köchin Concepción, von meiner armen Fontanette, von den Gehilfen, sogar vom zyklopenhaften Balsa. Dem hochrühmlichen Meister bezeigte sie die geschuldete Achtung, mehr nicht. Nie trübte eine Träne ihre kalten Augäpfel.

Zwei Tage nach der Botschaft des Barons von Mespech traf der Brief des Juristen Coras ein, der von anderer Tinte war. Wir standen an diesem Mittag im Speisesaal der Apotheke, jedermann vor seinem Schemel, in Erwartung des hochrühmlichen Meisters; nur Dame Rachel, mit Rücksicht auf ihre Verfassung oder weil sie vielleicht Dauervergünstigung seitens ihres Gemahls genoß, saß in einen Sessel gelehnt, die Hände im Schoß, das schöne Antlitz hoch erhoben.

Das Warten zog sich diesmal länger hin als sonst, doch dann endlich erschien der Meister mit gesenktem Haupt und bekümmerter Miene, krummer und hinfälliger als sonst, in der rechten Hand ein doppelt gefaltetes Blatt Papier. Seufzend legte er das Papier neben seinen Teller, löste den silbernen Gürtel und streifte die Seidenrobe ab, irgendwie aber zerstreut, in sich gekehrt, ohne das bei dieser Umkleidung übliche zeremoniöse Gepränge. Und nachdem er die Robe an die Sprosse des Hirschgeweihs gehängt hatte, setzte er sich.

„Aber mein Herr Gemahl“, sprach Rachel, „Ihr habt noch die Quastenmütze auf!“

„Wahrhaftig“, sagte Meister Sanche, stand ohne ein Lächeln auf, nahm die Kopfbedeckung ab, hängte sie neben die Robe. Dann stülpte er über sein frisiertes Grauhaar das mit Goldseide bestickte Käppchen und setzte sich wieder nieder, die zitternde Hand auf das mitgebrachte Papier gelegt.

„Aber mein Herr Gemahl, Ihr setzt Euch schon?“ fragte Rachel.

„Warum nicht, Madame?“ sagte Meister Sanche unwillig und wie in seinen Gedanken gestört.

„Monsieur“, erwiderte die von seinem Ton offenbar beleidigte, nun desto mehr in Grimm geratene Rachel, „Ihr vergeßt das *benedicite* ... Wollen wir etwa wie die Heiden in der Türkei speisen?“

„Ihr habt recht“, sagte Meister Sanche, erhob sich und wartete, daß Fontanette mit ihrer Kanne käme.

Dann stand er da und starrte zu Boden, indessen das brave Mädchen die Runde um den Tisch machte und jedermann

Wasser darbot zur Waschung, diesmal ohne ihre lieblichen kleinen Grimassen, da Dame Rachel kein Auge von ihr ließ.

Nachdem Fontanette sich in die Spülkammer zurückgezogen hatte, sprach Meister Sanche, mit dem Gesicht zur Wand, in seinem Hebräisch das *benedicite*, den Kopf ritusgemäß von hinten nach vorn wiegend, und wandte sich uns wieder zu bei den Worten:

„Im Namen des Herrn Adonai, amen."

Hierauf Luc, mit zugeschnürter Kehle, da ihm die große Verwirrung seines Vaters nicht entgangen war, tonlos:

„Und des Sohnes und des Heiligen Geistes, amen."

Diesmal aber, anstatt uns zum Sitzen einzuladen und selber Platz zu nehmen, blieb Meister Sanche stehen, griff widerstrebend nach dem Blatt Papier, faltete es auseinander mit zittrigen Fingern und hob matt zu sprechen an:

„Herr Bakkalaureus Fogacer! Meine lieben Neffen! Meine braven Kinder, und Ihr, meine Frau Gemahlin! Bekümmert seht Ihr mich, der ich Euch diesen traurigen Brief zu Gehör bringen muß, und Bekümmernis steht Euch bevor, die Ihr ihn vernehmen müßt. Doch ich werde ihn Euch nicht vorlesen. Dazu fehlt mir der Mut. Es genügt, Euch seinen Inhalt zu sagen."

Tränen rannen ihm aus den Augen, doch dann fuhr er mit festerer Stimme fort:

„Der Brief stammt aus der Feder meines hochgelehrten Freundes, des Juristen Coras aus Réalmont im Albigenser Land. Er studierte in Montpellier die Rechte, während ich hier zur gleichen Zeit das Apothekenwesen und Kanzler Rondelet die Medizin studierte."

„Rondelet!" rief Fogacer erschrocken. „Geht es um Rondelet?"

„Lest, Fogacer, lest Ihr! Ich könnte ohnehin nicht weitersprechen", sagte Meister Sanche, jäh hinfällig.

Er reichte ihm den Brief, sank auf seinen Schemel nieder und zupfte sich mit den zittrigen Händen den Bart.

Fogacer überflog stumm den in Latein abgefaßten Brief. Unterdessen war mein lieber Samson des großen Kummers von Meister Sanche gewahr geworden, trat an den Apotheker heran und legte ihm die Hand auf die Schulter, dabei der Meister diesen Gottesengel dankbar gewähren ließ, denn er legte seine Hand obenauf und hielt ein im Bartzupfen. Auch Luc trat nah an den Vater heran, wagte ihn jedoch nicht zu berühren. Typhème fing an zu weinen, als sie Meister Sanche in so großer innerer Erregung sah, dagegen Dame Rachel, die sich selbst genügte, stumm und gelassen dasaß, das Auge so trocken wie der glänzende Achat, aus dem es gemeißelt war.

„Dies hier teilt Maître Coras uns mit", meldete sich endlich Fogacer mit matter Stimme und trauriger Miene. „Ich lese nicht vor, ich fasse nur zusammen: Wie leider zu erwarten, wurde Kanzler Rondelet von seinem Leiden arg gepeinigt, sowohl während seines Ritts über Berg und Tal bis Toulouse als auch während seines Aufenthalts in selbiger Stadt, wo drückende Hitze ihn erwartete und seine Unterredungen mit den Gesetzeskundigen – in Angelegenheiten seiner Schwäger – ihn übermäßig erschöpften. Gerade hatte er die Konsultationen abgeschlossen und wollte endlich ausruhen, als er von Coras, dem die Erkrankung seines Freundes nicht bekannt war, einen Brief erhielt, darin ihn der Jurist flehentlich bat, nach Réalmont zu eilen und seine plötzlich erkrankte Frau zu behandeln. Obwohl sein Zustand sich sehr verschlimmert hatte, entschied Rondelet – gegen die Einwände der Schwäger und trotz hohen Fiebers –, noch selbigen Morgens nach Réalmont zu reiten. Zu Pferde benötigt man von Toulouse bis Réalmont einen ganzen Tag. Rondelet brauchte deren zwei, unter Schmerzen schleppte er sich von Herberge zu Herberge. In Réalmont hatte er noch die Kraft, das Weib des Coras zu untersuchen, den Grund ihrer Erkrankung festzustellen und ein Mittel zu verschreiben, das ihr Genesung brachte. Kaum war sie auf den Beinen, sank er selbst auf das Krankenlager nieder, von dem er sich nicht mehr erheben sollte. Da er für sich keine Hoffnung mehr sah, verweigerte er jede Arzenei, diktierte einem Notar eine Verfügung über seine irdischen Dinge und verwandte die letzten Stunden darauf, seinen Frieden mit Gott zu machen. Am 20sten Juli ist er gestorben."

Als Fogacer geendet hatte, bedeutete uns Meister Sanche mit einem Wink, Platz zu nehmen, und sprach, ohne sich zu erheben, mit leiser, zager Stimme, die nur mühsam durch seine Kehle drängte:

„So hat nun dieser große Arzt, weil er sich für die Kranken aufgeopfert, seine Seele Gott übereignet, in seinem Tode so vorbildhaft, wie er es im Leben gewesen. Kurz war sein Leben, doch es hat sich nicht erschöpft. Die Gedanken dieses Mannes von übermenschlicher Menschlichkeit werden fortleben in uns und noch in denen, die nach uns kommen. *Brevis a natura nobis vita data est, at memoria bene redditae vitae est sempiterna.**"

Beim Aufsagen dieser Sentenz festigte sich seine Stimme wieder, und sein Gesicht gewann etwas an Farbe, als wären die lateinischen Worte von kräftigender Wirkung und verliehen ihm – allein schon durch ihren erhabenen Klang – Glauben und Zuversicht in sein irdisches Geschick. In solcher Weise gestärkt, griff der Meister spontan zum Löffel und tauchte ihn in die dünne Suppe, die Fontanette uns mit bekümmerter Miene austeilte, dabei sie, als sie meinen Teller füllte, meine Hand berührte – die ich freilich jäh zurückzog, weil Dame Rachel mit ihren Achataugen sich vom Tun der armen Kleinen nichts entgehen ließ. Aber darf ich hier ohne allzuviel Scham eingestehen, daß mich trotz aller Bekümmernis diese Berührung höchst verzückte? Es fiel mir schwer in meinen jungen Jahren, mit den Gedanken lange beim Tod zu verweilen oder gar, so prall im Saft, zu glauben, daß er eines Tages auch mich ereilen könnte.

Allerdings ließ mich der Brief aus Réalmont mein Fernsein von Mespech noch bitterer empfinden. Besäße ich doch die Weisheit, die mein Vater mir zusprach! Leider aber, wie nachfolgend zu erfahren, pulste das Blut gar zu lebhaft in meinen jungen Adern, weder Einsamkeit noch Trauer konnte ich längere Zeit ertragen.

Am Abend in meinem Zimmer, noch tief bewegt vom Tode jenes guten Menschen, vermochte ich nicht einzuschlafen, hierauf ich mich vor Samsons Tür begab und klopfte, jedoch vergebens. Sicherlich schlief er schon, nackt auf seiner Decke liegend, da es stickig heiß war, und träumte von Dame Gertrude. Ich drang in Fogacers Zimmer ein, ohne anzuklopfen, denn er schob nie den Riegel vor. Aber der Bakkalaureus war ausgeflogen, gewiß ließ er sich trösten, ich wußte bloß nicht wo und durch wen: in Liebesdingen war Fogacer verschwiegen und zugenäht. Dagegen ich, an diesem Abend so sehr ei-

* (lat.) Kurz ist das uns von Natur geschenkte Leben, doch ewig währt die Erinnerung an ein Leben, das sich dem Guten verschrieb.

ner zarten Umarmung bedürftig, diese Zuflucht nicht fand, denn freitags – *veneris dies*, am Tag der Venus – empfing die Thomassine ihren Kanonikus, der sehr zum Frommen einer wohlgeordneten Mildtätigkeit die klingende Münze, die er von den Gläubigen für die gewährten Ablaßtage erhielt, trefflich einzusetzen wußte. So wechselten die rettungbringenden Münzen aus der Geldkatze des Sünders unter das Kopfkissen der Sünderin, ohne daß jemand, weder in dieser noch in der anderen Welt, Schaden nahm: der Sünder gewann sein Fegefeuer, der Kanonikus seine Gelöstheit, und die Sünderin, so bezahlt wie gehabt, war obendrein freigesprochen. Denn obwohl die Thomassine behauptet hatte, sie brauche sich nicht mehr zu verkaufen, verlieh sie ihren Körper zu hohen Zinsen an drei, vier gut betuchte Persönlichkeiten der Stadt, was mich zwar nicht eifersüchtig machte, mir aber Ungelegenheiten bereitete, da ich zu meiner Trösterin weniger oft Zutritt erhielt, als ich es gern gewollt hätte.

So strebte ich also – Samsons, Fogacers und der Thomassine beraubt – wieder meinem Zimmer zu, wo mir die Schwüle unerträglich dünkte. Am hellen Schein des Mondes tat sich mir kund, daß zumindest Selene mir, wie einst dem Endymion in seiner Grotte, auf gar zärtliche Weise Gesellschaft leisten könnte. Nackt, wie ich war, schulterte ich meine Schlafmatte und erstieg die Terrasse, wo die Fliesen zwar noch warm, jedoch ein frischeres Lüftchen wehte. Von dieser Anstrengung in Schweiß versetzt, kehrte ich in mein Zimmer zurück, um mich mit Wasser zu besprengen und – Onkel Sauveterre möge mir verzeihen – mit einem Parfum zu bestäuben, das mir die Thomassine geschenkt hatte. Erfrischt stieg ich wieder auf die Terrasse, war aber bei meinem Hin und Her geräuschvoller als zuträglich gewesen.

Ach, wie schön lag Montpellier im Mondschein vor mir, wie prächtig erschienen mir seine sich staffelnden Terrassen, wie freundlich seine Stille – nichts mehr vom Lärm des Tages, verhallt die gellenden Schreie der Straßenverkäufer, die Stiefelgeräusche auf dem unebenen Pflaster, das wirre Geschwätz, das Karrengepolter, das Hufgetrappel. Jeder hatte sich in seins zurückgezogen hinter wohlverschlossene Türen. Doch wie berückend die Schönheit dieser einzigartigen Stadt auch sein mochte, mein Vergnügen war getrübt, da ich es mit niemandem teilen konnte. Und bald fühlte ich mich auf noch schlimmere Weise allein mit meinem traurigen Ich, als ich im Mondlicht den Glockenturm von Saint-Firmin gleißen sah, der mich an das Nadelhaus erinnerte und an die Thomassine, die jetzt hinter ihren roten Bettvorhängen beschäftigt war. Was mir wenig behagte, zumal es mit einem Papisten geschah.

Ich begab mich zu meiner Matte, streckte mich darauf aus, verschränkte die Hände im Nacken; und noch befördert von Gedanken an den Tod des armen Rondelet wie auch an meine Einsamkeit, entsann ich mich plötzlich der kleinen Hélix, der ich in so liebevoller Freundschaft zugetan gewesen. Allmählich angesteckt von dem so flammenden, naiven Gefühl, das sie zu Lebzeiten für mich gehegt, empfand ich für sie eine sinnlose bittere Liebe, die hienieden nimmermehr Erfüllung finden konnte.

„Beim heiligen Antonius!" rief ich laut und richtete mich empor, „ich will nichts mehr wissen von solcher Melancholie! Sie ist die Mutter aller körperlichen Leiden, und jeder gute Arzt muß mit der Heilung bei sich selbst beginnen!"

Ich stand auf und spazierte auf der Terrasse hin und her, warf den Kopf zurück, ballte die Fäuste, stemmte sie in die Hüften, wie ich es von meinem Vater kannte. Das tat mir gut, doch viel besser noch fühlte ich mich, als plötzlich in der Tür Fontanette auftauchte, barfuß, im Hemd, das Haar über den nackten Schultern gelöst.

„Ha, mein edler Moussu!" sagte sie erregt, jedoch nicht meines Aufzuges wegen, der ihr nicht fremd war. „Sonderbar, Euer Betragen! Welch Gepolter in Euerm Zimmer und über meinem Kopf! Seid Ihr mondsüchtig, daß Ihr nackt hier herumlauft und nicht anders als ein Wilder Arabiens Euer Lager unterm Mond aufschlagt, ohne Dach überm Kopf, der Ansteckung durch die Luft und der Pestilenz der Nacht ausgesetzt? Ihr holt Euch den Tod!"

„Ha, Fontanette", erwiderte ich, sehr ergötzt, sie in so charmanter Unordnung zu sehen, „Ansteckung durch die Luft, das ist gemeiner Aberglaube, die Nacht ist zum Atmen so gut tauglich wie der Tag, aber viel frischer und erquicklicher, wenn der Tag glühend heiß war."

„Freilich, ich bin nur ein dummes Ding, kann weder lesen noch schreiben", sagte sie. „Und Ihr, Moussu, seid bereits ein gelehrter

Arzt, Ihr redet lateinisch und lest in dicken Büchern. Trotzdem weiß ich von meiner Mutter, und von meiner Großmutter, daß der Mond die Sonne der Hasen ist, und die Hasen haben bekanntlich einen Rappel, wenn man nur sieht, was sie für große Sprünge im Gras machen. Und bei uns sagt man auch, der Mond ist verrückt im März, und wenn er von Sinnen ist, kann er Euch dann nicht so mondsüchtig machen, daß Ihr ganz allein und ganz nackt auf ein Dach steigt, um die Mondgöttin anzubeten, anstatt wie ein guter Christ in Eurem Zimmer zu schlafen?"

„Fontanette, wir haben jetzt nicht März, sondern August", sagte ich amüsiert, doch mit ernstem Gesicht. „Und im August ist die Mondgöttin närrisch verliebt und nur darauf aus, den Senkel zu fassen und den jungen Burschen, die ihr gefallen, den Hosenschlitz aufzunesteln. Und weil heute abend meine Melancholie so groß ist, bin ich aufs Dach gekommen, wo ich Besänftigung erhoffe."

Ich streckte mich auf der rechten Seite meiner Schlafmatte aus und ließ die linke Seite einladend frei, als erwartete ich in der Tat eine Gefährtin der Nacht.

„Heiliger Jesus!" rief Fontanette. „Ist es wahr, daß Ihr tief in der *malenconie* steckt? (So spricht man das Wort in Montpellier aus.) Bei Gott, ist es möglich, daß die Mondgeliebte herniedersteigt, um mit Euch zu kosen?"

Sie setzte sich auf den linken Mattenrand, legte ihre füllige Hand auf den Bezug und tastete ihn ab.

„Ich spüre hier nichts!"

„Weil der Mond nur erst seine Strahlen schickt, um mich lieb zu streicheln; bald aber kommt die Mondgeliebte in Mädchengestalt, wie man sie schöner nie sah."

Da machte meine Fontanette große runde Augen, bekreuzigte sich und rief:

„Das ist ja gemeine Gottlosigkeit und teuflischer Zauber! Bei allem Respekt und meiner Freundschaft, Moussu, ich mach mich davon!"

Ich hielt sie am Arm zurück.

„Närrin! Fort mit den albernen Ängsten! Der Mond ist so christlich wie du und ich. Oder hätte der Herrgott ihn sonst bei Erschaffung der Welt an sein Firmament gehängt? Hätte er, der alles vermag, so lange einen unfrommen, heidnischen Mond geduldet?"

„Trotzdem, ich find es nicht gut, wenn der Mond sich ausklinkt und als Geliebte herabsteigt, um hier die armen Mädchen dieser Welt in ihrem Tun und Vergnügen zu ersetzen", sagte sie, halbwegs beruhigt. „Und wenn Ihr, Moussu, Eure *malenconie* habt, ist da keine irdische Frau, die Euch trösten könnte? Man erzählt, Ihr steht hoch in der Gunst der Thomassine."

Dies hatte ich nicht gewärtigt. Ich fühlte mich glatt überrumpelt und verstummte baß. Doch hielt ich sie weiterhin fest. Und weil ich nicht Erwiderung wußte, seufzte ich tief.

„Ihr seufzt", sagte sie mitfühlend. „Habe ich Schlimmes gesagt? Habe ich Euch beleidigt?"

„Keineswegs, Fontanette", sagte ich, den Blick hebend. „Ich schaue den Mond an und weiß jetzt, daß die Mondgeliebte nicht kommen wird, sie hat anderswo Futter gefunden, und nun bin ich hier nackt und einsam, von niemandem geliebt."

„Ha, Moussu, sagt das nicht! Ihr werdet hier gehätschelt! Zwar seid Ihr nicht so hübsch wie Euer Bruder Samson, der aber ist ein Träumer und merkt kaum, daß er lebt. Ihr dagegen fühlt Euch ganz hier und lebendig, seid keck und wißt Eure Zunge so gut zu gebrauchen, daß Ihr die armen Mädchen mit Mondgeschichten leimt ..."

„Fontanette", sagte ich ehrlichen Herzens, nun nicht mehr schwätzend und spöttelnd, „ich leime dich nicht. Ich liebe dich in großer Freundschaft, und ich verzehre mich nach dir, wie du es dir nicht vorstellen kannst."

„O ja!" rief sie, und ihre Augen leuchteten im milden Mondlicht. „O ja, ich kann es mir gut vorstellen, denn ich verzehre mich genauso nach Euch! Seit Ihr hier seid, Moussu, und ich immerzu an Euch denken muß, dreh und dreh ich mich jede Nacht, die der Teufel werden läßt, wälze mich tausendmal hin und her im Schlaf, daß mein Bettzeug davon ganz verwurstelt ist! Heilige Muttergottes, was für Fieberschauer, was für Seufzer, welch Gewälze!"

Dies sagte sie so schlicht, daß ich ganz gerührt war von ihrer Naivität, mit der sie ihre Bastionen und Schutzwehre eigenhändig abbaute. Und wie sehr ich auch versucht war, sie in meine Arme zu schließen und auf jenes Mattenstück zu legen, das ich der Mondgeliebten zugedacht hatte, ich tat es nicht, noch nicht, so sehr rührte mich ihre Wehrlosigkeit. Ich bereute gar alle meine Geschichten, die das brave Mädchen geglaubt und doch nicht geglaubt hatte.

„Moussu", sprach sie, „Moussu, Ihr sagt ja gar nichts?"

„Fontanette", raunte ich und nahm ihre Hand, „was soll ich dir sagen: die Krankheit, die uns beide peinigt, ist ganz einfach zu heilen."

„Ha!" seufzte sie, „Ihr habt gut reden. Ihr seid ein Mann, ein Edelmann. Ich aber ein Mädchen, ein Kammermädchen gar, von der Dame Rachel bespäht wie die Feldmaus vom Falken, ich riskiere meine Stellung, und schlimmer noch: ich könnte schwanger werden."

„Dagegen kenne ich Kräuter und weiß, wie du sie anwenden mußt", sagte ich ihr leise ins Ohr. „Ein verläßliches Mittel, das ich von meinem Vater habe."

Ihr so ganz nah jetzt, drückte ich einen kleinen Kuß auf das niedliche Ohrläppchen, dann noch einen, dann knabberte ich leicht daran, daß sie lachen mußte. Und lachend schmiegte sie sich in meine Arme, neigte ihr hübsches Köpfchen nach rechts, nach links, bot ihren Hals in Gänze meinen Küssen dar.

„Ah, Moussu, was tun wir!" sagte sie, als ich sie nach diesen Zärtlichkeiten an meiner Seite hinstreckte. „Ich teile Euer Lager! Das ist große Sünde!"

„Du wirst es deinem Pfarrer beichten."

„Oh, nur ja nicht! Der erzählt es brühwarm der Dame Rachel."

„Dann sag es einem anderen Priester ..."

„Ich kenne keinen andern. Ah, Moussu, wenn es nicht Sünde wäre, wie gern würde ich es mögen. Es ist aber große Sünde, und ich mag nicht, ich mag nicht!"

Und indes das schwarze Haar sich wie eine Aureole um ihr niedliches Gesicht schmiegte, murmelte sie bei jedem Kuß leise „ich mag nicht" und hätte es mir dennoch verübelt, wenn ich innegehalten hätte, so daß am Ende – dank auch dem Mond und der Stille und den lauen Lüften – sie die Meine wurde und ich der Ihre.

Allerdings irrt Cicero, wenn er behauptet: *Ignoratio rerum futurorum malorum utilior est quam scientia**. Denn hätte ich

* (lat.) Besser und dienlicher ist's, daß wir die uns bevorstehenden Unglücke nicht im voraus kennen.

damals um die unheilvolle Verkettung der Folgen gewußt, die sich daraus für Fontanette ergeben sollten, ich hätte sie mit Gewalt zurückgestoßen, als sie in meine Arme drängte (und ich in die ihren, denn Magnet war sie so sehr wie ich und unwiderstehlich die Anziehungskraft, die unser jugendliches Alter barg).

Wie auch hätte ich es nicht wunderbar finden sollen, daß ich als erster ihre Knospe aufbrach und daß ich sie ganz für mich hatte zu einer Zeit, da ich die Thomassine mit drei, vier dickwanstigen Bürgern teilen mußte, den geilen Kanonikus gar nicht gerechnet. Leider war es von allem Glück, das mir auf Erden zufiel, das kürzeste und endete in schlimmer Weise.

Wie Fogacer es vorausgesehen, wurde nach Rondelets Tod Doktor Saporta zum Kanzler der Medizinschule gewählt, und Ende September begab ich mich, von Fogacer begleitet, aus dem erwähnten Grunde zu ihm.

Obwohl er sehr betucht war, lebte Saporta, der Marane war und Hugenotte, knausriger als sonst ein Arzt in dieser Stadt; er bewohnte ein schäbiges Haus in der Rue du Bras-de-Fer, die so abschüssig war, daß sie in Montpellier *la devalada* hieß: kein Reiter und kein Fuhrwerk wagte sie zu nehmen, und es hätte eine stille Gasse sein können ohne die lärmenden Buben, die hier den ganzen Tag tollten und sich auf Brettern, daran kleine Holzräder befestigt waren, bäuchlings von oben in die Tiefe gleiten ließen, gar mutig, denn oft prallten sie gegen eine Mauer, so daß ihr Wägelchen in Stücke krachte und sie sich Schürfwunden und Beulen holten.

Dieses Getümmel machte ohrenbetäubenden Lärm. Ihm folgte, wenn die Knaben zu Bett gingen, ein anderer, noch schlimmerer Lärm: das Fluchen, Streiten, Raufen sowie die säuischen und gotteslästerlichen Lieder, die aus der Taverne *Zum goldenen Kreuz* hallten, in welcher Spelunke die ganze Nacht lang alles versammelt war zum Saufen, Würfeln, Huren, was die Stadt an Lumpenkerlen und Lustdirnen aufzuweisen hatte.

In diesem Höllenlärm und in dieser übelbeleumdeten Straße – übler denn die Rue des Etuves, wo die Dirnen ihrem Gewerbe nachgingen – lebte bei Nacht und am Tage der Kanzler unserer Schule. Doch er ertrug die Unbequemlichkeiten geduldigen Herzens, weil er in selbiger Straße, Nummer 32, ein sehr schönes Ballspielhaus besaß, welches Unternehmen er beständig im Auge haben wollte, des Gewinns wegen, den er daraus zog.

Während ich den Sommerkurs von Doktor Saporta besuchte, hatte ich den schrecklichen Professor von fern schon gesehen; auch im Ballspielhaus hatte ich ihn mehr als einmal gesichtet, wenn ich den Schläger gegen Fogacer schwang. Hier hatte Doktor Saporta, nach kurzem Blick auf die Spieler und ohne das kleinste Lächeln für Fogacer, der ihn mit tiefer Verbeugung grüßte, jedesmal mit dem Platzwart verhandelt und sich Rechnung über die Einnahmen geben lassen.

Nachdem Fogacer an die niedrige Haustür geklopft, dauerte es geraume Zeit, bis Schritte zu hören waren. Ein Spähfensterchen mit robustem Eisengitter tat sich auf, dahinter uns mit hartem Blick verrunzelte Augen musterten.

„Was wollt Ihr?“ fragte eine rauhe Stimme, von der ich nicht hätte sagen können, ob es die Stimme einer Frau oder eines Mannes war.

„Ich bin Bakkalaureus Fogacer, und dies ist Monsieur de Siorac. Der Kanzler erwartet uns.“

Hierauf schloß sich das Fensterchen, die Schritte entfernten sich, und wieder verstrich viel Zeit.

„Fogacer, soll dies nun das Zuhause eines reichen Mannes sein?“ fragte ich enttäuscht.

„Reich ist er ganz gewiß. Er hat mehr Geld als Dekan Bazin, Doktor Feynes und Doktor d’Assas zusammen (diese Ärzte waren – mit dem Kanzler – die vier königlichen Professoren unserer Schule). Saporta besitzt Weinberge, Weiden, Mühlen, Getreidefelder, das Euch bekannte Ballspielhaus, Anteile im Seehandel, außerdem mehrere sehr schöne Häuser in Montpellier, die er an Adlige vermietet, dagegen er sich mit dieser schlichten Hütte bescheidet.“

„Ist’s nicht ein Jammer, daß ein Mann, der so reich ist, so schlecht lebt?“

„Lebt er schlecht?“ fragte Fogacer. „Ihr vergeßt die Wonnen des Geizes, die einem Knicker mehr bedeuten als andere Genüsse, Eure Sinnenlust eingeschlossen.“

„Für die er aber doch empfänglich ist“, wandte ich ein, „wenn er Typhème heiraten will.“

„Ach was, er will nur Kinder von ihr, denen er seinen Besitz vermachen kann, weiter nichts."

„Wie soll ich das glauben? Sie ist sehr schön."

„Das mögt Ihr so sehen, Siorac, weil Ihr den Weiberrock zum Götzen macht, obwohl Ihr Hugenotte seid. Für Saporta ist das Geld der Götze, Typhème aber nur eine Tochter aus gutem Hause, die ihm reiche Mitgift einbringt und ihm die Nachkommenschaft sichert. Jeder läuft eben seinem Götzen hinterdrein: Ihr den Mädchen, er dem Gold."

„Die arme Typhème tut mir leid, wenn sie in solcher Behausung mit diesem Knausergesicht leben soll", sagte ich leise.

„Bedauert sie, aber geht nicht so weit, sie zu trösten. Es würde Euch schlecht bekommen. Aber Ihr habt ja kein Ohr für meine Predigten."

Wollte er auf mein Techtelmechtel mit Fontanette anspielen? Ich hatte nicht Zeit, darüber nachzudenken, denn nun hörte ich wieder Schritte und Gepolter hinter der Tür, Ketten fielen, Schlösser wurden entriegelt und Stangen fortgenommen, als wäre dies eine Zitadelle.

Doch wenn, wie mein Vater meinte, mutige Männer die einzig wehrhaften Mauern sind, so war dieser Platz sehr schwach bemannt, denn drin fanden wir, außer dem Hausherrn, nur die schmächtige Alte vor, die uns Einlaß gewährte. Keine Fontanette hier, die einem freudig die Tür auftat und mit schwingenden Hüften vor einem herschritt. Nur dieses fleischlose alte Gerippe mit schütterem Lippenbart und der rauhen, kratzigen Stimme.

Diese Parze führte uns in einen kleinen Raum, der bar an Tapeten und Teppichen war und, abgesehen von Tisch und Schemeln, auch gänzlich ohne Mobiliar; von den ältlichen Fliesen des Fußbodens waren etliche schon geborsten. Ein einziges Fenster, noch verdunkelt durch einen Vorhang, spendete spärliches Licht: die Häuser auf der anderen Straßenseite waren so nahe, daß man sich hätte die Hände reichen können.

Nachdem die Alte uns zum Sitzen nicht eingeladen, sondern dies barsch befohlen hatte, zog sie sich zurück, nicht ohne uns bösen Blicks zu durchbohren, als verdächtigte sie uns, daß wir in ihrer Abwesenheit den Tisch forttragen könnten, der nun wahrlich Diebstahl nicht lohnte.

Nach solchem Abgang der Alten dünkten uns selbst die Wände hier so voll Mißtrauen, daß wir stumm und reglos dasaßen, bis der Kanzler kam. Er tat es ohne den Pomp und die Großspurigkeit, die der hochrühmliche Meister Sanche an den Tag legte, er kam sozusagen hereingeschlichen, schob sich langsam ins Zimmer, als fürchtete er, durch einen allzu brüsken Ortswechsel die Luft in Wallung zu bringen. Die Breite seines Tisches zwischen uns lassend, blieb er dann mit verschränkten Armen stehen, sagte kein Wort, sondern durchbohrte mich mit seinen Blicken, schnitt gleichsam mein Gesicht mit dem Skalpell in Stücke, um diese unter der Lupe zu studieren. Ich tat dasselbe, da ich ihn noch nie so nahe gesehen, nicht in seinen Kursen und nicht in seinem Ballspielhaus, und ich fand ihn in seiner irdischen Erscheinung recht erschreckend.

Er trug auf dem Kopf sein eckiges Barett, sein Gesicht war mager und knochig, das Haar schwarz wie Rabenflügel, die stechenden Augen lagen tief in ihren Höhlen, die Nase war lang und drohend, und in jedem Mundwinkel hatte er eine bitter verächtliche tiefe Falte, die sich im dichten schwarzen Bart verlor. Seine gallige, tyrannische Miene verwirrte mich um so mehr, da ich ihn doch, wie der gute Rondelet es mir vor seiner Reise angeraten hatte, bitten wollte, für die Dauer meines Studiums Vaterschaft an mir zu üben. Ach Gott! Was würde dieser Saporta für einen Vater abgeben!

Fogacer und ich hatten uns beim Hereingleiten des Kanzlers erhoben und ihm in Latein unseren Gruß entboten, dem er mit keinem Wort Erwiderung tat; nachdem er mein Gesicht eingehend gemustert hatte, setzte er sich, ohne uns einzuladen, ein Gleiches zu tun. Dann herrschte er mich an:

„Sag, wer du bist und was du wünschst. Fasse dich kurz. Ich habe wenig Zeit."

„Herr Kanzler, ich bin Pierre de Siorac", sagte ich, wohl wissend, daß ich ihm damit gar nichts sagte, und sehr überrascht, daß er die Unterredung so grimmig führte. „Ich möchte Euch bitten, für die Dauer meines Studiums mein Vater zu sein."

„Hast du die Einschreibebestätigung?"

„Nein, Herr Kanzler."

„Also kann ich dein Vater nicht sein", sagte er in einer Weise, die keine Widerrede duldete.

Hierauf folgte ein mir unerträgliches Schweigen, das Fogacer, meiner Verwirrung ansichtig, beendete.

„Darf ich sprechen, Herr Kanzler?“ fragte er in einem unterwürfigen Ton, der mich an ihm recht verwunderte.

„Du darfst.“

„Ich habe Pierre de Siorac in Logik und in Philosophie unterrichtet. In beiden Fächern ist er der Aufnahme würdig.“

„Ich kann es nicht bestätigen ohne ein Schreiben aus deiner Hand.“

„Ich werde es aufsetzen.“

„Auch muß er zuvor auf seine Kenntnisse in Medizin geprüft werden, von einem der vier königlichen Professoren.“

„Doktor Rondelet hat ihn vor seiner Abreise examiniert und ihn für geeignet befunden.“

„Doktor Rondelet ist tot“, sagte Saporta, ohne auch nur einen Muskel im Gesicht zu verziehen. „Ergo kann Doktor Rondelet kein schriftliches Urteil mehr abgeben.“

Unstrittig die Logik dieser Feststellung, uns aber entgeisterte seine Ungerührtheit. Zumal der Mann stumm blieb und willens schien, meine Einschreibung zusammen mit dem armen Rondelet zu begraben.

„Also, was sollen wir tun?“ fragte Fogacer schließlich, unverändert bescheiden und fügsam – es war, begriff ich gar bald, der einzig mögliche Umgang mit dem Kanzler.

„Das will ich dir sagen“, beschied Saporta. „Du führst Siorac zu Doktor d'Assas, der ihn examiniert und mir dann *schriftlich* (er betonte dieses Wort) sein Urteil mitteilt. Ist Siorac der Aufnahme würdig, dann erhält er aus meiner Hand ein *Schreiben* (wieder die nachdrückliche Betonung) mit der Forderung, mir sogleich drei tourische Livres als Einschreibegebühr zukommen zu lassen. Hierauf erhält Siorac von Doktor d'Assas ein *Schreiben*, das ihm Mitgliedschaft in unsere Schule bestätigt. Im Besitz dieser Bescheinigung, wird Siorac dann ein *Schreiben* an mich richten und mich darin bitten, ihm Studienvater zu sein. Und ob meine Antwort ja oder nein lautet, werde ich ihm *schreiben*.“

Das letzte Wort hatte Doktor Saporta beinahe fauchend vorgebracht. Dann schwieg er und betrachtete nicht mich armen Schlucker, der ich in seinen Augen gar nicht existierte, da ich in seiner Schule noch nicht *schriftlich* immatrikuliert war, sondern starrte den Bakkalaureus Fogacer an.

„Wenn ich recht verstehe“, sagte Fogacer, „gedenkt Ihr Abhilfe zu schaffen und fortan schriftlich zu tätigen, was bei Lebzeiten Meister Rondelets mündlich erfolgte.“

„Haargenau. *Vox audita perit, litera scripta manet.** Die gute Verwaltung einer Schule setzt voraus, daß der Kanzler von allem schriftlichen Beleg hat. Doch das ist nur einer der zahlreichen Mißstände, die ich beseitigen will. Sobald in die anarchische Einschreibung Ordnung gebracht ist, will ich mit Feuer und Schwert gegen die strafbar gefälschten Diplome vorgehen. Jedes Jahr werde ich das Siegel meiner Kanzlei ändern, um Nachahmung durch Fälscher zu unterbinden. Und ich werde nicht dulden, daß in Montpellier ein Arzt praktiziert, der nicht vor mir und den königlichen Professoren seine Kenntnisse ausgewiesen hat, selbst wenn der Mann ein Doktor der Pariser Schule wäre, die nichts weiter als hohl, scholastisch und hoffnungslos mittelmäßig ist.“

Diese Ansicht schien mir von der heftigen Verachtung herzurühren, die Montpellier gegenüber der Hauptstadt hegte. Freilich verhehlte ich meine Empfindung, wohl wissend, daß ein Strohhalm den Gießbach nicht aufhält. Und wie hätte ich denn auch urteilen dürfen, wenn ich der Immatrikulation noch nicht würdig und in seinen Augen also inexistent war.

„Ich werde jeden strafen, der es wagt, unsere Kunst ohne Diplom auszuüben“, fuhr Saporta fort. „Wann immer wir einen von diesen Scharlatanen schnappen, lasse ich ihn, rücklings auf einen Esel gebunden, von unseren Schülern durch die Straßen führen und aus der Stadt hinausbefördern!“

„*Bene! Benissime!*“ stimmte Fogacer ihm eifrig zu.

„Doch vor allem werde ich die Apotheker auf den ihnen gebührenden Platz verweisen: sie haben Kanzler Rondelets Schwäche weidlich ausgenutzt und unter der Hand unzählige Mißbräuche getrieben.“

Doktor Saporta holte tief Luft, richtete seinen schmächtigen Oberkörper auf und fuhr mit wildem Blitzen in seinem schwarzen Auge fort:

„Ich achte Meister Sanche ob seines Könnens und seiner Gelehrtheit. Und ich rechne es mir als Ehre an, bald sein Schwiegersohn zu sein. Doch nimmer dulden werde ich, daß er in seiner Apotheke heimlich Urinbeobachtung treibt. Das ist

* (lat.) Das Gehörte verfliegt, das geschriebene Wort bleibt.

ketzerische Anmaßung gegenüber den Vorrechten der Mediziner! Fogacer, habt Ihr Kenntnis von solcher Übertretung? Meister Sanche beobachtet den Urin!"

„Aber das tut doch jede Offizin, Herr Kanzler."

„Fortan nicht mehr!" keifte Saporta mit abwehrender Gebärde. „Der Urin gehört dem Mediziner! Fogacer, vergeßt nie diesen unverletzlichen Grundsatz! Alle Ausscheidungen eines Kranken gehören uns, uns allein: Urin, Exkremente, Blut, Eiter – alle diese Substanzen sind von Natur aus unveräußerliches Gut des Mediziners. Und möge kein Apotheker es wagen, die Hand danach auszustrecken! Gewiß, ich verachte die Pillendreher nicht, auch wenn sie nicht Doktoren sind und eher einen mechanischen Beruf denn wahre Kunst ausüben. Doch da das Apothekenwesen die Dienerin der Medizin ist, darf sich die Dienerin nicht ihres Herren Rechte anmaßen!"

„Herr Kanzler, darf ich sprechen?" fragte Fogacer.

„Du darfst."

„Herr Kanzler, erlaubt Ihr mir gütigst, für Meister Sanche zu plädieren?"

„Du darfst."

„Herr Kanzler, welcher Arzt würde Euch nicht zustimmen? Aber Meister Sanche respektiert mehr als jeder andere Apotheker dieser Stadt unsere Rechte. Er verweigert, wenn er darum gebeten wird, das Schröpfen und den Aderlaß, indes manche seiner Kollegen dies heimlich tun ..."

„Ja, ich weiß von diesen teuflischen Abscheulichkeiten", rief Saporta. „Ich werde hart dagegen angehen!"

„Auch unterläßt er Diagnosen und Prognosen, sagt immer wieder ganz bescheiden: *Non sum medicus**, und gibt Arznei nur auf Rezept aus."

„Das stimmt, Meister Sanche gehört nicht zu den schlechtesten. Doch er beobachtet den Urin! Das ist ein kapitales Verbrechen und eine so ungeheuerliche Anmaßung, daß ich es auch bei ihm nicht dulden kann, selbst wenn er mir zehntausend Töchter zur Frau gäbe."

Des Kanzlers Augen sprühten Feuer, sein Gesicht war verzerrt, die Nase weiß und spitz, er keuchte – nicht nur die Mißbräuche, die seine Wut entfachten, schien er dem Scheiterhaufen zu überantworten, sondern auch deren Urheber. Ha!

* (lat.) Ich bin nicht Arzt.

dachte ich, ein mürrischer Choleriker! Möge der Himmel mich davor bewahren, jemals sein Mißfallen zu erregen!

Fogacer, der die wundervolle Gabe hatte, stets im rechten Moment den Schnabel zu halten, zügelte sich in seinem Plädoyer für Meister Sanche und schwieg. Während ich ohnehin nichts sagen durfte, da meine Existenz noch nicht schriftlich ausgewiesen war in der Schulmatrikel.

Unser beider Schweigen wog letzthin so schwer, daß Saporta seiner gewahr wurde, obwohl er sich mit Blitz und Donner umgeben hatte. Sein funkelndes Auge legte sich auf uns, er schien verwundert, uns da zu sehen, und sagte abrupt und wenig höflich:

„Unsere Unterredung ist beendet."

Und ohne mit einem Wort, einem Zeichen oder Blick unseren Abschiedsgruß zu erwidern, entschwand er.

Kein leichtes, beim Verlassen des Hauses die *devalada* zu nehmen, wo es von Rotzjungen wimmelte, die mit Kugeln und Kreiseln spielten, ohrenbetäubenden Lärm machten, Trommeln von jeglicher Größe schlugen, die Straße mit ihrer Notdurft bekleckerten, die Passanten vollpißten oder anzüglich ihre Pimmel zeigten und schweinische Lieder sangen; obendrein mußte man hierhin und dorthin springen, um sich vor ihren Wägelchen zu retten, die mit gewaltigem Krach den Hang herunterpolterten.

„Die reinste Hölle hier!" sagte ich.

„Nachts ist es noch schlimmer", sagte Fogacer. „Am Tag seht Ihr hier nur Kacke und Pisse. Nachts aber fließt das Blut. Die Mädchen werden vergewaltigt, die Burschen hinterrücks mit Messerstichen ermordet und ausgeplündert."

„Und die Nachtwache?"

„Die wird verprügelt, wenn sie sich hierher vorwagt. Die Schurken fürchten nur Cossolat und seine Garde und ein paar hiesige Edelleute, die Rache schwören, wenn ein Dienstmädchen behelligt oder ein Lakai getötet wurde, sich kriegsmäßig wappnen, zwei oder drei von diesen Lumpenkerlen in der *devalada* schnappen und sie, übel zugerichtet, an den Galgen bringen. Doch das ist eher nur ein Zeitvertreib der Edlen: die Brut wird dadurch nicht ausgeräumt."

„Es ist also wirklich die Hölle! Und wie kann Saporta hier leben, wenn er nicht ihr Pluto ist? Fürwahr, Fogacer, er ist ein schrecklicher Mensch. Und warum muß er mein Studienvater sein? Hätte ich mir nicht lieber Doktor d'Assas erwählen sollen, der so liebenswürdig sein soll?"

„Ha, d'Assas!" sagte Fogacer. „Wie Ihr wißt, war seine verstorbene Frau Catherine eine Tochter Rondelets (alle diese Ärzte und Apotheker heiraten hier untereinander). D'Assas hätte Euch auf sein Landgut nach Frontignan eingeladen, Euch freundlich bewirtet und von seinem Weingarten erzählt. Und hätte sonst nichts getan. Saporta ist ein Mann aus Eisen, Siorac, aber an diesem Eisen findet Ihr Halt. Im übrigen wird er die Medizinschule besser leiten als Rondelet, der ein großer Arzt war, aber die Mißstände ins Kraut schießen ließ, ohne die Hippe anzusetzen. Beurteilt Saporta nicht nach seinem Gesicht, seinem Geiz, seinen Launen; meßt ihn an den Diensten, die er der Schule und Euch erweisen wird."

Soeben vor der Nummer 32 der Rue du Bras-de-Fer angekommen, blieb Fogacer stehen.

„Ein Spiel gefällig? Hättet Ihr Lust?" fragte er.

„Heute nicht. Ich bin anderswohin bestellt."

„Ah, Ihr geht zur Andacht in die Kirche Saint-Firmin?"

„Nein, diesmal irrt Ihr!" erwiderte ich lachend. „Ich besuche Espoumel im Gefängnis."

„Ist es nicht merkwürdig, daß Ihr diesen Lumpenkerl so ins Herz geschlossen habt?"

„Ihm verdanke ich mein Leben."

„Und er Euch das seine. So seid Ihr quitt."

„Oh, nein, keineswegs. Mein Leben ist sehr viel schöner als seins: ich fühle mich noch in seiner Schuld."

„Ha, Siorac! Trotz Eurer zügellosen Sitten – man kann Euch nur lieben."

Mit einem feinen Lächeln entschwand er hüpfenden Ganges, mich nachdenklich zurücklassend; offenbar war er bestens im Bilde über meine Sitten, ich aber wußte über die seinen nichts. Ich hielt ihn gleichwohl nicht für einen Tugendbold.

Die Möglichkeit, das Stadtgefängnis zu betreten, verdankte ich Cossolat; er hatte mich dem Profoß empfohlen, der mich in gutes Einvernehmen mit dem Kerkermeister gesetzt, und letzterer blieb mir gewogen, weil ich ihm die Klaue schmierte. So brauchte Espoumel nicht mehr in einem dunklen Verlies zu sitzen, sondern bekam jene Zelle, in der üblicherweise die zum Galgen verurteilten Verbrecher schliefen; das große Fenster (wenn auch mit dicken Eisenstäben versehen) ließ die Sonne herein, als wollte man den armen Kerlen eine letzte Gunst gewähren: die Schönheit des Tageslichts zu genießen, ehe sie seiner auf ewig beraubt würden.

Wenn der Kerkermeister mir die Zellentür aufgetan, erhob sich Espoumel, mich dann um gut einen Kopf überragend, denn er war lang und dürr, dabei aber sehr kräftig, da ganz Muskel und Nerv. Von Angesicht wäre er nicht so häßlich gewesen, wenn man ihm den Bart und das schmuddlige, strubblige Kopfhaar gestutzt hätte. Er grüßte mich und sah mich dankbar an, unterdessen ich die mitgebrachten Leckereien auf den Tisch packte.

„Moussu, was täte ich ohne Eure Güte! Nun hüte ich schon einen Monat das Gefängnis bei Schmerzensbrot und Angstwasser, in tiefer Reue ob meiner gemeinen Sünden! Bis heute morgen hatte ich noch einen freundlichen Gefährten, aber die Wachen haben ihn fortgeholt, um ihn im Olivenhain zu hängen, weil er seinem Herrn zehn Dukaten gestohlen hat. Wie ungerecht, daß man einem ehrbaren Burschen für so wenig das Leben nimmt, dagegen ich, der ich so viele Diebereien und Morde begangen habe, königliche Begnadigung erwarte."

„Espoumel, des Menschen Rechtsprechung ist so unvollkommen wie seine Natur. Im Himmel dann kommt alles ins Lot durch die Güte des Herrn."

„Wer ist von dort je zurückgekehrt, um es mit Bestimmtheit sagen zu können?" entgegnete Espoumel und entwaffnete mich mit dieser ketzerischen Frage. „Moussu, wenn Ihr diesen netten Gefährten in seiner Angst erlebt hättet, so nah dem Tode, Ihr hättet dem Henker einen Dukaten gegeben, damit er ihn vor dem Erhängen erwürgt!"

„Aber ist das nicht ein und derselbe Tod?"

„Keineswegs, Moussu. Wenn der Henker Euch den Strick überstreift und Euch dabei mit dem Daumen den Schlundknochen eindrückt, dann seid Ihr auf der Stelle tot. Wenn er Euch dagegen lebend henkt, erstickt Ihr erst allmählich an Euerm eigenen Gewicht; das dauert eine ganze Weile und ist ein gräßliches Sterben."

„Woher hast du das alles?" fragte ich, sehr überrascht, daß Espoumel hierüber mehr wußte als ein Schüler der Medizin.

„Ich wurde als gemeiner Mensch geboren, und das ist eine Sorte, die man henkt."

Ich setzte mich ohne Erwiderung auf seinen Schemel, allerdings in einiger Entfernung von ihm, wie mein Vater es mir zu tun geraten hätte, damit ich nicht seine Flöhe abbekam und weil er auch stank wie ein Iltis im Käfig: hier im Gefängnis bekam er Wasser nur grad zum Trinken.

„Espoumel, was hast du da in deinen Händen?" fragte ich.

„Oh, weiter nichts, eine Nachbildung meines Kerkermeisters. Hab ich aus Holz geschnitzt, vor Langeweile, die Tage sind sehr lang."

„Laß sehen", sagte ich.

Er reichte mir die Statuette. Sie war in der Höhe das Vierfache eines Daumens, war sauber gearbeitet und gut proportioniert und hatte sogar Ähnlichkeit mit dem Modell.

„Espoumel, eine schöne, gelungene Arbeit!"

„Ja, so schlecht ist sie nicht", sagte Espoumel, von meinem Lob geschmeichelt, mit strahlenden Augen. „Sie würde mir noch besser gelingen, wenn ich außer dem kleinen Messer, das man mir gelassen, einen Beitel, einen Hohlmeißel, eine Raspel und auch weicheres Holz hätte."

„Sollst du haben."

„Ah, Moussu, da Euch meine *peteta* so gefällt, hätte ich sie Euch gern geschenkt, aber ich habe sie schon dem Kerkermeister versprochen. Wenn Ihr wollt, schnitze ich Euch eine andere."

„Könntest du sie nach einer Vorlage schnitzen, die ich dir aufzeichne?"

„Aber ja, Moussu, wenn sie die entsprechende Größe hat."

„Und wie lange brauchst du, um deine *peteta* zu schnitzen?"

„Einen Tag, wenn Ihr mir ein Stück Weichholz beschafft, in der rechten Größe, und dazu die drei Werkzeuge."

Ich überlegte ein Weilchen, denn ich hatte eine Idee.

„Espoumel", sagte ich, „du schenkst mir die erste *peteta*, aber die anderen bezahle ich dir, denn ich möchte jeden Tag eine, solange du im Gefängnis auf die Begnadigung wartest. Dann hast du in deiner Zelle Beschäftigung und, wenn du freikommst, etwas Geld für Essen und Trinken."

„Mein edler Herr, Ihr seid sehr gütig! Aber wenn ich länger

als einen Monat hierbleibe, was macht Ihr dann mit all den *petetas*?"

„Soldaten mache ich daraus. Ein paar französische, aus dem Rest englische. Und mit den beiden Armeen kann ich die Belagerung von Calais nachstellen, in der sich mein Vater hervorgetan."

Ich versprach, am nächsten Tag wiederzukommen, und ging vergnügt von dannen, in dem Gedanken, daß ich aus diesen *petetas* guten Nutzen ziehen würde. Ich weiß, daß manche Leser hier die Brauen runzeln werden: als wäre es nicht schon schlimm genug, daß ein Edelmann Medizin studiert – nun will er noch Geld schlagen aus den Dingen. Für die besagten Leser gibt es nur eine Art, edel zu leben: der Erstgeborene soll seine Landleute schinden, der Zweitgeborene das geistliche Amt oder den Waffenrock wählen. Doch durch meinen Glauben ist mir die Kirche mit ihren fetten Pfründen verschlossen. Und soll ich meinen Degen in den Dienst eines Prinzen stellen, von dem ich nicht weiß, ob er die Hugenotten morgen nicht wieder mit Acht und Bann belegt?

Mein Vater und Sauveterre meinen, ganz wie Calvin, daß ehrbar gewonnenes Geld sauber sei und daß es als verläßliches Zeichen der Gunst des Himmels gelten müsse, wenn er uns den Gedanken eingibt, zu wählen, was uns tunlichst nützt. Diesem Grundsatz im Geiste der Bibel verdanken sie ihre Prosperität in Mespech.

Was mich betrifft, der ich von den gleichen Erwägungen geleitet bin, so möchte ich die Herren Brüder nicht so viele Dukaten kosten und auch nicht von ihnen abhängig sein, denn wer einem anderen auf der Tasche liegt – mag es der eigene Vater sein –, ist noch immer ein Kind. Als Zweitgeborener, der ich mein Lebensglück selbst bestreiten muß, finde ich es beklaglich, daß ich mich nur schwarz kleiden soll, zumal ich schon in der Gunst von Monsieur de Joyeuse stehe und es darin um so weiter brächte, wenn ich vor ihm in einem Aufzug erschiene, der mir keine Verachtung einträgt. Das Wams aus blauem Satin, danach mir der Sinn steht, finde ich weder „nichtig" noch „frivol", es dünkt mir Mittel zu nutzbringendem Zweck, wie es für mich diese *petetas* sind, die ich nicht auf offener Straße feilbieten werde, sondern mir auf feinere Weise werde frommen lassen.

Vertieft in diese Gedanken, merkte ich, daß ich Saint-Firmin entgegenschritt, dabei mich freilich nicht diese Papistenkirche lockte, sondern das gegenüberliegende Haus. Wie leicht fällt es dem Menschenhirn, zwei Gedanken gleichzeitig zu verfolgen! Denn sosehr ich mit Zukunftsplänen befaßt war, seit Espoumel mir von seinen *petetas* erzählt hatte, ich hing ebensosehr der Erinnerung an die *patota* nach, was nur eine mundartliche Abwandlung desselben Wortes ist und *Puppe* bedeutet. Und mich der köstlichen Kuchenstücke dieser guten Wirtin entsinnend, kaute ich in Gedanken gar bald jene, die ich am Abend zuvor im Nadelhaus genossen. Und vom Backwerk sanft zur Bäckerin übergleitend, erfaßte mich jäh solcher Appetit auf die Thomassine, daß es mich drängte, ihn augenblicklich zu stillen.

Aber die Thomassine war nicht zu Hause und würde es den ganzen Tag nicht sein, wie ich von Azaïs erfuhr, die neckisch tat und sich vor mir wie eine kleine Schlange wand, scheinheiliges Getue. Ich machte dem ein Ende, indem ich sagte, ich wolle nicht schuld sein an ihrer Entlassung; ein Skrupel, den ich bei Fontanette freilich nicht gehabt.

Damit verließ ich sie, sehr zufrieden ob meiner Standhaftigkeit, die indes nur Berechnung war und – ein einziges Mal wenigstens – kluge Vorsicht. Sie zählt, ich kann es nicht verhehlen, zu meinen Stärken nicht. Denn einen Monat später beging ich mit Kommilitonen meiner Schule eine Handlung, die mein Vater, dem ich sie brieflich beichtete, hart rügte, indem er sie gottlos und närrisch unbedacht nannte, wörtlich: *atrocissima**.

* (lat.) in höchstem Maße schändlich.

ACHTES KAPITEL

Am 10ten Oktober begab ich mich auf meiner Stute Accla nach Frontignan, um Doktor d'Assas zu besuchen. Fogacer begleitete mich auf meines Bruders Pferd Albière, um mir die Wege entwirren zu helfen, aber auch gelüstig auf den Muskateller des Professors.

Dieser, so erklärte mir Fogacer, während wir die steinigen Pfade ritten, sei getaufter Jude und heiße in Wahrheit Salomon, doch sei ihm sein Name zu auffallend hebräisch erschienen, weshalb er denn den seines Landgutes in Frontignan angenommen habe und sich seither Monsieur d'Assas nenne. Was seine Brüder, die Maranen, anfänglich erzürnt hatte, zumal der gute Doktor, als er Hugenotte geworden, von den geheimen Riten abgegangen war, denen viele weiterhin Treue wahrten. Die Papisten spotteten über diesen Monsieur d'Assas und seine neue Adelspartikel. (Aber hatte mein Großvater nicht ein Gleiches getan?) Dagegen die Hugenotten, viel zu ernst, um über einen Namen zu lachen, sich bekümmerten, daß Monsieur d'Assas so lau im reformierten Glauben war und nur selten den Gottesdienst besuchte.

Als ich absaß und er mit vorgereckten Händen auf mich zukam, mich stürmisch umarmte und in seinem ganzen Wesen Güte und Duldsamkeit verströmte, wie liebte ich ihn da, den Herrn von Assas! Alles an ihm war rund: das Haupt, das Gesicht, die Schultern, der Bauch, die Seele und auch das Herz. Des Lebens Stacheln waren über diese Rundungen, anders als beim verstorbenen Kanzler Rondelet, sanft drübergeglitten, hatten ihn nicht geschrammt, obwohl er ein gleiches Maß an Trauerfällen erlitten wie sein Schwiegervater, zwei Ehefrauen und vier seiner sechs Kinder verloren hatte; doch nach jedem Tränenfluß war er aus der Asche wieder emporgefahren, erfüllt von einer Lebensfreude, die er immerfort aus sich zapfte wie den Muskateller aus seinen Fässern.

In der Tat stand der Trinker irgendwie sehr in Einklang mit

seinem Getränk. Denn seinem Wesen nach war Doktor d'Assas mild, lieblich und fruchtig, ein wahrer Nektar von Mensch, nachsichtig sich selbst und den anderen gegenüber, zuvorkommend, jedermann verzeihend, Feindschaft abhold, auf Ausgleich und Versöhnung bedacht und solcherweise allerdings – jede Medaille hat zwei Seiten – auch sehr wenig geneigt, Eifer an den Tag zu legen, auch nicht in seiner Kunst: er hatte wenig Vertrauen in die Medizin und tat nichts lieber als seinen Weingarten zu hegen, den er höher schätzte als der König sein Königreich.

Nachdem er uns im Schatten seines lieblichen Gartens Platz angeboten hatte, bedachte er uns mit tausend Komplimenten, hieß seine Diener unsere Pferde tränken, sein Kammermädchen uns Kuchen auftragen und Wein. Die junge Bedienstete, eine hübsche Braune, schlank und schmiegsam wie eine Gerte, mit großen goldgepunkteten grünen Augen, war so genüßlich anzuschauen wie ihr Gebäck köstlich schmeckte, darüber wir uns gierig hermachten. Doktor d'Assas lächelte gutmütig, als er uns nach dem langen Ritt so heißhungrig sah. Er saß lässig in seinem Sessel, wiegte fröhlich den Kopf hin und her und brachte in Abständen – der Leser möge mir nicht zürnen – auch den Bariton seines Hinterns zu Gehör. Obzwar von ehrbaren Manieren, furzte er oft und laut, wenn auch nicht mit Gestank, da von gutem sauberem Gedärm, nur daß er eben zum Anus die übermäßig eingeatmete Luft (er hatte die Angewohnheit, bei jedem Satz zu gähnen) wieder ausstieß.

Als ich mir den Bauch halb gefüllt hatte (denn in meinen jungen Jahren war dieser Abgrund bodenlos), sagte Monsieur d'Assas, ohne im Essen und Trinken einzuhalten:

„Monsieur ... aber lassen wir den Monsieur fort, ich werde Euch einfach Pierre nennen, so sehr gefallt Ihr mir bereits mit Eurem jungen Gesicht ... Ihr werdet verzeihen (hier gähnte er und gab dabei einen merkwürdigen Ton von sich: *haamm*), aber greift bitte weiter zu, unterdessen ich rede, eßt und trinkt, nur die Lebenden essen und trinken, die Toten gelüstet es nur noch nach Gott, und Gott ist ewig, warum also sollten wir Eile haben, zu ihm zu gelangen? Pierre, Ihr werdet mir verzeihen, daß ich Euch ein paar kleine Fragen in Medizin stelle (hier reckte er seine linke Hinterbacke hoch und furzte), doch es muß sein, ich habe hierüber unserem liebenswerten Kanzler (*haamm*) schriftliches Urteil zu geben, also will ich Euch ungesäumt prüfen (*haamm*) über die italienische Seuche, die Euer Steckenpferd zu sein scheint (er lachte). Pierre (hier ... doch es sei mir gestattet, dieses wiederholte Gähnen und Furzen der Phantasie des Lesers anheimzugeben), ist die italienische Seuche ein kaltes und trockenes Leiden?"

„Nein, unser Herr und Meister", entgegnete ich, „sie ist ein warmes und feuchtes Leiden."

„Fogacer", fragte d'Assas, verschmitzt dreinblickend, „glaubt Ihr das? Ein ‚kaltes und trockenes Leiden' oder ein ‚warmes und feuchtes Leiden', was zum Teufel soll das Kauderwelsch?"

„Weiß ich nicht", erwiderte Fogacer, den dieser Zweifel freute. „Die Unterscheidung jedenfalls ist klassisch."

„Na schön. Unterscheiden wir also ..." Und an sein schönes Kammermädchen gewandt: „Zara, mein Schatz, komm her, hier an meine Rechte, ganz nah. *Bene, bene*. Und wie, Pierre, erfolgt die Ansteckung bei der italienischen Seuche?"

Hierauf ich kleiner Papagei antwortete:

„Eine infizierte Person infiziert eine andere nur vermittels einer gewissen Flüssigkeit, die an einer gewissen Stelle in den Körper der anderen fließt."

„Das könnte man so sagen, obwohl mir das Wort Flüssigkeit nicht gefällt." Mit seiner Linken führte d'Assas den Becher zum Mund, während die Rechte dem Mädchen zärtlich über den Rücken fuhr. „Pierre", fuhr er mit einem genüßlichen Lächeln fort, „wir haben heute bei diesem schönen Wetter genug gearbeitet. Eine Frage noch, ehe wir schließen: wer fürchten muß, mit einer infizierten Person geschlafen zu haben, wie wappnet der sich gegen die italienische Seuche?"

„Durch Purgieren und durch Aderlaß."

„Fogacer, glaubt Ihr das?" fragte d'Assas grinsend, mit der Rechten noch immer besagten Rücken liebkosend.

„Ich weiß nicht. Aber so wird es gelehrt."

„Na denn, lehren wir es." Und an mich gewandt: „Pierre, Ihr habt mich hinlänglich überzeugt, daß Ihr Rondelets *De morbo italico* auswendig kennt. *Dignus es intrare, mi fili.** Ich werde Saporta umgehend schreiben."

„Verehrter Doktor", sagte Fogacer, der wußte, wie gern

* (lat.) Du bist der Aufnahme würdig, mein Sohn.

d'Assas immer alles auf die lange Bank schob, „warum die kleine Sache nicht gleich erledigen? Dann übergebe ich das Schreiben noch heute abend dem Kanzler, den ich ohnehin aufsuchen muß."

„Wie Ihr möchtet", sagte d'Assas mit einem Seufzer. „Zara, hol mein Schreibzeug." Das Mädchen entfernte sich mit wiegendem Gang.

Nachdem mir d'Assas zwei Prüfungsfragen gestellt und das Ergebnis in zwei Zeilen an Kanzler Saporta schriftlich festgehalten hatte, trank er seinen Wein aus und lud uns ein, seinen Weingarten zu besichtigen; dort erging er sich eine ganze Stunde lang in unzähligen Einzelheiten, seine Rede in der uns schon bekannten Weise unterbrechend, indessen Zara folgsam an seiner rechten Seite schritt, damit er sie bequem betatschen konnte. Sie schien ihm dringliches Erfordernis, weshalb es mich später wunderte, daß er sie nicht auch bei seinen Vorlesungen zu ebendiesem Gebrauch an seiner Seite hielt. Wenigstens aber wahrte er in den Vorlesungen die erwähnten Pausensetzungen, die seinen Schülern fortgesetzt Anlaß zu Spott und Nachäffen gaben, mit dem Mund oder anderwärts, sofern sie Luft auch nach jener Seite hin hatten. Ungeachtet dessen folgten die Schüler aufmerksam seinen Kursen: sie waren gut und wären noch besser gewesen, hätte er sie nur besser vorbereitet.

„Täuscht Euch nicht, d'Assas hat unendlich viel Geist", sagte Fogacer, während wir Montpellier entgegenritten, und zwar sehr gemächlich, da im Kopf etwas wirr von dem Muskateller. „Er wäre der größte Mediziner geworden, wenn er sich nur angestrengt hätte. Aber er ist ein Genießer, möchte jeden Augenblick dieses verstreichenden und nie wiederkehrenden Lebens auskosten."

„Tun wir nicht alle das gleiche, ein jeglicher auf seine Art?" hielt ich dagegen. „Die einen frönen ihrem Geiz, andere der Liebe und wieder andere der Kasteiung."

„Darauf gibt es eine Antwort, doch mir ist so taumelig, daß ich jetzt nicht drauf komme", sagte Fogacer.

Mein weiser Mentor zügelte seine Stute, hielt sich mit beiden Händen am Sattelknauf fest, beugte sich vor und lachte aus vollem Halse.

Am 11ten Oktober gab mir Kanzler Saporta durch den Pedell Figairasse zu wissen, ich solle die drei tourischen Livres Einschreibegebühr entrichten, dabei ich als eingeschrieben erst nach Erhalt des Schreibens *ad hoc* von seiten des Doktor d'Assas gälte. Und erst danach dürfte ich ihn *schriftlich* ersuchen, mir Studienvater zu sein.

Jedoch am 16ten – zwei Tage vor Sankt Lukas und dem angesetzten Studienbeginn – hatte sich Doktor d'Assas noch nicht gemeldet. Ich unterstellte dies seiner Säumigkeit, weshalb ich entschied, Accla zu satteln und Frontignan ein zweites Mal aufzusuchen, im übrigen es mich irgendwie auch nach der Güte und dem Geist des königlichen Professors gelüstete, nicht minder nach seinem Wein und seinen Törtchen und, warum soll ich es nicht gestehen, nach den schönen grünen Kulleraugen Zaras, mit denen sie ringsum alle jungen Burschen betörte. Mochte auf ihrer schönen Stirn auch zu lesen stehen *non licet tocare** und darum alles nur Traum bleiben – wer hätte sich diesem schönen Traum nicht gerne hingegeben? Wie in Mespech unser Steinbrecher Jonas sagte: „Ein Fuchs erfreut sich schon am Anblick eines Huhns, auch wenn er es nicht schnappen kann."

Kurzum, mir wurde volles Augenergötzen zuteil, als ich das schmucke Kammermädchen wieder sah, auch Zunge und Gaumen kamen auf ihre Kosten, nicht minder das Gehör und der Geist, als ich den feingesponnenen Reden des Doktor d'Assas folgte – und ich bekam endlich meine Einschreibebestätigung, die er ungesäumt abfaßte in den folgenden sehr merkwürdigen Wendungen:

Descriptus fuit in albo studiosorum medicinae Petrus Sioracus, per manus, anno Domini 1566 die vero 16 octobris; cuius pater est Venerandus Doctor Saporta, nostrae scholae Cancellarius, qui eiusdem iura persolvit.

*Datum Monspessuli ut supra. Doctor Dassassius.***

Ich fand es merkwürdig, daß hier geschrieben stand, Doktor Saporta sei mein Studienvater, dabei ich diesen Schrieb aber

* (lat.) Berühren verboten.

** (lat.) Pierre de Siorac wurde am 16. Oktober 1566 von meiner Hand in das Matrikelbuch der Medizinschule eingeschrieben; sein Studienvater ist der ehrwürdige Doktor Saporta, Kanzler unserer Schule, der seine Gebühren entgegennahm. – Gegeben zu Montpellier obigen Datums. Doktor d'Assas.

benötigte, um ihn erst bitten zu dürfen, es zu werden. Ich wagte Doktor d'Assas darauf hinzuweisen, doch er erwiderte mit listigem Lächeln, daß solcher Widerspruch oder gar Unsinn den Doktor Saporta nicht störe, wenn er nur *schriftlich* niedergelegt sei. Dabei er Stimme und Ton des Kanzlers in einer Weise nachäffte, daß wir beide schallend lachen mußten.

Die Medizinschule von Montpellier befand sich in der Rue du Bout-du-Monde und bestand – abgesehen vom anatomischen Theater, das Rondelet begründet hatte – aus zwei Sälen, der eine für die Vorlesungen gedacht und der andere, Promotionssaal genannt, für die Examina und Versammlungen, wo indes, Platzmangels wegen, durchaus auch Vorlesungen stattfanden. Verbunden mit den zwei Sälen, ragte ein wuchtiger Turm auf, dessen Glocke, von Pedell Figairasse gezogen, den Beginn der *Lektüren* anzeigte. Ich benutze hier das richtige Wort, denn unsere Lehrer, ob königliche Professoren oder ordentliche Doktoren, taten weiter nichts als daß sie die alten Autoren vorlasen, unter Beifügung eigener Kommentare, die sich in Quantität und Qualität sehr voneinander unterschieden.

Unmittelbar neben den beiden Hörsälen war ein umzäunter Garten, recht klein, aber ein Kleinod, in dem seit dem Amtsantritt Rondelets – er war ein großer Beobachter und Liebhaber der Natur gewesen, und ihm verdanken wir ein gar bewundernswertes Buch über die Fische – viele Heilkräuter gezüchtet wurden. Alle haben wir dieses Gärtchen später bestellt, reihum, und am eifrigsten mein lieber Samson, obwohl er nicht regulärer Scholar war, sondern nur Gasthörer in verschiedenen Vorlesungen sein durfte.

Doch ich bin den Dingen bereits voraus. Es war ein großer Tag für Luc, Samson und mich, als am Morgen von Sankt Lukas mit einer Festversammlung aller Professoren und Studenten im Promotionssaal der Unterricht unter Geläut eröffnet wurde.

Vorn auf dem Podium thronten hinter einem langen Eichentisch die vier königlichen Professoren, im Grad einander gleich, nicht aber in Funktion und Würde, denn weder Doktor Feynes noch Doktor d'Assas konnte sich der Verfügungsgewalt und Vorrechte von Kanzler Saporta und Dekan Bazin rühmen; Saporta war mit der Verwaltung der Schule betraut, Bazin leitete die Studien und war anscheinend wenig bereit, dem ersteren den Vortritt zu lassen. Doch hatte Doktor Bazin, ein hageres, betagtes Männlein, ganz ergraut und gebeugt, wenig Chancen, den schrecklichen Saporta auszustechen, der mein Studienvater war, wie es mir das von seiner Hand sehr ungebärdig unterzeichnete *Schreiben* lakonisch bescheinigte.

Doktor Feynes war, wie ich ihn später erlebte, ein guter Mensch und guter Dozent und unter den Professoren der einzige Papist (der einzige auch, den Bischof Pélicier der Schule hatte aufnötigen können). Er hatte schütteres Haar, verwaschene Augen, wenig markante Gesichtszüge und war so fahl und blaß, daß er kaum auffiel, was ihm nur recht sein konnte, da er in diesem Hugenottennest in beständiger Furcht lebte.

Kanzler Saporta und Dekan Bazin hatten die Mitte des Tisches inne, auf den äußeren Plätzen saß hie Doktor Feynes, am anderen Ende mein braver Doktor d'Assas, rund und quicklebendig, der sich über alles köstlich zu erheitern schien, allerdings tief im Innern; denn wann immer der Kanzler oder der Dekan sich an ihn wandte, gab er höflich und bescheiden Antwort.

Diesem hehren Podium gegenüber saßen, in gestaffeltem Rund nach ihrer Wichtigkeit, vornan die ordentlichen Doktoren, im zweiten Rang die Lizentiaten, im dritten alles, was sich Bakkalaureus nannte; alle im Ornat, dazu die Doktoren noch ein schwarzes Barett mit einer Quaste von karminroter Seide trugen, einen dicken Goldring am Finger der rechten Hand und um die Hüfte einen goldenen Gürtel. Vielleicht erinnert sich der Leser noch, daß Meister Sanches Mütze eine amarantfarbene Quaste trug und der Gürtel silbern war. So unterschied sich auf den ersten Blick ein Doktor der Medizin von einem Apothekermeister, mochte letzterer auch berühmt wie Meister Sanche sein.

Auf dem nächsten Rang folgten die Schüler des zweiten Jahres, sehr laut und geschwätzig im Gegensatz zu den Novizen, die ganz bescheiden hinter diesen alten Hasen saßen, von ihnen abschätzig gemustert, dabei besonders Luc in Angst schien und sich schutzsuchend an mich drängte. Und endlich stehend, auch wenn da noch eine ganze Bank leer war, die Apothekenschüler und Chirurgenlehrlinge, die keine Scholaren waren, aber vom Kanzler, wider die Gepflogenheit, Zutritt erhalten hatten (schien es doch vorteilhaft, daß sie Kenntnis erhielten von den Statuten dieser Schule, deren Vorlesungen zu hören man ihnen gestattete).

Wie ich sehe, hätte ich um ein Haar den weltlichen Arm unserer Institution vergessen, obschon ich triftigen Grund habe, mich seiner zu entsinnen: Pedell Figairasse. Er stand aufrecht zwischen Professorenpodium und Auditorium in seiner ganzen Machtvollkommenheit und Glorie, geschmückt mit der zu Sankt Lukas und den Vollversammlungen obligaten Prachtmontur: auf dem Haupt einen Helm (Erinnerung an seine Zeit als Soldat), bekleidet mit einem schwarzen Kasack mit Goldknöpfen, plustrigen roten Beinkleidern mit schwarzausgefütterten Schlitzen und malvenfarbenen Stiefeln, hochhackig, so daß sie den breitschultrigen Kerl noch größer machten. Sein Gesicht war feist, das lüsterne Auge kastanienbraun, die runde Nase gedunsen und stark gerötet (denn gemeinhin trank er nicht wenig); den linken Arm ersetzte, wie bei unserem armen Coulondre in Mespech, ein Eisenhaken, doch die Rechte schwang einen langen biegsamen Stock, der Insignie und zugleich Vollzugsinstrument war. Diesen Stock in seiner Hand bestaunend, zweifelte ich nicht, daß ich recht bald spürbare Bekanntschaft damit machen würde.

Obwohl die königlichen Professoren bereits auf dem Podium saßen, eifrig miteinander im Gespräch, gab sich die Versammlung, ich meine ihren jüngsten Teil, lärmend laut. Die Scholaren tollten und kasperten ungeniert, ergingen sich nach ihrem Belieben, aßen Brot und Zwiebel, schlürften aus ihren Flaschen, rauften, würfelten, klopften Karten oder spielten mit einem schründigen Dukaten Wappen oder Zahl; etliche in einer Ecke sangen gar leise schweinische Lieder, andere bedachten einander mit antipapistischen Witzeleien, deren eine (sie schien mir von Rabelais inspiriert) die Frage stellte, wie es richtig heißen müsse: *Ich presse des Weibes Möpse in der Messe* oder *In der Messe zwacke ich des Weibes Hinterbacke.*

Andere Krachmacher (darunter ein rothaariger Teufel mit Namen Merdanson, der offenbar große Autorität besaß) wandten sich um und musterten herausfordernd die Novizen, was mir sehr mißfiel. Worauf Merdanson, unmittelbar vor mir sitzend, wie verwundert fragte:

„Holla, was sind das für Banditen? Und was suchen die hier? Wie Menschen sehen sie kaum aus. Sind's Esel? oder Affen? oder Handwerkslehrlinge? Was die für Visagen haben! Und zum Koddern stinkige Füße!“

Hierauf Merdanson und seine Anhänger sich die Nase zuhielten und arg angewidert taten.

Dem Kanzler, der sich mit Dekan Bazin unterhielt, schien dieser höllische Spektakel nun doch aufzufallen, er zog eine schrecklich dräuende Grimasse, pochte mit einem kleinen Hammer dreimal auf die Tischplatte, und als der Lärm nicht nachließ, sprach er laut:

„Wer immer von den Scholaren, und wäre er Bakkalaureus, den Mund auftut, ohne daß ich es ihm befohlen hätte, den lasse ich von Herrn Pedell Figairasse im hohen Bogen hinauswerfen, und nie mehr im Leben betritt er mir dieses Haus. Ich bin der Kanzler dieser Schule, um hier Zucht und Ordnung durchzusetzen. UND ICH WERDE SIE DURCHSETZEN!“

Die letzten Worte hatte er so laut gebrüllt, begleitet von einem donnernden Hammerschlag und einem bedrohlichen Pfeifen des Pedellstocks, daß die Scholaren sofort verstummten. Würfel, Spielkarten, Zwiebel und Trinkflaschen verschwanden. Gesänge und Spötteleien versackten in den Mündern. Und die Teufel wurden zu Heimlichtuern.

„Hoho!“ flüsterte Merdanson seinen Getreuen zu, „das ist ein ganz anderer Rondelet. Heiliger Bimbam, wir werden noch viel Pein erleben!“

Saporta musterte die Versammlung gestrengen Auges, dabei jeder den Eindruck hatte, daß sein schwarzer Blick ihn bis ins Mark durchbohrte. Und bald war es so still, daß man einen Seidenwurm in seinem Kokon hätte zappeln hören können.

„Meine Herren Scholaren“, fuhr Saporta fort, dabei seine Pupillen unerträglich funkelten, „ich tue Euch kund, daß die gräßlichen Mißstände, die unter Doktor Rondelet hier gang und gäbe waren, auf der Stelle abgestellt sind. Dazu bringe ich Euch die Statuten in Erinnerung, die zu befolgen Ihr im letzten Jahr weidlich gelobt und die Ihr doch so schändlich mißachtet habt. Also wiederhole ich zur Erinnerung besagte Statuten. Primo: Ihr habt beflissen teilzunehmen an den Vorlesungen, an den Versammlungen, an der Jubelfeier der neu gekürten Doktoren und an den feierlichen Umritten durch die Stadt. Secundo: Es ist Euch – bei Strafe des Ausschlusses – untersagt, in der Schule, in der Rue du Bout-du-Monde und den angrenzenden Straßen Langdolch oder Kurzschwert zu tragen, Messer, Spieß, Degen oder Stecheisen ..."

„Hoho! das geht zu weit, das beleidigt unsere Mädchen", sagte Merdanson leise. Doch keiner ringsum wagte auch nur zu lächeln.

„Noch weniger gestattet sind Terzerol, Pistole, Arkebuse und sonstige Schießprügel", fuhr er fort. „Tertio: Wer in einer Taverne trinkt und ißt, ohne seine Zeche bezahlen zu können, wird von der Schule verwiesen. Quarto: Ebenfalls ausgeschlossen wird, wer im Bordell mit einer Dirne Unzucht treibt, sie in ihrer Sünde hält und von ihr Geld entgegennimmt. Ohnehin ausgeschlossen wird, wer stiehlt, und sei es eine Bratwurst oder eine Zwiebel. Mit der Rute gezüchtigt wird, wer während der Vorlesungen im Saal herumläuft, laut spricht, ißt, trinkt, mit den Füßen trampelt, würfelt oder in die Fensterecken pißt. Mit der Rute gezüchtigt werden auch jene, die auf dem Schulgelände raufen und einander traktieren mit Hieben, Backpfeifen, Nasenstübern und Fußtritten. Die Rute bekommt auch zu spüren, wer sich zu schmutzigen, ärgerlichen oder beleidigenden Worten wider einen königlichen Professor, einen ordentlichen Doktor, einen Lizentiaten oder einen Bakkalaureus erkühnt, ebenso wider den Pedell, der mit gebührlichem Respekt als Herr Pedell anzureden ist."

Geschmeichelt von dem Gedanken, fortan „Monsieur" tituliert zu werden – zu Rondelets Zeiten hatten ihn die Schüler „Feigenaas" genannt –, reckte Figairasse den Kopf stolz in die Höhe, mit einem pfeifenden Hieb seiner Rute.

„Herr Pedell, künftig laßt Ihr Eure Rute erst pfeifen, wenn ich mit Hammerschlag Zeichen gebe", sagte Saporta.

„Zu Euern Diensten, Herr Kanzler." Figairasse beugte sich bis zum Fußboden herab, das Gesicht puterrot (nicht nur die Nase). Doch obwohl er beim Aufrichten eine sehr verdutzte Miene machte, wagte kein Schüler ein Lächeln, so sehr spürten alle Hinterbacken Bedrohung durch diese schreckliche Rute, die unter Rondelet beinahe zum Spinnrocken verkommen war.

„Und schließlich", fuhr Saporta fort, „erinnere ich daran, daß zu Ehren von Meister Hippokrates mittwochs keine Vorlesungen stattfinden, außer wenn in besagter Woche bereits ein Tag ausfällt wegen eines Heiligen der ... Katholiken (er wollte sagen „wegen eines Heiligen der Papisten“, hatte sich aber mit Blick auf Doktor Feynes besonnen), in welchem Falle wir natürlich mittwochs arbeiten, um nicht zwei Ausfalltage zu haben.“

Doktor Feynes hatte seinerseits die anstandsvolle Geste in dieser Rede wahrgenommen und nickte dem Kanzler freundschaftlich zu. Was mir den Gedanken eingab, daß Doktor Saporta zwar ein Berserker war, bei seinen Anordnungen indes auch Feingefühl erkennen ließ.

„Die Alten“, fuhr Saporta fort, „haben bereits geschworen, die Statuten zu achten, die Novizen sind uns den Schwur noch schuldig und werden ihn jetzt einzeln ableisten. Bakkalaureus Fogacer möge sie anhand des Registers aufrufen.“

Da erhob sich Fogacer aus seiner Bank und begab sich zum Podium, wo Kanzler Saporta ihm das Schülerverzeichnis aushändigte.

„Luc Sanche!“ rief Fogacer, beim Letzteingeschriebenen beginnend. Luc erhob sich, sehr bleich.

„Was muß ich sagen?“ fragte er.

„*Iuro*.*“

„*Iuro*“, sagte Luc.

Merdanson wandte sich um, musterte Luc und sagte laut und ernst:

„Er hat prächtige Hoden ...“

„Aber weiche“, fiel mit klagender Stimme der Chor seiner Anhänger ein.

Ich war sicher, der Kanzler würde ein Donnerwetter loslassen und diese Narren zerschmettern, aber o Wunder! er blieb stumm wie ein Waldquell, das Auge friedvoll, das Antlitz gelöst. Später erfuhr ich, daß gutem Brauche gemäß (und daran wollte er in seiner Schule nichts geändert haben) die Alten während des Schwurs mit dieser bei Rabelais entlehnten Spötterei die Neulinge begrüßten.

„Pierre de Siorac!“ rief Fogacer.

Ich stand auf, und Merdanson wandte sich nach mir um.

„*Iuro*“, sprach ich mit erhobener Hand.

„Er hat prächtige Hoden“, sagte Merdanson.

„Aber weiche“, wiederholte der Chor.

Dreizehn Novizen waren wir, und alle dreizehn, nacheinan-

* (lat.) Ich schwöre.

der aufgerufen, sagten *iuro* und wurden in gleicher Weise begrüßt. Nach dem dreizehnten wollten die Alten uns mit Schmähungen und Zoten bedenken, aber schon fiel Saportas Hammer nieder, ließ Figairasse seine Rute pfeifen, und lautlose Stille kehrte ein.

„Meine Herren Scholaren“, fuhr Saporta fort, „nun möchte Herr Dekan Bazin zu Euch über den Studienablauf sprechen.“

Dekan Bazin sprach mit kraftloser Stimme, doch die ihm innewohnende Mattigkeit wurde durch den giftigen Ausdruck seiner Augen wettgemacht. Er erklärte sich in wenigen Worten, als gälte es, Atem zu sparen.

„Zunächst ein Wort zur Schulbibliothek. Anno 1534 umfaßte sie 52 Bände. Heute sind es 86. Sie ist in 32 Jahren also um 34 Bände angewachsen. Dieser geringe Zuwachs hat Gründe, Bücher sind teuer, doch wünsche ich, daß wir fortan zwei Bände pro Jahr anschaffen. Darum werden wir den zum Bakkalaureus gekürten Schüler von dem Bankett, das er für die Schule auszurichten hat, befreien, sofern er der Bibliothek einen Dukaten spendet.“

Die Ereiferung auf den Schülerbänken war so einmütig, daß Saporta mit dem Hammer auf den Tisch schlug und in drohendem Ton fragte:

„Wer möchte sprechen?“

„Ich, mit Eurer Erlaubnis, Herr Kanzler“, meldete sich Merdanson recht mutig und erhob sich.

„Merdanson, sprecht Ihr im eigenen Namen oder von Euresgleichen beauftragt?“

Wie ich bald begriff, war das eine listige Falle, in die Merdanson glatt hineintappte.

„Ich bin von meinesgleichen beauftragt, sie haben mich zum Schülerabt erkoren.“

„Nichts dergleichen!“ polterte der Kanzler mit Donnerstimme, daß die Fensterscheiben in ihren Bleifassungen schepperten. „Titel und Amt eines Schülerabts sind abgeschafft durch Beschluß der Großen Ratstagung von Béziers, weil manche dieser sogenannten Äbte ihre Macht schändlichst mißbraucht, die Novizen zum Verkuppeln in die Badestuben geführt und dort mit Dirnen zusammengebracht haben, um den Neulingen das Geld abzunehmen, gar auch die Kleidung.“

„Ich habe solche Schändlichkeiten nicht begangen“, versicherte Merdanson, dabei sein Gesicht so rot ward wie sein flammender Schopf.

„Aber Ihr wagt es, Euren Professoren zu trotzen, indem Ihr Euch einen Titel anmaßt, der Euch nicht zusteht."

„Aber der Brauch, einen Abt zu wählen, war hier unter Kanzler Rondelet wieder aufgekommen."

„Kanzler dieser Schule bin ich!" sagte Saporta, „und solange ich das Amt innehabe, wird es diesen ungesetzlichen Brauch nicht geben. Merdanson, Ihr vertretet nur Euch selbst, und wenn Ihr reden wollt, dann nur im eignen Namen."

„Herr Kanzler ..."

„Ich höre", sagte Saporta, obwohl er nur mit halbem Ohr dabei war.

„Herr Kanzler, unsere Meinung ist ..."

„Merdanson, seid Ihr der König von Frankreich, daß Ihr im Plural redet?" unterbrach ihn Saporta.

„Herr Kanzler, ich meine, es ist wider die Tradition, das Bankett abzuschaffen."

„Macht Eure Ohren auf, Merdanson, Ihr habt Dekan Bazin falsch verstanden", sagte der Kanzler. „Das Bankett ist nicht abgeschafft. Der Bakkalaureus kann wählen, ob er das Bankett gibt oder der Bibliothek einen Dukaten spendet."

Bei dieser füchsischen Erwiderung – denn wer würde fünf tourische Livres für ein Bankett aufwenden wollen, wenn ihm die Bibliothek nur einen Dukaten abverlangte – blieb Merdanson der Mund offen; er gab sich geschlagen. Und mochte Saporta seinen Sieg auch nicht mit einwandfreien Mitteln errungen haben, so bewunderte ich doch seine listige Tücke und nicht minder die Klugheit der königlichen Professoren. Denn wie oft hatte ich meinen Vater sagen hören, die Schulen der Mediziner und Juristen trieben es zu arg mit ihren aufwendigen Festen, man solle das Geld lieber für Bücher ausgeben.

„Herr Dekan, fahret fort", sagte Saporta mit einer königlichen Gebärde, die Bazin sehr verwirrte.

„Secundo: die Sektionen kosten viel Geld. Unter Kanzler Rondelet wurde der Mißbrauch so weit getrieben, daß deren im Jahr ein halbes Dutzend stattfanden, dabei hat die Große Ratstagung von Béziers ihre Zahl auf vier festgelegt. Wir werden uns an diese Zahl halten."

Wieder war große Bewegung unter den Schülern, diesmal

berechtigter, doch niemand wagte Einspruch zu erheben, auch nicht der gerüffelte Merdanson. Ich weiß nicht, welcher Teufel mich da ritt, jedenfalls wollte ich seinen Mut anstacheln. Ich tippte ihm sacht auf die Schulter und flüsterte:

„Monsieur, jetzt gilt es, sich wacker zu schlagen!"

Wie von der Tarantel gestochen, wandte sich Merdanson um und musterte mich mit abgrundtiefer Verachtung.

„Kleiner Scheißer, du wagst es, die Schulter deines Alten zu berühren?"

„Monsieur", sagte ich, verärgert über seinen Ton, „auf den kleinen Scheißer anderthalben: Ihr seid größer als ich."

Merdanson glaubte seinen Ohren nicht zu trauen.

„Freunde, habt Ihr diesen Novizen gehört? diesen Irren? diesen Prahlhans? Nach der Versammlung dreschen wir ihm die Verrücktheit aus dem Leib."

„Ruhe!" schrie Saporta und schwang den Hammer, hierauf Figairasse die Rute pfeifen ließ und Ruhe einkehrte. „Fahret fort, Herr Dekan."

„Ich fahre fort", sagte Bazin zähneknirschend, da er die Herablassung fühlte. „An letzter Stelle, meine Herren Scholaren, werde ich Euch das *ordo lecturarum** dieses Jahres vortragen."

„Mein Studiensohn Siorac, der eine schöne Handschrift hat, wird zum Podium kommen und das *ordo lecturarum* in das Buch der Schule einschreiben", unterbrach Saporta ohne jede Scham den Dekan.

„Sein Studiensohn! heiliger Bimbam!" raunte Merdanson. „Wir werden mit Wonne an den Vater denken, wenn wir den Sohn verprügeln."

„Mein Herr, Ihr werdet so nicht mehr lange reden", erwiderte ich, ehe ich meinen Platz verließ.

Und ich begab mich zum Podium, wo mir der Kanzler einen Schemel am Ende des Tisches zuwies. Doktor d'Assas reichte mir lächelnd das Buch der Schule und versah mich mit seinem Schreibgerät. Und trotz meines Streits mit Merdanson und der daraus erwachsenden Befürchtungen kam ich mir in so gelehrter Gesellschaft gar wichtig vor.

„Hier also das *ordo lecturarum*", sprach Dekan Bazin, und der giftige Blick, den er mir zuwarf, ließ mich begreifen, daß

* (lat.) Vorlesungsprogramm.

ich – als Studiensohn Saportas – in den Prüfungen zu Jahresende von ihm nicht sonderlich zarte Behandlung erfahren würde.

„Was jedem Herrn an Ehr gebeut!" sagte Bazin, nahm sein Barett ab und fuhr mit feierlichem Gepränge fort: „Vornan Hippokrates: die Aphorismen ..."

Bei Nennung des verehrten Meisters der griechischen Medizin entblößten auch die königlichen Professoren und die ordentlichen Doktoren ihr Haupt und setzten die Barette erst wieder auf, als der Dekan den nächsten Titel nannte:

„Zweitens Galenus: *Libri Morborum et symptomatum**."

Merkwürdig, dachte ich beim Niederschreiben dieses Namens, daß man nur bei Hippokrates das Haupt entblößt, nicht aber bei Galenus, der zwei Jahrhunderte später gelebt hat – ist er vielleicht zu jung, um den gleichen Respekt zu genießen?

„Drittens und viertens – wir wechseln zur arabischen Medizin über, darin treu der verehrten Tradition unserer Schule – Avicenna: Der Kanon der Heilkunde, und Rhazes: Traktat über die Blattern und die Masern. (Der Dekan legte eine kleine Pause ein, vielleicht eingedenk des zu erwartenden Skandals.) Fünftens Vesalius: *De corporis humani fabrica***. Sechstens Ambroise Paré: Über die Behandlung der durch Arkebusen und andere Feuerrohre verursachten Wunden."

Auf der Bank der ordentlichen Doktoren gab es große Erregung. Nicht Lärm und Getöse diesmal, sondern ein dumpfes Gewisper und Getuschel.

„Was soll das?" fragte Saporta mürrisch.

„Herr Dekan", schrie einer der ordentlichen Doktoren, „ich muß meiner Empörung Ausdruck geben: Vesalius und Paré sind Moderne, und es ist eine Schande, sie in unserem *ordo lecturarum* neben die verehrten Meister der alten Medizin zu setzen."

Der Mann hatte fanatische schwarze Augen in einem schmalen, verrunzelten Gesicht, und seine gallige Heftigkeit überraschte den Dekan in einem Maße, daß ihm der Mund offenblieb. Doch Kanzler Saporta war dadurch nicht zum Schweigen zu bringen.

„Doktor Pennedepié", sprach er mit majestätischem Ge-

* (lat.) Von den Erkrankungen und ihren Symptomen.

** (lat.) Vom Aufbau des menschlichen Körpers.

habe, „wenn Ihr eine Meinung äußern möchtet, dann habt die Güte, mich ums Wort zu bitten."

„Ich bitte Euch ums Wort", sagte Pennedepié.

„Ich erteile es Euch, erbitte mir aber Mäßigung in der Form und Präzision in den Gedanken."

„Also", rief Pennedepié, wobei die Quaste an seinem Barett zitterte, „ich wiederhole meine Ansicht über die Wahl des fünften und des sechsten Buches für unser *ordo lecturarum*: ein Skandal! Und dieser Meinung bin ich nicht allein. Vesalius und Ambroise Paré sind Moderne. Schlimmer noch: es sind Zeitgenossen! Vesalius ist 1564 gestorben, und Ambroise Paré lebt noch."

„Möge Gott ihn uns lange erhalten!" sagte d'Assas mit sanfter Stimme und friedvollem Blick.

„Doktor Pennedepié", sprach in einem ganz anderen Ton Dekan Bazin, der sich wieder gefaßt hatte, „Ihr solltet in Eurer abgrundtiefen Ignoranz dennoch zur Kenntnis nehmen, daß keinerlei Festlegung seitens der Großen Ratstagung von Béziers es verbietet, Moderne in das *ordo lecturarum* aufzunehmen."

„Aber unter Rondelet hat es das nicht gegeben!"

„Doktor Rondelet ist tot!" rief Saporta mit Donnerstimme. „Und es ist schon merkwürdig, daß Euch, der Ihr mich auf diesem Platz sitzen seht, das noch nicht aufgefallen sein sollte."

Pennedepié, vom Dekan der Ignoranz geziehen und so derb gerüffelt vom Kanzler, fühlte sich in seinem Stolz dermaßen verletzt, daß er Anstalten machte, seinen Platz zu verlassen. Da beschloß Doktor Saporta, Öl in seinen Essig zu gießen, weil er wohl fürchtete, daß andere sich dem Auszug anschließen könnten und Pennedepié dann Kraft genug haben würde, gegen ihn zu intrigieren.

„Wer den Beschluß der Großen Ratstagung von Béziers nicht kennt, muß nicht zwangsläufig ein Ignorant sein", sagte der Kanzler versöhnlich. „Und wenn Doktor Pennedepié die Modernen nicht mag, ändert das nichts daran, daß er selbst ein hochgelehrter Arzt ist und eines Tages seinen Platz unter den königlichen Professoren haben wird."

Mochte dies auch nur eine hohle Versprechung sein, sie wirkte Wunder: Doktor Pennedepié strahlte übers ganze Gesicht, setzte sich wieder und schwieg fortan.

Doch schon meldete sich ein anderer David zu Wort, schleuderbewehrt.

„Herr Kanzler, darf ich sprechen?"

„Ihr dürft, Doktor Pinarelle."

Dieser Pinarelle war klein und mager, hatte eine spitze Nase, schmale Lippen, Flügelohren und machte, wenn ich von einem ordentlichen Doktor so sprechen darf, ein sehr dümmliches Gesicht.

„Herr Kanzler, ich halte es für unzuträglich, Vesalius in unser *ordo lecturarum* aufzunehmen, denn er hat es gewagt, Galenus zu beleidigen."

„Er hat ihn nicht beleidigt", sagte d'Assas mit sanfter Stimme, „er hat ihn höflich kritisiert."

„Das ist dasselbe!" rief Pinarelle. „Galenus kritisieren! einen Meister der griechischen Medizin!"

„Wäre Galenus unfehlbar, müßte er Gott höchstselbst sein", antwortete d'Assas mit seinem entwaffnenden Lächeln. „Und seine Methode, das muß man gestehen, war merkwürdig: er sezierte Tiere und übertrug das Ergebnis einfach auf Menschen, ohne seine Beobachtungen zu überprüfen. Also konnte er behaupten, der Uterus der Frau sei zweigeteilt, weil dies bei der Häsin so ist. Vesalius hat diesen Irrtum korrigiert."

„Das schert mich herzlich wenig. Lieber will ich mich mit Galenus irren als mit Vesalius recht haben!" keifte Pinarelle.

Die Versammelten waren starr vor Verblüffung, doch dann breitete sich Gelächter aus, das die Hälfte der Bänke erfaßte. Kanzler Saportas grimmiger Blick beschwor Ruhe, und Dekan Bazin bemerkte in giftigstem Ton:

„Doktor Pinarelle, solltet Ihr einmal die Gebärmutter einer Patientin behandeln, hätte es nicht unerhebliche Folgen, wenn Ihr im Verein mit Galenus irrtet."

Die ganze Versammlung brach in gewaltiges Lachen aus. Pinarelle spürte den Biß der Viper und wie ihm das Gift durch die Haut drang, über viele Monate hin würde er Anlaß zu Gespött sein. Er erbleichte vor Groll und bedachte den Dekan mit einem haßvollen Blick, daraus der Kanzler schlußfolgerte, daß er sich Pinarelle noch leichter als Pennedepié botmäßig machen konnte.

Das Lachen der Versammelten hätte fortgedauert, wenn nicht endlich Saporta mit seinem Hammer auf den Tisch geschlagen hätte.

„Niemand hier“, sprach er, scheinbar auf Ausgleich bedacht, „wird das Wissen und Können von Doktor Pinarelle in Zweifel ziehen. Monsieur de Joyeuse, der ihm die Heilung eines lästigen Katarrhs verdankt, wird mir da recht geben, er ist des Lobes voll für ihn. Das sei hier gesagt. Um jedoch die Skrupel von Doktor Pinarelle gegenüber dem hochrühmlichen Vesalius zu besänftigen, muß ich ihm zur Kenntnis geben, was nur wenige junge Leute in dieser Stadt wissen: Vesalius war in seinen jungen Jahren Scholar der Medizinschule von Montpellier.“

„Aber das wußte ich nicht! Das ändert natürlich alles!“ rief Pinarelle.

So albern und einfältig diese Reaktion war, so sehr liebten alle, selbst wir Anfänger, unsere Schule, so daß die Bänke einmütig Beifall klatschten. Und Pinarelle lächelte dem Kanzler zu, schaute zufrieden in die Runde und schwieg.

Ich meinte, daß nun endlich Friede einkehren würde, doch kaum hatte sich Pinarelle in seinen Rang zurückverfügt, warf ein dritter Rittersmann den Handschuh in die Arena.

„Darf ich sprechen, Herr Kanzler?“ fragte er.

„Ihr dürft, Doktor de la Vérune“, sagte Saporta.

Wie ich später erfuhr, hieß dieser Quidam in Wahrheit La Verrue („die Warze“), aber weil der Name ihm mißfiel, änderte er ihn ab und setzte nachträglich auch noch ein *de* voran. Ich sah mir den Doktor de la Vérune an und fand ihn rundum feist, ob Wangen, Hals, Brust oder Wampe; er wirkte wie aufgeblasen.

„Vesalius mag ja noch angehen, er war Doktor und hat an unserer Schule studiert“, rief er verdrossen. „Dagegen Ambroise Paré! Fast fehlen mir die Worte, um auszudrücken, wie sehr es mich empört, daß ein Buch dieses Chi-rur-gen (er betonte das Wort unendlich abschätzig) Aufnahme in unser *ordo lecturarum* findet! Können wir, Herr Kanzler, den gräßlichen Gedanken ertragen, daß Doktoren der Medizin das Buch des Ambroise Paré aufschlagen, zumal dieses gar noch in Französisch abgefaßt ist, und daß sie es lesen und kommentieren? Mir steigt die Röte ins Gesicht vor Scham! Ist dies, so frage ich, ein unserer Schule würdiger Lesestoff? Ein Doktor soll das in Französisch geschriebene Buch eines Chirurgen lesen, der nur Meister ist, kein Doktor! Sollen wir uns mit unserem Titel auf das Niveau der Gosse herabbegeben?“

In das Schweigen hinein, das dieser Standpauke folgte – es zeigte den Dekan und auch den Kanzler peinlich berührt, weil die Privilegien ihres Standes fast allen noch geheiligter galten als das Wissen –, in dieses Schweigen hinein sprach Doktor d'Assas, mild lächelnd, mit friedvoller Stimme:

„Wenn das die Gosse ist, will ich mich gern herabbegeben. Ich bin Doktor, ließe mich aber gern auf den Rang eines Meisters zurückstufen, wenn ich das Genie des Ambroise Paré hätte. Denn ich halte ihn für einen großen Mediziner und einen unvergleichlichen Chirurgen. Auf dem Schlachtfeld hat er unzähligen Verstümmelten das Leben gerettet, indem er das schreckliche Ausbrennen durch das Abbinden der Gefäße ersetzte. Und sein Traktat ist heutigentags unübertroffen in der Genauigkeit der Beschreibungen wie in den vorgeschlagenen Behandlungsmethoden."

„Das ändert nichts an der Tatsache, daß Ambroise Paré kein Doktor ist, sondern nur Meister!" rief Doktor de la Vérune und fegte mit einer Handbewegung die Argumente des königlichen Professors hinweg. „Notfalls könnten wir ihn heimlich in unserer Studierstube lesen, obwohl er nicht lateinisch schreibt. Ihn aber *ex cathedra** lesen und auf Französisch – das wäre unser Niedergang!"

„Doktor de la Vérune", sprach hierauf Kanzler Saporta, der sich vom reißenden Wolf in ein Lamm verwandeln konnte, „ich lobe den Eifer, mit dem Ihr den Ruhm unseres Titels gegen die Anmaßungen untergeordneter Grade verteidigt: jawohl, Ambroise Paré ist nur Meister und nicht Doktor. Noch schlimmer: er ist Chirurg. Und da bin ich mit dem Herzen ganz auf Eurer Seite. Allerdings ist seine Autorität unübertroffen, und da die von Arkebusen verursachten Wunden leider so häufig sind in unseren wirren Zeiten, hielten wir es für gut, unsere Schüler hierin zu instruieren. Haben wir unrecht getan? Müssen wir das Buch des Ambroise Paré aus unserem *ordo lecturarum* streichen?"

„Ich an Eurer Stelle täte das!" schrie Doktor de la Vérune und meinte schon gesiegt zu haben.

„Moment!" sprach der Kanzler, und seine Augen leuchteten jäh auf. „Das will gut überlegt sein: Ambroise Paré hat Heinrich II. in seiner langen Agonie betreut. Und König

* (lat.) vom Katheder herab.

Karl IX. hat ihn aus eigenem Entscheid an sich gebunden. Ich frage Euch alle und jeden einzelnen (hier ließ er seine Stimme anschwellen): dürfen wir unseren König leichten Herzens in seiner Wahl beleidigen und das Buch seines Leibarztes aus unserem *ordo lecturarum* streichen? Wer dies befürwortet, möge die rechte Hand heben!"

Er hatte seine hinterhältige Frage so drohend vorgebracht, daß die Versammlung erstarrte und keiner sich zu rühren wagte. Und mutig geworden angesichts dieser feigen Zustimmung, hob der Kanzler seinen Hammer, schlug kraftvoll auf die Tischplatte und verkündete:

„Das *ordo lecturarum* des Jahres 1566 ist angenommen."

Man hätte meinen können, nun sei es vorbei mit den Fährnissen und Wechselfällen dieses Sankt-Lukas-Tages. Doch das galt weder für den Kanzler Saporta noch für mich, wie nichtig ich auch scheinen mochte bei den hier in Frage stehenden großen Interessen. Eher verwirrt denn verwundert über das Spektakel, das die Doktoren in ihrem eifervollen Zorn geboten, hatte ich mir Gedanken gemacht (würde ich zu Jahresende, um Doktor Pinarelle zu gefallen, in der Prüfung feige mit Galenus behaupten müssen, der Uterus der Frau sei zweigeteilt?) und war mit dem Schreiben ein bißchen in Verzug geraten, hatte den Titel des Ambroise Paré (den ich gut kannte, da ich ihn in meines Vaters Bibliothek hatte stehen sehen) noch nicht in Gänze hingeschrieben, als sich plötzlich Saporta über mich beugte und herrisch fragte:

„Nun, wie weit sind wir?"

„Mein Herr Vater, ich schreibe gerade das letzte Wort."

Und kaum hatte ich es hingesetzt, als der Kanzler mir die Feder aus den Fingern riß und mit seiner großen Schrift, bei der alle Buchstaben zu Lanzen und Hellebarden wurden, das *ordo lecturarum* unten rechts unterzeichnete:

Doktor Saporta
Kanzler

Dann reichte er die Feder mit prahlerischer Miene dem Dekan (der, als er sich so behandelt sah, die Zähne fletschte) und entfernte sich, um mit Doktor d'Assas zu schwätzen, den er trotz dessen menschlicher Schwächen für Weingarten und Kammermädchen sehr schätzte. Ich saß noch auf meinem

Schemel und sah Doktor Bazin, die Feder in der Hand, an das Buch herantreten. Er fixierte es wie die Schlange ihr Opfer, überlegte kurz. Plötzlich hellten sich seine gelblichen Äuglein zu listigem Glänzen auf, und mit kleiner zittriger Schrift setzte er seinen Namen hin, schrieb ihn in den freien Raum zwischen dem *ordo lecturarum* und Saportas Namenszug. Und so stand da zu lesen:

Doktor Bazin
Dekan
Doktor Saporta
Kanzler

Ein schlagender Beweis, daß er, obwohl Zweitunterzeichner, in der Hierarchie der Funktionen den ersten Platz einnahm: die Lehre stand höher als die Verwaltung der Schule.

Heiliger Antonius! dachte ich, das war ein listiger Einfall! Da werden unsere beiden Krokodile noch ordentlich aneinandergeraten!

Obzwar ich innerlich eher dem Dekan recht gab (er hatte das *ordo lecturarum* vorgetragen und zum großen Teil selbst zusammengestellt), wollte ich andererseits meinem Studienvater Saporta gegenüber Loyalität wahren. Also stahl ich mich wie eine marodierende Katze fort, schlich mich zwischen die schwarzen Roben und zupfte den Kanzler am langen Ärmel, um ihm *sotto voce** das Sakrileg zu vermelden.

„Das werde ich in Ordnung bringen!“ sagte Saporta mit schlecht verhehltem Ingrimm.

Mit langen Schritten eilte er an den Tisch der königlichen Professoren zurück, gerade als Doktor Bazin, gesenkten Blicks und sich die Lefzen genüßlich leckend, die Feder an Doktor Feynes weiterreichte. Saporta griff sich das Buch, führte es ans Auge und las die Eintragung mit größter Sorgfalt.

„Mein Sohn Siorac“, sprach er endlich, „Ihr habt in der Tat eine schöne Handschrift. Leider habt Ihr beim Namen Rhazes das H vergessen, und da es nicht angeht, den Namen eines so großen Meisters der arabischen Medizin so entstellt wiederzugeben, werdet Ihr (und hier riß er jählings die von mir geschriebene Seite aus dem Buch) das Ganze noch einmal schreiben.“

Hierauf Merdanson und seine Anhänger in schadenfrohes

* (ital.) leise

Gelächter ausbrachen (sie nannten mich „Pierre Rhazes de Siorac“); Saporta mußte dreimal mit dem Hammer zuschlagen und Figairasse zweimal seine Rute pfeifen lassen, ehe die Schufte zur Ruhe kamen.

Sehr beschämt, daß ich in aller Öffentlichkeit dieses hinterhältige Geplänkel zwischen unseren Professoren büßen mußte, übertrug ich das *ordo lecturarum* ein zweites Mal von Anfang bis Ende auf ein jüngferlich reines Blatt. Dann griff Saporta zur Feder und setzte seinen Namen ganz dicht unter die letzte Zeile meines Textes, so nah, daß sich Bazin nicht mehr dazwischenschieben konnte. Und als fürchtete er, der Dekan würde sich links daneben auf gleicher Höhe mit ihm eintragen, füllte er diesen Teil mit zornigen, jeden anderen abwehrenden hohen Krakeln. Also mußte der Dekan nicht nur als Zweiter, sondern *unter* dem Kanzler firmieren, der damit für immer den Sieg davontrug und die Schule seiner ausschließlichen Herrschaft unterstellte.

Der Kanzler, die Versammlung entlassend, hielt majestätisch als erster Auszug, gefolgt von Dekan Bazin, dann von den anderen königlichen Professoren, den ordentlichen Doktoren, in der Reihenfolge ihres Dienstalters, den Lizentiaten und schließlich den Bakkalaurei. Als die Schüler des zweiten Jahres, die Novizen, die Apothekenschüler und die Chirurgenlehrlinge ungeachtet dieses Auszuges weiter im Saal blieben, schwätzend ein jeder in seiner Gruppe und seinem Klüngel, kehrte Fogacer in Saportas Auftrag zurück und befahl uns, den Ort zu räumen, ein jeder solle sich friedlich heimbegeben, der Kanzler verbiete die Initiation, obwohl nach alter Sitte die gestandenen Schüler zu Sankt Lukas das Recht hatten, die Novizen dieser zeremoniellen Handlung zu unterziehen. Merdanson und seine Leute antworteten hierauf mit Geschrei und Gejohle.

„Meine Herren Schüler“, rief Fogacer, seine langen Spinnenarme hebend, um den Tumult zu besänftigen, „Ihr habt die Anweisung des Kanzlers vernommen. Ich selbst habe wenig zu vermelden, ich bin nicht Euer Abt und nicht Euer Prokurator, allenfalls Euer Ratgeber. Und falls Ratschlag nötig ist: Ich an Eurer Stelle würde die Anweisungen des Kanzlers tunlichst befolgen. Er scheint gewillt, schon am ersten Tag ein Exempel zu statuieren.“

„Heiliger Bimbam! Der Brauch soll unabweislich vergewaltigt werden!“ rief Merdanson, und sein Gesicht nahm die flammende Röte seines Haarschopfs an.

„Ach was! Mit Bräuchen ist es wie mit einem vergewaltigten Weib“, wandte Fogacer ein. „Es schreit und unterwirft sich.“

Er machte auf dem Absatz kehrt und ging, während hinter seinem Rücken das Geheul aufbrandete.

In diesem Krach und Durcheinander stahl sich Luc zu mir heran, nahm mich beim Arm und flehte mit zittriger Stimme:

„Mein Pierre, gehorchen wir dem Kanzler! Verlassen wir diesen Ort, gehen wir heim!“

„Ich soll heimgehen? vor diesem Merdanson fliehen? kommt nicht in Frage! Ich muß ihn mir noch heute vornehmen, was immer es mich kostet, und das Geschwür aufstechen!“

Nicht daß ich sonderlich versessen darauf gewesen wäre: der Bursche war groß, breitschultrig, muskulös, und ich würde mit bloßen Händen gegen ihn kämpfen müssen, ohne Degen. Und sosehr ich den Mutigen spielte, zwackte mich doch ein bißchen die Angst im Gedärm, ein Kneifen, das ich tunlichst nicht zur Kenntnis nahm, weil ich dafürhielt, daß nicht das Eingeweide, sondern der Kopf den Menschen lenkt.

Doch entgegen dem von Fogacer überbrachten Befehl (später begriff ich des Kanzlers machiavellische List: er hatte seine Anordnung abgeschwächt, indem er sie durch einen Dritten übermitteln ließ), blieben die Schüler im Saal. Merdanson und seine Mannen wollten, noch ohne sich recht zu trauen, die Novizen demütigen und an mir Rache üben, während die Novizen, aus Angst vor dem tyrannischen Gehabe der Alten und weil sie in mir ihren Kämpen sahen, hinter meinem Rücken Schutz suchten. Die einen wie die anderen hielten tuschelnd Winkelkonzil, und wie es aussah, hätte man eher einem krepierten Esel einen Furz abgewinnen können als diesen Scholaren eine Entscheidung, so sehr zögerten sie, der Anordnung des Kanzlers zuwiderzuhandeln.

Doch da kamen zwei Schüler zurück, die Merdanson als Späher ausgeschickt hatte, Gast und Rancurel mit Namen, der eine rund wie eine Tonne, der zweite dünn wie ein Brett. Sie hätten, verkündeten sie, Saporta in das Gefährt des Doktor d'Assas steigen sehen, beide seien unterwegs nach Frontignan, um dort zu trinken *sicut terra sine acqua**.

„Sapperment!" rief Merdanson und sprang auf das Podium, „die Schule ist unser! Wenn die Katze aus dem Haus ist, tanzen die Mäuse auf dem Tisch! Sapperment, meine Herren Novizen, Apotheker und Chirurgen, jetzt kriegt ihr eure Abreibung!"

„Was!" rief einer der Chirurgenlehrlinge mit Namen Carajac, der von so breiten Schultern war, daß er nicht Gott und nicht den Teufel zu fürchten brauchte, „wollt Ihr Euch auch die Chirurgen und die Apotheker vornehmen, obwohl sie gar nicht Schüler Eurer Schule sind?"

„Kinder, habt ihr den Scheißer gehört?" rief Merdanson. „Kaum hat Fötus Bazin den Lumpenwicht Ambroise Paré ins *ordo lecturarum* aufgenommen, meinen diese Bartscherer, sie wären keine Hosenpisser mehr. Ein Haufen Scheiße sind sie, tun aber ihr beschissenes Maul auf und wagen es, den Altschülern Fragen zu stellen!"

Da entstand lautes Murren unter den Chirurgen, die wütend waren, daß sie Barbiere genannt wurden und ihr verehrter Meister solche Schmähung erfuhr. Carajac sagte:

„Monsieur, Ihr habt meine Frage nicht beantwortet."

„Die Antwort sollt Ihr haben!" rief Merdanson, hinter dem sich auf dem Podium die Altschüler geschart hatten. „Die Antwort lautet: Als Schülerabt, dem Brauche gemäß von meinesgleichen gewählt und mit Entscheidungsbefugnis ausgestattet, will ich weder die Barbiere noch die Pillendreher von der Initiation ausnehmen. Und du, jämmerlicher kleiner Scheißer, bist für mich Kacke, nichts als Kacke!"

Ich hielt den Augenblick für gekommen, mich einzumischen, trat vor und sagte mit lauter Stimme:

„Merdanson, auch wenn Ihr Schüler im zweiten Jahr seid, will mir doch scheinen, daß Eure Kenntnisse in Anatomie gering sind. Von Euren Lippen höre ich so viel Dreck und Kot und Kacke quellen, daß ich vermeine, Ihr verwechselt den Mund mit dem Anus."

Die Altschüler auf dem Podium liefen zornrot an ob solcher Schmähung ihres Abtes. Merdanson in seinem Grimm brachte kein Wort hervor, aber Gast (der tonnenrunde Schüler) sprang in die Bresche.

* (lat.) dürstender Erde gleich.

„Freunde!“ rief er. „Darf dieser Erdenwurm unseren Abt so beleidigen? Verdammt, das verlangt eine Strafe von bleibendem Angedenken. Laßt uns dem Rhazes Siorac die Hosen ausziehen und ihm den Pimmel rot anmalen.“

„Ich beiß ihm die Eier ab“, schrie Rancurel, „und brutzle sie in Zwiebeln oder leg sie in Essig!“

„Gut gesagt!“ rief Gast. „Ich esse mit!“

Diese Zote machte den Altschülern Mut, tuschelnd setzten sie sich ins Einvernehmen, wie sie mich am besten schnappen könnten, doch da trat unverhofft mein lieber Samson vor und sprach mit charmantem Lispeln:

„Was höre ich da, Monsieur? Ihr wollt meinen Bruder entmannen? Wenn Ihr das ernst meint, sage ich Euch den Kampf an.“

„Wo kommt denn dieser alberne Bengel her?“ rief Merdanson. „Wer ist das?“

„Monsieur“, sprach Samson, „ich bin Samson de Siorac, bin Apothekenschüler und mitnichten ein Dümmling zu schelten, wenn ich diese Initiation ablehne, die Kanzler Saporta verboten hat.“

Sein Protest blieb nicht ohne Wirkung.

„Bravo, mein Samson!“ rief ich, den Ball im Fluge aufnehmend. „Die Apotheker werden als Krämer verunglimpft, die Chirurgen als Barbiere. Und den Novizen droht schlimme Prügel. Wollt ihr den Hochmut dieser Tyrannen feige dulden? Oder wollen wir, alle geeint, der drohenden Schmach widerstehen?“

Doch die Novizen, die immerhin Scholaren waren, wollten mit den Apothekern und Chirurgen, die keine waren, nicht gemeinsame Sache gegen die Altschüler machen und hatten auch zuviel Respekt vor den Alten. So verfehlte meine Rede ausgerechnet bei jenen, zu deren Verteidigung sie gedacht war, die Wirkung. Am Schweigen der einen und am Gejohle der anderen ermaß ich, wie isoliert ich war.

„Nur Mut, Moussu!“ hörte ich eine Stimme hinter mir sagen. „Zu Lendrevie haben wir noch ganz anderes erlebt.“

Ich wandte mich um.

„Miroul, was treibst du hier?“ fragte ich leise. „Rette dich fort von hier.“

„O nein!“ entgegnete er. „Euer Herr Vater hat mir befohlen,

in der Gefahr an Eurer Seite zu sein. Und da ich Euer Temperament kenne, meinte ich, Sankt Lukas könnte ein Tag der Gefahr sein."

„Das war richtig gedacht, Miroul. Bleib. Gegen fünfzehn kernige Burschen sind wir drei nicht zu viele."

„Wir vier", sagte Carajac, der Chirurgenlehrling. „Ich will diese Tyrannei nicht dulden."

„Danke, Carajac", sagte ich, blickte auf seine breiten Schultern und war froh, daß die so stämmig waren.

Im selben Augenblick sprangen Merdanson und die Altschüler vom Podium und kamen mit mörderischem Gebrüll den Mittelgang herauf. Und wären diese Irren mit Degen oder Piken bewaffnet gewesen, hätten sie uns bestimmt den Garaus gemacht.

An Zahl waren uns die Angreifer überlegen, wir aber waren geländemäßig im Vorteil, da die schmalen Bankreihen die Truppe einschnürten.

„Eure Füße, Moussu", flüsterte Miroul, „benutzt Eure Füße, wie Ihr es tatet, als ich in Mespech stibitzte."

Ein guter Ratschlag, denn kaum war Merdanson, gemeine Flüche speiend, in meiner Reichweite, verpaßte ich ihm einen Stiefeltritt vor die Brust, der ihn in die Arme seiner Kumpanei warf. Und während ich mich in den folgenden Minuten wie ein brünstiger Hengst verteidigte (sehr in Grimm, daß ich nur zwei und nicht vier Hufe hatte), wurde ich dennoch gewahr, daß Carajac gute Arbeit leistete mit den schrecklichen Windmühlenflügeln seiner Arme, und mehr noch Miroul mit seinem Beinestellen und heimlichen Tricks, die seine besondere Kunst waren. Dagegen mein lieber Samson, etwas langsam im Begreifen wie im Ausführen und in seiner engelhaften Natur wenig geneigt, seinesgleichen ein Leid anzutun, erst munter wurde, als Gast und Rancurel ihn zum Gefangenen machen wollten.

„Meine Herren, was soll das?" fragte er höflich. Und griff sich Gast mit der Linken, Rancurel mit der Rechten, plauzte sie gegeneinander und katapultierte sie in die anrennende Meute. War das ein kapitaler Sturz, liebe Leute! Ich hatte es nicht gesehen, doch noch nach einem Jahr erzählte man darüber Geschichten in der Rue du Bout-du-Monde.

Luc unterdessen, von schwacher Konstitution und darum

dem Prügeln abhold, jedoch von bestem Mut und großer Redegabe, spornte die Novizen, Apotheker und Chirurgen an, uns zu Hilfe zu eilen, schalt sie Feiglinge, Memmen, Kälber und Hammel.

„Schämt ihr euch nicht, da in der Ecke zu bibbern, anstatt kräftigen Handschlag zu leisten für unsere Kämpen?“ rief er. „Siorac ist Novize, und ihr andern Novizen, was tut ihr? Samson ist Apotheker, und was tun die anderen Apotheker? Carajac ist Chirurg, was aber tun seine Brüder? Nichts! Die drei schlagen sich für euch, und ihr Jämmerlinge duldet es, daß sie zusammengeschlagen werden!“

Sein Eifern blieb nicht ganz ohne Wirkung, und die Heldentat Samsons gab den Ausschlag. Als die Alten uns einzukreisen versuchten, indem sie über die Bänke stiegen, stellten die Neuen sich ihnen auf gleichem Wege entgegen, und mochten sie noch so lasch kämpfen (ein wenig Angst und Respekt vor den Alten war ihnen geblieben), sie hinderten dennoch die Angreifer, uns zu umzingeln. Zudem letztere, als sie unsere braven Schafe anrücken sahen, kleinlauter wurden.

Nun sich das Kriegsglück zu unseren Gunsten wenden mußte, dröhnten mitten ins Kampfgeschrei drei kräftige Hammerschläge, und wir gewahrten hinter dem Podiumstisch, schrecklich in seinem Zorn, Kanzler Saporta. Zu seiner Rechten stand Doktor d’Assas, zu seiner Linken der Bakkalaureus Fogacer, während Pedell Figairasse, vor dem Podium, mit seinem Stock die Luft geißelte.

„Du Schuft!“ fauchte Merdanson den verbeulten, hinkenden Rancurel leise an, „du hast sie doch wegfahren sehen mit deinen beschissenen Augen!“

„Bei Gott, ja!“ sagte Gast, kaum weniger übel zugerichtet. „Sie sind umgekehrt: es war Kriegslist!“

„Ruhe!“ donnerte Saporta.

Und Stille trat ein, wir reglos gebannt unter dem Blick des Kanzlers, bis er endlich in grimmigem Ton, dem gleichwohl etwas Theater anhaftete, zu sprechen begann:

„Meine Herren Scholaren, eben erst habt Ihr geschworen, die Statuten zu wahren und in diesen Räumen nicht handgemein zu werden, aber schon ist der Eid gebrochen! Ja wo bin ich denn hier? (Er beschrieb mit seinen langen Ärmeln eine majestätisch ausholende Geste.) In der ehrwürdigen Schule, der ich als Kanzler vorstehe? Oder bei den Stallknechten von Monsieur de Joyeuse! bei den Schnapphähnen der Rue des Etuves! Habe ich nicht *coram populo* vorgelesen, daß Schüler, die einander mit Hieben, Backpfeifen, Nasenstübern und Fußtritten traktieren, mit der Rute gezüchtigt werden? Demnach müßte ich Euch *allesamt* züchtigen lassen!"

Er brüllt das *allesamt* so ungestüm wie seinerzeit das *schriftlich.* Es war seine übliche Art, die Geister in Schrecken zu versetzen. Was ihm auch hier gelungen war, ablesbar an den bedepperten Mienen unserer Kämpen, deren Gesichter schon jenes Rot annahmen, das den Hinterteilen drohte.

„Doch abgesehen davon, daß ich dem Herrn Pedell nicht zu viel Arbeit aufbürden möchte ..."

„Gutes Tun kennt kein Ruhn!" rief Figairasse dazwischen und ließ die Rute pfeifen.

„Herr Pedell, tut den Mund gefälligst erst auf, wenn ich Euch das Wort erteile", sagte Saporta trocken.

„Entschuldigt, Herr Kanzler, zu Euern Diensten", sagte Figairasse unterwürfig, dabei er uns hochmütig musterte, um uns zu bedeuten, an wem er sich für diesen Rüffel zu rächen gedächte.

„Doch an diesem ersten Tag meiner Kanzlerschaft möchte ich Euch meine Milde beweisen", fuhr Saporta fort, und Doktor d'Assas verdrückte ein Grinsen, als wüßte er, was die Elle dieser Sanftmut war. „Anstatt alle Raufhähne zu züchtigen, will ich nur die Rädelsführer bestrafen. Mögen sie sich melden, obwohl ich sie bereits kenne."

Mir war da wenig Wahl gelassen.

„Herr Kanzler, ich habe die eine Truppe angeführt", sagte ich unverzüglich.

„Herr Kanzler, ich die andere", sagte Merdanson.

„Das sind sie also, die braven Hauptmänner!" sagte Saporta. „Und wer von beiden hat den Tumult angestiftet?"

„Ich habe die Alten beleidigt", sagte ich.

„Ich habe die Novizen gedemütigt", sagte Merdanson.

„Ihr habt noch Schlimmeres getan, Merdanson!" schrie der Kanzler mit Donnerstimme. „Ihr wolltet die von mir verbotene Initiation wieder einführen!"

Merdanson wurde kreidebleich, er nickte nur, ohne ein Wort hervorzubringen; wie er mir später gestand, fürchtete er, relegiert zu werden, dabei liebte er die Medizin leidenschaftlich, wie ungehobelt er auch scheinen mochte.

„Herr Kanzler, darf ich sprechen?“ fragte ich, weil ich spürte, daß die Sache für Merdanson schlimm ausgehen könnte, und bereit war, mich mit ihm zu versöhnen.

„Ihr dürft, Siorac.“

„Ich gestehe, ich habe das Geplänkel mit derben, verletzenden Worten vergiftet: ich habe Merdanson vorgehalten, er verwechsle seinen Mund mit dem Anus.“

Hier nun geschah Merkwürdiges: Kanzler Saporta lächelte. War es aufrichtig oder Berechnung? Aber wie um die sich abzeichnende Windstille zu befördern, lächelten flugs auch d'Assas und Fogacer.

„Siorac“, sagte der Kanzler mit einem gutmütigen Grollen, das mir neu an ihm war, „das ist fürwahr eine höchst verdammenswürdige Zote, und ich will sie Merdanson in seinem Sündenregister mildernd anrechnen. Mildernd ist auch der Umstand, daß Merdanson zwar die Absicht hatte, die Initiation wieder einzuführen, es indes nicht getan hat.“

Als Merdanson diese Worte vernahm, die in ihrer Form so scholastisch gedrechselt waren wie im Sinn klug und gnädig, stieß er einen tiefen Seufzer der Erleichterung aus.

„Gleichwohl kann Merdanson nicht bestreiten, daß er den Tumult provoziert hat“, sagte Saporta, jäh wieder unbarmherzig streng.

„Herr Kanzler, das bestreite ich nicht“, sagte Merdanson, und es hatte sehr den Anflug von Dankbarkeit.

„So verkünde ich denn folgendes Urteil“, sprach Kanzler Saporta, sein Doktorbarett lüpfend, darin d'Assas und Fogacer ihn sogleich nachahmten. „Merdanson empfängt von Hand des Herrn Figairasse zehn Rutenstreiche. Denen ich, weil er die Händel angestiftet hat, zehn weitere Streiche hinzufüge. Siorac faßt ebenfalls zehn Rutenstreiche und weitere zehn, weil er mein Sohn ist.“

Ha! dachte ich, die zehn väterlichen werden mich nicht weniger schmerzen!

„Merdanson, nehmt Ihr das Urteil an?“ fragte der Kanzler.

„Ja, Herr Kanzler.“

„Siorac, nehmt Ihr das Urteil an?“

„Ja, mein Herr Vater“, sagte ich, obwohl ich fand, daß der

Sohn des Vaters Streben nach ausgeglichener Strafzumessung ein bißchen hart büßen mußte.

„Die Abstrafung erfolgt auf der Stelle, vor den Augen der Schüler und in Gegenwart von Doktor d'Assas und Bakkalaureus Fogacer", verkündete Saporta.

In der nachfolgenden Stille dann meldete sich jäh mein geliebter Samson zu Wort.

„Herr Kanzler, darf ich reden?" fragte er mit seiner sanften Lispelstimme.

„Wer seid Ihr?" fragte Saporta, der dies sehr wohl wußte, aber beeindruckt schien von der Erscheinung meines Bruders.

„Herr Kanzler, mein Name ist Samson de Siorac, ich bin Apothekenschüler."

„Was! Apothekenschüler seid Ihr und begehrt das Wort in dieser Versammlung?"

„In aller Bescheidenheit", sagte Samson und machte einen so vorteilhaften Eindruck, daß Saporta ihm nicht zürnen konnte.

„Wohlan, so redet!"

„Herr Kanzler, ich habe bei der Rauferei die Apothekertruppe geführt, also gebührt mir die gleiche Strafe wie meinem Bruder."

„Monsieur", sprach Saporta mit einem halben Lächeln, „da Ihr nicht Schüler dieser Schule seid, kann ich zu meinem großen Bedauern in Euerm Fall die Statuten nicht anwenden, die zu befolgen Ihr ja auch nicht geschworen habt. Also werdet Ihr keine Rutenstreiche empfangen."

Er setzte sein Barett auf und lächelte nun übers ganze Gesicht, worauf die Schüler applaudierten, immer mehr und immer heftiger, am Ende war es eine richtige Huldigung an den Kanzler: Altschüler wie Novizen waren unendlich erleichtert, daß sich alles so gut löste, und sonderlich auf Hinterbacken, die nicht die ihren waren.

Nach seinem Urteilsspruch konnte Kanzler Saporta die Örtlichkeit ein zweites Mal verlassen, diesmal ohne die Absicht von unverhoffter Wiederkehr. Sein Geist aber verließ uns nicht, schwebte über der Schule, die er jetzt beherrschte und in all ihren Teilen bewohnte.

„Herr Scholar Merdanson und auch Ihr, Monsieur de

Siorac", sprach Figairasse, der mit Frohlocken hin und her stolzierte, dabei seine Rute schauerlich gegen den Eisenhaken schlug, der ihm die linke Hand ersetzte, „bevor Ihr Euch entkleidet und gegen jene Bank da kniet, erinnere ich Euch daran, daß Ihr mir als Entgelt für die Züchtigung einige Sols schuldet."

„Was denn", fragte ich, „um geschlagen zu werden, soll ich noch Geld beibringen?"

„Der Brauch gebietet", sagte Doktor d'Assas, offenbar sehr betrübt, dieser Abstrafung vorstehen zu müssen, „daß der Empfänger dem Pedell die Mühen entgilt."

„Nun gut, Herr Pedell, wenn es sein muß, will ich zahlen", gab ich mich burschikos. „Was ist Euer Preis?"

„Es gibt deren zwei, je nach dem Grad der Züchtigung, welchen Ihr wählt", sagte Figairasse.

„Verehrter Doktor d'Assas, gehört auch das zum Brauch?"

„Ich fürchte, ja", sagte d'Assas, den die mir drohende Unbill sehr zu bekümmern schien. Für dieses Mitgefühl war ich ihm dankbar, zumal Fogacers Auge auffällig leuchtete und ich das gleiche Lodern in den Augen der Schüler sah, die sich schamlos um die besten Plätze stritten, um das Schauspiel aus nächster Nähe zu erleben.

„Nun denn, Herr Pedell, wie lauten Eure Preise?"

„Sie richten sich, wie schon gesagt, nach dem Grad meines Einsatzes, und da gibt es zwei Grade: ich kann Euch bis aufs Blut auspeitschen ..."

„Bis aufs Blut?" fragte ich und war verwundert darüber, daß Merdanson stumm blieb.

„Ihr habt richtig gehört."

„Aber ist das nicht grausam?"

„So ist es", sagte Figairasse. „Nur Geizkragen wählen den ersten Grad, weil das bloß lumpige fünf Sols kostet."

„Und der zweite Grad?" fragte ich.

„Der verlangt unendlich viel Fingerspitzengefühl ..."

„Macht es kurz, Herr Pedell", mahnte Doktor d'Assas.

„Tu ich, verehrter Doktor, tu ich", sagte Figairasse. „Trotzdem muß ich erklären warum. Für den Erduldenden birgt der zweite Grad lediglich Vorteile, er kommt mit einigen Striemen und blauen Flecken davon, die ihm für zwei Tage geringe Sitzbeschwerden bereiten. Für mich aber ist diese Methode sehr anstrengend, weil sie mir große Zurückhaltung auferlegt. Und das kostet zehn Sols, keinen Sol weniger."

„Samson, zahl dem Herrn Pedell zehn Sols", sagte ich.

„Herr Scholar", sagte Figairasse, während Samson ihm mit Tränen im Gesicht die Münzen in die Hand zählte, „so zahlt ein Sohn aus gutem Hause, pünktlich und ohne Feilschen. Ich werde Euch bestmöglich schonen."

„Herr Pedell", brach Merdanson endlich sein Schweigen, „ich muß Euch leider enttäuschen. Gestern war ich mit meinen Gefährten in der Rue des Etuves, und die Mädchen dort haben mir alles verschlungen."

Figairasse schaute grimmig.

„In dem Falle will es der Brauch, daß der nicht Zahlungsfähige doppelte Züchtigung erfährt. Also vierzig Schläge statt zwanzig, und vom ersten Grade."

„Könnte ich nicht zu Monatsende zahlen, wenn ich meine Pension erhalte?" fragte Merdanson, ganz bleich geworden.

„Nein, ich lasse mich nicht mit Wind abspeisen. Im übrigen habe ich meine Ehre: ich züchtige nicht auf Kredit."

„Samson, gib dem Herrn Pedell zehn Sols für Merdanson", befahl ich. „Er soll die nämliche Bestrafung haben. Sonst wäre die Gleichheit des Urteils nicht gewahrt."

Merdanson starrte mich an, als hätte er mich noch nie gesehen.

„Danke, Siorac, Ihr seid ein prima Kerl. Euer Geld bekommt Ihr zurück."

„Nein, ich schenke es Euch, mit dem Wunsch, daß ein gutes Einvernehmen zwischen Novizen und Altschülern herrscht."

„Das ist ein Wort, Pierre!" rief d'Assas begeistert.

Und unsere braven Schüler applaudierten wie im Theater, dabei der ergötzliche Teil der Komödie freilich noch ausstand, von ihnen mit Spannung erwartet.

„Meine Herren, entkleidet Euch bitte und stellt Euch, mir zur größeren Bequemlichkeit, nebeneinander."

Wir taten, wie geheißen, und gaben beschämt unsere Blößen zur Schau.

„Ha, was für hübsche Ärsche!" rief Fogacer lüstern und trat, das Podium verlassend, näher heran. „Fast läuft mir das Wasser im Munde zusammen!"

Die Schüler brachen in grölendes Lachen aus. Ich fand den

Witz gemein, wenig passend, und daß er aus Fogacers Mund kam, tat mir weh.

„Siorac", fragte Merdanson, als er sich hinkniete, „seid Ihr schon einmal ausgepeitscht worden?"

„Nun ja, von meinem Vater."

„Das ist gar nichts! Hier, faßt meine Hand an, und wenn der Pedell zuschlägt, müßt Ihr ganz fest drücken. Beißt auch die Zähne zusammen und spannt alle Muskeln an. Dann ist der Schmerz nicht so groß."

„Meine Herren, seid Ihr bereit?" fragte Figairasse und ließ seine Rute pfeifen.

„Macht es kurz, Herr Pedell", sagte Doktor d'Assas.

„Tu ich, verehrter Doktor", sagte Figairasse. „Aber ein bißchen Zeremoniell muß schon sein. Meine Herren, ich verabreiche im Wechsel jedem zwei Schläge. Seid Ihr bereit?"

„Ja doch. Bringt's zu Ende", sagte ich.

„Herr Scholar, ich will erst mal beginnen. Und bis ich endige, wird Euch die Zeit sehr lang vorkommen", sagte Figairasse.

„Fangt an, Herr Pedell, ich bitt Euch drum", sagte Doktor d'Assas.

Und ich faßte zwei so schneidende, brennende Streiche, daß es mir den Atem verschlug.

„Heiliger Bimbam, Siorac, macht den Schnabel auf! Brüllt! Das erleichtert", sagte Merdanson.

Hierauf faßte er seine Ration und brüllte.

„Bravo! der hier kennt die Musik!" sagte Figairasse. „Ich mag es, wenn sie schreien. Das beruhigt mich."

Dann erhielt ich, ohne zu mucken, zwei weitere Hiebe, die mir heftiger als die ersten vorkamen. Beim nächsten Mal dann begriff ich, daß ich, wenn ich nicht schrie, noch vor dem Ende der Tortur in Ohnmacht fallen würde. Ich preßte Merdansons Hand und brüllte so laut, daß ein Tauber wieder hörend geworden wäre.

„Na bitte, unser Edelmann lernt es auch!" sprach Figairasse. „O ja, das ist mir lieber. Ich bin für die natürliche Reaktion."

Und gewiß hatte er recht, auch was die Dauer der Züchtigung betraf: mir dünkte es schon eine ganze Stunde, dabei hatte er mir erst zehn Schläge verpaßt.

„Herr Pedell, haltet ein", sagte d'Assas plötzlich, „mir will scheinen, Euch entgleitet die Hand. Die beiden letzten Streiche gehörten wohl eher zur ersten als zur zweiten Kategorie."

„Verehrter Doktor, das kann nicht sein!" sagte Figairasse beleidigt. „Ich verabreiche zum gezahlten Preis, nicht mehr und nicht weniger. Und wenn ich am Ende bin, werdet Ihr das Blut dicht unter der Haut sehen, es quillt nicht hervor. Ich habe eine gefühlvolle Hand."

„Das hoffe ich zu Euern Gunsten, Herr Pedell", sagte Doktor d'Assas, der sonst ein so gemütvoller Mensch war, barsch und drohend.

„Verehrter Doktor, ich werde achthaben", sagte Figairasse.

Dieser Wortwechsel gab mir (von Doktor d'Assas sicherlich so bezweckt) einen kleinen Aufschub, welchen ich nutzte, um Atem zu schöpfen. Als Figairasse dann mit den Schlägen fortfuhr, spürte ich sie nicht weniger heftig, im Gegenteil.

„Herr Pedell, haltet ein. Wieviel Streiche habt Ihr schon verabreicht?" fragte Doktor d'Assas.

„Vierzehn, verehrter Doktor."

„Nein, Herr Pedell, sechzehn."

„Verehrter Doktor, ich bin mir meiner Zählung sicher."

„Herr Pedell, ich mir der meinen ebenso."

Figairasse wagte nicht zu widersprechen, so gern er es auch getan hätte, während der Doktor nicht auf einer Zahl beharren wollte, die nicht stimmte. Eine Pause trat ein.

„Also, was tun wir?" fragte Figairasse verärgert.

„Wir wetten!" sagte d'Assas.

„Also wetten wir!" sagte Figairasse, nun in einem ganz anderen Ton, und obzwar ich ihm das Hinterteil zukehrte, wähnte ich in seinen Augen ein Leuchten. „Was gilt die Wette?"

„Sieger ist, wer verliert. Wenn ich recht habe, bekommt Ihr eine Flasche von meinem Frontignan."

„Zwei", sagte Figairasse. „Der Gezüchtigten sind zwei."

„Also zwei", sagte d'Assas. „Aber Schummeln gilt nicht. Darum stöbert in Euerm Gedächtnis: Ihr habt sechzehn gezählt."

„Verehrter Doktor, jetzt erinnere ich mich. Ihr habt recht, und ich habe gesiegt: ich bin bei sechzehn."

„Topp! Ihr habt gesiegt!" sagte d'Assas. „Mögt Ihr bei den letzten vier Schlägen eine leichte Hand haben."

Die hatte er nicht, der Pedell verschenkte nichts. Taumelig und zerschunden erhob ich mich und kleidete mich an, mucksstill, und die ersten Gesichter, die ich wiedererkannte, waren die tränennassen Gesichter von Luc, Samson und Fogacer. Ja, Fogacer! Der Satan persönlich möge mich auspeitschen in seinem Höllenreich, wenn ich aus diesem Teufelskerl je schlau werde.

„Merdanson, da wir Seite an Seite gelitten haben, laßt uns gemeinsam wieder zu Kräften kommen. Ich lade Euch in die Herberge *Zu den drei Königen* ein. Zu einem verbleuten Hintern paßt kein leerer Magen."

„Was denn, Novize, hör ich recht? du lädst mich zum Schlemmen und Bechern ein?"

„Du hast recht verstanden."

„Heiliger Bimbam, Siorac, du bist der sauberste Novize, der mir je untergekommen ist. Zahlst zehn Sols, damit ich eine Züchtigung ersten Grades bekomme, obendrein nährst du mich noch, nachdem die Weiber mich blankgemacht haben. Siorac, das ist edel von dir! Um ein Haar würde ich mir, wie Bazin, in die Hosen pinkeln vor Freude! Deine Hand Siorac! Magst du auch Novize sein, ich bin dein Mann! Und Kacke, Kacke auf diesen beschissenen Pedell. Möge ihm die Kacke aufsteigen bis in den Hals, ersticken soll er dran, den Dreck im Schnabel und am Anus das Todeszucken."

Samson weinte vor Freude, mich heil zu sehen, umhalste und küßte mich immerzu.

„Aua!" rief ich, als ich mich in den *Drei Königen* an die Tafel setzte.

„Auweh, mein armer Arsch!" sagte auch Merdanson. „Soll der Allmächtige den Scheißpedell so viele Male zum Hahnrei machen, wie ich Zebrastreifen auf den Hinterbacken habe!"

„Merdanson, nimm erst mal deine Pfoten von meinem Hintern, oder du faßt eine Backpfeife, daß dir der Rotschopf durcheinanderfliegt", sagte die Wirtin. „Trink lieber von dem Wein. Er ist gut."

„Er ist nicht von den schlechtesten. Und wie verbleut und zerschunden ich auch sein mag, ich trinke auf das Wohl des hochgeschätzten und sehr forzigen Seigneur d'Assas, weil er uns, listig und schlau, zwei Schläge erspart hat. Ein Jammer ist nur, wenn statt der guten Wirtin Backen ein kaltes Glas ich nur darf zwacken!"

„Merdanson“, sagte die Wirtin, „ich mag dich sehr, aber du hast ein loseres Maul als ein Stallknecht und Manieren wie ein Bauernlümmel. Nimm dir Monsieur de Siorac zum Vorbild. Er liebkost nur mit den Augen. Er wartet auf Ermunterung, bevor er Hand anlegt.“

„Siorac ist der vollkommenste Edelmann der Schöpfung“, sagte Merdanson. „Ich mag ihn wie einen Bruder. Dank seiner kann ich, den Hurenweibern zum Trotz, ordentlich schlemmen und *bibere papaliter**. Außerdem hat er einen schönen Bruder, auch wenn der ein lausiger Apotheker ist.“

Hierauf wir Samson schweigend betrachteten, weil er so schön war, daß schon der Anblick unendliche Wonne bereitete.

„Wirtin, bring uns den knusprigen Schweinsbraten, den ich in deiner Küche am Spieß brutzeln sah“, sagte ich. „Dazu noch eine Flasche. Nein, zwei, denn wir sind drei. Aber halt mich nicht gar zu sehr zum Narren. Vergebens warte ich auf deine Ermunterung.“

„Nur Geduld, hier schon ein kleiner Abschlag“, sagte die Wirtin lachend und strich mir mit den Fingern sanft über den Nacken. Ich hielt mich freilich im Zaum – sie wußte, daß ich Cossolat nicht ins Gehege kommen wollte, und ich wußte, daß ich ihr nicht mißfiel. So kam ich ihr denn nur mit Blicken und sie mir mit Frotzeleien, daraus sich zwischen uns ein Einvernehmen spann, das ihrem saftigen Braten noch zusätzliche Würze gab.

Aber kaum war das köstliche Fleisch auf unserem Tisch, von mir sorglich in Stücke geschnitten und ausgeteilt, da geschah es, daß Samson seinen Happen, ehe er ihn zum Munde geführt, wieder auf den Teller sinken ließ. Offenen Mundes saß er da, kreidebleich, und wäre um ein Haar in Ohnmacht gefallen, denn wie aus dem Boden geschossen, stand plötzlich Dame Gertrude du Luc vor uns, entzückend anzuschauen in ihrem schillernden Gefieder.

Daß es Samson die Sprache verschlagen hatte, verwunderte mich nicht, doch auch ich, sonst nicht auf den Mund gefallen, brachte kein Wort über die Lippen und war wie verzaubert, als ich sie so schön in ihrem strahlenden Aufzug sah. Auch Merdanson blieb stumm, und das Schweigen hätte noch lange angedauert, hätte nicht Dame Gertrude als erste gesprochen, straff draufzu wie ein Armbrustbolzen.

* (lat.) trinken wie ein Papst.

„Meine Herren“, sprach sie mit leuchtenden Augen, „aus Rom kommend, wo ich meine heilige Pilgerreise zum Abschluß gebracht habe, bin ich heute morgen hier eingetroffen, und ein seltener Zufall hat es gefügt, daß ich Euch hier finde. Welch eine Freude, Euch zu sehen, doch ich kann leider nicht verweilen: ich bin unterwegs in die Saint-Firmin-Kirche, um Gott für das Gelingen meiner Reise Dank abzustatten.“

Und meinem Samson tief in die Augen blickend in einer für jedermann untrüglichen Weise, senkte sie den Schleier über ihr goldenes Haar, rückte ihre Maske zurecht, und fort wandelte sie, ihren frommen Rock majestätisch ausschwingend.

NEUNTES KAPITEL

Die zu Sankt Lukas erlittene Beschädigung hatte mir nicht nur „eine kleine Unbequemlichkeit beim Sitzen“ beschert, sondern auch eine andere von größerer Tragweite, die der Leser leicht errät: bei der geringsten Bewegung spürten meine Backen Peinigung, was Fontanette, die jede Nacht den Riegel ihrer Tür zurückschob, um mich in meinem Zimmer zu besuchen, sehr betrübt zur Kenntnis nahm.

„Mein lieber Pierre!“ sprach sie, dabei ihre Augen im Halbdunkel glänzten, „hättet Ihr mich doch in meinem jungfräulichen Zustand belassen. Nun bin ich gar zu gelüstig, mit Euch das doppelrückige Tier zu machen, und kann davon sowenig lassen wie vom täglichen Brot. Der ganze Tag ist für mich nur ein Warten auf die Nacht. Und habe ich Eure Arme verlassen, dann träume ich davon in meinem Bett.“

„Aber Fontanette, ist es nicht köstlich, zu träumen und zu harren?“

„Das wäre so, Moussu, wenn sich die Hausarbeit von selbst erledigte. Doch leider harrt sie meiner ebenso, und weil ich sie nun mit weniger Eifer betreibe, hackt Dame Rachel immerfort auf mir herum und drängt den hochrühmlichen Meister, mir den Laufpaß zu geben.“

„Ein Grund mehr, Fontanette, ein bißchen vernünftig zu sein. Du siehst, wie übel mein Rücken zugerichtet ist und daß ich bei der geringsten Bewegung leide. Geh auf der Stelle schlafen, dann bist du ausgeruhter.“

„Nein, mein Pierre, nein“, sagte sie, sich an mich pressend. „Wenigstens noch ein klein bißchen möchte ich von dir haben, eh ich mich schlafen lege.“

Und so erreichte sie am Ende doch, was sie von mir begehrte (und ich von ihr).

Mein Samson war im siebten Himmel und gleichzeitig in Nöten, denn an der Medizinschule hatten die Vorlesungen begonnen, die er wenigstens teilweise besuchen mußte, bis fünf

Uhr nachmittags. Zu dieser Stunde sah man ihn dann zum Nadelhaus laufen, mit seinen Heften, dem Schreibzeug und auch seiner Kerze (weil die Vorlesungen noch vor Tagesanbruch begannen). Um zehn Uhr abends ging ich meinen geliebten Samson holen; mir zur Rechten Miroul, eilte ich durch die verödeten Straßen, den Degen in der Hand, die Pistolen im Gürtel. Und das war gut so, denn eines Abends fanden wir das Nadelhaus von fünf oder sechs Spitzbuben belagert, die über Leitern versuchten, die Fensterläden im Obergeschoß aufzubrechen, ohne daß der Krach oder Thomassines Hilferufe die feigen Nachbarn dazu bewogen hätten, ihre Fenster zu öffnen. Im hellen Mondschein schoß ich einen der Diebe ab, Miroul deren zwei; der Rest machte sich aus dem Staube. Auf das Geknalle hin eilte Cossolat mit seiner Stadtgarde herbei, in großem Zorn, daß jemand es gewagt hatte, in seiner Stadt die Thomassine anzugreifen, für die er, obzwar strenger Hugenotte, eine Schwäche hatte. So sehr wie für die Wirtin der *Drei Könige* und für wen weiß ich noch.

Im Saal des Nadelhauses wurden Kerzen aufgetragen. Die gar erregte Thomassine in ihrem Nachtgewand, daraus ihr Busen hervorlugte, wirkte sehr ansehnlich, doch viel schöner noch wollte mir Dame Gertrude du Luc scheinen, die sich in ihrer Verwirrung und Scham bis zum Hals zugeknöpft hatte. Cossolat musterte sie in einer Weise, daß mich die Eifersucht hätte packen müssen, wenn ich ein Recht auf sie gehabt hätte. Samson dagegen trank von dem Wein, den Azaïs uns einschenkte, und fragte immerfort: „Was soll das? Was ist los?“ Und freilich wäre er ganz allein imstande gewesen, den Schurken den Garaus zu machen, hätte er nur Waffen bei sich gehabt; doch er war ja stracks von der Schule hergeeilt, wo das Waffentragen verboten war.

„Hauptmann“, sagte die Thomassine erregt, „wozu taugt Eure Stadtgarde, wenn sie die ehrbaren Bürger nicht zu schützen weiß? Ohne Pierre de Siorac wären wir jetzt alle tot!“

„Liebste Thomassine, groß ist die Stadt, und meine Leute können nicht überall sein“, entgegnete Cossolat. „Außerdem wimmelt es in der Stadt von bösen Buben, und schlimmer als die Augiasställe sind die Spelunken und Tavernen. Ich habe dir schon hundertmal gesagt: ein reiches Mädchen, das allein wohnt, zieht den Beutelschneider an wie der Magnet die Feilspäne. Nimm dir einen Wächter und bewaffne ihn.“

„Aber wen?“ fragte die Thomassine. „Ich kenne viele, die vom eigenen Wächter bestohlen und gar auch umgebracht worden sind!“

„Thomassine“, sagte ich, „wenn ich dir raten darf: nimm Espoumel, sobald der König ihn begnadigt hat.“

„Heiliger Jesus!“ rief Azaïs. „Ein Mordbube aus den Corbières-Bergen! Hier bei zwei Frauen! Er wird uns Gewalt antun!“

Herausfordernd musterte sie Miroul, wollte ihn vielleicht eifersüchtig machen oder ein bißchen necken. Miroul aber blieb stumm und ungerührt.

„Espoumel hat seine Schurkentage hinter sich“, sagte ich. „Er lechzt auch nicht nach Blut, im Gegenteil. Sofern man ihn nur gut behandelt und seinen Stolz nicht verletzt, ist er treu wie eine Dogge.“

„Werde ich mir überlegen“, sagte die Thomassine, die mit ihrem Geld sparsam umging, nachdem sie in den Cevennen so bitter arm gewesen und ein Gleiches für ihr späteres Alter fürchtete, wenn sie niemandem mehr gefallen würde.

Als sie verstummte, schwiegen alle; wie rege dagegen waren die Blicke! Samson verschlang mit den Augen seine Schöne, die ihre Lider schamvoll gesenkt hielt, doch gleichwohl wußte, daß Cossolat sie begaffte. Die Thomassine schielte heimlich nach mir, wagte meinen Blicken aber nicht übermäßig nachzugeben, um nicht den Hauptmann zu verprellen, der indes sehr gut wußte, was gespielt wurde. Azaïs und Miroul wiederum wetteiferten darin, wer schneller den Blicken des anderen auswiche, und ich fand dieses Spiel des Jagens und Sichentziehens sehr ergötzlich.

„Siorac“, fragte Cossolat, als er sich von der schönen Normannin endlich loßriß, „was habt Ihr eigentlich mit den Puppen vor, die Espoumel für Euch schnitzt?“

„Hauptmann, das ist ein Geheimnis“, sagte ich. „Doch Euch will ich es anvertrauen, da ich Euch für meinen Freund halte. Aus diesen *petetas* mache ich, durch Bemalung, Engländer und Franzosen, und Miroul bastelt mir aus Pappe die Bollwerke der Zitadelle von Calais; ich möchte dem kleinen Anne de Joyeuse vorführen, wie Guise, Dandelot, Sénarpon, mein Vater und noch andere den Engländern die Stadt entrissen, nachdem sie zweihundert Jahre lang in ihrem Besitz gewesen.“

„Ha! eine wundervolle Idee“, rief Cossolat. „Monsieur de Joyeuse wird begeistert sein, und schon gar der kleine Anne, der nur von Schlachten und Heldentaten träumt. Wann soll ich für Euch um Audienz nachsuchen?“

„Am Donnerstag kommender Woche bin ich damit fertig“, sagte ich, da ich seinen Eifer sah und wie glücklich er war, in einer Unternehmung vermitteln zu können, die ihn selbst in ein rechtes Licht setzte.

Als Cossolat mit seinen Mannen abgezogen war, wünschte Dame Gertrude mich unter vier Augen zu sprechen. Azaïs führte uns in ein Gelaß, das sie ihr Sprechzimmer nannte, dabei Samson uns sehr verwundert hinterdrein schaute. Und kaum hatte sich die Tür hinter uns geschlossen, warf sich Dame Gertrude mir an den Hals.

„Ach, mein Bruder“, sagte sie unter tausend Küssen, „wie bin ich glücklich, Euch die einzigartige Zuneigung bekunden zu können, die ich für Euch empfinde, der Ihr mir so viele schöne Briefe geschrieben habt, als ich in Rom meine Andachten pflegte.“

„Madame“, sprach ich, gerührt darüber, daß sie sich hinlänglich in der Gunst einer Schwester wähnte und meiner Tugend gewiß, um mir mit solchen Liebkosungen zu kommen, die mich mitnichten kaltließen, „ich war in diesen Briefen nur Dolmetscher der großen Liebe, die mein Bruder Samson für Euch empfindet.“

„Gewiß, ich weiß“, sprach sie und blendete mich mit ihren himmelblauen Augen, legte die Hände zärtlich um meine Wangen. „Aber die Worte waren von Euch, und um so anrührende Worte zu finden, müßt Ihr doch wohl gewiß auch lieben.“

„Nein, Madame, ich liebe nicht“, sagte ich. Mir dünkte diese Sprache gefährlich, nur wagte oder wollte ich mein Gesicht noch nicht aus ihren Händen lösen.

„Wie! seid Ihr nicht irgendwo für ein Kammermädchen entflammt, ohne des Unterschieds von Blut und Rang zu achten?“

Das hatte gesessen, mir fiel es wie Schuppen von den Augen. Ich löste endlich ihre Hände, hielt sie auf Abstand und sagte:

„Madame, Ihr wolltet mich sprechen.“

„Ach ja, eine einfache Sache.“ Sie fiel jetzt in einen ganz anderen Ton, gab sich geschäftig. „Caudebec habe ich wissen lassen, daß ich bei meiner Cousine logiere, und es wäre gut, wenn Ihr Meister Sanche um die Erlaubnis bätet, daß Samson – auch zum Schutz dieses Hauses – für die Dauer meines hiesigen Aufenthaltes die Nächte hier verbringen darf.“

„Madame, die Sache ist weniger einfach, als Ihr denkt. Meister Sanche ist ein gestrenger Mann, der eine bestimmte Sünde, na Ihr wißt schon, sehr mißbilligt. Zudem hat mein Vater ihm die Obhut über Samson übertragen, und ich weiß nicht, ob er sich zugunsten einer Dame, die er nicht kennt, nachgiebig zeigt.“

„Aber mein Bruder, so bedenkt doch die Gefahr, die mir in diesem Hause droht!“ Sie löste ihre Hände von den meinen, nur um sie mir sogleich um den Hals zu legen. „Und dann die Gefahren, denen sich mein geliebter Samson auf den nächtlichen Straßen aussetzt, und die Gefahr, in die Ihr selbst Euch begebt.“ Sie näherte ihr Gesicht dem meinen und sah mich verführerisch an, die rosafarbenen Lippen halb geöffnet, die blauen Augen ganz zärtlich.

Heiliger Antonius! durchfuhr es mich, ist das eine scharfe Witwe, wie fromm sie auch tun mag! Sie wickelt die Männer um den Finger! Mein Samson kann froh sein, daß sie bald wieder aufbricht in ihre Normandie, sonst würde er eines Tages leiden müssen.

„Madame“, sprach ich, wobei ich meine Hände von ihrem Hals löste, „ich bin Euer Diener und will Euch nach bestem Vermögen gehorchen, doch ich kann nicht versprechen, daß Meister Sanche Eure Bitte erfüllt.“

„Soll ich also Monsieur Cossolat bitten, vor diesem Haus Posten zu beziehen?“

Ha, Teufelin! war mein Gedanke, hast noch bei gesenkten Lidern gemerkt, daß Cossolats Blicke mir mißfallen haben.

„Madame“, sagte ich kühl, „ich an Eurer Stelle, wenn Meister Sanche ablehnt, würde mich in der Tat an den Hauptmann halten.“

Ich küßte ihr die Hände, rief Miroul und begab mich von dannen, sehr verdrossen und sonderlich in Argwohn über diese schöne Circe. Sehe ich sie endlich in ihrem wahren Lichte? fragte ich mich. Ist sie wirklich so durchtrieben? Ist mein lieber Bruder durch meine Schuld in weniger zärtliche Hände gefallen, als ich geglaubt hatte?

Zurück in der Apotheke, legte ich viel Eifer darein, Meister Sanche zu überzeugen, welch große Gefahr unser auf den nächtlichen Straßen lauerte, und schließlich erlaubte er Samson, samt seinen Waffen im Nadelhaus zu logieren. So würde denn Dame Gertrude nicht tagtäglich dem Hauptmann begegnen, und ich selbst wäre der Gelegenheiten enthoben, sie zu sehen.

Cossolat hielt Wort: am folgenden Donnerstag schickte Monsieur de Joyeuse seine Karosse zu mir (die gewaltig polterte in der Rue de la Barrelerie) und ließ meine hölzernen Soldaten holen, die Wälle von Calais, die Zitadelle samt dem sie umgebenden Meeresarm (in Blau auf Karton gezeichnet und freilich nicht so eisig kalt wie die natürliche Vorlage damals im Januar, als der Herzog von Guise, seine Brüder, Sénarpon, mein Vater und viele andere bis zum Hals darin versanken).

Ich meinte, meinen Bericht im großen Saal der Residenz einzig vor Anne de Joyeuse geben zu sollen, doch zu meiner großen Verwunderung fand ich Tisch und Teppich fortgeräumt und rings um die große leere Fläche Sessel und Hocker aufgestellt, bethront von Anne, seinen Brüdern, seinen Schwestern, von Monsieur de Joyeuse, den seine ranghöchsten Offiziere umringten, und auch von der schönen Madame de Joyeuse, die dem kriegerischen Spektakel beizuwohnen geruhte, geschmückt wie eine Königin und sich ein bißchen auch für eine solche haltend, nannte sie doch die sie begleitenden Damen ihren Hofstaat, weshalb letztere fast ebenso reich geschmückt gingen wie sie selbst, in raschelnder Seide, perlenübersät und von Parfums bestäubt.

Ich machte Monsieur de Joyeuse meine Aufwartung und küßte Madame de Joyeuse die mit Ringen gezierte Hand, dabei ich ihr mit meinen Blicken genügend kundtat, wie sehr ihre Schönheit mich beeindruckte.

Zunächst war ich etwas verschämt, daß ich vor so erlauchter Versammlung sprach, doch sobald ich mich in Eifer geredet hatte, vergaß ich, wo ich mich befand, und war nur noch darauf bedacht, bestmöglichen Bericht von dieser Unternehmung zu geben, die den Engländern den letzten Stützpunkt auf französischem Boden entriß und meinem Vater die Baronie einbrachte.

Ich hatte Balsa gebeten, mir für diesen Anlaß die Insignie seiner Macht zu leihen (was ihm sehr zuwider war), und eben mit seinem langen Stab dirigierte ich den auf dem Parkett hockenden Miroul und bedeutete ihm durch jeweiliges Berühren, welche Soldaten – Engländer oder Franzosen – er zu rücken hatte, je nach den Wechselfällen der Schlacht und entsprechend meinem Bericht, den ich begeistert vorantrieb in dem beflügelnden, burschikosen Ton, mit dem mein Vater die Geschichte in Mespech dargeboten hatte.

Espoumel hatte mir etliche Kanönchen gebaut, die ich bronzefarben gestrichen hatte und die nun, auf das Kommando meines Stocks, mit Zündpulver schossen; Monsieur de Joyeuse und seine Offiziere lächelten, der junge Anne aber und seine Brüder waren verzückt, zumal Miroul mittels langer Schnur am Fuße der Zitadelle eine ganze Mauerfläche zum Einsturz brachte, so daß also meine Kanonen gleichsam eine Bresche in den Stein der Festung gerissen hatten.

„Wundervoll, Monsieur de Siorac, das ist wundervoll!" rief der kleine Anne, in die Hände klatschend. „Und jetzt drauf, drauf auf die verfluchten Engländer!"

„Hier, Monsieur", sprach ich zu ihm und reichte ihm meinen Stab, „tut mir die Ehre an und kommandiert den Angriff."

Er sprang empor, rief „drauf! drauf!" und berührte mit der Stockspitze eine Anzahl französischer Soldaten, die Miroul durch die Mauerbresche in die Festung eindringen ließ.

„Gemach, mein Herr Sohn", rief Monsieur de Joyeuse, „entblößt Euch nicht zu sehr. Ihr benötigt auch Reserven, die Stadt ist noch nicht eingenommen. Erobert habt Ihr erst die Zitadelle, und es ist nicht gesagt, daß Ihr Euch da halten könnt."

Das gab dem kleinen Anne zu denken.

„Monsieur de Siorac, wieviel Mann hat der Herzog von Guise gegen die Zitadelle eingesetzt?" fragte er.

„Fünfhundert, dazu noch viele Edelleute."

„Darunter Euer Herr Vater war, sofern ich mich recht erinnere", bemerkte Monsieur de Joyeuse höflich.

Worauf ich mich tief verbeugte.

„Und auch Monsieur de Guise?" fragte Anne.

„Monsieur de Guise führte den Angriff, doch als die Zitadelle genommen war, durchquerte er den Meeresarm ein zweites Mal und eilte zu seiner Hauptstreitmacht."

„Ha, ich an seiner Stelle wäre in der Zitadelle geblieben, um als erster in die Stadt einzudringen!“ rief Anne begeistert.

Ich wußte keine Erwiderung und blickte zu Monsieur de Joyeuse, der gemessen sprach:

„Nein, Anne, das ging nicht. Die fünfhundert Franzosen, die die Zitadelle eingenommen hatten, befanden sich in einer gefahrvollen Lage: die Stadt war noch ganz in der Hand der Engländer, die ebenfalls Kanonen hatten. Monsieur de Guise tat klug, daß er zum Festland zurückkehrte, damit er im Notfall seine in der Zitadelle verbliebene Truppe zurückziehen oder auch verdoppeln könnte.“

Anne antwortete mit einem kleinen Schmollblick, doch hätte er seines Vaters viele Ermahnungen zu kluger Vorsicht immer befolgt, wäre ihm sicherlich ein längeres Leben beschieden gewesen: an der Spitze einer Armee, die Heinrich III. ihm anvertraute und die er so tapfer wie wagehalsig befehligte, fand er mit sechsundzwanzig Jahren den Tod.

„Ach, hätte ich doch diese kleinen Soldaten für mich, ich würde sie jeden Tag exerzieren lassen!“ sagte Anne, als ich meinen Vortrag beendet hatte.

„Aber Monsieur, sie gehören Euch, auch die Kanonen und die Wälle. Ich habe sie Euch geschenkt.“

„Mein Herr Vater, habt Ihr gehört?“ rief der kleine Anne mit freudig glänzenden Augen.

Und den Vorteil nutzend, daß ich mich hingekniet hatte, um einen umgestoßenen Soldaten aufzurichten, warf er sich mir an den Hals und bedeckte mein Gesicht mit so vielen Küssen, daß ich den Tränen nahe war.

Als ich mich erhob, dankte mir Monsieur de Joyeuse unter tausend Höflichkeitsbezeigungen und versprach andeutungsweise auch Ersatz aller Kosten, die mir entstanden waren. Hierüber wünschte er mich herzlich zu verabschieden, und auch Madame de Joyeuse reichte mir ihre Fingerspitzen zu einem Kuß. Da alle sich zurückzogen, blieb ich mit Cossolat allein, der mir den Arm um die Schulter legte und mir zuflüsterte:

„Heiliger Antonius, Siorac, Ihr seid heute mächtig im Ansehen gestiegen bei Monsieur de Joyeuse, aber auf die erwähnte Entschädigung würde ich nicht viel geben, der Mann hält sein Geld zusammen.“

Ich machte gute Miene, wie bitter enttäuscht ich auch sein

mochte, hatte ich doch darauf gebaut, daß Monsieur de Joyeuse mir erstatten würde, was ich ausgegeben hatte für den Erwerb von Pappe, Farben, Holz, nicht minder für den Schnitzer. So sind die großen Herren! war mein Gedanke. Morgen hat Joyeuse seine Zusage vergessen, und meine fünfundzwanzig Dukaten waren für die Katz.

„Hauptmann, kein Wort mehr darüber, es ist nicht der Rede wert“, sagte ich.

„Oh“, wechselte Cossolat den Ton, sein Auge strahlte plötzlich, „ich sehe eine der Hofdamen kommen. Da winkt Euch vielleicht eine andere Belohnung ...“

Die Schöne trat auf mich zu, nahm Cossolat anscheinend gar nicht zur Kenntnis und sprach mit einer Verbeugung:

„Monsieur de Siorac, Madame de Joyeuse erweist Euch die Ehre, Euch in ihren Gemächern empfangen zu wollen.“

„Madame, ich bin Madame de Joyeuse ganz ergeben“, erwiderte ich und folgte ihr durch ein Gewirr prächtiger Räume, die Augen auf ihren Rücken geheftet, was mich gleichwohl verzückte, denn sie war eine in allen Partien wohlgeformte, stattliche Person, die mit höchster Anmut vor mir herschritt.

Nach einer Weile wandte sie sich um.

„Monsieur, möchtet Ihr bitte neben mir gehen. Ich mag nicht verschlungen werden, schon gar nicht hinterrücks.“

„Wenn ich an Eurer Seite gehe, kann ich Euch auch verschlingen“, erwiderte ich, ihr Folge leistend.

„Da habe ich Euch zumindest im Auge.“

„Madame, darf ich Euern Namen erfahren, wenn ich schon die Ehre Eurer Begleitung genieße?“

„Ich bin Aglaé de Mérol“, sagte sie stolz, doch die Lippe zu einem halben Lächeln geschürzt. „Mein Vater ist der reichste Mann des Languedoc, ich bin unverheiratet und habe nicht die Absicht, einen Zweitgeborenen aus dem Périgord zu ehelichen, der keinen Sol besitzt, mag er auch so begehrlich dreinschauen wie Ihr.“

„Wer, Madame, hat denn von Heirat gesprochen, Ihr oder ich? Mir macht es Vergnügen, Euch anzuschauen. Weiter geht mein Blick nicht.“

„Und Ihr wagt weiterzumachen!“

„Madame, von der Seite sieht man andere Dinge als von hinten.“

„Dann geht mir voraus!" befahl sie.

„Was denn, wie ein Sträfling?" Doch ich fand das Spiel neckisch und gehorchte. „In Gedanken sehe ich Euch trotzdem. Ich bin Euer Gefangener, der Gefangene Eurer Schönheit."

„Ihr seid mir ein schöner Gefangener!" sagte Aglaé. „Ein Zweitgeborener! Edelmann ohne Geld und zu allem Übel auch noch Arzt!"

„Madame, verachtet mir den Arzt nicht! Ich könnte Euch so wunderbar heilen."

Sie lachte, klopfte an eine Tür, trat ein, machte eine tiefe Verbeugung und sagte:

„Madame, er ist ein Scheusal, doch er wird Euch gefallen."

„Möge er eintreten", sagte Madame de Joyeuse. Und wie ich sie da sitzen sah mitten im Flor ihrer Damen, die mit gefährlichem Lächeln ihre kleinen spitzen Zähne zeigten, dünkte ich mir ein den Löwinnen zum Fraße vorgeworfener armer Christenmensch. Doch fand ich die Szene auch erheiternd und fühlte mich den Fallen, die man mir stellen würde, gewachsen.

Ich sah mich von Madame de Joyeuse streng gemustert, was mich aber nicht aus der Fassung brachte, weil es mir wie Komödie anmutete.

„Monsieur, könnt Ihr mir sagen, warum Euch so sehr an der Gunst von Monsieur de Joyeuse gelegen ist?" fragte sie.

„Ha, Madame", entgegnete ich lächelnd, „doch wohl des Pläsiers wegen, das ich mir hier erhoffe."

Meine Worte, der Tonfall und mein Blick ließen Madame de Joyeuse die große Dame vergessen, die sie war. Sie lachte laut heraus, ebenso ihre Hofdamen. Und Aglaé rief, als wäre sie stolz auf mich: „Sagte ich's doch, Madame, ein Scheusal!"

„Ihr seid in der Tat sehr dreist, Monsieur", sprach Madame de Joyeuse und verbarg ihr Lachen hinter dem Fächer. „Kein Edelmann hätte gewagt, mich so zu beäugen, wie Ihr es tatet, und mir wie ein Wollüstling die Finger zu küssen."

„Madame, wenn das Küssen verboten ist, worin sollte dann das Pläsier der Begrüßung liegen?"

„Pläsier, Pläsier, Monsieur! Habt Ihr gar nichts anderes im Sinn?"

„Was soll ich im Sinn haben, Madame, wenn ich Euch zu Füßen liege", sagte ich und ging vor ihr auf die Knie.

„Monsieur, ich rühme mich erprobter Tugend, auch wenn ich gern in aller Unschuld lache“, sagte sie mit geheuchelter Strenge. „Und sosehr ich hofiert werde von unseren Edelleuten, ich mache sie zu Büßern und nicht glücklich.“

„Madame, ob Eurer Schönheit will ich von Herzen diese Büßerschaft erstreben, sofern Ihr nur einwilligen wollt.“

„Wie denn, Monsieur, bin ich so schön?“ fragte sie, kokett mit ihrem Fächer spielend. „Man sagt mir nach, ich hätte eine etwas schmale Stirn.“

„Madame, die schmale Stirn verrät viel Geist. Hippokrates bestätigt es in seinen Aphorismen. Und wer möchte bei Eurer Stirn verweilen, wenn er nur Eure Augen sieht, tiefgründig, goldfarben, dichtbewimpert und so groß wie ein See.“

Die Begleitdamen, die insgeheim Lächelblicke wechselten, ließen ein kleines Lobgemurmel hören, gleichsam ein Amen in profanen Tönen.

„Für die Augen mag das noch angehen, böse Zungen aber behaupten, meine Nase sei etwas lang geraten.“

„Lang, Madame? sie ist von Rasse. Und wer schert sich um die Nase, wenn sein Blick auf so süßen, fleischigen Lippen ruhen darf.“

„Das räume ich ein“, sprach sie, „mit meinem Mund bin ich nicht unzufrieden, doch die besagten Leute nennen meinen Hals zu dick.“

„Dick, Madame? welch ein Unsinn! Darf ich offen und ehrlich reden, Madame?“

„Nur zu, Monsieur.“

„Die Natur hat Euch mit einem so fülligen, molligen Hals beschenkt, damit er ein Nest von Küssen aufnehmen kann.“

„Ha, Monsieur! jetzt geht Ihr zu weit“, sprach sie zürnend. „Ein Nest von Küssen! Meine Damen, habt Ihr gehört?“

„Madame, er ist ein Scheusal, doch er spricht die Wahrheit“, sagte Aglaé.

„Das Nest geschenkt! Aber die Schultern, Monsieur, was sagt Ihr zu meinen Schultern?“ fragte Madame de Joyeuse.

So wurde von den Schultern bis zu den Füßen – ausgenommen die Körperteile, die man gemeinhin nicht nennt und nicht zeigt – alles durchgegangen, denn Madame de Joyeuse hatte ein Alter erreicht, in dem die Schönheit grausamen Abbruch zu erleiden beginnt. Und sosehr ich zunächst heimlichen Spott in meine Worte gelegt, wurde mir plötzlich bewußt, welche Ängste sich verbargen hinter diesem lächerlichen Spiel; da hatte ich nicht mehr das Herz, mich zu mokieren, sondern wollte lieber Stärkung geben. Also spielte ich perfekt meine Büßerrolle, wohl wissend, daß hier nicht der auf Knien Liegende zu leiden hatte, sondern die Angebetete, die aus schrecklicher Angst vor dem Altwerden so entfesseltes Lob begehrte.

„Madame", sprach Aglaé, als wir endlich bei den Füßen waren, „dieses Scheusal würde gewiß einen recht zuträglichen Büßer abgeben, wenn er von gutem Adel wäre."

„Das bin ich, Madame!" Ich erhob mich und verzog das Gesicht zur Grimasse. „Bei Ceresole wurde mein Vater zum Ritter geschlagen und bei Calais zum Baron erhoben. Ich wüßte auf Erden keine bessere Adelung."

„Das gilt für die Männer", sagte Madame de Joyeuse, „aber darf ich Euch, ehe Ihr bei mir empfangen werdet, mit Verlaub fragen, wer Eure Mutter ist?"

„Meine selige Mutter, Madame, war eine geborene Caumont."

„Caumont? die Caumonts von Castelnau und Les Milandes? Das ist ja alter perigurdinischer Adel, und die Caumonts, wie ketzerisch sie auch sein mögen, sind meine Cousins."

„Eure Cousins, Madame? Habe ich demnach die Ehre, ein bißchen mit Euch verwandt zu sein?"

Madame de Joyeuse senkte die Lider, um über den Grad unserer Verwandtschaft nachzudenken, und als sie es gebührlich getan, sagte sie:

„Es reicht hin, Monsieur, daß ich Euch meinen kleinen Vetter nennen kann, aber Ihr dürft mich nicht Cousine nennen."

„Oh, Madame, das habt Ihr hübsch gesagt!" rief Aglaé. Und die Hofdamen lachten und gackerten wie die Hühner. Ich war zunächst erzürnt, wohl ahnend, wie sehr die vornehme Gesellschaft von Montpellier darüber lästern würde. Die Lacher verstummten bald, und alle glaubten fest, daß ich „der kleine Vetter" von Madame de Joyeuse sei – ein Titel, der mir rechtens nicht zukam: die gute Dame hatte ihn mir nur verliehen, um ohne Verletzung der Etikette eine so niedere Person bei sich empfangen zu können, einen Zweitgeborenen aus dem Périgord, der zu allem Übel auch noch Arzt war.

„Aber wenn ich mir Euren Aufzug so betrachte!“ fuhr Madame de Joyeuse fort, mich durch ihre Lorgnette musternd. „In Schwarz von Kopf bis Fuß! die kleine Halskrause! das enge Beinkleid! So könnt Ihr vor mir nicht erscheinen!“

„Ach, Madame, Ihr berührt einen wunden Punkt!“ rief ich, sehr beschämt von den Vorwürfen.

Und ich erzählte ihr die Geschichte von dem Wams aus blauem Satin, um das ich meinen Vater gebeten hatte. Hierauf Madame de Joyeuse herzlich lachte, und mehr noch ihre Papageiendamen, die gar nicht mehr aufhören wollten zu glucksen.

„Mein kleiner Cousin“, sprach Madame de Joyeuse, die nicht der Herzensgüte zu ermangeln schien, „nehmt uns nicht übel, daß wir lachen. Aber gebt zu, daß unsere Hugenotten ein sehr merkwürdiges Gebaren haben!“

„Aber Madame“, sagte Aglaé, „hat nicht Monsieur de Joyeuse dem Herrn von Siorac eine Vergütung in Aussicht gestellt für die kleine Armee, die er Anne geschenkt? Die könnte seiner Einkleidung dienlich sein.“

„Vergeßt nicht, Aglaé, mein Ehegemahl hat ein sehr waches Gedächtnis für alles, was man ihm schuldet, und ein sehr schwaches für alles, was er schuldet. Aber sagt, mein kleiner Cousin, wieviel habt Ihr denn ausgegeben für die kleine Armee?“

„Oh, Madame, ich weiß nicht. (Ich wollte den großen Herrn spielen.) Ich habe nicht Rechnung geführt.“

„Nennt einen Betrag.“

„Fünfzig Dukaten.“

„Na prächtig“, sagte Madame de Joyeuse. „Als guter Edelmann führt Ihr nicht Rechnung, aber als guter Hugenotte wißt Ihr genau, was Ihr ausgebt.“

Alle lachten, indes ich die unschuldigste Miene aufsetzte und der kommenden Dinge harrte. Und was dann kam, stellte mich mehr als zufrieden.

„Aglaé“, sprach Madame de Joyeuse, „begleite meinen kleinen Cousin zurück und gib ihm aus meiner Schatulle zweihundert Dukaten.“

Sie hielt mir ihre Hand hin, die ich vor Dankbarkeit, keines Wortes mehr mächtig, mit Küssen bepflasterte.

„Genug, mein kleiner Cousin! Gebt mir jetzt meine Hand wieder, eh Ihr sie ganz verschlungen habt, und kommt mich am Mittwoch in schicklichem Aufzug besuchen.“

Hierüber verließ ich sie, vor Glück fast über dem Boden schwebend, indes Aglaé de Mérol mit recht kummervoller Miene an meiner Seite schritt.

„Monsieur", sprach sie, „Ihr seid wirklich ein Scheusal an Ehrgeiz, Geschicklichkeit und Gaunerei."

„Gaunerei, Madame?" Ich blieb erbost stehen und musterte sie mit strengem Auge. „Wieso bin ich ein Gauner?"

„Gut, ich nehme den Gauner zurück", sagte sie, erschrocken über meinen Unmut. „Aber geschickt seid Ihr dennoch, Monsieur, wie es die Komplimente beweisen, die Ihr uns gemacht habt."

„Und war das etwa schlecht getan?" fragte ich. „Bin ich der Büßer von Madame de Joyeuse oder bin ich es nicht? Ist das nicht meine Rolle?"

„Ihr habt ja recht, ich bitte um Vergebung. (Sie legte ihre Hand auf meinen Arm.) Aber ich liebe Madame de Joyeuse trotz ihrer kleinen Lächerlichkeiten. Und darum war mir das alles eine große Pein. Es gab nämlich eine Zeit, da war Madame de Joyeuse so sehr umschwirrt von büßenden Kavalieren, daß wir es nicht nötig hatten, uns um einen Junghahn zu bemühen."

„Ich ein Junghahn, Madame?" rief ich. „Ich habe den Strauchdieben der Corbières-Berge den Garaus gemacht!"

„Ich bitt Euch, posaunt Eure Heldentat nicht so laut heraus, wir sind im Bilde. Aber die Wahrheit ist doch: Ihr seid ein Zweitgeborener ohne Geld und studiert die Medizin."

„Wieso ohne Geld?" fragte ich lachend. „Was sind denn diese Münzen hier, die Ihr mir hinzählt?" (Ihr glaubt nicht, was für ein liebliches Geräusch das war, als die Dukaten in meinen Beutel fielen.)

„Pah, was ist das schon!" sagte Fräulein von Mérol mit traurigem Schmollgesicht. „Meines Vaters Einkünfte betragen hunderttausend Livres im Jahr. Deshalb habe ich schicklicherweise einen Edelmann zu heiraten, der mindestens die Hälfte dessen vorweist. Von solchem Kaliber aber gibt es in unserer Provinz nur vier, und die sind so häßlich und unerträglich, daß ich sie alle abgewiesen habe. Also ist mein Schicksal besiegelt: ich werde als Jungfer sterben."

Da nun sah ich sie mit anderen Augen und war baff, daß einer so schönen, reichen Frau ein solches Los harren konnte.

Wahrlich ein Jammer, dachte ich, wenn das Gold des Menschen Geschicke bestimmt, anstatt ihm zu dienen.

„Madame, sollte ich dereinst fünfzigtausend Livres Jahresrente haben und Euch gefallen", sagte ich halb im Ernst, halb schäkernd, „werde ich um Eure Hand anhalten, sofern Ihr mir nur die Medizin, diese göttliche Kunst, nicht mehr verachtet."

„Göttliche Kunst, Monsieur?"

„Gott hat uns das Leben gegeben, und wir Ärzte halten es fest, wenn es uns flieht."

„Könnt Ihr es denn festhalten?"

Darüber stritten wir noch eine Weile, und da sich ein junges Mädchen allemal freut, wenn jemand um seine Hand anhält, fand Aglaé ihre Heiterkeit wieder. Sie schloß ihre Rede:

„Ihr seid zwar ein Scheusal, aber nicht ohne Herz. Ihr werdet Madame de Joyeuse ein ehrbarer Kavalier sein. Und mögt Ihr auch Zweitgeborener, Arzt und ohne einen Heller sein, ich bin Euch trotzdem schon von Herzen zugetan."

Zum Beweis gab sie mir einen kleinen Kuß auf die Wange. Und kam er auch von der Höhe der hunderttausend Livres ihres Vaters herab, ich fand ihn köstlich genug, um Erwiderung zu tun mit einem Kuß auf das entzückende Grübchen in ihrem Mundwinkel, dabei ich sie von ungefähr zart in die Lippe biß. Errötend sperrte sie die Augen auf, denn solche Zärtlichkeit war ihr wohl neu und gefiel ihr vielleicht. Doch weil ich nicht warten mochte, bis ihre Verdutztheit sich in Grimm wandelte, machte ich eine tiefe Verbeugung und enteilte.

Ich lief ins Judenviertel, wo ein gewisser Martínez wohnte, der die Wämser für Monsieur de Joyeuse schneiderte. Er war über seinem Handwerk krumm geworden, indes von robuster Konstitution, der Teint olivgrün, das Auge schwarz und durchdringend, im Gesicht ein geheimnisvolles stetes Grinsen.

Ein bißchen angeberisch (die zweihunder Dukaten gaben mir Selbstvertrauen) sagte ich ihm, wer ich sei und bei wem ich wohne, aber er schien es schon zu wissen, denn er war Neuchrist und unterhielt seinen Laden unweit der Place des Cévenols, wo Meister Sanches Apotheke stand. Mit ausladenden Gesten zeigte er mir seine Stoffe, die sehr schön waren, zumal im Halbdunkel und unter seinen Händen, doch einen Preis wollte er nicht nennen, er wehrte ab: „Darüber reden wir später.“ Als er sich auf mein Drängen dann doch bequemte, dünkte mir der Preis so hoch, daß ich eifernd die Arme hob und gehen wollte. Er packte mich am Ärmel, erging sich in unendlichen Schmeicheleien und flehte, ich solle bleiben.

„Nur wenn Ihr den Preis auf die Hälfte senkt“, sagte ich.

„Die Hälfte! wird denn ein Edelmann mit einem Schneider feilschen?“

„Monsieur, im Gegensatz zu manchem hochgestellten Edelmann zahle ich bar auf die Hand. Also: die Hälfte des Preises in schönen, runden Dukaten.“

„Ah, mein Herr, Ihr setzt mir das Messer an die Kehle! Es ist der blanke Tod!“

Und sein Gezeter rief die Sippe herbei, seine Frau, drei Söhne und vier Töchter drängten in den engen düsteren Laden und baten mich fast auf Knien, ihren armen Vater nicht zu ruinieren. Ich aber hielt mich tapfer, sosehr Martínez wie ein Maestro mit unmerklichen Zeichen und Blicken seine Truppe dirigierte: ich beharrte auf der Hälfte, und Martínez fügte sich, was mich zufrieden stimmte. Freilich erfuhr ich anderntags von Cossolat, daß diese Hälfte grad eben der übliche Preis sei, wie er ihn von Monsieur de Joyeuse verlange, der ihn im übrigen nie bezahle.

Was mich gereizt hatte, die Klageszene nicht abzukürzen, waren seine vier Töchter gewesen: bezaubernde Huris, deren Gazellenaugen im Schummerlicht funkelten. Doch als Edelmann konnte ich eh nicht die Tochter eines Schneiders heiraten, sowenig wie ein getauftes Judenfräulein einen Christen oder – viel weniger noch – ein Zweitgeborener ohne Geld die reiche Aglaé. Allüberall nur Schranken! dachte ich. Wenn Gott die Welt so wohl geschaffen hat, möchte ich wissen, wer seither die Fäden so schlecht gesponnen.

Über solchen Gedanken erreichte ich langsamen Schritts die Apotheke, wo dieser Tag, der so gut begonnen hatte, jäh in Herzeleid und Kummer endete. In meinem Zimmer wartete Luc auf mich.

„Mein Pierre“, sprach er düster, „ich habe für dich eine Nachricht, die dich betrüben wird. Dame Rachel hat Fontanette aus dem Hause gejagt.“

„Wann?“ rief ich mit erstickter Stimme.

„Soeben.“

„Soeben?“

„Es ist noch keine Stunde her.“

Die Stunde, die ich mit dem Feilschen um mein Wams vertat! dachte ich voller Reue.

„Wohin ist sie gegangen?“ fragte ich.

„Tja, wohin? Niemand weiß es. Keiner hier kennt ihr Dorf oder ihre Eltern, außer vielleicht Dame Rachel, die sie in Dienst genommen hat.“

„Ich werde Dame Rachel auf der Stelle fragen.“

„Tu das nicht, Pierre“, sagte Luc. „Dame Rachel ist sehr in Zorn. Sie spuckt gegen dich Gift und Galle, verlangt von meinem Vater, daß er dich aus dem Haus wirft, doch er weigert sich.“

„Möge sie spucken, ich stelle sie zur Rede.“

Ich stieg ein Stockwerk tiefer und klopfte an die Tür der Dame. Sie meinte wohl, es sei der Meister, und hieß mich eintreten.

Entschlossen trat ich ein. Sie saß am Frisiertisch und putzte sich. Als sie mich im Spiegel sah, wandte sie sich jäh um, schlangengleich (nie hätte ich vermutet, daß eine schöne Frau ein so böses Auge und eine so tyrannische Natur haben kann), und verlangte, ich solle das Zimmer verlassen.

„Madame, Ihr habt Fontanette fortgejagt ...“

„Und Ihr wißt sehr gut, weshalb“, schrie sie.

„Ich werde es wissen, wenn Ihr es mir sagt, Madame.“

„Ich werde mich hüten, meine reinen Lippen mit Euren schändlichen Geschichten zu beschmutzen.“

„Madame, hat sie gestanden?“

„Monsieur, sie hat gebeichtet. (Dame Rachel geriet vor Erregung ins Stammeln.) Ich habe es erfahren, mehr brauche ich nicht zu sagen. Wenn es nach mir ginge, hättet auch Ihr unter meinem Dach nichts mehr zu suchen.“

„Habt Dank, Madame, für Eure christlichen Gefühle“, erwiderte ich ziemlich ruhig, „doch da ich mich schuldiger fühle, als es die arme Fontanette ist, wüßte ich gern, wohin sie gegangen ist, damit ich ihr in ihrer Not Hilfe und Unterstützung geben kann.“

„Sie hat ihren Lohn!“

„Verzeihung, Madame, damit kommt sie nicht weit. (Dame Rachel durchbohrte mich mit ihren Achataugen.) Da Ihr sie in

Dienst genommen habt, wißt Ihr gewiß den Namen des Dorfes."

„Ich hab ihn gewußt", sagte sie, und ein grausamer Triumph leuchtete in ihren Augen. „Ich hab ihn gewußt, doch just als ich die pestende Dirne aus dem Haus jagte, hab ich sie aus meiner Erinnerung getilgt, dazu ihren Namen, ihre Herkunft, ihr Dorf."

In meiner irren Wut hätte ich sie am liebsten gewürgt, um ihrem Mund den Namen abzutrotzen, den sie mir vorenthielt. Doch wie mörderisch auch meine Blicke, sie war aus Stein und fühlte nichts, nicht einmal Angst. Ohne ein weiteres Wort ließ ich sie da zurück.

Ich rannte die Stiege hinunter, befahl Miroul zu satteln, sattelte selbst meine Accla, und während ich den Zaum anlegte, sagte ich zu Miroul, wir ritten aus, um Fontanette zu finden, reihum würden wir die Torwächter fragen, ob sie ein junges Mädchen von ihrer Beschreibung gesehen hätten; er solle zum Salinen-Tor, zum Lattes-Tor und zur Porte de la Blanquerie galopppieren, ich wolle bei der Porte du Pila Saint-Gély und bei der Porte du Peyrou nachfragen.

Leider hatte niemand Fontanette gesehen. Zu allem Unglück war in Montpellier auch noch Markttag gewesen, und jetzt, gegen Abend, drängten die Bauern und ihre Frauen scharenweis durch die Tore heimwärts. Da war großer Auflauf in den Gassen, ein so gewaltiges Getümmel an Leuten, Wagen, Maultieren, Eseln und Tragekörben, daß meine Accla kaum einen Huf vor den anderen bekam. Wem wäre in dieser Menge ein junges Mädchen aufgefallen, das vielleicht weinend sein Bündelchen trug? Die Torwachen lachten nur, als ich sie fragte.

Als endlich der Andrang nachgelassen, ritt ich in gleicher Weise, wie Miroul es nach seiner Seite hin tat, zwei oder drei Meilen die Ausfallstraßen ab, hielt in den umliegenden Dörfern an, beschrieb meine arme Fontanette, fragte die vor den Hütten sitzenden alten Weiber. Nichts erfuhr ich, außer daß sie mir falsche Wege wiesen, und grausam war die Enttäuschung.

Zur Nacht kehrte ich heim, müde und staubbedeckt, mit einem Würgen in der Kehle. Miroul war schon da, auch er in seinen Nachforschungen gescheitert, was mir der traurige Blick aus seinen zwiefarbenen Augen kundtat. Ich warf ihm die Zügel meiner Accla zu. Da ich nichts essen wollte, um nicht mit dieser Gorgone am selben Tisch zu sitzen, stieg ich in mein Zimmer hinauf und ließ mich auf mein Lager fallen. Dort blieb ich liegen, unfähig zum Überlegen. Schlafen konnte ich nicht: manchmal lauschte ich in die Stille der Nacht, ob nicht das leise Geräusch von Fontanettes Türriegel zu hören wäre.

Tags darauf erfuhr ich von meiner guten Thomassine, daß Cossolat, während Samson in der Schule weilte, bei Dame Gertrude du Luc gewesen und sich für drei Stunden mit der schönen Frömmlerin eingeschlossen hatte. Die Thomassine bat mich, ich solle die Schamlose augenblicklich zur Rede stellen und ihr das Unziemliche ihres Benehmens vorhalten. Darauf mochte ich nicht eingehen, fürchtete ich doch, daß diese Circe auch mich in ein Schwein verwandeln würde, allein indem sie mir ihre runden Arme um den Hals schlang. Mit Cossolat wollte ich ebensowenig sprechen, denn er hätte mich ausgelacht; seine ständige Redensart war: wann immer Römlinge nach Montpellier kämen, sei eine Pilgerin dabei, die ihre Heiligen an seiner Brust vergesse. Was ihm erwidern auf solche Prahlerei? einstimmen in sein Lachen? mich ärgern?

Allerdings quälte mich der Gedanke, mein armer Samson könne von der Untreue seiner Liebsten erfahren: das wäre ein harter Schlag für ihn in seiner engelhaften Unschuld. So war ich sehr im Grübeln, wie ich ihm diesen Kummer am besten ersparte, darüber ich meine Sorgen um Fontanette beinahe vergaß.

Den ganzen Tag und die folgende Nacht ging mir das durch den Kopf, und noch am Morgen hatte ich keine Lösung, wie diese Circe abzubringen war von Samson und von Cossolat und auch von mir, denn daß sie den Mannsbildern so zugetan war, brachte auch mich in Versuchung, sosehr ich schauderte bei dem Gedanken, meinen armen Bruder unter Thomassines Dach zu betrügen.

Selbst während ich in der Schule Saportas Kommentaren über Avicenna folgte, peinigte mich diese Geschichte. Als mich Saporta nach der Vorlesung an sein Pult rief, dachte ich schon, er wolle mich für meine Unaufmerksamkeit tadeln. Doch er zitierte auch Merdanson und den Chirurgenlehrling Carajac nach vorn. Und nachdem er uns von seinem Pult herab mit dräuenden Augen gemustert hatte (er wollte uns stets das

Gefühl eingeben, unsere momentane Unschuld sei in Form und Substanz nur die Vorstufe unserer künftigen Schuldhaftigkeit), sagte er, der Spitalwächter sei bereit, der Schule den Leichnam eines soeben verstorbenen Bettlers zu überlassen, wir sollten uns hinbegeben und uns den Kadaver anschauen, ob er sich zum Sezieren eigne.

Wir gingen hin, ein bißchen stolz auf unsere Mission. Der Spitalwächter war ein häßlicher Glatzkopf von stinkendem Atem. Seine auffällige Magerkeit nannte Merdanson mit leiser Stimme „interessant"; mich mit dem Ellbogen anstoßend, fügte er hinzu: „Verstehst du, was ich meine?" Der Wächter, Russec mit Namen, führte uns in einen dunklen kleinen Raum (die Vorhänge waren zugezogen), wo ein so entsetzlich süßlicher, pestender Geruch herrschte, daß wir auf der Schwelle stehenblieben und lieber den Gestank aus Russecs Maul in Kauf nahmen. Mitten im Raum eine Holzpritsche, auf der unter einem schmutzigen Laken der Leichnam lag.

„Meine Herren Scholaren", hob Russec an und hauchte uns seinen ekligen Atem ins Gesicht, „ich wette, einen so schönen Burschen habt Ihr noch nie gesehen. Er ist jung und kräftig, ihm fehlt nichts außer dem Leben, und das hat er erst heute morgen ausgehaucht: einen frischeren Toten findet Ihr nicht. Aus Liebe zur Medizin überlasse ich ihn Eurer Schule gutwillig für bare fünf Sols und keinen Heller mehr."

„Fünf Sols, das gilt es zu überlegen", sagte Merdanson, „wir kaufen nicht die Katze im Sack, erst wollen wir ihn uns anschauen. Zieh die Vorhänge auf, und nimm das Laken fort!"

Russec tat, wie geheißen, Sonnenhelle drang in den Raum, dann packte der Wächter, großen Abstand wahrend, das Tuch mit den Fingerspitzen und zog es fort. Wir trauten unseren Augen kaum: der Kadaver wies in der Leistengegend eine Pestbeule auf und eine Blatter am rechten Fuß.

„Siorac! Carajac!" sagte Merdanson, als er nach dem Schreck endlich den Mund aufbekam. „Ihr seht, was ich sehe! Heiliger Bimbam, nichts wie fort von hier!"

Und alle drei rannten wir wie irre über den Korridor des Spitals, uns hinterdrein Russec.

„Was denn, gefällt er Euch nicht? Hat er einen Makel?"

„Und ob! Einen gewaltigen!" rief Carajac, ohne sich umzudrehen.

„Dann senke ich den Preis um ein Viertel", rief Russec.

„Wir wollen ihn nicht geschenkt!" rief Merdanson und rannte als erster zum Portal hinaus.

Ha! wie frisch war die Luft fern dem stinkenden Wächter und der pestenden Pritsche!

„Freunde, erholen wir uns", schlug ich vor. „Die *Drei Könige* sind nahebei. Die Wirtin ist schön. Ich spendiere Euch Wein und Speise: füllen wir unsere Kanäle und Adern mit rotem Blut, machen wir sie dicht gegen die Ansteckung."

„Das ist gute, vorsorgliche Kur", sagte Merdanson. „Von Ambroise Paré in seiner Abhandlung über die Pest empfohlen."

„Das unterschreibe ich", sagte Carajac (er sprach wenig, doch stets zutreffend), „aber was tut die Wirtin zur Sache?"

„Schönheit heilt das Auge von gräßlichen Anblicken."

Kaum hatte ich dies gesagt, verabreichte die Wirtin Merdanson eine Ohrfeige, der in ihre Küche vorgedrungen und ihr die Kruppe betatscht hatte.

„Auweh, die Schelmin hat eine kräftige Handschrift!" sagte Merdanson. „Trotzdem werde ich diese Nacht von ihren köstlichen Rundungen träumen."

„Schamloser Kerl, noch eine Ohrfeige gefällig?"

„Was denn, ohne daß ich angefaßt hätte?" ereiferte sich Merdanson.

Als die Wirtin die Speisen aufgetragen und sich zurückgezogen hatte, sagte ich: „Freunde, dieser Tote macht mir Sorge. Steht uns eine Epidemie ins Haus?"

„Keineswegs", sagte Merdanson. „Von Saporta weiß ich, daß wir im Hospital jedes Jahr solche Fälle haben, ohne daß sich eine Epidemie ausbreitet. Aber ohne Trank aus dieser Flasche wäre ich sehr bekümmert. In dieser beschissenen Stadt verbündet sich alles gegen die Medizin. Vor noch nicht einer Woche hat uns der Profoß den Leichnam eines Hingerichteten verweigert, den er lieber an den Ästen eines Ölbaumes verfaulen läßt, zu niemandes Nutzen. Und heute nun erdreistet sich dieser Russec, uns einen pestenden Kadaver anzubieten. Teufel, die Medizin ist am Ende, wenn wir nicht mehr sezieren können. Dabei lehrt mich in einer Viertelstunde das Skalpell des Prosektors viel mehr als die Vorlesung über Hippokrates in drei Stunden. Aber Fötus Bazin hat uns die Sektionen auf vier pro Jahr beschränkt. Und acht wären erforderlich! Wirtin, wenn ich dich schon nicht anfassen darf, dann wenigstens vermache dein schönes Fleisch der Schule, damit ich dich nach deinem Tod zerschnippeln kann."

„Von wegen!" sagte die Wirtin, die eine Flasche brachte, „ich will nach christlicher Art heil begraben werden."

„Wir sind wirklich arm dran, die Schule besitzt noch nicht einmal ein Skelett", sagte Carajac. „Ist das nicht ein Skandal? Wer soll ohne Skelett die Knochenverbindungen anschaulich machen?"

„Mir kommt da ein Gedanke", sagte Merdanson. „Töten wir doch Russec, um ihn für immer von seinem stinkenden Atem zu heilen, ihm und uns allen zum Vorteil. Töten wir ihn und machen daraus ein Skelett. Die Arbeit wäre halb schon getan, da ihm die Haut an den Knochen klebt. Machen wir aus dem häßlichen Wächter ein schönes Skelett."

„Freunde, leert diese Flasche ohne mich", sagte ich, weil ich plötzlich einen Einfall hatte, der zu dem Thema in keiner Beziehung stand. „Ich sehe hier einen Edelmann, mit dem ich sprechen möchte."

Als Baron Caudebec mich kommen sah, erstickte er fast an der großen Bigorrer Wurst, die er gerade verschlingen wollte. Mit grimmiger Miene griff er nach seinem Langdolch, als ihm wohl Cossolats Drohung einfiel; also besann er sich und grüßte mich höflich mit einem Kopfnicken, doch ohne sich zu erheben. Auch lud er mich nicht zum Sitzen ein.

Ich ärgerte mich tunlichst nicht darüber, bat die Wirtin, mir einen Schemel zu bringen, setzte mich vor Caudebec hin und sprach heiter und laut:

„Baron, welch Vergnügen, Euch wiederzusehen nach der gefahrvollen Reise, Eure Mönche desgleichen und Eure bezaubernden Damen (hierauf unsere Normanninnen Verbeugung machten und mir zulächelten). Rom, heißt es, sei die schönste aller Städte. Was meint denn Ihr?"

Caudebec, seine Wurst schlingend, ließ ein Grunzen vernehmen.

„Ha! dessen war ich gewiß, daß die Ewige Stadt Euch gefallen würde", sagte ich. „Und hat der Himmel Eure Gebete erhört? Habt Ihr gute Nachricht über das gesundheitliche Befinden von Madame de Caudebec?"

„Mitnichten, Monsieur“, sprach Caudebec, nachdem er seinen Becher geleert. „Sie ist gestorben, die Undankbare, vor einem Monat, als ich grad erst in Rom eintraf. Ah, Monsieur, mein Zorn ist gewaltig! Sie hat mich angeschmiert! Hätte sie nicht warten müssen, bis ich in Sankt Peter mein Gelübde tat?“

„Monsieur, vergebt ihr. Kein Lebender sucht sich die Todesstunde aus. Erst heute morgen sah ich im Spital einen jungen Mann auf dem Strohsack liegen, mit einer Pestbeule in der Leiste und einer Blatter am Fuß.“

„Was!“ rief Caudebec, seinen Wein hervorprustend, „eine Pestbeule? Blattern? ein Pestkranker?“

„Deren haben wir etliche in der Stadt, die trotzdem gesund ist“, erwiderte ich mit argloser Miene.

„Gesund, Herr?“ Er erhob sich und rief: „Mönche, sammelt unsere Leute, wir reisen ab! Potz Daus! Nicht einen Augenblick länger bleibe ich in dieser verseuchten Stadt!“

„Monsieur, dann wollen wir als gute Freunde scheiden, mit herzhaftem Händedruck.“

Ich streckte ihm die rechte Hand entgegen, er aber tat einen Satz zurück, warf dabei seinen Schemel um.

„Monsieur!“ schrie er. „Faßt mich nicht an! Vielleicht seid Ihr schon infiziert!“

„Aber ich habe den Toten doch nur ein bißchen betastet. Greift nur zu, Baron, Eure Hand!“

Entsetzt wich er immer weiter zurück. Ich trieb ihn um den Tisch herum, so wie er mich vor zwei Monaten vor sich her gejagt hatte. Als er den Tisch umrundet hatte, floh er die Treppe hinauf und schloß sich, mit zweifacher Drehung des Schlüssels, in sein Zimmer ein.

Ich entbot den Römlingen, die stumm vor ihren Tellern saßen, meinen Gruß und begab mich an meinen Tisch zurück.

„Monsieur de Siorac, was treibt Ihr da für ein Spiel!“ raunte mir die Wirtin zu. „Ihr ruiniert mich! Lauter schöne normannische Taler, die mir entgehen!“

„Liebe Freundin“, tat ich bekümmert, „ich bitte tausendfach um Vergebung, mir ist die Zunge entglitten, ich habe irres Zeug geschwätzt!“

„Oh, das glaube ich Euch nicht“, sagte die Wirtin, „Ihr handelt nicht unüberlegt, Euch kenne ich. Und ich werde schon noch erfahren, warum Ihr meiner Kundschaft Beine gemacht habt.“

Sie erfuhr es von Cossolat, der herzhaft in mein Lachen einstimmte, als er vom jähen Aufbruch der Römlinge Kenntnis bekam.

„Aber Pierre, dieser kleine Trug hat zwei Seiten“, sagte er. „Und was wolltet Ihr nun: mich daran hindern, Euern Bruder zu hörnen, oder Euch selbst?“

Ich wußte keine Antwort, war ich doch selber im Zweifel.

Nachdem diese Geschichte, die mich sehr gequält hatte, vorbei war, begab ich mich zu Meister Sanche und entschuldigte mich in aller Form für die Verwirrung, die ich in seinem Haus gestiftet. Ich bat ihn, mir zu sagen, in welches Dorf sich Fontanette zurückgezogen hatte.

„Mein Pierre, ich weiß es leider nicht“, sagte Meister Sanche mit einem Seufzer. „Und Dame Rachel behauptet, der Name sei ihr entfallen. Was bleibt mir übrig als ihr zu glauben? Ach, mein Pierre, Weiberwille! Ein Geschwür, das noch kein Bader je aufzustechen vermochte!“

Und er bat mich mit bewegter Stimme, die Mahlzeiten wieder an seiner Tafel einzunehmen, meine Abwesenheit stimme alle traurig.

„Ausgenommen Dame Rachel, die Euch gebeten hat, mich aus dem Haus zu werfen“, sagte ich.

„In meinem Haus bin ich der Herr“, sprach Meister Sanche. „Wen ich empfange, das bestimme ich. Gewiß, unsere Sitten sind strenger als beim Adel, wo sich ein Zweitgeborener erlauben darf, Schwäche für ein Kammermädchen zu zeigen. Aber da Ihr nun mal in dieser Duldsamkeit erzogen wurdet, sehe ich keinen Grund, unsere harsche Strenge auf Euch anzuwenden.“

„Leider muß die arme Fontanette für uns beide büßen.“

„Ja, leider, mein Pierre.“ Meister Sanche schaute plötzlich sehr traurig drein. „Ich hab sie sehr gemocht, mit ihrem liebreizenden Wesen brachte sie Helle ins Haus. Schade, sehr schade, daß sie nicht mehr da ist.“

Seine Worte rührten mich, ich warf mich in seine Arme, küßte ihn auf die Wangen und versprach, am Mittwoch wieder bei Tisch zu erscheinen.

Am Mittwoch war der Tag, an dem Martínez mir mein Wams von blaßblauem Satin liefern wollte, dazu ein Beinkleid von der gleichen Farbe, mit rot unterfütterten Schlitzen, und ein mit blauer Feder geschmücktes Barett. (Blau, hatte der Schneider mir verraten, war die Lieblingsfarbe von Madame de Joyeuse.) Als ich in des Schneiders großen Spiegel blickte, war ich von meinem schmucken Aussehen so begeistert, daß ich dem Schöpfer auf der Stelle die vereinbarte Summe zahlte und vier Dukaten obendrein.

„Ha, Monsieur de Siorac, ein Edelmann, der bar auf die Hand zahlt und gar noch was dazulegt, das ist eine Seltenheit!“ sprach der Schneider. „Wäre ich nicht niederen Standes, ich würde Euch glatt umarmen! Doch weiß ich, wer an meiner Statt es tun wird.“

Er klatschte in die Hände, jäh erschienen seine vier Töchter, und jede bekam einen meiner vier Dukaten.

„Meine Töchter, für Eure Schatullen. Bedankt Euch bei Herrn von Siorac und küßt ihn auf beide Wangen.“

Was sie auf zärtlichste Weise taten.

„Ah, Martínez“, rief ich, noch ganz verzaubert von ihren Gazellenaugen, „Ihr habt mich auf ewig zu Eurem Kunden!“

Und ich trat, geckenhaft stolzierend, in die Rue de la Barrelerie hinaus. Ha! das war keine reumütige Rückkehr ins Haus von Meister Sanche, ich kam nicht geschmäht und schuldvoll in Sackleinen gehüllt, nicht mit aschebestreutem Haupt. Als ich den Saal betrat, blieb Meister Sanche der Mund offen, Dame Rachel saß wie versteinert da, und der Rest der Tafelgemeinschaft war vor Verwunderung stumm.

„Mein Neffe, wie seid Ihr prächtig gekleidet!“ rief Meister Sanche. „Welch ein Anblick! Welch prunkvolles Wams! Wohin strebt Ihr in dieser galanten Aufmachung?“

„Hochrühmlicher Meister, es ist weder Eitelkeit noch Prahlerei, sondern bares Erfordernis“, gab ich zur Antwort. „Ich bin heute nachmittag zu Madame de Joyeuse eingeladen, deren kleiner Vetter ich bin.“

„*Ha, qué matador! Qué matador!*“ rief Meister Sanche. Was in seinem Idiom heißen sollte: Wie schmuck er doch aussieht! Wie schmuck! „Mein Neffe“, fuhr er fort, „wollet bitte meine Ehegemahlin begrüßen, die ich ein kleines Festmahl anrichten ließ, Eure Rückkehr zu feiern.“

Das tat ich mit der größten Anmut dieser Erde, fast bis zum Boden mich verneigend, doch ohne das mindeste Lächeln. Auch wußte ich nicht, wie sie es aufnahm, denn ich hütete mich, ihr in die Augen zu blicken. Dann setzte ich mich, Ziel aller Blicke, zu dem von Meister Sanche angekündigten Festmahl, das diesen Namen freilich nicht verdiente, auch wenn an diesem Tage ein jeder einigermaßen hinreichend speiste, ein Auge auf den Teller und eines auf mich gerichtet. Fogacer grinste in sich hinein, und Meister Sanche brummelte immer wieder: „*Qué matador! Qué matador!*"

Der Winter verstrich, ohne daß ich mit Dame Rachel ins reine gekommen wäre. Nie richteten sich ihre Achataugen auf mich, und ich meinerseits unterließ jeglichen Versuch einer Aussöhnung; mich packte höchster Grimm, sooft ich daran dachte, wie gemein sie mir den Zufluchtsort meiner armen Fontanette vorenthalten hatte. Und am meisten erboste mich, daß sie ihre Grausamkeit in den Mantel des Glaubens kleidete.

Mein Samson lebte so versponnen und außerhalb der Welt, daß weder Thomassine noch Azaïs ihm irgend etwas verraten wollten, was den Unschuldsengel hätte betrüben können. So erfuhr er nie von dem langen Gespräch, das Cossolat mit seiner Dame im Nadelhaus gehabt, und ebensowenig den Grund für den jähen Aufbruch der Römlinge. Und mochte ihm diese Abreise auch große Pein bereiten, mich tröstete die Überlegung, daß sein Kummer viel größer gewesen wäre, wenn er die Wahrheit erfahren hätte. Die Normannin hatte die Stirn, ihm einen zärtlichen Brief zu schreiben, den er mich bat zu beantworten. Ich lehnte glatt ab, hielt dagegen, er sei alt genug, seine Episteln selbst aufzusetzen, was er denn auch tat, so kurz und unbeholfen, daß es ein Jammer war. Sie antwortete ihm trotzdem, und ein schmaler Briefwechsel zog sich über vier Jahre hin, obschon sie sich nicht wiedersahen.

Madame de Joyeuse besuchte ich den ganzen Winter über und kam in ihrer Gunst so gut voran, daß ich am Ende der Erste unter ihren Büßern war; während die anderen unter ihrem Harnisch etwas verbraucht waren, fand die Dame in mir sehr viel Frische, Keckheit und frohen Sinn, sonderlich aber Phantasie im Erfinden neuer Komplimente, nachdem sich die alten Kavaliere darin erschöpft hatten. Am meisten freilich gefiel ihr an mir, daß ich ihr unendlich Dank wußte für ihre Güte und sie deshalb wirklich liebte. Und so erlaubte sie mir Vertraulichkeiten, die keinem Kavalier hätten gestattet sein dürfen: ich durfte ihr den Rücken und die Brüste mit Salben einreiben, wir tauschten unzählige Küsse in ihrem Alkoven und ergingen uns in nicht endenden Zärtlichkeiten, die wir indes nie so weit trieben, daß Madame de Joyeuse je gemeint hätte, ihrem Ehegemahl untreu geworden zu sein.

Diese Grenze allerdings verlagerte sich vom Herbst in den Winter nach jener Seite hin, die der Leser erraten wird. Wenn ich mit Madame de Joyeuse allein war hinter den blauen Vorhängen ihres Baldachins, wenn meine Küsse und Umarmungen sie sacht in Erregung gebracht hatten, dann führte sie meine Hand und sagte: „Mein hübscher lieber kleiner Vetter, tut mir, was ich so mag.“ Und willig tat ich, wie geheißen, sie stieß dabei so lebhafte, so drängende und endlich so heftige Seufzer aus, daß man hätte glauben können, sie gäbe ihre Seele auf. Und freilich war ich kein Grünling; ich wußte, was dies besagte. Aber ich bewunderte Madame de Joyeuse, daß sie, die mit mir diese Wonnen ertastete, trotzdem behaupten konnte, sie sei ihrem Ehegemahl treu. Oft ist mir der Gedanke gekommen, daß der kleine Abbé, der ihr Beichtvater war, ein beispielhaft gütiger Hirte sein mochte. Denn ihren Gatten sah die arme Dame nur selten; er war immer unterwegs, ritt hierhin und dorthin durch unsere Provinzen, wohin der Dienst am König ihn rief, und ritt auch andere Stuten, die man ihm zum Etappenort brachte und deren er nie satt genug haben konnte.

Meine Vertraulichkeiten mit Madame de Joyeuse ließen Aglaé nicht kalt.

„Scheusal, was habt Ihr Madame schon wieder angetan, daß sie so stöhnte?“ hielt sie mir vor.

„Nichts, was ich nicht auch Euch gern antäte, wenn Ihr mich darum bätet“, erwiderte ich.

„Monsieur!“ tadelte sie mich, „ich bin Jungfrau, und die gebenedeite Muttergottes helfe mir, daß ich es bis zu meiner Heirat bleibe! ... Allerdings will mir scheinen“, fuhr sie nach einer kleinen Pause fort, „daß Euch – wenn mich der Teufel hinlänglich versuchte, Eurethalben zu stöhnen – mein Alter angemessener wäre.“

Dies fand ich ihrer Herrin gegenüber hinterhältig und erwiderte nichts.

„Nun, Ihr schweigt?“ fragte sie ein wenig pikiert.

„Aglaé, Madame de Joyeuse ist eine so gütige, charmante Frau und so sehr lieb ich sie, daß ich bereit bin, ihr jedwede Bitte zu erfüllen, und gälte es, den Mond vom Himmel zu holen. Ihr Alter tut nichts zur Sache.“

„Ha, das sehe ich zur Genüge!“ sagte sie bekümmert und mit einer Träne im Auge. „Ihr seid ein neuer Typ von Büßer: der glückliche Märtyrer.“

Ich spürte ihren Groll hinter der Neckerei und wollte etwas Balsam auf diese Wunde legen.

„Ich bin bei Madame de Joyeuse ein glücklicher Märtyrer, aber bei Euch, Aglaé, ein unglücklicher, denn weil mir fünfzigtausend Livres fehlen, muß ich die Hoffnung fahrenlassen, Euch zu heiraten.“

Welch Zauberwort für junge Mädchen!

Kaum hatte ich „heiraten“ gesagt, strahlte Aglaé vor Freude.

„Denkt Ihr ernstlich daran?“ fragte sie, dabei ein Lächeln ihr entzückende Grübchen in die Wangen grub.

„O ja, Eurer Grübchen wegen!“ sagte ich und wollte diese küssen, doch als ich beim linken Grübchen war, machte Aglaé von ungefähr eine Bewegung, und es wurde ein Kuß auf die Lippen, von dem sie sich nicht sogleich löste.

„Frechling!“ sagte sie endlich und tat verschämt. „Scheusal, schert Euch fort.“

Auf der Freitreppe begegnete ich Monsieur de Joyeuse. Der eilte auf mich zu, umarmte mich und sagte:

„Monsieur de Siorac, wie dankbar bin ich Euch, daß Ihr Madame de Joyeuse Gesellschaft leistet. Offenbar habt Ihr einen besonderen Charme, der zänkische Ehefrauen besänftigt. Wo vorher Widersetzlichkeit und Murren war, finde ich nur noch Lächeln, eitel Frohsinn!“

Ich wollte auf seine Freundlichkeiten Erwiderung tun, wußte aber nicht recht, was ich sagen sollte, zumal mich auch ein bißchen das Gewissen plagte. Doch eigentlich, so überlegte ich, sind Skrupel wenig angebracht, wenn alle sich zufrieden zeigen. Ich bin hier eben gern gesehen, dachte ich, als ich das Haus verließ, nicht ahnend, wie bald schon ich aus eigenem Verschulden in Gefahr geriete und dieses Schutzes dringend bedürfte.

Glücklich mit der Thomassine und glücklich mit Madame de Joyeuse, war mir die arme Fontanette, die ich nun schon vor Monaten verloren hatte, nicht aus dem Sinn. Wie eifrig ich mein Studium auch betrieb, den Vorlesungen folgte, Niederschriften machte und Exzerpte, allabendlich die Texte der Autoren las, die man uns tagsüber erläutert hatte, ich säumte dennoch nicht, Sonntag für Sonntag meine Accla zu satteln und die Suche fortzusetzen, von Dorf zu Dorf auf allen Wegen, die strahlenförmig von der Stadt ins umliegende Land führten. Doch alles war vergebens! Und als weitere Monate hingingen, ließ ich dann ab von meinem Suchen.

ZEHNTES KAPITEL

Ich, der ich die Strenge der Winter im Sarladischen kannte, war verzückt von der Milde des Klimas in Montpellier; hier strahlte die Sonne im Januar – der auch der Monat der Feste ist – beinahe jeden Tag, und allenfalls an den Abenden wurde in den Kaminen ein Feuer angefacht. Da verbrannte man Knüppelholz der Garrigue-Eiche, Gezweig von Sträuchern, alte Rebstöcke, Rosmarin und Wurzeln vom Besenginster, was sehr schöne Flammen ergab, die das Auge verzückten und die Luft mit balsamischen Düften erfüllten. Deren heilender Wirkung verdanke ich es, daß ich hier stets von Katarrhen verschont blieb, obwohl ich andernorts darunter leide...

Der Frohsinn der Montpellieraner, der schon im Alltag sich zeigt, tobt sich vor allem zu Karneval und am Fastnachtstag aus, die in Wahrheit sehr heidnische Feste sind, auch wenn von der Tradition an die christliche Fastenzeit gebunden. In meinem Sarladais kennen wir nicht diese wunderbare Ausgelassenheit, diese große Freude am Tanzen, Singen, Musizieren und Verkleiden. Der Leser mag sich gut vorstellen, daß ich, ohne die Medizin zu vernachlässigen (ich webte tagtäglich am Tuch meines künftigen Wissens), jede Gelegenheit nutzte, mich unter die fröhlichen Trupps zu mischen, die da durch die Stadt zogen.

Diese große Heiteretei am Anfang des Jahres ließ hoffen, daß jedes beginnende Jahr nur Glück bringen kann, was anno 1567 leider nicht zutraf, denn noch ehe das Jahr zu Ende ging, flammte wieder der Bruderkrieg auf. Doch im Januar ahnte ich nichts von den Schrecken, deren Zeuge ich werden sollte, sondern ergab mich den fröhlichen Spielen, die den liebenswerten Bewohnern der Stadt soviel Freude machten.

Zu dieser Jahreszeit begannen auch die Bälle, die vom Adel und den betuchten Stadtbürgern bei abendlichem Fackelschein gegeben wurden. Wie ich mich überzeugen konnte, waren immer dieselben Leute anwesend. Ich als Edelmann – und als

„kleiner Vetter“ von Madame de Joyeuse – war überall geladen. Samson ebenso, da er mein Bruder und von besonderer Schönheit; doch er wies solche Ehre ab, nannte es „sinnlose, eitle, frivole Narrheit“. Ich hingegen, obwohl ich noch nie getanzt, ließ keinen einzigen dieser Bälle aus. Sehr schnell lernte ich *branle*, *gaillarde* und *volte* tanzen und fand dabei doppeltes Vergnügen: mich selbst zu bewegen und zu sehen, wie die jungen Mädchen sich bewegten, was sie gar anmutig und bezaubernd taten. Einen ganzen Monat lang – bis zum letzten Tag des Karnevals, mit dem die Bälle endeten – kehrte ich stets erst nach Mitternacht in mein Logis zurück, das Hemd durchnäßt und die Beine schlapp; doch schon um fünf war ich wieder auf und strebte zur Schule, trug meine Bücher, Miroul mein Schreibzeug und die Kerze. Im Gürtel hatten wir Degen und Pistole, da es noch Nacht war. In der Rue du Bout-du-Monde nahm ich Miroul das Schreibzeug und die Kerze ab und übergab ihm meine Waffen. Meine Glieder, muß ich gestehen, waren etwas schlaff, in meinem Kopf geisterten über den Wunden, den Quartalsfiebern und den Furunkeln, die der Professor uns beschrieb, die hübschen Gesichter vom vergangenen Abend, doch ich brachte die Tagesarbeit recht gut zu Ende. Und danach ging ich wieder zum Ball.

Am Rosenmontag brachte mir Aglaés Bruder, Justin de Mérol, ein hübscher Bengel von sechzehn Jahren, der mir gut Freund geworden, eine weiße Robe, eine Maske von selber Farbe, einen Sack und einen aus Weide geflochtenen Korb.

„Und was soll ich mit dieser Ausrüstung?“ fragte ich.

„Ihr zieht die Robe über, legt die Maske an und hängt Euch den Sack vor die Brust.“

„Und was kommt in den Sack hinein?“

„Das ist ein Geheimnis.“

„Und wozu der Korb?“

„Das ist ein Geheimnis.“

„Wetten“, sagte ich, den Korb nach allen Seiten drehend, „daß er mir als Schutzschild dienen soll.“

„Richtig geraten“, sagte Justin. „Denkt daran, Pierre, morgen ist der Karneval der Edelleute, da wollen wir uns vergnügen. Ich hole Euch hier ab.“

Lachend stob er davon, dieser nette junge Bursche mit allerdings wenig Grütze im Kopf, was für ihn aber ohne Belang war, da er sich, um in der Welt voranzukommen, keiner Mühen zu unterziehen brauchte als ältester Sohn eines Vaters, der hunderttausend Livres Jahreseinnahmen hatte.

Und lachend kam er anderntags angestoben, gefolgt von einem Diener, der einen großen Sack schleppte.

„Los, Pierre, angezogen!“ rief er. Und seine Fröhlichkeit steckte mich an, fand ich selbst doch großes Gefallen am Verkleiden. Ich zog das Gewand an, legte die Maske vor und setzte eine Kappe auf, weil man mich sonst an meinem blonden Haar erkannt hätte. Justin hängte mir den Sack vor die Brust und sagte:

„Das hier ist Eure Munition.“

Worauf der Diener ihm Apfelsinen reichte, die er mitgebracht hatte.

„Was!“ sagte ich, „Orangen? Die soll ich den Leuten an den Kopf werfen? Ist das nicht ein Jammer? In Sarlat, wenn man sie überhaupt bekommt, sind sie sehr teuer.“

„Aber hier kosten zwei Dutzend nur vier Heller, das ist fast geschenkt... Und ich habe die weicheren ausgewählt, damit niemand gar zu derb verletzt wird.“

„Und wen soll ich damit bepflastern?“

„Alle Edelleute, die eine rote Schärpe tragen und nicht, wie Ihr, eine blaue. Nun voran, Pierre! Ehe es Mittag ist, will unsere Partei vor Notre-Dame-des-Tables sein, um den Platz in Beschlag zu nehmen. Mein Diener folgt uns und wird uns weiter versorgen.“

„Nein, er schleppt zu schwer, wir geraten in Verzug“, sagte ich. „Miroul soll ihn begleiten und in einem zweiten Sack die Hälfte der Munition tragen.“

Ha! war das ein schöner Kampf, der nicht nur uns allein begeisterte, sondern eine Menge Leute unterschiedlichen Standes herbeilockte. Sie lachten, applaudierten, drängten heran, um den wechselnden Verlauf der Schlacht aus der Nähe zu erleben (die Montpellieraner sind mindestens so große Gaffer wie die hierin rühmlich bekannten Pariser). Sie klebten uns gleichsam am Rücken und faßten bisweilen am Kopf oder mitten im Gesicht die uns zugedachten Treffer.

Abgemacht war zwischen der blauen und der roten Partei, daß die zu Boden gefallenen Apfelsinen nicht wieder zu neuerlichem Wurf verwendet werden dürften. Doch es gab Schurken in dieser Menge, die die geplatzten, schmutzigen Orangen von der Erde auflasen und sie blind drauflos hierhin und dorthin schmissen, gegen jedermann, ohne selbst die friedfertigen Gaffer zu schonen. Da machten unsere beiden Parteien gemeinsam Front gegen die Übeltäter, jagten sie mit unseren Geschossen in die Flucht und vollendeten deren Niederlage, indem sie handgemein wurden, sie mit Ohrfeigen traktierten und Tritten in den Hintern. Nun schrien und jammerten sie, daß man sie morden wolle, bis schließlich Cossolat mit seiner Garde herbeieilte.

Als der Hauptmann den Platz sah, ganz mit Apfelsinen übersät – ein Anblick, bei dem sich mir das Herz zusammenkrampfte, weil ich die Früchte der Erde schätzte und achtete –, geriet er in argen Zorn, zumal er reformierten Glaubens war und die irren Verschwendungen der katholischen Edelleute mißbilligte. Andererseits wußte er, wer unter solcher Verkleidung steckte, und mochte es sich mit den Familien dieser Goldjungen nicht verderben.

„Meine Herren", rief er, „wäret Ihr nicht, was Ihr seid, ich würde Euch wegen dieses Tumults für etliche Tage dem Stadtgefängnis anvermählen. Dennoch sei Euch gesagt, daß solches Vergnügen verboten bleibt. Heute will ich ein Auge zudrücken, unter zwei Bedingungen: erstens, jeder zahlt meinem Sergeanten einen Sol, damit er den Platz säubern läßt. Zweitens, Ihr tragt die Euch verbliebenen Apfelsinen ins Spital, wo sich die armen Schlucker dort auf blankem Stroh daran gütlich tun mögen."

Ohne Murren wurde Folge geleistet, denn Cossolat duldete nicht Widerrede. Auch ich entrichtete meinen Sol an den Sergeanten, zuinnerst beschämt bei dem Gedanken, daß ich an dieser Vergeudung mitgewirkt hatte, und froh darüber, daß mich Cossolat unter meiner Maske nicht erkannte. Er mochte jedoch ahnen, daß ich mit von der Partie war, als er Miroul unter den Dienern sah, welche die Säcke voll Orangen ins Spital schleppten.

Nachdem sich Cossolat zurückgezogen hatte, kam einer vorbei und verkündete laut, durch die Rue de l'Espazerie bewege sich ein prächtiger Umzug. Sofort rannte das Schafsvolk hin, und ich mit meinesgleichen hinterdrein. Und in der Tat, wir sahen einen schönen Maskenzug, wo zum Klang der Tamburine, Gitarren und Querpfeifen getanzt wurde. Die einen gingen als Seeleute verkleidet, schwangen Taue und trugen Körbe mit Fischen (die gottlob aus Pappe waren); andere als Rompilger (Rücken, Bauch und Hinterbacken mit Ablaßzetteln beklebt) oder als Landleute mit ihren Sensen; und dann waren da noch die als Weiber verkleideten Mannsbilder. Letztere führten sich am verrücktesten auf, zappelten wie die Lustdirnen, gackerten, gluckten, wippten aus den Hüften, klimperten mit den Wimpern, schnitten Fratzen und bedrängten die Passanten mit geilen Gebärden, als wollten sie ihnen ans Gemächte fahren. Und kaum hatten sie unsere Truppe erspäht, fielen sie jählings über uns her: wir seien die schmuckesten Burschen von Montpellier, sie wollten auf der Stelle von uns gefreit werden. Am wildesten unter diesen Lüstlingen gebärdete sich ein hoch aufgeschossenes, sehr schlankes „Weib" mit fuchsroter Perücke, das mich ganz fest umschlang und mich befummeln wollte; da stieß ich ihm den Ellbogen in den Magen und schlug ihm die Maske herunter, so daß ich den Mann erkannte. Ich wagte meinen Augen nicht zu trauen: es war Fogacer.

Nach dieser Entdeckung – die mir arg zu denken gab! – wandte ich mich ab von den Maskierten. Ich hatte neben mir sagen hören, unter dem Barbote-Turm seien Popanze aufgetaucht, die unsere Notabeln verspotten; sie würden unter Fanfarenklängen durch die Stadt getragen. Das wollte ich mir anschauen und zwängte mich nicht ohne Mühe durch die Menge, Miroul mir hinterdrein. Am Barbote-Turm kamen wir nicht mehr vorwärts, so groß war das Gedränge, weil das Volk gar zu gerne sein Mütchen an den Popanzen gekühlt hätte, doch ich gewahrte Samson, der mich trotz meiner Maske sofort erkannte und sich mir wortlos in die Arme warf: vor zorniger Erregung konnte er nicht sprechen. Darob sehr verwundert, weil er doch eigentlich von sanfter Natur, bestürmte ich ihn mit Fragen, und endlich fand er seine Stimme wieder.

„Mein Pierre, hier ist eine Schändlichkeit im Gange, die ich nicht ertrage", rief er. „Auch Merdanson, Carajac, Gast und Rancurel sind ganz außer sich: unsere Schule wird in den Schmutz gezogen und unser hochrühmlicher Meister grausam verspottet."

„Meister Sanche?“ fragte ich. „Wie das?“

„Siorac!“ rief Merdanson, mit breiten Schultern durch die Menge furchend, ihm hinterdrein seine Gefolgsleute Gast und Rancurel, ebenso Carajac. „Siorac (er war jetzt nahe meinem Ohr), diese beschissenen Scheißer – gebe der Herrgott, daß der Höllenteufel sie durch den Arsch pfählt und die Teufelin ihr Gedärm auf die Spindel haspelt! Diese Mistkerle, diese Hosenscheißer, diese Pisser, diese bekackten Kacker – sie treiben Schindluder mit Meister Sanche ... Siorac, welch eine Niedertracht! Nie und nimmer sollen sie solchen Popanz durch die Stadt tragen! Wir entehren die Schule, wenn wir zulassen, daß sie unseren Lehrer verunglimpfen.“

„Wer steckt dahinter?“ fragte ich.

„Wissen wir nicht, sie sind maskiert“, sagte Carajac und ballte seine wuchtigen Fäuste. „Ich weiß nur, daß ich es denen heimzahlen will!“

Gast und Rancurel nickten beifällig.

„In dem Fall gilt es vorzutasten“, sagte ich. „Ich werde herausfinden, wer sie sind und wie viele. Rührt Euch nicht vom Fleck. Ich bin gleich wieder zurück.“

Ich reckte mich auf die Zehenspitzen und rief „Platz da! Platz da!“ Und so sehr läßt sich die Menge von einer resoluten Stimme beeindrucken, daß sie denn auseinanderwich wie das Rote Meer vor Mose und ich ohne Mühe nach vorn gelangte.

Ich brauchte nicht lange zu suchen, um unter den zwanzig Popanzen das Konterfei von Meister Sanche zu entdecken: ein feister Tropf mit Schweinsaugen schwenkte es über seinem Haupt, zum Ergötzen seiner Kumpane.

Es war ein grobschlächtiges Bild, wie eine Vogelscheuche gezimmert. Aber der Kopf trug eine Apothekermütze, und das Gesicht zierte eine über den langen Bart spießende lange Nase: Meister Sanche wäre für jedermann in der Stadt sofort erkennbar gewesen, auch ohne das Namensschild auf der Brust. Und das Schlimmste waren die an seine schwarze Robe gehefteten Reime.

Auf den Hinterbacken stand zu lesen:

> Auf diesem Loch der Marsch geflötet
> dem Mann, der uns mit Pillen tötet.

Der Spruch auf den Geschlechtsteilen zielte auch auf Samson und mich:

Dem hodenlosen alten Bock
zieht dessen Schüler vor der junge Rock.

Und der dritte, über dem Magen, verkündete:

Guter Christ vom Schwein gern ißt.
Schlechter Christ es lieber mißt.

Und um diese tückische Anklage noch beredter zu machen, baumelten überall an des Meisters Robe auch noch Speck- und Schwartenstücke.

Ich war sprachlos ob so viel grausamer, sinnloser Bösheit. Meister Sanche wurde auf jede nur mögliche Weise diffamiert: in seiner Kunst, seinen Hausgenossen, seinem Glauben. Die Anspielung auf den Glauben war dabei am gefährlichsten, denn er wurde als Ketzer hingestellt und der Ahndung durch die Priester anheimgegeben.

Das schändliche Spektakel brachte mein Blut so sehr in Wallung, daß ich mich um ein Haar auf diesen Fettsack geworfen und ihm den Popanz aus der Hand gerissen hätte. Doch das wäre Irrsinn gewesen, ich wäre untergegangen in der Menge seiner Kumpane, deren Zahl ich nicht kannte. Ich bezähmte mich, trat mit einem Lächeln auf den Lippen (mehr gab meine Maske ohnehin nicht frei) zu dem dicken Kerl hin und sprach im Ton höflicher Gönnerhaftigkeit:

„Monsieur, Ihr habt da einen wundervollen Popanz gebastelt, es ist von allen hier der gelungenste. Gewiß seid Ihr mit Euren Freunden Schüler der Medizin und habt unter der Knute von Meister Sanche arg gelitten?"

„Wo denkt Ihr hin!" wehrte der Tölpel ab. „Der Mediziner nährt sich von Kot, Auswurf und Pisse. Unsere Nahrung ist eine andere: wir sind Juristen."

„Ah, die Herren Juristen! Dann seid Ihr ja das Alpha und das Omega des Wissens", sagte ich schmeichelnd. „Und Euerm Popanz zu Ehren würde ich Euch am liebsten zu einem Schmaus einladen, wenn Ihr nur nicht so viele wäret."

„Aber wir sind hier nur zehn", sagte der Jurist, „und falls Euch diese Zahl nicht schreckt, so sind wir liebend gern um fünf Uhr Eure Gäste in der *Taverne d'Or*.

„Also treffen wir uns um fünf", sagte ich, grüßte und zog mich zurück.

Als unsere Mediziner erfuhren, wer hinter diesem Schurkenstreich steckte, fletschten sie die Zähne und wollten unverzüglich über die Juristen herfallen. Doch ich ermahnte sie zu mehr Bedacht: wir sollten unsere Masken anlegen, den Kerlen freundlich anbieten, den Popanz mit tragen zu helfen, und dann erst zuschlagen. So geschah es dann auch. Das Moment der Überraschung hatten wir auf unserer Seite. Ehe die Juristen sich versahen, waren sie wild attackiert und lagen bald schon mit blauem Auge, gespaltenem Kiefer und eingeschlagenen Zähnen am Boden. Und mein Samson, in seinem Zorn schön wie der Erzengel Michael, zerlegte den Popanz in seine Teile, riß ihm die Arme aus, brach ihm die Glieder, zerfetzte das Gewand, trampelte auf der falschen Nase herum und zündete die kläglichen Reste an. Das stolze Werk, darauf die Juristen so viele Stunden eifriger Arbeit verwendet, brannte binnen einer Minute lichterloh.

Aber freilich, nahe dem Kapitol ist der Tarpejische Fels: just im Augenblick unseres Triumphes gerieten wir in große Gefahr. Die Menge vermeinte, wir wollten uns auch über die anderen gar schönen Figuren hermachen, und nahm rings um uns so mürrische und bedrohliche Haltung ein, daß wir fürchten mußten, sie würden uns gleichermaßen in Stücke hauen. Da nutzte es nichts, daß ich ihnen erklärte, wir hätten lediglich unseren Meister rächen wollen, der solche Schmähung nicht verdiene. Mit jedem meiner Worte geriet das Volk noch mehr in Zorn, ringsum nur grimmige Blicke, geschwungene Fäuste und Mordsgeschrei. „Drauf auf sie! Drauf auf diese Schurken! Sie wollen uns das Spiel verderben! Gebt es ihnen! Kein Zögern, Brüder, hauen wir sie kurz und klein!"

Schon rüsteten wir uns zu einem vielleicht tödlichen Kampf, als eine Stimme – es war die von Miroul, erfuhr ich später, der sich flink ins dichteste Feindesgewimmel gemischt hatte – laut rief: „Achtung! Vorsicht! Da kommt Hauptmann Cossolat!" Andere nahmen den Ruf auf, ungeprüft, bis von einem Ende des Platzes zum anderen nur noch der Name des Hauptmanns zu hören war, der zu diesem Zeitpunkt in der Rue de l'Espazerie vollauf zu tun hatte, die Tollheiten der Maskierten zu zügeln; doch als er, näher und näher, seinen Namen rufen hörte und daß man ihn am Barbote-Turm begehre, wo ein Aufruhr im Gange, preschte er hin mit seiner Garde, so daß – zu unserer großen Erleichterung – der Wolf, als er gerufen ward, denn auch tatsächlich kam.

Die Menge spendete ihm Beifall und wies auf uns, zieh uns, laut sich ereifernd, der Schurkerei, wir hätten eine Fastnachtsfigur verbrannt und die Träger verprügelt.

„Wie denn!“ schalt Cossolat und zwinkerte mir gleichzeitig zu (also hatte er mich trotz meiner Maske erkannt), „einen Popanz zerstören? am Fastnachtstag? das ist ein schändliches Verbrechen! Meine Herren, folgt mir jetzt unverzüglich ins Stadtgefängnis, Ihr seid verhaftet!“

Merdanson wollte den Mund aufmachen, doch ich versetzte ihm einen Rippenstoß und hieß ihn schweigen: wichtig sei nur, der mörderischen Menge zu entkommen.

Als wir aus dem Gewühl heraus waren, beugte sich Cossolat vom Pferd zu mir herab und bemerkte halb ernst, halb spöttisch:

„Monsieur de Siorac, wo immer eine Schlägerei im Gange ist, find ich Euch mittendrin.“

„Es mußte sein, Hauptmann! Habt Ihr den schändlichen Popanz gesehen?“

„Hab ich“, sagte Cossolat, die Stimme senkend, mit düsterer Miene. „Ich hab ihn gesehen, als er noch heil war, und ahne Schlimmes, denn hinter diesen albernen Juristen, die nur grüne dumme Jungen sind und allen Einflüsterungen folgen, stehen Leute, die man fürchten muß. Sie wühlen unter der Oberfläche und wissen, wenn auch blind wie Maulwürfe, sehr gut zu graben. Pierre, merkt Euch dies: Wenn man sich an den Neuchristen ausläßt, ist die Inquisition nicht weit und rüstet ihre Waffen gegen die Hugenotten. Es sind Gerüchte im Umlauf, und nicht von ungefähr. Die Medici, heißt es, neigt neuerdings dazu, dem Spanier zu schmeicheln, und den Preis ihrer Pläne, den kennt Ihr. Wir gehen neuen Verfolgungen entgegen.“

Er hatte sehr leise gesprochen, dann blieb er stumm, bis das Gefängnis erreicht war. Dort sperrte er uns in einen mit Tisch und Schemeln bestückten Raum und ließ uns schwören, daß wir unsere Heldentat nicht prahlerisch an die große Glocke hängen: kein Sterbenswort sollten wir darüber verlieren.

Wir waren sehr verwundert, hatten wir doch in alledem nur eine Katzbalgerei zwischen Juristen und Medizinern gesehen. Er aber fügte hinzu:

„Die Anstifter dieser Verunglimpfung würden Euch deren Vereitelung krummnehmen, und sie haben ein langes Gedächtnis."

„Hauptmann, wann kommen wir wieder frei?" fragte Merdanson.

„Zur Nacht. Einzeln durch eine geheime Hintertür. Ausgenommen Siorac, mit dem ich etwas anderes vorhabe."

Eine Stunde später hielt eine Kutsche mit zugezogenen Vorhängen vor der erwähnten Tür.

„Pierre", sprach Cossolat und nahm mich beiseite, „laßt Eure Fastnachtskleidung hier. Madame de Joyeuse schickt nach Euch. Erscheint vor ihr im blauen Wams. Und über den Popanz kein Wort, Pierre." Er spießte mir den Zeigefinger in die Magengrube. „Ihr wart nicht dabei, habt ihn nicht gesehen. Doch von der Apfelsinenschlacht erzählt, soviel Ihr wollt. Tut alles, um Madame de Joyeuse zu erheitern, sie möge hingerissen von Euch sein. Und gute Gründe haben sich zu erinnern, daß sie den Karnevalsnachmittag mit Euch verbracht hat."

Wohlig rekelte ich mich in dieser vergoldeten Karosse beim Gedanken an die Gefahren, denen wir knapp entkommen waren. Und staunte über Cossolat: selbst im Hause der Madame de Joyeuse hatte der Hauptmann seine Lauscher.

„Scheusal!" rief Madame de Joyeuse, als ich mich ihr zu Füßen warf und ihre Hände küßte. „Scheusal!" wiederholte sie mit leuchtenden Augen, „immer müßt Ihr tyrannisieren mit Euerm Schabernack! immer auffallen! alles niederreißen ohne Pardon! Immer soll man Euch nachgeben!"

„Oh, Madame, so viele Vorhaltungen wegen eines kleinen Aufruhrs?"

„Klein, Monsieur? Von Euch ist gar in kleinen Reimen die Rede, die dem Popanz von Meister Sanche anhafteten."

„Hab keinen Popanz nicht gesehen", sagte ich prompt. „Ich saß im Gefängnis, wegen der Sache mit den Apfelsinen."

„Aber Justin hat ihn gesehen, und Aglaé wird Euch den Schmähreim wiederholen."

„Oh, Madame, das wage ich nicht", sagte Aglaé und kehrte die scheue Jungfrau hervor.

„Nun, ich aber wage es! So hört, Monsieur: *Dem hodenlosen alten Bock zieht dessen Schüler vor der junge Rock.*"

„Eine Infamie, Madame!" sagte ich. „Im übrigen ist der Vers schlecht: da fehlen Füße."

„Was scheren mich die Füße", sagte Madame de Joyeuse. „Scheusal, Ihr steht mir ohne Umschweife Rede und Antwort. Was hat es auf sich mit dem neuchristlichen jungen Rock und dem genannten Schüler?"

„Madame, wenn es so wäre, würde die Ehre einer Dame mir die Lippen versiegeln", sagte ich ernst. „Doch die Sache ist so falsch wie eines Kapuziners Bescheidenheit. In Wahrheit hasse ich diesen Rock."

Und ich erzählte der staunenden Madame de Joyeuse die Geschichte meiner armen Fontanette.

„Nun, mein Gott", sprach Madame de Joyeuse, die ein gutes Herz hatte, sich aber nicht um ein einfaches Kammermädchen bekümmerte, „verdient das so viel Umstände? Die Kleine wird halt in ihr Dorf zurückgekehrt sein." Und in strengem Ton fortfahrend: „Also brauchtet Ihr auch dieses junge Ding, Monsieur? Die Thomassine war Eurer Lüsternheit nicht Genüge?"

„Die Thomassine, Madame?"

„Leugnet nicht, Cossolat hat mir alles gesagt. Und kommt mir jetzt nicht mit der Ehre der Thomassine. Erzählt mir endlich alles. Ich beharre darauf."

„Alles? Vor den Damen Eures Gefolges, Madame, deren einige Jungfrau sind?"

Dies entzückte Madame de Joyeuse, sie wandte sich an ihre Damen und sagte mit schmachtender Stimme:

„Monsieur de Siorac hat recht. Meine Damen, zieht Euch zurück. Es gibt Dinge, die ein junges Mädchen besser nicht hört."

„Euer Stöhnen vielleicht", preßte Aglaé leise zwischen den Zähnen hervor (jedoch laut genug, daß ich es wohl verstand), indes die Damen sich zurückzogen.

„Pierre", sprach Madame de Joyeuse, „Euern Arm bitte, führt mich in meinen Alkoven, ich weiß nicht, diese Hitzewellen, ich drohe zu ersticken, schnürt mir bitte das Mieder auf. Was seid Ihr für ein artiges Kammermädchen, mein Liebster, Eure Hände so behutsam, so liebkosend Eure Blicke (und in der Tat behagte mir mein Tun über die Maßen). Aber ich weiß nicht, Pierre, ob ich mich Euch so ungewappnet ausliefern soll, Ihr seid ein so großer Tyrann und habt kein Erbarmen.“

Ich erwiderte nichts, denn ich kannte das Sinnen und Trachten dieser Dame und mochte sie weder drängen noch zügeln.

„Ach, hakt mir auch das hier noch auf“, sprach sie seufzend. „Mein Gott, beinahe nackt bin ich jetzt, Pierre, zieht die Vorhänge dieses Baldachins zu.“

Doch als die Vorhänge (von der bekannten Farbe und wenig verdunkelnd) geschlossen waren, sah ich sie noch ebensogut. Ich bedachte sie mit einem hübschen Kompliment, das ihre goldfarbenen Augen leuchten ließ.

„O Pierre, Ihr redet mit Honigsüße“, sprach sie schmachtend, „Eure Zunge ist göttlich.“

„Wer wüßte das besser als Ihr“, hauchte ich ihr ins Ohr.

„Frechling!“ sagte sie halb lachend, halb verdrossen, „Ihr seid der Teufel, der mich in Versuchung führt. Ein Jammer, daß ich meinem Mann so treu und eine gute Katholikin bin, die alle Tage betet und beflissen beichtet. Ach, wäre ich die Thomassine! Sagt, hat sie viele Liebhaber?“

„Viele.“

„Ach“, sagte sie, „warum muß den einen alles zufallen, den anderen nichts. Aber was tut Ihr da, Scheusal?“

„Madame, ich hake weiter auf, Ihr seid ganz rot und am Ersticken. So, nun werdet Ihr Euch wohler fühlen.“

„Scheusal, Ihr geht zu weit. Ich bin so schwach, und Ihr so voller Kraft und so tyrannisch (sie bot mir ihre heißen Lippen dar). Ha, Scheusal! werdet Ihr mir, wenn ich mich immer wieder wehre, auch nicht zuwiderhandeln? Solltet Ihr etwa versucht sein? Werdet Ihr mir nicht Gewalt antun?“

„Oh, Madame, gewiß bin ich versucht, wie denn auch nicht! Doch wenn es Euch beleidigt, zieh ich mich ungesäumt zurück.“

Ich machte Anstalten, mich von ihr zu lösen. Aber wie wenig behagten der Dame in solchem Augenblick meine Skrupel, mit welchem Ungestüm hielten die schwachen Arme mich zurück!

„O Pierre, alles ist meine Schuld, ich habe Euch zu lange dürsten lassen, verziehen sei das Feuer Eurer Jugend, wie solltet Ihr da nicht Gewalt anwenden? Ich bin verrückt! Scheusal, was tut Ihr? Wollt Ihr mich schlagen? Was! werde ich vergewaltigt wie ein junges Mädchen hinter der Böschung? Ha, Scheusal! Pierre! Mein Schatz ..."

Als ich aus dem Palais Joyeuse leichten Fußes zu Meister Sanche zurückkehrte, geriet ich in der Rue de la Barrelerie an Schneider Martínez, der auf seiner Schwelle die Frische genoß, wie man es in Montpellier fast zu jeder Jahreszeit tut. Als er mich sah, erhob er sich, nahm mich beim Arm und bat mich auf einen Becher Frontignan in sein Haus. Ich willigte ein, da ich ihn nicht vor den Kopf stoßen mochte, jedoch auch begierig war, seine vier Töchter wiederzusehen, und ich wurde nicht enttäuscht, sie saßen in seinem Ladenraum artig brav über Nadelarbeiten. Bei meinem Eintreten hoben sie die Köpfe und musterten mich mit ihren Gazellenaugen, die weichen Glanz auf ihre aprikosenfarbenen Wangen legten; ich rede gar nicht erst von ihren roten Mündern, die nicht der Schminke unserer Hofdamen bedurften. Sie tauschten heimliche kleine Blicke und Lächelmienen und schwangen dann weiter die Nadel. Martínez sah mein Auge gar beschäftigt und sagte, er wolle eine Flasche Muskateller und zwei Becher holen. Allein geblieben bei den Mädchen, seufzte ich und sagte halb im Ernst, halb spaßend:

„Ach, meine Damen, wäret Ihr Muselmaninnen, ich würde mich auf der Stelle bekehren und Euch alle vier heiraten."

Sie lachten geziemend, den hübschen Mund hinter der Hand, doch von den Füßen bis zum Scheitel erbebend, so heftig kann ein Heiratsangebot, auch wenn im Scherz nur vorgebracht, junge Mädchen in rätselhafte Wallung versetzen. Was aber bringt die Heirat ihnen ein: den undankbaren, tyrannischen Ehemann, die Plackerei der Haushaltsführung, alljährlich ein Kind und früher oder später den Tod im Kindbett.

„Wie denn, Herr, alle vier? Und Ihr gäbt keiner den Vorzug?" fragte Ines, die älteste.

„O doch, aber das ließe sich erst im Umgang ermitteln."

Sie erröteten, sagten aber kein Wort (das Gezwitscher setzte zu Abend in den Betten ein, die sie im selben Zimmer paarweise belegten), zumal sie schon die Schritte ihres Vaters hörten und nun noch fleißiger die Nadel schwangen.

Martínez steckte den Kopf zur Tür herein und bat: „Monsieur de Siorac, wollet bitte in meine Werkstatt kommen. Da redet es sich besser.“ Dort schloß er die Tür, goß mir einen Becher Frontignan ein, musterte mich mit seinem feinen Auge und sagte:

„Monsieur, wenn Ihr abermals ein Wams und ein Beinkleid von der bewußten Farbe wünscht, fertige ich sie Euch kostenlos.“ Er sah mich große Augen machen, war wohl über die eigene Großzügigkeit verwundert und fügte hinzu: „Will sagen: zum halben Preis dessen, was ich beim erstenmal genommen habe, womit noch nicht einmal der Stoff und die Arbeit bezahlt sind.“

Mein stiller Gedanke war, daß er sogar noch zu diesem Preis seinen Schnitt machte, aber ich sagte ihm Dank und fragte nach dem Grund für sein Entgegenkommen.

„Monsieur de Siorac“, sprach er sehr ernst, „ganz Montpellier weiß, daß Ihr während der Popanzaffäre im Kerker saßet, der Apfelsinenschlacht wegen, und das Gefängnis nur verließet, um den Nachmittag bei Madame de Joyeuse zu verbringen; doch alle Neuchristen dieser Stadt wissen auch, *wem* wir die Zerstörung jener schändlichen Puppe verdanken, die nicht nur Meister Sanche verhöhnen sollte, sondern uns alle meinte.“

Er setzte seinen Becher ab, der Zorn in seinem Gesicht wich freundlicher Milde.

„Ihr gestattet, Monsieur de Siorac? Darf ich Euch umarmen?“

„Aber von ganzem Herzen!“ rief ich, „und in aller Freundschaft!“

Er schloß mich so kraftvoll in die Arme, daß ich beinahe erstickte, und rieb seinen derben Bart an meinen Wangen.

Meister Sanche in der Apotheke, kaum daß er mich gewahrte, umarmte mich ebenso stürmisch, doch saß ihm ein Kloß im Hals; nur stockend brachte er hervor: „Mein Neffe! Mein Neffe! Mein Neffe!“ Woraufhin er unter Tränen enteilte.

Ich begab mich auf mein Zimmer in den Oberstock. Jemand klopfte an die Tür, es war Fogacer. Ohne mich zu umarmen, streckte er mir mit bekümmerter Miene die Hand entgegen, setzte sich auf einen Schemel und bemerkte ganz bang:

„Dame Rachel hat vom hochrühmlichen Meister Eure Entlassung verlangt.“

Ich war baff.

„Und womit hat sie ihr Verlangen begründet?“

„Mit dem Reim vom jungen Rock und dem Schüler. Es darf kein Schatten fallen auf des Caesars Weib, sagt sie.“

„Heiliger Antonius! Und Meister Sanche?“

„Meister Sanche hat ihr gewaltig die Zähne gezeigt, er spuckte Feuer und Flamme, und Dame Rachel hat sich in ihr Zimmer eingeschlossen. Da dran wird der arme Meister noch lange kauen. Darum habt Ihr ihn so verwirrt gesehen.“

„Und woher wißt Ihr von dem Reim?“

Fogacer sah mich an, wölbte seine schwarze Braue.

„Ich war dort. Vielleicht, Pierre, habt Ihr nicht darauf geachtet, daß unter den schändlichen Popanzen, an denen sich die Bosheit der Leute ergötzte, einer war, der einen Magistraten vom Gericht karikierte; sein Kleid trug einen Reim, der sein Gebresten verspottete, und Ihr ahnt gewiß, welches.“

„Zählt er zu Euren Freunden?“

„Er zählt zu meiner Bruderschaft, wie ich es nennen möchte“, sagte Fogacer so entschieden, daß ich verwundert aufmerkte; dabei war er ganz bleich, fühlte sich offenbar nicht wohl in seiner Haut, denn er schluckte schwer und biß sich auf die trockene Lippe. „Ein anderer Popanz nahm Abbé Cabassus aufs Korn, den man der Gottlosigkeit bezichtigt. Zwischen Atheisten und Neuchristen befanden *wir* uns also in guter Gesellschaft.“ Er hatte das *wir* mit Stolz betont, als wolle er die ganze Welt schmähen.

„Fogacer, wart Ihr zugegen, als ich den Popanz von Meister Sanche angreifen wollte?“

„Ja, ich habe Euch trotz Eurer Maske erkannt. Und das Durcheinander nutzend, habe ich den Reim abgerissen, der den Richter inkriminierte.“

„Ihr habt mich erkannt, trotz meiner Maske!“ rief ich erstaunt und sah ihn an.

„Versteht mich recht, Pierre“, entgegnete Fogacer betroffen, „in der Rue de l’Espazerie, wo ich meinen Narrheiten freien Lauf ließ, hatte ich Euch noch nicht erkannt, aber als Ihr mir die Maske vom Gesicht schlugt, da erkannte ich am Ausdruck Eurer Augen, daß Ihr es wart, und war sehr beschämt, daß ich Euch angefallen hatte.“ Er wölbte seine teuflische Braue und sagte in einem Ton, der nicht halb so bescheiden klang wie beabsichtigt: „Deshalb bitte ich Euch ergebenst um Verzeihung.“

„Ha, Fogacer!“ rief ich, trat auf ihn zu, beugte mich über ihn und küßte ihn auf beide Wangen, dabei er errötete wie eine Jungfrau, „Ihr seid mein Freund, bitte keine Entschuldigungen unter uns. Ich stehe nicht anders da, denn ich habe Euch geschlagen. Und Eure Narrheiten, wie Ihr es nennt, sind von wenig Belang. *Medicus sum.** Was uns unterscheidet, ist eine Sache der natürlichen Veranlagung oder des Temperaments. Ich bin auf die Röcke versessen. Ihr seid es nicht. Das ist alles.“

„Nur mit dem Unterschied (hier grinste er matt), daß Euch die Röcke dieser Welt nicht in Gefahr bringen, auf öffentlichem Platz verbrannt zu werden.“

„So lebt Ihr also (ich sah ihn jetzt mit gewandeltem Blick) in beständiger Gefahr!“

„Zumal ich auch noch Atheist bin“, sagte Fogacer. „Doch dieses Verbrechen läßt sich leichter verhehlen, da langt ein bißchen Mummerei.“

Sowenig ich das Wort Mummerei auf die papistischen Riten angewandt wünschte (denn ich wette, Fogacer bezeichnete damit auch unseren hugenottischen Kult), erbebte ich bei dem Gedanken, welche Gefahren dem Bakkalaureus drohten. Auch wenn wir für unsere Henker nur einen einzigen Leib haben und Fogacer darum nicht zweimal – als Atheist und als Sodomit – verbrannt werden konnte, war dieses eine Mal schon zuviel. Eine gräßliche Vorstellung um so mehr, als ich den Mann kannte und ihn sehr schätzte.

„Fogacer“, sagte ich, um unser Sinnen von dem Scheiterhaufen abzulenken, „Cossolat meint, daß hinter diesen Popanzen übelgesinnte einflußreiche Leute stecken, die im verborgenen arbeiten.“

„Das meinen *wir* auch“, sagte Fogacer. „Wie Ihr wißt, hat die gegen das Joch der Spanier gerichtete Revolte der niederländischen Reformierten Philipp II. zu dem Entschluß gebracht, längs der französischen Grenze eine starke Armee auszuschicken, um die flandrischen ‚Geusen‘, wie er sie nennt, zur Räson zu bringen. Nun, die von Euch erwähnten einflußreichen Leute erwarten nichts sehnlicher, als daß die mit unserem König verbündeten Spanier, wenn sie erst die Geusen vernichtet haben, dann auch in Frankreich die Reformierten ausrotten. Ihr meint, das hätte nichts mit den Popanzen zu tun?

* (lat.) Ich bin Arzt.

Weit gefehlt! Selbige Leute, denen für die Erreichung ihres Zieles kein Mittel zu gemein ist, hoffen, durch ihre Schmähungen der Neuchristen, Atheisten und Sodomiten den Weg zu den Scheiterhaufen zu ebnen, darauf zu gegebener Zeit die Hugenotten brennen werden."

„Oh, dann war es nur recht, daß ich den schändlichen Popanz zerstört habe", sagte ich.

„Und Ihr tätet gut daran, künftig besser auf Euer Leben zu achten, denn wie sehr Euch auch Cossolat, Monsieur de Joyeuse und die Neuchristen schützen mögen, jene anderen Leute sind mächtig und haben die erforderliche Geduld."

Ich hätte diese klugen Ratschläge besser befolgen sollen, doch Bedachtheit ist meinem Naturell leider nicht eigen. Bei der Unternehmung, von der ich jetzt berichten will (mein Vater nannte sie in seinem zornigen Brief *atrocissima*) beflügelte mich freilich auch meine große Liebe zur Medizin.

Zu Ostern schlossen an unserer Medizinschule die Professoren ihre Vorlesungen, und mochten Saporta und Bazin auch bis Juli und August Privatunterricht abhalten, der allerdings zu berappen war, so bedauerten wir sonderlich die Abwesenheit von Doktor Feynes und Doktor d'Assas, die sich auf ihre Landsitze zurückzogen, ersterer um da in elegantem Latein an seinem Buch über die Blattern zu schreiben, der andere um sich, in Lässigkeit und Wonne, der Pflege seines Weingartens wie des Hausmädchens Zara hinzugeben. Vor allem aber war auch Schluß mit den Sektionen, deren es, entgegen den Versprechungen von Dekan Bazin, aus schändlicher Knauserei nur drei gewesen waren. Die dritte gar, sehr zu unserem Zorn, an einem Affen vorgenommen! Von sechs Sektionen zu Zeiten Rondelets nur noch drei (darunter ein Affe) – das war ein Jammer.

„Siorac", wandte sich eines Abends Merdanson an mich, während wir in den *Drei Königen* speisten, „solchen Wortbruch will ich nicht hinnehmen. Wozu hat Rondelet dieses beschissene anatomische Theater überhaupt erst eingerichtet, wenn es da pro Jahr nur drei Sektionen gibt? Fötus Bazin hatte vier versprochen. Drei, das ist blanker Hohn! Wie sollen wir in der Kenntnis des menschlichen Körpers vorankommen, wenn wir noch im Jahre 1567 wie die Papageien wiederholen, was

Galenus und Hippokrates Jahrhunderte vor Christi Geburt geschrieben haben?“

„Diesem Mangel zu begegnen, sehe ich eine Möglichkeit“, sagte Carajac leise.

Der Chirurgenlehrling Carajac, neben dem Merdanson trotz seiner breiten Schultern hager wirkte, war von Haut und Haar so dunkel, daß er wie ein Türke aussah, was nicht sonderlich verwundern mochte, wenn man bedachte, wie oft diese Heiden während der letzten fünfzig Jahre in Aigues-Mortes eingefallen waren, seiner Heimatstadt, die er über den grünen Klee lobte, sofern er den Schnabel überhaupt auftat; denn er war von Natur sehr still.

„Und welche wäre das?“ fragte Merdanson.

„Kennst du Cabassus?“ fragte Carajac.

„Den Abbé, den sie beim Karneval mit einem Popanz verhöhnten und als Atheisten anprangerten?“

„Eben den. Er ist Abbé im Kirchspiel Saint-Denis von Montpellieret, welches einen Friedhof besitzt, aus dem die papistischen Priester großen Gewinn ziehen, indem sie sich für jedes Grab, das da aufgetan wird, gutes Geld geben lassen.“ Carajac schnappte nach Atem, gleichsam verwundert, daß er einen so langen Satz gesprochen hatte. „Ich schlage vor, wir leeren jetzt unsere Näpfe und machen uns stracks auf den Weg.“

„Weshalb?“ fragte Merdanson.

Carajac aber hatte für diesen Tag sein Wortgut erschöpft und blieb stumm. Doch so überzeugend wirkte sein Schweigen, daß ich nicht weiter in ihn drang, sondern die Wirtin rief und die Zeche zahlte.

Die Nacht brach herein, als wir endlich Cabassus' Behausung erreichten. Carajac pochte zag an die Tür und nannte leise seinen Namen. Die Tür tat sich auf, und in einem Raum von so niedriger Decke, daß Carajac oben anstieß, gewahrte ich ein mageres Männlein mit struppigem Haar und unruhig glänzenden Augen, die mir beim Schein der auf elendem Tisch abgestellten einzigen Kerze ein wenig irre dünkten. Cabassus war gerade dabei, auf der knausrigen Flamme seines Herdes etwas zu garen, was dem Geruche nach Huhn in Kohlbrühe war.

„Meine Brüder!“ sprach er mit Fistelstimme, „nicht Brüder

in Gott, den es nicht gibt, sondern Brüder unserer gemeinsamen Spezies, ich meine der Menschheit, seid willkommen in meiner Hütte und an meinem Topf. Kommt her, meine Brüder, neigt Euer Haupt. Kein Mysterium der Heiligen Dreifaltigkeit hier. Es ist ein Huhn. Ich habe es gestern bei einem betuchten Bürger gestohlen, weil ich mein armes Gerippe gut nähren muß – in der Gewißheit, daß meine Seele selbiges nicht überleben wird, entgegen den Lehren der heiligen Kirche. Der Kohl allerdings ist mein Eigentum und kommt aus meinem Gemüsegarten, der dicht am Aufenthaltsort der Toten gelegen und daher gut gedüngt ist. Kohl und Huhn werden uns munden im Verein mit einer Flasche guten Weins, sofern Carajac sein Versprechen gehalten hat."

„Hat er", sagte Carajac, zog unter dem Mantel eine Flasche hervor und reichte sie Cabassus, der sie entkorkte und vier Becher füllte.

„Trinken wir auf die Nichtexistenz Gottes", sagte Cabassus.

„Ich trinke auf die Existenz Gottes. Ich glaube an Gott", sagte ich.

„Ich auch", sagte Merdanson.

„Ich auch", sagte Carajac.

„Meine Brüder", sprach Cabassus, nachdem er seinen Becher in einem Zug geleert hatte, „ich liebe euch um der Liebe zur Menschheit willen, aber ihr seid in einem tödlichen Irrtum. Denn was kann man geben auf die wirren, sich widersprechenden Berichte von vier leichtgläubigen Hebräern aus dem gemeinen Volk, Handwerkern, die alles glaubten, weil sie nichts wußten, so wie heute ein Bauersmann an die Wunderwirksamkeit seines Heiligen glaubt! Wie aber antwortet meine Kirche darauf? Mit dem Scheiterhaufen. Die brutale Schwäche dieser Antwort ist an sich schon Beweis für die unabweisliche Kraft der Frage. Meine Brüder (er legte die Hand auf einen dicken Stapel beschriebener Blätter), ich habe hier einen kleinen lateinischen Traktat über die Nichtexistenz Gottes und die Sterblichkeit der Seele geschrieben, mit dem Titel *Nego**. Eine Abhandlung, welche die umdüsterten Geister unserer Zeit erhellen könnte, sofern sich ein Drucker fände. Doch keiner hat den Mut, sie zu drucken. Mein *Nego* wird zusammen mit mir vergehen."

* (lat.) Ich leugne, ich verneine.

„Priester, du leugnest also auch die Unsterblichkeit der Seele?“ fragte Carajac.

„Das tue ich. Noch nie bin ich einer von ihrem Körper losgelösten Seele begegnet. Und du, Carajac, der du so gelüstig bist aufs Sezieren, sage mir: hat der Chirurg beim Zerschnippeln eines Toten jemals eine Seele freigelegt?“

„Das ist nicht möglich, die Seele ist immateriell“, sagte ich.

„Wenn man sie nicht anfassen kann“, rief Cabassus und zog aus seinem Mund den Hühnerflügel hervor, den er gerade hatte verschlingen wollen, „woher weiß man dann, daß sie da ist?“

„Die Überlieferung lehrt es“, sagte Merdanson.

„Ha!“ rief Cabassus, „ihr Hugenotten habt namens der freien Forschung eine stattliche Anzahl überkommener Glaubensartikel verworfen. Aber hinlänglich frei war eure Forschung doch nicht. Ihr seid auf halbem Wege stehengeblieben, wie erschrocken vor der eigenen Courage. Wäret ihr weitergeschritten, ihr hättet, wie ich, alles abgetan!“

Er steckte den Flügel in den Mund zurück, kaute ihn samt Knochen mit einem geräuschvollen Malmen.

Das Herdfeuer war zusammengesackt, der kleine verqualmte Raum mutete so schwarz an wie der Höllenschlund, war nur erhellt von der Kerze, die Cabassus mitten auf dem wurmstichigen Tisch auf einen umgestülpten Zuber gestellt hatte. Ich wußte nicht, was ich von Cabassus halten sollte. Gewiß, seine Miene, sein Gefuchtel, sein Augenrollen, all seine Merkwürdigkeiten gaben ihm das Gepräge eines Irren. Doch wenn dieser Irre seine vernünftigen Gedanken vortrug – mochte sich auch alles, was er sagte, gräßlich anhören –, dünkte man sich weniger klug und weniger selbstsicher.

Ich musterte abwechselnd Carajac und Merdanson. Keiner zeigte sich zu Widerspruch geneigt, Carajac schwieg wie sonst auch, und Merdanson fürchtete, wie ich, im Disput zu unterliegen. Im übrigen hatten weder Carajac noch Cabassus bisher ein Wort über den Grund unseres Hierseins verloren.

„Ich glaube auch nicht an das Jüngste Gericht und an die Auferstehung“, sagte Cabassus. „Die Toten bleiben ewig an dem Fleck, wo wir sie verscharren. Von ihrem zerfressenen Fleisch bleibt ein Skelett, das am Ende, ebenfalls zernagt, zu Staub wird, aus dem nichts hervorgeht, auch kein *verklärter*

Leib, von dem die Kirche faselt. Alles Täuschung und Betrug. Staub bleibt Staub. Also meine ich, daß es zur Beförderung des wahren Wissens gestattet sein muß, die Leiber zu öffnen und ihre Geographie zu erforschen, wonach euch Medizinern ja so sehr gelüstet."

„Monsieur, wieviel wird das kosten?" fragte Merdanson.

„Soviel wie das Huhn, das wir verschlungen haben: keinen Heller", sagte Cabassus stolz. „Meine Brüder im Menschengeschlecht, morgen nachmittag öffnet die Parochie zu geringen Kosten die Erde für eine Hure und eine Waise: will heißen, daß da nicht tief gegraben wird. Kommt zur Nacht mit langen Stöcken, Stricken, zwei Decken, Kerzen, einer Blendlaterne, Euren Skalpellen und dem nötigen Essig zum Desinfizieren. Ich bringe die Schaufeln. Und falls Ihr ertappt werdet: Euer Verbrechen heißt Grabschändung, geahndet wird es mit dem Galgen oder der Galeere."

„Heiliger Bimbam! Eure Brüder in Christo sind bewaffnet?" rief Merdanson.

„Sie verfügen über eine Armbrust."

„Eine Armbrust!" rief ich. „Altertümlich, aber tödlich!"

„Es wird Nacht sein, und der Friedhof ist nicht mehr bewacht", sagte Cabassus. „Auch geht das Gerücht, daß zur Mitternacht die Hexen dort ihren Sabbat feiern. Das hält die Diebe fern."

Cabassus stieß uns ohne viel Reden – er war wortkarg, wenn es nicht um die Leugnung Gottes ging – zur Tür hinaus, und da schritten wir stumm durch die gewundenen Gäßchen der Vorstadt Montpellieret heimwärts, über wichtige Dinge grübelnd. Bevor wir das Stadttor wieder passierten, blieb Carajac stehen und fragte mit tonloser Stimme, die Zweifel und Gewissensqual verriet:

„Freunde, wollen wir es wirklich tun? Das Unternehmen birgt große Gefahr."

„Die Gefahr ist groß", sagte Merdanson. „Doch ich bin bereit, wenn Siorac mitmacht. Ich wähne mich ebenso tapfer wie Siorac, aber er ist schlauer, wenn es gilt, sich aus Gefahr zu retten."

Hierauf sahen mich Carajac und Merdanson an und erwarteten von mir die Entscheidung. Aber ich war darauf nicht sonderlich versessen. In der Erde wühlen, eine Leiche ausscharren und sie öffnen in schändlicher Profanierung der göttlichen Gesetze, mich einem Armbrustbolzen aussetzen oder der öffentlichen Schande auf dem Schafott – all das stimmte mich nachdenklich. Überdies wir den Aufenthaltsort der Toten als abstoßend empfinden, von unbestimmbarer Grenze zwischen Hölle und Himmel und näher der ersteren, heimgesucht von umherirrenden Seelen und, sofern man dem Ruf des Saint-Denis-Friedhofs glaubte, auch von Hexen, die im Mondschein auf den Gräbern tanzen und Unzucht treiben mit dem Teufel.

Gar wenig auch schmeckte mir die Kumpanei mit diesem augenrollenden irren Abbé, dem weiß einer welcher Dämon den Leib ausgezehrt hatte und der mit seiner närrischen Gottesleugnung laut nach dem Scheiterhaufen zu rufen schien.

„Welche Herausforderung des Schicksals!“ hob ich leise an, wurde indes immer lauter, je mehr ich mich in Eifer redete. „Freunde, stellen wir uns dieser Herausforderung! Nehmen wir den Fehdehandschuh auf! Eine höchst seltene Gelegenheit gilt es beim Schopfe zu packen. Was sehen wir schon, wenn wir im Anatomiesaal hinter Doktor, Lizentiat und Bakkalaureus sitzen? Nur eben die Bewegungen des Prosektors, die der königliche Professor von seinem Katheder herab kommentiert! Erkennen wir etwa die kleinen Dinge und Feinheiten in der Geographie des menschlichen Körpers? Die Venen, die Nerven, die Sehnen? Betasten wir die Organe? Erfahren wir prüfend deren Volumen, Gewicht und Beschaffenheit? Freunde, wenn wir es morgen wagen, haben wir zwei Leichen zu unserer Verfügung, die wir öffnen und erkunden können, eine männliche und eine weibliche. Das ist wunderbar! Eine ganze Nacht lang ohne Professor, ohne Prosektor und ohne Doktor zwei Leichen allein für uns! Freunde, in dieser einzigen Nacht bringen wir unser Medizinwissen weiter voran als in einem ganzen Studienjahr!“

Hierauf Carajac und Merdanson mir beipflichteten: ich hatte sie überzeugt. Und kümmerte mich nun, zum Anführer der Unternehmung geworden, um die Einzelheiten.

Wer uns drei folgenden Tags zur Nachtzeit gesehen hätte – schwarz gekleidet und maskiert, die Pistole im Gürtel, das Kurzschwert an der Seite, beladen mit Stricken, Stöcken, Kerzen und Decken, Merdanson die noch nicht angezündete Blendlaterne tragend –, wer uns da gesehen hätte, in etlichen

Klaftern Abstand zueinander lautlos hinschreitend, der hätte uns wohl keine gute Absicht unterstellt.

Lang war der Weg von Montpellier zum Sprengel Saint-Denis in Montpellieret. Der Wächter am Stadttor, weinbezecht, hatte kaum einen Blick für uns. Und als Carajac bei Cabassus anklopfte und seinen Namen flüsterte, gab der Abbé uns Einlaß, schloß flugs die Tür und sprach mit seiner Fistelstimme:

„Meine Brüder, nehmt Platz und eßt von diesem Hasen aus eines Nachbarn Stall: ihr müßt euch stärken für die anstehende harte Arbeit. Carajac, deine Flasche, damit ich sie öffne! Meine Brüder, speist und trinkt. Dies ist nicht mein Fleisch und der edle Wein ebensowenig mein Blut. Dies alles ist Materie, Gott sei Dank – sofern ich dem Nichtexistierenden danken darf. Materie ist Materie. Sie ist. Mehr weiß der Mensch darüber nicht zu sagen. So wie mein Meister Heraklit es lehrt: die Welt ist eins, kein Gott hat sie erschaffen."

Doch weil niemand mit ihm disputieren mochte, tat keiner ihm Antwort. Der Hase, schmackhaft zwar, füllte uns den Magen nicht. Wir hatten das Herz zwischen den Zähnen, selbst der Wein brachte uns nicht in Stimmung. Mühsam kauten wir die düstere Totenspeise, und die Gotteslästerungen unseres Gastgebers machten sie um nichts bekömmlicher.

„Eure Hugenotten haben die Jungfrau und die Heiligen abgeschafft", sagte Cabassus mit so gellender Stimme, daß es dem Ohr eine Folter war. „Warum aber haben sie nicht auch Jesus auf sein Menschenmaß gebracht? Jesus war Jude. Wie alle Leute seines Volkes liebte er das Weissagen, und da er ehelos lebte, machte ihn die Kompression der animalischen Geister gesprächig. Seine Jünger redeten ihm ein, er könne Wunder vollbringen; das tat er, doch es wimmelte an Wundern, allseits bezeugt, in diesen Zeiten der Leichtgläubigkeit! Obendrein bedachte Jesus mit verächtlichen Worten die Hohenpriester, weshalb selbige, von geringer Duldsamkeit, ihn kreuzigen ließen. Hätten sie es nicht getan, hielte ihn heute niemand für göttlich. Und ich, Cabassus, so wie ich es in meinem *Nego* schreibe, ich lache darüber, daß vier Nägel und zwei Balken aus Jesus Christus einen Gott gemacht haben sollen! *Et si faret in terris Heraclitus, tamquam rideret.**"

„Cabassus, bitte, aus Achtung vor Euren Gästen, unterlaßt

* (lat.) Und wandelte Heraklit noch auf Erden, er würde genauso lachen.

diese grausigen Reden“, sagte ich mit zugeschnürter Kehle. „Fast kommt mir Euer Hase wieder hoch!“

„Nicht minder steht die Frage, wie ein Scheißatheist Priester wird“, sagte Merdanson.

„Scheißchrist, der Ihr seid, spannt Ihr den Pflug vor die Ochsen“, erwiderte Cabassus. „Priester bin ich geworden, weil ich begierig war, mir Wissen anzueignen, und dies tuend, habe ich meinen Glauben verloren.“

„Der ist zum Teufel gegangen“, sagte Carajac, ganz blaß geworden.

„Irrtum! Irrtum! An den Teufel glaube ich sowenig wie an Gott!“ kreischte Cabassus.

„Ohne Gott und ohne Teufel ist die Welt ohne Sinn!“ rief ich.

„Mitnichten! Sie hat einen Sinn. Sie ist!“ sagte Cabassus.

Da wollte ich nicht weiter streiten, erhob mich von meinem Schemel und sagte:

„Freunde, es ist finstere Nacht. Setzen wir die Masken auf, gehen wir ans Werk!“

Merdanson zündete die Blendlaterne an, und wir folgten Cabassus hinaus in den Gemüsegarten, der an den Friedhof grenzte. Wir brauchten hier nur über eine niedere Rosmarinhecke hinwegzusteigen, während andernorts der Gottesacker von einer soliden, zwei Klafter hohen Mauer umschlossen war, nach Cabassus Worten noch versehen mit Fallen gegen das auf Grabraub bedachte Gesindel.

„Hier ein Stück Kreide“, flüsterte Cabassus mir zu, „zeichnet die Gräber, damit Ihr leichter den Weg zurückfindet.“

„Ihr wollt uns nicht zur Hand gehen?“ fragte ich.

„Bewahre! Ich hasse Friedhöfe, sie stinken nach Menscheneitelkeit. Die Reichen protzen mit ihren Marmorgräbern. Wenn man mich dereinst lebendig verbrennt, soll meine Asche verstreut werden: das Nichts wird zum Nichts zurückkehren. Hier ist es, mein Bruder. Unter diesem Erdhügel liegt eine schöne Kurtisane, und unter dem da liegt ein Waisenkind von acht Jahren. Frisch ans Werk! Ich erwarte Euch in meiner Behausung.“

„Gott sei Dank, er ist fort!“ flüsterte Merdanson, als Cabassus verschwunden war. „Dieser Scheißatheist wandelt mir das Blut in Wasser. Gott möge mir verzeihen, daß ich seinen Abscheulichkeiten Gehör schenkte. Bei Christus und seinen heiligen Wundmalen, ich glaube an den Vater, den Sohn und den Heiligen Geist! Und wenn es Sünde ist, diese Gräber zu öffnen, bitte ich meinen Schöpfer demütig um Vergebung."

„Amen", sagte ich.

„Amen", sagte Carajac. „Aber Cabassus ist bei aller Verschrobenheit kein schlechter Mensch. Alles, was er hat, gibt er den Armen."

„Freunde, genug geschwätzt!" sagte ich. „An die Arbeit!"

Merdanson stellte die Blendlaterne auf einem Nachbargrab ab, und wir begannen zu schaufeln. Langher der Feldarbeit entwöhnt, streifte ich Handschuhe über, um mir nicht Blasen zu holen. Die schmale Mondsichel war von Wolken verhüllt, und mochte sich das Auge auch an das Dunkel gewöhnen, war dennoch ringsum nur das Weiß der Kreuze und Grabsteine auszumachen.

Eine halbe Stunde mochten wir am Werk sein, als Merdanson mir ins Ohr flüsterte:

„Wir werden beobachtet."

„Wo?"

„Hinter der Eibe, da vor dir, links. Ich habe ein bleiches Gesicht gesehen", sagte Merdanson. Und seine Hand zitterte!

„Freunde, grabt weiter, ich schaue nach", sagte ich.

Als wäre ich ermüdet, lehnte ich mich mit dem Rücken gegen das Nachbargrab, ein protziges Mausoleum, lehnte auch die Schaufel dagegen, zog meinen Langdolch aus der Scheide, ging leise um das Grabmal herum, bückte mich und kroch auf Knien, die Waffe in der Hand, der Eibe entgegen. Mein Herz hämmerte wild in der Brust. War der Späher ein Mensch oder ein Geist? Weder der Schlächterbaron von Lendrevie noch die Strolche der Corbières-Berge, weder Espoumel mit seinem Messer noch Caudebec mit seinem Kurzschwert hatten mir solche Angst eingejagt wie dieses Bleichgesicht zwischen den schwarzen Zweigen der Eibe.

Als ich indessen auf zwei Schritte heran war, sah ich da eine leichte, kleine Gestalt an den Baum gelehnt stehen. Ich sprang auf, warf mich über sie und hatte sie im Nu zu Boden geworfen, ohne daß ich Gegenwehr spürte. Ich lag keuchend auf ihr, beruhigte mich aber allmählich, denn ich spürte unter mir die Wärme eines menschlichen Körpers, noch dazu einer Frau.

Der Mond trat hinter der Wolke hervor, und ich sah: es war ein Mädchen von vielleicht fünfzehn Jahren, sehr bleich von Angesicht. Sie sah mich mit ihren großen schwarzen Augen so verzückt an, daß ich baß verwundert war.

„Meister Léonard! Großer Bock!" stammelte sie. „Innigst geliebter Herr und Meister, endlich gelange ich ans Ziel! Wie meine Großmutter es mir weissagte, habe ich Euch endlich getroffen auf diesem Friedhof, wo ich seit einem Jahr Nacht für Nacht darauf warte, mich Eurer Brunft hinzugeben."

„Meiner Brunft? Wer bist du?" fragte ich.

„Ihr wißt es genau. Meine ganze Familie, ausgenommen Großmutter und ich, ist – weil sie Euch treu diente – vor einem Jahr in den Flammen des Scheiterhaufens umgekommen."

„Mangane! Ermandine Mangane! Sie haben dich nicht verbrannt?" fragte ich.

„Wenn Monseigneur sich erinnern wollen: auf Euer Geheiß stellte ich mich taub, stumm und närrisch. So bin ich mit dem Leben davongekommen."

„Du bist also die letzte der Manganes."

„Die letzte werde ich nicht sein, Großer Bock, wenn Ihr Euren Samen in mich pflanzt. Dann werden die Manganes wiederauferstehen, um die Priester Eures Glaubens zu sein, Euch ewig zu dienen." Sie lachte. „Zunächst hielt ich Euch und Eure Gehilfen für Grabräuber, aber als Ihr über mich hergefallen seid, habe ich Eure Krallen gespürt."

Meine Krallen! Macht der Einbildung! durchfuhr es mich.

„Mädchen, heute kann sich nicht erfüllen, was du begehrst. Komm morgen zur Mitternacht wieder", sagte ich.

„Ha, jetzt zweifle ich nicht mehr: Ihr seid wirklich Meister Léonard, denn der Weissagung zufolge werdet Ihr zweimal versuchen, mich abzuweisen."

„Geh jetzt!" sagte ich.

Ich erhob mich und gab sie frei. Sie aber klammerte sich mit Gewalt an mich.

„Die Prophezeiung hat sich erfüllt, Ihr habt mich ein zweites Mal abgewiesen", sagte sie und preßte sich an mich.

„Mädchen, welchen Weg hierher hast du genommen?"

„Mit einem Seil habe ich die Mauer überwunden."

„Und die Fallen?"

„Die kenne ich."

„Mädchen, wenn ich deinem Begehr folge, wirst du dann verschwinden, ohne dich umzudrehen?"

„Ich werde gehorchen, Großer Bock."

„Dann warte hier, ich spreche mit meinen Gehilfen."

Ich kehrte ans Grab der Hure zurück, rief Merdanson und Carajac zu mir und flüsterte:

„Es ist die letzte der Manganes. Sie hält mich für einen Teufel, den sie Großer Bock oder Meister Léonard nennt. Sie will, daß ich sie schwängere."

„Schwängere sie", sagte Carajac.

„Ich geniere mich, das Mädchen ist vom Teufel besessen."

„Schwängere sie", sagte Merdanson. „Die Weiber sind alle gleich! Ob Hexe oder nicht, die Scheide verläuft allemal von unten nach oben, nie quer."

„Schwängere sie", sagte Carajac, „wir können sie hier nicht gebrauchen. Das brächte Gefahr. Schwängere sie, und dann jage sie fort."

„Aber sie ist ein Geschöpf des Teufels", wandte ich ein.

„Schwängere sie und bete", sagte Merdanson, „dein Gebet wird dem Satan die Frucht entreißen."

So kehrte ich zu dem Mädchen zurück, nahm sie in die Arme und wollte sie, obwohl es mir sehr widerstrebte, auf die Erde legen. Der Mond leuchtete plötzlich ungemein hell.

„Nein, nein", sagte die Mangane mit funkelnden Augen, „es gibt einen besseren Platz." Sie nahm mich bei der Hand, die noch den Handschuh trug, führte mich zu einem Mausoleum, holte einen Schlüssel aus ihrem Rock, öffnete das eiserne Gitter und schloß sich mit mir in eine winzige Kapelle ein. „Hier unter dieser Platte (sie stippte mit dem Fuß auf den Boden) liegt der Großinquisitor, der die Manganes verbrennen ließ. An einem Geschwür leidend, kaufte er Pillen von einem hausierenden Quacksalber, der einer von Euren Gesellen war, Monseigneur, und starb zwei Monate später unter Martern, die gräßlicher brannten als die Flammen. Und hier, auf dem Grab unseres Feindes, will ich geschwängert werden."

Und ohne meine Hand loszulassen, streckte sie sich auf der Platte aus, zog mich mit rätselvoller Kraft nieder, und so fand ich mich hingestreckt neben ihr wieder, unterdessen sie ihre Kleider abstreifte. Braun war ihre Haut und ihr Fleisch drall und höllisch. Doch ich war ganz damit beschäftigt, in meinem Innersten Gott anzurufen, denn schon wollte mir scheinen, der Herr strafe mich, daß ich die Gräber der Kurtisane und des Waisenkindes hatte entweihen wollen, ich lag neben ihr wie ein Baumstumpf, regungslos, stumm, halb tot vor Entsetzen, und lauschte einem Stöhnen, das unter der Grabplatte hervorzudringen schien.

„Ha, Monseigneur verschmäht die Sterblichen? Er spielt lieber mit den Nachtweibchen in seinem Höllenreich?“ sagte sie. „Doch ich bin Zauberin, ehe ich Lilith werde in Eurem Reich nach meinem Tod, und ich besitze einige Kraft über den Menschenleib, in welchen Ihr geschlüpft seid. Monseigneur“, hauchte sie mir ins Ohr, „erlaubt Ihr mir, meine Kunst anzuwenden?“

„Aber gewiß“, sagte ich, ohne willentlich bei der Sache zu sein, denn immer noch im Gebet, galt mein Ohr nur diesem Klagen unter der Platte.

Doch kaum hatte ich zugestimmt, spürte ich, wie die Mangane mich aufknöpfte und ein heißer Atem mich umgab. Da verlor ich unrettbar die Worte meines Gebets, auch das Gehör und jeden Gedanken an das grausige Stöhnen unter mir, ich fühlte mich rücklings hintreiben in einem warmen Lufthauch, der meinen Körper umspielte. Diese Wonnen raubten mir die klare Besinnung – ich bin gewiß, die Mangane betörte mich mit teuflischen Liebkosungen, die auch einen gefühllosen Klotz beseligt hätten und die kein Weib, von einem Weib geboren, mir später wieder gab. Doch obwohl wieder Mann geworden durch ihren Zauber, vom Scheitel bis in die Zehen vor Begierde bebend, war ich gleichsam gelähmt. Als die Mangane dies sah, bestieg sie mich rittlings zu einer frenetischen Kavalkade und entlockte mir mit wilden Schreien den Samen. Ha! dachte ich, nach der Wollust wieder zu mir findend, möge der allmächtige Herrgott verhindern, daß in diesem höllischen Bauch ein Kind gezeugt wurde!

Als ich aufstand, küßte die Mangane mir die Füße, dann die Knie, um ihren Meister anzubeten.

„Mädchen, du hast bekommen, was du begehrtest. Geh nun, und drehe dich nicht um“, sagte ich.

„Dein Wille soll geschehen, Großer Bock“, sprach sie, und ihre Augen, indessen sie das Gitter aufstieß, waren trunken vor Glück bei dem Gedanken, daß ihre Sippe Fortpflanzung erführe.

Doch sie folgte meinem Befehl, und ich kehrte zu den Freunden zurück. In meiner Abwesenheit waren sie gut vorangekommen, hatten den in ein Laken gehüllten Leichnam der Hure gänzlich freigelegt.

„Heiliger Bimbam, wo bleibt da die Gerechtigkeit?" hauchte Merdanson. „Während du Unzucht treibst, müssen wir anderen schuften."

„Merdanson, spotte nicht, ich wäre lieber tausend Meilen fort gewesen."

„Wer dein Schreien hörte, hätte es nicht glauben mögen."

„Hab ich geschrien?"

„Wie ein Dämon."

Mich überlief ein Schauer, denn ich hatte mich nicht schreien hören und sah nun auch, daß dem Mond jenes übernatürliche Gleißen fehlte, mit dem er der mich so frenetisch reitenden Zauberin das Gesicht erhellt hatte.

„Da du der kleinen Muschel so zugetan bist, daß du es gar mit einer Hexe treibst", fuhr Merdanson fort, „wirst du jetzt in die Grube steigen und der Hure einen Strick um die Schultern und die Beine legen, damit wir sie raushieven können. Höchste Zeit, daß du was tust."

Und neuerlich eine derbe Zote, die ich hier besser nicht wiederhole. Merdanson meinte es freilich nicht böse, er war gemein mit dem Mundwerk, nicht im Herzen. So hielt ich den Schnabel und stieg in die Grube, doch mein Fuß rutschte aus, ich fiel längelang hin auf die arme Hure, die sich eiskalt anfühlte. Ha! durchfuhr es mich, nichts ist schlimmer als der Tod! Die Hexe und ihre Höllenwärme waren mir da noch lieber! Voller Ekel erhob ich mich wieder und tat, wie Merdanson mich geheißen, was gar nicht einfach war, weil die Kurtisane ein stattliches, fülliges Weib gewesen und nun in ihrer Totenstarre lag.

Es hätte ihrer vier bedurft, sie aus der Grube zu ziehen. Schwitzend und keuchend schafften wir es zu dritt, weil Carajac den Einfall hatte, das freie Seilende am Eisengitter des nebenan befindlichen Grabmals zu befestigen. Aus einer Decke und zwei langen Stecken hatte Carajac eine Trage gefertigt, auf der wir den Leichnam niederlegten.

Das Waisenkind bereitete weniger Mühe, es war so leicht, daß Carajac es, in eine Decke gewickelt, schultern konnte, indessen Merdanson und ich die Bahre mit der Kurtisane bei wankem Gang und zitternden Armen zu Cabassus' Behausung schleppten.

Cabassus, das Licht unserer Blendlaterne gewahrend, hatte sein Logis mit den von uns mitgebrachten Kerzen erhellt, auch die fünf Arme eines Kirchenleuchters damit bestückt, den er wohl aus einer Kapelle entwendet hatte. Wir legten den Leichnam der Hure auf die Tischplatte, und ich hielt den Leuchter darüber, während Merdanson mit dem Skalpell den Heftfaden des Lakens, welches die Tote einhüllte, heraustrennte.

„Heiliger Bimbam, war das ein Prachtweib!" sagte er, als das Laken den weißen Leib der Hure freigab. „Freunde, seht diese Schultern, die großen Brüste, die breiten Hüften, die langen Beine, die sie jeden Tag spreizen mußte für ihre Kundschaft. Heiliger Bimbam, wäre sie noch am Leben, ich würde sie nicht mit meinem Skalpell auftun! Eine so schöne junge Frau! Ein Jammer! So gesund und so kernig! Cabassus, weißt du, welche Krankheit ihr das Lebenslicht ausgeblasen hat?"

„Sie ist gestern im Kindbett gestorben, verblutet."

„Und das Kind?" fragte ich.

„Tot geboren, wofür man Gott, den es nicht gibt, nur danken kann."

„Also, an welcher Stelle öffnen wir sie?" fragte Merdanson.

„Am Brustkorb", sagte Carajac. „Ich bin begierig, das Herz zu sehen und die Kanäle, die es mit Flüssigkeit speisen."

„Nein, fangen wir mit den *genitalia* an", sagte ich. „Die drei Leichen, die man uns in der Schule seziert hat, waren männlichen Geschlechts, auch der Affe. Nun haben wir hier zum Glück eine Frau – fangen wir also bei dem an, was sie zum Weibe macht."

„Siorac hat recht", sagte Merdanson. „Das Herz können wir ja, bevor wir die Frau wieder begraben, heraustrennen und Carajac schenken, damit er daheim in Muße dran arbeite."

Dies schien Carajac zufriedenzustellen.

„Siorac, leuchte mir, wenn ich zu schneiden beginne", sagte Merdanson. „Mein Skalpell tut jetzt auf, was dem Manne der Ort der Wollust ist; von da aus will ich dann bis zur Gebärmutter und zu den Eierstöcken alles erkunden."

Merdanson war jüngst zum Bakkalaureus der Medizin erhoben worden, hoch gelobt von Saporta und d'Assas, unter deren Vorsitz er geprüft worden. Dieser Erfolg Merdansons war nur gerecht, denn ausgenommen die Huren der Rue des Etuves sowie das Trinken und Essen, galt seine große, ungestüme, einzige Liebe der Medizin, für deren Voranschreiten er, wenn nicht die Seele, so mindestens sein Leben hergegeben hätte. Im übrigen war er ein guter Hugenotte, gehörte jedoch wie ich eher einer Partei als einer Kirche an und blieb notfalls lieber dem Gottesdienst fern als einer Sezierung.

Ich hatte, wie der Leser weiß, mein erstes Studienjahr soeben abgeschlossen, desgleichen der Chirurgenlehrling Carajac, weshalb wir das Skalpell unserem Altvorderen überließen, der an kleinem Getier schon alles seziert hatte, was ihm nur unter die Pfoten geraten war. Er führte die Hand geschickt und wußte kunstvoll zu erklären, was er da entdeckte; leider aber konnte ich mir keine Notizen machen, weil ich den Leuchter halten mußte. Carajac half ihm, das Gewebe zur Seite zu drücken, während Cabassus, ganz still auf einem Stuhl stehend, über unsere Schultern lugte und mit gläubigem Respekt zuschaute.

„Ich stelle fest", sagte Merdanson, ohne jegliche Unflätigkeiten, die seine Reden sonst begleiteten, „die Gebärmutter ist noch geschwollen, fand ja die Entbindung erst gestern statt. Offenbar eine schwere Geburt, der Scheidengang zeigt tiefe Wunden, die Hebamme war eine kriminelle Stümperin. Sie hat Zangen benutzt und dabei das Kind getötet, die Gebärmutter und das Zwerchfell durchstochen und eine Blutung verursacht, an der die Ärmste gestorben ist. Und schließlich stelle ich fest, daß die Gebärmutter, wie Vesalius bewiesen hat, ein einziges Hohl ist, nicht zweigeteilt, wie Galenus behauptete."

„Galenus hat sich also getäuscht!" rief Cabassus und rieb sich die Hände, so groß war sein Haß auf die Alten und die Autorität.

„Aber an unserer Schule gibt es noch immer Doktoren, darunter Pinarelle, die sich lieber mit Galenus täuschen als mit Vesalius recht haben möchten", sagte ich.

„Erbärmlich! Augen haben und nicht sehen wollen!" sagte Cabassus.

Dann schwieg er, denn nun legte Merdanson einen Eileiter frei und einen der Eierstöcke, dabei er ihren Zweck erklärte. Während ich zuhörte, wurde mir bewußt, daß die Befruchtung der Frau ein großes Wunder war und für sich allein schon die Existenz eines Schöpfers bewies, der in seiner göttlichen Weisheit eine so einfache und gleichwohl feine Mechanik hatte ersinnen können.

Als Merdanson mit den *genitalia* zu Ende war, öffnete er der Kurtisane den Brustkorb, um das Herz herauszuschneiden.

„Weißt du, daß Aristoteles das Herz für ein warmes Organ mit drei Kammern hielt?“ fragte er Carajac.

„Haha!“ frohlockte Cabassus über den gewaltigen Irrtum dieses von der Kirche so verehrten Meisters.

„Nein, wußte ich nicht“, sagte Carajac.

„Er behauptete auch, das Blut werde im Herzen gebildet.“

„Haha!“ rief Cabassus verächtlich.

„Und schließlich meinte Aristoteles, das Herz neige zu Überhitzung, weshalb die Lungen als Blasebalg dienten, um kühle Luft zuzuführen und es zu erfrischen.“

Hier nun lachte Cabassus aus vollem Halse und schaukelte so gewaltig, daß er um ein Haar vom Stuhl gefallen wäre.

„Und Galenus“, fuhr Merdanson fort, „Galenus behauptete, die Herzkammern stünden miteinander durch Poren in Verbindung.“

„Und das war falsch?“ fragte Cabassus und rieb sich wiederum die Hände vor Wonne.

„Ja, Freunde, das war falsch. In seinem *De corporis humani fabrica* beweist Vesalius, daß zwischen den Herzkammern keine Verbindung besteht. Carajac, hier hast du das Herz dieser armen Frau. Zu ihren Lebzeiten hat es für manch einen im Rhythmus ihrer kleinen Muschel geschlagen. Behandele es mit großer Sorgfalt.“

Wortlos nahm Carajac das Herz in Empfang, hüllte es in ein großes Schnupftuch, verknotete die Zipfel und machte daraus ein Paketchen, ähnlich jenen Bündelchen, darin der Landmann die Butter zum Wochenmarkt trägt.

Als die Kurtisane wieder in ihr Laken eingenäht war – und sie stank kaum, da war nur der fade, unangenehm süßliche Geruch, der das erste Stadium der Verwesung begleitet –, wurde sie auf eine Truhe gelegt, und Carajac brachte das Waisenkind zum Tisch.

„Es ist sehr leicht“, sagte er.

„Weil ein Waisenkind wenig ißt“, sagte Merdanson.

Kaum aber war das Laken aufgetrennt, drang uns ein unerträglicher Geruch in die Nase. Und als Merdanson die Lunge aufschnitt – Cabassus hatte uns gesagt, der Kleine sei an einer Erkrankung der Lunge gestorben –, da war's dann ein Gestank, daß es auch dem Standhaftesten den Magen umdrehte. Wir sprühten Essig darauf, wider die ekligen Dämpfe und mögliche Ansteckungsgefahr. Doch der Essig blieb ohne Wirkung, zudem waren die Lungen schon dermaßen zersetzt, daß da nichts mehr zu sehen und zu finden war außer kleinen Steinen, sofern man die winzigen Granulierungen so bezeichnen konnte; wir wußten sie auch nicht zu deuten, denn in der Regel findet man sie in den Harnleitern.

Nachdem der Knabe wieder in sein Laken eingenäht und die Kurtisane in ihr Grab zurückgebracht war, erklärte Merdanson, er wolle das Kind mitnehmen in seinen Garten und dort, in einem Schuppen, das Skelett freilegen, um es dann anonym der Medizinschule zu schenken, unseren Professoren als Lehrobjekt zu aller Unterweisung. Das sei ohne viel Mühe zu bewerkstelligen, weil das arme Kind nur noch Haut auf den Knochen habe und dem Anschein nach an Auszehrung gestorben sei.

Wir gaben ihm zu bedenken, wie gefährlich es sei, mit einer Leiche durch Montpelliers Straßen zu spazieren: Cossolat hatte die Nachtwachen verdoppelt, weil er fürchtete, daß die Heißsporne unter den Papisten und Hugenotten wegen der Flandernaffäre, die die Geister erregte, im Dunkel handgemein werden könnten. Doch das alles fruchtete nichts. Merdanson, starrköpfig wie ein Esel, ließ sich von seinem Plan nicht abbringen, und Cabassus gab schließlich nach. Wir kamen überein, anstelle des Kindes ein dickes Holzscheit zu begraben, was wir auch taten. Dann traten wir drei, maskiert, den Rückweg in die Stadt an, ich vornan mit unseren Stecken, den Stricken und der Blendlaterne, dann Carajac mit seinem kostbaren Bündelchen in der Hand, und einige Klaftern hinterdrein Merdanson, der auf der Schulter das in sein Laken eingenähte und von einer Decke umhüllte Waisenkind trug, eine Last, die schon durch ihren Gestank die Aufmerksamkeit der Wache erregt hätte.

Der Weg zurück in die Stadt führte nun aber durch ein Tor, das um diese Stunde geschlossen war. Und mochte der Torwächter auch alt sein und ein Säufer, war er von Amts wegen dennoch neugierig und hätte nachgefragt, was denn die Decke berge. Also bat ich Merdanson, seine Last etliche Klaftern vor dem Tor abzulegen, ebenso Carajac sein Bündelchen. Ich tat ein Gleiches mit den Stricken, den Waffen und dem restlichen Gerät, und als wir nun die Hände frei hatten, indes ohne die Masken vom Gesicht zu nehmen, klopfte ich an die Pforte, bis der Alte oben seinen Schopf zu einem Fensterchen heraussteckte.

„Wächter, mach auf!“ rief ich.

„Wer seid Ihr?“ fragte er.

„Ehrbare junge Burschen aus Montpellier. Wir haben in Montpellieret unsere Schönen aufgeschürzt, was uns die Börsen ausgetrocknet hat und ebenso den Schlund. Mach auf, Wächter, und bring uns eine Flasche von deinem besten Wein. Wir zahlen gut und trinken sie mit dir zusammen.“

Das tat Wirkung. Er kam herunter. Die Pforte öffnete sich einen Spalt, der Mann ließ uns einzeln ein, er stellte seine Laterne hin und tastete unsere Leiber nach Waffen ab.

„Warum tragt Ihr Masken?“ fragte er.

„Ich bin der Sohn eines Edelmanns, und die beiden hier sind Sprößlinge von betuchten Bürgern“, sagte ich. „Wir möchten unerkannt bleiben, wenn wir unseren wilden Hafer aussäen.“

„Und woher der Lehm da an Euern Schuhen?“

„Von Gottes guter Erde, auf der wir gevögelt haben.“

Da lachte er schallend, und weil ich ihn so gut gelaunt sah, schmierte ich ihm gleich noch die Pfote und rief:

„Deinen Wein, braver Mann! Deinen Wein, um Christi willen, sonst bersten uns die vertrockneten Kehlen!“

Er musterte meine kleinen Münzen.

„Moussu, wenn Ihr einen Frontignan wünscht, der kostet fünf Sols mehr.“

Ich gab sie ihm, und er humpelte davon. Flugs holten Merdanson und Carajac unser Gepäck und versteckten es hinter einer Mauer, weit genug vom Tor entfernt. Als der Mann mit der Flasche kam, galt es dann nur noch, sie mit ihm zu leeren, was wir mit Wonne taten, da uns nach dieser makabren Nacht der Schlund ganz ausgetrocknet war.

Zum Glück befand sich Merdansons Logis nur einen Steinwurf weit entfernt, und als er endlich das Waisenkind samt den

Stöcken und Stricken in seinen Schuppen eingeschlossen hatte, atmete ich ein wenig auf. Ein wenig freilich nur, denn da war immer noch das Herz der Kurtisane, ein ebenso belastendes Beweisstück unseres Verbrechens, wenn die Wache uns stellte. Ich suchte Carajac zu überzeugen, er müsse, falls in einer Biegung die Häscher auftauchten, das sträfliche Bündel schnell über eine Mauer werfen, doch er fürchtete, ein so zartes Organ könne beim Aufprall Schaden nehmen. Vergeblich hielt ich ihm entgegen, der Schaden wäre schlimmer, wenn wir auf der Galeere endeten: sein Wissensdrang war so gewaltig, daß er sich von dem Bündelchen nicht trennen mochte. Da schwor ich mir in meinem Innersten, mich nie mehr mit so halsstarrigen Burschen auf derlei Abenteuer einzulassen.

Gottlob erreichte Carajac mit dem Herzen der Dame (er hielt sich sonst den Weiberröcken fern) sein Zuhause. Ich war um so erleichterter, als ich nun keinen Begleiter mehr hatte und fortan nichts mein Herkommen und Tun hätte verraten können. So meinte ich, allenfalls nächtliche Diebe noch fürchten zu müssen, weshalb ich meine Waffe aus der Scheide zog und mitten auf der Straße schritt.

Der Marsch hatte mich erhitzt. Ich streifte Handschuhe und Maske ab und steckte sie in mein Wams. Das Kurzschwert in der einen und die Laterne in der anderen Hand, ging ich vergnüglich hin, atmete die nächtliche Frische und wähnte mich den Dornen und Schlangen dieser gefahrvollen Unternehmung entkommen. Doch bricht nicht oft aus heiterm Himmel das Gewitter los?

Kaum war ich in die Rue de la Barrelerie eingeschwenkt und meinem Ziel, der Apotheke, nahe, wollte mir scheinen, daß mich lautlos ein Schatten verfolgte, hinter mir im Strahlenkreis meiner Laterne geisternd. Ach, hätte ich sie doch gleich gelöscht und wäre Hals über Kopf nach Hause gerannt! Doch meines Muts gewiß, wollte ich Klarheit haben, machte plötzlich kehrt, rannte zu dem Schatten und richtete mein Licht und die Waffe auf ihn. Ha, Herregott! mir gerann fast das Blut in den Adern: es war die Mangane. Ein Flammenlodern in den Augen, spie ihr Mund schlimmeren Haß, als die Hölle birgt. Sie packte mich bei der Hand und fauchte mit zischender Stimme:

„Wo sind deine Krallen, du Bock? Wo deine tintenschwarzen Augen? Wo dein Hinkefuß? Ha, Verräter! Schäbiger Hund! Hast mich gemein mißbraucht! Ich hätte es merken müssen, als du mich nahmst und ich nicht deine Krallen spürte noch deine Bisse noch das Höllenfeuer in den Eingeweiden! Elender Christ, weiß du nicht, daß der Große Bock die Hexen siebenmal begattet, ehe sie freikommen, zerkrallt, gebissen, ihr Bauch verzehrt von seiner Flamme? Denn sein Same lodert! Deiner aber ist tot!"

„Mangane", wagte ich zagen Einwand, so sehr schien mir die Hölle aus dieser zischenden Stimme zu sprechen, „es ist kein Trug und Lug gewesen. Du selbst hast dich in mir getäuscht."

„Und du hast mich nicht aufgeklärt, du Christenhund!"

„Konnte ich nicht, ich wollte dich schleunigst verschwinden sehen, um meinem Tun nachzugehen."

„Schurkisches Tun!" zischte sie. „Ich habe durch Cabassus' Fenster alles gesehen. Und morgen gebe ich Bericht!"

„Aber Mangane, wenn du redest, verurteilst du dich selbst zum Scheiterhaufen."

„Wisse: ich will zum Scheiterhaufen mit aller Gewalt. Deine lästerliche Umarmung hat mich der Umarmung meines heißgeliebten Meisters für immer beraubt. Erst nach meinem Tode, wenn ich aus der Asche auffahre, werde ich Nachtweibchen in der Hölle sein und zu seinen angebeteten Füßen leben, seiner Brunft untertan. Aber wisse auch, daß ich mich für das Schlimme, das du mir zugefügt hast, in diesem Leben räche: ich verknote dir den Senkel, in den Armen eines Weibes sollst du für immer der Kraft beraubt sein!"

„Mir den Senkel verknoten!" sagte ich. Der Schweiß rann mir über die Wangen ob dieser Drohung. „Pah, das bringt nichts ein, ich werde nicht heiraten."

„Ich verknote den Senkel, wem und wann immer ich will, ob Hochzeitsnacht oder nicht", sagte sie, mit den Zähnen knirschend. „Ich brauche nur einen Faden zu verknoten und mit einer Silbermünze zu Boden fallen zu lassen. Verschwindet die Münze, hat der Satan sie an sich genommen, und der junge Bursche ist für immer von Kälte gepackt!"

„Mangane!" rief ich, fast ohnmächtig vor Entsetzen und mit zitternden Knien. „All mein Gold soll dir gehören, wenn du das nicht tust!"

„Dein Gold!“ rief sie höhnend.

Irre vor Wut und Angst stach ich mit meinem Kurzschwert auf sie ein, doch der Hieb traf ins Leere. Die Mangane war verschwunden, wie verschluckt von der Finsternis, deren Tochter sie war. Ich wäre in Zweifel gewesen, sie überhaupt gesehen zu haben, hätte ich nicht mit hellem Klang eine Münze auf das Pflaster fallen hören.

„Sie hat ihn verknotet!“ rief ich mit erstickter Stimme. Angst schnürte mir die Kehle zu. Mit der Laterne leuchtete ich ringsum alles ab, suchte den Faden und fand ihn zu einer Acht verschlungen, doch die Silbermünze fand ich nicht. Die Höllenmacht hatte den Zauber gebilligt und vollzogen. Es war für immer vorbei mit meiner Leidenschaft zum Lieben und zum Leben.

ELFTES KAPITEL

Ich weiß, daß manch Freigeist in diesem Jahrhundert, der weder an Gott noch an den Teufel glaubt, über mein Entsetzen spotten wird; gleichwohl wird solch böse Zauberei von den Kirchen und den Gelehrten des Königreichs ernst genommen. Freilich, in Mespech lachte man über den Hokuspokus der Maligou, doch die Maligou war keine Hexe, wurde vom Pfarrer und in unseren Dörfern auch nicht für eine solche gehalten. Anderenfalls hätte man vor ihr gezittert. Denn schrecklich ist des Hexers Macht: er läßt Herden verenden und Brunnen austrocknen und über Nacht die Obstbäume verdorren, er braut Liebestränke oder Todessude und verknotet, was vielleicht noch schlimmer ist, einem Bräutigam den Senkel.

Solche Praktiken waren und sind im Périgord nicht selten und mehr noch im Languedoc, wo die Angst vor den Senkelverknotern so verbreitet ist, daß nur ein Brautpaar von zehn es wagt, sich im eigenen Kirchspiel öffentlich trauen zu lassen.

Denn sobald der Priester den geheiligten Satz spricht: *Was Gott geeint hat, soll der Mensch nicht trennen*, braucht ein anwesender Hexer nur zu murmeln: ... *aber der Teufel!* und ein zu einer Acht gewundenes Schnürband sowie ein Geldstück über die Schulter zu werfen, und schon hat der Bräutigam die Fähigkeit zum Vollzug der Ehe für immer verloren. Darum lassen sich viele junge Burschen und Mädchen heimlich in der Kirche eines Nachbardorfes trauen, dabei sie selbst den nächsten Angehörigen Stunde, Tag und Ort vorenthalten, um so etwaigem Zauber zu entgehen, der nicht nur während des ganzen Erdenlebens, sondern bis zum Tage des Jüngsten Gerichts auf dem Paar lasten würde.

Den kurzen Rest der Nacht verbrachte ich, ohne ein Auge zu schließen, in panischer Angst vor meiner freudlosen Zukunft. Gleichwohl mußte ich in aller Frühe aufstehen, um die Privatvorlesungen von Saporta und Bazin zu hören, was ich mit halbem Ohr und halbem Sinn nur tat, die andere Hälfte meines Hirns wälzte düstere Gedanken. Nicht daß ich fürchtete, die Mangane könnte unser heimliches Sezieren verraten: wer würde wohl einem jungen Mädchen glauben, das als taub, stumm und geistig verwirrt galt? Aber das Senkelverknoten und die schrecklichen Folgen, das konnte einen wie mich fürwahr beschäftigen.

Der Tag zog sich länger hin als ein ganzes Jahr, doch nach all den Stunden voller Pein und Befürchtungen eilte ich zur Thomassine, flüchtete mich in ihre Arme und an ihre Brüste (die mich so sehr an meine gute Barberine erinnerten), liebkoste sie, bedeckte sie mit Küssen und meinte endlich, ganz entflammt, über den Zauber der Mangane zu triumphieren. Doch dieses jähe Feuer erlosch, und es war, als stünde plötzlich eine Mauer zwischen ihrem Leib und mir. Verwundert, aber mütterlich und lieb wie stets, wiegte mich die Thomassine an ihrer Brust, bedachte mich mit ihren Kosenamen, und ich erzählte ihr, von so viel Liebe gerührt und in Schluchzen ausbrechend, von der Verstümmelung, deren Opfer ich geworden.

Die Thomassine nahm die Sache nicht leicht, mit bekümmertem Blick sprach sie von etlichen Pechvögeln in den Cevennen, denen der Hexer während der Trauung den Senkel verknotet hatte, so daß sie zeitlebens ihr Eheweib nicht berühren konnten, hingegen bei anderen Schürzen sich als wacker bewiesen.

„Wollte Gott, Thomassine, daß der Zauber beschränkt bliebe auf mein Eheweib – das ich nicht habe!" sagte ich.

„Da du nicht verheiratet bist", sagte die Thomassine, „bewirkt der Zauber, daß du es bei keinem Weibsbild kannst, und das ist für dich viel schlimmer, mein armer Pierre."

Solche Rede stürzte mich nur noch mehr in Verzweiflung.

„Aber gibt es dagegen kein Mittel?" fragte ich. „Kann Gott nicht entknoten, was der Teufel verknotet hat? Sollte der Teufel dem Herrgott darin überlegen sein?"

Die Thomassine schwieg erschrocken, denn sie war sehr schlichten Glaubens. Am Sonntag ging sie zur Messe, begleitet von Azaïs, die ihr Meßbuch trug, welches die Thomassine dann angestrengt vor ihre Augen hielt, ohne je ein Blatt zu wenden; sie konnte zwar gut rechnen, aber nicht lesen.

„Noch nie hörte ich", sagte sie nach kurzer Pause, „daß der Zauber je aufgehoben wurde, außer im Falle eines Bauern in meinem Dorf, der dem Pfarrer gleich am nächsten Tag beichtete."

„Du vergißt, Thomassine, daß ich Hugenotte bin und die Beichte ablehne. Im übrigen: wenn Beichten hülfe, hätten dann so viele Burschen durch die Senkelverknotung zu leiden?"

„Das ist wahr", seufzte sie. „Zudem war der Pfarrer jenes Bauern selber ein bißchen Zauberer – Zauberer im guten Sinne freilich."

„Und lebt dieser gute Zauberer noch in deinen Cevennen? Heiliger Antonius, sage mir seinen Namen und wo er wohnt, dann sattle ich mein Pferd und eile hin, dem Papisten zu beichten."

„Er ist gestorben", sagte die Thomassine.

Da starb auch diese Hoffnung in mir. Ich sah mich endgültig verdammt, die Bitternisse und Martern der Keuschheit zu durchleben, die von unseren Kirchen als große Tugend gepriesen wird, die ich aber verabscheue, weil sie wider die Natur ist.

Der Leser wird fragen, warum ich nach dem bösen Zauber nicht zu einem Prediger meines Glaubens ging. Ich hatte dies wirklich erwogen! Doch unsere Pastoren waren strenge, unbequeme Leute, die schnell Verdacht schöpften, das Opfer einer Hexerei sei selber nicht ganz unschuldig daran. Und hierin irrten sie ja nicht. Im übrigen achtete ich meine Pastoren zu sehr, als daß ich sie hätte täuschen mögen (welche Skrupel ich bei einem auf klingende Münze versessenen Papisten nicht kannte). Ich hätte alles sagen müssen oder nichts. Und weil ich zurückschreckte vor dem „alles", das die Grabschändung und den Beischlaf mit der Zauberin einschloß, wählte ich das „nichts".

Entmutigt verließ ich das Nadelhaus in der Gewißheit, daß mir nach dem beschämenden Scheitern bei der Thomassine Gleiches auch bei Madame de Joyeuse widerfahren würde. Ich erwartete den Mittwoch in so bohrender Furcht, daß ich drei Nächte lang kein Auge zutat. Ganz bleich erschien ich dann vor ihr und bat mit matter Stimme um ein Zwiegespräch. Sie, alarmiert von meinem Ton und Aussehen, entließ die Damen ihres Gefolges und empfing mich im Alkoven, auf ihr Lager hingestreckt, indes ich beschämt vor ihr saß und überlegte, wie weit ich in meinem Geständnis gehen sollte. Denn anders als die Thomassine würde Madame de Joyeuse sich nicht mit einer verkürzten Fassung begnügen, sondern nach dem Wie und Warum des großen Zorns fragen, den ich bei der Mangane erregt hatte, und wenn ich es ihr enthüllte, müßte ich dann nicht auch den Rest gestehen?

„Ha, Liebster", sprach sie endlich mit ihrer milden Stimme, „ist es gar so schlimm, daß Ihr es auch vor mir verschweigen müßt? Wißt Ihr nicht, daß ich Eure Freundin bin und daß, was immer Ihr begangen haben mögt, Ihr meiner Hilfe und Freundschaft gewiß seid?"

Ich vergoß Tränen der Rührung, konnte aber nicht sprechen.

„Mein Pierre, hockt nicht da wie ein Tropf. Kommt her in meine Arme und erzählt mir jetzt alles – ich bestehe darauf!"

Dieser Ton zeigte Wirkung. Ich gehorchte, wie ich es immer tat, auch weil sie fünfzehn Jahre älter war als ich und eine vornehme Dame, die ich bewunderte; vor allem aber tat ich es aus Dank für ihre wunderbare Güte. Und so erzählte ich also, an ihren sanften Leib gekuschelt, verschwieg nichts und beschönigte nichts in der Gewißheit, daß sie mir alles verzeihen würde. Ha, ihr Papisten, sagt an: kann es einen besseren Beichtvater geben als das liebende Wesen?

Freilich unterbrach Madame de Joyeuse meinen Bericht gelegentlich mit Ausrufen, die Ereiferung, Tadel und Abwehr verrieten: „Aber Pierre, wie konntet Ihr nur! ... Ha, Liebster, das ist unehrenhaft! ... Jesus, wie schändlich! ... Pfui, das ist wider alle Gesetze! ... Hat man Ruchloseres je vernommen? ... Einer Hexe beiliegen! auf einem Grab! ..." Doch jedesmal stellten ihre Gebärden die Worte in Abrede, wenn sie mir mit der einen Hand zärtlich durchs Haar fuhr, mit der anderen sanft meine Schulter preßte und mir zu verstehen gab, daß sie trotz alledem ihren Freund in mir sah.

Dann war vom Schlimmsten zu reden: was in der Rue de la Barrelerie sich zugetragen hatte. Sie blieb zunächst stumm, rührte keinen Finger. Nach einigem Seufzen – halb wohl aus Mitleid mit mir, halb aus Selbstmitleid – erwiderte sie dann, auf Trost bedacht:

„Monsieur de Joyeuse, der die Welt kennt, hat für solchen Hokuspokus nur Spott übrig. Er sagt, das Senkelverknoten sei weder Teufelswerk noch ernst zu nehmen. Der Knoten sei im

Betroffenen selbst, nirgends sonst. Das Unvermögen beruhe auf Einbildung. Michel de Montaigne habe ihm dies in Bordeaux durch Beispiele und einleuchtende Überlegungen bewiesen."

Das tröstete mich etwas, ohne mich gänzlich zu überzeugen, denn ich spürte in mir die vitale Essenz gelähmt. So lag ich reglos bei ihr und fürchtete, mich zu entehren, wenn ich das Begonnene nicht zu Ende brächte.

„Ach, Pierre", sprach sie, als verstünde sie all meine stummen Gedanken, „Ihr seid zu jung und zu kernig, als daß dieser Zauber, wie Ihr es nennt, Euch länger als eine Woche bannen könnte. Geht mir! Ein Knoten im Senkel! Recht hat mein Ehemann: es ist Quacksalberei! Trug! Bauernfängerei! Seid Ihr ein dummer Bauer, Pierre, der einem Dorfzauberer auf den Leim geht, oder ein Arzt, der unter seinem Skalpell die Gesetze der Natur sucht? Glaubt Ihr dem Hokuspokus der Mangane mehr als den vernünftigen Überlegungen eines Michel de Montaigne?"

„Ah, Madame, ich wollte Euch gern glauben, wäre ich nicht so schlapp und gerädert, daß ich mich wie der Schatten meiner selbst fühle."

„Das sind Eure Gewissensbisse, mein kleiner Vetter, weil Ihr so schlimme, skandalöse Sünden begangen habt. Darum dünkt Euch diese Verknotung die verdiente Strafe. Nach einer Woche werdet Ihr in meinen Armen wieder ganz Mann sein, ich will es!"

„Madame, ob ich Euch wohl gehorchen werde?"

„Das bitte ich mir aus! Oder taugen meine Zauber weniger als die der Mangane? Sind meine Liebestränke schwächer? Bin ich weniger schön?"

„Madame", rief ich leidenschaftlich, „Ihr seid tausendmal schöner als diese Kreatur der Finsternis! Lichthell strahlt Euer Antlitz, und Euer Leib ist göttlich in all seinen Partien."

Sie war gerührt von meinen Worten und errötete bis in die Brustspitzen, schon da solch überschwengliche Komplimente immer der Auftakt zu meinen Zärtlichkeiten gewesen waren. Nun klagte sie über Schwüle und über ihre Hitzewellen, löste die Kleidung und bewegte sich immer heftiger, zumal ich aus erwähntem Grund dergleichen nicht tat. So ging das ein Weilchen, bis sie mit einem verlegenen Lachen sprach:

„Liebster, wenn Ihr heute nicht Euer Vergnügen findet, ist das ein Grund, mir das meine vorzuenthalten?“

„Oh, Madame, Ihr braucht nur zu befehlen! Es gibt nichts auf der Welt, was ich nicht gern für Euch täte.“

Da mußte ich ihre Kammerzofe spielen und sie gänzlich entkleiden, was ich unter großen Seufzern des Bedauerns tat, daß ich von all den Schönheiten, die mein Auge sah, keinen Gebrauch mehr machen konnte. Dann mußte ich mich selbst entkleiden. Hierauf sie meine Hand nahm und führte wie damals, als sie mir zum ersten Mal solches gestattet hatte. „Liebster, tut mir, was ich so gern mag“, sprach sie. Ich gehorchte, und sie wurde noch ungestümer, ließ jenes Klagen und Stöhnen hören, das dem Fräulein von Mérol so wider den Strich ging. Doch bevor sie an ihr Ziel kam, unterbrach sie mich und sagte, ich solle mich auf sie legen. Was ich freilich nicht ganz ohne Scham tat, meiner Schlaffheit wegen; sie aber faßte meine beiden Schultern, drückte mich sanft in die Tiefe und bedeutete mir mehr durch ihre Geste denn durch Worte, den Mund da aufzulegen, wo mein Finger gewesen war. Wie merkwürdig mir diese Liebkosung zunächst dünkte, von der ich nie gehört und die vielleicht gar Sünde war, ich versagte mich Madame de Joyeuse nicht, meinte ihr dies ersatzweise zu schulden für mein schicksalhaftes Ungenügen. Doch als ich nach anfänglichem Staunen merkte, daß ihr Stöhnen heftiger wurde und lebhafter ihre Zuckungen, fühlte ich mich sehr glücklich, daß ich einer so gütigen Frau so erlesene Wonnen bereitete. Dieser Gedanke stärkte mein Gefallen an solch befremdlicher Liebkosung, ich hielt mich nicht länger zurück und tat es nicht ohne Zärtlichkeit, was sie vielleicht spüren mochte, denn am Ende wurde sie von einem Sturm der Leidenschaft erfaßt, wie ich ihn bei ihr noch nie erlebt hatte.

Als nach dem Sturm die Stille eingekehrt war, sprach sie atemlos:

„Mein kleiner Vetter, ich will nicht gotteslästerlich reden – denn ich fürchte den Herrn, gehe zur Beichte und höre eifrig die Messe – und möchte doch sagen, daß es himmlisch war und ich viel daran denken werde, ehe ich Euch am Mittwoch der kommenden Woche heil und ganz wiedersehe in der Erwartung, daß Ihr mir außer diesen Wonnen dann auch das Euch wohlbekannte Vergnügen bereitet.“

Dazu koste und küßte sie mich und lobte so überschwenglich mein prachtvolles Verhalten (nicht ohne auch Ratschläge einzuflechten, wie ich es nächstens noch besser machen könnte), daß ich mich, ohne sie besessen zu haben, neuerlich als ihr Liebhaber fühlte: was mich besänftigte und bei der Rückkehr in die Apotheke meinen Schritt beflügelte. Nachdem ich wortlos meine spartanische Suppe geschlungen hatte, eilte ich in mein Zimmer und warf mich auf mein Bett. Aber ich schlief nicht ein, obzwar ich nun weniger gepeinigt war von meiner Qual.

Am Abend des folgenden Tages brachte mir ein Lakai einen Brief und ein kleines Paket von meiner Dame. Dies der Wortlaut des Briefes:

Mein kleiner Vetter,

dieses Paket enthält ein Säckchen mit Heilkräutern, das Michel de Montaigne meinem Ehegemahl in einer sehr ähnlichen Not wie der Euren gab. Tragt es am Tage und bei Nacht am Hals neben der Marienmedaille, die Eure Frau Mutter Euch auf dem Totenbett schenkte und die Ihr, weil Ihr ein böser Hugenotte seid, nicht verehrt. Das Säckchen wird Wunder wirken. Ihr werdet es am Mittwoch erleben, welchen Tag ich herbeisehne, um Euch bei mir zu empfangen.

Mein kleiner Vetter und Büßer, ich reiche Euch meine Fingerspitzen.

Eléonore de Joyeuse

Ha! dachte ich, die Fingerspitzen! Mit welcher Eleganz die Großen alles sagen (und alles tun) können, dabei sie sich hinter den Worten verstecken. Gleichwohl rührte es mich sehr, daß sie an mich gedacht, gar ihren Diener zu mir geschickt hatte – sie, die den ganzen Tag mit Nichtstun eifrig beschäftigt war. Ich eilte in mein Zimmer, öffnete das Paket, hängte mir das Säckchen um den Hals und trug es dort auch nachts, weil ich in ein von Montaigne empfohlenes Heilmittel großes Vertrauen setzte.

Beim abermaligen Lesen des Briefes entdeckte ich ein Postskriptum, das mir zunächst entgangen war: *Cossolat wird Euch morgen mittag in den* Drei Königen *aufsuchen.*

Verflixt! hat sie ihm alles erzählt? war mein Gedanke.

Schon lange mutmaßte ich enge Verbindungen zwischen ihr und Cossolat einiger Intrigen wegen, deren Fäden sie zog im Languedoc, um ihrem Ehegemahl dienlich zu sein. Weshalb ich nicht hätte behaupten dürfen, sie sei eifrig mit Nichtstun beschäftigt.

Die Wirtin in den *Drei Königen* begegnete mir noch immer abweisend, machte ein grimmiges Gesicht. Sie führte mich in ein kleines Zimmer, in dem Cossolat mit strenger Miene vor einem Braten und einer Flasche Wein saß.

„Monsieur haben mich herbefohlen, um mich ins Gefängnis zu sperren?“ fragte ich.

„Das noch nicht, Monsieur de Siorac, obwohl Ihr es verdientet“, sagte er kühl.

Also weiß er alles, durchfuhr es mich, und meine Beine zitterten etwas, ich setzte mich. Cossolat aß und trank weiter, ohne mich im mindesten zu beachten, was mir recht mißfiel, war ich doch solche Behandlung nicht gewöhnt, schon gar nicht von Cossolat.

„Monsieur, habt Ihr noch ein bißchen übrig von dem Manna der zweihundert Dukaten, die Madame de Joyeuse Euch schenkte?“ fragte er schließlich.

„Aber ja“, sagte ich, verwundert über die indiskrete Frage. „Ich habe erst ein Viertel davon ausgegeben.“

„Nun, dann bestellt bei der Wirtin einen Braten und eine Flasche, und zahlt ihr zehn Dukaten.“

„Zehn Dukaten? Für einen Braten und eine Flasche, die nur zehn Sols kosten?“ rief ich.

„Nicht doch! Zehn Dukaten für den Verlust, den sie hatte, weil Ihr Caudebecs Römlinge mit Eurer Pestgeschichte verscheucht habt.“

Obschon nicht so knickrig wie Samson oder Sauveterre, weiß ich als guter Hugenotte mit meinem Geld durchaus umzugehen. Hier aber begriff ich schnell, daß ich ohne diese zehn Dukaten (wovon Cossolat vielleicht in irgendeiner Weise sein Teil beschieden war) sein Wohlwollen nicht wiedergewinnen könnte, das ich, wie er mich spüren ließ, sehr nötig haben würde. Also nahm ich es hin, mich ein klein bißchen würgen zu lassen.

„Hier sind die zehn Dukaten“, sagte ich, indem ich sie einzeln aus meiner Geldkatze kramte und auf den Tisch legte.

Cossolat klatschte in die Hände, die Tür tat sich auf, und herein trat die Wirtin. Sie sah mein Gold, und ihre Augen leuchteten.

„Meine Beste“, sagte Cossolat, „Monsieur de Siorac wünscht einen Braten und eine Flasche, und hier ist das Geld für die Zeche. Küßt ihn auf die Wange und seid seine Freundin.“

Die Wirtin, eitel Honigseim und Lächeln, gehorchte – mein Geld hatte sie flugs eingesteckt. Nie in meinen jungen Jahren, da seien Hippokrates und Galenus mir Zeuge, kam mich ein Weiberkuß so teuer zu stehen. Cossolat, der wiegenden Gangs sich entfernenden Wirtin hinterdrein schauend, schien's sehr zufrieden; unvermittelt setzte er andere Miene auf und rief in anderem Ton:

„Ach, Pierre! Pierre! Warum habt Ihr Eure Missetat Madame de Joyeuse nicht gleich am nächsten Tag erzählt, sondern erst drei Tage später: ich hätte noch alles vertuschen können. Das ist nun nicht mehr möglich. Das Provinzialgericht hat Wind bekommen. Die Mangane wurde gefaßt und ins Verhör genommen. Sie hat den Namen Cabassus preisgegeben. Zum Glück kennt sie den Euren nicht, sowenig wie den Eurer Spießgesellen, doch sie hat Euch beschrieben.“

Es klopfte an die Tür, und er verstummte. Die Wirtin servierte den Braten und kredenzte den Wein. Dabei strichen mir ihre Finger liebkosend über den Nacken.

„Meine Beste, genug der Dankbarkeit! Zuviel tut nicht gut“, zürnte Cossolat.

Hierauf sie errötete und enteilte.

„Aber was wird Cabassus widerfahren?“ fragte ich.

„Wie! Ihr sorgt Euch um Cabassus, obschon Ihr selber den Kopf riskiert? Sitzt der bei Euch so lose, daß sein Verlust Euch wenig schert? Cabassus ist ein Schützling des Pfarrers von Saint-Denis, der ihn lieber für verrückt denn für gottlos gelten läßt und ihn vor zehn Jahren, um ihn vor dem Scheiterhaufen zu retten, aller geistlichen Ämter entbunden und in jene Hütte verbannt hat, die Ihr kennt. Cabassus riskiert wenig, sofern er vernünftig bleibt und das Maul hält.“

„Leider ist er verrückt und plappert wie ein Wasserfall.“

„Dann muß er fliehen und sich verstecken“, sagte Cossolat.

„Das wird er nicht tun. Cabassus ist besessen von seinem

Unglauben, er hat ihn in einem *Nego* betitelten Traktat niedergelegt und will ihn *urbi et orbi* verkünden."

„Wie! er hat seine Verdrehtheiten schriftlich niedergelegt?" rief Cossolat. „Heiliger Strohsack, was soll ich da noch ausrichten? Wenn sie Cabassus verhaften, kommt er unter die Folter, er wird Eure Namen verraten, und dann fallt auch Ihr."

Mir lief ein Schauer über den Rücken, der mich erstarren ließ und den an Messers Spitze zum Munde geführten Happen Fleisch vor meinen Lippen anhielt.

„Eßt nur, eßt!" sagte Cossolat. „Noch kniet Ihr ja nicht auf dem Schafott. Ihr habt einflußreiche Freunde. Schlimmstenfalls, Pierre, müßt Ihr eilends aus der Stadt fliehen, wie Euer Herr Vater in seinen jungen Jahren."

„Außer dem Tod gäbe es kein größeres Unglück für mich. Ich liebe die Medizin über alles", sagte ich.

„Wohl gar zu sehr, scheint mir", sagte Cossolat.

Wie ich hierauf meinen Braten verzehrte, weiß ich nicht.

„Cossolat, was meint Ihr: Ist die Mangane wirklich eine Hexe oder nur Lug und Trug ihr Gerede?" wollte ich wissen.

Cossolat zuckte die Achseln.

„Sie ist eine Irre, aufgezogen von Irren, die sich für Zauberer hielten und auf Grund ihrer eigenen Geständnisse als solche verbrannt wurden. Ob die Geständnisse aufrichtig waren oder nur dumme Angeberei, dafür kann ich nicht bürgen."

„Wieso habt Ihr Zweifel?" fragte ich.

„Weil die Mangane unter der Folter gestanden hat, auf dem Grab des Großinquisitors mit dem Beelzebub Unzucht getrieben zu haben."

„Aber das war doch ich!" rief ich. „Und sie weiß es, denn sie selbst hat mir vorgehalten, ich hätte mich als der Große Bock ausgegeben."

„Sie lügt eben! Das ist klar!" sagte Cossolat. „Und wenn hier, lügt sie dann nicht vielleicht in allem? Maßt sich aus irrem Stolz, obwohl ihr der Scheiterhaufen droht, ein Können an, das sie nicht besitzt?"

Dies hätte mich beruhigen können hinsichtlich meines Unvermögens, hätte da nicht eine andere, weitaus folgenreichere Drohung auf mir gelastet. Mir schnürte es die Kehle zu bei dem Gedanken, fliehen zu müssen; wie könnte ich dann je noch wagen, vor meinen Vater hinzutreten?

„Cossolat“, fragte ich, als hätte er meine Gedanken hören können, „was soll ich tun, um nicht in diese schlimme Lage zu geraten?“

„Warten und die Ohren offenhalten.“

„Reichen Eure Ohren nicht mehr aus?“

Cossolat verstand die Anspielung und lächelte.

„Meine Ohren sind leider nicht überall. Die von Fogacer würden Euch in diesem Fall dienlicher sein.“

„Fogacer?“ fragte ich und riß die Augen auf.

„Fogacer ist der Freund jenes Richters am Provinzialgericht, der als Popanz beim letzten Karneval zu sehen war.“

„Und der Richter könnte einem Freunde Einzelheiten einer geheimen Untersuchung verraten?“ fragte ich leise.

„Ach, wißt Ihr, diese seltsamen Herren verkehren untereinander wie wir mit unseren Mädchen“, sprach Cossolat. „Die Lust des einen auf den andern ist die Schwachstelle ihres Panzers. Da dringt jede Untugend durch. Ich bin doch auch ein redlicher Mensch und habe Euch trotzdem, um unserer Wirtin zu gefallen, zehn Dukaten abgepreßt. Was freilich nur recht und billig war“, fügte er hinzu und erhob sich.

Ich hätte Fogacer gern noch am selben Abend gesprochen, doch wie ich vom hochrühmlichen Meister erfuhr, weilte er auf dem Landsitz eines betuchten Stadtbürgers, der seit Rondelets Tod auf seine Heilkünste schwor. Am dritten Abend endlich, als ich mein Wams schon abgestreift hatte und mich hinlegen wollte, hörte ich Bewegung in seinem Zimmer. In Hemd und Beinkleid begab ich mich vor seine Tür und pochte an.

Er schien froh, mich so ungezwungen bei sich eintreten zu sehen, denn seit dem Karneval hatte er, so wie ich auch, aus Scham einen gewissen Abstand gewahrt.

„Ah, Siorac!“ sprach er, die Braue wölbend und seine Erregung hinter einem spöttischen Ton verbergend, „was sehe ich da neben Eurer Marienmedaille baumeln? Ein Säckchen? Seid Ihr, ein Hugenotte, zwiefach ein Götzenanbeter?“

„Mitnichten, es ist die Arzenei gegen ein Nervenleiden, das mich gelegentlich befällt“, sagte ich.

„In der Tat, Pierre, Ihr wirkt weniger stolz als sonst. Aber setzt Euch und erzählt mir ohne Umschweife, was Euch bedrückt. Wären Eure Wangen nicht so eingefallen (denn Ihr seht abgemagert aus), würde ich sagen, sie sind mit Fragen vollgestopft. Mein Sohn, stecht den Furunkel auf und laßt den Eiter spritzen! Um wen handelt es sich?“

„Um die Mangane.“

„O Gott! lauft Ihr jetzt auch den Teufelsröcken hinterher? An dieser Flamme könnt Ihr Euch leicht verbrennen!“

Mir stand nach Lachen nicht der Sinn.

„Ich habe sagen hören“, sprach ich und blickte ihm fest ins Auge, „daß man ihr den Prozeß macht. Und da dieser Prozeß mich in gewisser Weise berührt und die Untersuchung für Euch vielleicht nicht so geheim ist wie für mich, möchte ich Euch um Aufhellung bitten, falls Ihr sie mir zu geben geneigt seid.“

„Ha!“ rief er und begann wortlos auf und ab zu schreiten, wobei er in Abständen ein Auge auf mich warf. „Pierre, wer hat Euch auf den Gedanken gebracht, die Untersuchung könnte für mich weniger geheim sein als für Euch?“ fragte er schließlich.

Ich hatte hierauf längst eine Antwort bereit, die allerdings nicht ganz der Wahrheit entsprach, denn ich wollte ihn nicht mit Cossolats Reden erschrecken.

„Ihr habt am Karnevalstag den Reim abgerissen, der den Popanz eines Richters zierte.“

„Ach so!“ rief er erleichtert und setzte sich. „Das war nur, weil ich Verleumdungen nicht mag. (Er machte eine lässige Geste.) Aber was den Richter betrifft (auch hier eine lässige Geste), den kenne ich ein bißchen.“

Dieses „bißchen“ fand ich gut und dachte mir mein Teil.

„Wohlan, was möchtet Ihr wissen?“ fragte er.

„Ob in dieser Angelegenheit mein Name gefallen ist.“

„Ah, jetzt verstehe ich! Bis heute, Siorac, bis heute, sage ich, seid Ihr nur beschrieben, aber nicht namentlich genannt worden.“

„Und hat man mich nach der Beschreibung erkannt?“

„Der Richter nicht, aber ich auf Anhieb, weil ich Euch sehr gut kenne und auch weiß, wie draufgängerisch und ungestüm Ihr seid. Erkannt habe ich auch Merdanson und Carajac, an ihren ausladend breiten Schultern.“

„Fogacer, habt Ihr es meinen Studienvater Saporta wissen lassen?“ fragte ich mit einem Würgen im Hals.

„Es mußte sein. Doch er will keinen relegieren, hat er gesagt, sofern Ihr nicht verurteilt werdet. Im übrigen ist er in großer Verlegenheit, hat er doch ein anonymes Geschenk angenommen, ein kleines Skelett ihm unbekannter Herkunft.“

Er lachte schallend bei dem vergnüglichen Gedanken, Kanzler Saporta könnte als Hehler belangt werden. Diese Freude mochte ich nicht teilen, für mich stand viel zuviel auf dem Spiel, ich führte Fogacer zu unserem Thema zurück.

„Fogacer, was meint Ihr zur Mangane?“

„Der Prozeß erst macht die Hexe, nicht umgekehrt. So ein armes Mädchen bringt Ihr unter der Folter ganz leicht zu dem Geständnis, daß sie mit dem Teufel gevögelt hat.“

„Ihr meint also, die Mangane hat keine übernatürlichen Kräfte?“

„Nehme ich an. Die Mangane sowenig wie ihre ganze Sippschaft und der ganze Hexenspuk in Frankreich und Navarra.“

„Aber wenn eine Zauberin den Senkel verknotet und eine Münze auf die Erde wirft, verschwindet die Münze. Also muß der Teufel sie genommen haben.“

„Ihr seid naiv, Siorac. Das ist ein übler Trick: die Zauberin läßt das Geldstück auf dem Pflaster klingen und hebt es schleunigst wieder auf. Dann könnt Ihr suchen. Was, meint Ihr, tut die Münze in der Sache? Nach dem Erklingen soll ihr Verschwinden Euch entsetzen!“

„Woher wißt Ihr das, Fogacer?“ fragte ich baff.

„Wenn das Gericht eine Hexe verhaftet, sperrt es eine von ihm bezahlte falsche Hexe mit in die Zelle, um sie zum Plaudern zu bringen.“

„Also ist alles Trug?“

„Aber ja!“

„Und unsere Richter verbrennen die Hexen trotzdem?“

„Weil unsere Richter solchen Betrug für teuflisch halten. Sich als Zauberin ausgeben ist in ihren Augen so verdammenswert wie Zauberin sein. Die Hexe stiftet Verwirrung in der Welt, weil sie den Satan anbetet und nicht Gott.“

Ich überlegte und neigte immer mehr zu der Annahme, daß der Knoten in mir selbst sei, wie Monsieur de Joyeuse es ausdrückte. Doch es war nur eine flüchtige Überlegung, mich bedrängten jetzt viel schrecklichere Dinge.

„Und Cabassus?“ fragte ich.

„Cabassus! Da die Mangane ihn genannt hatte, wurde er vor Gericht geladen, wo er aber nicht erschien, mit der Begründung, er sei Priester und unterliege der Gerichtsbarkeit seines Bischofs."

„Recht so."

„Schlecht so, denn das Gericht hieß den Bischof gegen Cabassus vorgehen. Und der Bischof war zwar nicht gelüstig, einen seiner Priester verbrennen zu lassen, hat aber seine Kleriker mit der Untersuchung beauftragt."

„Und falls sie Cabassus in ein geistliches Gefängnis sperren, wird er da der Folter unterzogen?"

„Weiß ich nicht, Siorac." Fogacer schaute mich fest an. „Wenn ja, dann nennt er Euren Namen, und Ihr müßt fliehen."

Sofern mir noch Zeit bleibt! durchfuhr es mich. Fogacer merkte meine Verwirrung und versuchte mich zu trösten. Als ich ihn verließ, konnte ich seiner Freundschaft sicher sein, nicht aber meiner Zukunft vertrauen. In mein Zimmer zurückgekehrt, hatte ich einen schlechten Schlaf, freilich aus ganz anderem Grund als in den voraufgegangenen Nächten. Mir wollte scheinen, daß ich den Kopf sehr lose auf den Schultern trug.

Den ganzen Dienstag verbrachte ich in großem Kummer, schaudernd bei dem Gedanken, daß ich meinen Vater entehren würde, wenn ich mich wegen Grabschändung auf öffentlichem Schafott köpfen ließe. Welch eine Pein bei meinen sechzehn Jahren! Ich, der ich vom Leben nur Rosen erwartet hatte, war nun auf solches Distelbeet geworfen! Trüb war mein Geist und gram; vom Jammer übermannt, erschauerte ich vor mir selbst. Wenn ich auf meinem Zimmer war, betete ich, in Tränen aufgelöst, zu Gott.

Ich mußte mich sehr zwingen, Kanzler Saportas Privatkurs zu besuchen. Üblicherweise, während er las, faßte er mich hin und wieder freundlich ins Auge, da ich so begierig lauschte, doch an diesem Morgen schaute er mich nicht ein einziges Mal an, obwohl ich in vorderster Reihe saß, aufmerksam wie stets. Er nahm meine Gegenwart nicht zur Kenntnis. Ich hatte gar den schlimmen Eindruck, daß der Kanzler mich bereits getilgt hatte aus der Schule und aus der Schar der Lebenden. Ich konnte verstehen, daß er wütend war auf mich, der ich durch einen öffentlichen Prozeß den Namen der Schule beschmutzte. Doch daß er mich keines Blickes würdigte, war mir eine unerträgliche Qual. Ich hörte nicht mehr hin. Unnütz geworden mein Schreiben. Die Feder reglos zwischen meinen Fingern, starrte ich auf die Erde, der ich bald zu eigen sein würde, verfaulend in der Finsternis des Grabes, fern der goldenen Sonne des Languedoc und – zur Schande der Meinen – den Kopf vom Rumpf getrennt.

Nach der Vorlesung sah ich Merdanson und Carajac, auch sie niedergeschlagen und mit hängenden Schultern. Da packten mich Gewissensbisse, daß ich sie in dieses unheilvolle Abenteuer hineingezerrt hatte, und ich lud sie zum Mittagessen in die *Drei Könige* ein.

Die Wirtin gab mir gern Einlaß in ihr kleines Gemach, das gemeinhin betuchteren Gästen vorbehalten war. Mir auf dem Fuße fanden sich Merdanson und Carajac in der Herberge ein. Ich bestellte den Braten und drei Flaschen, denn wir hatten es nötig, unsere Lebensgeister anzufachen. Sie wußten inzwischen, daß die Mangane im Kerker saß, nicht aber, daß Cabassus Gleiches drohte, und als sie es von mir erfuhren, waren sie so erschrocken, daß Merdanson Flucht aus der Stadt erwog, unverzüglich.

Hierüber entbrannte heftiger Streit, Carajac war dafür, ich dagegen. In ihrem Verhalten schwang unausgesprochen der Vorwurf mit, daß ich sie rettungslos in ein Sumpfloch geführt hatte. In ihren Augen las ich, daß sie mir vor lauter Angst mit jeder Minute gramer wurden. Da klopfte es an die Tür. Cossolat trat ein.

Merdanson erbleichte bei seinem Anblick und erhob sich. Carajac suchte nach einem Fluchtweg.

„Monsieur, wollt Ihr mich arretieren?“ fragte Merdanson beklommen.

„Ich weiß nicht, Monsieur, wer seid Ihr?“ sagte Cossolat zweideutig, wobei seine schwarzen Pupillen blitzten. Dann an Carajac gewandt: „Und Ihr, mein Herr, wie heißt Ihr? Die Mangane hat Eure breiten Schultern so gut beschrieben, daß ich es leicht erraten kann.“ Und da meine beiden Gefährten ganz blöd und verdattert dreinschauten, fuhr er fort: „Ich hätte es erraten, selbst wenn Eure dumme Frage Euch nicht überführt hätte. Setzt Euch wieder hin!“

Das war im Befehlston gesagt, und meine beiden Freunde setzten sich, bekümmert, daß sie wie Dümmlinge behandelt wurden, aber erleichtert, da Cossolat ihnen eher spöttisch denn drohend begegnete.

„Monsieur de Siorac, wenn ich recht verstehe, kann ich Eure Angelegenheit vor Euren Freunden ansprechen; sie wünschen wohl nicht minder, über deren Fortgang zu erfahren."

„Monsieur, müssen wir fliehen?" fragte Merdanson, meiner Antwort zuvorkommend.

„Schon wieder eine verräterische Frage!" tadelte ihn Cossolat mit einem kleinen Lachen. „Mein Herr, Ihr seid wahrhaftig noch zu grün, um vor den Richtern zu erscheinen."

„Spottet nicht, Monsieur!" sprach Carajac, merklich verwirrt. „Ihr seid Hugenotte. Wir sind es ebenso. Antwortet uns: müssen wir fliehen?"

„Monsieur, ich frage Euch nicht, ob ich spotten darf!" sagte Cossolat grimmig. „Ich bin ein guter Hugenotte, ja, mag aber grabschänderische Hugenotten nicht leiden. Und jetzt zu fliehen wäre Irrsinn. Das ist meine Antwort."

Hierauf langes Schweigen. Der Rüffel hatte gesessen.

„Monsieur de Siorac", fuhr Cossolat dann fort, „was habt Ihr durch den Freund der bewußten Person in Erfahrung gebracht?"

„Cabassus wurde vor das Gericht zitiert, hat sich ihm aber versagt mit der Begründung, er sei Priester. Da hat das Gericht seinem Bischof aufgetragen, gegen ihn zu ermitteln."

„Ist das alles?"

„Ja."

„Mein Besuch hier ist also nicht unnütz", sagte Cossolat. „Vernehmt den weiteren Fortgang. Der Bischof hat drei Kleriker beauftragt, Cabassus in seiner Hütte zu befragen. Der lag im Bett, sehr mitgenommen von einem Katarrh, der ihm vorsorglich die Stimme geraubt hatte. Sie bekamen aus ihm nichts heraus, hielten ihn für verrückt, wollten schon wieder gehen, als ihnen sein *Nego* in die Hand fiel. Verdammt! dem Vernehmen nach steckt da Pulver und Feuer drin! Nur hundert Seiten, doch jedes Blatt wiegt ein Reisigbündel auf, und deren braucht man keine hundert, um einen Atheisten zu verbrennen."

„Oh!" stieß ich kummervoll hervor, „Cabassus ist verloren, durch meine Schuld!"

„Durch seine Schuld!“ sagte Cossolat. „Was muß er solche Auffassungen schriftlich niederlegen! Die Kleriker haben ihn in ein geistliches Gefängnis gesperrt.“

„Wird man ihn foltern?“

„Im Augenblick nicht, da er dem Priesterstand angehört. Doch der Klerus wird seine Degradation anordnen. Und ist er dann wieder Laie, übergibt man ihn dem weltlichen Arm, dann kann das Gericht die peinliche Befragung anordnen.“ Cossolat sah mir in die Augen. „Hier nun, Monsieur de Siorac, kann der Freund der bewußten Person, sofern er Euch beizeiten unterrichtet, Euch unschätzbare Dienste erweisen.“

„Zwecks Flucht?“ fragte Merdanson tonlos.

„Monsieur, wenn Ihr flieht, verliert Ihr alles: Eure Familie, Eure Freundschaften, Eure Stadt, Euer Studium, Euren künftigen Beruf“, sagte Cossolat. „Deshalb kommt Flucht nur in äußerster Not in Betracht: ich wünschte, Ihr hättet das begriffen.“

„Ha, Monsieur! Siorac hat einflußreiche Beschützer!“ sagte Carajac. „Dagegen wir!“

„Auch das ist ein Irrtum, Monsieur!“ sagte Cossolat ernst. „Was für Siorac gilt, gilt für alle drei. Man kann nicht den einen beschuldigen und die anderen nicht, und ebensowenig den einen nur freisprechen. Bedenket dies.“

Damit verließ er uns, kaum grüßend, militärisch steif.

Für den Rest des Tages wälzte ich nur mehr einen einzigen Gedanken wie einen Mühlstein in meinem armen Kopf herum, den ich vielleicht bald verlieren würde. Nach dem kargen Mahl wollte ich bei Kerzenschein meine Niederschriften ordnen, doch mir flimmerte alles vor den Augen. Ich spürte die ganze Nutzlosigkeit meines Tuns und warf mich auf die Pritsche.

Es klopfte an die Tür, ich schaute auf: mein lieber Samson, den ich fast vergessen hatte, stand auf meiner Schwelle, bänglicher als eine Jungfrau.

„Mein Herr Bruder, darf ich eintreten?“ fragte er.

„Das dürft Ihr, Samson“, sprach ich und stützte mich auf den Ellenbogen, weil ich nicht die Kraft hatte, aufzustehen und ihn in die Arme zu schließen.

Er musterte mich bang, schloß die Tür hinter sich und setzte sich zu mir auf meine Bettstatt.

„Mein Bruder, leidet Ihr an einem bösen Fieber? Ihr seid so matt und bleich, seht ganz verstört aus und seid nur noch stumm."

„Ach, Samson, es ist weiter nichts. Das vergeht."

Vielleicht vergeht es auf des Henkers Klotz, war mein Gedanke, und da brach ich in Schluchzen aus. Samson lehnte sich gegen mich, nahm mich in die Arme, drückte mich unendlich zart, küßte mich hundertmal. Alles wolle er tun, um mir zu helfen, wenn ich ihm dazu nur Gelegenheit böte, beteuerte er und mengte seine Tränen in die meinen.

„O mein geliebter Bruder", sagte ich, als ich endlich sprechen konnte, „wie sehr weiß ich Euch Dank für Eure große Zuneigung, die mir wieder Kräfte verleiht in meiner Niedergeschlagenheit. Doch was mich jetzt quält und verbittert, kann ich Euch erst eröffnen, wenn ich den Ausgang dieser Dinge weiß. Mag es ein gutes oder verhängnisvolles Ende sein – ich bitte Euch, liebt mich darum nicht weniger, wenn Ihr erfahrt, welch schlimme Sünde ich beging."

„Ach, mein Herr Bruder, seid Ihr Papist geworden?" fragte Samson, der sich in seiner engelhaften Unschuld schlimmere Sünde nicht vorstellen konnte.

„Nein, nein", rief ich, mitten im Weinen lachend. „Ich bin fest in meinem hugenottischen Glauben und werde es bleiben, so Gott will."

„Also werdet Ihr Rettung erfahren!" sagte Samson, und sein Gesicht leuchtete freudig auf.

Daß Christus mir verzeih: ich sah die Dinge von einer weniger edlen Warte aus, bangte viel eher um mein Leben denn um mein Seelenheil. Ich sagte aber nichts, wollte meinen so liebevollen Bruder nicht bekümmern.

Nach tausend neuen Küssen und tausendfacher Versicherung, daß er mit seinem Degen an meiner Seite stehe, falls Feinde mir ans Leben wollten, ging er von dannen. Und so wohl taten mir seine Liebe und engelhafte Güte, daß ich in dieser Nacht viel besser schlief.

Ich wachte auch fröhlicher auf. Während ich mir vor dem kleinen Spiegel – das Beinkleid schon übergestreift, jedoch noch im Hemd und ohne Kragen – die Haare zurechtlegte und mir in die Augen sah, sprach ich: „Wohlan, wenn mein Haupt fallen muß, soll es fallen. Ich bin kein Feigling!" Und ich verkehrte das Ganze in eine Komödie: als stünde ich bereits auf dem Schafott, umringt von großer Masse Volks, trat ich stolz in meinem Zimmer vor, die Hände wie gefesselt auf dem Rücken, kniete vor meinem Sessel nieder, als wäre es der Hackblock, legte das Haupt darauf, bot meinen Nacken dar und befahl dem Henker: „Schlag zu, du Schuft!"

So gut gefiel mir dieser wackere Streich, daß ich ihn wiederholte, und da nun fühlte ich mich plötzlich frei von meiner Angst: ich hatte meiner Todesahnung den giftigen Stachel gezogen, zitterte nicht mehr, weinte nicht mehr, beklagte nicht mehr mein Los.

Es war dies ein Mittwoch, der Tag, an dem Madame de Joyeuse mir „ihre Fingerspitzen reichen" würde.

Nach einem schmackhaften Mahl in den *Drei Königen*, das ich mit einem guten Wein begoß (da meine Zukunft so ungewiß war, mochte ich mit meinem Geld nicht übermäßig knausern), verfügte ich mich mit leichtem Schritt ins Palais Joyeuse. Nachdem ich am Morgen entschieden hatte, meinen Tod als unabwendbar hinzunehmen, fühlte ich mein Herz gleichsam gereinigt vom Plunder der Verzweiflung, die nur ein verdecktes Hoffen gewesen.

Dieser Wandel blieb den schönen Augen der Aglaé de Mérol nicht verborgen, als sie mir ins Vorzimmer entgegenkam, um mich in die Gemächer von Madame de Joyeuse zu führen. In jenem zärtlich-schelmischen Ton, in dem sie mit mir verkehrte, stichelte sie:

„Für einen Mann, dem der Kopf nur noch lose auf den Schultern sitzt, habt Ihr ein bemerkenswert stolzes Antlitz und einen wackeren Gang."

„Madame, weil ich glücklich bin, Euch zu sehen."

„Hebt Euch dies hohle Kompliment für andere auf, Herr Lehrer."

„Herr Lehrer, Madame?" fragte ich. „Wie meint Ihr das?"

„Habt Ihr nicht meine gute Herrin als Schülerin in Eure Schule des Stöhnens aufgenommen? Und Ihr müßt ein sehr tüchtiger Lehrer sein, denn ich höre sie jeden Mittwoch, den Gott werden läßt, lauter und lauter stöhnen."

„Madame, wenn ich das Glück hätte, Euer Ehegemahl zu sein, ich würde Euch morgens, mittags und abends unterrichten."

Hierauf sie lachte und allerliebst errötete.

„Monsieur, sollte das nicht doch zu viel Schule und Studium sein?“ sagte sie schließlich.

„Aber keineswegs. Das Stöhnen ist so mühevoll nicht. Hingabe genügt.“

Wieder lachte sie mit entzückenden Grübchen in den Mundwinkeln.

„Ha, Madame, Eure Grübchen! Ich muß sie auf der Stelle küssen“, sagte ich.

„Und warum, Monsieur?“ fragte sie und runzelte die Stirn, blieb aber trotzdem stehen und schien sich mir noch mehr zu nähern, statt zurückzuweichen.

„Weil Ihr sie mir verdankt: ich habe Euch zum Lachen gebracht.“

Und ohne weiteres Reden schloß ich sie in die Arme und gab ihr drei Küsse: auf jedes Grübchen einen und einen auf den Mund.

„Aber Monsieur!“ wehrte sie ab, gleichwohl erschauernd. „Ihr rekrutiert mich mit Gewalt für Eure Schule! Geht allein weiter, ich bleibe hier.“

In der Tat setzte sie sich mit abgewandtem Kopf in einen Sessel, wohl um vor den anderen Damen nicht in solcher Erregung zu erscheinen. Ich selbst machte den Hofdamen wenig Komplimente, weil es mich drängte, mit Madame de Joyeuse allein zu sein, nachdem die Begegnung mit Aglaé mich so in Wallung gebracht hatte.

„Aber Liebster, was soll denn das? Was habt Ihr vor?“ rief Madame de Joyeuse, als ich die Vorhänge ihres Baldachins zuzog. „Jesus, was für ein Mannsbild! Gleich *in medias res*! Bin ich ein Stubenmädchen? Seid Ihr ein Stallknecht? So ein Berserker! Ihr bringt mich noch um! Ach, Pierre, das ist unwürdig! Ach, mein Schatz!“

Und gewiß, ich ging wenig behutsam mit ihr um bei diesem wilden Überfall, ganz meinem Stolz und Glück hingegeben, weil ich mein Schwert wiedergefunden. Doch sie, von so großem Herzen und nicht minder zum Gipfel der Wonnen gelangt, schalt mein Ungestüm nicht, sondern lachte ganz laut, als nach dem Sturm wieder Stille einkehrte.

„Ha, Liebster, das Säckchen von Monsieur de Montaigne hat Wunder gewirkt! Habt Ihr es treulich getragen?“

„Aber ja!“ sagte ich und nahm es vom Hals. „Und was ist mit dem Inhalt? es fühlt sich sehr dünn an.“

„Nun, das werden wir gleich sehen.“

Mit schelmischem Blick nahm sie eine silberne Schere, schnitt das Säckchen auf, und siehe: es war leer. Da lachte sie noch herzhafter.

„Oh, Madame, Ihr habt es gewußt!“ rief ich.

„Ja, hab ich es doch selbst genäht!“

„Madame, Ihr habt mich hereingelegt!“

„Liebster, es mußte sein. Betrug hat Euch gefesselt, und Gegenbetrug hat Euch befreit.“

„Ein genialer Einfall, Madame!“ sagte ich.

„Der geniale Einfall stammt von Montaigne, die Ausführung von mir“, sagte sie, nicht ohne eine Spur von Eitelkeit.

Da warf ich mich ihr in die Arme, dankte ihr und sagte, daß ich daran verzweifele, ihr meine Erkenntlichkeit nimmer gebührend beweisen zu können.

„Ach, Pierre, verzweifelt nicht“, sagte sie, „dafür ist Euch eine sehr schöne Möglichkeit gegeben.“ Und sie legte ihre Hände auf meine Schultern, drückte mich sanft in die Tiefe und gab mir zu verstehen, daß sie die Zärtlichkeit vom letzten Male wieder begehre. Ha! mußte ich denken, Ihr täuscht Euch, Aglaé: eher bin ich in der Schule Eurer Herrin als sie in der meinen! Ich versuchte, mich ihrer Lehren zu erinnern, die sie mir, die Leiter ihres Stöhnens mich emporführend, taktvoll gegeben hatte, wollte ihr nach bestem Vermögen die höchste Lust verschaffen, dabei ich im Innersten verwundert war, welche Möglichkeit der Leib uns bietet, einem geliebten Wesen in unseren vergänglichen Tagen so viel Glück zu bescheren.

„Mein Pierre“, fragte sie unvermittelt, als sie auf der Erde wieder Fuß faßte, „wie steht es jetzt um Eure traurige Affäre?“

Vermutend, daß sie aus Cossolats Mund bereits alles wußte und lediglich fragte, um ihre Quelle zu verhehlen und meine eigene Version zu hören, gab ich in allen Einzelheiten treulich Bericht, verheimlichte nur den Namen Fogacer, den ich nicht offen in Verbindung bringen wollte mit dem Richter des Provinzialgerichts, zumal ich sicher war, daß auch der umsichtige Cossolat ihn in seiner Erzählung ausgespart hatte.

Madame de Joyeuse, sehr klug und welterfahren, störte sich nicht daran, im Gegenteil.

„Recht tut Ihr, Pierre, den Namen des Freundes nicht zu nennen, es brächte Euch Gefahr. Doch merket Euch: wenn der Freund Euch sagt, daß Cabassus unter der Folter Euren Namen genannt hat, dann kommt sofort hierher. Ob Tag oder Nacht, Ihr findet Aufnahme, ich will das Nötige veranlassen. Dies Haus soll Euch ein unverletzliches Asyl sein."

„Madame, habt tausend Dank für Eure Güte. Doch ich bin nicht allein. Ich habe zwei Gefährten."

„Aber sie sind nicht von Geburt!" wandte Madame de Joyeuse stirnrunzelnd ein. „Das ist der Haken. Wie soll ich sie hier aufnehmen?"

Ich kannte ihr Standesbewußtsein, darum mochte ich mit ihr nicht disputieren. Doch als mein Blick ihr alles gesagt hatte, was meine Lippen nicht zu sagen vermochten, siegte ihre natürliche Güte über den Dünkel, und sie fand einen Kompromiß.

„Liebster", sagte sie gleichmütig, „zerbrecht Euch nicht länger den Kopf! Eure Freunde werden von meinem Haushofmeister empfangen und logieren bei ihm."

Ich bedeckte ihre Hände mit Küssen, dann ihre runden, samtigen Arme, die ich in hohen Tönen pries. Da hatte ich nun freilich etwas angefangen!

„Gewiß, ich habe schöne Arme, Pierre, aber die Nase, findet Ihr die Nase nicht ein bißchen dick?" fragte sie.

„Ganz und gar nicht, Madame! Rassig ist sie! Man darf sie nicht losgelöst sehen von dem hübschen Gesicht, darin sie sich befindet, umrahmt von Euren blonden Locken und erhellt von Euren goldfarbenen Augen."

„Ja, das Ensemble scheint mir so schlecht nicht. Aber der Hals, Pierre, der Hals! Was sagt Ihr zum Hals? Es gibt böse Menschen, die ..."

„Madame, kein Wort über diese Vipern! Wenn ich ihnen begegnete, würde ich sie zertreten. Euer Hals, Madame, ist göttlich sanft und weich, und wenn ich sehe, wie er sich anmutig über Eure Schulter neigt, möchte ich ihn immerzu nur küssen."

„Aber Liebster, wer hindert Euch? Ich wünsche mir nichts sehnlicher als das", sagte sie lachend.

Und da der Appetit mich wieder ankam und ich mir nicht das Hirn zermartern wollte, um neue Komplimente zu erfinden, drückte ich ihr leidenschaftsvoll viele kleine Küsse auf den Hals, auf die Brüste, auf ihren hübschen runden Bauch... ich darf hier abkürzen, weil jeder Leser weiß: der Kuß ist wie ein kleines Tierchen, das überall herumkrabbelt. Und *hic et nunc* empfing die Schule des Stöhnens ihre beiden Schüler.

Als ich das Palais Joyeuse verließ, packte mich jemand am Arm. Es war Cossolat.

„Teufel nochmal, Siorac!" flüsterte er mir ins Ohr, „ich sehe Euch stolzieren wie einen Hengst auf der Wiese, der aus den Nüstern Feuer sprüht. Ich wette, Ihr seid an dem einen Ende entknotet (er lachte). Doch am anderen Ende muß es genauso geschehen. Euer Kopf hängt an einem seidenen Faden. Die Priester haben für morgen die Degradation von Cabassus angeordnet. Das Podest wird vor der Apotheke aufgebaut, beinahe unter Euren Fenstern. Ich werde zugegen sein. Danach habe ich den vormaligen Abbé in den Stadtkerker zu bringen, wo ihn der Henker auf Befehl des Provinzialgerichts um drei Uhr nachmittags der Folter unterziehen wird." Noch leiser fügte er hinzu: „Sagt Fogacer, er solle morgen abend seinen Freund aufsuchen und Euch schleunigst mitteilen, ob Cabassus Euren Namen genannt hat. Jede Minute ist kostbar."

Seltsam: die Gefahr war jetzt zu nahe, als daß ich sie, gewappnet mit meinem neuen Mut, so eindringlich gespürt hätte wie vorher. Ich nahm die schlimme Nachricht mit gleichmütiger Miene auf. Beim Abendessen im Hause von Meister Sanche redete ich mehr als sonst, schwätzte nicht ohne Eifer mit Fogacer und Meister Sanche über die Ansteckungsmöglichkeiten im Falle der italienischen Seuche. Der Bakkalaureus hielt es mit Girolamo Fracastoro, dem Arzt aus Verona, nach dessen Meinung die Übertragung durch winzige, mit bloßem Auge nicht wahrnehmbare Insekten erfolge. Hierauf Meister Sanche: Fracastoro habe sie nicht sehen können, weil sie gar nicht da seien. Mir wollte scheinen, aus Meister Sanche sprach der gesunde Menschenverstand, doch sicherlich nicht die feinere Logik, denn bei keiner ansteckenden Krankheit war der Überträger dem menschlichen Auge sichtbar, obschon bekanntermaßen zugegen.

Am Morgen darauf weckten mich in aller Frühe die Hammerschläge der Zimmerleute, die auf der Place des Cévenols das Podest errichteten. An diesem Donnerstag hielten Dekan

Bazin und Kanzler Saporta keine Vorlesungen; ich blieb auf meinem Zimmer, um meine Niederschriften zu sichten, und war viel aufmerksamer bei der Sache, als ich es in Anbetracht der nahen Entscheidung vermutet hätte.

Schlag elf Uhr erschienen – mit allem Gepränge, das sie bei ihren Zeremonien entfalteten – gut fünfzig papistische Priester in einem gleißenden Prozessionszug aus Bischofsmänteln und Kaseln, als hielten sie zu feierlicher Messe Einzug in Notre-Dame-des-Tables. Der Großvikar, die Domherren als auch der Pfarrer von Saint-Denis, dessen Pfarrei Cabassus angehörte, nahmen Platz auf dem Podest, und das Fußvolk der kleinen Abbés, Diakone, Unterdiakone und Meßgehilfen blieb unten auf dem Pflaster stehen, in der vordersten Reihe, noch vor Cossolat und seiner Garde, zum Zeichen daß der Klerus von höherem Range war als die Weltlichkeit.

Monseigneur, der Bischof, kam mit einer mit vier Pferden bespannten offenen Karosse, die Mitra auf dem Haupt und den Stab in der Hand, mit viel Beifall bedacht vom dummen Volk, das sich wie zu einer Schaustellung drängte. Der leidend wirkende Bischof erstieg majestätisch gemessen das Podest, geschützt vor der Sonne durch einen purpurfarbenen Baldachin, den vier niedere Geistliche trugen.

Es klopfte an meine Tür: Fogacer bat, von meinem Fenster aus, das ihm bessere Sicht gewährte als seines, die Degradation mitverfolgen zu dürfen.

„Ha, da ist dieser bedauernswerte Cabassus", sagte Fogacer. „Er war unklug genug, die Irrungen der Menschen aus der Welt schaffen zu wollen."

„Wo ist er?"

„Dort, ganz links, flankiert von zwei dicken Domherren."

Ich hatte Cabassus nicht gleich erkannt, denn er war nicht zu unterscheiden von den Domherren: man hatte ihn gewaschen, rasiert und in die seinem geistlichen Rang entsprechenden priesterlichen Gewänder gekleidet, er trug eine goldbestickte Kasel aus Seide. Ich hatte ihn noch nie so sauber und so glanzvoll geschmückt gesehen, außerdem rollte er nicht mit den Augen. Er hielt den Blick gesenkt, schwätzte und gestikulierte nicht, sondern war ganz still und machte ein ernstes Gesicht.

„Fogacer, wird er durchhalten?" fragte ich aufgeregt.

„Aber ja, er will brennen und solcherweise kundtun, daß er nicht an die Existenz Gottes glaubt. Was sehr töricht ist von ihm, denn Nicht-glauben ist eben kein Glauben, sondern das Gegenteil, und bedarf keiner Märtyrer."

Die Zeremonie hob an mit lateinischen Gesängen, die des Göttlichen Meisters Ruhm und Allgewalt priesen. Dann erhob sich der Bischof, bleich und gemartert, so schien es, von Magenbeschwerden und einem Feuer im Gedärm (er legte wiederholt die Hand auf den Bauch). Er sprach zum selben Thema eine recht kurze Homilie. Dann setzte er sich wieder, wandte sich an Cabassus und fragte ihn in väterlichem Ton, mit eher kummervoller denn gestrenger Miene:

„Fili, credesne in Deum?"

„Domine, non credo in Deum. Nego Deum esse", antwortete Cabassus mit leiser, aber fester, vernehmlicher Stimme.

„Nominas Deum. Ergo Deum est."

„Deum verbum atque nomen est. In se non est." *

Der Bischof stieß einen Seufzer aus, der mir nicht lediglich Schein und Zeremonie dünkte. Und wie ich später von Monsieur de Joyeuse erfuhr, hatte er, wie auch der Pfarrer von Saint-Denis, Cabassus tatsächlich für verrückt gehalten und wäre nicht gegen ihn vorgegangen, hätte es nicht den skandalösen Popanz und den Druck seitens des Provinzialgerichts gegeben.

„Fili, errare humanum est. Perseverare diabolicum", fuhr Monseigneur fort.

„Diabolus non est", sagte Cabusse.**

Hierauf wandte sich der Bischof mit matter Stimme an einen großen Domherrn. Dieser erhob sich. Er hatte ein feistes karminfarbenes Gesicht von eher herrischer denn gottgefügiger Miene und eine laut tönende Stimme. Und so einfühlsam sich der Bischof bewiesen, so schroff und hart nun gebärdete sich dieser Domherr. Und wie unnütz sein Wettern auch sein mochte, nachdem Cabassus öffentlich ein Glaubensbekenntnis abgelegt, seine in Latein gehaltene Schmährede währte eine

* (lat.) Mein Sohn, glaubst du an Gott? – Herr, ich glaube nicht an Gott. Ich leugne die Existenz Gottes. – Du nennst Gott. Also ist Gott. – Gott ist ein Begriff und Name. Ihn selbst gibt es nicht.

** (lat.) Mein Sohn, Irren ist menschlich. Starres Beharren dagegen teuflisch. – Den Teufel gibt es nicht.

halbe Stunde, unterdessen der Bischof, die Hand auf dem Magen, leiblich sehr zu leiden schien und mehr noch in der Seele, denn er folgte sehr ungeduldig dieser Rede und setzte ihr dann mit wenigen leisen Worten ein Ende. Der Domherr, ob solchen Eingriffs ziemlich verstört – dieser Akt vor so großer Hörerschar war gewissermaßen sein Ruhmestag –, verkündete hierauf das Urteil des geistlichen Gerichts: die Degradation des Abbé Cabassus. Dann wandte er sich an den Bischof und fragte, ob er den Spruch billige. Der Bischof bejahte mit sehr leiser Stimme, dabei sich seine Pein zu verdoppeln schien.

Die beiden Domherren nahmen Cabassus bei den Armen, führten ihn in die Mitte der Bühne, vor den Bischof, und begannen ihm die geistlichen Gewänder auszuziehen, wobei sie in Latein Gebrauch und Symbolik dieser Gewänder erklärten. Die mit Goldstickerei verzierte Kasel aus Purpurseide wurde ihm von den Schultern gehoben, ein junger Priester nahm sie auf seinen vorgestreckten Armen wie einen Kultgegenstand entgegen. Dann faßten die beiden Domherren die Stola, streiften sie ihm über den Kopf und ließen sie der Kasel folgen, hin auf die unverwandt vorgestreckten Arme des jungen Priesters. Schließlich befahlen sie Cabassus, die Arme zu heben, und zogen ihm das Chorhemd aus. Da stand der Ärmste nun in Beinkleidern, worauf ein Geistlicher mit sehr verschlissener weltlicher Kleidung zu ihm trat und ihm half, sich wieder anzukleiden.

Es folgte ein Priester mit einem Schemel. Einer der Domherren befahl Cabassus, sich zu setzen, und der andere schabte ihm mit einer Metallklinge über die Tonsur. Ein wohl eher symbolisches Schaben, da Cabassus an dieser Stelle seines Schädels kahl war, sich allenfalls die Haut wegschürfen ließ. Weiterem Befehle folgend, reichte dann Cabassus dem Domherrn seine Rechte hin mit vorgestrecktem Zeige- und Mittelfinger; auch über diese Finger schabte der Domherr und erklärte den vom Wege abgekommenen Abbé der Vollmacht zur Erteilung des Segens verlustig – dies war der letzte Akt der langen Zeremonie. Das Volk schaute in atemloser Stille zu. Manche der niederen Priester waren bis zu Tränen gerührt, während andere grimmige Miene zeigten, den armen Cabassus voll Abscheu musterten.

Es erhob sich jener große Domherr, der den Spruch des

geistlichen Gerichts verlesen hatte, und fragte, an den Bischof gewandt, was mit diesem Mann, der nicht mehr Priester war, zu geschehen habe. Der Bischof antwortete mit schwacher Stimme: „Er möge dem weltlichen Arm überstellt werden."

Da schlug der Pfarrer von Saint-Denis die Hände vors Gesicht, wie in Kummer und Scham, daß ein Priester seiner Pfarrei solche Erniedrigung erfuhr. Doch der Bischof flüsterte ihm einige Worte ins Ohr, die ihn zu besänftigen schienen. Der große Domherr gab nun Cossolat ein Zeichen, und Cossolat ließ seine Wache in Doppelreihe vor die Podeststufen marschieren, stieg hinauf, grüßte sehr ehrerbietig den Bischof, der sich abwandte und ihm kaum Erwiderung tat. (Ich begriff sehr wohl warum, manch einer der Priester wollte Cossolat, den Ketzer, in gleicher Weise brennen sehen wie Cabassus, den Gottesleugner.) Cossolat, mit Helm und Harnisch angetan, zeigte sich gänzlich ungerührt, eher noch hatte er einen Anflug von Grinsen im Gesicht, als dünkte ihn der hier entfaltete papistische Pomp eine Art Karneval.

„Monseigneur, soll ich diesen Mann verhaften?" fragte er.

Der Bischof, ohne ihn eines Blickes zu würdigen, nickte kurz. Cossolat trat vor und legte seine flache Hand auf Cabassus' Schultern. Cabassus hatte sich während seiner Degradation ruhig und gefaßt gezeigt, und er blieb auch unerschütterlich, als er dem weltlichen Gericht überstellt wurde, obschon er sich über die Folgen klar war. Ohne Gegenwehr ließ er sich die Stufen hinabführen, wo die Menge, bisher stumm und still, jäh ins Toben geriet und sich auf ihn stürzen wollte: „Tod dem Gottlosen! Tötet ihn!"

Cossolat rief einen Befehl, woraufhin seine Soldaten die Piken senkten, sie mit beiden Händen vor ihre Brust hielten als Barrieren gegen das blutrünstige Gesindel. Mit gezücktem Degen, Cabassus neben sich, schritt Cossolat durch das Soldatenspalier und erreichte einen vorsorglich in zwanzig Klaftern Entfernung bereitgestellten Wagen. Aber kaum hatte er ihn mit Cabassus bestiegen, warfen sich die vorgeblichen Gaffer (denn der Tumult schien inszeniert) gegen die Räder, wollten den Wagen umwerfen. „Tod dem Gottlosen! Tötet den Hugenotten!" schrien sie. Cossolat beugte sich aus dem Wagen und teilte mit der flachen Klinge (ein bißchen auch mit der Degenspitze, wie ich sehen konnte) Hiebe aus. Auf sein Kommando eilte ein starker, in der Rue de la Barrelerie versteckt postierter Trupp zu Hilfe, attackierte das Gesindel von hinten, und bald war die Menge zerstreut. Cossolat hieß seinen Sergeanten die Pferde peitschen, und in rasender Fahrt entführte er seinen Gefangenen, als ob ihm dessen gefährdetes Leben so wertvoll sei wie das eigene. Die Meute, ihrer beiden Beutestücke verlustig, eiferte weiter. Da taten die beiden Trupps unter dem Befehl eines Leutnants ihre Kräfte zusammen, warfen sich auf das Gesindel, in großer Wut darüber, daß ihr Hauptmann so hinterhältig angegriffen worden war.

Als sich die Soldaten zurückzogen, lag ein Dutzend von diesen Lumpenhunden blutend auf dem Pflaster. Man brachte sie uns in die Apotheke zum Verbinden. Und wir stellten fest, daß sie gar nicht aus Montpellier waren, sondern Bauern aus den umliegenden Dörfern (das flache Land war – im Gegensatz zur Stadt – durchweg katholisch). Eingefleischte Papisten hatten sie aufgewiegelt und eigens in die Stadt geführt, um diesen Aufruhr zu stiften.

Nachdem ich Meister Sanche und Fogacer geholfen hatte, mit Weingeist diesen Unglücklichen – sie waren Opfer des ihnen eingepflanzten Hasses – die Wunden auszuwaschen, kehrte ich in mein Zimmer zurück, alsbald gefolgt von Fogacer, der zu mir sprach:

„Es liegt nun auf der Hand: man benutzt den gottlosen armen Narren, um auf die Hugenotten zu zielen. Rührt Euch nicht fort von hier, und haltet Euer Pferd gesattelt. Mit grausamem Eifer werden sie Cabassus foltern. Und das ganze Provinzialgericht ist zugegen. Falls Cabassus Euern Namen nennt, eile ich herbei und melde es Euch."

Ich vermochte ihm kaum zu danken, so schnell war er verschwunden. Ich versuchte, mich in meine Arbeit zu vertiefen, doch es wollte mir nicht gelingen: mir tosten die Ohren von dem Brüllen, das Cabassus unter der Folter ausstoßen würde. Da warf ich mich auf meine Pritsche und vergoß wieder Tränen, die mich dennoch nicht erleichterten, weil ich sie nicht nur um meinetwillen vergoß.

Nach einer Weile kam mir der Gedanke, Miroul zu Carajac und Merdanson zu schicken, damit wir drei im Ernstfall beieinander wären, um uns bewaffnet von der Apotheke zum Palais Joyeuse zu begeben; denn die gleichen Leute, die Cossolat angegriffen hatten, konnten uns, wenn sie erst unsere Namen wußten, einen ähnlichen Hinterhalt legen, um dem Lauf der Gerechtigkeit vorzugreifen.

Carajac und Merdanson, schicklich gekleidet, erreichten die Apotheke auf getrennten Wegen und schienen sehr erleichtert, daß sie in dieser schlimmen Lage meine Gesellschaft genossen und das Palais Joyeuse ihnen als Fluchtort offenstand. Ich befahl Miroul, seinen Araber und Albière zu satteln, denn meine Accla hatte ich an Fogacer verliehen, damit er schnell zurückkäme von dem geheimen Ort, wo er seinen Freund treffen sollte. Dann verteilte ich die Waffen unter uns dreien, jeder bekam zwei geladene Pistolen und einen Degen.

Die vierte Stunde mochte geschlagen haben, als ich das vertraute Geklapper meiner Accla auf dem Pflaster hörte. Ich beugte mich aus dem Fenster, und Fogacer, der zu mir hochschaute, nickte ernst mit dem Kopf.

„Freunde, er hat unsere Namen genannt! Verschwinden wir!“ rief ich.

In halsbrecherischer Eile rannten wir die Treppe hinunter. Fogacer übergab mir meine Accla, und schon saßen wir im Sattel, keinen Augenblick zu früh, denn als wir den Pferden die Sporen gaben, tauchte in der Rue de la Barrelerie bedrohlich ein Trupp Männer auf, dem Anschein nach etliche der Bauersleute vom Vormittag. Fogacers Freund hatte nicht als einziger geplaudert: die Gegner wußten, wer wir waren, und handelten prompt.

„Fort hier!“ rief ich.

Und unsere drei Pferde jagten über das Pflaster davon.

ZWÖLFTES KAPITEL

Madame de Joyeuse fühlte sich unpäßlich, und obwohl es erst früher Nachmittag war, hatte sie, als sie mich empfing, bereits ihr Nachtgewand an und sich niedergelegt.

„Ach, Pierre, ich bin nicht mehr, was ich einmal war. Es gab Zeiten, da fühlte ich mich nach einem kleinen Nachtmahl von zwölf Gerichten und zwei oder drei Flaschen guten Weins am nächsten Morgen frisch wie eine Blume im Morgentau. Die Zeiten sind dahin. Was habe ich gestern gespeist? Eigentlich nichts: ein paar Bigorrer Würstchen, drei oder vier Scheiben Schinken, eine halbe Flußforelle, einen in Lauch gebratenen Kapaun, eine Eierspeise, Mandeltörtchen und etliche Süßigkeiten, auf die ich so versessen bin. Sehr wenig Wein: eine Flasche Rosé und zwei oder drei Glas Frontignan. Was ist das schon! Und da liege ich nun, mein Pierre, die Leber in Aufruhr, der Magen grollend, und was das Schlimmste ist, mein armer Schatz: ein Teint zum Grausen, trotz aller Schminke."

„Madame", sagte ich, „warum soviel Selbstverleugnung? Ich weiß nicht, was sich in Euerm Innern abspielt, außen aber seht Ihr bezaubernd aus wie eh und je. Und wäret Ihr nicht unpäßlich, wollte ich es Euch schon spüren lassen!"

„Ah, mein Pierre, bitte keine Küßchen! Mein Mund riecht abscheulich! Und faßt mich bloß nicht an! Bei der geringsten Bewegung möchte ich mich übergeben."

„Madame, ich bin untröstlich, daß Ihr Euch nicht in der Verfassung wähnt, durch mich Heilung zu erfahren", sagte ich und setzte mich auf einen Schemel am Kopfende ihres Lagers. „Ich kenne ein Mittel von durchschlagendem Erfolg, wenn jemand solche Proportionen hat wie Ihr."

„Pierre, Pierre, bringt mich nicht zum Lachen", sagte sie und lachte. „Zu schlimm peinigt mich mein Gedärm. Sagt mir lieber, ob Ihr meinen Körper wirklich ganz passabel findet?"

„Aber Madame! wie von Meisterhand gedrechselt! Und Eure Rundungen sind so hinreißend, daß ich die Erinnerung an Eure schön geschwungenen Formen im Hohl meiner Hände mit nach Hause trage, wenn ich Euch verlasse.“

„Pierre, Pierre! Ihr seid so zärtlich! Eure Zunge ist der reine Honig!“

Meine Antwort war ein vielsagender Blick, den sie sehr wohl verstand.

„Mein kleiner Vetter, führt mich bitte nicht in Versuchung, ich kann nicht“, seufzte sie. „Und ich mag auch nicht; wenn der Leib mich plagt, bin ich ganz reuig und gottergeben.“

„Madame, Euer kleiner Abbé wird Euch freisprechen. Oder sollte er die Dreistigkeit haben, Euch auf Diät zu setzen?“

„Das sollte er wagen!“ sagte Madame de Joyeuse. „Doch wenn mich die Leber zwackt, ist auch mein Gewissen empfindsam. Verzeiht mir.“

„Madame, ich träume nur davon, Euch zu Füßen zu liegen“, sagte ich, nun vor ihrem Lager kniend.

Sie war gerührt und strich mir zärtlich durchs Haar.

„Also hat Cabassus Euern Namen genannt“, fuhr sie mit veränderter Stimme fort. „Euer Kopf ist in Gefahr, und ich schwätze nur immer von mir. Dem Vernehmen nach gab es Tumult bei der Degradation dieses armen Menschen.“

Hierauf berichtete ich ihr, was ich von meinem Fenster aus gesehen hatte, und erwähnte auch, wie übel man zunächst Cossolat hatte mitspielen wollen und dann mir beim Verlassen der Apotheke. Sie erblaßte, schaute grimmig, fletschte die Zähne. Als ich geendet hatte, erhob sie sich, und ihre Unpäßlichkeit vergessend, ging sie wütend im Zimmer auf und ab, biß sich in die Fäuste und fauchte wie eine Löwin, die ihren Wurf verteidigt.

„Was! diese Schufte wollen mir meinen kleinen Vetter umbringen? Und ich soll das zulassen? solchen Schimpf erleiden? Bei Gott, nie und nimmer, solange ich noch einigermaßen Kredit habe bei Monsieur de Joyeuse! Wartet hier, mein kleiner Cousin, rührt Euch nicht von der Stelle. Ich gehe zu ihm und bin gleich zurück.“

Was dann geschah – ihre Unterredung mit dem Generalleutnant des Languedoc –, berichtete sie mir hernach in so lebhaften Farben, daß ich mich ihrer noch in allen Einzelheiten erinnere.

Monsieur de Joyeuse war gerade beim Mittagsmahl, als sein

hünenhafter Diener ihm meldete, Madame de Joyeuse wünsche ihn zu sprechen.

„Aber Madame, habt Ihr es nötig, Euch melden zu lassen?“ Er hatte sich erhoben und eilte ihr entgegen. „Meine Tür steht Euch Tag und Nacht offen. Hingegen ich die Geheimnisse und Mysterien, mit denen Eure Schönheit sich umgibt, nicht verletzen möchte.“

„Mein Herr Gemahl, das ist zuviel der Güte, habt unendlichen Dank für Eure Höflichkeit“, erwiderte sie, indessen er sie bei der Hand nahm und zu einem Sessel führte.

„Madame, möchtet Ihr mir die Ehre erweisen und an meinem Mahl teilnehmen?“

„Oh, bitte, sprecht mir nicht vom Essen! Ein kleines Souper von gestern abend liegt mir noch schwer im Magen.“

„Wetten, Madame, daß es so klein nicht war“, sagte der Vicomte. „Doch sofern Ihr's erlaubt, werde ich weiter essen und dabei zuhören. Ich habe Hunger wie ein Wolf, denn ich bin eben zurück aus Nîmes, wo ich Zusammenstöße zwischen den Hugenotten und unseren Katholiken befürchte. Bischof Bernard d'Elbène war schlecht beraten, als er die Professoren des Kollegs der Schönen Wissenschaften abberief, nur weil sie reformierten Glaubens sind. Bei meinem Eintreffen war es leider schon geschehen. Ich mußte Bernard d'Elbène unterstützen, so schwer mir dies fiel. Nun fürchte ich für Nîmes das Schlimmste. Denn wie ich hörte, sind auf beiden Seiten verschwörerische Umtriebe im Gange.“

„Gleiches, Monsieur, wird Euch auch hier zu Ohren kommen. Habt Ihr Cossolat schon gesprochen?“

„Ich werde ihn morgen hören.“

„Dann ist es wohl bereits zu spät!“ rief Madame de Joyeuse. Und sie berichtete von Cabassus' Degradation, vom anschließenden Tumult, von den Geständnissen des Gefolterten und von dem Überfall, dem meine Gefährten und ich nur knapp entkommen waren.

„Und wo sind unsere drei Schüler?“ erkundigte sich Monsieur de Joyeuse, sehr ergrimmt, daß hinter seinem Rücken Aufruhr inszeniert worden war.

„Im Hause hier sind sie. Zwei bei unserem Haushofmeister. Und Monsieur de Siorac in meinen Gemächern.“

„Ich wette, er ist von den dreien nicht der unglücklichste“, sagte der Vicomte lächelnd. „Aber ich bin's zufrieden, daß Euer kleiner Vetter Euch die Einsamkeit ertragen hilft, die meine Amtspflichten Euch allzuoft auferlegen."

„Ja, Monsieur, für eine noch junge Frau, die sich noch Reste ihrer Schönheit bewahrt hat, fühle ich mich recht oft vernachlässigt."

„Es ist leider wahr, Madame", sagte der Vicomte und machte eine Verbeugung, „daß ich Eurer bewundernswerten Schönheit nicht all die Ehren erweise, die ich ihr schulde, da ich im Dienste des Königs in alle Sprengel der Provinz reiten muß."

„Wo nichtsdestoweniger, wie ich befriedigt vernehme, ländliche Schönheiten Euch erquicken."

„Madame", sprach der Vicomte, sich abermals verbeugend, „ich bin entzückt, daß Ihr so nachsichtig seid mit einem Soldaten, der hin und wieder – Ihr versteht mich – einen Kanten Brot ißt hinter einer Böschung. Doch mein Herz gehört ganz allein Euch. Befehlt. Und ich werde gehorchen."

„Monsieur, im Languedoc kann Euch nur der König befehlen."

„Wenn Ihr doch recht hättet, Madame", seufzte der Vicomte. „Doch meine Autorität in dieser Provinz ist ‚in ihrem Wesen konfus', wie Michel de Montaigne es nennt, ich verfüge über zu wenig Truppen, als daß ich nach rechts wie nach links etwas ausrichten könnte; auch wirke ich lieber durch Überzeugung denn durch Befehl. Die Montpellieraner aber sind gar rebellisch und störrisch! Wißt Ihr, wie der König von Frankreich sie nennt? ‚Meine kleinen Könige von Montpellier!' Doch befehlt, und ich werde gehorchen."

„Mein Herr Gemahl, es gilt, unsere drei Schüler vor dem Gericht und vor der Ermordung zu bewahren."

„Ersteres ist wohl leichter möglich, denn unsere Frömmler sind unerbittliche Leute. Doch gleich morgen will ich all meine Kräfte daransetzen, das verspreche ich Euch."

„Monsieur, dafür danke ich Euch lauteren Herzens. Und laßt mich bitte Eure unermeßliche Güte mit einem Geschenk lohnen. Das vergoldete Silbergeschirr aus dem Besitz meines Vaters sei Euch ab heute unwiderruflich zu eigen."

„Madame, zu edel! Das ist einfach zuviel!" Der Vicomte sprang auf wie ein junger Mann und küßte seiner Frau die

Hand. „Ich habe mein eigenes Silber in Gebrauch, das reicht, denn ich bin jeglichem Pomp abhold. (Als Madame de Joyeuse mir dies erzählte, konnte sie sich des Lachens nicht enthalten.) Indes dürft Ihr gleichwohl, Madame, mit Geschenken aus Eures Vaters Besitz freigebig verfahren. Ihr seid reich, ich bin es nicht. Und wenn Ihr bei dieser Gelegenheit meine Schatulle auffüllen wolltet, wäre ich Euch sehr verbunden."

„Und werdet Ihr sie auffüllen, Madame?" fragte ich staunend, als sie mir noch am selben Abend diesen Bericht gab.

„Bis oben hin – obwohl sie keinen Boden hat."

„Aber Madame, sofern ich recht verstanden habe, befürchtet Monsieur de Joyeuse vor allem eine Erhebung der Reformierten, die so stark sind in unseren Provinzen. Ist es da nicht im Sinne seiner Politik, daß er die wildgewordenen Frömmler hindert, drei hugenottische Schüler ins Verderben zu stürzen, weil sonst die Unseren aus Rache einen nicht mehr zu meisternden Aufruhr anstiften könnten? Und wenn dies ohnehin seine Politik ist, warum ihn dafür eigens noch bezahlen?"

Hier lachte Madame de Joyeuse aus vollem Hals.

„Mein kleiner Vetter, Eure Überlegungen sind richtig. Gleichwohl habe ich für mein Teil sehr klug gehandelt, und mit ein bißchen Nachdenken werdet Ihr von selbst drauf kommen warum."

Was sich am folgenden Tag im Gericht zwischen den Richtern und dem Generalleutnant des Languedoc abspielte, hinterbrachten mir zwei Berichte. Der eine stammte von Madame de Joyeuse und war die Version ihres Mannes, der andere von Fogacer, welcher ihn von seinem Freund hatte. Dieser zweite Bericht scheint mir der Wirklichkeit näher zu sein, hatte Monsieur de Joyeuse doch wohl einigen Grund, vor seinem generösen Weib die Schwierigkeiten seiner Demarche aufzubauschen.

Die Richter beratschlagten gerade, ob sie mich und meine Freunde verhaften sollten, als der Vicomte empfangen zu werden wünschte. Sie waren sehr erstaunt, daß Monsieur de Joyeuse sich herabließ, zu ihnen zu kommen, anstatt sie zu sich zu zitieren. Die hartnäckigsten Eiferer begriffen sehr gut, was er von ihnen wollte, und meinten, zunächst solle entschieden und dann erst der Vicomte empfangen werden. Es obsiegten aber die Gemäßigten, welche argumentierten, man dürfe dem Vertreter des Königs nicht den Schimpf antun, ihn warten zu lassen; im übrigen zieme es sich, ihn vor der Beschlußfassung anzuhören.

Die Richter erhoben sich und machten eine tiefe Verbeugung, als Monsieur de Joyeuse den Saal betrat. Er seinerseits grüßte sehr höflich und bat die Richter, sich wieder zu setzen, nahm dann den ihm angebotenen Platz ein und hob zu reden an, eher mit bekümmerter denn gestrenger Stimme:

„Meine Herren, ich vermute, Ihr beratet gerade jene bedauerliche Angelegenheit, an der sich ein kleiner Vetter meiner Gemahlin unklugerweise beteiligt hat. Gewiß, Gesetz ist Gesetz und die Rechtsprechung für alle gleich – dennoch seht Ihr mich in großer Betrübnis bei dem Gedanken, daß mein Verwandter ein Los erleiden könnte, dessen Schimpf auf mich zurückfiele. Es ist unzweifelhaft ein Verbrechen geschehen: unsere drei Medizinschüler haben eine Hure und ein Waisenkind exhumiert; sie waren jedoch nicht auf Gewinn bedacht und taten es auch nicht in schänderischer Absicht, sondern wollten mehr erfahren über die Geographie des menschlichen Körpers wie schon der große Vesalius, der in seiner Jugend vom Galgen der Stadt Leuwen einen Gehenkten raubte. Erinnert Euch auch, meine Herren, daß Kanzler Rondelet sich nicht scheute, seinen eigenen Sohn zu sezieren, um die Todesursache zu erfahren."

„Das ist etwas anderes, das Kind war noch nicht bestattet", sagte einer der Richter.

„Gewiß, gewiß! Doch bedenkt bitte, daß unsere jungen Burschen mit der ärgerlichen Exhumierung keine Familie von Stand beleidigt haben: das Waisenkind war Zögling der öffentlichen Armenanstalt. Und von der Lustdirne weiß niemand, wessen Tochter sie war. Im übrigen haben unsere Burschen sie nach der Sektion wieder begraben ..."

„Aber ohne ihr Herz", wandte einer der Richter ein.

„Hatte sie ein Herz zu ihren Lebzeiten?" fragte Monsieur de Joyeuse und umging mit diesem Einwurf den Pfuhl theologischen Streits über die Frage, ob ein verstümmelter Körper der Wiederauferstehung von den Toten teilhaftig werden könne. „Bleibt das skelettierte Waisenkind: ein Kapitalverbrechen, fürwahr. Aber wo ist das Skelett? In der Medizinschule! Unsere Schüler haben es anonym Kanzler Saporta geschenkt, der es unbedachterweise annahm. Wenn Ihr also meinen kleinen Vetter und seine zwei Gefährten verfolgt, müßt Ihr auch den Herrn Kanzler der Medizinschule belangen, wegen Hehlerei."

„Warum auch nicht?" fragte einer der Eiferer.

Diese dreiste Frage erboste Monsieur de Joyeuse. Und als er Erwiderung tat, waren sein Ton, seine Miene und Haltung gänzlich gewandelt. Er sprach mit bebender Stimme:

„Warum auch nicht! fragt Ihr. Und warum nicht, wie gestern geschehen, hinter meinem Rücken einen Aufruhr anzetteln? Warum nicht blindeifrige Bauern gegen Cossolat aufstacheln, der mir, auch wenn er Hugenotte ist, treu dient? Oder gegen meinen kleinen Vetter? Oder gegen seine Freunde? Oder gegen Kanzler Saporta, der ebenfalls Hugenotte ist? Meine Herren, es genügt nicht, ein Urteil zu sprechen. Man muß wissen, was man will. Es mag ja schön sein, den Hugenotten drei Köpfe – darunter den meines kleinen Vetters – vor die Füße zu werfen. Wollt Ihr aber auch, daß sie zu den Waffen greifen und die Tore des Gerichts einrennen, um Euch ins Stadtverlies zu bringen? Wollt Ihr, daß sie Montpellier an sich reißen, wie es in ihrer Macht steht, weil sie die Leute, die Waffen und das Geschick dazu haben? Was bliebe uns dann übrig, als in die Feste Saint-Pierre zu flüchten, wo uns eine Belagerung mit ungewissem Ausgang droht?"

Da erbleichten die Richter und fühlten ein Würgen im Hals.

„Herr Vicomte", hob einer mit zitternder Stimme zu sprechen an, „habt Ihr denn keine Mittel, unseres Königs treue Untertanen zu verteidigen?"

„Ich verfüge über eine Handvoll Soldaten, davon die besten zur Reformation stehen."

„Aber Herr Generalleutnant", sagte da einer der Eiferer, „wir können auf Verstärkung hoffen. Der König und die Königinmutter haben sechstausend Schweizer in den Sold genommen."

„Sechstausend Schweizer, von denen wir hier keinen einzigen sehen werden", spottete Monsieur de Joyeuse. „Wie ich auch keinen Dukaten sehen werde, denn der König wird alle seine Truppen und all sein Geld brauchen, falls sich die Dinge zwischen ihm und den Hugenotten weiter verschlechtern."

Hier nun begannen auch die größten Eiferer zu fürchten, daß sie aus Jägern zu Gejagten werden könnten. Monsieur de

Joyeuse trat näher an sie heran – sie waren aufgestanden, als er sich aus seinem Sessel erhoben hatte – und sah jedem einzelnen ins Gesicht.

„Meine Herren, ich habe genug gesagt“, sprach er ernst. „Ich will Eure Entscheidung nicht beeinflussen. Deshalb verlasse ich Euch nun.“

„Herr Generalleutnant“, meldete sich der älteste unter den Richtern zu Wort, „habe ich Euch recht verstanden, daß bei diesem Prozeß des Königs Interessen in der Provinz Languedoc berührt werden?“

„Ihr habt mich recht verstanden, Herr Richter.“

„Und was gebietet des Königs Interesse?“

„Daß die öffentliche Ordnung nicht gestört wird in einem Augenblick, da alles am seidenen Faden hängt.“

„Was also tun?“ fragte der Richter.

„Monsieur, da Ihr mich hierzu auffordert, will ich als Soldat zu Euch sprechen. Ganz unumwunden. Ihr habt Cabassus in der Hand. Er ist Atheist. Verbrennt ihn. *Das möchte genügen.*“

Nach einem knappen Gruß wandte sich der Vicomte ab und ging.

„Ha, Fogacer, so sprecht doch, sprecht!“ rief ich, als er mir im Palais Joyeuse diesen Bericht gab. „Ihr spart das Wichtigste aus! Was war das Ergebnis der Beratung?“

„Diese freie Beratung“, sagte Fogacer und wölbte seine Braue, „dauerte eine halbe Stunde. Dann wurde noch einmal das Verhörprotokoll mit den Aussagen von Cabassus verlesen, und man beschloß, jene Passagen zu tilgen, die für die drei Schüler belastend waren.“

„Also bin ich gerettet!“ rief ich.

„Sofern man Euch nicht ermordet, weil von Euch mutvolle Taten zu befürchten wären, wenn die Hugenotten sich der Stadt bemächtigten. Und im übrigen, Siorac, gibt es kein besseres Mittel, einen so lauen Katholiken wie Monsieur de Joyeuse zu bestrafen, als seinen kleinen Cousin umzubringen ...“

Wie der voraufgegangene Sommer, war auch der des Jahres 1567 in Montpellier von drückender Hitze. Wieder sprengte man die Gassen und spannte von Haus zu Haus Schnüre, die mit schattenspendendem Schilfrohr behängt wurden.

Zum Schutz gegen meine Feinde hatte mir Kanzler Saporta

erlaubt, in der Rue du Bout-du-Monde und sogar auf dem Schulgelände Kurzschwert, Degen und Pistole zu tragen. Die Schule oder die Apotheke verließ ich stets nur in Begleitung Mirouls und Samsons. Am Mittwoch ließ mich Madame de Joyeuse durch ihre Karosse in der Rue de la Barrelerie abholen – zwei bewaffnete stämmige Kerle auf dem hinteren Tritt des Gefährts, ein Arkebusenschütze auf dem Bock neben dem Kutscher – und in gleicher Weise nachts wieder heimfahren.

Die Thomassine verbot mir, in ihr Haus zu kommen, weil es bei Einbruch der Nacht im Saint-Firmin-Viertel nur so wimmelte von Gelichter, das für wenige Sols eine Waffe gegen mich gerichtet hätte. Aber sie lieh eine Sänfte und ließ sich von Espoumel und einem ehrbaren Schurken, beide bewaffnet, zur Apotheke tragen, wo sie mich in meinem Zimmer aufsuchte, reich gekleidet, maskiert und im Haar eine Schleife aus schwarzer Seide. Sie hatte die Stirn, dem Zyklopen Balsa zu sagen, sie sei meine Cousine; Balsa hinterbrachte es dem hochrühmlichen Meister, welcher kopfschüttelnd einen Vers aus dem Koran zitierte: „Geht der Berg nicht zu Mohammed, dann Mohammed zum Berg."

Später erfuhr ich von Luc, daß Dame Rachel, aus dem Mund Galle sprühend und Gift aus den Augen, ihrem Gatten vorgehalten hatte, er dulde unter seinem Dach schamlose Unzucht einer Gossendirne mit einem Grabschänder.

„Unzucht, Madame?" hatte Meister Sanche sich erbost. „Habt Ihr an Monsieur de Sioracs Tür gelauscht?"

„Ich nicht, aber Concepción."

„Dann packt Concepción auf der Stelle ihr Bündel, und Ihr, Madame, wart gut beraten, es ihr nicht gleichzutun. Es wäre Euch teuer zu stehen gekommen!" Und er hatte sich abgewandt und sie schmoren lassen in ihrem Gift.

Ende August bestellte mich Cossolat in die *Drei Könige*, wo er im Zimmerchen der Wirtin mit besorgter Miene bei einem Braten und einer Flasche Wein saß.

„Pierre, die Dinge stehen schlecht, ich weiß es von Monsieur de Joyeuse, der mich heute morgen unterrichtet hat."

„Schlecht für mich? für die Unseren?" fragte ich.

„Für das Königreich."

Er leerte seinen Becher, dann fuhr er fort:

„Ihr erinnert Euch gewiß noch an unsere Besorgnis, als Philipp II. ein starkes Heer längs unserer Grenzen aufziehen ließ, um die flandrischen Geusen zu strafen, die unseres Glaubens sind. Condé und Coligny forderten damals Katharina von Medici und den König auf, sechstausend Schweizer anzuwerben. Was auch geschah. Doch als Philipps Armee Luxemburg erreichte, sah Katharina von Medici ihr Königreich nicht mehr bedroht, wechselte in gewohnter Weise das Lager und ließ dem Spanier sechstausend Scheffel Getreide zukommen. Begreift Ihr diese Ruchlosigkeit, Pierre? Frankreichs König verproviantierte Truppen, die unsere reformierten Brüder in Flandern massakrieren sollten! Und was noch schlimmer ist: nach dem Abzug des Spaniers hat der König die Schweizer nicht entlassen! Vergeblich forderte Condé ihre Abmusterung. Wißt Ihr, was der Konnetabel schließlich zu ihm sagte? ‚Ja, was sollen wir denn tun mit diesen teuer bezahlten Schweizern, wenn wir sie nicht einsetzen?' Und gegen wen wohl einsetzen?" Cossolat haute mit der Faust auf den Tisch. „Der Spanier war doch in Flandern!"

Es klopfte, die Wirtin steckte den Kopf herein und fragte, ob auch ich einen Braten und eine Flasche Wein wünsche.

„Aber ja, meine Liebe, doch diesmal werde ich nicht so teuer dafür bezahlen", sagte ich.

Sie lachte, ebenso Cossolat, doch bei ihm war es eher ein Zähneblecken, er wälzte große Sorgen im Kopf.

„Verstehe ich Euch recht, Cossolat?" fragte ich, als die Wirtin gegangen war. „Da wir die Schweizer nicht mehr als Schild gegen die Spanier brauchen, werden sie in Frankreich zur Speerspitze gegen die Unseren."

„Ihr habt recht verstanden."

„Und was hat Condé dagegen unternommen?"

„Er verlangte für sich das Amt des Generalleutnants im Königreich. In dem Fall hätte er die Schweizer kommandiert, und es wäre schwer gewesen, sie gegen die Hugenotten aufzubieten."

„Aber ging er da nicht einen Schritt zu weit?" fragte ich verwirrt. „Als Hugenotte ein Amt begehren, das ihn zum zweiten Mann nach dem Monarchen machte?"

„Gewiß, aber wie anders entscheiden in solcher Lage? Die Dinge haben ihre Logik. Mißtrauen gegen Mißtrauen."

„Und wie begegnete der König dem Begehren Condés?"

„Der König tat nichts. Die Königinmutter tat alles. Sie bot gegen Condé ihren Sohn auf, ihren zärtlich umhegten Liebling: den Herzog von Anjou. Und dieses Jüngelchen, das sich aufputzt wie ein Weib, sich mit Duftwässern bestäubt und sein Fleisch mit einem Gäbelchen verzehrt ..."

„Oh, letzteres tut auch Monsieur de Joyeuse!" rief ich.

„Aber Monsieur de Joyeuse ist ein Mann... Jedenfalls wagte es der Herzog von Anjou mitten in der Ratsversammlung, sich gewaltig aufzuspielen gegen Condé, mit frechen Antworten warf er ihm vor, ein Amt zu begehren, das dem Bruder des Königs zustehe."

„Würdet Ihr an seiner Stelle nicht auch so handeln?"

„Aber der Herzog ist ein Jüngelchen!" rief Cossolat. „Verzeiht, aber er hat mal grad Euer Alter! Und hat noch nie ein Heer geführt! Und vor allem seine unerhörte Dreistigkeit! Er ging auf Condé los und schalt und rüffelte ihn wie einen Domestiken!"

„Gewiß, so darf man einen Prinzen von Geblüt, der Anführer einer so mächtigen Partei wie der unseren ist, nicht behandeln!" rief ich. „Aber was tat Condé?"

„Er hörte sich die üble Schmähung an, grüßte und verließ auf der Stelle den Hof, weil er fürchtete, daselbst umgebracht zu werden."

„Cossolat, das ist der Krieg", sagte ich. „Ein Krieg, den keine der beiden Parteien möchte. Und doch werfen sie sich blindlings in diesen Kampf, vor lauter Mißtrauen und Angst."

Es klopfte wieder, die Wirtin brachte mir mein Mahl und verteilte gleichmäßig an uns beide ihr Lächeln und ihre Blicke, die indes ins Leere fielen.

„Pierre, was werdet Ihr tun, falls die Hugenotten sich unserer Stadt zu bemächtigen versuchen?" fragte Cossolat, als die Wirtin gegangen war.

„Aha! Das also ist der Grund dieser Unterredung, Ihr sollt mir auf den Zahn fühlen! Aber meine Antwort wißt Ihr bereits! So wie mein Vater ehemals den Degen nicht gezogen hat gegen seinen König, werde ich es auch nicht tun, es sei denn ..."

„Es sei denn ...?"

„Es sei denn, die papistischen Eiferer wollen ein Blutbad anrichten wie in Vassy vor fünf Jahren."

„Das ist nicht zu befürchten", sagte Cossolat. „Wir sind sehr viel stärker als sie."

„Wir?“ fragte ich mit einem halben Lächeln und dennoch ziemlich ernst. „Wir? Auf welcher Seite steht denn Ihr, Cossolat? Seid Ihr nicht Offizier von Monsieur de Joyeuse? Und was tut Ihr, wenn er Euch befiehlt, die Unseren mit blanker Waffe anzugreifen?“

„Ah, Pierre, das eben ist die Frage, die ich noch nicht entschieden habe!“ sagte Cossolat mit einem tiefen Seufzer. „Ich bin loyal und will dem König dienen. Und dennoch! ...“

Ich verließ Cossolat voll Mitgefühl wegen der Zweifel, in denen ich ihn sah, zerrissen zwischen seinem Glauben und seinem König. Und ich erinnerte mich gut, wie sehr mein Vater, weil er sich im ersten unserer Bürgerkriege der Hugenottenarmee nicht hatte anschließen wollen, noch langhin Gewissensqualen litt.

Als ich am 21sten September des Morgens mein Fenster öffnete, sah der Himmel schwarz und bedrohlich aus, und ich gewahrte draußen Männer in langen Purpurgewändern, die auf der Place des Cévenols einen Scheiterhaufen errichteten. Mir schnürte es die Kehle zu: sie wollten Cabassus verbrennen. Die Bestätigung gab mir Fogacer, der ohne Anklopfen in mein Zimmer trat mit bleichem, kummervollem Gesicht (denn er hatte ja doppelten Grund, ein ähnliches Schicksal befürchten zu müssen). Wortlos verfolgte er die unheilvollen Vorbereitungen des Henkers und seiner Gehilfen. Bald auch erschienen Cossolats Mannen, postierten sich rund um den Scheiterhaufen und in den Nachbarstraßen, um das herbeiströmende Volk – niemand mochte sich das Schauspiel entgehen lassen – auf Abstand zu halten.

„Pierre, zieht Eure Vorhänge halb zu, legt eine Maske vors Gesicht und stülpt eine Kappe über Euer Blondhaar, damit man Euch nicht erkennt“, riet Fogacer. „Ich werde dem hochrühmlichen Meister empfehlen, die Apotheke zu schließen und die Läden vor Tür und Fenster zu legen, falls bei einem Tumult diese Strolche zu plündern anfangen.“

Mein Fenster war vom Platz her gut einsehbar, weshalb ich tat, was er mir angeraten. Samson betrat mein Zimmer, als Fogacer gerade ging, und wunderte sich über meine Vermummung und das Treiben draußen. Wen man da zu verbrennen gedächte, fragte er.

„Einen Gottesleugner“, erwiderte ich, ohne auf Einzelheiten mich einzulassen, schon da ich meinem Bruder die Grabschändung noch nicht gebeichtet hatte.

„Einen Gottesleugner?" sagte Samson ungerührt. „Ha, das ist gut so."

„Mein Herr Bruder, wie könnt Ihr, der Ihr von zartem, mitleidigem Herzen seid, so unmenschlich kalt den unsäglichen Qualen dieses armen Mannes entgegenschauen!"

„Aber er ist ein Gottesleugner!" sagte Samson. „Als der berühmte Michel Servet die Heilige Dreifaltigkeit leugnete, was ein weniger abscheuliches Verbrechen ist als die Gottlosigkeit, ließ unser Calvin ihn zu Genf verbrennen."

„Was nicht sehr klug war von unserem Calvin."

„Wie! Wollt Ihr Calvin rügen?" rief Samson.

„Calvin ist nicht Gott und ist auch kein Prophet. Warum sollte ich ihn nicht rügen?"

„Aber die Dreifaltigkeit leugnen ist ein Verbrechen!"

„Ein Irrtum, aber kein Verbrechen. Samson, wie können wir für uns Gewissensfreiheit fordern, wenn wir sie anderen versagen, die nicht unserer Meinung sind?"

„Aber ein Gottloser, mein Bruder, ein Gottloser! Darf man solches Gewürm dulden auf Erden?"

„Schluß, Samson, geht auf Euer Zimmer, laßt mich allein. Ich habe nicht die Kraft, weiter zu streiten."

Hierauf mich der gerüffelte Samson mit Tränen in den Augen verließ, indes ich meine Barschheit schon bereute.

Fogacer kam zurück, nun ebenfalls mit einer Maske vor dem Gesicht. Es begann zu regnen, zunächst in dicken Tropfen, dann in Strömen, begleitet von Hagel und einem steifen Wind, der eher den Winter als den Herbst ahnen ließ.

„Oje, das Holz näßt ein und wird nur mit kleiner Flamme brennen", sagte Fogacer. „Um so länger dauert es. Cabassus wird entsetzlich leiden müssen, wenn Vignogoule ihn nicht im selben Augenblick, da er das Feuer legt, erdrosselt, was ich nur hoffen kann. Der Pflock in der Mitte des Scheiterhaufens hat nämlich ein Loch, durch das ein Seil mit einer Schlinge geführt ist."

„Und wer bestimmt, ob der Verurteilte erdrosselt wird, ehe die Flammen ihn erreichen?"

„Das Gericht. Doch das ist eine geheime Gnade. Und Vignogoule läßt diese heimliche Gnade walten oder nicht, je nachdem, wie er von Freunden des Verurteilten geschmiert wurde. Aber wer wagt es heutzutage, sich als Freund eines Gottlosen zu bekennen?“

„Ich!“ rief ich. „Ich eile, Vignogoule fünf Dukaten zu bringen, damit er Cabassus sauber erdrosselt.“

Und ich stürzte zur Tür, die sich im selben Augenblick auftat. Herein trat Meister Sanche.

„Mein lieber Neffe, was hör ich da!“ sagte er mit strenger Miene. „Das ist nicht möglich, die Tür ist verschlossen, alle Fenster sind dichtgemacht, jeglicher Ausgang verbarrikadiert. Außerdem sind soeben die Richter eingetroffen und die Domherren und Cossolat. Es wäre Irrsinn, vor ihren Augen den Henker zu bestechen.“

Ich lief ans Fenster. Es war so, wie er gesagt: zu Pferde, manche auch auf einem Maulesel, umringten die Richter des Provinzialgerichts und jene Domherren, die Cabassus noch vor dem Spruch der Richter zur Degradation verurteilt hatten, mit ernsten, mitleidvollen Mienen den Scheiterhaufen, untereinander leise schwätzend und offenbar ungeduldig, die Sache recht bald zu Ende zu bringen. Hinter ihnen – gleichsam ein Wall, der die Menge von den Richtern und dem Scheiterhaufen fernhielt – hatte Cossolat in Doppelreihe seine Soldaten postiert.

Cossolat drückte sein Pferd nach rechts und nach links, sein scharfes Auge unter der schwarzen Braue suchte angestrengt die Umgebung ab bis hin zu den Fenstern der Häuser, darin sich Gaffer beiderlei Geschlechts drängten, auch Schwangere und Mütter mit ihren Säuglingen. Die Menge auf dem Platz war riesig, und als Cabassus auftauchte, empfing ihn ein so gellendes, wildes Geheul, daß ich erstarrte und die von Tausenden von Mündern haßvoll gebrüllten Worte zunächst nicht verstand.

„Brenne, Gottloser, brenne!“ schrien sie.

„Ha! wer hat behauptet, der Mensch sei des Menschen Wolf?“ sagte Fogacer, ganz bleich im Gesicht. „Der Spruch hat einen Fehler: er verunglimpft den Wolf.“

„Ich kann das nicht mit ansehen, ich gehe in meine Offizin zurück“, sagte Meister Sanche mit bebender Stimme und entschwand.

Cabassus, von zwei Häschern flankiert, war nicht gefesselt,

schritt aber unsäglich mühevoll, gleichsam schwankend, noch arg mitgenommen von der erlittenen Folter; auch hatte man ihm ein riesiges Strohbündel auf den Rücken gebunden, das wohl sinnbildlich sein Schicksal vorwegnehmen sollte. Dieser Anblick behagte den Domherren nicht, vielleicht weil das Bündel an das Kreuz erinnerte, das man Christus bei seinem Leidensgang aufgebürdet hatte. Weshalb sie denn verlangten, Vignogoule solle es dem Verurteilten abnehmen. Der Henker tat es, hierauf die Menge in ihrem Unmut murrte und den Henker laut höhnte.

Der Regen, der schon aufgehört hatte, setzte jetzt wieder ein: kleine dichte Tropfen, die wie ein Vorhang von einem schwarzen Himmel fielen. Nachdem die Häscher sich zurückgezogen hatten, stand Cabassus allein vor dem Scheiterhaufen, in löchrigem Wams. Er wirkte ruhig und gefaßt wie am Tag seiner Degradation.

Einer der weltlichen Richter entrollte ein Pergament und verkündete den Richtspruch, in Latein, in Französisch und in Okzitanisch. Befragt, ob er noch etwas hinzuzufügen hätte, sprach Cabassus laut und vernehmlich:

„Ich sterbe, weil ich die Wahrheit bekunde."

„Zum Disputieren ist jetzt keine Zeit mehr", sagte der Richter unwirsch, wandte sich an Vignogoule und rief: „Walte deines Amtes!"

Da klatschte die Menge brausend in die Hände und freute sich, daß dieses Schauspiel, dessen sie in Regen und Kälte geharrt hatte, endlich begann. In den Fenstern und Luken ringsum gewahrte ich nur heitere, zufriedene Gesichter, als wäre dies ein Johannisfeuer, bei dem man am liebsten getanzt und getollt hätte. Als gehörte Cabassus zu einer anderen Gattung Lebewesen, nicht zum Menschengeschlecht, und es wäre so statthaft wie vergnüglich, ihn inmitten dieses Holzes zu verbrennen und ihm das Schicksal jener Insekten zu bescheren, die sich unbedacht in den Reisigbündeln eingenistet hatten.

Dem Befehl des Richters folgend, trat Vignogoule an Cabassus heran, legte ihm beinahe liebevoll die Hände auf die Schultern und sagte ihm etwas ins Ohr. Cabassus nickte einverständig, setzte sich auf ein Reisigbündel, zog seine Schuhe aus, erhob sich dann, streifte das Beinkleid ab und das Wams, legte beides sorgsam zusammen und dann sauber gestapelt auf das Holz, als gälte es, dies nach erfolgter Verbrennung wieder anzuziehen. Nur mehr im Hemd, stand er nun barfuß auf dem glänzenden Pflaster und harrte, indes der Regen ihm über das reglose Gesicht rann. Als einige Lumpenkerle sahen, daß er fröstelte, riefen sie, er würde sich bald wärmen können. Doch der Spott fand nur wenig Lacher, die Menge hatte jetzt Augen nur für Vignogoule.

Der Henker – derselbe, der mich geköpft hätte, wäre mir der Prozeß gemacht worden – war ein Koloß von Mensch, mindestens sechs Fuß hoch und dick und fett; feist das Gesicht, die Augen blaß, Brauen und Wimpern farblos. Obwohl von gewaltigen Kräften, wirkten seine Bewegungen schlaff, sein Fuß schritt lautlos wie eine Katzenpfote, nur war diese Pfote monsterhaft groß, desgleichen seine Pranken, so kräftig und gewaltig, daß sie das kernigste Mannsbild wie eine Taube hätten abmurksen können.

Seinem Gepräge nach hätte er keiner Fliege etwas zuleide getan, aus dem riesigen Leib drang eine sehr sanfte Stimme. Doch sein Herz war bar jeder Menschlichkeit und erfüllt von unvorstellbarer Gier, sich am Leiden anderer zu ergötzen. Jähe Verwandlung ging in ihm vor, sobald es einen Menschen zu richten galt, zu erwürgen, zu köpfen, zu hängen oder zu verbrennen. Da wuchs sein Auge plötzlich, wenn er das Opfer anstarrte, die Pupille weitete sich, er riß das Maul auf, und sein Atem wurde ein so rauhes, lautes Keuchen, als wütete er auf einem Weib.

Obwohl die braven Leute das Schauspiel, das er ihnen bot, sehr mochten, haßten sie ihn, schmähten und höhnten ihn, vielleicht weil seine schändliche Grausamkeit das vergrößerte Abbild ihrer eigenen Grausamkeit war. Sobald Cabassus nun entkleidet dastand, begann Vignogoule, der ihn um Kopf und Schultern überragte, wie der Balg eines Schmiedefeuers zu schnaufen, seine breiten Hände erbebten bis in die Fingerspitzen, und das Weiß seiner Augen quoll zwischen den Lidern hervor. Lange ertrug das Volk die schandbare Wollust des Henkers nicht, es brach jäh in Haß und Verwünschungen aus und schrie:

„Verbrenne dich, Vignogoule, verbrenne dich!“

Hierauf ließ der Vertreter des Seneschalls die Trommel schlagen, Stille trat ein, und er sagte mit größtem Abscheu:

„Henker, jetzt walte endlich deines Amtes!“

Vignogoule trat an Cabassus heran und wies wortlos auf den Scheiterhaufen. Da stieg Cabassus leichtfüßig über die stufenförmig gelegten Bündel hinauf und setzte sich vor den Pfahl, die Beine unter sich verschränkt. In dieser Haltung harrte er voll Geduld, ohne mit der Wimper zu zucken, obschon in Kälte und Regen fröstelnd.

Vignogoule, immer noch schnaufend, bestieg seinerseits den Scheiterhaufen, fesselte Cabassus die Hände vor der Brust und band ihm den Oberkörper an den Pfahl, bei etlichen Umwindungen des Stricks, dabei er rücklings jedesmal einen Knoten machte, damit die Fessel, wenn das Feuer die Hanffaser erfaßte, sich nicht gleich lösen würde. Dann legte er Cabassus die Schlinge um den Hals und überzeugte sich, daß das freie Ende gut durch das Loch im Pfahl glitt. Eine halbe Klafter von Cabassus entfernt, legte er dessen handschriftlichen Traktat über die Nichtexistenz Gottes nieder, der laut Gerichtsurteil zusammen mit dem Verurteilten zu verbrennen war.

Cabassus machte ein sehr bekümmertes Gesicht, als er sein *Nego* auf den Reisigbündeln liegen sah. Er versuchte die Hände und den Oberkörper aus den Fesseln zu befreien, fiel dann jäh in Reglosigkeit zurück, senkte den Blick und bewegte die Lippen, als würde er beten.

Die Domherren waren darob verwundert, tuschelten miteinander, dann ritt der älteste ganz nah an den Scheiterhaufen heran und fragte Cabassus, ob Gott sein verhärtetes Herz berührt und er seinen Glauben wiedergefunden habe.

Cabassus schüttelte den Kopf.

„Dennoch betest du“, sagte der Domherr.

„Ich bete nicht“, entgegnete Cabassus laut und klar. „Ich wiederhole mir die Vernunftgründe, die mich vom Glauben abhalten.“

„Können Vernunftgründe Bestand haben gegen die Offenbarung?“ rief da der Domherr.

Da lächelte Cabassus – ja, er lächelte. Und mitten in das Schweigen des Platzes sprach er mit wunderbar reiner Stimme:

„Anscheinend doch, sonst würdet Ihr sie nicht verbrennen.“

Der Domherr zuckte mißmutig die Achseln, wendete und ritt an seinen Platz zurück.

„Fahre fort, Henker!“ rief der Stellvertreter des Seneschalls.

Vignogoule schlug Feuer, zündete die Fackeln an und reichte sie seinen Helfern, die den Scheiterhaufen vorn und an beiden Seiten in Brand steckten, nicht aber hinten, wo sich der Henker den Zugang zum Verurteilten freihalten wollte.

Zwar brannten die vom Regen verschonten unteren Reisigbündel ziemlich gut, dennoch wollte das Feuer nicht in die Höhe flackern, es war mehr Rauch als Flammen. Letztere fraßen sich allerdings an das *Nego* heran, das plötzlich loderte und das Gesicht von Cabassus erhellte, der seine Augen den Domherren zuwandte und rief:

„Mögt Ihr mich und mein *Nego* zu Asche machen, unsere Asche wird Euch entgegenschreien: Es gibt keinen Gott!“

Der Stellvertreter des Seneschalls gab dem Henker hierauf einen Wink, und Vignogoule bestieg von hinten den Scheiterhaufen, faßte den Strick, der aus dem Pfahlloch hing, und zog ihn zögerlich zu sich heran, wie wider Willen.

„Gott sei Dank, er hat ihn erdrosselt!“ sagte Fogacer, der den Namen des Allmächtigen sonst nicht in den Mund nahm, und faßte meine Hand.

Die Schlinge würgte den Hals, und Cabassus' Kopf sank auf die Brust, die Menge aber buhte den Henker aus in ihrem Zorn, daß er Cabassus nicht den Flammentod sterben ließ. Nur kurz währte freilich die Wut, denn nun erreichte das Feuer den Verurteilten, der sich plötzlich aufbäumte in seinen Fesseln und vor Schmerzen zu brüllen begann.

„Ha, Vignogoule, du Schuft!“ rief Fogacer und preßte meine Hand mit marterndem Griff, „du Schurke hast ihn nicht erdrosselt!“

Cabassus brüllte so entsetzlich, daß es auch dem Verstocktesten das Herz abschnürte, zumal der Scheiterhaufen nicht richtig brennen wollte, nur schmächtig züngelte, gar hier und da zu verlöschen drohte, weil der Regen plötzlich heftiger niederging.

„Henker!“ rief mit zornigem Gesicht der Offizier des Seneschalls, in seinen Steigbügeln sich aufrichtend, „wenn du das Feuer nicht anfachst, verlierst du deinen Posten.“

Vignogoule kam zu Meister Sanches Apotheke gerannt, klopfte und begehrte Terpentinöl zur Belebung der Flammen. Hinter den Vorhängen verborgen, damit ich nicht erkannt würde, beugte ich mich aus dem Fenster, sah Meister Sanche die Pforte einen Spalt breit auftun und hörte ihn sagen, er gebe all sein Öl, doch es sei spärlich wenig und reiche gewiß nicht aus.

„Henker, schaff Stroh herbei!“ rief der Offizier.

Unterdessen schmorte Cabassus auf kleinem Feuer, wand sich wie irre in seinen Fesseln und schrie gottsjämmerlich und herzzerreißend, ohne daß ein Ende seiner Marter abzusehen war: das Stroh herbeizukarren würde gut eine Stunde dauern. Letzthin begann die Menge in seltsamem Gefühlsumschwung den Leidenden zu beklagen und gegen Henker und Richter zu murren, zumal jäh grelle Blitze über die Stadt zuckten – selbst der Himmel schien zu zürnen, daß der Gottesleugner so stümperhaft verbrannt wurde.

Ein Verrückter (wie er bei solchen Volksaufläufen immer zugegen ist) schrie unaufhörlich, der Allmächtige werde Cabassus mit Blitzen erschlagen, und in der Menge drängten die einen, den Blitz fürchtend, vom Scheiterhaufen fort, während die anderen, um Cabassus besser fallen zu sehen, herbeidrängten, was heftigen Tumult verursachte mit Flüchen, Tritten, Wehgeschrei.

Das Durcheinander beunruhigte die Richter und die Domherren, die bis zum Schluß ausharren mußten, obwohl arg belästigt von dichtem Qualm, den der Wind ihnen ins Gesicht blies, ohne daß sie sich hätten von der Stelle rühren können, da hinter ihnen die Wache stand, die mit ihren Piken mühsamst der Menge wehrte. Cossolat versuchte die Emotionen zu dämpfen, hätschelte oder bedrohte die Leute je nach Erfordernis, doch närrisch geworden vom gräßlichen Brüllen des Gemarterten, von den Blitzen am dunklen fahlen Himmel und dem unaufhörlichen Donnergrollen, reagierte die Menge nur mit wildem Gemurr.

Jäh war mein Entschluß gefaßt. Ich lud die Arkebuse und zielte auf Cabassus' Herz.

„Bei allen Teufeln der Hölle!“ schrie Fogacer und riß den Lauf der Waffe herunter, „was tut Ihr da, Siorac? Seid Ihr wahnsinnig? Habt Ihr nicht schon genug Ärger und Händel? Einen Verurteilten töten ist Mord, ist Kapitalverbrechen! Wollt Ihr neuerlich den Kopf riskieren?“

„Aber Fogacer, die Richter und Domherren sind eingenebelt von dem Qualm, Cossolat hat Mühe, die Menge zurückzuhalten, und es donnert in einem fort – niemand wird den Schuß hören. Soll ich dieses entsetzliche Sterben noch eine weitere Stunde erdulden? Fogacer, Ihr wißt, ich bin mit schuld an diesem Scheiterhaufen."

„Nicht im mindesten!" rief Fogacer, meine Waffe niederhaltend. „Cabassus stirbt, weil er sein *Nego* geschrieben hat und mit aller Gewalt Märtyrer werden wollte."

„Aber ich habe den Anlaß gegeben zu seinem Verderben."

„Der Anlaß ist nicht die Ursache."

„Ha, der Logiker!" rief ich. „Wir streiten hier, und draußen brüllt ein Sterbender. Hände weg vom Lauf, Fogacer!"

Fogacer erkannte an meinem Blick, daß er mich von meinem Entschluß nicht abbringen konnte, und ließ die Waffe los. Ich legte an, zielte und drückte ab. Und wich sofort zurück, damit der Pulverdampf nicht nach draußen drang. Dann lehnte ich die Arkebuse gegen die Wand und eilte ans Fenster zurück. Cabassus' Kopf hing auf die Brust herab, er schrie nicht mehr. Und der Zufall wollte es, daß im selben Augenblick das Donnergrollen verstummte und der Regen aussetzte. Mit einemmal große Stille auf dem Platz, vorbei das Hin- und Herwogen der Menschen, alle standen wie festgenagelt. Wieder berieten die Domherren, der älteste richtete sich in den Steigbügeln auf und rief in die Menge:

„Der Rauch des hier verbrannten Gottlosen hat den Himmel erzürnt, und ihr wart Zeuge seines Zorns und seines Erbarmens."

Mit Freudengeheul antwortete das Volk auf diesen sehr geschickt formulierten Satz, der nicht ausdrücklich sagte, daß der Herrgott Cabassus mit seinem Blitz erschlagen habe – niemand hatte einen Blitz niederfahren sehen –, gleichwohl aber bedeutete, daß der Herr eingegriffen habe, den Gottlosen zu strafen und auch, in seiner Gnade, dem langen Sterben ein Ende zu setzen.

„Es ist vollbracht", rief der Domherr, als die Menge verstummte und er weitersprechen konnte. „Betet mit uns das Vaterunser. Sodann möge ein jeder nach Hause gehen, ohne die öffentliche Ordnung zu stören."

Mit dröhnender Stimme, die den ganzen Platz zu erfüllen schien, sprach er das Gebet des Herrn, in das die Menge mit Inbrunst einstimmte.

„Siorac, Eure Lippen bewegen sich nicht", sagte Fogacer bitter und verdrossen. „Ihr betet nicht? Ihr betet nicht mit diesen Heuchlern, die es wagen, von Erbarmen zu reden! Dabei seid Ihr der alleinige und wahrhaftige Urheber dieses Wunders, das sie feiern!"

„Spottet nicht, Fogacer! Ich werde diesen Scheiterhaufen mein Lebtag nicht vergessen", erwiderte ich, schloß das Fenster, hockte mich auf einen Schemel und vergrub das Haupt in den Händen.

„Wie auch immer, nach diesem Wunder wird niemand Euch beschuldigen können, geschossen zu haben", sagte Fogacer.

Doch hierin täuschte er sich, wie ich am Abend des folgenden Tages von ihm erfuhr (nachdem er seinen Freund gesprochen). Die Richter argwöhnten, irgendwer habe Cabassus mit einem Arkebusenschuß getötet, und meinten, nur ich könne es gewesen sein aus so günstig plaziertem Fenster. Nach langer Erörterung gelangten sie allerdings zu dem Schluß, zuwider der von allem Volk geglaubten Version göttlichen Eingriffs keine Untersuchung aufnehmen zu können; auch wollten sie Vicomte de Joyeuse nicht abermals brüskieren. Ihr Zorn auf mich aber wuchs im gleichen Maße wie ihre Ohnmacht, und Fogacer riet mir, die Stadt zu verlassen.

„So wie Ihr auf Cabassus geschossen habt, kann jeder beliebige Kerl Euch von einem Fenster aus abknallen! Was nützen Euch da Tapferkeit und Waffen?"

Zehn Tage nach der Hinrichtung von Cabassus wurde die Mangane verbrannt – ein Tod, der mir sehr nahe ging.

Ich weiß nicht, wer Vignogoule diesmal bezahlte, doch dem Vernehmen nach erdrosselte der Henker das arme Mädchen wirklich. Und da auch schönes Wetter herrschte, die Reisigbündel knackend trocken waren, brannte der Scheiterhaufen im Nu nieder und verwandelte einen leblosen Körper in Asche. Die Menge freilich, damals murrend, daß Cabassus zu lange litt, murrte diesmal, daß die Mangane nicht satt genug zu leiden hatte.

Noch am selben Tag kam ein Diener mit der Nachricht, daß ein Prediger des reformierten Glaubens, Abraham de Gasc, mich zu sprechen wünsche. Mich wunderte solche Bitte, und zumal ich den Diener nicht kannte, fürchtete ich einen Hinterhalt und schickte Miroul zu Monsieur de Gasc, ob er mich wirklich sprechen wolle. Dem sei so, wurde mir beschieden. Also tauschte ich mein Wams aus blauem Satin gegen die schwarze Kleidung, die meinem gestrengen Befrager besser zusagen würde, und schlich mich, wohl bewaffnet, die Mauern entlang ins Haus des Predigers. Selbiges wirkte nicht ärmlich: Monsieur de Gasc betrieb in Montpellier einen Handel mit Kerzen, die er aus Lyon bezog, und machte damit ein blühendes Geschäft.

Dennoch dünkte mir die innere Ausstattung sehr karg, Monsieur de Gasc mochte wohl lieber Gold in den Truhen haben als Tapetenbehänge an den Wänden. Er war groß und hager, sein eingefallenes Gesicht nur Haut und Knochen; wäre da nicht die Nase und das Feuer seiner schwarzen Augen gewesen, hätte es ausgesehen wie ein Totenkopf.

„Monsieur", sprach er zu mir, „es gibt in der Stadt viele widersprüchliche Gerüchte über Euch, weshalb ich gern aus Euerm Mund erführe, was daran wahr ist."

Dieser Einstieg mißfiel mir sehr, und ich sagte kühl:

„Herr Pastor, ergibt sich aus meiner Treue zum reformierten Glauben eine Verpflichtung zur Ohrenbeichte?"

Da selbige von den Hugenotten als eine der übelsten papistischen Erfindungen geschmäht wurde, konnte ich Monsieur de Gasc nichts Schlimmeres unterstellen, als daß er sie von mir verlangte. Und in der Tat, er lief rot an und verstummte für einen Augenblick.

„Monsieur de Siorac", sprach er endlich, „bei uns ist die Beichte kein Sakrament und noch weniger eine Verpflichtung. Aber ist es mir als Pastor nicht dennoch auferlegt, mich über den Lebenswandel meiner Glaubensbrüder ins Bild zu setzen?"

„Weiß ich nicht, mir hat kein Pfarrer je Fragen gestellt."

„Und wer hat Euch welche gestellt?" fragte er ungehalten.

„Mein Vater."

„Und kann ich nicht Vaterstelle bei Euch vertreten?"

„Aber ich habe hier bereits einen Vater, dem ich über meine Handlungen Rechenschaft ablege, es ist Kanzler Saporta."

„Könntet Ihr in mich nicht das gleiche Vertrauen haben?"

Ich senkte den Blick und nahm mir Zeit zum Überlegen. Denn weder wollte ich den Prediger abermals brüskieren noch seiner Forderung nachgeben.

„Herr Pastor, ich hätte in Euch das gleiche Vertrauen, wenn Eure Fragen so diskret wären wie die von Doktor Saporta."

„Wollt Ihr mir meine Fragen beschneiden, ehe ich sie überhaupt vorgebracht habe?"

„Lieber die Fragen beschneiden als die Antworten."

„Wollt Ihr damit sagen, Eure Antworten werden nicht aufrichtig sein?"

„Ich will damit sagen, daß ich mir nicht wider Willen die Beichte abnehmen lasse."

„Ihr fühlt Euch also schuldig?"

„Aber gewiß, Herr Pastor, ich fühle mich sehr schuldig vor meinem Schöpfer."

„Ah, das höre ich gern aus Euerm Mund", sagte der Pfarrer. Er schien erleichtert, wie von großer Last befreit. Und ich hätte mich darüber wohl gewundert, wäre mir nicht alsbald klar geworden, welchen Argwohn er gegen mich hegte.

„Mein Sohn, demnach habt Ihr nicht Euren Glauben verloren, als Ihr diesem Gottesleugner begegnet seid!" fuhr er fort, beide Hände hebend. „Ihr glaubt an Gott!"

„Aber gewiß, und es betrübt mich sehr, daß Ihr das Gegenteil wähnen konntet, obwohl ich stets den Gottesdienst besucht habe! Bin ich ein Heuchler, daß meine Lippen etwas anderes bekennen als mein Herz glaubt?"

„Mein Sohn, vergebt mir gütigst", sprach der Pfarrer. „Ich freue mich unendlich, daß der Teufel, wie oft er auch Gelegenheit dazu hatte, Euch nicht zu seiner Beute gemacht hat. Denn mit Verlaub, mein Sohn, wenig erbaulich ist Euer täglicher Wandel. Ihr sollt ein Schürzenjäger sein. Und habt beim Karneval die Gaillarde getanzt. Und in der Herberge *Zu den drei Königen* sah man Euch Tricktrack spielen."

Ha, das Tricktrack! dachte ich verärgert, muß er mir dieses unschuldige Vergnügen vorhalten? Aber wetten, daß er mich nicht des Ehebruchs zeihen wird: meine Komplizin ist eine gar zu hohe Dame, als daß man sie beim Namen nennen dürfte. Ob bei Papisten oder Hugenotten – vor den Stufen der Macht hält die Moral erschrocken inne.

„Herr Pastor, Ihr stellt so trefflich Eure Fragen, daß sich die Antworten erübrigen."

„Dennoch muß ich Euch eine bestimmte Frage stellen", sagte er ernst. „Beim Provinzialgericht geht das Gerücht, Ihr hättet den auf dem Scheiterhaufen brennenden Cabassus mit einem Arkebusenschuß getötet."

„Herr Pastor, das Gericht hat von einer Untersuchung Abstand genommen. Wollt Ihr diese nun nachholen?" fragte ich sehr kühl und erhob mich.

„Monsieur de Siorac, Ihr mißversteht mich, mir geht es nicht um das Verbrechen, doch um die Sünde. Den Herrgott um die gerechte Strafung eines Gottlosen zu berauben, das ist Sünde."

„Verstehe ich Euch recht, Herr Pastor? Wer immer Cabassus tötete, beging eine Sünde, weil er die irdischen Leiden eines Gottlosen verkürzte? Sollte man es nicht dem Allmächtigen überlassen, den Gottlosen im Jenseits zu strafen?"

„Irrtum, Monsieur de Siorac, schlimmer Irrtum!" rief Monsieur de Gasc. „Gottes Allmacht befreit den Menschen nicht von seiner Pflicht, auf Erden die Gottlosigkeit zu verfolgen und zu ahnden."

„Also taten die Papisten recht, Cabassus zu verbrennen?"

„Wir hätten ihn genauso verbrannt", sagte Monsieur de Gasc.

„Auf kleiner Flamme, wenn das Feuer nicht gezündet hätte?"

„Glaubt Ihr denn, Monsieur de Siorac, der Regen sei Zufall gewesen und nicht ein Werk der Vorsehung?"

„Ha! das lange Leiden von Cabassus war also gottgewollt, und wer immer es abkürzte, hat eine Sünde begangen? Weil er dem göttlichen Willen zuwiderhandelte? Verstehe ich Euch recht, Herr Pastor?"

„Aber gewiß."

Ich senkte den Blick, erstarrt bis ins Mark von dem Gehörten. Und mein Instinkt witterte irgendwie Gefahr: wenn der Pfarrer beim Gericht erfahren haben will, daß ich der Arkebusenschütze war, und Hugenotten wie Papisten mir als Ruchlosigkeit ankreiden, was ich für Mildtätigkeit hielt, muß ich mich da nicht vorsehen? Wer weiß, ob die Information nicht in beide Richtungen läuft? Und ob nicht alles, was ich sage, morgen bei Gericht wiederholt wird?

„Ihr habt mir meine Frage nicht beantwortet", sagte Monsieur de Gasc. „Habt Ihr auf Cabassus geschossen?"

„Nein", sagte ich entschieden und sah ihm fest ins Auge. Ob er mir glaubte oder nicht, weiß ich bis heute nicht zu sagen.

„Monsieur de Siorac", sprach er, „ich gebe Euch Euerm Gewissen anheim. Mögt Ihr mit ihm ins reine kommen, oder das Gewissen mit Euch."

Eine eher zweifelhafte Verabschiedung, doch ich wertete sie als höflich. Mit eherner Miene hielt ich den Blick gesenkt, nicht aber das Haupt, dann verneigte ich mich tief, ohne daß Monsieur de Gasc meinen Gruß erwiderte oder ein Abschiedswort sagte, und entfernte mich. Bei den Papisten längst verhaßt, sah ich mich nun auch bei den Meinen in schlechtem Ruch, zweifelte freilich nicht, daß sie mich, falls die ersteren mich ermordeten, aus Parteigeist rächen würden: ein schwacher Trost nach dem Verweis, den ich mir eingehandelt hatte.

Die Kutsche von Madame de Joyeuse erwartete mich in der Rue de la Barrelerie; mir noch die Zeit nehmend, mein Wams aus blauem Satin anzuziehen, stieg ich mit dem Gedanken ein, daß ich es einer Weiberschürze verdankte, die mit einem Namen zu belegen Pfarrer de Gasc nie wagen würde, sowenig wie er die Grabschändung erwähnt hatte. Vielleicht wußte er, daß die mich belastenden Passagen aus dem Vernehmungsprotokoll entfernt worden waren; zudem war solches in seinen Augen eine mäßige Sünde, verglichen mit der Todsünde, daß ich einem Gottlosen das Erleiden in hiesiger Welt um wenige Minuten verkürzt hatte.

Wo ist hier die Menschlichkeit? sann ich. Wo ist der Gott des Verzeihens und der Liebe? Haben die Reformierten es darin weiter gebracht als die Papisten? Oder wandeln nicht auch wir noch in den Finsternissen und dem Irrsinn der antiken Grausamkeit?

Ich mußte jedenfalls annehmen, daß mir der Arkebusenschuß in allen Lagern sehr geschadet hatte. Groß meine Pein, als ich merkte, daß ich auch im Palais Joyeuse Unmut erregt hatte. Aglaé de Mérol empfing mich mit abweisender Kälte, versagte mir ihr Lächeln und also den Anblick ihrer Grübchen, geschweige das Vergnügen, ihnen meine Küßchen aufzudrücken.

Wie eiseskalt mag da die Herrin sein, wenn schon die Begleitdame so kühl ist! dachte ich bang.

„Im Augenblick, Monsieur de Siorac", sprach Madame de Joyeuse, sobald wir allein gelassen waren und sie eine gestrenge Miene aufgesetzt hatte, ohne mir die Hand zum Kuß zu reichen, „im Augenblick, damit Ihr es wißt, seid Ihr bei mir in Ungnade. Monsieur de Joyeuse zürnt Euch sehr und sagt unumwunden, daß Ihr seinen Schutz nicht verdient, da Ihr Narrheit um Narrheit begeht, Verbrechen um Verbrechen; mit dem jüngsten habt Ihr die ganze Stadt gegen Euch aufgebracht. Könnt Ihr mir sagen, Monsieur, was Euch zu diesem Schuß verleitet hat?"

„Madame, mein Mitleid", sagte ich. Der unwirsche Empfang hatte mich widerspenstig gemacht, so daß ich trotzig diese Antwort gab.

„Monsieur, Euer Mitleid gilt dem falschen Mann", sagte sie, pikiert über meinen Ton. „Ein Gottloser! Seid Ihr unter die Gottlosen gegangen?"

„Madame, Ihr beleidigt mich. Ich glaube an Gott, aber Cabassus war für mich nicht nur ein Gottloser, er war ein Mensch, ich konnte seine Marter nicht ertragen. Wenn ich unrecht tat, wird Gott mich richten."

„Soll das heißen, Monsieur, den Menschen stehe es nicht an, über Euch zu richten? Wagt Ihr es, so jung Ihr seid, mich des Unrechts zu zeihen?" fragte sie empört.

„Nein, Madame", sagte ich mit unvermindert harter Miene, doch sanfter in der Stimme. „Es liegt mir fern, Euch beleidigen zu wollen, ich weiß, was ich Eurer huldvollen Güte schulde. Und mag ich auch betrübt sein, daß ich in den Gefahren, die mich umgeben, den Schutz von Monsieur de Joyeuse verlieren soll – unendlich mehr bekümmert mich, Eure Freundschaft verloren zu haben, denn mit Eurer Schönheit und Güte habt Ihr mein Leben erhellt. Doch ich sehe, Madame, ich habe Eure Geduld zu sehr strapaziert, ich bin hier nicht mehr wohlgelitten. Gestattet also, daß ich mich empfehle und Euch herzlich bitte, mir ein letztes Mal Eure Hand zum Kuß zu reichen."

Bei diesen Worten war ich vor ihr niedergekniet und streckte ihr meine Rechte entgegen. Doch sie versagte mir die Hand, was mich so sehr im tiefsten Innern traf, daß die zurückgehaltenen Tränen mir nun über die Wangen rannen. Ich schaute in ihr schönes Antlitz und fand es vergrämt, bleich, bar jener Strenge, die sie bei meinem Eintreten hervorgekehrt hatte. Sie wich zurück, ließ sich in einen Sessel fallen, den Blick gesenkt und ohne ein Wort, was mich sehr wunderte, denn Schweigen war nicht ihre Art.

Ich wußte nicht, was tun, doch weil ich nicht ewig auf Knien hocken konnte, sah ich in meiner Verwirrung nur einen Ausweg. Ich stand auf, grüßte und schritt zur Tür.

„Geht, Monsieur!“ rief sie mir hinterdrein mit bitterer, pfeifender Stimme. „Eilt hin nach Saint-Firmin, laßt Euch trösten von jener Dirne, die in öffentlicher Unzucht lebt und die Ihr Euch für Eure Wonnen erkoren habt! Derlei Liebschaften sind würdig eines Gottesleugners und Verruchten! Hier wart Ihr zu hoch oben! Im Nadelhaus seid Ihr gut aufgehoben und könnt Euch nach Herzenslust suhlen!“

Wie von einer Wespe gestochen, wandte ich mich um, das Haupt stolz erhoben. Ich sah Madame de Joyeuse ins Auge, streng, jedoch einigermaßen mit Respekt, und sagte:

„Madame, ich bin nicht Gottesleugner noch verrucht. Und meine Liebeswonnen fand ich hier, solange man mir gnädig war. Madame, Euer ergebener Diener.“

Ich machte eine tiefe Verbeugung, richtete mich dann ebenso hoch auf und schritt durch die Tür, ohne der üblichen Begleitung zu harren.

Mein Zorn und mein Kummer aber machten mich blind, ich ging fehl und war sehr froh, hinter mir die hohen Hacken von Mademoiselle de Mérol wahrzunehmen.

„Monsieur de Siorac“, rief sie, außer Atem, „wo lauft Ihr hin? Das ist nicht Euer Weg! Und außerdem wünscht meine Herrin Euch neuerlich zu sprechen!“

„Was! um mich neuerlich zu quälen?“

„Ach, Monsieur!“ Aglaé legte mir die Hand auf den Arm. „Ich kenne meine Herrin lange genug: sie ist lebhaft in Worten, aber gütig im Herzen. Man hat ihr etwas Abträgliches über Euch erzählt. Zudem verflucht Euch diese Stadt seit dem bedauerlichen Schuß, selbst Cossolat verteidigt Euch nicht mehr.“

„Nun, so verlasse ich die Stadt, wenn niemand mich hier liebt!“ sagte ich.

„Niemand Euch liebt? Seid Ihr dessen so sicher? Selbst ich mag Eure Gegenwart sehr gern ertragen.“

„Euer Empfang ließ es mich nicht vermuten.“

„Es wurde mir so aufgetragen“ sagte Aglaé mit einem Lächeln.

„Und wurde Euch auch Euer Lächeln aufgetragen? Und

Eure Grübchen? Ist dies das Fangnetz, das Ihr auswerft, um mich unter das Messer von Madame de Joyeuse zurückzubringen?“

„Um Euch zurückzubringen, Monsieur, würde ich notfalls mehr noch wagen.“

Sie näherte ihr Gesicht dem meinen, küßte mich auf die Lippen und ließ es geschehen, daß ich ihr kleine Küsse auf ihre Grübchen drückte.

„Madame, ich folge Euch. Eure Herrin muß sehr gut sein, daß Ihr der Dame so ergeben seid.“

Dieses Getändel und Zärtlichtun hatte mich mittlerweile besänftigt, wie von der kleinen Schelmin bezweckt. Jungfrau zwar und Demoiselle, kannte sie dennoch alle Listen, mit denen ein Mädchen ihren Burschen an der Nase herumführt.

Madame de Joyeuse saß noch in ihrem Sessel, aber in einer Gemütsverfassung, die ich gut kannte und die mich nun vollends beruhigte.

„Ach, Monsieur, so übel habt Ihr mir zugesetzt, daß ich zu sterben meinte! Seid Ihr denn gänzlich ohne Scham und Schande? Gegen eine Person meines Ranges den Rüpel und Tyrannen hervorzukehren ist unehrenhaft! Habe ich Euch die perigurdinische Dreckkruste so schlecht abgeschabt, daß Ihr mir unflätig begegnet? Mögt Ihr auch stolz sein, hitzig, eingebildeter als ein spanischer Grande – den Ton und die Blicke von vorhin kann ich nicht ausstehen. Denn bin ich die Vicomtesse de Joyeuse oder bin ich's nicht?“

„Ihr seid es, Madame“, sagte ich, innerlich lächelnd. „Wie könnte daran zweifeln, wer Euch reden hört?“

„Dann werft Euch mir zu Füßen und bittet untertänig um Vergebung für die Beleidigungen, die Ihr mir angetan.“

Ich warf mich vor ihr nieder und küßte ihre Füße.

„Monsieur, seid Ihr närrisch? Was tut Ihr da?“ rief sie.

„Madame, ich bitte untertänig um Vergebung, daß Ihr mich einen grünen Jungen, einen dreckverkrusteten Perigurdiner, einen hochmütigen Bauernlümmel, einen Gottlosen und Verruchten genannt habt.“

„Ach, Pierre, Euch kann man nicht lange böse sein“, rief sie und lachte, „Ihr wißt Euch immer aus der Schlinge zu ziehen! Ihr seid so geschickt! Habt eine so geübte Zunge! Ich sehe ein, man muß Euch nachgeben und Euch verzeihen. Doch im Gegenzug werdet Ihr mir versprechen, fortan mein Sklave zu sein und mir in allem zu gehorchen."

„Madame, ich fortan Euer Sklave? Wann habe ich Euch je den Gehorsam versagt?"

Doch der Leser weiß schon, mit welcher Elle solche Redeweise zu messen ist, wohin sie führte in unserer Schule des Stöhnens und zu welchen Lektionen sie den einen wie den anderen inspirierte.

Als wir unsere Übungen beendet hatten, Lehrer und Schüler hinter den blauen Vorhängen Atem schöpften und freilich nicht stumm blieben, da es die rechte Gelegenheit zu Schwatz, Scherzen und Lachen war, fing Madame de Joyeuse plötzlich zu weinen an; doch wollte sie mir den Grund zunächst nicht verraten.

„Ach, Schatz!" sagte sie endlich, „lieber wäre ich im Zorn von Euch geschieden, wie ich es auch versucht habe, aber verlassen muß ich Euch, oder vielmehr: Ihr müßt Montpellier verlassen, wenigstens für eine gewisse Zeit. Denn wenn Ihr bleibt, so behaupten Monsieur de Joyeuse und Cossolat, könnt Ihr nur ermordet werden – so sehr hassen Euch die Eiferer unserer Partei."

„Ich soll fliehen?" rief ich. „Fliehen vor diesen Leuten? Euch verlassen? Nie und nimmer!"

„O doch, mein Pierre, das werdet Ihr tun! Ihr werdet es tun, wenn ich Euch sage, was unsere Spione uns offenbaren ..."

„Ein Komplott gegen meine Person?"

„Nein, gegen Euern lieben Bruder."

„Gegen Samson!" Ich sprang entsetzt auf. „Was hat denn er damit zu tun? Er ist das unschuldigste aller Geschöpfe!"

„Samson droht dennoch große Gefahr!"

„Aber wieso?"

„Weil er Euer Bruder ist. Weil er sich weniger vorsieht als Ihr. Weil er nicht schnell genug blankzieht oder seine Pistolen abfeuert. Und weil man Euch damit treffen möchte: jeder weiß, wie sehr Ihr Euern Bruder liebt."

„Aber was sind das für Leute, die sich an solch einem Engel vergreifen wollen!" rief ich.

„Frömmler, die in ihrem Zorn unerbittlich sind."

„Aber Madame, wenn das Leben meines Samson in Gefahr ist (und schon war mein Entschluß gefaßt), dann ja, dann gehe ich. Aber wohin? Ich kann nicht ohne Einwilligung meines Vaters in seine Baronie zurückkehren."

„Gottlob werdet Ihr nicht so weit fortgehen müssen. Ich habe in Nîmes einen guten Freund, Monsieur de Montcalm, der dort Stellvertreter des Seneschalls ist. Er zählte einst zu meinen Verehrern und wird Euch bei sich aufnehmen, solange es mir beliebt. In Nîmes, mein kleiner Vetter, braucht Ihr nichts zu fürchten, weil Ihr weder den Hugenotten noch den Katholiken bekannt seid. Und obwohl es dort, wie im ganzen Languedoc, unterschwellig brodelt, ist die Stadt ruhig. Trotzdem (sie seufzte und vergoß abermals Tränen) werdet Ihr mir schrecklich fehlen. Ihr hättet bei Euerm Arkebusenschuß an mich denken sollen."

„Madame, Cabassus hat so entsetzlich gelitten! Selbst das gemeine Volk mochte sein Brüllen nicht mehr hören."

„Aber er war ein Gottloser!"

„Ein Gottloser, Madame, leidet nicht weniger. Eher mehr, weil er sich nicht Tröstung im Jenseits erhoffen kann."

Diese Vorstellung schien ihr so neu, daß sie vor Verwunderung stumm blieb. Sie schloß mich in die Arme, und unmerklich von Gedanke zu Gedanke gleitend, verlieh sie ihrem Körper eine wiegende Bewegung, bespickte meinen Hals mit kleinen Küssen, flüsterte mir ins Ohr:

„Bleibt es dabei, mein kleiner Vetter, daß Ihr an Herz und Leib mein Sklave seid?"

„Hab ich es nicht gesagt?"

„Mein Pierre, versteht Ihr mich nicht? Muß ich deutlicher werden? Ach, Liebster, laßt mich nicht länger schmachten! Tut mir, was ich so gern mag!"

Beim Hippokrates hätte ich schwören könnnen: ihre Tränen würden ihre Triebe nimmer zum Versiegen bringen. Und ihr üblicher Satz: „Liebster, tut mir, was ich so gern mag", er klingt mir noch heute in den Ohren, süß, drängend, melodisch, und sooft ich mich seiner erinnere nach all den Jahren, berührt er mich stets aufs neue.

Nachdem ich mich diesen Wonnen entrissen, warf ich mich in die Kutsche und ließ mich, bevor ich mein Logis anstrebte, zur Kirche Saint-Firmin fahren. Ich wollte freilich nicht, daß das Gefährt mit dem Wappen des Vicomte vor dem Nadelhaus hielt, sondern stieg auf der anderen Seite des Gotteshauses aus und querte auf Sammetpfoten das Schiff, um die Seitenpforte zu erreichen. Aber ich platzte mitten in die Abendmesse hinein, und obwohl die Papisten ganz in ihre Andacht vertieft schienen, erspähten mich einige dieser Heuchler, erkannten mich, wisperten und starrten mich voller Haß an, daß ich tot umgefallen wäre, wenn Blicke morden könnten.

Von der Thomassine konnte ich mich nicht in der gewünschten Weise verabschieden. Bei ihr saß Cossolat zu Tisch und schaute mürrisch drein, als er mich sah.

„Geht Ihr fort aus der Stadt?“ fragte er unvermittelt.

„Morgen in aller Frühe, mit Samson und Miroul.“

„Recht so“, sagte er ungerührt. „Setzt eine Maske auf, rüstet Euch kriegsmäßig mit Brustpanzer und Helm. Daheim werdet Ihr drei Passierscheine finden und ein Schreiben von mir an Hauptmann Bouillargues in Nîmes. Er ist einer der Unseren, soweit ich Euch gegenüber von den Unseren sprechen kann, nachdem Ihr Monsieur de Gasc so brüskiert habt.“

„Ich hab ihn nicht brüskiert“, wehrte ich ab. „Ich wollte ihm nur nicht beichten.“

„Wie dem auch sei (Cossolat starrte auf den Grund seines Bechers), nach Eurer letzten Heldentat mag Monsieur de Gasc Euch nicht mehr leiden. Und ich ebensowenig.“

„Das bekümmert mich sehr, Monsieur“, sagte ich mit einer kleinen Verbeugung und machte auf dem Absatz kehrt, betroffen von diesen harten Worten. Denn Cossolat hatte mir auf seine Art stets irgendwie Freundschaft bezeigt.

Die Thomassine holte mich im Vorzimmer ein, warf sich in meine Arme und flüsterte mir ins Ohr:

„Ich, mein Pierre, ich liebe dich, was immer du getan haben magst, und werde stets deine Freundin bleiben.“

Doch ich hatte kaum Zeit, ihre Küsse zu erwidern. Cossolat rief nach ihr, sehr ungehalten. Ha! war mein Gedanke, als ich um die Kirche herumging (ich mochte mich nicht ein zweites Mal den Blicken der Heuchler aussetzen), Cossolat spricht hier als Gebieter! Wie in den *Drei Königen* und andernorts, weiß der Himmel wo überall! Gleichwohl ist Monsieur de Gasc ihm gewogen, fürchtet nicht, daß „der Teufel ihn zu seiner Beute macht“, trotz seines „täglichen Wandels“, würde ihm vielleicht gar eine Partie Tricktrack durchgehen lassen: er tut ja so viele gute Dienste!

Diesen bitteren Gedanken nachhängend, wenig zufrieden mit den Menschen und der Welt, warf ich mich in die Kutsche und überlegte, ob ich mich von meinem Studienvater Saporta verabschieden sollte. Seiner sakrosankten Regel gemäß müßte ich dies freilich *schriftlich* beantragen, hierauf er mir binnen acht Tagen *schriftlichen* Bescheid gäbe. Also verzichtete ich darauf, ihn mit meinem Besuch zu überfallen – ich hätte mir damit nur Rüffel eingehandelt, deren mir dieser Tag schon zu viele beschert hatte.

Einen indes bekam ich doch noch. Ich fand einen Brief von meinem Vater vor, die Erwiderung auf meinen Bericht, darin ich lückenlos, selbst den Beischlaf mit der Mangane nicht unterschlagend, die Grabschändung auf dem Friedhof Saint-Denis gebeichtet hatte, welche Unternehmung mein Vater *atrocissima* nannte. Den Brief zeigte ich Samson nicht, sowenig wie ich ihm den Grund unserer Reise nach Nîmes verriet: ich tat geheimnisvoll, befahl ihm nur, sein Gepäck zu schnüren, dann Miroul beim Striegeln der Pferde zu helfen und für den kommenden Morgen sich bereitzuhalten.

Beim abendlichen Mahl gab Dame Rachel mir mit Freude zu erkennen, wie sehr mein Fortgang ihr behagte. Anschließend sprach ich Meister Sanche unter vier Augen. Ohne in mich zu dringen, ohne ein bitteres oder vorwurfsvolles Wort umarmte mich der hochrühmliche Meister, rieb seinen grauen Bart an meiner Wange, sah mich dann an und sprach:

„Wohlan, mein guter Neffe, geht in Frieden! Und kehret alsbald wieder zurück, denn Ihr werdet meinem Hause fehlen, und mehr noch Euer Bruder, der meiner Offizin so gute Dienste tut und meinen Kunden höchst sehr gefällt in seiner Schönheit und engelhaften Freundlichkeit. Ich weiß nicht und will auch nicht wissen, ob Ihr geschossen habt. Wenn ja, kann ich es Euch nicht verargen. Im Gegenteil. Der arme Cabassus hat so gelitten! Und uns Neuchristen, die wir in Spanien selber viel zu leiden hatten, lassen die Marterungen der anderen nicht ungerührt. Wenn man Euch der Gottlosigkeit zeiht, sage ich: gemach! *Nemo proprius ad deum accedit quam qui hominibus salutem dat et beneficium.** War es nötig, erst noch Stroh zu holen? Ihr handeltet nach Euerm Herzen, welches edel und be-

* (lat.) Gott am nächsten ist, wer den Menschen Gutes erweist und ihnen dient.

ständig ist. *Cor nobile, cor immobile.** Beim Hippokrates, ich konnte die Schreie dieses Unglücklichen nicht mehr ertragen! Mir war, als schrien aus seinem Munde die jahrhundertewährenden Leiden Israels, doch ich habe feige den Kopf unter die Decke gesteckt! Ihr, mein lieber Neffe, habt gehandelt! Nehmt die Wut, die Euch entgegenschlägt, nicht leicht. Der Vorwurf der Gottlosigkeit ist schnell getan. Was zählt am Ende: die Gottesfurcht oder das Erbarmen? Oder kehren wir es um: kann gottesfürchtig sein, wer ohne Erbarmen ist? Mein Neffe, Euer Gewissen strahlt so rein wie die Blätter eines im Saft stehenden Baumes. Bewahrt es Euch, bitte; es ist Eure Stärke! *Murus aheneus conscientia sana.*** Mein Neffe, ich segne Euch im Namen des Herrn Adonai, amen."

Er umarmte mich herzlich, dann zauste er sich wild den Bart, den Tränen nahe, und ging davon, gebeugter denn je und einen seiner schönen lateinischen Sprüche murmelnd, die ihm Tröstung waren in seines Lebens Widrigkeiten, daran es ihm bei den Launen seines Eheweibes nicht fehlen mochte.

Auf dem Gang zwischen Offizin und Logis begegnete mir Typhème, die den dunklen Flur mit ihrer maurischen Schönheit jäh erhellte. Sie blieb vor mir stehen und sprach mit gesenktem Blick:

„Ihr wollt uns verlassen? Das Haus wird leer sein ohne Euern Bruder und Euch."

In zehn Monaten hatte sie keine zehn Worte zu mir gesagt, so eisern übte sie ihre jungfräuliche Zurückhaltung, weil sie Doktor Saporta versprochen war und in die Ehe eintreten wollte wie in den göttlichen Dienst; und welches Kloster hätte düsterer sein können als das knausrige Heim des Professors, welche Oberin argwöhnischer als die verlebte Gorgone, seine Hausbedienstete? Ich war baß überrascht, daß sie mich ansprach, und brachte kein Wort hervor. Sie fuhr fort:

„Aber ist es wahr? Concepción hat es mir gesagt."

„Ist denn Concepción noch im Haus?" fragte ich. „Hat nicht der hochrühmliche Meister sie fortgejagt, weil sie an meiner Tür gelauscht hatte?"

Sie errötete und blieb stumm; vielleicht wußte sie oder ahnte, was Concepción hatte hören wollen.

* (lat.) Edel das standhaft unwandelbare Herz.

** (lat.) Ein gutes Gewissen ist eine eherne Mauer.

„Um so besser, wenn ihr verziehen wurde“, sagte ich, um sie nicht noch mehr zu verwirren. „Ich aber reite fort, mit Samson. Doch nur für eine gewisse Zeit. Wir kommen bald zurück.“

„Das freut mich sehr“, sagte sie, nahm meine Hand und drückte sie. Noch mehr errötend, hielt sie den Blick gesenkt, wandte sich dann ab und lief davon, gleichsam erschrocken über ihren Wagemut.

Armes Mädchen! dachte ich, sollst mit diesem Graubart in seinem erbärmlichen Haus leben! in diesem Gefängnis! in diesem finsteren Grubenloch! Dabei ist der hochrühmliche Meister ein so lieber, so gütiger Mensch! Wie nur konnte er einwilligen in diese Verbindung?

Ich klopfte an Lucs Tür. Sie tat sich auf, und Luc warf sich in meine Arme. Er konnte kein Wort sprechen, hielt mich nur eng umschlungen, so daß ich ihn trösten mußte, anstatt von ihm Tröstung zu erfahren.

„Ach, ich kann Monsieur de Gasc nicht mehr ausstehen, auch nicht die Heuchelei der Alten und der Diakone!“ sagte er, als er die Stimme wiedergefunden hatte. „Wegen des Schusses speien sie Gift und Galle gegen Euch! Und ich darf ihnen nicht widersprechen, weil ich als Neuchrist ohnehin im Verdacht stehe, es nicht ehrlich zu meinen mit meinem Glauben. Ach, Pierre, ich bin so schwach! Ohne Euch, der Ihr mir eine so starke Stütze wart, werde ich zittern wie ein Hase!“

Während er sprach, vernahm ich schwere Schritte auf der Treppe, es klopfte, und auf der Schwelle standen Merdanson und Carajac. Sie kämen, sagten sie, mir Lebewohl zu sagen.

„Woher wißt Ihr von meinem Weggang, der ein Geheimnis ist? Wer hat es Euch gesteckt?“

„Fogacer.“

„Fogacer weiß es auch? Woher? Freunde, wartet auf mich in meinem Zimmer, zusammen mit Luc. Da findet Ihr eine Flasche. Entkorkt sie. Stärkt Euch. Ich komme bald nach.“

Und ich ging und klopfte an Fogacers Tür.

„Ich habe Euch erwartet“, sagte Fogacer mit ausholender Geste und ein klein bißchen Spott in der Stimme. „Nur herein, junger Heißsporn! Nehmt Platz auf diesem Schemel. Ich freue mich, unsere christliche Iphigenie aus der Nähe zu sehen, denn Ihr müßt wissen: kein Hugenotte oder Papist in unserer guten Stadt, der Euch nicht liebend gern das Messer an die Gurgel setzen möchte. Und die Hugenotten zumal, weil sie fürchten, der Gottlosigkeit verdächtigt zu werden, wenn sie Euch beistehen. Ihr zieht also von dannen wie der Bock, den Israel in die Wüste schickte, beladen mit allen Sünden des listenreichen Stammes. Wißt Ihr denn überhaupt, warum Ihr gehen müßt?"

„Ihr wißt es ganz bestimmt, Fogacer. Sonst wäre ich nicht hier, Euch anzuhören."

„Ich weiß es", sagte Fogacer und schritt auf seinen langen Spinnenbeinen kreuz und quer durchs Zimmer. „Ich weiß es", wiederholte er, blieb stehen und musterte mich mit seinen jadefarbenen Augäpfeln, in denen Ironie glomm. „Und Ihr wollt es von mir erfahren?"

„Ohne Verzug, ich bitte Euch darum."

„So hört, Siorac, und sperrt Eure beiden Ohren auf! Monsieur de Joyeuse ist in seiner machiavellischen Diplomatie bei den eifernden Papisten gewesen, die fromm erwägen, Euch umzubringen."

„Kennt er sie denn?"

„Wie die Finger seiner Hand."

„Und steckt sie nicht ins Stadtgefängnis?"

„Das kann er nicht. Und will er nicht. Oder vergeßt Ihr, daß er selber Papist ist?"

„Und was hat er zu diesen Eiferern gesagt?"

„Gefeilscht hat er mit ihnen: Sennesblätter gegen Rhabarber. Ihr bleibt unbehelligt, müßt aber die Stadt verlassen. Wenigstens für eine gewisse Zeit. Bis über die zwei Skandale, die Ihr verursacht habt, Gras gewachsen ist."

„Zwei? Wieso zwei?"

„Der große und der kleine."

„Der große, das ist der Arkebusenschuß. Aber der kleine?"

Fogacer musterte mich eine Weile, dann fuhr er fort:

„Also der kleine, der ist winzig, mißbehagt aber dem Vicomte, der es in seinem Tun weit bringen möchte: manchenorts wird getuschelt, daß Madame de Joyeuse Euch nicht sonderlich zum Büßer macht."

„Oh, das ist infam!" sagte ich.

„Gewiß", sagte Fogacer ohne Wimpernzucken, „doch Ihr wißt, Siorac, es darf kein Schatten fallen auf des Caesars Weib.

Und der Vicomte schlägt sehr geschickt zwei Fliegen mit einer Klappe. Er schützt Euch und hält Euch fern von seinem Haus."

Drei Fliegen mit einer Klappe! war mein Gedanke, denn der Vicomte wird Vorsorge getroffen haben, daß sein Eheweib ihm neuerlich die Schatulle füllt.

„Nun, was sagt Ihr, hat er die Fäden nicht gut geknüpft?" fragte Fogacer.

„Ach, Fogacer", sprach ich nach kurzem Überlegen, „warum ist der Mensch so, wie er ist?"

Freilich gab es auch andere, meine Gefährten: sie liebten mich aufrichtig, ohne Hintergedanken, ohne Kalkül. Und nachdem wir die erwähnte Flasche geleert hatten und eine zweite und dann eine dritte zusammen mit Luc, Fogacer, Merdanson und Carajac, unterdessen Miroul die Gitarre zupfte (auch Samson war dabei, mochte aber nicht trinken), legte ich mich mit etwas schwerem Kopf zwar, aber heiter gestimmt zur Nachtruhe. Mein letzter Gedanke vor dem Einschlafen war, daß ich in Nîmes endlich Ruhe und Frieden fände nach all den schlimmen Aufregungen und Ärgernissen. Heiliger Antonius! welch gnadenvolle Augenbinde verbarg mir da die Zukunft! So viele Meilen nahm ich unter die Hufe meiner Accla und unter meine Hinterbacken, um doch nur aus dem Regen in die Traufe zu gelangen. Und wenn ich dem Wolf nicht geradenwegs ins Maul ritt, brachte ich mich zumindest in die unbequeme Lage, ihn an den beiden Ohren festhalten zu müssen, um ihm nicht zwischen die Zähne zu geraten.

DREIZEHNTES KAPITEL

Geneigter Leser, du wirst vielleicht meinen, ich sei am folgenden Morgen sehr betrübt gewesen, die von mir so geliebte Stadt Montpellier zu verlassen samt den vielen Menschen, die ich auf unterschiedliche Weise in mein Herz geschlossen hatte. Als ich mich jedoch vor Tau und Tag in den Sattel meiner Accla schwang, spürte ich nur ungestüme Freude, von dannen zu ziehen, dem Abenteuer entgegen, um eine ihrer Schönheit wegen gerühmte Stadt zu entdecken.

Samson, zu früh aufgestanden, schlummerte noch auf seiner Albière und hielt sich nur dank seiner Übung im Sattel. Miroul dagegen, der große Mühe mit seinen beiden Arabern hatte, trällerte leise vor sich hin und war erleichtert, mich den Gefahren entrinnen zu sehen, denn mein Vater hatte ihn mir zum Schutzengel bestimmt – in puncto Sicherheit, versteht sich; was nämlich seinen Wandel betraf, seine Liebschaft mit Azaïs aus dem Nadelhaus, da wäre Monsieur de Gasc, hätte er davon erfahren, in Grimm geraten. Wieso aber maßt sich der Bruder an, im Namen Gottes den Bruder zu richten?

Ich ritt an der Spitze unseres kleinen Trupps, beobachtete die Fenster, ob nicht ein Arkebusenlauf mich anvisieren mochte, und war nicht minder damit befaßt, meine Accla zu lenken, deren Hufe auf dem glänzenden Pflaster rutschten, weil es während der Nacht leicht geregnet hatte. Unbehelligt erreichte ich das Stadttor, und da nun mußten wir, weil maskiert und mit so viel Gepäck versehen, unsere weiße Pfote vorzeigen: die uns von Cossolat ausgestellten Passierscheine.

„Edler Moussu“, sagte der Posten, ein kugelrunder Mann mit freundlichem Gesicht und treuem Hundeblick, „da Ihr so schnelle Pferde habt, werdet Ihr bald den Hauptmann Cossolat und seinen Trupp einholen. Sie begleiten Vignogoule und sein gräßliches Weib, welche beiden eine arme Jungfer zum Henken führen, die ihren jüngst geborenen Bankert ermordet hat. Ein hübscheres Mädchen sah ich noch nie, und ich sage: ein

Jammer, daß Gottes Werk und Ebenbild solcherweise zerstört wird."

„Aber werden die Verbrecher nicht eigentlich in einem Olivenhain vor dem Salinen-Tor aufgeknüpft?" fragte ich. Erinnerte ich mich doch, daß ich vor fünfzehn Monaten, von Narbonne kommend, den Galgen dort aufragen sah und rings an den Bäumen die Teile eines zerstückelten Mädchens gewahrte, das man wegen der gleichen Untat gerichtet hatte.

„Edler Moussu, der Ort ist jetzt ein anderer, weil der Besitzer des Feldstücks nicht weiter verpachten wollte, damit der Gestank ihm nicht die Oliven verdürbe. Und da hat die Stadt einen Hain gekauft, desssen Ölbäume nicht mehr tragen, an der großen Straße nach Nîmes. Dort findet Ihr bei seinem gemeinen Tun Vignogoule, der lieber erst sein gräßliches Weib und dann sich selbst aufhängen sollte, weil sie so grausam sind und so habgierig, allen verhaßt; bei ihrem abscheulichen Anblick verdreht es einem den Magen. Ach, Herr, viele junge Mädchen habe ich hier vorbeiziehen sehen, die man zum Galgen führte, weil sie ihre Frucht getötet hatten, während die Väter ihrer Kinderchen in der Stadt umherstolzieren, sich gar noch brüsten, die armen Dinger geschwängert zu haben, und über ihre Naivität spotten, daß sie ihren Heiratsversprechen glaubten!"

„Recht hast du, Wächter, der Mensch ist ein Schurke und die Justiz ein Hinkebein", sagte ich.

Auch im übrigen hatte der brave Mann recht vermutet. Unsere schnellen Pferde holten Cossolats schwere Gäule bald ein. Der Regen der Nacht war auf der Landstraße eher verdunstet als auf dem Stadtpflaster, und die Tiere der Soldaten wirbelten uns so viel Staub in Augen und Nase, daß ich zügiges Überholen befahl, zumal ich Cossolat nur einen flüchtigen Gruß zu entbieten gedachte, weil ich ihm noch gram war für sein Gebaren im Nadelhaus. Allerdings nahm ich, ehe ich meinem Pferd die Sporen gab, die Maske ab, unter der mir sehr warm wurde und die mir zu nichts mehr nutze war, da meine Feinde jetzt hinter der Stadtmauer in ihrem frömmlerischen Haß schmorten.

„Samson, mein Herr Bruder, aufgewacht!" rief ich. „Gebt Euerm Pferd die Sporen! Damit wir nicht weiter den Staub dieser trägen Gäule schlucken! Sollen sie mit unserem vorliebnehmen!"

Ich fiel in Galopp, gefolgt von Samson und Miroul, der seine zwei Araber sehr geschickt lenkte. Doch weil der Zug da vor uns die ganze Straßenbreite einnahm, mußte ich in Trab und dann in den Schritt fallen. Den Soldaten rief ich zu, den Weg freizugeben, doch sie achteten meiner nicht, machten sich gar noch breiter. Ob ihrer Unverschämtheit erbost, erwog ich schon, den Degen zu zücken und ihren Pferden die Kruppen zu bearbeiten, als Cossolat auftauchte. Ich grüßte ihn ziemlich kühl, hierauf er mir höflicher dankte, als ich es gewärtigt hatte, vielleicht reute ihn seine Schroffheit vom Vortag.

„Monsieur de Siorac, was ist Euer Begehr?"

„Vorbeireiten zu dürfen, wenn Ihr gestattet, Monsieur."

„Soldaten, laßt Monsieur de Siorac passieren!" rief Cossolat. „Er hat größere Eile als wir."

Da drängten die Männer an die rechte Seite heran, und mich in Trab setzend, sah ich vor mir den Rücken des Mädchens, das man zum Galgen führte. Ich ließ mein Pferd Schritt gehen, wollte die Kleine von Angesicht sehen, aus Mitleid und weil der Torwächter ihre Schönheit gerühmt hatte. Gleichwohl zauderte ich beim Überholen, schämte mich meiner Neugierde. Und da sah ich sie denn auf einer Mauleselin sitzen, festgebunden an der hohen Rückenlehne eines maurischen Sattels, Arme und Hände hinter der Lehne gefesselt, dabei der Strick um den Bauch des Tieres herumführte. Eine dicke Vettel von gemeiner, widerwärtiger Fratze hielt das Tier am Zaum, auf einem Klepper sitzend, der wohl mehr Schläge als Hafer faßte. An der Spitze ritt Vignogoule in seinem purpurfarbenen langen Hemd, das er zu den Hinrichtungen überstreifte. Doch kein Richter war dabei, was mich nicht wunderte: er mochte sich durch solche unerhebliche Exekution den schönen Morgen nicht verderben lassen.

Von hinten fand ich die Gestalt des jungen Mädchens recht ansehnlich, auch wenn sie ein zerrissenes graues Hemd trug und das Haar kurz geschoren, damit der Strick den Hals ungehindert schnüren könnte. Endlich auf ihrer Höhe reitend, beugte ich mich vor, um ihr besser ins Gesicht zu schauen. Da wandte die Ärmste mir ihr Antlitz zu und stieß einen jähen Schrei aus. Mir erstarrte das Blut in den Adern – es war Fontanette.

„Fontanette, du?“ fragte ich mit einem Würgen im Hals. „Wie ist es mit dir so weit gekommen?“

„Ach, mein edler Moussu, das fragt Ihr mich? Ihr habt mich doch aus der Apotheke jagen lassen und mich fälschlich bezichtigt, ich hätte Euch bestohlen.“

„Ich? Wer hat dir das gesagt?“ rief ich.

„Dame Rachel.“

„Die Schlange hat gelogen, das schwör ich dir bei meinem Seelenheil!“

„Moussu“, sagte die Vignogoule, „die Verurteilte soll gehängt werden, niemand darf mit ihr sprechen.“

Ich musterte die Vignogoule und empfand Ekel wie vor hundert Kröten. Ihr Gesicht war von erschreckender Gemeinheit, als hätte das Gift, von dem ihr Hirn durchätzt war, auch ihr Gesicht zerfressen und verunstaltet; ihre schlaffen Schielaugen trieften, krumm und platt die Nase, die Lippen dünkten ein verquollenes Wundmal, Wangen und Kinn waren gräulich, behaart und von Pusteln übersät, gar nicht zu reden von ihrem unförmigen Leib, dem dieser widerliche Kopf aufsaß.

Ich lenkte meine Accla hinter dem Maultier mit der gefesselten Fontanette auf die andere Seite und ritt nun zur Rechten der Vignogoule.

„Gevatterin, zehn Sols für dich, wenn du deine Ohren schließt“, sagte ich.

„Moussu“, erwiderte die Vignogoule, dabei ihre kleinen Augen zu glänzen begannen, „sobald eine Verurteilte meinem Mann in die Hände gegeben ist, gehört alles ihm: ihre Kleidung, ihr Leib, ihre fünf Sinne, ihr Atem.“

„Gevatterin, zwanzig Sols für drei Minuten“, bat ich.

„Mein edler Moussu, und wäre es auch nur für drei Minuten, ich kann nichts verkaufen und nichts verleihen von der Verurteilten: nicht ihr Ohr und nicht ihren Atem.“

„Gevatterin, dann vierzig Sols“, sagte ich.

„Mein edler Moussu, Ihr habt ja gehört!“

„Weib, einen Golddukaten für mein Begehr, oder ich stoße dir meinen Degen in den Wanst!“ sagte ich grimmig.

Bei dieser Drohung wagte es die Vignogoule nicht, noch weiter zu feilschen. Wortlos streckte sie mir die Hand entgegen. Ich legte ihr einen Dukaten drauf, den sie sogleich an ihre

Wulstlippen führte, um mit den Zähnen draufzubeißen. Dann steckte sie ihn in den Gürtel, holte einen Rosenkranz hervor, senkte die Nase und ließ die Kugeln durch die Finger rinnen.

Ich lenkte meine Accla wieder an die Seite meiner armen Fontanette.

„Fontanette, ich habe dich nie des Diebstahls bezichtigt! Glaubst du es mir jetzt?“ fragte ich.

„Ja, ich glaube es.“

„Nach deiner Entlassung habe ich dich überall gesucht!“

„Ja, ich weiß. Ich war in Grabels.“

„In Grabels, Fontanette? Das ist doch ganz in der Nähe von Montpellier! Zehnmal bin ich da durchgekommen! Und in alle Winde habe ich deinen Namen gerufen!“

„Ich weiß. Allen hatte ich gesagt, sie sollen behaupten, sie kennten mich nicht.“

„Oh, Fontanette! In mich hattest du kein Vertrauen, du glaubtest der Dame Rachel!“

Stumm schaute sie mich an, dabei ihr die Tränen über die Wangen liefen.

„Was hast du in Grabels getan?“

„Ich war Magd in einem kleinen Landhaus, dessen Besitzer mich geschwängert hat, nachdem er mir die Heirat versprochen.“

„Du hättest ihm nicht nachgeben sollen“, sagte ich, obwohl ich wußte, daß ich unrecht tat; vielleicht war da ein Funken Eifersucht.

„Ha, Moussu“, sprach sie mit einem vorwurfsvollen Blick, der mich durchbohrte, „Ihr habt als erster mich darauf gebracht!“

Ich senkte schuldbewußt das Haupt und wußte keine Antwort.

„Fontanette“, fuhr ich dann fort, „du bist so gut, so lieb, wie hast du es über dich gebracht, dein Kind zu töten?“

„Moussu, ich bin gezwungen worden! Ich wollte nicht, aber der Herr befahl es mir und drohte, mich ohne einen Sol wieder auf die Straße zu schicken. Wie hätte ich da mein Kind ernähren können, wo ich doch selbst nichts zu beißen hatte? Als die Wehen kamen, mochte die Mutter des Herrn meine Schreie nicht hören, sie stieß mich in einen Schafstall, wo ich auf dem Stroh der Tiere gebar; niemand zur Seite, der mir geholfen, sich meiner angenommen hätte. Und als das kleine Wurm da war und ich überlegte, daß es in jedem Falle mit mir sterben würde, hielt ich ihm Mund und Nase zu, bis es sich nicht mehr regte!“ Ein Strom von Tränen rann Fontanette über das Antlitz, und unter Schluchzern fuhr sie fort: „Ja, Moussu, ich habe schlimme Sünde begangen! Und es ist nur gerecht, daß sie mich hängen. Ach, könnte die Muttergottes für mich Vergebung erwirken bei ihrem göttlichen Sohn! Ich habe so entsetzliche Angst vor dem Sterben!“

Ich sah sie am ganzen Körper beben bei dem schlimmen Gedanken, unterdessen das Maultier sie mit jedem Schritt dem Galgen näher brachte.

„Was tatest du mit dem kleinen Leichnam?“ fragte ich, um sie abzulenken.

„Ich warf ihn in einen versiegten Brunnen, aber die Grenue hat mich gesehen ...“

„Wer ist die Grenue?“

„Eine Nachbarin, die meinen Herrn heiraten möchte. Sie schwärzte mich beim Pfarrer an, der mich in sein Haus bestellte. Dort versprach er mir Stillschweigen, wenn ich es mir von ihm besorgen ließe. Doch ich wollte nicht, mich schauderte vor neuerlicher Sünde, und gar mit einem Manne Gottes! Da setzte der Pfarrer einen schönen lateinischen Brief auf, an die Richter in Montpellier. Und einen Monat später kamen die Häscher nach Grabels, nahmen mich fest und sperrten mich in das Stadtgefängnis.“

Ach, Fontanette, dachte ich, wie viele Menschen haben da eine Kette geschmiedet, Glied für Glied, dein Unheil zu vollenden: ich selbst, Dame Rachel, dein Herr, die Grenue, der Pfarrer von Grabels – möge der Herrgott uns vergeben, was wir dir Böses angetan!

„Moussu“, sagte sie zitternd und weinend, „ich habe so entsetzliche Angst, daß sie mich am Hals aufhängen, ehe ich Luft und Atem verloren habe. Im Gefängnis haben sie mir gesagt, das sei eine lange, schreckliche Folter.“

„Monsieur de Siorac“, sprach plötzlich Cossolat hinter mir, den ich nicht hatte kommen hören, „es ist verboten, mit der Verurteilten zu sprechen.“ Und grimmig an die Vignogoule gewandt: „Gevatterin, wieso hast du das nicht verhindert?“

„Hauptmann, ich betete gerade für die arme Kleine, ich habe nichts gehört“, log die Vignogoule heuchlerisch.

„O ja, dein Mitleid, Weib, das kenne ich! Bei gut geschmierter Klaue bist du taub! ... Monsieur de Siorac, ein Wort unter vier Augen, bitte!"

Wir gaben den Pferden die Sporen, und als wir einigen Abstand zwischen uns und den düsteren Zug gelegt hatten, sagte Cossolat:

„Ich weiß, was dieses Mädchen für Euch war, und das Gericht weiß es erst recht. Ich habe alles unternommen, die Hinrichtung auf morgen zu verschieben, damit diese Begegnung vermieden würde. Doch das Gericht hat anders entschieden. Darum bin ich mit so vielen Soldaten hier. Einige Richter befürchten, andere hingegen hoffen, daß Ihr neuerlich eine Torheit begehen werdet."

„Also ist dies eine Falle?"

„Ei ja. Und ich bin das Tellereisen."

„Ich werde achtgeben. Habt Dank für die Warnung."

„Also kein Arkebusenschuß?" Cossolat sah mich an.

„Auch nicht Pistole und nicht blanke Waffe. Aber erlaubt Ihr mir, unter vier Augen mit dem Henker zu sprechen?"

„Das ist nicht möglich", sagte Cossolat. „Nur ich darf mit ihm reden."

„Monsieur, dann zwingt Ihr mich zu einer Verzweiflungstat, die Ihr doch lieber vermieden hättet", sagte ich.

Aus meiner Miene sprach Entschlossenheit, obwohl ich im Innern wenig entschieden war: nicht im Traum konnte ich es wagen, einen ganzen Trupp Soldaten anzugreifen, zumal von dem mit seinen zwei Arabern befaßten Miroul wenig Hilfe zu erwarten war und noch weniger von meinem Samson. Und durfte ich denn beider Leben gefährden, sosehr ich auch bereit war, das meine in die Waagschale zu werfen?

„Monsieur de Siorac", sagte Cossolat, „wenn Ihr mir versprecht, auf eine solche Tat zu verzichten, könnte ich vorausreiten, um den Weg zu erkunden. Und was Ihr unterdessen mit anderen besprecht, ist dann nicht meine Angelegenheit."

„Hauptmann, versprochen!" sagte ich.

Da gab Cossolat seinem Pferd die Sporen, und ich kehrte allein zurück zu dem Trupp.

„Vignogoule, auf ein Wort!" sagte ich, als ich gleichauf mit dem Henker ritt.

„Moussu, Ihr dürft mich nicht ansprechen", wehrte er mit seiner schwachen Stimme ab.

„Ein Wort nur.“

„Moussu, ich höre nicht“, sagte er.

„Fünf Dukaten für dich, wenn du der Kleinen, ehe du ihr den Strick um den Hals legst, mit dem Daumen die Gurgel eindrückst. So ist sie auf der Stelle tot, und du hängst die Leiche an den Galgen.“

„Moussu, das hat der Richter nicht befohlen.“

„Zehn Dukaten.“

„Moussu, jeder hat seine Schwächen, und mir bereitet es großes Vergnügen, den Verurteilten langsam ersticken zu sehen.“

„Zwanzig Dukaten, Schuft!“ rief ich, fast außer mir. „Zur Besänftigung deines Gewissens!“

„Moussu, so häßlich ist meine Seele nicht“, erwiderte Vignogoule mit heuchlerischer Miene. „Ich liebe doch nur mein Handwerk! Im übrigen sind zwanzig Dukaten eine recht kleine Summe, wenn Ihr so große Freundschaft für dieses Mädchen hegt.“

Aus diesen gemeinen Worten schloß ich, daß Gold hier nicht weiterhülfe: ich mußte den Schuft das Eisen spüren lassen.

„Schurke, kennst du mich etwa nicht?“ fragte ich grimmig.

„Moussu, wer kennt Euch nicht? Hätte ich Euch nicht um ein Haar ganz aus der Nähe kennengelernt? Man sagt, Ihr scharrt die Toten aus, um sie zu zerstückeln. Auch sollt Ihr es gewesen sein, der Cabassus auf dem Scheiterhaufen erschossen hat.“

„Ich bin es nicht gewesen. Doch wer immer es war – er hätte ebensogut den Henker erschießen können.“

„Ha, den Vollstrecker töten ist Kapitalverbrechen!“

Hierauf ich zwischen den Zähnen zischte:

„Den Verurteilten töten ist auch kapitales Verbrechen. Und wer letzteres wagt, kann auch ersteres wagen.“

Vignogoule warf mir einen kurzen Blick zu und senkte sein schweres Lid. In seinem fetten Gesicht sah ich kein Zucken, doch die Zügel in seinen Pranken begannen zu zittern.

„Kerl, hast du mich verstanden?“

„Mein edler Moussu“, sprach er mit seiner schwachen Stimme und einem großen Seufzer, „wollet doch bitte auch dies in Betracht ziehen: wenn ich den Daumen auf den

Schlundknochen lege und drücke, ist der Tod sofort da. Das ist keine Hinrichtung, sondern gemeines Meucheln, meiner Kunst fremd und ihr sehr zuwider – es entehrt gleichsam meine Kunst."

„Und?" Ich schaute grimmig, griff zum Dolch.

Er wandte den Kopf um, sah die Soldaten weit hinter uns, fuhr mit der feuchten Zunge über die Lippen und sagte:

„Also fünfundzwanzig Dukaten, keinen weniger."

„Abgemacht!" Ich mochte nicht weiter feilschen mit diesem Schuft. „Fünfundzwanzig Dukaten, auf die Hand ausbezahlt. Aber wisse, Henker: Sollte das Mädchen einen langen Tod haben, wirst du ins Jenseits befördert."

„Moussu, wie bezahlt, so gehalten!" sagte Vignogoule.

Und ich zählte ihm das Gold in die Hand, was eine gewisse Zeit dauerte, denn er biß auf jede Münze, wie sein abscheuliches Weib vor ihm getan.

Erleichtert verließ ich ihn, um wieder neben Fontanette zu reiten.

„Meine arme Fontanette", sagte ich leise, „ich habe mit dem Schurken da gefeilscht. Schließe die Augen, wenn er dir die Hand um den Hals legt, und du wirst nicht Zeit haben zu leiden, sondern bist auf der Stelle tot."

„Ach, Moussu, ich danke Gott und danke Euch! So nimmt nun mein schlimmer Tod einen milderen Ausgang, und ich weiß auch, daß Ihr vor Dame Rachel mich nicht bezichtigt habt."

„Ich werde das böse Weib in Stücke reißen!" rief ich, mit den Zähnen knirschend. „Ihr Gift ist an allem schuld! Wäre sie nicht gewesen, hätte ich dich von deinem bösen Herrn befreit!"

„Monsieur, sprecht nicht so! Ihr tötet mir sonst das Herz vor Reue! Ich brauche aber festen Mut, um dem Kommenden zu begegnen." Sie sah mich mit ihren unschuldhaften Augen an und fragte: „Moussu, liebt Ihr mich denn ein klein wenig?"

„Fontanette, ich liebe dich in großer Freundschaft und Liebe", sprach ich mit zugeschnürter Kehle, „und kann es mir nicht verzeihen, daß ich auf der Terrasse damals deine Blüte geknickt habe."

„Ach, Moussu, schwätzt nicht von der Terrasse und dem Mond. Für mich war es das Paradies. Das Übel kam später.

Aber bitte kein Wort mehr von diesen schrecklichen Dingen. Jetzt seid Ihr hier, Moussu, und ich kann Euch nicht berühren, weil mir die Hände gefesselt sind. Aber wenn Ihr mir Eure Hand auf die Schulter legen wolltet, wäre ich froh."

Ich tat, wie geheißen, und sobald sie meine Finger spürte, schmiegte sie ihre Wange dagegen. Da war mir, als läge zuckend ein sterbender Vogel in meiner Hand.

Der Weg führte bergauf, Maultiere und Pferde gingen im Schritt, zumal es heiß war. Auf dem Hügel angelangt, sah ich in einem Olivenhain zur Rechten den Galgen stehen, daneben auf seinem Pferd, uns erwartend, Cossolat.

„Da sind wir!" seufzte Fontanette. „Moussu, so habe ich Euch getroffen, um Euch nur um so schneller wieder zu verlieren?" Und mit leiser, kläglicher Stimme setzte sie hinzu: „Achtzehn Jahre bin ich! Wie war mein Leben kurz!"

O mein Gott! es war, als schlösse sich ein eherner Deckel über mir! Werde ich diesen Augenblick je vergessen können? Den Galgen, die Häscher, den schändlichen Henker, und meine Fontanette, die sie vor meinen Augen töten würden! Jedes Wort, das ich hier niederschreibe, dünkt mir ein Fetzen Haut, den ich mir, im Abstand von dreißig Jahren, von meiner unheilbaren Wunde reiße!

Sobald Cossolat mich sah, ritt er dicht heran. Plötzlich war ich von Fontanette getrennt und von Soldaten umringt, die mich nicht aus den Augen ließen. Vignogoule stieg von seiner Mähre und band einen Schemel von der Kruppe des Pferdes los. Er kletterte auf den Schemel, befestigte am Galgen ein abgenutztes Hanfseil, stellte den Schemel genau unter die Schlinge und befahl seinem Weib, sich darauf zu setzen. Dann schlurfte er bis zu Cossolats Pferd und fragte, ob er in der Arbeit fortfahren solle. Hierauf Cossolat, zornrot, sich in den Steigbügeln aufrichtete und rief:

„Mach schon, bei allen Teufeln! Jawohl, mach schnell!"

„Hauptmann, meiner Kunst widerstrebt jede Eile", sagte Vignogoule. „Bedacht getan ist gut vollbracht!"

„Bei allen siebzig Höllenteufeln!" schrie Cossolat, „vorwärts, und säume nicht so lange! Oder ich prügle dich den ganzen Weg zurück bis Montpellier!"

Vignogoule schlurfte mit fühllosem Gesicht zu Fontanette, doch als er mit verzweifelnder Langsamkeit die Schnur löste, die das Mädchen an die Sattellehne fesselte, quollen seine Augen aus den Höhlen hervor, und sein Atem wurde rauh und fauchend. Ich erbebte und griff nach einer meiner Pistolen. Cossolat legte mir seine Rechte auf den Arm.

„Dein Versprechen, Pierre!“ flüsterte er. Und an den Henker gewandt, brüllte er wieder: „Mach schnell, mach schnell!“

Der Henker packte Fontanette um die Hüfte, hob sie wie eine leichte Feder von dem Maulesel herunter und schob sie mit der flachen Hand zum Galgen hin. Dabei kehrte sie mir den Rücken zu, doch als Vignogoule ihr befahl, sich auf den Schoß seiner Frau zu setzen, genau unter die Schlinge, drehte sie sich, und bei dieser Bewegung suchten mich ihre Augen, fanden mich und ließen mich nicht wieder los.

Die Vignogoule schlang ihr die Arme fest um den Leib, vergrub sie gleichsam in die monströsen Fleischmassen. Der Henker zog unendlich bedächtig die Schlinge herab, legte sie Fontanette um den Hals, und ich glaubte schon, er würde sein Versprechen nicht halten. Doch er beugte sich vor, die eine Hand um ihren Hals gelegt, preßte den Daumen gegen ihren Schlund, und ihr Haupt, ohne daß Fontanette einen Schrei oder Seufzer tat, sank leblos herab. Es war vollbracht. Aber ich wollte bleiben, bis er sie hinaufzog, wollte mich vergewissern, daß er sie nicht nur halb erwürgt hatte.

„Fort hier, Pierre“, sagte Cossolat, „schlagt hier nicht Wurzeln. Sie bewegt sich nicht mehr, kein Zucken und kein Zappeln. Ihr seht, sie ist tot.“

„Tot?“ sagte ich, wie überrascht.

Ich starrte entgeistert auf Fontanettes bleiches Antlitz, auf ihre weit geöffneten Augen. Mein Gott, war dies das liebe, so lebendige, zarte Mädchen, das ich im Mondschein in meinen Armen gehalten hatte? In der Blüte ihrer Jugend gehenkt!

„Pierre, bleibt nicht und martert Euer Herz!“ sagte Cossolat. „Kommt, ich bringe Euch auf den Weg.“

Er gab meiner Accla eins auf die Kruppe, sie preschte los, und wir ließen beide den Pferden die Zügel schießen, brachten mindestens zwei Meilen im Galopp hinter uns, gefolgt von Samson und Miroul. Erst später begriff ich, warum Cossolat mich so schnell forthaben wollte vom Galgen: damit ich nicht, aus meiner Trance erwachend, Vignogoule und sein Weib umbringen würde.

Ich merkte kaum, daß Cossolat uns irgendwann verließ, achtete nicht des Weges, sondern ritt wie irre immer gradaus, ohne meine Accla zu lenken. Mein Hirn war dumpf, meine Augen sahen fast nichts, sie waren an jenem abscheulichen Galgen klebengeblieben, dessen Bild ich mit mir trug über Berg und Tal. Ich wähnte mich gleichsam tot, fühlte in meinem Herzen nur Schuld und Verzweiflung.

Die Sonne brannte heiß, in Strömen rann der Schweiß unter unseren Brustpanzern. Miroul gab zu bedenken, daß die Pferde erschöpft seien und wir anhalten müßten. Ich sah am Waldsaum zu unserer Rechten ein Wiesenstück und befahl Rast. Wir saßen ab, ich entledigte mich des Brustpanzers und des Helms, übergab Miroul meine Accla, stolperte einige Schritte zur Seite und ließ mich da lang hinfallen. Vor Müdigkeit und Weh wie gerädert, krallte ich meine Hände in die Erde, vergrub das Gesicht in die warmen Gräser, als wären es die Brüste meiner Mutter, und brach in Schluchzen aus, das kein Ende mehr nehmen wollte.

Wir erreichten Nîmes am 30sten September, gelangten gegen Mittag vor ein von einem Turm überragtes Bogentor. Der Rundgang des Turms war mit bemerklich vielen Verteidigern bestückt, an die zwanzig Männer, die kaum wie Soldaten aussahen (eher wie Handwerker), aber auffallend unterschiedliche Bewaffnung trugen, manches davon recht alt, dazu Schilde, leichte Brustharnische, Kettenhemden, auch Kürasse. Die Männer wirkten erregt, stelzten hin und her, und als wir kriegsmäßig gerüstet und behelmt vor dem Tor auftauchten, musterten sie uns gar argwöhnisch.

Ich saß ab, gab Samson die Zügel und näherte mich der Einlaßpforte.

„Soldat, laß uns ein, wir haben Passierscheine", rief ich.

„Wir öffnen niemandem", beschied der Posten, ein kleiner krummer Mann in viel zu großem Brustpanzer. In der Hand hielt er eine Hellebarde, die er nur unter Mühen heben konnte. „Niemand darf rein und niemand darf raus, lautet unser Befehl", setzte er mit grimmiger Miene hinzu.

Trotzdem dünkte mir sein Antlitz eher brav, weshalb ich mit freundlichem Spott entgegnete:

„Was denn, Kumpel, ein Tor ist da, um geöffnet zu werden!

Und hier soll es kein Hinein geben? Wo sollen wir heute nacht schlafen, wenn Eure schöne Stadt uns nicht aufnehmen will?"

„Moussu", erwiderte der Mann, nun sanftmütiger geworden auf meine Rede hin, „es tut mir ja sehr leid für Euch, Ihr scheint mir ein freundlicher Edelmann zu sein, doch ich kann nicht anders. Befehl ist Befehl."

„Befehl?" fragte ich. „Bist du Soldat?"

„Bewahre!" sagte der Mann mit einem gewissen Stolz. „Ich habe einen Beruf, ich bin Wollkämmer. Und die anderen Männer, die Ihr auf dem Wehrgang seht, sind Weber, Seiler, Schuhflicker, oder Seidenarbeiter, die ich nicht leiden kann, denn sie halten sich für was viel Edleres als wir, nur weil sie mit Seide statt mit Wolle umgehen."

„Aber wie kommt es, daß Ihr heute das Stadttor bewacht und nicht bei Eurer Arbeit seid?"

„Was!" fragte er ungläubig, „das wißt Ihr nicht?"

„Wie sollte ich? Ich bin doch draußen und nicht drin!"

„Heute haben wir den Papisten die Stadt entrissen, bis auf die Zitadelle, dort haben sie ihre Garnison."

„Na, das ist aber eine erfreuliche Nachricht!" sagte ich. „Mein Bruder und ich sind reformierten Glaubens. Mein Diener ebenso."

„Was! Hugenotten?" Der Wollkämmer riß seine Augen auf. „Warum habt Ihr das nicht gleich gesagt? Ich hätte Euch aufgetan!"

„Also öffne uns jetzt."

„Gemach!" Der Wollkämmer kratzte sich den Schädel. „Ich weiß nicht, ob ich jetzt darf, nachdem ich Euch vorhin nicht aufgemacht habe. Befehl ist Befehl, wenn Ihr auch Hugenotten seid. Tja, Teufel, was jetzt tun? Moussu, was meint denn Ihr?"

Ich fand es ergötzlich, daß er mich fragte, und wollte ihn schon drängen zu öffnen; doch überzeugt, daß er dann noch immer schwanken würde, sagte ich:

„Kumpel, du fragst wohl besser deinen Anführer, damit er statt deiner entscheide."

„Bei Gott, das ist eine Idee", sagte der Wollkämmer. „Ich eile auf der Stelle zu ihm."

Und er wackelte los, die schwere Hellebarde hinter sich herschleifend. Doch nach kaum drei Schritten machte er kehrt.

„Moussu, ich heiße Jean Vigier", sagte er.

„Jean Vigier! der Name gefällt mir, er klingt nach einem tapferen Mann. Ich heiße Pierre de Siorac."

„Seid Ihr wirklich ein Edelmann, Moussu? Oder verdankt Ihr Euer *de* nur eben einem Stückchen Land?"

„Ich bin zweitgeborener Sohn des Barons von Mespech."

„Ah, Moussu, wer würde das vermuten, wenn er Euch so liebenswürdig sprechen hört? Man erkennt, daß Ihr – anders als manch einer – den Handwerker nicht verachtet."

„Keinesfalls! Beruf ist Beruf. Und ein Wollkämmer ist einem Seidenarbeiter ebenbürtig."

„Moussu, das ist ein goldenes Wort! Ich gehe jetzt meinen Anführer fragen."

Bald darauf kehrte er mit einem großen, hageren, sehr dunklen Mann zurück, dessen Blick mir nicht gefallen wollte: in seinen Augen war ein wildes Leuchten.

„Monsieur, ich bin Jacques de Possaque, Quartiermeister der Kavallerie bei Hauptmann Bouillargues. Wie ich höre, begehrt Ihr Einlaß. Darf ich fragen, was Euch in die Stadt führt?"

„Wir möchten nur eben Eure schöne Stadt besuchen", sagte ich, nicht gelüstig, ihm mitzuteilen, daß ich bei Monsieur de Montcalm wohnen würde, der königlicher Beamter und obendrein Papist war, mithin bei den Unseren gewiß nicht in sehr gutem Geruch stand. „Wir sind Scholaren aus Montpellier, und ich habe ein Schreiben von Hauptmann Cossolat an den Hauptmann Bouillargues."

Ich zog den Brief aus der Satteltasche und zeigte ihm die Anschrift auf dem Umschlag, ohne ihm den Brief auszuhändigen. Doch selbst versiegelt wirkte er wie ein Zauberschlüssel.

„Monsieur", sagte Possaque (er verdankte sein *de* gewiß nur einem Stückchen Land), „ich werde Euch in die Herberge *Zur Muschel* begleiten und bitte Euch, daselbst zu bleiben, bis Hauptmann Bouillargues Euch aufsuchen kann. Das wird vor heute abend nicht möglich sein. Bis auf die Zitadelle, deren Besatzung zu schwach ist, um uns zu beunruhigen, ist die ganze Stadt in unserer Hand. Und der Hauptmann hat mit den eingefleischten Papisten einige Rechnungen zu begleichen, die nicht Aufschub dulden."

Hierbei knirschte Possaque mit den Zähnen, und seine Augen leuchteten unheilvoll, verhießen den Papisten wenig

Gutes. Ha! dachte ich, blinde Eiferer gibt es also in beiden Lagern!

Possaque gestattete uns Einlaß. Er hieß uns absitzen und die Tiere am Zaum führen. Wir hatten uns einem Trupp von etwa zwanzig Mann anzuschließen, der kunterbunt bewaffnet war; unter den Männern erkannte ich den Wollkämmer Jean Vigier, der die lästige Hellebarde gegen ein Kurzschwert eingetauscht hatte. Er hielt die Waffe blank in der Hand und schien so verzückt ob ihrer Handlichkeit, daß er im Schreiten gewaltige Hiebe austeilte, weshalb Possaque ihn ans Ende der Kolonne befahl. Er war hocherfreut, uns da wiederzusehen, und ich war froh, daß wir durch ihn von dem Wie und Wieso dieser Tragödie erfuhren, in die wir uns jäh hineingeworfen sahen.

Je näher wir dem Zentrum kamen, desto lauter der Tumult. Nicht daß es Kampf und Widerstand gegeben hätte, die Papisten hielten sich in ihren Häusern verborgen, doch in einem fort marschierten oder rannten bewaffnete Trupps über das Pflaster und schrien ohrenbetäubend: „Läden zu! Läden zu!“, was die Händler denn auch eiligst befolgten, um nicht beraubt zu werden. Im Nu wirkte die Stadt wie ausgestorben, waren die Verkaufsstände abgebaut, die Fenster verrammelt, die Türen verbarrikadiert; die braven Leute hockten hinter ihren Mauern, sofern sie nicht aus vollen Lungen schrien: „Tod den Papisten! Tötet sie! Neue Welt!“

Ha! dachte ich, eine schöne neue Welt, in der wir Leute massakrieren sollen, die denselben Gott haben wie wir, ihn nur ein klein bißchen anders verehren!

„Wollt Ihr hier alle Papisten morden?“ fragte ich leise Jean Vigier.

„Aber nein! so üble Türken sind wir nicht!“ sagte Vigier. „Den Frauen, den Kindern und auch den gemäßigten Papisten wird kein Haar gekrümmt. Aber die immerzu gegen uns gepredigt und uns den Scheiterhaufen verheißen haben, die werden, wenn wir sie kriegen, nicht mehr so steif gegen den Wind pissen.“

„Verstehe ich recht, Vigier, sie werden hingerichtet? Ohne Prozeß? Und ohne Richter?“

„Ha, woher sollen wir Richter nehmen? Die waren alle auf ihrer Seite und gegen uns!“

Indessen Vigier so sprach, ließ Possaque die Kolonne vor einem recht ansehnlichen Haus halten, trat an die Pforte und klopfte mit dem Knauf seines Degens laut dagegen. Niemand antwortete. Da befahl er den Männern, die Tür aufzubrechen, was ihnen aber nicht gelang, denn sie war aus alten dicken Eichenbohlen und mit drei Eisenbändern verstärkt. Im Oberstock tat sich ein Fenster auf, eine Frau mit weißen Haarflechten, sauber und gut gekleidet, schaute heraus und fragte Possaque nach seinem Begehr.

„Frau, wir wollen diesen Schurken haben, diesen Gauner und Dieb, ich meine dieses Scheißstück von Konsul, deinen Sohn Gui Rochette. Er möge vor uns erscheinen und Rechenschaft ablegen, wie er die Stadt verwaltet hat!"

„Mein Sohn verdient so schmutzige, beleidigende Worte nicht", sagte die Dame nicht ohne Würde. „Im übrigen ist er nicht da."

„Er ist da, gar kein Zweifel! Und soll sofort sein verräterisches Verrätergesicht im Fenster zeigen, oder ich zünde das Haus an!" rief Possaque.

„Und wenn Ihr es lichterloh ansteckt, er ist nicht hier", entgegnete die Dame fest. „Ich sage es – und bei Christus, der mich hört, wiederhole und beschwöre ich's. Wo er jetzt ist, weiß ich nicht. Zu Mittag ist er plötzlich fort, gar ohne Hut."

Als unsere Männer dies hörten, murrten sie laut und fluchten, daß der Schuft aus der Stadt entwischt sei. „Ruhe!" schrie Possaque, „das ist nicht möglich. Zu der Zeit hatten wir die Tore schon geschlossen." Da sah ich die Dame seltsam erbleichen, auch Possaque mochte es gemerkt haben und dahingehend deuten, daß die Frau die Wahrheit sagte. Er befahl weiterzumarschieren.

Dieser erste Zwischenfall, bei dem sich Possaque so gemein gezeigt hatte, ließ mich Schlimmes ahnen, ich wandte mich an Vigier und fragte leise:

„Was hat dieser Gui Rochette denn Schlimmes getan?"

„Nichts, Moussu, er war nur eben Erster Konsul und ganz wild gegen uns und hat im November vergangenen Jahres durchgesetzt, daß alle vier Konsuln aus dem Kreis der Papisten gewählt wurden, nicht zwei von ihnen, zwei von uns, wie wir es wollten. Wir haben die Wahl bei Monsieur de Joyeuse angefochten, aber der beschissene kleine Vicomte, der sein

Fleisch mit einer Gabel ißt (habt Ihr sowas schon mal gehört?), hat gegen uns entschieden. Rochette wird also niedergemacht, wenn wir ihn finden, vielleicht auch die drei anderen Konsuln, was aber noch nicht sicher ist, weil sie weniger papistisch sind. Rochette aber steckt immerzu beim Bischof Bernard d'Elbène, um ihm die Hand zu küssen und mit ihm Scheiterhaufen auszuhecken, wo sie uns verbrennen könnten, wenn der König zustimmt. Heiliger Michael! dieses Gezücht rotten wir aus!"

„Was denn! auch den Bischof?"

„Auch den Bischof! Obzwar er kein übler Mensch ist. Aber wir werden nicht so schlimme Türken sein wie sie: wir errichten keine Scheiterhaufen. Nein, mein edler Moussu, ein trefflicher Stich mit dem Dolch in den Hals, und schon beten sie die Jungfrau Maria in der anderen Welt an und überlassen diese Welt uns."

Als ich Vigier so reden hörte, hegte ich keinen Zweifel mehr: dieser schöne, sonnige Septembertag würde in Blutvergießen enden. Und während ich noch solch betrüblichen Gedanken nachhing, kam uns ein Trupp Hugenotten entgegen, drückte sich rechts an die Seite, um uns passieren zu lassen. Ihr Anführer, ein großer Rotschopf, schwang seinen Degen und rief:

„Gefährten! Neue Welt! Condé und Coligny haben den König auf Schloß Monceaux gefangengesetzt! Die Medici, die alte Hündin, ist niedergemacht! Ebenso ihre Rüden Anjou und Alençon. Freunde! Lyon ist von den Unseren erobert! Bald folgen Montpellier, Toulouse, Paris!"

Ich glaubte davon kein Wort, zu Recht, doch auf Samson, den ich leise zum Schweigen ermahnte, und mehr noch auf unsere Begleiter tat dies große Wirkung. Sie glaubten wirklich, jetzt das ganze Königreich unter ihrem Stiefel zu haben, und gewaltig schwoll ihr Durst auf Rache, meinten sie doch, ihre Handlungen nicht mehr rechtfertigen zu müssen, auch nicht dem König gegenüber, der ja, wie man ihnen soeben weisgemacht, in ihrer Gewalt war. Die leidigen Folgen dieser Ereiferung hatte ich sogleich vor Augen, denn Possaque blieb stehen und fragte den Rotschopf, wer die beiden Männer seien, die er als Gefangene mitführte.

„Nur Kroppzeug, das ich ins Rathaus abführe: der Seiler

Guérinot und der Seidenarbeiter Doladille, wilde Papisten beide."

„Kleine Beute", sagte Possaque mit einem Achselzucken.

Doch als Jean Vigier den Namen Doladille hörte, wurde er ganz bleich vor Wut. Er drängte wild an allen vorbei, die ihm im Wege standen, packte den unglücklichen Seidenarbeiter an der Halskrause, schrie: „Ha, Doladille, du Schuft!" und versetzte ihm mit seiner Waffe einen gewaltigen Hieb, jedoch so stümperhaft, daß er ihm nur eine Schmarre am linken Arm beibrachte. Possaque packte Vigier am Arm und herrschte ihn an: nicht er, sondern die Anführer entschieden über Exekutionen. Worauf er den abgekanzelten Vigier zurück ans Ende der Kolonne beorderte. Dort sprach ich nicht mehr mit ihm, als wir weiterzogen, und er fragte in großer Einfalt:

„Was ist denn, Moussu? Mögt Ihr mich nicht mehr leiden?"

„Aber Vigier, einen Wehrlosen anzugreifen! Pfui Schande!"

„Moussu, der ist nicht irgendwer. Das ist Doladille!"

„Und wer ist Doladille?"

„Ein Seidenarbeiter, der dauernd meinen Beruf verspottet."

„Und ist das ein Grund?"

„Auch hat er mir Hörner aufgesetzt mit meinem Weib."

„Das ist freilich schändlich ..."

„Ha, Moussu, es kommt noch schlimmer! Er brüstet sich, dieser üble Papist, er wolle mich umbringen, wenn Karl IX. die Hugenotten für vogelfrei erklärt, und dann meine Witwe heiraten: er habe im Hosenschlitz das Erforderliche, um sie ganz flugs zum wahren Glauben zu bekehren!"

Weiter gedieh unser Gespräch nicht, denn Possaque rief mich und zeigte mir die Herberge *Zur Muschel*, wo er mit lautem Schreien Einlaß begehrte. Die Tür tat sich einen Spalt breit auf, und es zeigte sich die Wirtin, ein geschmeidiges Weib von strammem Busen, stolzem Blick und selbstsicherer Rede.

„Was soll das!" schalt sie. „Ich habe geschlossen, ganz wie befohlen."

„Jetzt wird's Euch anders befohlen", sagte Possaque barsch. „Bringt diese Edelleute unter, ohne Feilschen, sie kommen grad eben aus Montpellier und benötigen ein Lager."

Hierauf er abzog, um Jagd auf Papisten zu machen, größere Beute sich erhoffend als einen Seiler und einen Seidenarbeiter.

Die Wirtin, wortlos und mit eisiger Stirn, brachte Samson in einem der Zimmer unter und mich im anderen, während ihr Knecht meinem Miroul beim Einstellen der Pferde half.

„Meine Beste, was soll das?“ fragte ich und hielt sie am Arm zurück, als sie gehen wollte. „Warum seid Ihr so abweisend? Was mißfällt Euch an mir?“

„Moussu, mir mißfällt nicht Eure Person, mit der ich mich halbwegs anfreunden könnte, sondern Euer Tun.“

„Mein Tun?“ fragte ich baff. „Was habe ich getan?“

„Ihr seid eigens von Montpellier gekommen, um Euch hier den Meuchlern anzuschließen!“ Ihre Augen blitzten.

„Oh, beste Freundin, das ist Verleumdung!“ rief ich. „Nie habe ich jemanden getötet, außer im ehrlichen Kampf. Und ich habe nicht die Absicht, hier ... Ich bin nach Nîmes gekommen, um bei einer Person zu wohnen, die papistischen Glaubens ist. Als ich bei meiner Ankunft aber sah, welche Wendung die Dinge hier nehmen, mochte ich den Namen nicht nennen. Nun bin ich bei Euch untergebracht, auf Possaques Befehl, und bedauere sehr, daß es Euch mißbehagt.“

„Moussu, darf ich Euch glauben?“

„Das sollt Ihr, meine Freundin“, sagte ich und legte ihr meine Hände auf die Schultern, die straff und fleischig waren. „Ich bin zwar Hugenotte, aber kein eifernder, wie mancher hier in Nîmes.“

„Moussu, kann ich Vertrauen in Euch haben?“ fragte sie etwas sanfter. „Würdet Ihr mir den Namen der Person nennen, bei der Ihr wohnen wolltet?“

„Meine Freundin, ich tue Besseres: ich zeige Euch den Brief, den ich dieser Person übergeben sollte. Hier ist er.“ Ich zog aus meinem Wams den Umschlag hervor und reichte ihn ihr. „Er ist nicht versiegelt. Lest ihn.“

„Ha, Moussu, Ihr handelt so ehrlich und frank, daß ich Euch immer lieber mag“, sagte sie, nun sehr gütig gestimmt. Doch errötend und ein bißchen beschämt fügte sie hinzu: „Ich kann zwar rechnen, aber kaum lesen, Moussu. Darf ich meinen Koch rufen lassen? Der liest so trefflich wie ein Pfarrer auf der Kanzel und wird mir sagen, ob ich so viel Vertrauen in Euch haben darf, wie ich mir wünschte.“

Und sie bedachte mich mit einem so herzlichen Lächeln, daß ich nur zustimmen konnte. Nachdem sie ihrem Kammermädchen einiges ins Ohr geflüstert hatte, setzte sie sich auf einen Schemel, ich tat ein Gleiches, und da es nur eben zu warten galt, sah einer den andern stumm an, weil jeder Wohlgefallen hatte an dem, was er da sah, ohne daß schon der Augenblick gekommen war, es auszusprechen.

Es klopfte, und in der Tür erschien ein Koch, recht wohlgenährt, mit rundem Gesicht und dicker Nase, jedoch gewandt in seinen Gesten. Die Wirtin reichte ihm das Schreiben hin und bat ihn höflich, es zu lesen. Da nun grüßte mich der Koch mit einer kleinen Verbeugung, nahm aber zu meiner großen Verwunderung die weiße Mütze nicht ab. Unaufgefordert setzte er sich und las stumm und mit ernster Miene den Brief, wobei die Wirtin ihn so achtungsvoll betrachtete, wie dies kaum einem Koch von seiten der Herrin widerfahren mag. Als er geendet hatte, erhob er sich, grüßte mich mit tiefer Verbeugung, auch diesmal die Mütze nicht lüpfend, reichte den Brief der Wirtin, verschränkte die Hände über dem dicken Bauch und sprach mit sanfter Stimme:

„Madame, der Brief stammt von der Vicomtesse de Joyeuse und ist an Monsieur de Montcalm gerichtet, den Stellvertreter unseres Seneschalls. Ihm anempfiehlt sie diesen Edelmann, der ihr kleiner Vetter ist ..."

„Der kleine Vetter von Madame de Joyeuse!" rief die Wirtin überrascht und betrachtete mich nun mit ganz anderen Augen.

„Dieser Edelmann heißt Pierre de Siorac", fuhr der Koch fort, die Hand hebend, wie wenn er es nicht gewohnt wäre, unterbrochen zu werden. „Er ist der Zweitgeborene des Barons von Mespech im Périgord. Monsieur de Siorac und sein Bruder Samson sind Scholaren. Pierre de Siorac hat in Montpellier einige Unbedachtheiten begangen (hier musterte mich die Wirtin mit zärtlichem Blick und meinte wohl, meine Torheiten erraten zu haben), die Vicomtesse bittet Monsieur de Montcalm, die jungen Herren kurze Zeit bei sich aufzunehmen, bis sich die Geister in Montpellier wieder beruhigt haben. Madame de Joyeuse fügt hinzu, daß Monsieur Pierre de Siorac ein loyaler Hugenotte sei und keinesfalls die Waffe gegen seinen König erheben werde ..."

„Ha, Moussu, das beruhigt mich!" rief die Wirtin. „Nun habt Ihr mein volles Vertrauen, und ich will Euch nun auch nicht vorenthalten ..."

„Madame, Ihr vertraut vorschnell“, fiel ihr der Koch gebieterisch ins Wort. „Monsieur de Siorac dünkt mir ein Edelmann von gutem Schrot und Korn, doch er ist Hugenotte und wird seiner Partei getreulich folgen ...“

„Gewiß, aber nicht Mord für sie begehen! Oder dem König eine Stadt entreißen!“ rief ich. Und auf den Koch zutretend, ergriff ich seine Hände (die nicht die Hände eines Kochs waren) und sprach zu ihm: „Gevatter, wenn ich hier jemanden retten kann, indem ich ihn vor den Übergriffen der Meinen bewahre, will ich es tun!“

Mein Gedanke war, daß sich unter seiner weißen Mütze vielleicht die Tonsur eines Priesters verbarg und er solche Verkleidung hatte wählen müssen, um denen zu entgehen, die augenblicklich Jagd auf alles machten, was Soutane trug.

„Noch ist nichts verloren“, fügte ich hinzu. „Man macht Gefangene, tötet sie aber nicht.“

„Ach, Herr von Siorac, da täuscht Ihr Euch!“ rief der Koch, und Tränen traten ihm in die Augen. „Noch haben die Aufständischen Befehl, die Gefangenen heil und unbehelligt ins Rathaus zu bringen, doch es ist durchgesickert, daß sie schon heute nacht insgeheim umgebracht werden sollen. Und mindestens in einem Fall hat der fanatische Zorn die Hinrichtung bereits vollzogen: heute mittag wurde der Generalvikar Jean Péberan in seiner Wohnung vom Kanzleischreiber La Grange und zwanzig weiteren bewaffneten Männern überfallen und auf der Stelle niedergestochen.“

„Das ist gemeiner Frevel!“ sagte ich, „und ich beginne nun, um die Sicherheit von Monsieur de Montcalm zu bangen. War er bei meiner Partei schlecht angesehen?“

„Sehr schlecht“, sagte die Wirtin, „doch es heißt, er habe sich, bevor die Tore geschlossen wurden, mit Frau und Tochter retten können und den Weg in die Provence genommen, wo er einen gut bewehrten Landsitz mit Wassergraben, Türmen und Pechnasen hat.“

„Meine Freundin, gebt mir etwas zum Beißen, mein Hunger ist groß, dann will ich mich aufmachen und erkunden, wie es um Monsieur de Montcalm steht. Das an ihn gerichtete Schreiben aber versteckt an sicherem Ort, es soll nicht bei mir gefunden werden, falls aufgebrachte Leute mich durchsuchen.“

„Moussu“, sprach die Wirtin zu mir, mit wohlgesinntem

Blick oder gar mehr, „Ihr solltet besser hier bleiben, zur Stunde ist man auf den Straßen großer Gefahr ausgesetzt.“

„Meine Freundin, nichts wäre mir lieber, als bei Euch zu bleiben“, sagte ich mit einem Lächeln. „Doch ich habe eine Verpflichtung gegenüber Monsieur de Montcalm, der mein Gastgeber sein sollte, und mehr noch gegenüber Madame de Joyeuse, die mich zu ihm gesandt hat.“

Da bat die Wirtin den Koch sehr höflich, mir meinen Braten anzurichten. Er hatte augenscheinlich nicht daran gedacht und erhob sich. Doch bevor er ging, trat er an mich heran und sprach in bittendem Ton:

„Monsieur, der Bischofssitz befindet sich unmittelbar neben dem Haus von Monsieur de Montcalm, vielleicht könntet Ihr Euch etwas umschauen und erfahren, ob man unserem Bischof Bernard d'Elbène auf der Spur ist, der sich seinen Verfolgern bisher entziehen konnte.“

„Um Christi Liebe willen werde ich das tun“, sagte ich. Hierauf der seltsame Koch mich ehrerbietig grüßte und sich in die Küche zurückzog.

Ich speiste in meinem Zimmer, allein mit Samson. Und als wir geendet hatten, sagte ich ihm, ich würde ausgehen, er solle in seinem Zimmer auf mich warten und mit niemandem sprechen; falls die Unseren ihn ausfragen würden, solle er sagen, wir seien auf Besuch in der Stadt und um Hauptmann Bouillargues ein Schreiben zu überbringen. Mehr nicht. Keine Meinungen äußern, sich nicht für oder gegen die Vorgänge in der Stadt erklären, auch nichts verlauten, was eine Beleidigung des Königs, der Königinmutter oder der Brüder des Königs sein könnte. Und schließlich erinnerte ich ihn noch daran, daß unser Vater sich als loyaler Hugenotte bewiesen, den Degen nicht gegen den König gezogen und sich an der Belagerung von Sarlat nicht beteiligt hatte, weil ihm dies pure Rebellion schien und die Exekution von Priestern und papistischen Bürgern nichts als gemeine Meuchelei, unehrenhaft und eine blutige Schmähung unserer Gesetze.

Ich bewehrte mich mit Degen und Kurzschwert, verzichtete aber wegen der drückenden Hitze auf Brustpanzer und Helm. Die Wirtin führte mich durch eine Hintertür auf ein Gäßchen hinaus, wo Miroul, in gleicher Weise bewaffnet, schon auf mich wartete.

„Was tust du hier?“ rief ich erstaunt.

„Ich will Euch nicht allein gehen lassen, Moussu!“

„Und wie bist du aus dem Haus geschlüpft?“

„Durch die Luke da im zweiten Geschoß.“

„Heilige Jungfrau!“ rief die Wirtin. „Es muß einer schon eine Fliege oder ein Vogel sein, um von da oben heil herunterzukommen.“

„Ich habe ihn noch ganz anders klettern sehen!“ sagte ich, ein bißchen stolz auf Mirouls wunderbare Wendigkeit. Gleichwohl tat ich etwas ungehalten.

„Miroul, wer hat dir befohlen, mich zu begleiten?“

„Der Herr Baron von Mespech hat mir aufgetragen, Euch zu begleiten, wann immer Gefahr droht. Und droht uns jetzt nicht Gefahr?“

„O ja, er hat recht“, sagte die Wirtin. „Mein edler Moussu, seht Euch gut vor. Und du, Miroul, achte auf ihn!“ Hierauf sie, nicht ohne daß ihre schönen Augen mir einen großen Strauß Versprechungen zuwarfen, die Tür hinter sich schloß.

Auf der Straße traf ich wieder jene bewaffneten Trupps, die wie närrisch schrien „Tod den Papisten! Neue Welt!“ und uns argwöhnisch beäugten. Doch ich machte gefaßte Miene, tat ernst und selbstsicher, daß keiner sich heranwagte und zu wissen begehrte, was wir da suchten. So schlüpfte ich durch alle Maschen dieses Netzes und erreichte die Kathedrale, in deren Nähe sich der Bischofssitz und das Haus von Monsieur de Montcalm befanden.

Auf dem Platz drängten sich zuhauf Hugenotten, eifrig am Werke – bewaffnet die einen, andere unbewaffnet –, die Kirche zu plündern. Sie schleppten die Kreuze hinaus, die Gemälde, die Statuen, das Gestühl der Domherren, schlugen mit Äxten alles in Trümmer, versäumten jedoch nicht, die sakralen Gefäße und die goldbestickten Drapierungen mitzunehmen. Vor der Kirche unterhielten andere ein großes Feuer, wo sie die feudalen Titel und Schuldbriefe des heiligen Kapitels verbrannten. Niemand in Nîmes und Umgebung werde mehr einen Sol an die Domherren entrichten, schrien sie. Und indes alle sich in unbändiger Freude dem Zerstören hingaben, als würde aus den Trümmern und der Asche wahrhaftig eine neue Welt erstehen, kamen Miroul und ich ungesehen vorbei und gelangten zum Bischofssitz. Dort wagte ich nicht einzutreten, weil der Palast von Soldaten wimmelte, die alles kurz und klein schlugen.

Nahe dem Bischofssitz sah ich ein stattliches Gebäude mit einem Treppenturm und zwei vorspringenden Etagen. Es mochte das Haus von Monsieur de Montcalm sein, und da ich die Pforte unverschlossen fand, trat ich ein, gefolgt von Miroul. Drin stieß ich auf ein Dutzend bewaffneter Leute, die am Plündern waren und sich durch mein Erscheinen sehr gestört fühlten. In dem einen erkannte ich den hünenhaften Rotschopf, welcher Possaque die vermeintliche Gefangensetzung des Königs gemeldet hatte. Mit Schmähgebärde trat er auf mich zu, Pistole in der Hand, und herrschte mich beleidigend an:

„Bursche, wer bist du? Was treibst du hier?“

„Monsieur“, erwiderte ich hochfahrend, „ich heiße Pierre de Siorac und bin der Zweitgeborene des Barons von Mespech aus dem Périgord. Monsieur de Montcalm“, log ich, „schuldet meinem Vater fünfhundert Livres, und ich bin aus Montpellier angereist, sie einzufordern. Aber dem Anschein nach komme ich wohl zu spät. Da ich Euch hier den Besitz von Monsieur de Montcalm einsammeln sehe, muß ich vermuten, daß er tot ist und Ihr alle hier seine Erben seid.“

„Er ist nicht tot. Geflohen ist er“, rief einer der Diebe.

„Schweig, Vidal!“ schrie der Rotfuchs und fuhr, an mich gewandt, grimmig fort: „Von deiner Geschichte glaube ich dir kein Wort. Dein Lügengesicht ist mir heute schon irgendwo begegnet, ich halte dich für einen Spion der Papisten, der unsere Geheimnisse auskundschaften will!“

„Monsieur“, rief ich zornrot und stemmte den Arm in die Hüfte, „wenn Ihr gütigst Eure Pistole einstecken und statt dessen den Degen ziehen wollt, werde ich Euch diese dreckigen Anschuldigungen ins Maul zurückstopfen! Ich bin reformierten Glaubens und diene ihm besser als Ihr! Denn wenn ich recht sehe, geht es hier weniger um den Glauben als ums Plündern!“

„Frecher Halunke!“ schrie der Mann, tat einen Schritt und hielt mir die Pistole vor die Brust. Mit der anderen Hand riß er mir das Wams auf, das ich wegen der Schwüle nicht zugeknöpft hatte, und da sah er die Marienmedaille, die meine Mutter mir auf ihrem Totenbett geschenkt hatte. Außer sich vor Wut, brüllte er:

„Du Verräter wagst es, dich als Hugenotte auszugeben! Mit einem Götzenbild am Hals! Papist bist du, Schurke, und schlimmer noch: ein papistischer Spion! Daß du uns hier ausspionierst, soll dir die Hölle einbringen!"

Weiter kam er nicht, Miroul hatte ihm die Pistole aus der Hand geschlagen, stellte dem Koloß ein Bein, warf ihn zu Boden, hockte sich ihm auf die Brust und setzte ihm den Dolch an die Gurgel. Ein herrlicher Anblick, wie schnell der schmächtige David diesen Goliath am Boden hatte.

„Moussu, soll ich ihn niedermachen?" fragte Miroul.

„Nein", sagte ich.

Ich zog meinen Degen, nahm die Pistole des Angreifers auf, zielte auf ihn mit der einen Hand und richtete mit der anderen den Degen auf die Plünderer, die uns die Stirn boten.

„Meine Herren", sagte ich laut und klar, dabei ich sie fest ins Auge faßte, „ich habe die Wahrheit gesagt, ich bin Hugenotte. Nur meiner verstorbenen Mutter zuliebe, die eine Papistin war, trage ich diese Medaille. Wer dies bezweifelt, möge mich zu einem Geistlichen unseres Kultes begleiten, damit ich dort über die Grundsätze meines Glaubens befragt werde."

Mein Ton, meine entschiedene Rede, meine schwarze Kleidung und das Anerbieten, mich prüfen zu lassen, taten sichtlich Wirkung, machten sie wankend.

„O ja, man sollte ihn zu Monsieur de Chambrun führen, wie sonst ließe sich entscheiden?" sagte jener Vidal.

„Ja, aber wer führt ihn hin?" fragte ein anderer.

Sie musterten einander schweigend, offenbar wollte keiner seines Beuteanteils verlustig gehen.

„Monsieur", sagte schließlich Vidal, „wenn Euer Diener François Pavée freigibt, lassen wir Euch unbehelligt ziehen."

„Habe ich Euer Wort?" fragte ich. Mochte ich auch wenig Vertrauen in das Wort eines Plünderers haben, mußte ich dennoch darauf eingehen.

„Ihr habt unser Wort", sagte Vidal. „Geht jetzt, Monsieur."

„Nicht bevor Euer Anführer seine Beleidigung zurücknimmt", rief ich laut, indessen François Pavée abermals die Spitze von Mirouls Dolch an der Kehle spürte.

„Ich nehme sie zurück", sprach François Pavée mit erstickter Stimme, dabei der Haß ihm das Gesicht verzerrte.

„Meine Herren, das mag genügen. Stellt Eure Waffen gegen die Wand, bis ich mich zurückgezogen habe."

Sie gehorchten, ich feuerte Pavées Pistole gegen die Decke

ab und warf sie ihm vor die Füße. Dann machte ich Miroul ein Zeichen und rannte, ungeachtet meines Ranges, wie ein aufgescheuchter Hase davon, quer über den Platz und Miroul neben mir her. Hinter uns knallten zwei Arkebusenschüsse, die uns jedoch verfehlten. Schon hinter der nächsten Ecke blieb ich stehen und steckte meinen Degen in die Scheide zurück, fest überzeugt, daß keiner der Strolche mich verfolgen würde: Bereicherung lag ihnen viel näher am Herzen.

Wenn ich Strolche sage, so ist das nur meine Art zu reden. Denn François Pavée war, wie ich später erfuhr, durchaus kein marodierender Landsknecht. Er gehörte zu den betuchten Bürgern der Stadt, hatte ein Haus, volle Truhen und guten Landbesitz in der Provence, dank welchem er sich Seigneur de Servas nannte. Doch obwohl Frömmelei, Grausamkeit und Habgier um seine Seele rangen, war er nichtsdestoweniger einer der drei Hugenottenführer von Nîmes, die – ohne Wissen der anderen Häupter der Gemeinschaft – während der Nacht dann jene Meuchelei betreiben sollten, deren Zeuge ich wurde.

„Moussu, nun habt Ihr in diesem Pavée einen Todfeind. Höchste Zeit, daß wir die Stadt verlassen", sagte Miroul.

„Nicht bevor wir Monsieur de Chambrun gesehen haben."

„Wozu wollt Ihr ihn sehen?"

„Damit er weiß, daß ich wirklich Hugenotte bin, und es den anderen kundtut; vor allem aber, damit er diesen schändlichen Exzessen Einhalt gebietet."

„Ha, Moussu, Ihr wollt immer alles zum Guten wenden."

Hier verstummte er, in seinem bäuerlichen Feingefühl beschämt darüber, daß er mir Vorhaltungen gemacht.

Pfarrer Chambrun, der – ganz anders als Monsieur de Gasc – sehr menschlich und zugänglich war, befragte mich sehr genau und mochte gern eingestehen, daß ich in den Dingen des reformierten Glaubens trefflich Bescheid wußte und ehrlich in meinem Sinnen und Tun war, obschon er mich wegen der Marienmedaille unumwunden tadelte: sie brächte mich in den „Geruch von Götzendienerei". Ich hätte das meiner sterbenden Mutter gegebene Wort der wahren Religion opfern sollen, meinte er. Nachdem wir eine Weile disputiert, ohne daß ich ihn oder er mich hätte überzeugen können, gab er mich „meinem Gewissen anheim", was offenbar ein Lieblingsausdruck unserer Pfarrer war, hatte doch auch Monsieur de Gasc ihn auf mich angewandt. Als ich indes auf die augenblicklichen Exzesse zu sprechen kam und wie dringlich es sei, ihnen zu begegnen, hob Monsieur de Chambrun die Arme gen Himmel.

„Ach, Monsieur de Siorac! In Kriegszeiten – und leider haben wir Krieg – unterwerfen sich die Waffen nicht der Toga! Ich habe die ungebärdigsten Anführer vor das Konsistorium zitiert, François Pavée, Hauptmann Bouillargues und Poldo Albenas, doch das schert sie wenig: sie haben die Macht und maßen sich deshalb das Recht an. Sie werden meiner Vorladung respektvoll folgen, jedoch erst, wenn alles vollbracht ist. Dann werden sie alles abstreiten und die von ihnen befohlenen Hinrichtungen anderen zur Last legen. Das Konsistorium kann sich bemühen, das Töten in Grenzen zu halten, mehr nicht. Günstigstenfalls ihm ein Ende setzen."

Ein schrecklicher Gedanke, daß die Prediger von Nîmes außerstande waren, die Grausamkeiten der Anführer zu zügeln. Mein eigenes Schicksal hing also am seidenen Faden: es stand einzig im Wollen und Können jenes François Pavée, mich umzubringen.

„O ja, Pavée ist der schlimmste", sagte Monsieur de Chambrun. „Und der eitelste. Ihr habt ihn beleidigt, und er ist nicht der Mann, dies hinzunehmen. Ich werde Hauptmann Bouillargues in einem Brief wissen lassen, wer Ihr seid, und den schändlichen Verdacht, den François Pavée über Euch in die Welt gesetzt hat, ausräumen. Ich werde ihn bitten, Passierscheine für Euch auszustellen, damit Ihr Nîmes verlassen könnt, ehe François Pavée zuschlägt."

Monsieur de Chambrun tat, wie er versprochen, und unter tausendfachem Dank verließ ich ihn, freilich nicht sonderlich beruhigt, daß ich in meinem Wams nun schon zwei Briefe hatte, die an selbigen Hauptmann gerichtet waren, der in Nîmes aber kaum ausfindig zu machen war: schwache Bollwerke gegen die bewaffneten Trupps meines Feindes.

Meine Sorge war nicht unbegründet, denn kaum hatten wir das Logis von Monsieur de Chambrun verlassen und hundert Schritte getan, sahen wir uns einem Dutzend bewaffneter Männer gegenüber, die ihre Arkebusen auf uns richteten. Obwohl mein Herz wie eine Sturmglocke ging, trat ich mutig auf sie zu und sprach mit lauter Stimme:

„Freunde, was soll das? Ihr legt auf mich an? Warum das?

Macht man in Eurer guten Stadt die Leute einfach nieder, ohne ihnen den Grund zu nennen? Seid Ihr gemeine Halsabschneider oder wackere Handwerker, die ihrem reformierten Glauben treu sind?“

So ruhig und gefaßt ich sprach, fürchtete ich dennoch, daß einer mir mit einem Feuerstoß das Wort abschnitte. Zum Glück dachte keiner daran, sie zeigten sich für meine Rede empfänglich, wie Leute aus dem Languedoc es eben sind. Einer trat vor und hob zu sprechen an: es war Jean Vigier!

„Moussu, mögt Ihr auch ein sehr liebenswürdiger Edelmann sein und die Handwerker achten, wir haben von François Pavée Befehl, Euch und Euren Diener auf der Stelle zu töten, da Ihr papistische Spione seid.“

„Aber Jean Vigier! Ich bin weder Spion noch Papist! Ich bin der Sohn eines hugenottischen Barons und selbst Hugenotte. Willst du den Beweis?“ Ich griff in mein Wams. „Hier ist ein Brief, darin Monsieur de Chambrun dem Hauptmann Bouillargues versichert, daß ich, was immer Pavée behaupten mag, der reformierten Kirche angehöre, und ihn bittet, mich aus der Stadt herauszulassen.“

„Ich kann nicht lesen“, sagte Jean Vigier.

„Freunde“, rief ich, „wer möchte dieses Schreiben lesen?“

Doch es war kein Lesekundiger dabei, und ihre Mienen sagten zur Genüge, daß sie mir nicht sehr wohlgesinnt waren. Da änderte ich meine Taktik.

„Aber was soll der Brief!“ sagte ich. „Wichtig ist, daß ich dem Glauben treu bin, was man schon mit geschlossenen Augen erkennt. Ich kann Euch Davids Psalmen singen, vom Anfang bis zum Ende, und mein Diener desgleichen. Auch kann ich Euch, nicht weniger trefflich als Eure Pfarrer, die papistischen Ketzereien aufzählen“, fuhr ich fort, dabei ich mein Wams bis zum Hals zuknöpfte, weil die Kette der Medaille mir die Haut verbrannte. „Die Wahrheit ist, daß François Pavée mich beseitigen will, weil ich ihn im Hause von Monsieur de Montcalm ertappte, wie er da eine gewaltige Menge Diebesgut einsackte, während Ihr, Freunde, schwitzend durch die Straßen liefet. Warum hat mich François Pavée nicht selbst getötet, wenn er mich für eine Spion hielt? Nun, ich will es Euch sagen: Mein Vater ist im Périgord ein mächtiger Hugenottenbaron und auch ein großer Heerführer, er hat bei Ceresole und vor Calais gekämpft. Pavée hat Angst gehabt, mein Vater würde an ihm Rache nehmen. So hat er diese leidige Arbeit Euch übertragen, damit Ihr, meine Freunde, statt seiner an den Galgen kommt!“

Auch diese Rede hatte nicht die erhoffte Wirkung: es war ebenso schwer, ihnen einen Gedanken ins Hirn zu pflanzen, wie einen dort nistenden wieder zu entfernen. Doch obwohl meine Worte an ihren Schädeln abprallten – ich selbst machte auf sie einen gewinnenden Eindruck.

„Der Moussu hat ein ehrliches Gesicht“, sagte einer.

„Er ist sehr jung und von edler Gestalt“, sagte ein anderer.

„Auch hat er nicht das Gesicht eines Spions“, sagte ein kleiner Glatzkopf.

„Gemach!“ sagte ein langer Hagerer. „Der Moussu wirkt nicht bös, aber er ist nicht aus Nîmes. Was treibt er hier?“

„Was!“ sagte ich, „wer Eure schöne Stadt bewundern kommt, soll gleich ein Spion sein?“

„Jedenfalls haben wir unseren Befehl“, sagte Jean Vigier und sah mich freundlich aus seinen törichten Äuglein an. „Mit Eurer Erlaubnis, Moussu, wir haben Befehl, Euch umzubringen.“

„Jean Vigier, wer ist dein Vorgesetzter: François Pavée oder Hauptmann Bouillargues?“ fragte ich.

„Der Hauptmann.“

„Und was sagst du zu ihm, wenn du ihm die Briefe überbringst, die du, nachdem du mich getötet hast, bei mir finden wirst?“

„Tja, das ist ein Punkt“, sagte Jean Vigier.

Er hob seinen Helm und kratzte sich den Schädel.

„Ich denke, wir lassen den Moussu ohne weiteres Feilschen jetzt über die Klinge springen“, sagte der lange Hagere. „Bedenkt nur: er ist nicht aus Nîmes. Auch diskutiert es sich schlecht bei so heißer Sonne, ich schwitze unter meinem Harnisch. Machen wir Schluß mit ihm.“

„Guter Freund, was die Hitze betrifft, hast du recht“, sagte ich eilig. „Führen wir das Gespräch in der Herberge *Zur Muschel* fort, ich spendiere euch ein paar gute Flaschen, aus Liebe zu Nîmes und zu meinem Leben.“

Bei diesem Vorschlag, den alle guthießen, legte Jean Vigier die Stirn in Falten:

„Aber es ist heute verboten, in die Schenke zu gehen.“

„Nicht aber, mich dorthin zu begleiten, denn da habe ich mein Logis, und ihr könnt mich nicht guten Gewissens laufen lassen, bevor ihr in meinem Falle entschieden habt.“

„Das ist ein Punkt“, sagte Jean Vigier, doch er schwankte noch.

„Gehen wir zunächst trinken“, sagte der große Hagere. „Niedermachen können wir ihn hinterher.“

Dieser Vorschlag obsiegte, und wir begaben uns in die Herberge *Zur Muschel*, meine Vollstrecker und ich, sie unter ihrem Brustpanzer schwitzend, ich in meinem Wams.

Damit sie nicht gesehen würden, riet ich, den Hintereingang zu nehmen. Doch vor die Tür gelangt, bekamen wir nicht Einlaß, sosehr wir auch Lärm schlugen. Also hieß ich Miroul, die Fassade hinauf aufs Dach zu klettern und dort durch die Luke, durch welche er herausgekrochen, wieder hineinzukriechen. Dies tat er so flink, daß meinen gefährlichen Gästen vor Staunen der Mund offenblieb.

„Bei Gott, ich an seiner Stelle würde Einbrecher werden!“ sagte der lange Hagere. „Da würde ich mein Brot leichter verdienen denn als Flickschuster.“

Und damit sie sich nicht anders besännen, erzählte ich ihnen die Geschichte, wie Miroul nachts in Mespech eingedrungen, und hielt sie in Atem, bis endlich die Wirtin die Tür öffnete, was sie ohne das mindeste Erschrecken tat, wie eben eine Frau, die in ihrem Haus den Trubel der Männerwelt zu meistern weiß. Schon ihren ersten Worten entnahm ich, daß Miroul sie über die uns drohende Gefahr in Kenntnis gesetzt hatte.

„Freunde, seid willkommen“, sprach sie, „sofern ihr Gäste dieses hugenottischen Edelmannes seid – denn ich habe Befehl, an Papisten nichts auszuschenken, obwohl ich selbst eine Papistin bin.“

„Ihr könnt es auch bleiben, Frauen rühren wir nicht an“, sagte Jean Vigier.

„Wie klug von euch!“ sagte die Wirtin. „Wer würde sich sonst um euern Braten kümmern? Und löscht die Lunten eurer Arkebusen, Freunde, ehe ihr eintretet. Und bittschön, legt auch eure Brustpanzer, Kettenhemden und Helme ab, hübsch sauber auf einen Haufen, damit ihr mir meinen Tisch nicht zuschanden macht. Ich lasse erfrischenden Wein und Becher holen.“

Ohne Murren und Widerspruch gehorchten meine Vollstrecker diesen Befehlen, als wäre die Wirtin ihr Hauptmann. Sie setzten sich um den Tisch und tranken. Und als der lange Hagere nach zwei oder drei Humpen vorschlug, das Gelage aufzuheben und mich in dem Gäßchen hinter der Herberge niederzumachen, protestierte die Wirtin entschieden: sie könnten doch nicht gehen, ohne gespeist zu haben, die Mädchen würden sogleich Schinken und Bigorrer Würstchen auftragen, kalten Braten mit Senf und Wildbachforellen und auch noch Weine, die freilich hinterhältig gemischt waren, und während meine Männer das alles in sich hineintranken und hineinschlangen, befahl ich Miroul, seine Gitarre zu holen, und hieß die Männer, mir den ersten Vers eines beliebigen Psalms zu sagen, worauf ich ihnen, von Miroul begleitet, den ganzen Psalm vorsang. Doch es war vergebliche Mühe.

„Nun, was ist eure Meinung?“ fragte ich, als ich geendet hatte. „Bin ich Papist oder Hugenotte?“

„Tja, unsere Psalmen singt Ihr freilich vorzüglich“, sagte Jean Vigier. „Aber François Pavée hat uns gewarnt, daß Ihr geschickt den Hugenotten spielen könnt. Trotzdem tragt Ihr eine goldene Marienmedaille. Leugnet Ihr das?“

„Nein.“

„Also seid Ihr ein Götzenanbeter.“

Da schauten mich denn alle so voll Schauder an, als hätten sie mich beim Anbeten des Goldenen Kalbes ertappt. Oje! war mein Gedanke, indessen mir der Schweiß über den Rücken lief, diesmal bin ich verloren! Mit Gewalt und Schrecken wird der Glauben verteidigt! Die Götzenanbeter sind Fanatiker, die Nicht-Anbeter ebenso. Montluc hat einen Mann köpfen lassen, weil er ein Kruzifix zerbrach. Die hier werden mich töten, weil ich eine Medaille trage.

„Freunde, dieses Marienbild hat mir meine Mutter auf ihrem Sterbebett geschenkt. Ich trage es, weil ich meine Mutter verehre, nicht weil ich Maria vergöttere. In Wahrheit bete ich zu Gott wie ihr, ohne mich der Vermittlung Marias oder der Heiligen zu bedienen.“

„Freilich“, meinte Jean Vigier, „Ihr wißt Eure Zunge in der Tat zu gebrauchen und führt schöne Reden. Aber sagt Ihr denn auch die Wahrheit? Wer soll das bezeugen?“ fragte er mit einem Rülpser, der einen Kamin ausgefegt hätte.

„Der Moussu ist nicht aus Nîmes“, sagte lallend der hagere Lange, dem der Wein gehörig in den Kopf gestiegen war. „Er kommt aus Montpellier. Und wer von fern kommt, hat gut lügen!“

„Aber ich lüge nicht!“ rief ich verzweifelt. „Ich bin ein braver, ehrlicher, loyaler Hugenotte, wie es schwarz auf weiß im Schreiben von Monsieur de Chambrun an Hauptmann Bouillargues steht. Wollt ihr mich meucheln, nur weil ihr nicht lesen könnt? Und überhaupt, wieso könnt ihr denn nicht lesen? Ich habe immer sagen hören, daß die Handwerker und die Bauern, die zu unserem reformierten Glauben übertreten, eilends die Buchstaben erlernen, um dann die Heilige Schrift zu lesen.“

Bei diesem Vorwurf senkten sie die Köpfe und starrten beschämt in die Becher. Ein kleiner dicker Glatzkopf gestand mit Tränen in den Augen (gewiß nur, weil er zuviel des Weins genossen):

„Moussu, wir haben uns erst jüngst zur wahren Religion bekehrt, und uns ist eingeschärft, lesen zu lernen, damit wir die heiligen Texte verstehen können. Wie aber soll ich, der ich fünfzehn Stunden täglich am Webstuhl sitze und mit dem bißchen, das ich verdiene, fünf Münder zu ernähren habe, am Abend noch die Kraft aufbringen, mit meinem Kopf zu arbeiten? Sosehr ich mich bemühe, sind meine Fortschritte gering.“

„Ich nehm's euch doch nicht krumm, daß keiner von euch lesen kann. Aber dann fragt doch Monsieur de Chambrun: er kann euch sagen, wie es um meinen Glauben steht.“

„Weiß Gott, das wär eine Idee!“ meinte der kleine Dicke. Er erhob sich, sackte aber gleich wieder auf den Schemel zurück. Die Beine versagten ihm.

„Ah, nein, ich lasse mich nicht abbringen“, beharrte Jean Vigier rülpsend, die Nase im Becher. „Da ist Verräterei im Spiel: der Moussu trägt das Götzenbild um den Hals.“

„Der Wein ist nicht schlecht, zumal bei der Hitze“, sagte der hagere Lange. „Doch meinen Befehl vergesse ich darüber nicht. Moussu, habt Geduld. Einen Moment noch, dann servieren wir Euch ab.“

„Was denn! Ohne Monsieur de Chambrun zu fragen?“ rief der kleine Rundliche. Wieder wollte er sich erheben, wieder sackte er hin.

„Ach was! Was schert's uns, ob der Moussu Papist ist oder

Hugenotte?“ sagte ein dunkler Großer neben ihm. „Töten wir ihn, dann möge der Herrgott im Himmel entscheiden. Miroul, ich will ein Loblied auf meinen Beruf als Weber singen, denn ich bin Weber wie der Dicke da. Könntest du mich begleiten?“

„Gemach!“ sprach Miroul. „Wirst du mich umbringen wie meinen Herrn?“

„Aber ja.“

„Mit oder ohne Götzenbild?“ fragte Miroul, dabei sein braunes Auge heiter dreinblickte, das blaue indes kalt blieb.

„Mit oder ohne.“

„Dann bin ich zu Diensten. Singe, Weber!“

Auf ein Zeichen Mirouls setzte ich mich nahe der Saaltür neben ihn, recht beruhigt bei dem Gedanken, noch mit Degen und Kurzschwert bewaffnet zu sein, ebenso Miroul; unsere Vollstrecker hatten nicht daran gedacht, uns zu entwaffnen, vielleicht weil sie zu sehr auf ihre große Überzahl bauten. Und gewiß hätte ich, zusammen mit Miroul, mehr als nur einen übel zurichten und töten können. Doch mir widerstrebte es, das Blut dieser braven Leute zu vergießen, wie sehr sie die Glaubensgebote auch mißverstehen mochten.

Der Weber unterdessen sang ein Lied, in dem nicht nur vom Weben die Rede war und das die Serviermädchen erröten machte. Nach dem Weber brachte ein Wollkämmer sein Lied zu Gehör, dann ein Flickschuster seins, dann ein Seidenarbeiter.

„Bei allen Teufeln!“ sagte der lange hagere Flickschuster, der das Lied seiner Innung nicht hatte darbringen wollen, „ich halte es für schlimme Sünde, hier zu saufen und sich den Wanst vollzuschlagen und solche Schweinigeleien zu singen, obwohl wir noch nicht einmal das Versteck des beschissenen Bischofs ausfindig gemacht haben. (Bei diesen Worten horchte die Wirtin auf.) Freunde“, rief er und haute mit der Faust auf den Tisch, „laßt uns endlich unsere Pflicht erfüllen, die wir vor Gott haben.“

Bei diesen Worten ahnte ich Schlimmes, weil der Mensch, ob er nun Papist ist oder Hugenotte, die Gottesgebote falsch zu deuten pflegt.

„Freunde!“ fuhr der Flickschuster fort, „laßt uns jetzt den Moussu niedermachen! Zu lange schon haben wir gesäumt.“

„Recht hat er“, sagte Jean Vigier. „Da ist Verrat im Spiel. Der Moussu trägt ein Götzenbild am Hals.“

„Also machen wir ihn nieder“, sagte der Flickschuster und zückte seinen Dolch, doch ohne sich zu erheben.

„Was denn!“ rief die Wirtin wie eine Furie, „hier im Saal wollt ihr ihn umbringen? Blut vergießen auf meinen Fliesen, die ich so sauber gescheuert habe?“

„Das stimmt“, sagte der Flickschuster und starrte mit trübem Blick auf seinen Dolch.

„Schuster, die Wirtin hat recht“, sagte ich, „gehen wir raus alle drei, damit wir ihr nicht den Fußboden verderben.“

„Alle drei?“ fragte der Flickschuster.

„Hast du nicht den Befehl, auch den Diener zu töten?“ sagte Miroul. „Mit oder ohne Götzenbild?“

„Aber ja.“

„Also gehen wir“, sagte ich, um die Sache zu Ende zu bringen.

Der Flickschuster erhob sich mühselig auf die Beine.

„Moussu“, sagte er, „das ist lieb von Euch, daß Ihr Euch so widerspruchslos umbringen laßt. Ich bin auch kein Unmensch, ich erledige das ganz schnell.“

Er tat ein paar Schritte zur Tür und wäre lang hingefallen, wenn wir ihn nicht gestützt hätten. Einige seiner Kumpane machten Anstalten, ihm zu folgen, ist doch der Tod eines Menschen dem Menschen ein weidliches Schauspiel. Aber unseren wackeren Soldaten waren die Beine gar schwer, und weil die Serviermädchen wieder die Becher füllten, besannen sie sich eines Besseren: sie hatten selten Gelegenheit, so viel zu essen und zu trinken, mußten den ganzen Tag für kargen Lohn arbeiten und konnten sich nur zu den Festtagen den Bauch füllen.

Miroul ging mir kräftig zur Hand, den Flickschuster untergefaßt bis in den kleinen Innenhof zwischen Spülkammer und Küche zu schleppen, wo ihm nun gänzlich die Beine versagten und er stehenblieb. Da er dennoch mit seiner Waffe gewaltig fuchtelte, nahm Miroul sie ihm aus der Hand, damit er sich nicht verletze.

„Moussu, wo ist mein Dolch?“ fragte der Flickschuster, die Finger bewegend, und sah mich mit wirrem Blick an.

„In deiner Hand.“

„Ah ja, ich sehe ihn, kann ihn aber nicht fühlen.“

„Weil deine Hand schwer ist und die Waffe leicht.“

„Moussu, wie kommt es, daß du dich nicht wehrst, obwohl ich dich umbringe?“

„Und wie kommt es, daß du mich umbringen willst?“

„Ah, Moussu, ich bin ganz traurig, weil ich jetzt denke, daß Ihr vielleicht gar kein Papist seid.“

„Warum tust du es dann?“

„Weil Ihr von auswärts kommt. Und wer kann einem Menschen trauen, der nicht aus Nîmes ist?“

„Recht hast du, Schuster, tu deine Pflicht und säume nicht, stoß mir den Dolch mitten ins Herz!“ Ich packte seine leere Faust, versetzte mir einen Stoß gegen die Brust und rief: „Oje! ich bin auf den Tod getroffen!“

Ich huschte hinter ihn und bedeutete Miroul, er solle gleichfalls sterben, was er bestens tat, dabei sein kastanienfarbenes Auge heiter aufblitzte. Ich gab dem Flickschuster einen sanften Stoß in den Rücken, er sackte auf die Knie, tastete mit den Händen über das Pflaster, als suchte er uns, und fragte brabbelnd:

„Habe ich sie getötet?“

Ich drehte mich um und sah auf der Schwelle der Küche den Koch stehen, der nie seine Mütze abnahm.

„Freund“, sagte ich, weil ich annahm, daß er uns gern helfen würde, „bespritze ihn mit dem Blut eines Hühnchens, seine Waffe desgleichen. Und ersäufe sein Hirn in einem Becher Weingeist. Er möge zehn Stunden schlafen und träumen, er hätte uns umgebracht.“ Dem Küchenjungen gab ich zwei Sols: „Sattle und zäume unsere Pferde und halte sie bereit.“

Ich hütete mich, noch einmal in den Saal zu gehen, wo unsere Kämpen feierten und wieder ihre Lieder sangen. Statt dessen eilte ich hinauf zu Samson, den ich in ärgster Verzweiflung fand, hatte er doch von der Wirtin erfahren, wie es zu dem Gelage gekommen. Den Rest erzählte ich in kurzen Worten und befahl ihm wie auch Miroul, sich kriegsmäßig zu rüsten, mit Helm und Brustpanzer.

„Wohin reiten wir?“ fragte Samson. „Die Tore sind alle geschlossen.“

„Wir suchen Hauptmann Bouillargues, übergeben ihm unsere Briefe und bitten ihn um Passierscheine.“

„Aber es ist gefährlich für dich und Miroul, euch in den Straßen zu zeigen, wenn dieser Pavée euch geächtet hat.“

„Gewiß, aber jetzt ist es Nacht. Und wenn wir kriegsmäßig

gerüstet sind wie sie alle, fallen wir weniger auf als im Wams.“

Es klopfte, ich öffnete einen Spalt breit die Tür und erkannte die Wirtin. Da ich in Samsons Gegenwart nicht mit ihr sprechen wollte, zog ich sie in mein Zimmer und schob den Riegel vor.

„Ihr habt es gehört: sie haben den Bischof nicht gefangen!“ sagte sie. „Aber was ist mit Monsieur de Montcalm?“

„Er ist auf der Flucht.“

„Der heiligen Muttergottes sei Dank!“ sagte die Wirtin. „Aber wollt Ihr schon aufbrechen, mein edler Moussu? Hier lauft Ihr keine Gefahr mehr. Wir haben den Flickschuster in den Saal getragen, wo er behauptet hat, beide getötet zu haben. Nun schläft er wie ein Murmeltier. Wollt Ihr jetzt wirklich fort, Moussu?“

„Meine Freundin“, sagte ich lächelnd, „ich bin untröstlich, Euch zu verlassen. Doch ich muß diesen Bouillargues finden und mir die Passierscheine beschaffen.“

„Moussu, Ihr habt Zeit, die Nacht hat erst begonnen.“

„Nun, Freundin, dann reden wir unterdessen von Euch. Wer mit Schafen umgeht, soll auch Wolle haben: fünf Dukaten als Entgelt für dieses Festmahl. Seid Ihr einverstanden?“

„Moussu, Ihr müßt mir kein Geld geben!“ sagte sie mit einem erwartungsvollen Blick.

Und indes sie protestierte, wechselten die Dukaten klaglos aus meinem Beutel in den ihren. Auch ich hatte nicht Grund zu klagen, daß ich so viel Wein hatte fließen lassen, um nicht mein Blut fließen zu sehen. Doch nachdem mein fünfter Dukaten in ihren Beutel gewandert war und die Wirtin so vor mir stand mit Augen groß wie Monde und ich gar wohl wußte, was sie begehrte, und glücklich war, noch am Leben zu sein, und nicht gewiß sein konnte, ob mir mein Leben bliebe – da wollte ich die Windstille zwischen zwei Stürmen genießen und mir wenigstens Eingang geben in dieses kleine Paradies, wäre es auch nur einen Seufzer lang. Ha, Leser, leg die Stirn nicht in Falten. Wenn es Sünde ist, so irdisch zu sein, dann verzeih mir. Gar schön ist's, zu leben. Und war es nicht wundervoll, mich so warm und bebend in diesem prächtigen Weib zu fühlen, anstatt selbigen Augenblicks kalt und blutüberströmt auf dem Pflaster zu liegen?

VIERZEHNTES KAPITEL

Ich hatte meine Vollstrecker sagen hören, für neun Uhr abends sei auf dem Platz vor der Kathedrale eine große Zusammenkunft der Glaubensgenossen angesetzt. Dorthin wollte ich mit Samson und Miroul gehen, um Hauptmann Bouillargues zu finden. Mit dem Helm über der Nase, so meinte ich, könnte ich mich im Dunkel getrost unter die bewaffnete Menge mischen, ohne erkannt zu werden. Zudem stellte ich bei meiner Ankunft fest, daß dort viele Hugenotten aus den umliegenden Landstrichen waren, jeder sein eigenes Okzitanisch redend und eilig herbeigeströmt, kaum daß sie von der Einnahme der Stadt durch die Unseren erfahren hatten. Auch sah ich nicht, daß man sie – nach Art meines Flickschusters: nur weil sie nicht aus Nîmes waren – verachtet oder ihnen mißtraut hätte. Im Gegenteil.

Eitel Freude herrschte unter dem Volk, das in dieser Nacht Rache nahm für alles, was die Unseren seit König Franz I. an grausamen Verfolgungen hatten erleiden müssen. Doch sosehr die Leute auch schrien: „Tod den Papisten! Neue Welt!" – sie machten keinerlei Anstalten, in die Stadt auszuschwärmen und die Katholiken samt Frauen und Kindern zu töten, wie es leider fünf Jahre später dann die Papisten mit den Unseren taten in der unheilvollen Bartholomäusnacht.

Wir waren bereits eine gute Stunde auf dem Platz, ohne daß ich jemand anzusprechen wagte. Endlich aber nahm ich einen ins Visier, der ein braves Gesicht hatte und seine Leute gut zu kennen schien. Zu ihm schickte ich Samson, den in Nîmes keiner kannte, weil er seit dem Mittag die Herberge nicht verlassen hatte.

„Mein schöner Moussu", sagte der Mann, Samson mit großen Augen betrachtend, als wäre der Erzengel Michael in seiner Pracht und Schönheit aus einem papistischen Kirchenfenster niedergestiegen, „wenn Ihr Hauptmann Bouillargues sucht, braucht Ihr nur dem Trupp von Pierre Cellerier zu folgen, der gerade zum Rathaus aufbricht. Bleibt ihm auf den Fersen, und Ihr werdet Bouillargues unfehlbar finden."

„Ist dieser Pierre Cellerier ebenfalls Hauptmann?" fragte Samson.

„Mitnichten. Goldschmied ist er und sehr betucht, aber ein strenger, gnadenloser Hugenotte."

Ich zog Samson am Ärmel, und wir schlossen uns dem Trupp an, der aus dreißig Mann bestehen mochte, die in Dreierreihen und passabler Marschordnung hinschritten. Miroul, Samson und ich bildeten eine Reihe mehr, ohne daß dies jemandem auffiel. Dem Trupp leuchteten an der Spitze vier oder fünf Fackelträger, während wir, hintan, im Halbdunkel marschierten.

Wir gelangten zum Rathaus, wo entgegen meiner Erwartung die Soldaten nicht draußen blieben; sie folgten Pierre Cellerier einige Stufen hinab bis vor eine stark bewachte Tür, die aber gleich entriegelt wurde und uns Zutritt gab in einen großen Raum mit den papistischen Gefangenen. Der Raum diente während der Fastenzeit als Metzgerei, um die Kranken mit Fleisch zu versorgen. Er war niedrig, sehr feucht, schlecht gepflastert und hatte kleine, von Eisenbändern gesicherte Kellerluken, deretwegen man diesen Ort wohl gewählt hatte für die Unterbringung von etwa hundert Gefangenen: Priester hauptsächlich und Mönche der verschiedenen Orden, doch auch Bürger und etliche Handwerker, darunter ich Doladille wiedererkannte, den Jean Vigier am Arm verwundet hatte.

Diese unglücklichen Menschen hatten in tiefem Dunkel gehockt und wichen beim Erscheinen der Fackeln und der bewaffneten Soldaten geblendet und entsetzt zurück, in Angst, auf der Stelle niedergestochen zu werden wie die Lämmer zur Fastenzeit. Und ich selbst fürchtete das auch, als ich sah, wie wild Pierre Cellerier und die Unseren sie musterten, die Augen voll von einem Groll und Haß, den sie im Kessel der Verfolgung tausendmal aufgekocht hatten.

Pierre Cellerier befahl einen Fackelträger zu sich, zog aus dem Wams eine Liste hervor und fing an, Namen aufzurufen. Sowohl von der Stimme als auch der Miene und Haltung her wirkte er eher wie ein Schlächter denn ein Goldschmied.

Zunächst rief er den Ersten Konsul Gui Rochette auf, der mutig und würdevoll vortrat, obwohl er wußte, was ihm bevorstand. Er murrte auch nicht, als zwei Bewaffnete ihn derb bei den Armen packten. Doch als Cellerier „Robert Grégoire, Advokat!“ rief, erschrak der Konsul, wandte den Kopf zu dem Goldschmied hin, den er bisher keines Blickes gewürdigt hatte, und sagte:

„Im Namen Gottes bitte ich Euch, Monsieur, schont Grégoire! Er trägt keine andere Schuld, als daß er mein Bruder ist.“

„Euer Bruder zu sein ist Schuld genug“, sagte Cellerier grimmig. Doch er schien sich der grausamen Absurdität dieses Satzes bewußt zu sein und fügte hinzu: „Im übrigen haben die Herren es so entschieden.“ Und er wiederholte: „Robert Grégoire, Advokat!“

Der Aufgerufene, sehr jung und aschfahl im Gesicht, trat vor und wurde von den Soldaten ergriffen; sie faßten jedoch nicht derb zu, sondern schienen eher verwundert, daß er ihren Messern ausgeliefert wurde.

Als dritten rief Cellerier einen Mönch auf: „Jean Quatrebar, Prior der Augustiner und ordentlicher Prediger der Kathedrale.“ Rächerische Häme unterlegte er dem Wort „Prediger“. Und Quatrebar, als er vortrat, wurde von den Bewaffneten ausgebuht; offenbar hatte der Prior in seinen Predigten unsere hugenottischen Brüder mehr denn nur einmal den Flammen der Hölle und, was schlimmer war, den irdischen Scheiterhaufen geweiht. Quatrebar, dessen Statur seinem Namen alle Ehre machte, trat mit verächtlichem Mut auf die Bewaffneten zu und sagte mit klangvoller Stimme:

„Ich danke, daß man mir das Ende eines Märtyrers beschert!“

Die Bewaffneten murrten, doch Cellerier hob die Hand, verzichtete auf eine Erwiderung und fuhr fort:

„Nicolas Sausset, Prior der Jakobiner.“

Dieser war klein und schmächtig, und seine Hände, die er über der Brust verschränkt hielt, zitterten. Doch so harmlos er wirkte, hinter seinem Gebaren schien sich Bösheit zu verbergen, denn die Unseren buhten so laut, wie sie es bei Quatrebar getan, und packten ihn nicht weniger derb.

„Etienne Mazoyer, Kanonikus der Kathedrale“, fuhr Cellerier fort.

Diesmal kein Buhen, sondern hier und da Lacher, woraus

ich schloß, daß der Ärmste mehr seines Amtes denn seiner Taten wegen am Pranger stand. Greisenhaft zitternd, schritt er unter Mühen voran, und ohne jede Ahnung, weshalb er sich hier befand, fragte er Cellerier:

„Läßt man mich frei?“

„In gewisser Weise, ja ...“, sagte Cellerier.

Aber obwohl dieser Witz, so grausam er sein mochte, vielleicht besser war als die Wahrheit, lachten nur zwei oder drei der Bewaffneten, während die anderen sich sehr erbosten. Mazoyer, nichts begreifend, fragte weiter:

„Und wohin führt man mich, Monsieur?“

„Zum Bischofssitz“, beschied Cellerier mit einem Lächeln, das mir sehr mißfiel. „Da seid Ihr besser aufgehoben als hier! Aber nun los, genug geschwätzt, brechen wir auf!“

„Und wir?“ rief verängstigt eine Stimme unter den zurückbleibenden Papisten. „Und wir, Monsieur? Ruft Ihr uns auch noch auf? Müssen wir alle sterben?“

Cellerier machte ein sehr mürrisches Gesicht, und ich meinte schon, er würde nicht antworten. Doch nach kurzem Besinnen sagte er mit seiner barschen Stimme:

„Ich weiß es nicht. Die Herren haben noch nicht entschieden.“

„Aber Ihr, Herr Nachbar“, rief ein zweiter, „was meint denn Ihr, wie sie entscheiden werden?“

Cellerier schien verwirrt, er senkte die Lider, die Stimme mochte ihm bekannt vorkommen. Und mitten im Abgang, fast heimlich, als schämte er sich, den Papisten diese kleine Mildtätigkeit zu erweisen, sagte er:

„Ich meine, Ihr werdet nicht alle sterben müssen.“

Ein ungewollt grausamer Satz, der den Zweifel hinausschob, ihn nicht aufhob.

Zusammen mit Miroul und Samson verließ ich den Raum als letzter, damit die Fackeln uns nicht in gar zu helles Licht hüllten, doch gering war die Gefahr, daß man uns unter die Nase leuchtete: die Bewaffneten hatten Augen und Ohren nur für die Gefangenen, die sich – ausgenommen Nicolas Sausset – tapfer betrugen, jedoch mehrmals verzweifelt zu den Häusern hinaufschauten, als wäre von dort Hilfe zu erwarten. Doch die Stadt war wie ausgestorben, keine einzige Kerze flackerte in den Fenstern, alle Türen waren verrammelt, weil die Herren den Papisten verboten hatten, in dieser Nacht ihre Häuser zu verlassen, weshalb denn das Pflaster den Hugenotten gehörte, ihnen allein.

Während wir hinschritten, die Gefangenen in unserer Mitte, ermahnte sie Quatrebar mit tönender Stimme zu Geduld und Fassung. Eifernd wiederholte er Minute um Minute:

„Meine Brüder! Meine lieben Brüder! Ich sehe die Himmel schon weit aufgetan, uns zu empfangen!"

Hierauf die Bewaffneten murrten und einer unmutvoll rief:

„Dich erwartet eher die Hölle, Götzenanbeter!"

„Ruhe da!" sagte Cellerier. „Ruhe im Glied! Und du, Prediger, predige deine letzte Predigt weniger laut!"

„Warum sollte ich dir gehorchen, Ketzer?" rief Quatrebar trotzig. „Du kannst mich nur einmal töten!"

„Aber gründlich!" entgegnete Cellerier.

Und die Soldaten lachten schallend.

In der Tat war der Bischofssitz unser Ziel, wie Cellerier es spöttelnd zum Domherrn Mazoyer gesagt hatte, der so schlecht mit uns Schritt halten konnte, daß sich die Bewaffneten beim Schleppen gegenseitig ablösen mußten. Aber eigentlich war es der geschlossene Hof davor, der ziemlich groß und gut gepflastert war; in einer Ecke befand sich ein mit schmiedeeisernem Zierwerk überspannter Brunnen. Im Hintergrund ragte ein Glockenturm auf mit vier Rundbögen in der Höhe, und auf drei Seiten trugen die den Hof umschließenden Mauern einen Wehrgang, zu dem Stufen hinaufführten. Auf diesen Stufen, auf dem Wehrgang und in den Turmöffnungen waren Soldaten mit Fackeln postiert, die im Nachtwind flackerten. Ich zog mich mit Samson und Miroul eilig in einen finsteren Winkel am Fuße einer Mauer zurück, um nicht schon vor dem Erscheinen des Hauptmanns Bouillargues entdeckt und verhört zu werden. Über Stunden hin warteten wir dort und wagten uns nicht zu rühren.

Mir lief der Schweiß über den Rücken, als hätte ich selber den Tod zu gewärtigen. Gleichwohl mochte ich allem Augenschein zuwider nicht glauben, daß dieser Hof mit seiner monumentalen Schönheit, dem die flackernden Fackeln Festglanz verliehen, der Schauplatz eines entsetzlichen Gemetzels werden könnte. Doch hatte man nicht eigens diese Hochburg des Papismus gewählt, um jedermann zu bedeuten, daß sie das Grab seiner Eiferer werden solle?

Die Soldaten – wenn man sie so nennen darf, denn es waren fast durchweg Handwerker, die von hugenottischen Bürgern befehligt wurden – zögerten noch, mit dem Gemetzel zu beginnen; vielleicht waren sie nicht geübt im fröhlichen Blutvergießen, vielleicht warteten sie auch auf einen ausdrücklichen Befehl, der bisher eher in halben Worten angedeutet denn tatsächlich ausgesprochen war. Selbst Cellerier, nachdem er die Gefangenen hergebracht hatte, blieb Order schuldig, begab sich mit der Hälfte seines Trupps sogleich ins Rathaus zurück, weitere Häftlinge zu holen, und überließ es der anderen Hälfte, von sich aus zu entscheiden, was mit den armen Opfern geschehen sollte. Und ich bin sicher, daß diese Soldaten noch lange gezögert hätten, ihre Hände mit dem Blut ihrer Mitbürger zu besudeln, wäre nicht des Predigers Quatrebar herausforderndes Begehren nach Märtyrerschaft gar zu groß gewesen. Erhobenen Hauptes verlangte er ungehörig frech, laut beten zu dürfen. Die Soldaten gestatteten es ihm unter der Bedingung, daß er das Vaterunser beten würde und nichts anderes. Hierauf verschränkte Quatrebar die Hände vor der Brust und stimmte wie einen Siegesgesang das Ave-Maria an. Man befahl ihm, zu schweigen. Er aber sang weiter: so lange, bis die Unseren sich am Ende berserkerisch auf ihn stürzten und ihn mit mehr als hundert Stichen durchbohrten.

„Fahr zur Hölle, elender Götzendiener!" schrien einige. Da warf sich Nicolas Sausset auf die Knie und flehte zitternd um Gnade, er werde nicht mehr zu Maria beten, er habe seine Irrtümer erkannt, er wolle sich bekehren. Doch seine Feigheit reizte die Soldaten ebensosehr wie Quatrebars Heldenmut, er wurde auf der Stelle niedergemetzelt und mehr noch verflucht und bespien als der Prediger.

Der arme Domherr Mazoyer, der sich mitten im Hof auf das Pflaster gesetzt hatte, weil er sich nicht auf den Beinen halten konnte, sah das alles mit großen Augen und fragte stammelnd: „Was soll dies? Was soll dies?"

Er wurde so ganz nebenher getötet, dann fielen unsere Männer haßvoll über den Konsul Gui Rochette her. Es dauerte ein Weilchen, bis man mit ihm fertig war, denn mit den Armen wehrte er die Stiche ab, dabei er rief, sie sollten doch wenigstens seinen jungen Bruder verschonen. Sein Widerstand aber brachte die Soldaten in Wut, und als sie Rochette am Boden hatten, entlud sich ihr Haß gegen Robert Grégoire, den sie in ihrem Zorn erwürgten, indes ich sie kurz vorher noch hatte fragen hören, was der Mann hier solle.

Die Soldaten waren nun in Blutrausch verfallen, und als Cellerier weitere Gefangene brachte, stürzten sie sich ohne jedes Zögern über sie her. Sie wunderten sich gar, daß der nächste Schub so lange auf sich warten ließ, und begannen die Getöteten zu entkleiden, rissen ihnen die Ringe von den Fingern, wühlten in den Taschen, beklagten sich, daß die Soldaten der Eskorte ihnen zuvorgekommen waren. Jetzt schlug die Stimmung um: ganz wenige ausgenommen, die von der Habe ihrer Opfer nichts anrühren mochten, schien die Gier nach Beute den Eifer noch zu vergrößern.

Als die Gemeuchelten entkleidet waren, sah ich, wie ein Soldat den blutigen Leichnam von Nicolas Sausset über das Hofpflaster schleifte, auf den Brunnenrand hob und in den Schacht stieß. Das Beispiel fand alsbald Nachahmung, und so landeten die Leiber all der Opfer dieser Nacht im Brunnen, als gälte es, das in der Tiefe quellende Wasser für immer zu verderben. Später hörte ich, der Brunnen sei fast bis obenhin gefüllt gewesen und die Herren hätten tags darauf Order gegeben, noch hinlänglich viel Erde draufzuwerfen, um ihn vollends zu verstopfen.

Vereist bis ins Herz und gleichzeitig aus allen Poren schwitzend, verfolgte ich in unserer dunklen Ecke an der Mauer das entsetzliche Schauspiel. Aus dem nahen Brunnen vernahmen wir das Stöhnen eines Sterbenden, was uns vermuten ließ, daß manches Opfer wohl nur halb gemeuchelt war und dort im Wasser einen nicht endenden Tod starb. Von Erbarmen getrieben oder vielleicht von der Hoffnung, daß ich da jemandem zu Hilfe kommen könnte, ging ich und beugte mich über den Brunnenrand, was wenig klug war, da mich die Fackeln nun voll erhellten. Doch ich sah nur Massen, die sich wirr in dem vom Blut geröteten Wasser bewegten. Miroul zerrte mich zurück in den Schatten. Dort legte ich meinen Arm um Samson, der lautlos weinte, die Hände vors Gesicht geschlagen, und hätte am liebsten selber geweint aus Scham und Mitleid. Miroul, auch er mit Tränen im Gesicht, hielt meinen rechten Arm umklammert, weil er wohl fürchtete, ich könnte mich wie irre zwischen die Mörder und die Opfer werfen.

Mit fortschreitender Nacht wurde die Meuchelei immer mehr zur Routine, und zunehmend hart und stumpf wurden die Soldaten. Die meisten Opfer erlitten ihr Schicksal fügsam und beteten, während man auf sie einhieb. Einer aber, Jean-Pierre mit Namen, begehrte plötzlich auf und rief, er sei nur Organist der Kathedrale, er habe nichts gegen die Unseren gesagt noch getan, er verdiene den Tod nicht. Hierauf die Soldaten grausam zu spotten begannen: er müsse sterben, da seine Musik papistisch sei. Und weil Jean-Pierre, um ihnen zu entwischen, wie närrisch die Mauern entlanglief, rannten sie ihm hinterdrein und riefen: „Für einen Musiker flitzt du aber gut!“ Am Ende schnappten sie ihn, stachen auf ihn ein und fragten bei jedem Hieb: „Wie schmeckt dir diese kleine Note?“ Jean-Pierre stöhnte laut und schrie: „Ihr tötet mich! Ich kann nicht mehr!“ Hierauf ein Soldat lachend erwiderte: „Noch aber marschierst du mir bis zum Brunnen!“ Er stieß ihn vorwärts, und erst am Brunnen machte er ihm den Garaus.

Da die Mörder und Opfer in derselben Stadt zu Hause oder gar Nachbarn waren, einander also gut kannten, gesellte sich zu der Beutegier bisweilen noch alter Groll: man wollte bei dieser Gelegenheit alte Rachegelüste stillen. Das bekam Doladille zu spüren, der Seidenarbeiter, den Jean Vigier am Arm verwundet hatte und den man blutüberströmt zur Bischofsresidenz brachte. Als die Männer ihn erblickten, gab es großes Geschrei und ein Gewitter von Flüchen; Doladille war offenbar ein großer Hurenbock, hatte viele der Unseren gehörnt und – da von Natur ein Großmaul – geprahlt, er sei imstande, alle Hugenottenweiber zu bekehren. Deshalb wurde er nicht ohne Federlesens ins Jenseits befördert, sondern über alle Maßen gepeinigt und verstümmelt, bis er endlich im Tod seinen Frieden fand.

Nach Doladilles Meuchelung kehrten die Vollstrecker zur Routine zurück und töteten nur mehr ganz mechanisch. Es kündigte sich bereits der neue Tag an. Mir wollte scheinen, die Soldaten vollführten ihr düsteres Werk nur noch widerwillig, als hätten sie sich übersättigt an Blut und empfänden nun doch Ekel – oder Müdigkeit. Oder sie spürten am Ende gar, wie gräßlich unnütz dieses Abschlachten war.

Während die Nacht Bleiche annahm, kam es zu einem Zwischenfall, der mich sehr berührte und mir wieder Vertrauen gab zu den Menschen; ich gewann die Gewißheit, daß es weniger böse Menschen gibt als böse Gedanken, deren einer – vielleicht der schlimmste – besagt, daß jedes Mittel recht sei, um den vermeintlich wahren Glauben voranzubringen. Wenn nicht mehr diese unheilvolle Maxime gilt, die der Urgrund all unserer Übel ist, findet man im Herzen fast aller Menschen Saatkörner des Guten, und ein Geringes nur ist erforderlich, um sie zum Keimen zu bringen.

Unter den Vollstreckern war mir ein kräftiger, wohlgestalter Bursche aufgefallen, der keinen üblen Eindruck machte. Er schien eher aus Pflichtgefühl denn aus Wollust zu töten; weder beleidigte er die Opfer noch plünderte er sie aus, seinen Beuteanteil ließ er den Raffern. Nun geschah es, daß dieser junge Mann, weil ihm das Töten plötzlich leid, herbeikam und sich an die Mauer lehnte neben uns. Den bluttriefenden Degen in der Hand, sprach er mit einem Seufzer:

„Ach, Freunde, wir töten und töten! Sind das nun unsere schönen Evangelien?"

Hier verließ mich die Vorsicht, obwohl Miroul mir die Hand preßte; aber ich konnte nicht an mir halten und sagte:

„Gewiß nicht!"

Der junge Mann schien überrascht von meiner Erwiderung, die er freilich hätte erwarten müssen, da sie im Kern schon seiner Frage innewohnte.

„Ihr habt also nicht getötet?" fragte er schließlich.

„Nein, wir sind hier, weil wir auf Hauptmann Bouillargues warten", sagte ich.

„Ha, Moussu, der wird mit Sicherheit nicht kommen", sagte der junge Mann. „Der Fuchs ist viel zu klug, der besudelt sich die Pfoten nicht mit Blut. Ich werde Euch sagen, wo er ist, oder besser Euch hinführen, wenn das schändliche Treiben hier vorbei ist."

Ich dankte ihm herzlich für das Anerbieten, und er fuhr fort:

„Ich heiße Anicet, bin dreiundzwanzig Jahre und Weber von Beruf. Lieber hätte ich die ganze Nacht an meinem Webstuhl gesessen, anstatt so viele meinesgleichen abzuschlachten. Bei Gui Rochette und Quatrebar, die Feuer und Flamme gegen uns spien, mag das ja noch angehen. Aber Robert Grégoire, der ein so friedvoller Papist war! Muß man ihn töten, nur weil er Rochettes Bruder ist?"

„Und muß man Rochette oder Quatrebar töten, Anicet? Gehören denn alle Papisten, die uns den Flammentod wünschen, ans Messer?“

„Ich weiß nicht, Moussu. Unsere Herren sagen, wir müssen die Papisten beerben, damit nicht die Papisten uns beerben ... und also müssen wir sie töten, bevor sie uns töten.“

„Ich mag das Wort ‚beerben‘ nicht“, sagte ich. „Es riecht mir zu sehr nach Geld und Beute.“

„Da habt Ihr recht, Moussu“, sagte Anicet. „Seht Euch nur diese schamlosen Fleddereien an. Ist dies nun der Glaube Calvins?“

Zwei Soldaten schleppten einen jungen Burschen herbei, der am linken Schenkel eine klaffende Wunde hatte. Der eine hielt ihn am Kopf gefaßt, der andere an den Beinen, und wenige Schritte vor uns warfen sie ihn auf das Pflaster. Der junge Mann stöhnte, doch die beiden scherte das nicht; unter abscheulichen Flüchen begannen sie ihn zu entkleiden, dabei er so zu liegen kam, daß er uns das Gesicht zuwandte, von den Fackeln voll angestrahlt.

„Heiliger Antonius!“ rief Anicet, „das kann ich nicht zulassen!“ Seinen Degen in der Hand trat er vor und sagte mit lauter Stimme: „Freunde, haltet ein! Ich kenne diesen Mann. Er heißt Pierre Journet, ist niederer Geistlicher im Bischofsamt, noch ohne Tonsur, und hat nie etwas gegen uns gesagt oder getan!“

„Aber er hat sich mit dem Bischof und seinen Lakaien versteckt gehalten“, sagte der eine Soldat. „Robert Aymée hat ihn mit dem Spieß am Schenkel verwundet und uns befohlen, ihn hierher zu bringen.“

„Was! der Galgenstrick Aymée erteilt uns Befehle? Dazu sind nur die Herren ermächtigt, oder Hauptmann Bouillargues!“ rief Anicet.

„Mir egal, wer ermächtigt ist oder nicht“, sagte der zweite Soldat. „Der Bursche gehört uns, weil wir ihn hergeschleppt haben. Und ich will sein Wams!“

„Und ich seine Hose!“ sagte der andere.

„Bei Gott, das ist Diebstahl und Beutemacherei!“ rief Anicet und bedrohte sie mit dem Degen. „Hände weg von dem Burschen und seiner Habe, laßt ihm das Leben, oder ihr seid des Todes!“

Die beiden wechselten Blicke, flüsterten miteinander. Plötzlich zogen sie ihre Degen.

„Verdammt!“ rief der eine, „wir sind zwei gegen einen! Willst du dich gegen uns erkühnen, Freund?“

Da riß ich mich los von Mirouls Hand, zog blank und stand schon neben Anicet.

„Wer ist denn das?“ fragte der Soldat.

„Der Richter in diesem Streit!“ rief ich. Mit einer jähen Bewegung schlug ich ihm die Waffe aus der Hand (was keine große Tat war, da er sie schlecht gehalten hatte) und setzte ihm die Degenspitze an die Gurgel. „Und dies ist mein Beschluß: ihr bringt Pierre Journet in das Haus, wo sich Hauptmann Bouillargues aufhält. Er soll den Fall entscheiden.“

„Was! ihn noch mal schleppen?“ rief Anicets Widersacher.

„Dies wird dir nachhelfen!“ sagte ich und richtete die an meiner Linken hängende Pistole auf ihn.

Da steckte der Mann ohne Murren die Waffe weg und machte Anstalten, seine Last wieder aufzunehmen, die ihm nun arg mißbehagte, seit er sich des Gewinns daraus nicht mehr sicher war.

Merkwürdig an diesem Streit war, daß die Vollstrecker die Szene wortlos verfolgten, ohne sie recht zu verstehen, ohne einzugreifen: sie fühlten sich davon nicht betroffen.

Wir fanden Hauptmann Bouillargues in seinem Hause, kampfgerüstet, doch augenscheinlich wenig gelüstig, in dieser Nacht die Nase in den Wind zu halten: er war zu klug, als daß er sich im Rathaus oder am Bischofssitz gezeigt hätte, denn er wußte nur allzu gut, was er und die Herren befohlen hatten. Groß, feist und schwer war der Hauptmann, von der Statur eines Bären, doch sein Gesicht, wie Anicet richtig bemerkt hatte, war eher das eines Fuchses: listige kleine Augen und bebende Nüstern, welche die Fallen erspürten, bevor er hineintrat. Gewiß! dieser Reineke räuberte nicht im Hühnerstall, machte nicht gemeine Beute im Haus eines geflüchteten Papisten, wie es François Pavée bei Monsieur de Montcalm getan. Doch aus dem Munde der Dame Etienne André weiß ich, daß sie diesem Bouillargues (an dem alles falsch war, sogar sein Name, denn in Wahrheit hieß er Pierre Suau) tausend Livres in klingender Münze zahlte, damit er das Leben ihres Mannes schone, den er hatte einsperren lassen. Erst lange nach der Michelade (so wurde die Metzelei von Nîmes genannt, weil sie am Tage nach dem Michaelistag stattfand) erfuhr ich, daß Bouillargues von allen Seiten Lösegeld entgegengenommen, schwunghaften Handel getrieben hatte mit Menschenleben, die er nach Belieben auslöschen oder retten konnte, somit er sich mit namenlosen Dukaten bereicherte, nicht aber – wie Pavée – an Beutegut, dessen Ursprung noch nachträglich feststellbar gewesen wäre.

Ich wollte allein diese Räuberhöhle betreten, in der mit Blut gehandelt wurde, und ließ den stöhnenden Pierre Journet auf der Straße zurück, bei Anicet und den beiden Soldaten. Miroul und Samson hatte ich angewiesen, im Hof des Bischofsamtes auszuharren, weil ich sie nicht in eine Sache verwickeln mochte, deren Ausgang mir ungewiß schien.

Bouillargues war umgeben von Emissären, die er minütlich in die Stadt aussandte; auch waren da vier oder fünf Sekretäre oder Haushofmeister, die ich der Reihe nach schmieren mußte, um zu ihm vorgelassen zu werden. Er empfing mich vorsichtig und kühl, er mochte sich fragen, wer ich denn war, ob ich nicht ebenfalls ein Huhn sei, das sich rupfen ließe. Ich tat gelassen, nicht grimmig noch hochmütig, jedoch wie ein Mann, der sich nichts abtrotzen läßt. Ich sagte meinen Namen, woher ich käme, wer mein Vater sei. Dann überreichte ich ihm den Brief von Cossolat, und als er ihn gelesen hatte, den von Monsieur de Chambrun. Ersterer, bin ich sicher, sprach ihn eher an. Nun er mich in der Gunst Cossolats wußte und in der Gunst von Monsieur de Joyeuse (der zwar Papist war, den er aber nicht brüskieren durfte) änderte er seinen Ton, seine Miene, das Gehabe; sehr höflich bot er mir Platz an und befragte mich über meine Händel mit François Pavée. Bei meinem Bericht setzte er grimmige Miene auf, fand es unduldbar und seine Befugnisse überschreitend, daß François Pavée eigenmächtig einen Mord befohlen hatte. Noch in vollem Zorn diktierte er einem Sekretär einen Brief an Pavée und ließ ihn gleich überbringen. Dann schrieb er meinen Namen als auch die von Samson und Miroul auf Passierscheine, die stapelweise auf seinem Tisch lagen und die er, wette ich, den Papisten für Geld aushändigte. Nachdem er sie unterzeichnet und ich sie erleichtert an meine Brust gedrückt hatte, erzählte ich ihm, ohne indes den Namen zu nennen, von dem kleinen Geistlichen, den Anicet und ich aus den

Krallen der Geier befreit hatten; ich bat ihn, einen Augenblick auf die Straße zu kommen und den Fall selbst zu entscheiden. Er zuckte die Schultern, um mir zu bedeuten, für wie nichtig er die Angelegenheit halte, stand aber trotzdem auf und tappte wie ein Bär zur Tür. Kaum aber war er draußen und sah den Geistlichen blutüberströmt auf den Treppenstufen liegen, stieß er ein Brüllen aus und rief:

„Mein Pierre! Wer hat dich so zugerichtet! Wer hat dir das angetan! Waren es die da?"

Er wies auf die beiden Soldaten und griff nach dem Degen.

„Nein", sagte ich, „Robert Aymée hat's getan."

„Aymée! dieser Schurke!" rief Bouillargues. „Bei allen Teufeln, ich steche ihn tot! Weiß nicht jedermann in Nîmes, daß Pierre Journet mein Milchbruder ist, den ich so zärtlich liebte? Ihr da, Soldaten, tragt den Verwundeten in meine Wohnung und legt ihn vorsichtig auf mein Bett! Und du (er wandte sich an einen Haushofmeister, der ihm gefolgt war) holst den Chirurgen Domanil, und eile wie der Wind, sonst Gnade dir! – Monsieur de Siorac", fuhr er dann fort mit echten Tränen in den Augen (ich mochte meinen Sinnen nicht trauen), „ich werde Euch ewig dankbar sein."

Herzhaft drückte er mir beide Hände.

„Anicet hat als erster dem Töten Einhalt geboten, ich habe ihm nur beigestanden", sagte ich.

„Anicet!" rief Bouillargues und umarmte ihn, „noch in hundert Jahren werde ich deinen Namen nicht vergessen haben!"

Dabei fiel ihm auf, daß Anicet arm wie Hiob war, er wollte ihm einen Dukaten schenken; Anicet aber wies ihn zurück, er habe rein aus Mitgefühl gehandelt. Unterdessen betteten die beiden Soldaten Pierre Journet auf Bouillargues Lager, mit einer Fürsorglichkeit, die nicht ahnen ließ, daß sie ihn noch vor einer halben Stunde brutal auf das bischöfliche Pflaster geworfen hatten. Ganz klein machten sie sich und waren sehr zufrieden, zusammen mit uns sich den Abgang zu geben, weil sie fürchteten, Bouillargues könnte seinen Zorn wider Robert Aymée doch noch gegen sie wenden. Ich aber, der ich vom Hauptmann nicht ohne Umarmungen schied, stellte verwundert fest, daß dieser Fuchs immerhin ein Herz besaß, das freilich nur für seine Sippschaft schlug und die anderen gleichsam aus der Menschengemeinschaft verbannte.

Kaum die Treppe hinabgestiegen, besann ich mich und eilte zurück, fand Bouillargues am Lager des Verwundeten, nahm ihn zur Seite und flüsterte ihm ins Ohr:

„Hauptmann, der Bischof von Nîmes ist verhaftet worden. Soll er auch hingerichtet werden? Ist nicht schon genug Blut vergossen worden?“

Bouillargues senkte den Blick und sagte heuchlerisch:

„Ich habe seine Tötung nicht befohlen, sondern hätte ihn lieber als Geisel behalten, um Lösegeld für ihn zu fordern (was gewiß die lautere Wahrheit war). Aber ich weiß nicht, was die Herren entschieden haben.“

„Hauptmann, verzeiht meine Neugierde“, sagte ich leise, „aber wer sind diese Herren, die ich hier immerfort nennen höre?“

„Ah, Monsieur de Siorac! Wer weiß das schon?“ sagte Bouillargues, kniff ein Auge zu und das andere halb, so wie einer, der es ganz genau weiß.

Und wieder drückte er mich an seine Bärenbrust, sagte mir noch tausendmal Dank und beteuerte, mir stets dienstbar sein zu wollen. Dann klopfte er mir leicht auf den Rücken und ging.

Verständlicherweise zog es mich nicht sonderlich zurück in den Hof des Bischofssitzes, sei es auch nur, um Samson und Miroul zu holen. Zu grausam war die Erinnerung an die Fackeln, die Schreie, die gefledderten Leiber und an den Brunnen, dahinein sie die Toten und die Sterbenden geworfen.

Von traurigen Gedanken an dieses schreckliche Bild erfüllt, schritt ich wortlos hin, als mich einer der beiden Soldaten sanft am Ärmel zog. Er wollte mir danken für meine Aussage vor Bouillargues, daß Robert Aymée es gewesen, der seinen Milchbruder so übel zugerichtet hatte. Wenn er und sein Gefährte mir danken wollten, so erwiderte ich, sollten sie mit dem Morden aufhören und nach Hause gehen. Er versprach es, entschuldigte sich aber, daß er mit mir zum Bischofssitz zurückkehren müsse, wo sie ihre Beute versteckt hätten, die sie nicht verlieren wollten. Sie seien beide Lohgerber und seit einem halben Jahr ohne Arbeit. Die Kleidungssstücke würden sie verkaufen, um Brot für ihre Frauen und Kinder zu kaufen, die mager wie Karrenräder seien, da sie seit langem nichts zu beißen hätten. Ich fragte Guillaume (dies war sein Name, während der andere, stumm wie ein Karpfen, Louis hieß), ob sie bei ihrer Beute auch Geld hätten.

„Leider nein, Moussu, nicht einen Sol! Die anderen, die die Gefangenen ins Rathaus bringen, nehmen ihnen alles ab, auch die Ringe und den Schmuck; uns bleibt nur die Kleidung."

Was er da über sein Weib und die Kinder gesagt, ging mir zu Herzen. Ich begriff, daß sie auch aus drückender Not gehandelt hatten, und schenkte jedem einen Dukaten. Stumm, aber vor Freude errötend, nahm ihn der eine entgegen, und der andere unter nicht endenden Dankesworten. Denn letzterer, also Guillaume, hatte ein ziemliches Mundwerk, und im Überschwang seiner Zuneigung wurde er anhänglich wie ein Schäferhund und hätte sich am liebsten ganz meinen Geschicken anvertraut. Anicet, merkte ich, war mir fast gram, daß ich mich unseren ehemaligen Feinden so gewogen zeigte. Da gab ich auch ihm einen Dukaten, den er erst auf mein Drängen hin annahm, freilich ein wenig stolz versichernd, daß er Arbeit habe und von seinem Beruf lebe, wenn auch kärglich.

Unterdessen war es Tag geworden. Die Sonne stand schon über den Häusern, als wir an die Kreuzung mit dem *Brunnen von der großen Tafel* gelangten. Hier stieß unsere kleine Gruppe auf einen bewaffneten Trupp, der in seiner Mitte drei oder vier Papisten zum Bischofssitz führte. Die Soldaten schienen sehr erregt und schrien „Tod den Papisten! Neue Welt!", den unheilvollen Schlachtruf der vergangenen Nacht.

„Aber das ist doch der Bischof, Bernard d'Elbène", sagte Anicet. „Und der kleine Dickwanst neben ihm ist sein Majordomus."

In ebendiesem Augenblick trat der Anführer des Trupps, ein dunkler Hüne, vor den Majordomus, den Spieß in der Hand, und sagte wütend:

„Ha, Schuft! Hast dich genügend gemästet an unserem Geld! Dies wird dich abspecken!"

Und mit wuchtigem Stich rammte er ihm den Spieß in den Wanst, zog ihn wieder heraus und stach ein zweites Mal zu. Da warfen sich noch andere Soldaten auf den Mann und durchbohrten ihn mit ihren Degen und Dolchen. Er tat noch einen Seufzer und sackte sterbend auf das Pflaster, indes die Wüteriche weiter auf ihn einstachen.

Man müsse auch den Bischof sofort niedermachen, schrien

einige, die sich am Blut noch nicht gesättigt hatten. Andere widersprachen, dies sei ihnen nicht befohlen. Im übrigen wurde der Bischof allseits umdrängt von Soldaten, die ihm die Ringe von den Fingern reißen wollten.

„Guillaume“, fragte ich leise, „wer ist dieser Hüne, der den Majordomus abgestochen hat?“

„Robert Aymée.“

„Was! der Pierre Journet so übel zugerichtet hat?“

„Derselbe.“

Ich trat auf den Mann zu, faßte ihn am Ellenbogen und flüsterte ihm ins Ohr:

„Monsieur, ein Wort in Euerm Interesse. Hauptmann Bouillargues ist sehr im Zorn auf Euch, weil Ihr seinen Milchbruder Pierre Journet so schlimm verwundet habt. In seiner Wut sucht er Euch überall und will Euch kaltmachen.“

„Was! das Priesterchen, das ich mit dem Bischof geschnappt hatte ...“

„... war sein Milchbruder.“

„Aber das hab ich nicht gewußt!“ rief Aymée erschrocken und sehr kleinlaut.

„Ha, Monsieur!“ sagte ich und bemühte mich, der Wahrheit bedrohlichen Anstrich zu geben, „der Hauptmann meint, Ihr hättet es gewußt und aus Tücke so gehandelt! Ich kann Euch nur raten, geht schleunigst zum Hauptmann und räumt den Irrtum aus. Er spuckt Feuer und Flamme gegen Euch.“

„Ich eile, sofort“, sagte Robert Aymée. Und laut zu den anderen: „Mich braucht ihr nicht, um den Bischof in seinen Palast zu schaffen und im eigenen Brunnen zu ertränken!“

Nach diesem gemeinen Witz, der seine Angst verhehlen sollte, eilte er mit großen Schritten fort, ohne mich nach meinem Namen zu fragen und obendrein in die falsche Richtung. Ich wette, daß dieser Aymée, so feige wie grausam, nach Hause rannte und sich unter sein Bett verkriechen wollte, bis Pierre Journet genesen würde. Was der junge Mann mit Gottes Hilfe tat, aber er war zwei Monate lang dem Tode nahe.

Der Trupp marschierte ohne Aymée zum Bischofssitz, und wir folgten ihm, Anicet mir zur Rechten, Guillaume und Louis mir zur Linken. Alle drei versicherten mir, es wäre ein Jammer, wenn der Bischof zu Tode käme, er sei kein schlechter Mensch, im Gegenteil, er habe sein Geld häufig für Liebesdienste aufgewendet, lebe selbst karg in seinem Palast, esse wenig und trinke wenig; auch habe er den Unseren in seinen Predigten nie mit dem Scheiterhaufen gedroht, anders als Quatrebar und Sausset und gewisse papistische Bürger, die sich fanatischer gäben als die Priester; er sei ein schlichter, gutmütiger, den kleinen Leuten zugetaner Mensch; die Hugenotten hätten sich mit ihm einigen können ohne die Meute um ihn her, die uns verfolge wie ein Rudel gefräßiger Wölfe.

Die Wutnickel unter den Soldaten hatten den Bischof bis aufs Wams ausgezogen und ihm zum Spott eine Faltenmütze übergestülpt. Andere sparten nicht mit grausamen Witzen über das Schicksal, das ihn erwartete. Bernard d'Elbène ertrug dies alles ohne Murren und ohne das streitlustige Aufbegehren eines Quatrebar. Er betete leise, vielleicht um seine Henker nicht mit dem Ave-Maria zu beleidigen, doch mit erhobenem Blick, dabei er die Soldaten, die ihn zum Richtplatz führten, ohne Haß und Zorn anschaute, als hätte er ihnen schon verziehen. Durch seine Festigkeit und Milde beeindruckte er zuletzt auch die Hitzköpfe, sie hörten auf, ihn zu verspotten und zu bedrohen, ausgenommen ein gewisser Simon, von dem noch die Rede sein wird. Von Gestalt war der Bischof nicht sehr groß, schwächlich, recht bleich im Gesicht und hatte schneeweißes Haar. Die Hände zitterten ihm, doch erkennbar aus Hinfälligkeit und nicht vor Angst.

Als wir im Hof des Bischofssitzes ankamen und Bernard d'Elbène die Blutlachen auf dem Pflaster sah, fiel er auf die Knie und betete mit Tränen in den Augen für das Seelenheil der Getöteten. Die anwesenden Soldaten, vielleicht zwanzig an der Zahl, spürten sehr wohl, daß des Bischofs Schmerz nicht dem eigenen Los, sondern dem seiner Glaubensbrüder galt, und empfanden Beschämung. Sie ließen den Bischof länger beten, als sie es anderen erlaubt hätten. Bis schließlich einer, ungeduldig geworden, mit dem Degen an Bernard d'Elbène herantrat, aber noch nicht wagte, sich an ihm zu vergreifen.

„Genug gebetet!" sagte er barsch. „Zieh dein Wams aus, Bischof, damit ich es nicht beschädige, wenn ich dich töte!"

Der Bischof streifte das Wams ab, schwankte einen Augenblick, ob er es auf das Pflaster legen sollte, mochte es aber nicht mit dem Blut beflecken und überreichte es deshalb seinem Henker.

„Da hast du es, mein Sohn“, sprach er sanft. „Möge es dir gute Dienste tun, auch wenn es ein bißchen geflickt ist.“

Der Soldat errötete beschämt, daß ihm da einer gutwillig die Beute gab und er sie sich nicht nehmen mußte. Verwirrt stand er da, den Degen in der einen Hand, das Wams in der anderen, und wagte nicht zuzustechen, was wiederum einen der Heißsporne erregte, der eine Art riesenmäuliger Gnom war und den Bischof unterwegs mit Spott und Gemeinheiten überhäuft hatte.

„Martin, du Schlappschwanz!“ rief er wild. „Du willst ein Mann sein? Eine verdammte Memme bist du. Aber wenn du nicht willst, ich hab noch Appetit auf einen Bischof!“

Er hob sein Kurzschwert und hätte Bernard d'Elbène niedergestochen, hätte ihm nicht ein junger Bursche Pistole und Degen auf die Brust gesetzt.

„Nie und nimmer!“ rief der junge Mann entschieden. „Du wirst ihn nicht töten! Ich, Coussinal, schenke ihm das Leben! Und keiner soll es ihm nehmen, sonst ist er des Todes!“

„Bist du übergeschnappt, Coussinal?“ rief Simon. „Einen Papistenbischof verteidigen gegen deine hugenottischen Brüder?“

„Daß er Papist ist, schert mich nicht. Er hat meine Mutter einen ganzen Winter lang vor dem Verhungern und Erfrieren bewahrt. Und weil er ihr das Leben gerettet hat, schenke ich ihm das seine!“

„Eine rührende Geschichte!“ rief Simon giftig. „Mir kommen die Tränen! Freunde, habt ihr dieses Lämmchen blöken hören? Seine Mutter! Verdammt, was schert uns die Mutter dieses Bastards! Freunde, wer hat in Nîmes die Papisten angeführt? Der Bischof! Sollen wir also das Fußvolk töten und dem General Gnade erweisen? Freunde, was will hier dieser Coussinal? Verrat! Ich sage: Verrat! Coussinal ist ein gekaufter Hugenotte, gekauft mit dem Gold des Bischofs! Freunde, drauf auf ihn! Machen wir den Bischof nieder und den Verräter Coussinal gleich mit!“

„Das werden wir ja sehen“, sagte Coussinal, der nicht so ein Mundwerk hatte wie Simon, aber wild blitzende Augen. Er hatte sich vor den Bischof gestellt, in der einen Hand die Pistole, in der anderen den Degen.

Soviel ich sah, hielt nur ein Dutzend Soldaten zu Simon, die anderen zeigten wenig Lust, den Bischof zu töten. Aber unter den ersteren war einer mit Arkebuse, der seine Lunte zündete, und ich ahnte Schlimmes für Coussinal. Ich bat meine Gefährten, mir beizustehen, falls erforderlich, und trat vor, in jeder Hand eine Pistole.

„Lösch deine Lunte, Freund!“ schrie ich den Arkebusier an. „Oder ich mache aus deinem Helm ein Sieb!“

Der Mann, der sich auf seine Schießkünste einiges zugute halten mochte, zuckte spöttisch die Achsel, als er aber die Wange an die Arkebuse legte, drückte ich ab und schoß ihm ein Loch in den Helm. Der Ärmste glaubte sich auf den Tod getroffen, ließ Waffe und Lunte fahren und faßte sich mit beiden Händen an den Kopf.

„Komm, Freund, mach kein Theater! Bist heil davongekommen!“ rief ich. „Tritt deine Lunte aus! Dein Schädel ist weniger widerstandsfähig als dein Helm!“

„Wer ist das?“ schrie Simon, vor Wut schäumend. „Wo kommt der her?“

„Ich war bei Hauptmann Bouillargues, mein lieber Simon“, sagte ich, „und weiß, daß er die Hinrichtung des Bischofs nicht befohlen hat und auch nicht im Bilde ist, was die Herren hierüber beschließen werden.“

„Was! sollen wir noch länger warten, ehe wir ins Bett kommen?“ rief Simon. „Ein Bischof ist ein Bischof! Den Befehl haben wir von Robert Aymée. Das langt! Freunde, sie sind nur ihrer zwei! Zwei von den Papisten gekaufte Verräter! Drüber her! Tötet sie! Tod den Verrätern!“

Ich wandte mich jäh um und rief:

„Her zu mir, meine Brüder!“

Da sprangen nicht nur Samson, Miroul und Anicet, sondern auch Guillaume und Louis mit gezücktem Degen herbei und umringten den Bischof.

„Herr Bischof“, sprach ich zu Bernard d’Elbène, der die ganze Zeit friedlich im Gebet gekniet hatte, „erhebt Euch, wir werden versuchen, Euch in Sicherheit zu bringen.“

Simon aber stachelte mit gellendem Geschrei die Meute auf und brachte etwa zehn Mann hinter sich, die freilich wenig geneigt waren, sich in den Kampf zu werfen, aus Furcht vor unseren Feuerwaffen. Während Simon mörderisch gegen uns hetzte, berieten Anicet und Coussinal, wo man dem Bischof sicheren Schutz geben könnte. Der Bischof hörte sie und flüsterte, am sichersten sei das Haus von Jacques de Rochemaure, dem hiesigen Landeshauptmann.

„Begeben wir uns unverzüglich hin!“ sagte ich. „Anicet geht mit Guillaume und Louis an der Spitze. Und der Rest, mit Pistolen bewaffnet, bildet die Nachhut.“

„Moussu, darf ich vorher mein Beutegut holen?“ hauchte mir Guillaume ins Ohr.

„Mach schnell, Guillaume!“

Im Nu war er zurück, unter dem Arm seine Beute und die von Louis, ein großes Paket blutbefleckter Kleidung. Gnom Simon zeterte noch immer, der Haß blitzte ihm aus den Augen, das Gift schoß ihm von den Lippen. Da beschloß ich, dem Berserker das Maul zu stopfen.

„Simon“, rief ich, ihn übertönend, „ich verbiete dir, uns zu folgen! Wenn du es dennoch tust, durchlöchert meine erste Kugel deinen Helm und die zweite deinen Schädel!“

Da eiferte er zwar noch, wagte aber keinen Schritt mehr vor den anderen zu setzen. Auch seine Gefolgsleute rührten sich nicht mehr, sie waren erschöpft nach so blutiger Nacht, und es drängte sie heim, das Beutegut einzufahren, einen Kanten zu essen und endlich zu schlafen. Weshalb denn auch die Straßen merkwürdig leer waren, trotz der schon hochstehenden Sonne; die Papisten hockten noch immer hinter ihren Mauern, und die heimgekehrten hugenottischen Streiter stärkten und erholten sich von ihren beklagenswerten Taten.

Die Pforte des Jacques de Rochemaure war gewaltig verstärkt durch Eisenbänder, hatte aber oben ein vergittertes Guckfenster, das sich, nachdem wir geklopft hatten, einen Spalt breit auftat. Monsieur de Rochemaure sah uns in Waffen und zauderte. Der Bischof trat vor und erklärte, wir hätten ihn aus den Händen der Mordbuben gerettet, er bitte ihn, uns aufzunehmen. Aber Monsieur de Rochemaure argwöhnte eine List. Er verlangte, wir sollten uns bis ans Ende der Straße zurückziehen und den Bischof allein zurücklassen, nur dann würde er öffnen. Da nahm Bernard d'Elbène auf rührendste Weise Abschied von uns, fragte einen jeden nach seinem Namen, dankte jedem und sagte, er werde uns jeden Morgen und jeden Abend in sein Gebet einschließen. Am Ende der Straße dann warteten wir, bis sich die Tür auftat und hinter Bernard d'Elbène wieder schloß, der uns mit seiner zitternden Hand ein letztes Mal grüßte.

Das Massaker der Michelade endete mit diesem vereitelten Mord. Die Herren (die ihn freilich nicht befohlen hatten, aber vielleicht auch nicht verärgert gewesen wären, wenn er stattgefunden hätte) entließen gegen eine hohe Kaution die Gefangenen aus dem Rathaus, noch vierzig an der Zahl, dagegen sechzig oder mehr den Tod gefunden hatten. Und nach Verhandlungen mit Honoré de Grille, dem Seneschall, der weiterhin die Zitadelle hielt, erlaubten sie Bernard d'Elbène, die Stadt unter Eskorte zu verlassen. Der Bischof zog sich nach Tarascon zurück und vermachte etliche Morgen Land, die er nahe Nîmes besaß, dem einzig Überlebenden von seinen Leuten, Jean Fardeau. Da er seiner zittrigen Hände wegen nicht selbst schreiben konnte, diktierte er einen Brief an den Vicomte de Joyeuse, in dem er meinen Anteil an seinem irdischen Wohlergehen lobend herausstrich. Der Brief wurde in Montpellier publik gemacht, wodurch ich in der Stadt plötzlich so hoch in Ehren stand, wie ich vorher tief verabscheut worden war – und das aus demselben Grund, denn ich hatte im Falle des Bischofs nicht anders gehandelt als im Falle von Cabassus.

Ich für mein Teil meine, das überragende Verdienst dabei gebühre Coussinal, weil er mit großem Mut zwanzig Männern die Stirn geboten hat. Ohne sein Beispiel hätte ich vielleicht nicht gehandelt, wie groß auch mein Mitleid war für einen alten Mann, der so viel Menschlichkeit bewies in seinen vermeintlich letzten Augenblicken.

Wir drei verließen Nîmes unbehindert durch die Porte des Carmes und nahmen die Straße nach Beaucaire. Dort wollten wir die Rhone überqueren und von Tarascon aus über das Kleine Gebirge Schloß Barbentane erreichen, wohin sich nach Aussage der Herbergswirtin Monsieur de Montcalm mit Frau und Tochter zurückgezogen hatte. Von meinem neuerlichen Ansehen in Montpellier nichts ahnend, glaubte ich, daß ich dorthin nicht zurückkehren dürfte, sondern mich, den Befehlen von Madame de Joyeuse folgend, Monsieur de Montcalm zu unterstellen und bei ihm auszuharren hätte, bis meine Gönnerin mich zurückriefe.

Traurigen Gedanken hing ich nach den ganzen ersten Tag unseres Weges, weil diesmal nun die Unseren gemeuchelt hatten; dabei waren wir seit Vassy daran gewöhnt, Opfer der Papisten zu sein, nicht ihre Schlächter. Mir fiel das schöne Wort des Sokrates ein, das er in seiner Todesstunde gesprochen hatte: „Lieber Unrecht erleiden als Unrecht tun", und ich war geneigt, ihm darin beizupflichten, so unerträglich schwer lasteten auf meiner Erinnerung die Metzeleien, deren Augenzeuge ich gewesen. Ich suchte Rechtfertigung in den zuvor erlittenen Verfolgungen, was mir freilich leichter gefallen wäre, wenn ich hätte ahnen können, welche Verbrechen in der Bartholomäusnacht an den Unseren begangen werden sollten, die nicht das Werk einiger kleiner Tyrannen aus Nîmes waren, sondern das des mächtigen Königs von Frankreich in seinem Louvre.

Aber ich will dieses strittige Thema beenden, da ich hier Richter und Partei bin. Es könnte der Eindruck entstehen, ich wolle die Verbrechen der Meinen herunterspielen. Dem ist mitnichten so. Blut läßt sich nicht mit Blut entschuldigen.

An diesem ersten Tag brachten wir sechs Meilen hinter uns. Allerdings wies die Straße keine Steigungen auf und war in gutem Zustand. Am Abend erreichten wir Beaucaire und nächtigten dort. Da man uns in der Herberge berichtete, daß im Kleinen Gebirge Strauchdiebe hausen, welche die Durchreisenden ausrauben und töten, entschied ich, daß wir im Morgengrauen aufbrächen, um noch vor Einbruch der Nacht hinter die Mauern von Barbentane zu gelangen. Ich trieb den ganzen Tag zur Eile an, doch gar sehr wuchs meine Unruhe, als wir Schloß Barbentane erreichten und meine Gastgeber nicht vorfanden. Der Haushofmeister, der von ihrer überhasteten Flucht aus Nîmes Kenntnis hatte, wartete seit dem Abend vergeblich und schwankte, ob er ihnen entgegenreiten solle. Er hieß Antonio, war dunkelhäutig, von Statur klein, und schien seiner Herrschaft sehr ergeben. Nachdem ich mich mit ihm beraten, entschied ich, daß wir drei die Suche aufnähmen und nur das Saumpferd in Antonios Obhut ließen.

Nachdem wir unseren Pferden ein kurzes Verschnaufen gegönnt, selber wenig getrunken und auch den Tieren nur mäßig zu saufen gegeben hatten, brachen wir gegen zwei Uhr auf, in nur leichtem Trab, um die Tiere zu schonen und um im Wald des Kleinen Gebirges unsere Späherblicke auszusenden.

Wir durchquerten den Wald, ohne einer Menschenseele zu begegnen. Als ich am Waldsaum eine Abtei gewahrte, die den Eindruck einer kleinen Festung machte, preschte ich draufzu, schwang mich vor der Pforte aus dem Sattel und zog kräftig an der Glocke, bis sich die Torluke einen Spalt breit auftat. Ein Mönch mit mißtrauischem kaltem Blick beschied mir barsch, die Abtei empfange keine Besucher, Barbentane dagegen biete gute Herberge.

„Bruder, ich begehre kein Lager. Ich wohne im Schloß. Ich suche Monsieur de Montcalm, der dort wider Erwarten nicht eingetroffen ist."

„Wie! nicht eingetroffen?" rief der Mönch aufgeregt. „Aber wir haben ihn doch gestern abend hier gesehen, er kam mit Madame de Montcalm und seiner Tochter. Sie baten um einen Schluck Wein und ritten gleich weiter. Sie müssen den Banditen in die Hände gefallen sein, die sich im Wald herumtreiben. Moussu, wartet ein klein bißchen, ich will dem Prior Bescheid sagen."

Diese Verzögerung fand ich recht ärgerlich, zumal der Prior mich in ein kleines Gewölbe führte, wo zwei bewaffnete Mönche ein Auge auf mich hatten, und mir eine Unzahl von Fragen stellte. Heiliger Antonius, was sind diese Priester und Pfarrer doch für neugierige Leute! dachte ich und machte dieser Beichte ein Ende, indem ich dem Prior den Brief von Madame de Joyeuse, der an Monsieur de Montcalm gerichtet war, vorlegte. Und wieder wurde er zum Sesam-öffne-dich.

„Monsieur, jetzt glaube ich Euch und befürchte das Schlimmste", sagte der Prior. „Sollten die Montcalms in der Hand der Banditen sein, wird es nicht einfach sein, sie zu befreien. Denn diese Galgenstricke sind ihrer mindestens ein Dutzend. Ihr aber seid nur zu dritt. Sie kennen den Wald wie die eigene Tasche, Ihr aber werdet drin umherirren wie verlorene Kinder. Darum gebe ich Euch Pater Anselme und drei unserer Brüder zur Seite, als Wegkundige und Mitstreiter. Denn es wird Blut fließen. Diese Schurken verlangen Lösegeld, und sobald sie es haben, töten sie die Geiseln und den Überbringer."

Als wir zu Pferde saßen, musterte ich die mir beigegebenen Mönche und fand sie aufgeweckt und mutig. Soweit erkennbar, trugen sie unter der Kutte ein Kettenhemd, am Gürtel einen großen Degen und auf dem Rücken einen Rundschild, in dessen Mitte eine scharfe Spitze vorragte, somit sie abwehren und ebenso zustoßen konnten. Doch das wundersamste waren ihre Armbrüste, die noch aus der Gründungszeit der Abtei stammen mochten, so alt dünkten sie mir.

Ich ritt an Pater Anselme heran und beäugte ihn von der Seite. Er war füllig, aber nicht schlaff, sein schwarzes Haar war wie ein Stoppelfeld geschoren, die Wangen von der Sonne gegerbt; ein Mönch, der eher jagen ging, denn unaufhörlich Vaterunser herzubeten, und kein Heuchler, wollte mir scheinen.

„Nun, Monsieur", fragte Pater Anselme im spöttischen Ton des Landmannes, „habt Ihr mich satt genug gemustert? Gefällt Euch mein Gesicht?"

„Aber ja!" entgegnete ich lächelnd.

„Nun, dem Geber sei gegeben: das Eure gefällt mir auch."

„Obwohl ich Hugenotte bin?"

„Das schert mich wenig. Wer an meiner Seite ficht, dem verlange ich kein Glaubensbekenntnis ab. Schon da Ihr mit uns die Abtei verteidigt."

„Wie das?"

„Mein Sohn", sprach Pater Anselme, „wenn die Schurken Monsieur de Montcalm töten, nisten sie sich im Schloß ein, und wer soll sie von dort wieder vertreiben in diesen Zeiten des Bürgerkrieges, wo die Untertanen des Königs nichts anderes im Sinn haben als einander die Kehle durchzuschneiden? Wenn erst das Schloß in ihrer Hand ist, gehört ihnen auch das Dorf Barbentane. Und dann berennen sie die Abtei, um sie zu plündern."

„Das ist gut gefolgert", sagte ich, „und obwohl ich zuvörderst das Heil der Montcalms im Auge habe, freue ich mich, dabei auch noch ein guter Katholik zu sein!"

Hierauf der Mönch lauthals lachte, er war selbst vor dem Kampf noch zum Scherzen aufgelegt.

„Pater Anselme", sagte ich, „Ihr habt einen guten Degen und guten Rundschild, aber möchtet Ihr nicht eine von unseren Pistolen haben, um auf Distanz kämpfen zu können?"

„Mitnichten, wir haben dafür Armbrüste, die besser sind als Feuerrohre."

Der Mönch gefiel mir, und ich hätte gern weiter mit ihm geplaudert, doch er gebot mir Schweigen. Er verließ den Weg und tauchte ins Unterholz, ich und die anderen ihm hinterdrein. Die Ohren spitzend, vernahm ich auf dem Weg, den wir genommen hatten, Hufgetrappel. Nach einer Weile – und da war ich nun baß erstaunt über das feine Gehör dieses großen Jägers – sagte Pater Anselme:

„Sie sind zu dritt, und einer davon ist Antonio, ich kenne den Trott seiner Stute."

Es war in der Tat Antonio, begleitet von zwei bis an die Zähne bewaffneten Knechten. Er war in großem Zorn, daß die Banditen seinen Herrn entführt hatten, und gar noch auf der Flur von Barbentane, wo das Gesindel sich seit einem Monat eingenistet hatte und nun raubte, mordete und alle nur möglichen Gewalttaten beging. Vor einer knappen Stunde, so erklärte er, habe einer dieser Lumpen ihm von der Schloßpforte her zugerufen, er solle tausend Dukaten zu einem Haus am Fuße des Mont de la Mère bringen, sonst werde man ihm bei Sonnenuntergang den abgeschnittenen Kopf von Monsieur de Montcalm vor die Zugbrücke legen.

„Und du hast das Lösegeld bei dir, Antonio?" fragte Pater Anselme.

„Hab ich."

„Und willst es zum Mont de la Mère bringen?"

„Ja."

„Irrsinn! Die liegen irgendwo auf der Lauer. Sobald du auftauchst, töten sie dich, nehmen dir das Geld ab und töten auch deine Herrschaft. Steig ab, Antonio, und komm zu uns ins Unterholz."

Gesagt, getan. Wir banden die Reittiere an schmiegsame Zweige und setzten uns in einer kleinen Lichtung auf die Baumstümpfe, die die Holzfäller hinterlassen hatten.

„Hinterhalt gegen Hinterhalt", sagte Pater Anselme und stützte die Ellbogen auf die Knie und das Kinn in die breiten Handflächen. In dieser Haltung harrte er still und stumm.

„Worauf warten wir?" fragte ich nach einer Weile.

„Mein Sohn", sagte der Pater, ohne sich zu rühren, „wer jagt, muß Geduld beweisen. Diese Schurken haben einen Späher postiert, und der hat Antonio das Schloß verlassen sehen. Also lauern sie jetzt am Wege, der zum Mont de la Mère führt. Mögen sie ein bißchen lauern. Nichts entnervt den

Spanner mehr als langes Warten. Wir werden sie bei Sonnenuntergang überrumpeln."

Doch für uns war das Warten nicht minder lang, mochten wir uns auch ein Weilchen an Mirouls Künsten erheitern, der sein Messer gegen einen Stamm warf; im Messerwerfen war er Meister. Dann wurde er es leid, setzte sich wieder hin, und da niemandem nach Plaudern zumute war, hockten wir stumm da, den Blick gesenkt, weil es uns peinlich war, im Gesicht des anderen die Erregung zu lesen: uns stand ein harter Kampf bevor, bei dem uns Verwundung drohte oder gar der Tod.

Ich für mein Teil bat den Herrgott, mir, falls ich noch am selbigen Tag vor ihm erscheinen müßte, meine Sünden zu vergeben, die ich meinem sündigen Fleisch verdankte, denn von anderen Untaten fühlte ich mich nicht befleckt. Nach dem Beten konnte ich freilich nicht umhin, an all die Frauen zu denken, die mir so gütig gewesen.

So schwelgte ich in meinen lieblichsten Erinnerungen. Gewiß hätten die Mönche meine Andacht sehr irdisch gefunden, mir aber war sie tröstliche Stärkung. Da mußte ich plötzlich an Fontanette denken, und diese Wunde war noch so frisch, daß ich mich von meinem Baumstumpf erhob, den Gefährten den Rücken wandte und ins Unterholz tauchte, um meine Tränen zu verbergen.

Bald hörte ich Schritte hinter mir, und als ich mich umdrehte, war es nicht Samson, wie ich vermutet, sondern Pater Anselme.

„Mein Sohn", sprach er, „Ihr scheint in großer Gewissenspein. Mag Euch die Ohrenbeichte auch verpönt sein – falls Ihr mir angesichts der Gefahr sagen wollt, was Euch bedrängt, dann tut es; vielleicht fühlt Ihr Euch besser, wenn Ihr Euch einem Freund mitteilt."

„Ach, Pater Anselme", sagte ich mit der ganzen Herzensaufrichtigkeit eines Hugenotten, „ich bin an Beichte nicht gewöhnt, und mir steht nicht der Sinn danach. Mein hugenottisches Gewissen ist wie eine dunkle Kammer, in der ich unter doppeltem Verschluß meine Bekümmernisse verwahre, die mich hin und wieder arg peinigen, doch ich habe den Schlüssel verloren, der ihnen öffnen und mich von ihnen befreien könnte."

Pater Anselme drang wider Erwarten nicht weiter in mich, sondern legte mir die Hand auf die Schulter und sagte:

„Meine Religion ist nachsichtiger gegenüber den menschlichen Schwächen, doch ich rühme mich dessen nicht. Zu gut weiß ich, welche Mißbräuche sie wuchern ließ an ihrem großen Leib. Monsieur de Siorac, Eure Hand. Wenn wir wieder bei unseren Gefährten sind, sprechen wir zusammen das Vaterunser, weil es das einzige Gebet ist, das die Euern und die Meinen gemein haben."

Was wir dann auch taten; im Kreis stehend, beteten wir laut und in brüderlicher Andacht, so als hätten Hugenotten und Papisten die sie trennenden Metzeleien und Scheiterhaufen vergessen.

Eine Viertelmeile von dem Haus entfernt, wohin die Banditen Antonio bestellt hatten, befahl uns Pater Anselme abzusitzen.

„Der Hinterhalt muß hier in der Nähe sein", sagte er, und an Miroul gewandt: „Geh du voraus und erkunde. Bist, wie ich sah, wendig und flink und ein vorzüglicher Messerwerfer. Greife nicht das Gros an, mein Sohn, aber wenn du einen einzelnen Späher ertappst, töte ihn."

Es dunkelte schon, als Miroul bleich und keuchend zurückkam.

„Ich mußte einen Posten töten. Er hatte mich entdeckt, und ich hatte Mühe, mit dem Schurken fertig zu werden." Er holte tief Luft. „Der Hinterhalt befindet sich links des Weges, der zum Hause führt, etwa sechshundert Schritt von hier. Dort lauern, gut verschanzt, fünf Schurken in einem Graben, mit Zweigen über dem Buckel, und ich hätte sie nicht bemerkt, wäre da nicht einer gerade aufgestanden, um die lahmen Glieder zu strecken."

„Bist du bis vors Haus geschlichen, Miroul?" fragte ich.

„Bin ich. Sie sind ihrer zehn und sitzen ziemlich unbekümmert vor einem baufälligen Haus, in dem vermutlich die Montcalms eingesperrt sind."

„Eine beträchtliche Zahl", sagte Pater Anselme, indessen er einen Bolzen in seine Waffe spannte. „Es wird ein heißer Kampf. Monsieur de Siorac, wir marschieren getrennt. Die Mönche und ich machen uns über die im Hinterhalt her, greifen sie lautlos mit unseren Armbrüsten an. Ihr unterdessen schleicht durch das Unterholz um das Haus herum, und wenn die Geschosse zum zweiten Mal pfeifen, fallt Ihr das Gros von hinten an. Nehmt dafür Eure Pistolen: einen Bären bekämpft man am besten aus der Distanz."

Pater Anselme mochte eher ein Stratege denn ein Rechner sein, denn ihrer vier waren die Mönche, aber zu fünft die Schurken im Hinterhalt. Die Bolzen durchbohrten vieren den Rücken, der fünfte aber sprang auf und entwischte. In irrem Lauf rannte der Mann zum Haus, kam in weniger als zehn Schritt Entfernung an uns vorbeigeprescht. Miroul zog das Messer, um es zu werfen, doch schon hatte Antonio die Arkebuse angelegt und den Schuft niedergestreckt. Der Schuß hallte so laut im Unterholz, das wir den Atem anhielten.

„Ha, Antonio, du hast alles verdorben", sagte ich. „Der Überraschungseffekt ist dahin. Auf jetzt! Eile ist unsere einzige Rettung!"

Doch der Alarm war leider gegeben, die Kerle erwarteten uns bereits mit gezückter Waffe. Wir drückten unsere Pistolen ab und mußten dann den Degen ziehen, um fast ein Dutzend blutrünstiger Schurken anzugreifen. Zwar kamen die Mönche hinzu, konnten die Armbrust aber nicht einsetzen, weil sie einen der Unseren hätten treffen können. Doch sie taten Wunder mit ihren Degen und Rundschilden, traten mit ihren Stiefeln zu, wünschten die Schurken mit schrecklichen Flüchen zum Teufel und in die Hölle. Als die Banditen nur noch zu dritt waren, wollten sie Fersengeld zahlen; da griffen die Mönche zu ihren Armbrüsten und streckten zwei nieder. Der dritte rettete sich, gelangte aber nicht weit, wie noch zu berichten sein wird.

In dem Glauben, der Kampf sei gewonnen, stürzte ich ins Haus und sah einen Schurken über Monsieur de Montcalm das Messer schwingen. Ich kam ihm zuvor, durchbohrte ihm den Hals mit meinem Degen, indes ein anderer Schurke, den ich nicht gesehen hatte, mir einen Stich mit der Pike versetzte, den mein Brustpanzer zur linken Schulter hin ablenkte. Miroul, von der Schwelle her, nagelte den Mann mit dem Messer an die Wand. Ich hatte nur einen Faustschlag an der Schulter gespürt, mehr nicht.

Monsieur de Montcalm lag am Boden, mit den Händen an ein Tischbein gefesselt, bleich im Gesicht, jedoch gefaßt. Pater Anselme eilte und schnitt ihm die Fesseln mit dem Hirschfänger durch, während Miroul und ich versuchten, die beiden

Frauen loszubinden. Das erste Wort von Monsieur de Montcalm galt seltsamerweise nicht seiner Frau, sondern der Tochter, der ich die Fesseln abnahm.

„Angelina, bist du wohlauf?“

„Mein Herr Vater, ich bin wohlauf“, sagte Angelina mit melodischer Stimme, die mir wie liebliche Musik klang nach all dem Kampfgeschrei. „Aber Ihr, Monsieur“, fuhr sie fort, das Gesicht ganz nah dem meinen, indessen ich sie losband, „Ihr seid verwundet, Ihr blutet!“

„Es ist weiter nichts“, sagte ich, da ich noch kaum Schmerz verspürte und Angelinas lieber Blick mich gefangennahm.

„Aber Monsieur, Ihr seid verletzt, Ihr blutet!“ wiederholte sie, sich erhebend.

Ich schaute auf meinen linken Arm und sah den Ärmel meines Wamses von oben bis unten rot verfärbt. Nun erst spürte ich Schmerz und plötzliche Schwäche, so daß ich hingefallen wäre, hätte nicht Angelina mich gestützt. Pater Anselme legte mich auf den Tisch und gab mir Weingeist zu trinken, davon er auf meine Bitte auch über die Wunde goß, was beileibe nicht angenehm war; beim Verbinden sollte ihm Samson helfen, dem dies freilich mehr schlecht als recht gelang, weil ihn bei meinem Anblick die Tränen blind machten. Ich erinnere mich kaum, wie es mir gelang, das Pferd zu besteigen und Schloß Barbentane zu erreichen. Sobald ich im Bett lag, schickte Monsieur de Montcalm einen Arzt, den ich abwies, weil dieser Ignoramus mich zur Ader lassen wollte, als hätte ich nicht schon genug Blut verloren! Zudem wollte er mich purgieren, als gälte es, um den Arm zu heilen, meine Innereien zu leeren! Als ich aber erfuhr, daß es in Beaucaire einen Barbier und Chirurgen gab, der sein Handwerk noch bei Ambroise Paré gelernt hatte, bat ich Monsieur de Montcalm, ihn holen zu lassen. Der Barbier tat dann wahrhaftig gute Arbeit, säuberte nur eben die Wunde mit Weingeist, erneuerte den Verband und verabreichte mir zur Linderung der Schmerzen ein bißchen Opium.

Der Kampf hatte uns drei Tote gekostet: Antonio, einen der Mönche und einen Knecht, der die Pferde hatte bewachen sollen und den ein flüchtender Schurke überwältigte. Der Kerl entwischte auf einem Pferd der Mönche, hatte mit dem Tier aber schlechte Wahl getroffen: Miroul auf seinem Araber holte ihn in weniger als einer Stunde ein und streckte ihn mit einem Pistolenschuß nieder. Auch Verletzte gab es genug: außer Miroul und meinem lieben Samson waren wir alle irgendwo lädiert, am schlimmsten hatte es mich getroffen.

Monsieur de Montcalm besuchte mich jeden Morgen in meinem Zimmer und sagte mir jedesmal Dank, weil ich ihn, seine Frau und seine Tochter gerettet und letztere nicht nur vor dem Tod, sondern auch vor Schändung bewahrt hatte. Er war von Statur hochgewachsen, machte eine imposante Figur und hatte obendrein ein gutes Herz, obwohl er in seinem Urteil etwas eng war und auch ein ziemlich eifriger Papist, wie ich an manchem seiner Worte merkte, die mich vermuten ließen, daß er mich mehr ins Herz geschlossen hätte, wenn ich nur seiner Auffassung gewesen. Ich konnte mir jedenfalls denken, was die Hugenotten von Nîmes gegen ihn aufgebracht hatte.

Monsieur de Montcalm war ganz vernarrt in seine Tochter, das einzig ihm verbliebene Kind, doch gab es oft Hader zwischen ihnen, weil beide schnell aufbrausten. Und im Streit waren sie bockig wie Hammel. Die Streitereien waren wohl ihre besondere Art, einander ihre Zuneigung zu bekunden, die sie anders nicht kundzutun wagten. Auch Madame de Montcalm, die zumindest in Worten ihres Mannes Partei ergriff, war eine brave Person; doch da sie keine sehr glückliche Jugend gehabt, lebte sie desto begieriger die ihrer Tochter mit, teilte ihr Glück und war gleichzeitig argwöhnisch auf der Hut. So wechselte ihre Haltung sehr oft: bald diente sie Angelinas Plänen, bald handelte sie ihnen zuwider.

Monsieur de Montcalm besuchte mich gegen zehn Uhr, Madame de Montcalm kam zu Mittag und Angelina am Nachmittag, weshalb mir der Morgen lang dünkte und ich ihn mit Schlafen zu verkürzen suchte. Aber je mehr ich wieder zu Kräften kam, um so öfter wich der Schlaf Träumen, die ich mir in der Zeit des langen Wartens zurechtspann.

Ich war hingerissen von Angelinas sanften Augen, die nichts vorspielten wie bei so manch anderem Mädchen, sondern von Natur ihr innerstes Wesen spiegelten: das eines Engels, denn jeden und alles betrachtete sie mit selbiger Anmut, war lautere Güte und edelstes Mitempfinden, konnte sich über jeden Schmerz und Schaden eines anderen bekümmern, gar über den Tod einer Maus oder eines Sperlings. Voll guten

Willens begegnete sie ihrem Nächsten, mochte der selbst ein Sauertopf sein, beklagte auch jene, die ihr übelwollten, verzieh eine Kränkung im selben Moment, da sie ihr angetan wurde. Die mandelförmigen großen Augen wirkten in ihrer auffälligen Schwärze sehr orientalisch, als hätte es unter den Vorfahren der Montcalms auch Juden oder Mauren gegeben; die Nase war ein bißchen markant, indes ohne das schöne Antlitz zu verschandeln, der Teint eher hell, das Haar gelockt und von venezianischem Rot.

Mein geräumiges helles Zimmer befand sich am Ende eines langen Ganges, auf dem ich meine Besucher nahen hörte, und es war mir ein besonderer Spaß, sie an ihren Schritten zu erkennen, ein Spiel, bei dem ich mich manchmal täuschte, nie allerdings in der Person Angelinas. Denn Angelina, groß im Wuchs, gehörte zu den von Natur langsameren, phlegmatischeren Frauenzimmern (sofern sie nicht in Zorn geriet), sie wandelte auffallend gemach und tat einen einzigen Schritt, unterdessen ich wohl drei getan hätte.

Monsieur de Montcalm lebte auf Barbentane in großer Ungeduld, seit er von mir wußte, wie François Pavée sein schönes Haus in Nîmes geplündert hatte. Mit bitteren Beschwerdeschreiben hatte er sich an den Gerichtshof zu Aix gewandt, der ihm klüglich antwortete, daß diesen schändlichen Ausschreitungen ein Ende bereitet würde, sobald die königliche Autorität in Nîmes wiederhergestellt sei. Doch so weit war es noch lange nicht, der Bürgerkrieg dauerte an, das Waffenglück wechselte hin und her zwischen den Truppen des Königs und den Unseren. Und Monsieur de Montcalm, in Unruhe, zu Tatenlosigkeit verurteilt und darum gereizt, wollte sich um die Bewirtschaftung von Barbentane kümmern, was ihm weniger gut zu gelingen schien als den Herren Brüdern in Mespech, da ihm die hugenottische Tugend der Sparsamkeit abging.

Er mochte mich gut leiden, obwohl ich anderen Bekenntnisses, bewunderte vor allem, daß ich schon so viele Abenteuer bestanden hatte, und bat mich, sie ihm zu erzählen, um seine Langeweile zu vertreiben. Als Angelina davon hörte, verdroß es sie sehr, daß sie am Vormittag (da ihre Mutter lange schlief) die Kammermädchen anzuleiten hatte.

„Ha, Monsieur de Siorac“, sprach sie, an meinem Bett sitzend, „es bekümmert mich sehr, daß meine Pflichten mich davon abhalten, die Berichte zu hören, die Ihr meinem Vater gebt."

Und sie ließ ohne jede Koketterie, ohne sich der Schönheit und Güte ihres Blicks bewußt zu sein, ihre dunklen Augen auf mir ruhen.

„Oh, Madame, ich bin Euer Diener und gern bereit, diese Erzählungen vor Euch zu wiederholen, wenn Ihr Gefallen daran habt."

„Das würdet Ihr tun?" fragte sie mit ungestümer Freude, darin plötzlich wieder das kleine Mädchen, das sie einmal gewesen, sichtbar wurde.

„Aber gewiß!"

„Es würde Euch nicht langweilen?"

„Ganz und gar nicht."

„Ha, Monsieur de Siorac, Ihr seid so liebenswürdig!"

Mehr sagte sie nicht, denn im Finden der rechten Worte war sie nicht gar so geschickt, sondern bewies im Gespräch die gleiche fahrige Langsamkeit wie in ihren Körperbewegungen. Als sie indes (sehr bald!) Zutrauen in mich gewann, wurde sie eine Plaudertasche.

Da meine Erzählungen länger dauerten als üblicherweise Angelinas Besuche, mußte Madame de Montcalm um Erlaubnis gefragt werden. Sie gab selbige, nahm sie zurück, erteilte sie neuerlich, wollte selbst mit zugegen sein, wurde mein Erzählen leid, ging, kam wieder, ging – und ließ uns am Ende so lange allein, wie uns genehm war.

Für Monsieur de Montcalm befleißigte ich mich, ernste, zeremoniöse, notfalls auch reuige Berichte zu geben, dabei ich seinem Papismus gebührend Rechnung trug, anderenfalls er sich verletzt gefühlt hätte. Angelina dagegen bot ich, wenn Madame de Montcalm sich davongemacht, lebendigere Geschichten, freilich *ad usum delphinae**; aus meinen Geliebten wurden eben Freundinnen, von denen ich mit einer Unschuld sprach, für die meine Zuhörerin das Modell lieferte. Und zumal ich schon aufstehen konnte und gestikulieren, wenn auch nicht mit dem linken Arm, schritt ich hin und her, mimte meine Abenteuer wie auf einer Bühne und wechselte Ton und Stimme je nach der geschilderten Person. Angelina war ganz Auge und Ohr, versetzte sich völlig in meine Geschichte, gab

* (lat.) der Prinzessin zu Gebrauch.

sich bekümmert oder lachte lauthals, lebte so sehr mein eigenes Leben, daß sie erbleichte, ja fast in Ohnmacht fiel, als die Exhumierung der Toten mich um ein Haar aufs Schafott brachte.

„Ach, Pierre, was für unsinnige Streiche! Welch unglaubliche Gefahren!“ rief sie. „Wie ich um Euch zittere!“ Und ihre Augen waren so voller Mitgefühl, daß ich ob dieser mütterlichen Besorgnis meine Worte nicht mehr fand.

Selbige bewegten sie noch, wenn wir in der Nacht und am Vormittag getrennt waren, denn an den gemeinsamen Nachmittagen, die länger und länger wurden, bestürmte sie mich von Beginn an mit Fragen, die als indiskret hätten gelten müssen, wäre die Fragerin nicht so naiv gewesen.

„Aber Pierre, warum habt Ihr Madame de Joyeuse so häufig besucht? Welchen Reiz konnte es haben, Euch mit einer alten Dame zu unterhalten, die über die Dreißig hinaus ist?“

„Ich habe viel dabei gelernt“, sagte ich. Was freilich in anderem Sinne zutraf als dem unterstellten.

Samson hätte mir meinen regen Umgang mit Angelina gewiß verübelt, wäre nicht Monsieur de Montcalm über die Maßen vernarrt in ihn gewesen und hätte ihn jeden Tag zum Jagen mitgenommen. Nicht daß Samson sonderlich großes Gefallen gefunden hätte an dem Gemetzel, das die Leute vom Lande mit Federvieh und anderem Getier veranstalten, aber er fürchtete, seinem Gastgeber zu mißfallen, wenn er vor solchem Vergnügen die Nase rümpfte. Zudem langweilte er sich auf Barbentane, so fern seinem Meister Sanche und der Apotheke. Ich an seiner Stelle hätte freilich den Blicken der Kammermädchen im Schloß Antwort getan, deren einige gewinnend waren, von Natur zugänglich schienen und Augen nur für seine bezaubernde Schönheit hatten. Doch sie hätten ihre Gewogenheit auch einem Bildnis in einem Buche schenken können: als wären die Ärmsten durchsichtig, sah mein Samson sie einfach nicht. Sowenig wie er Angelina sah, was meine Freundin ein bißchen kränkte, war sie doch seitens der Männer mehr Beachtung gewohnt.

„Aber Pierre“, fragte sie mich eines Tages, „woher kommt diese große Kälte, die Samson dem schönen Geschlecht bezeigt? Als wäre ich ein Besen oder eine Hexe! Gehört er zu jenen Unseligen, von denen es heißt, daß sie Frauen nicht mögen?“

„Mitnichten, er liebt deren eine. Der Rest zählt nicht.“

„Ist sie so schön?“ fragte Angelina mit einem Anflug von Koketterie im Blick.

„Das ist sie, doch nicht so schön wie eine andere, die ich zu nennen wüßte.“

Da nun senkte Angelina ihre schönen Augen, erhob sich (weil mein Bericht für diesen Tag zu Ende), wünschte mir einen guten Abend und verließ mein Zimmer.

Mein Samson war unterdessen nicht ganz untätig: er mühte sich mit einem Brief an Dame Gertrude du Luc. Blut und Wasser schwitzend beim Schustern etlicher Sätze, legte er sie mir am Morgen zum Korrigieren vor und war mir gram, daß ich mich rundweg geweigert hatte, seine Briefe zu schreiben. Ich hatte ihm freilich den Grund verschwiegen: das Techtelmechtel der Verräterin mit Cossolat, zumal ich auch selbst meine Tugend hatte bepanzern müssen, um ihren Liebkosungen zu widerstehen – ein mir gar ärgerliches Ungemach.

Gleiches widerfuhr mir auf Barbentane, wo die besagten Kammermädchen, von meinem Bruder abgewiesen, sich gern an mir schadlos gehalten hätten. Doch obwohl mir mit den wiedererstarkenden Kräften großer Appetit auf alles Lebendige kam, wappnete ich mich bestmöglich und wehrte die Angriffe ab. Denn ich muß es endlich sagen: in der Stille meiner Nächte und den Träumen meiner Tage war ich gänzlich Angelina hingegeben und hatte die Gewißheit gewonnen, daß ich, wie lange ich auch suchen mochte, auf der weiten Welt kein Weib fände, das in einem so viel Herz und Schönheit barg. Ich ließ sie von diesem Feuer nichts merken, weil ich nicht wußte, ob sie meine Gefühle erwidern würde, die bereits so stark waren, daß ich schon bei dem Gedanken litt, sie verlassen zu müssen. Sowenig ich sicher war, sie eines Tages gewinnen zu können, sowenig wollte ich Gefahr laufen, sie gleich hier zu verlieren. Gewiß hätte ich, ohne meine Liebe zu beschädigen, meinen Hunger stillen können, indem ich wie der Vicomte de Joyeuse „einen Kanten Brot hinter der Böschung verzehrte“. Doch Angelina hätte es nicht gern hingenommen. Obwohl zwei Jahre älter als ich, war sie zu naiv, um zu unterscheiden zwischen Liebe einerseits und den Nöten unserer Sinnlichkeit, denen ich gewohnt war nachzugeben.

Von Madame de Joyeuse erhielt ich zwei Briefe. Der eine,

zwanzig Tage nach meiner Verwundung, forderte mich auf, nach Montpellier zurückzukehren, der Bericht des Bischofs an den Vicomte habe die Meinung sehr zu meinen Gunsten gewendet.

Der zweite, vierzehn Tage später, sang ein ganz anderes Lied.

Mein kleiner Vetter,

ach, armer König! armes Königreich! Wieviel Unheil müssen wir erleben! Ich bin gewiß, daran zu sterben oder den letzten Rest Schönheit zu verlieren! Das üble Hugenottenpack (Eure Parteigänger, leider, mein lieber Schatz) hat Montpellier erobert. Der Vicomte mußte mit einer Handvoll Männer in die Festung Saint-Pierre flüchten und hat sein Weib, seine Kinder und sein silbernes Tafelgeschirr mitgenommen. Doch die Berserker machten Anstalten, uns zu belagern, und der Vicomte ist während der Nacht durch eine Geheimtür entwischt. Draußen scharte er einige Truppen um sich und trat in Verhandlung mit den Rebellen, damit wir die Festung verlassen könnten, ich, seine Kinder und sein Tafelgeschirr. Dank unserem guten Cossolat, der ja ein bißchen beiden Lagern angehört, ist die Unternehmung geglückt, sofern es mich und die Kinder betrifft. Das Tafelgeschirr haben die Herren zurückbehalten und, als Saint-Pierre genommen war, fromm eingesackt, samt den Gäbelchen. Mein kleiner Vetter, ist das nun Euer Calvin?

Der Vicomte schäumt vor Wut über diesen Verlust, und in Pézenas, wohin wir uns geflüchtet haben, läßt er seinem Zorn auf die Verruchten freie Bahn. Um ihn zu besänftigen und ihn meinen Absichten gefügiger zu machen, habe ich ihm mein feuervergoldetes Tafelzeug versprochen.

Aber nichts hat es gefruchtet! Schon bei der ersten Andeutung auf Euer Kommen hierher hat er die Arme gehoben: „Madame, es ist schon genug geredet worden! Soll das Gerede weitergehen? Montpellier mag noch angehen, Euer Pierre studierte da Medizin. Aber unter welch schönem Vorwand wollt Ihr seine Anwesenheit in Pézenas rechtfertigen? Wenn er wenigstens nicht Hugenotte wäre! Wollt Ihr mich zu allem Überfluß auch noch lächerlich machen?“

Mein lieber Vetter, Ihr könnt Euch vorstellen, wie ich Feuer und Flamme gespien gegen den schändlichen Verdacht, die ruchlosen Verdrehungen unseres unschuldhaften Miteinanders zurückgewiesen habe. Leider ist gegen den Vicomte kein Ankommen, er hat sich in sein Schneckenhaus zurückgezogen. Ha, mein kleiner Vetter! Ihr wenigstens gehorcht mir, Ihr seid der einzige auf der Welt, zu dem ich sagen kann: „Tut mir, was ich so gern mag." Und gewiß ahnt Ihr nicht, wie sehr mir das hier fehlt!

Mein kleiner Vetter, habt Mitleid mit mir, wenn Ihr diese Zeilen lest. In Pézenas leben, in kärglichem Logis, ohne die Damen meines Gefolges! Ohne meine Annehmlichkeiten! Ohne meinen kleinen Büßer! Das ist ein gar zu großes Unglück. Bedauert mich. Meine Schönheit welkt dahin, ich werde es nicht überleben!

Mein kleiner Vetter, ich reiche Euch meine Fingerspitzen.

Eléonore de Joyeuse

So herzlich ich Madame de Joyeuse zugetan war und so ehrlich ich von Natur bin, wie anders denn heuchlerisch hätte ich auf ihren Brief antworten können? Also beklagte ich Madame de Joyeuse, weil sie es so wünschte, und beklagte mein Mißgeschick, das mich von ihr fernhielt, fern ihrer unvergänglichen Schönheit. Man kann sich freilich denken, daß ich im Innersten gar nicht sonderlich haderte, auf Barbentane ausharren zu müssen, hatten doch die Dinge für mich die bekannte Wendung genommen.

Aber die Tage, die ich in heimlicher Seligkeit lebte – keiner von beiden hatte sich bisher erklärt – waren gezählt. Mein Vater, dem ich über das Geschehen in Nîmes und Montpellier getreuen Bericht erstattet hatte, schrieb mir, er wünsche nicht, daß ich nach Montpellier zurückkehre, solange die Unseren dort wüten, Priester töten und von den Kirchen keinen Stein auf dem anderen lassen. Doch weil Samson und ich für unsere Rückkehr nach Mespech zu schlecht gerüstet seien, werde er selbst uns holen kommen, begleitet von den kriegserfahrensten unserer Leute, denn in diesen wirren Zeiten seien die Wege wenig sicher. Allerdings mußte mein Vater, um zu uns zu gelangen, auf sehr langer, beschwerlicher Reise die Berge der Auvergne und die Cevennen durchqueren, und das brachte mir Aufschub.

Da Angelina mir mit so schönen Augen und so aufmerksamen Ohren zuhörte, hatte ich keine Eile, den Bericht meiner Odyssee zu beenden, zumal unser Gespräch immer mit einem heiteren Plaudern und Schäkern begann, dabei sie mir aus ihrem Leben erzählte und ich ihr aus meinem: von Samson, Miroul, meinem Vater, Onkel Sauveterre und unseren Leuten daheim. Nach einer guten Stunde dann bat sie mich, meine Geschichte vom Vortag wieder aufzunehmen.

Diesmal setzte ich jäh finstere Miene auf und blieb stumm: ich war bei unserem Aufbruch von Montpellier nach Nîmes angelangt, als ich die Stadt im Morgengrauen freudig gestimmt verließ und mich bald am Fuße des Galgens wiederfand. Angelina, meiner Verwirrung ansichtig, fragte nach dem Grund, und ich erwiderte, was ich ihr zu berichten hätte, sei so unendlich traurig, daß ich zögere, ob ich es überhaupt erzählen solle.

„Tut es!“ rief sie. „Wenn irgendwer von Euren Gestalten unsere Anteilnahme verdient, dann soll sie ihm gerade in seinem Unglück zuteil werden.“

Ich fand ihre Worte so rührend und der Güte ihrer Seele angemessen, daß ich entschied, ihr das beklagenswerte Ende meiner armen Fontanette zu erzählen, dabei gleichwohl verschweigend, welche Bande mich für kurze Zeit an sie gefesselt hatten.

Angelina saß in einem Sessel mit hoher Rückenlehne zwischen den beiden Kreuzstockfenstern und streichelte ihren schwarzen Kater Beelzebub, der auf ihrem Schoß lag und seinen Schwanz keck in die Höhe spießte. Der Name Beelzebub freilich beleidigte dieses liebenswürdige Tier, das so sanft wie seine Herrin war und ihr auf Schritt und Tritt folgte.

Ich habe einigen Grund, mich dieses Augenblicks zu erinnern, der mir noch nach so vielen Jahren ganz lebhaft im Gedächtnis ist. Durch die weit geöffneten Fenster – es war ein linder Oktober – fiel die Nachmittagssonne ein und überstrahlte in gleichsam staubiger Aureole Angelinas Haar von venezianischem Rot, das ihr Antlitz mit seinen langen Locken umrahmte. Sie trug keine Krause – Beelzebub hatte ihr beim Spielen einen Kratzer am Hals zugefügt –, sondern einen großen Kragen, der über einem Goldkettchen mit Kruzifix offen war. Ihr Gewand war aus mattgrüner Seide, besetzt mit Rubinen von dunklem Grün, was mich sehr bewegte, weil

Grün die Farbe meiner Mutter gewesen. Das Schwarz der Iris ihrer großen Augen, die mich anschauten, schillerte nicht und funkelte nicht, es leuchtete aber so lind, so friedvoll ruhig, zart und warm, wie ich es nur von Hirschkühen kannte. Ich wußte nicht: soll ich mich wie ein Kind in ihren Schoß flüchten, oder soll ich sie in meinen Schutz nehmen.

Ich begann meinen Bericht in der üblichen Art, schritt auf und ab, gestikulierte, wechselte den Ton; doch als Fontanette wieder in meine Erinnerung trat, rittlings auf dem Maulesel, die Hände auf dem Rücken gefesselt, wirkte da ein schrecklicher Zauber. Ich vermeinte, sie noch lebendig zu sehen: mit kläglicher Stimme und Tränen in ihrem schönen Antlitz erzählte sie, wie der boshafte Mann sie an den Galgen gebracht hatte. Herr und Heiland! alles stand mir wieder vor Augen. Meine Hand berührte ihre Schulter. Sie legte ihre Wange drauf. Ich wollte nicht glauben, daß Worte soviel Zauberkraft besitzen: ich hätte die Erinnerungen, die sie weckten, anfassen können, sie krampften mir das Herz zusammen und schnürten mir die Kehle zu, die Worte kamen nur noch stammelnd über meine Lippen.

Ich konnte nicht zu Ende erzählen. Ich brach in Schluchzen aus. Mit verschleierten Augen sah ich Angelinas Haar in der Aureole der Sonne schillern. Beelzebub floh bei meinem Anblick von den Knien seiner Herrin, ohne daß sie ihn zurückzuhalten suchte; sie sah nur mich, und ihre großen schwarzen Augen leuchteten vor Mitgefühl. Da wagte ich in meiner Verzweiflung, was ich unter anderen Umständen nicht gewagt hätte: ich warf mich Angelina zu Füßen, schlug die Hände vors Gesicht und weinte. Sie rührte sich lange Zeit nicht, obwohl sie am ganzen Körper bebte, doch da meine Tränen nicht versiegten, legte sie mir ihre rechte Hand streichelnd auf den Schopf, ganz sacht und zart, wie eine Mutter ihr Kindchen liebkosen mag. Ich wußte nicht, ob dies nur eben Bedauern oder Ausdruck auch von anderen Gefühlen war, und in diesem zweifelsvollen Wägen besänftigte sich mein Kummer; ich hielt nur noch die Hände über dem Gesicht, weil ich fürchtete, daß sie sonst schamvoll ihre Hand von meinem Haupt nähme.

Endlich obsiegte mein Drang, sie anzuschauen. Ich nahm die Hände vom Gesicht, sie nahm ihre von meinem Schopf und sprach:

„Pierre, habt Ihr dieses arme Mädchen geliebt?"

„Ich bin ihm ein guter Freund gewesen. Geliebt habe ich bis zu dieser Minute, da ich zu Euch spreche, noch kein anderes Mädchen."

Während ich dies sagte, ruhte ihr Blick lange auf mir, gleichsam in stummer Erwartung, daß ich in meiner Rede fortführe. Was ich auch tat, ermuntert durch ihr Schweigen, doch sehr verwundert über meine Worte, die meinen Gedanken vorauszueilen schienen.

„Angelina, ich bin Zweitgeborener und muß mir mein Vermögen erst erwerben. Wärt Ihr bereit, auf mich zu warten?"

Ich erhob mich von ihren Füßen und trat etwas zurück, als Geste, daß ich meine Vertraulichkeit nicht überspannen wollte. Sie schien von meinen Worten überrascht. Doch da sie die Lider gesenkt hielt und ihr Gesicht nun nicht mehr Spiegel ihrer Gedanken war, vermochte ich nicht zu erkennen, wie sie mein Angebot aufnahm.

Schließlich stand sie mit der ihr eigenen Unbefangenheit auf und sagte, ohne mich anzuschauen, ohne mich beim Namen zu nennen, nur mit einem Kopfnicken:

„Ich wünsche Euch einen guten Abend."

Mir krampfte sich das Herz zusammen, ich glaubte alles verloren, indessen sie unendlich langsam der Tür zustrebte. Die rechte Hand schon auf der Klinke, wandte sie sich noch einmal um, mit ernstem Blick über die Schulter, und sagte deutlich und entschieden:

„Monsieur, ich werde auf Euch warten."

Daß Angelina ihrer Mutter dieses Gespräch und ihr Versprechen anvertraut hatte, erfuhr ich bald danach. Gegen Abend saß ich im Schloßhof auf einer Steinbank, das Fenster darüber stand offen. Drinnen im Saal vernahm ich Schritte und erkannte an den Stimmen Monsieur de Montcalm und seine Frau. Da ich nicht verstehen konnte, was sie sagten, rührte ich mich nicht fort; hernach war es zu spät, sie hätten mich gesehen und mein Gebaren unredlich gefunden, zumal sie plötzlich nah ans Fenster traten und über mich in Streit gerieten.

„Madame, Ihr kennt meine Auffassung. Pierre ist zu jung."

„Mein Herr Gemahl, der Altersunterschied ist sehr gering.

Zudem ist Pierre ein Mann und schon sehr reif, Angelina dagegen noch ein Kind."

„Mag sein. Doch ich habe mit ihr andere Pläne."

„Sie wird nur eben nicht drauf eingehen."

„Sie wird es tun."

„Aber nein. Ihr kennt sie doch. Bockiger als eine Ziege."

„Nun denn! das Kloster wird sie schon gefügig machen."

„Das Kloster, Monsieur?" Madame de Montcalm brach in schallendes Lachen aus.

„Ihr lacht, Madame? Ihr findet das noch lustig?"

„Aber Monsieur, brächtet Ihr es übers Herz, Angelina ins Gefängnis zu sperren?"

„Warum nicht? Tun das nicht viele Väter, wenn ihre Töchter widerspenstig sind?"

„Andere Väter mögen es tun. Ihr aber seid vernarrt in Eure Tochter."

„Madame, ich bin kein Schwächling", sagte Monsieur de Montcalm nach einer Pause. „Ich verlange Gehorsam."

„Wer redet von Ungehorsam? Ihr müßt aber zugeben, daß Pierre ein sehr liebenswürdiger Mensch ist."

„Liebenswürdig, aber ohne Vermögen."

„Das wird er sich erwerben."

„Wenn er nicht vorher getötet wird. Sein Degen sitzt locker, er ist ein irrer Draufgänger."

„Aber Monsieur, wollt Ihr ihm das zum Vorwurf machen? Ohne den irren Draufgänger könnten Ihr und ich und Eure Tochter heute nicht streiten."

„Madame, wollt Ihr mir mit seiner Rettungstat jeden Tag, den Gott werden läßt, in den Ohren liegen?"

„Nein, Monsieur. Ich baue auf Eure Dankbarkeit."

„Madame, Ihr spöttelt schon wieder."

„Durchaus nicht."

„Madame, muß ich Pierre, weil er uns das Leben rettete, nun mein Schloß, mein Weib, meine Tochter, mein Haus in Nîmes und mein Amt als königlicher Offizier übereignen?"

„Monsieur, er bittet Euch lediglich um Eure Tochter."

„Er wird sie nicht bekommen, dieser Ketzer!"

„Monsieur, welch großes Wort! Ihr seid hier nicht in Nîmes. Pierre ist ein königstreuer Hugenotte und kein Eiferer."

„Ob Eiferer oder nicht, er ist ein Ketzer."

„Wie Eure ganze Familie in Montpellier. Meines Wissens seid Ihr als einziger von den Montcalms beim Glauben Eurer Väter geblieben.“

„Dessen rühme ich mich.“

„Monsieur, hättet Ihr Euch als Katholik gemäßigter gegeben, würden wir heute nicht verfolgt und wäre unser Haus nicht geplündert worden.“

„Madame, Ihr habt die Stirn, mich zu bekritteln?“ rief Monsieur de Montcalm erzürnt. „Ihr stellt Euch auf die Seite meiner Feinde?“

Hier folgte eine Pause, in der gewiß die Frau versuchte, ihren Mann durch eine besänftigende Gebärde für sich einzunehmen, denn sie fuhr sehr versöhnlich fort:

„Mein Herr Gemahl, ich bin betrübt, daß ich Euch so mißfallen habe. Sollte ich Euch beleidigt haben, ziehe ich mich augenblicklich zurück. Ich werde auf meinem Zimmer speisen.“

„Bleibt, liebste Freundin“, sagte Monsieur de Montcalm sanft. „Ihr würdet mich sehr bekümmern, wenn Ihr mich allein ließet. Ihr wißt, wie sehr ich Euch in allem liebe, auch in Euren Widerreden.“

„Monsieur, Ihr seid zu gütig. Ich bin nur eine dumme Nörglerin. Es stimmt, Pierre ist zu jung für Angelina. Zudem könnte er es sich anders überlegen, wenn er sein Glück gemacht hat.“

„Oh, das befürchte ich nicht! Ich baue fest auf sein Versprechen. Er ist ein Edelmann.“

„Jedoch nicht von so altehrwürdigem Geschlecht wie das Eure, Monsieur. Schon vor dreihundert Jahren hat Euer Ahnherr Dieudonné de Gozon den Drachen der Insel Rhodos besiegt!“

„Gewiß, aber warum neuen Adel verachten, wenn er im Kampf gewonnen wurde! Übrigens ist Pierre mütterlicherseits ein Castelnau und Caumont, die ein alteingesessenes Geschlecht im Périgord sind. Und der Baron gilt als sehr reich, wenn er auch knausrig ist nach Hugenottenart.“

„Pierre ist nur Zweitgeborener.“

„Aber er zeigt Talente, die an sein Fortkommen glauben lassen“, sagte Monsieur de Montcalm.

„Ihr habt schon recht, doch der Unterschied im Glauben bleibt.“

„Ha, Madame, da eben drückt mich der Schuh! Freilich ist Pierre kein Eiferer, man kann auf Bekehrung hoffen."

„Oh, das würde aber seinem Vater mißfallen, der sein Abgott zu sein scheint."

Zu meiner großen Erleichterung verließen sie hierüber den Saal. Ich blieb auf meiner Bank zurück, hoffend und zugleich niedergeschlagen, denn wie es schien, wurde ich weder akzeptiert noch abgewiesen.

Im Ablauf der Tage änderte sich nichts, ich durfte Angelina ganz nach meinem Belieben sehen, dabei Madame de Montcalm immer nur kurze Zeit zugegen war: sie war eine so quirlige Frau, daß sie es allenfalls eine halbe Stunde am selben Fleck aushielt, bevor sie enteilte. Monsieur de Montcalm begegnete mir sehr freundlich; zu Samson, an dem er einen Narren gefressen hatte, hörte ich ihn eines Tages sagen, es tue ihm sehr leid, daß mein Vater uns holen wolle, er würde uns gern den ganzen Winter bei sich behalten.

Was leider nicht sein konnte. Ich hatte nur Aufschub, und die Tage, anders als bei der Genesung, verflogen viel zu schnell. Mein Vater traf Mitte November ein, begleitet von unseren Vettern Siorac, vom Gascogner Cabusse und unserem Steinhauer Jonas, allesamt kriegsmäßig gerüstet.

Ha, Leser, war das ein Umarmen! Als mein Vater absaß, warf ich mich ihm an die Brust, und indes er mich an sich drückte, funkelten seine blauen Augen vor Freude! Mein lieber Bruder Samson wartete artig, bis die Reihe an ihm war und nicht weniger stürmische Begrüßung ihm zuteil ward; denn mochte mein Vater mich sehr bewundern, so liebte er ihn, den Bastard, darum nicht minder. Dann erhaschten uns die beiden Vettern, ich wechselte aus einer Umarmung in die andere und landete bei Cabusse.

„Cabusse!" rief ich, wieder Worte findend, die mir beim Anblick meines Vaters vor Freude abhanden gekommen waren. „Du kommst ohne Coulondre Eisenarm?"

„Er mußte in seiner Mühle bleiben wegen der vielen Arbeit."

„Und deine Cathau?"

„Die ist schwanger", sagte Cabusse stolz und zwirbelte seinen Schnurrbart.

Cabusse, ganz wie ich ihn in Erinnerung hatte! Vor Freude umarmte ich ihn gleich noch einmal.

„Moussu, darf ich?" fragte der Herkules Jonas, weil er kein alter Soldat der Herren Brüder war.

„Jonas, da fragst du noch? Und wie geht es der Sarrazine?"

„Sie ist schwanger", sagte Jonas und senkte den Blick.

„Freust du dich nicht?"

„Ach, Moussu, so viele Frauen sterben überm Gebären, mir ist bei dem Gedanken ganz bang."

„Denk nicht dran!" sagte mein Vater und mußte unverhofft selber dran denken – auch meine Mutter war im Kindbett gestorben.

Unterdessen kam Monsieur de Montcalm die Freitreppe herab, mit ausgebreiteten Armen.

„Herr Baron! Welch ein Vergnügen, in meinem Haus den Helden von Ceresole und von Calais zu begrüßen."

„Monsieur de Montcalm, das einzig Heldische daran ist, daß ich mit dem Leben davongekommen bin", entgegnete mein Vater in seiner heiteren und etwas selbstironischen Art. „Der Rest war Kriegsglück. Und ich hatte es nur mit Menschen zu tun, hingegen Euer großer Dieudonné de Gozon ganz allein einen Drachen niederfocht!"

„Ich weiß nicht, ob ich seiner würdig bin", sagte Monsieur de Montcalm, erfreut darüber, daß mein Vater Kenntnis von seiner rühmlichen Abkunft hatte. „Denn wie Ihr wißt, habe ich das Kriegshandwerk gegen das Amt eines königlichen Beamten eingetauscht."

„*Cedant arma togae**", sagte mein Vater und genoß das Latein auf seinen Lippen wie einen guten Wein.

„Dagegen man in Eurem Falle sagen müßte: *Cedant arma aratro***", entgegnete Monsieur de Montcalm, auch er nun mit feiner, genüßlicher Miene.

Hierauf sie beide lächelten. Nun sie sich gegenseitig Komplimente gemacht, einer des anderen Tapferkeit und edle Abstammung gepriesen hatte, gar noch in Latein, in das beide vernarrt waren, sah ich voraus, daß sie gute Freunde würden, zumal sie passionierte Jäger waren, überdies so gern wie den Bock auch den Rock jagten und darin kaum gealtert waren.

„Ein prächtiges Schloß", fuhr mein Vater in seinem Kompliment fort, „und wie ich sehe, gut befestigt."

* (lat.) Die Waffen weichen der Toga.

** (lat.) Die Waffen weichen dem Pflug.

„Und dennoch hätte ich es verloren ohne Eure Söhne, die so tapfer wie schön sind."

Da war mein Vater so bewegt, daß er errötete. Er brachte kein Wort hervor, verneigte sich nur stumm. Unser Gastgeber, der zwei Söhne verloren hatte, mochte gut verstehen, daß mein Vater, sobald seine Vaterliebe aufloderte, in Angst geriet, daß der Tod uns ihm rauben könnte. Er legte dem Gast die Hand auf den Arm und sagte:

„Madame de Montcalm und meine Tochter sind begierig, Eure Bekanntschaft zu machen."

„Oh, das wäre mir ein Vergnügen", antwortete mein Vater. „Doch Ihr seht mich kriegsmäßig gerüstet, gestiefelt und verdreckt. Erlaubt mir, daß ich ein bißchen Toilette mache, bevor ich es wage, vor den edlen Damen zu erscheinen."

Monsieur de Montcalm, Samson und ich warteten also im großen Saal auf den Baron von Mespech, der sich im Obergeschoß zurechtmachte. Und ich muß gestehen: ein klein bißchen fürchtete ich, daß mein Vater ganz in Schwarz erschiene, da die Hugenotten jedes Gepränge schmähen und die Farbe Schwarz vorziehen. Doch in seinem Feingefühl hatte mein Vater, ehe er Sarlat verlassen, etwas Geld ausgegeben, um – seinethalben und auch der Ehre seiner Söhne wegen – vorteilhaften Eindruck zu machen, was gewiß nicht nach dem Geschmack meines Onkels Sauveterre gewesen sein mochte, der unser Geld zusammenhielt. So war ich denn sehr zufrieden, als er in einem Wams aus blaßgrünem Satin vor uns erschien – er blieb dem Grün treu, das die Farbe meiner Mutter gewesen – und sogar mit einer üppigen Halskrause prunkte, anstelle des Hugenottenkrägleins, das Madame de Joyeuse so schäbig fand. Monsieur de Montcalm war sehr angetan von dieser guten Erscheinung, und mehr noch Madame de Montcalm und Angelina, die selbigen Augenblicks den Saal betraten, entzückend anzusehen in ihrem schönen Aufputz. Angelina war eitel Lächeln, Madame de Montcalm war sehr höflich, doch im Wesen zurückhaltend, neugierig auf diesen Fremden, der in ihrer Vorstellung nur wenig mehr denn ein Bauer sein konnte. Mein Vater spürte das sehr wohl, spielte seine Fähigkeiten aus, umgarnte Madame de Montcalm mit seinem Charme und hatte sie im Handumdrehen für sich gewonnen.

Ha, wie bewunderte ich meinen Vater! Mit welchem Ergötzen verfolgte ich seinen Angriff: von aufmerksam feinem Blick und stets ein bißchen spöttisch, lächelnd und dabei stolz, wußte er im rechten Moment, wann er verstummen, wann er reden sollte. So wacker schlug er sich bei diesem ersten Gang, daß er die ihrer städtischen Residenz beraubten, sich auf dem Lande sehr langweilenden Gastgeber glatt verzückte und sie ihn am liebsten einen Monat lang bei sich behalten hätten. Doch sosehr der Baron von Mespech in seiner perigurdinischen Liebenswürdigkeit Monsieur und Madame de Montcalm mit Schmeicheleien überhäufte, zum längeren Verweilen auf Barbentane fand er sich nicht bereit. Und die „kleine Woche", die er zugestand, dünkte mir dann in der Tat sehr kurz. So war ich glücklich, meinen Vater wiedergefunden zu haben, und gleichermaßen bekümmert, Angelina verlassen zu sollen. Ich fühlte mich ein bißchen in der Lage Gargantuas, der bei der Geburt seines Sohnes Pantagruel dessen Mutter im Kindbett verlor und nicht wußte, ob er weinen sollte, weil er das Weib verloren hatte, oder aber lachen vor Freude über seinen Sohn.

Am Tage vor unserer Abreise wandelte ich mit Angelina über den Wachgang von Barbentane. Plötzlich blieb Angelina stehen, schaute mich mit ihren wundervollen Augen an und zog einen mit blauem Stein gezierten Ring von ihrem Finger.

„Mein Pierre", spach sie ernst, „dieser Ring ist ein Erbstück. Wenn er an Euren kleinen Finger paßt, möchte ich ihn Euch schenken."

Ich probierte: er paßte wie angegossen. Angelina, hocherfreut, als wäre dies ein gutes Vorzeichen, sagte:

„Tragt ihn erst, wenn Ihr Barbentane verlassen habt. Doch dann tragt ihn immer und keinen anderen Ring."

„Das schwöre ich Euch", sagte ich bewegt und begriff, daß sie ihr Geschenk als Unterpfand unserer gegenseitigen Treue verstand. „Leider habe ich für Euch kein Dankgeschenk bereit; als einziges Schmuckstück trage ich diese Marienmedaille am Hals, die meine Mutter mir vermachte und von der ich mich nie getrennt habe."

„Daran habt Ihr recht getan", sagte Angelina und fuhr lächelnd fort: „Ich habe eine Bitte an Euch. Doch wir wollen erst in das Pfefferfäßchen eintreten."

Es war dies ein rundes, mit schmalen Schießscharten versehenes Wächtergelaß im ausspringenden Winkel des östlichen Turms.

„Ich habe Euch hergeführt, weil wir hier unbeobachtet sind", sagte Angelina. „Ich möchte mir eine Locke von Euerm Haar abschneiden. Darf ich, mein Pierre?"

Ich willigte ein, worauf sie aus ihrer Geldbörse eine kleine silberne Schere nahm und mir befahl, den Kopf zu senken. Nachdem sie meinem Schopf die kleine Beute entnommen und sie samt Schere in ihrer Börse hatte verschwinden lassen, sprach ich mit einem Lächeln, das meine Erregung verhehlen sollte:

„Ihr habt nicht große Ernte gehalten, drum werde ich auch nicht meine Kraft einbüßen ..."

Sie machte große Augen, und zumal sie, wie es schien, gern noch ein bißchen verweilen wollte, erzählte ich ihr die Geschichte von Samson und Dalila, die sie als Papistin nicht kannte.

„Leider sind wir unterschiedlicher Konfession", sagte sie und wurde plötzlich ernst. „Das wird, so fürchte ich, unseren Plänen sehr hinderlich sein."

„Ich fürchte es auch", sagte ich und war recht geniert, ihr zu erzählen, wie ich zu meiner Erkenntnis gelangt war.

Sie schwieg dazu, heftete ihre schwarzen Augen auf mich und schien hastiger zu atmen. Der Raum war rund und eng, wir mußten nah beieinander stehen wie etwa die Verteidiger der Burg, wenn sie auf mögliche Belagerer schossen. Doch obwohl wir uns nicht anrennender Banden zu erwehren hatten, waren unsere jungen Leben gleichsam belagert von feindlichen Kräften.

„Meine Amme hat mir oft gesagt: Wenn eine Frau einem Mann den kleinen Finger gibt, will er die ganze Hand."

„Mir scheint, das hängt vom Manne ab", erwiderte ich mit erstickter Stimme. „Wenn er Achtung vor der Frau hat, wird er so nicht handeln."

„Ist das wahr, mein Pierre?" Sie schien ein bißchen zu schwanken. „Und wenn ich Euch einen Kuß gebe, verlangt Ihr dann einen zweiten?"

„Angelina", sagte ich ernst, „ich möchte nur, was Ihr möchtet, mehr nicht."

Da legte sie ihre Hände um meinen Hals und drückte mir, die Arme halb von sich gestreckt und ohne mich am Körper zu berühren, einen Kuß auf die Lippen. Es war ein sehr kurzes, leichtes Küßchen, verglichen mit anderen, die ich bisher empfangen hatte. Aber bis heute erinnere ich mich seiner, als stünde ich noch immer mit Angelina in diesem Schilderhaus und fühlte ihre Arme auf meinen Schultern.

„Mein Pierre", sagte sie, „wir haben uns hier zum letzten Mal getroffen, und ich möchte, daß Ihr mich morgen, ehe Ihr fortreitet, vor allen anderen nicht mehr mit gar zu beredtem Blick anschaut."

„Aber was soll ich tun? Mich von Euch abwenden?"

„Nein, nein! Einen letzten Blick wollen wir schon noch wechseln."

Doch so achtsam ich war beim Abschied, mein Vater täuschte sich nicht über meine Gefühle oder war wohl schon längst im Bilde. Als er mich im Wald von Barbentane desto versonnener und bekümmerter sah, je weiter wir uns vom Schloß der Montcalms entfernten, befahl er mir, vorauszureiten und den Weg zu erkunden.

Was ich denn auch tat. Aber schon nach wenigen Minuten hörte ich hinter mir ein Galoppieren und sah meinen Vater nahen.

„Mein Herr Sohn", sprach er in seinem scherzhaften Ton, als wir gleichauf ritten, „ich sehe einen schönen Ring an Euerm kleinen Finger, der mir gestern noch nicht aufgefallen ist. Habt Ihr Euch einem Fräulein versprochen?"

„Ja, mein Herr Vater, sofern Ihr erlaubt."

„Ha!" sagte Jean de Siorac, halb im Ernst, halb im Spaß, „mir scheint, Ihr holt meine Erlaubnis erst nach vollendeter Tatsache ein!"

„Monsieur, ich bitte um Vergebung. Ihr wart nicht da. Ich konnte nicht warten."

„Versteh ich. Doch Ihr seid noch sehr jung. Und seid Zweitgeborener. Habt so viel Geld, wie ich hier auf der Hand habe."

„Wir wollen warten, bis ich mein Glück gemacht habe."

„Und Ihr meint, Monsieur und Madame de Montcalm werden Euch akzeptieren?"

„Das weiß ich nicht", sagte ich und verschwieg ihm meinen großen Zweifel.

Da wurde er nachdenklicher, obwohl er den leicht scherzhaften Ton beibehielt. (Doch vielleicht war es nur Maske, um seine Verlegenheit zu verbergen.)

„Wie ich sehen konnte, genießt Euer Vater in dieser Familie einiges Ansehen, wie auch Samson und Ihr. Man bezeigt Euch Dankbarkeit, was selten ist. Und obwohl man Papist ist, geht man nicht leichtfertig um mit dem Gefühl und versteigt sich nicht in Eitelkeiten. Man hat Herz. Und es sind vorzügliche Leute mit guten Verbindungen im Languedoc, recht wohlhabend außerdem, auch wenn sie ihr Anwesen eher schlecht bewirtschaften. Sie haben nur den Fehler, daß sie sich zuviel auf ihre Abstammung einbilden. Ist aber eine mindere Sünde. Weiß man denn, was Eure Urenkel einst über den Helden von Calais erzählen werden? Dann habe ich die Stadt vielleicht ganz allein eingenommen!"

Er legte den Kopf in den Nacken und lachte aus vollem Halse. Oh, wie hab ich ihn da gemocht! Weil er sich lustig machen konnte über sich selbst, und weil er so gute Worte gefunden hatte für die Montcalms.

„Eure Aussichten freilich", fuhr er fort, nun wieder ernst, „scheinen mir fraglich: die Tochter ist ganz eingenommen für Euch, die Mutter ist halb dafür, der Vater halb dagegen."

„Und Eure Meinung, mein Herr Vater?"

„*Distinguo**", sagte er mit halb gespieltem Ernst. „*Distinguo* zwischen Person und Religion. Was die Person betrifft, könntet Ihr besser nicht wählen. Sie ist sehr schön, mein Pierre. Doch wie sehr man dies schätzen mag bei einer Frau, es zählt einzig das Herz. Und Angelinas Herz, das konnte ich beobachten, ist einzigartig. Nur schade, daß sie Papistin ist."

„Mein Herr Vater!" sagte ich erschrocken. „Hattet Ihr nicht auch eine Papistin zur Frau?"

„Gewiß. Und ebendies war das Kreuz meines Lebens."

Pochenden Herzens und in Angst, daß mein Vater ein *contra* sprechen könnte, wie Onkel Sauveterre es gewiß tun würde, wagte ich die zage Frage:

„Monsieur, wäret Ihr nicht sehr glücklich, wenn meine Mutter ins Leben zurückkehrte?"

„O doch! O ja!" rief Jean de Siorac mit einem Würgen im Hals. Er beugte sich zu mir herüber, ergriff meine linke Hand,

* (lat.) Ich unterscheide.

sah mir ins Auge und sprach: „Ihr müßt nicht bangen, Pierre. Ein so großer Eiferer bin ich nicht. Und wäre ich es, würde ich Euch schon um Eurer Mutter willen kein Hindernis in den Weg legen. Die Widrigkeiten, die Ihr vor Euch habt, sind groß genug, ich will sie nicht noch vermehren."

Ich dankte ihm nach bestem Vermögen, brachte meine Worte aber kaum über die Lippen.

„Galopp, mein Herr Vater?" fragte ich, um den Aufruhr in mir zu verbergen. Und ich richtete mich im Sattel auf.

„Galopp!" sagte Jean de Siorac lächelnd, fühlte er doch sehr gut, was in mir vorging.

Wir fielen in Galopp, Seite an Seite, er noch so jung und so voll Kraft und mich mehr liebend als seine Baronie, und ich erwärmt von seiner großen Liebe und sie gewißlich erwidernd. Die Erde flog hin unter den Hufen unserer Pferde. Und in Gedanken ganz bei meiner Angelina, schien mir, ich ritte hier nicht so sehr meine Stute als vielmehr die Jahre meiner schönen Zukunft.